Der Roman

Die schlimmste aller denkbaren Katastrophen tritt ein: Eine feindliche Alien-Streitmacht greift die Erde an und unterwirft den gesamten Planeten. Gegen die außerirdischen Wesen sind irdische Waffen und Diplomatie machtlos – die Erde wird annektiert und dem sogenannten Kongress, einem mächtigen Zusammenschluss vieler Alien-Völker, einverleibt. Um die Bevölkerung einzuschüchtern, zwingen die Eroberer alle Kinder zwischen fünf und zwölf Jahren, als Rekruten in ihrer Armee zu dienen. Einer von ihnen ist Joe Dobbs. Er ist zwar schon vierzehn, aber nun wird er für seinen Widerstand gegen die Aliens bestraft und zum härtesten Bootcamp des Universums geschickt. Gerade als er alle Hoffnung aufgegeben hat, erhält er eines Tages eine eigenartige Prophezeiung: Er, der von allen nur »Zero« genannt wird, ist der lange erwartete Held, der die Menschen von der Herrschaft der Aliens befreien wird! Doch zuvor muss er erst einmal selbst zum Kämpfer werden …

Die Autorin

Sara King entdeckte bereits in der Highschool, dass ihre ganze Leidenschaft dem Schreiben gehört – und nichts anderes hat sie seitdem gemacht: In den USA hat sie sich bereits eine große Fangemeinde mit ihren Science-Fiction- und Fantasy-Romanen erschrieben. Wenn sie sich gerade keine neuen Geschichten ausdenkt, stürzt sie sich in die Wildnis vor ihrer Haustür, im Herzen Alaskas.

Sara King

ZERO

KADETT DER STERNE

ROMAN

Aus dem Amerikanischen von
Bernhard Kempen

Deutsche Erstausgabe

WILHELM HEYNE VERLAG
MÜNCHEN

Titel der Originalausgabe:
FORGING ZERO – THE LEGEND OF ZERO, BOOK 1

Verlagsgruppe Random House FSC®N001967

Deutsche Erstausgabe 11/2016
Redaktion: Catherine Beck
Copyright © 2013 by Sara King
Copyright © der deutschsprachigen Ausgabe by
Wilhelm Heyne Verlag, München,
in der Verlagsgruppe Random House GmbH,
Neumarkter Str. 28, 81673 München
Printed in Germany
Umschlaggestaltung: Das Illustrat, München
Satz: Christine Roithner Verlagsservice, Breitenaich
Druck und Bindung: GGP Media GmbH, Pößneck

ISBN: 978-3-453-31684-3

www.diezukunft.de

Anmerkung der Autorin

Zero – Kadett der Sterne ist das düsterste Buch, das ich je geschrieben habe. Nicht weil ich das so wollte, sondern weil es nicht anders ging. Denn der Kern eines jeden großen Epos ist etwas Schreckliches, das sich ändern muss. *Zero – Kadett der Sterne* erzählt diese Geschichte.

Inhalt

1 – Ein Irrtum der Aliens 9
2 – Der kleine Harry Simpson 25
3 – Zeros Ursprung 45
4 – Joes Bodenteam 57
5 – Vorzeitig kahl 71
6 – Schikane 86
7 – Ein unverhofftes Geschenk 116
8 – Kihgls Prophezeiung 125
9 – Kophat 134
10 – Kihgls Entscheidung 154
11 – Der Besuch des Tribunals 174
12 – Repräsentant Na'leen 187
13 – Zum Töten ausgebildet 212
14 – Gnädiger Lord Knaaren 225
15 – Aufgerufen 238
16 – Geschichten 250
17 – Kihgls Ende 260
18 – Weihnachtslieder 280
19 – Die Dummheit eines Kampfmeisters 301
20 – Yuil 311
21 – Ärmel 327
22 – Die Eroberung der Fahne 341
23 – Das Zweite Bataillon 376
24 – Schmuggelware 399
25 – Kriegsvorbereitungen 410
26 – Die Bestrafung 419
27 – Ärger mit den Takki 430
28 – Die Fahne wird gefunden 447
29 – Nächtliche Schrecken 465
30 – Elfes Befreiung 474

31 – Trauer 485
32 – Das *ka-par* 499
33 – Neue Regeln 528
34 – Trith-Visionen 558
35 – Es liegt im Blut 563
36 – Krieg gegen die Huouyt 576
37 – In die Höhle des Löwen 587
38 – Loyal bis zum Ende 595
39 – Der Sog des Schicksals 608
40 – Loyalitäten 623
41 – Der Kong 634

Mini-Glossar 645

1 *Ein Irrtum der Aliens*

Joe Dobbs war vierzehn, als der Kongress die Erde entdeckte.

An dem Tag, als die Raumschiffe in Washington aufsetzten, fiel es Joe schwer, sich vom Fernseher loszureißen. Seine gesamte Familie, von seinem kleinen Bruder Sam bis zu seiner Großtante Lucy – und selbst die alten Marinekumpel seines Vaters, die immer freitags auf ein Bier vorbeikamen –, alle saßen dicht gedrängt im Wohnzimmer seiner Eltern und waren ganz auf die Bilder aus aller Welt konzentriert. Draußen vor Joes Haus war es ziemlich still. Kein Auto fuhr vorbei. Niemand spielte Fußball, ging in den Zoo oder picknickte in der Sonne von San Diego. Alle saßen in ihren Häusern und beobachteten die Invasion. Joes Dad hatte einen Riesenfernseher zu Weihnachten bekommen, weshalb bei ihm im Zimmer zwölf Leute wie Sardinen zusammengepfercht saßen, immer wieder dieselbe stickige Luft einatmeten und sich schweigend in den Sesseln und auf den Sofas vorbeugten, um die Liveübertragungen der fieberhaften Reporter zu verfolgen, die mit der hingebungsvollen Aufmerksamkeit der Verzweifelten die Hauptstadt belagerten.

Experten übernahmen die Nachrichtensender, redeten ununterbrochen, debattierten vierundzwanzig Stunden am Tag über die endlosen Bilder von Außerirdischen, außerirdischen Schiffen und außerirdischen Waffen. Sie erklärten, dass die gedrungenen, tentakelbewehrten Körper der Besucher semi-aquatisch seien und es sich bei den Kiemen, die seitlich an den Köpfen flatterten, um evolutionäre Überbleibsel handele, wie der Blinddarm bei den Menschen. Man nannte diese Kiemen Sudah. Die Menschheit wusste das, weil das autistische Kind eines Reporters bei einer Pressekonferenz eine davon angefasst hatte und daran gestorben war und die darauffolgende, live übertragene außerirdische Tirade etwa dreihundertmal das Wort »Sudah« enthalten hatte. Das Alien hatte auf den blutenden, zerfetzten Leichnam des Kinds eingeschrien, auf seinen Vater und auf zwei Unschuldige, die zufällig in der Nähe gestanden hatten.

Joes Bruder Sam war jedoch anderer Meinung. Wie üblich.

»Das ist doch Unsinn«, schnaufte der Junge lautstark, sobald er mit Joe allein im Zimmer war und sie einem weiteren Beitrag über die kulturelle Bedeutung der Sudah lauschten. »Das ist kein evolutionäres Überbleibsel. Sie benutzen sie ganz offensichtlich zum Atmen. Das bedeutet, dass sie von einem Planeten kommen, auf dem etwas in der Luft ist. Es sind *Filter*. Damit *schützen* sie sich vor etwas. Sie mögen es einfach nicht, wenn man die Sudahs berührt, weil das für sie genauso ist, als würde man einem von uns die Hand über Mund und Nase legen. Dadurch wird ihre Luftzufuhr abgeschnitten, verstehst du?«

Die Erwachsenen waren hinausgegangen, um zu diskutieren, ob man ohne Bedenken zu Onkel Davvie fahren konnte, um ein bisschen Fleisch und Gemüse zu holen – seit die Außerirdischen gelandet waren, hatten sich die Preise für beides verfünffacht. Nur Joe und sein zehnjähriger Bruder Sam waren im Wohnzimmer zurückgeblieben und sahen weiter den Aliens im Fernsehen zu.

Da nur Joe da war, musste Sam für die Erwachsenen nicht den »kleinen Jungen« spielen. Vor Joe gab der schmächtige kleine Mistkerl sogar richtig gern an. Er zog einen Bleistift hervor und trat wie ein aufgebrachter Professor an den Fernseher. »Siehst du das?«, fragte Sam und klopfte mit dem Bleistift auf den dicken, sehnigen Arm eines der Tentakelwesen. »Sie könnten durchaus knochenlos sein. Das hier ist wie bei einer *Schlange*. Es hat überhaupt keine Stromlinienform. Es ist dafür gedacht, sich durch Bäume zu hangeln. Wie ein Orang-Utan. Es sind Landbewohner.«

»Halt einfach die Klappe, Sam«, brummte Joe. Er versuchte, an seinem Bruder vorbeizuspähen.

Sam hatte jedoch ganz andere Dinge im Kopf. Er drehte sich zum Fernseher um. »Und sie wiegen *nicht* siebzig Kilo«, schnaufte er und sprach direkt den kahlen, verschwitzten Spezialisten in der Live-Nachrichtensendung an, der gerade einen Vortrag über Körpergrößen hielt. Sam verschränkte die Arme vor der Brust und grinste höhnisch, als wäre allein die Vorstellung lachhaft. »Die sind *dichter* als wir, du Vollidiot. Schau dir doch mal an, wie das Ding mit dem Auto zusammengeprallt ist …« Es gab ein berühmtes Video vom motorisierten Kamikaze-Angriff eines Betrunkenen auf eines der Aliens – der ein zerquetschtes Auto, einen toten Fahrer und ein stinkwütendes Alien zur Folge gehabt hatte. »… das Wesen hat offensichtlich mindestens zweihundert bis zweihundertfünfzig Kilo gewogen. Das hättest du schon an dem Aufprall erkennen müssen.«

»Halt die *Klappe*, Sam«, knurrte Joe gereizt. »Geh von dem Fernseher weg. Dein Hühnerarsch versperrt mir die Sicht.«

Sam verdrehte die Augen und wandte sich ihm zu, ohne den Blick auf den Fernseher freizugeben. »Da erfährst du doch sowieso nichts Neues. Seit drei Tagen labern sie immer das Gleiche.«

»*Sofort!*«, blaffte Joe. »Such dir ein Malbuch oder so was.«

Sam seufzte schwer und ging, um nach den Erwachsenen zu sehen.

Joe blickte ihm mit finsterer Miene hinterher. Er verabscheute die selbstgefällige Art, wie sein jüngerer Bruder mit der ganzen Sache umging, so als hätte er alles im Griff.

Wie ihr Dad.

Ist bestimmt nett, ein Kind zu sein, dachte Joe und wandte seine Aufmerksamkeit wieder den Außerirdischen zu. Irgendetwas an ihnen wirkte … vertraut, und das verursachte ihm ein bohrendes Gefühl des Entsetzens, das er einfach nicht abschütteln konnte. Als hätte er vor sehr langer Zeit einen Albtraum von so etwas Ähnlichem gehabt, der sich nun vor seinen Augen wiederholte.

… und er konnte nichts dagegen tun.

Mehr als einmal während seiner Nachtwache bekam Joe verschwitzte Hände und eine Gänsehaut. Mit jedem neuen Informationsschnipsel aus dem Weißen Haus verstärkte sich das Gefühl des Entsetzens und gerann in seinem Bauch zu einem kalten, harten Klumpen Fäulnis. Im Gegensatz zu Sam begriff Joe, was all das für seine Familie bedeutete. Für Dad.

Ein paar Stunden nach der Landung des ersten Raumschiffs der Aliens hatte Joe gehört, wie sein Vater und Manny darüber redeten, dass das Militär den Befehl hatte, sich zurückzuhalten. Und er hatte ihr hektisches Geflüster über eine Gruppe Marines belauscht, die »die Sache selbst in die Hand nehmen« wollte.

Joe war kein Idiot. Er wusste, was das bedeutete. Er wusste auch, dass sein Vater keine Chance hatte. Nicht gegen *so etwas*.

Mehrere zehntausend gewaltige, wolkenkratzergroße Schiffe, deren glatte schwarze Rümpfe wie Obsidian glänzten, waren einfach auf den Gebäuden, Parkplätzen, Kaufhäusern oder Schulen gelandet, die sich zufällig unter ihnen befanden. Die Nachrichtenhubschrauber, die nicht abgeschossen worden waren, hatten Live-Aufnahmen von den Massen der Außerirdischen gemacht, die im Gleichschritt aus den Schiffen marschiert waren wie schillernde schwarze Ameisen.

Es waren zu viele. Manche Fachleute behaupteten, dass die Zahl der Aliens, die die Schiffe verlassen hatten, einem Zehntel der Erdbevölkerung entsprach, und jedes war ein kampferprobter Krieger mit hochmoderner Bewaffnung und einem glänzenden schwarzen Schutzanzug, den anscheinend nichts durchdringen konnte, was die Menschen aufzubieten hatten.

Sein Vater hatte keine Chance. Niemand hatte eine Chance.

Also beachtete Joe Sams beschissene Besserwisserei nicht weiter und klammerte sich an jede kleine Information, hörte sich immer wieder die gleichen, ständig wiederholten winzigen Fetzen an, bis er sie auswendig kannte, während er darum betete, dass all das nur ein böser Traum war und sein Vater nicht in den Krieg ziehen musste.

Doch Gott hörte nicht zu.

Die Invasion war kein Spiel, sie war kein Witz und auch kein Traum. Sie war real, und je länger die Aliens vor den Regierungssitzen aller wichtigen Nationen der Erde lagerten und hinter verschlossenen Türen geheime Verhandlungen mit den Oberhäuptern der Welt führten, desto unruhiger wurde die Bevölkerung. Tausend Teilnehmer an Fernsehdiskussionen hatten tausend verschiedene Meinungen. Sie behaupteten, dass es sich bei den Außerirdischen um Invasoren handelte, die die Menschheit versklaven wollten. Oder dass sie Befreier waren, die allen Kriegen ein Ende setzen, das Bewusstsein der Menschen auf eine neue Stufe heben und ihnen großartige neue Technologien schenken wollten. Manche meinten, sie seien Diplomaten, die die Menschen einladen wollten, Teil einer riesigen interstellaren Demokratie zu werden.

Letztendlich hatten alle recht.

Sie nannten sich Ooreiki. Wenn sie nicht gerade tintenschwarze Anzüge und große, ebenholzfarbene Helme trugen, handelte es sich bei ihnen um gedrungene braune Geschöpfe mit riesigen, feucht glänzenden Augen, Tentakeln am Kopf und am Körper und vier parallelen Schlitzen an den ledrigen Halsseiten, die wie Kiemen flatterten, obwohl die Ooreiki die Luft genauso gut atmen konnten wie jeder Mensch. Außerdem lebten sie sehr lange. Manche sagten, vier- bis fünfhundert Jahre.

Die Ooreiki behaupteten, dass sie nicht allein waren. Sie sagten, dass sie zu einer gewaltigen Alien-Gesellschaft gehörten, die das gesamte Universum umfasste und ganze Galaxien mitsamt allen Spezies schluckte. Die Erde war nur einer von Hunderttausenden Planeten, die unter ihre Herrschaft fielen, die neueste Eroberung auf der immer weiter expandierenden Suche nach den Grenzen des Alls.

Und in ihrer allerersten Presseerklärung, die von einer völlig verängstigt wirkenden Frau in einem zerknitterten Kostüm übersetzt wurde, erklärten sie der Menschheit, was von ihr erwartet wurde, nachdem man sie einer Beurteilung unterzogen und ihr als einer intelligenten Spezies einen Sitz im Kongress zugesprochen hatte. Die mascaraverschmierten Augen der Frau huschten immer wieder zu etwas hinter der Kamera, während sie neue Gesetze, neue Verhaltensregeln und neue Verordnungen auflistete. Doch erst am Ende kam das, was Joe die Haare aufstellte.

Dies sind Ihre Rechte und Pflichten während Ihrer Probezeit, da Ihre offiziellen Rechte noch nicht von den Kongress-Ausschüssen bestätigt wurden. Zusammenfassend haben Sie zu tun, was man Ihnen sagt. Greifen Sie die Streitkräfte des Kongresses nicht an, stellen Sie sich ihnen nicht in den Weg und behindern Sie sie in keiner Weise in ihrem Tun. Geben Sie alle Ihre Projektilwaffen bei unseren Sammelstellen ab, die im Laufe dieses Tages in jeder größeren Stadt eingerichtet werden. Eine umfassende Liste der verbotenen Waffen erhalten Sie bei Ihrer örtlichen Sammelstelle. Wer mit einer Waffe von dieser Liste angetroffen wird,

wird als Saboteur hingerichtet. Wir wiederholen, wer auch immer sich uns in den Weg stellt, wird ausgelöscht.

Zu dem sachlichen Ton, in dem die Außerirdischen von der Unterwerfung der Erde sprachen, passte es, dass die Regierung nichts unternahm, um sie aufzuhalten. Es gab keine atemberaubenden Luftkämpfe, keine tapferen letzten Gefechte. Die Kampfflugzeuge blieben am Boden, die Raketen in ihren Silos, die Gewehrläufe schwiegen. Während Joe unter jeder neuen Liveübertragung litt, gab die Erde einfach kampflos auf.

Da sich niemand den Invasoren entgegenstellte, blieb ihnen nichts anderes übrig, als sich ihre Forderungen anzuhören. Endlose Forderungen, die von Banalitäten – ein paar Souvenirs für die Familien einzelner Aliens – bis zu Ungeheuerlichkeiten reichten – die Abhaltung einer weltweiten Konferenz, um einen einzelnen Repräsentanten als Stimme der Erde zu wählen. Und es gab noch mehr Forderungen. Regeln für den Alltag, für die Regierungsgeschäfte, für die Bevölkerungspolitik …

Wenn Joes Mutter die Nachrichten sah, war sie jedes Mal so verstört, dass sie das Essen anbrennen ließ, bis sie eines Abends sogar herumschrie und Töpfe mit Spaghetti und angebranntem Rosenkohl durch die Küche warf. Danach kochte sie gar nicht mehr.

Seinem Vater war die Besorgnis weniger deutlich anzumerken, aber Joe entging sie trotzdem nicht. Dad hatte viel altes Keltenblut in sich, und deshalb lächelte er oft und bewahrte sich seine spielerische Art, selbst wenn etwas schiefging. Doch jetzt war es vorbei mit den Spielen. Die Art, wie er die breiten Schultern hochzog, die ständige Anspannung seines kraftvollen Körpers, und auch, wie er Joe und Sam ansah, wenn er dachte, dass sie gerade mit etwas anderem beschäftigt waren – zusammengenommen war all das sogar noch verstörender als der Spaghetti-Ausbruch ihrer Mutter.

Ausnahmsweise war Joe froh, noch ein Kind zu sein. Er war froh, dass all das nicht sein Problem war.

Trotzdem konnte er sich nicht von den Nachrichtensendungen losreißen, und vom vielen Luftanhalten tat ihm die Lunge weh. Er wusste, dass im Weißen Haus Schlimmes geschah, dass die schrecklichsten Forderungen der Außerirdischen erst noch kommen würden. Etwas an der Art, wie sie draußen auf dem Rasen Wache hielten, in ihren onyxfarbenen Anzügen mit den dazu passenden obsidianfarbenen Waffen, wie Steinstatuen in einem schaurigen Museum, erfüllte Joe mit bösen Vorahnungen.

Dann ermordeten sie vor laufender Kamera jemanden vom Secret Service.

Der junge Mann hatte versucht, den Präsidenten durch einen Geheimgang aus dem Weißen Haus in Sicherheit zu bringen, und die Aliens erwischten ihn dabei. Joe sah zu, wie sie ihn auf den Rasen zerrten und ihm bläulichen Schleim ins Gesicht schossen. Das Zeug zersetzte Fleisch, sodass sein blutiger Halsstumpf aussah, als würde lila Rotze daraus hervorquellen. Anschließend kehrten sie wortlos ins Weiße Haus zurück, wobei sie den Präsidenten wie einen Verbrecher vor sich hertrieben. Auf dem Bild, das alle Nachrichtensendungen nur wenige Minuten später zeigten, sah man den lächelnden jungen Mann, wie er in der Uniform der Marines mit einem Baby auf dem Arm vor einer Amerika-Fahne stand. Der Anblick erinnerte Joe an ähnliche Bilder von seinem Vater. Schweigend schloss er sich im Badezimmer ein, bis ihm nicht mehr schummrig war. Er wusste, dass das Schlimmste noch bevorstand.

Als CNN die letzte Forderungsliste der Außerirdischen ausstrahlte, ähnelte sie dem, was die Konquistadoren vermutlich den Südamerikanern aufgezwungen hatten. Sie verlangten Treue. Sie verlangten Geiseln. Sie verlangten Güter.

Und sie verlangten Kinder.

Achtundneunzig Prozent der gesunden Jungen und Mädchen zwischen fünf und zwölf. Als Grundstock für eine Menschenabteilung ihrer gewaltigen Armee.

Plötzlich war Sam nicht mehr so ein Klugscheißer. Er wurde sogar recht still – zum ersten Mal in seinem Leben – und verbrachte viel Zeit in seinem Zimmer. Ihre Mutter leistete ihm oft weinend Gesellschaft.

Die Nachricht ließ überall auf der Welt Unruhen ausbrechen, und mit einem Mal hatten die Reporter etwas Neues, über das sie berichten konnten. Die Crips- und die Bloods-Gang und die Hells

Angels kämpften Seite an Seite mit ehemaligen Soldaten aufgelöster Einheiten, der Nationalgarde und den Marines. Als die Außerirdischen ganze Häuserblocks dem Erdboden gleichmachten, weil sich zu viele Bewohner wehrten, starben überall Menschen wie die Fliegen. Joe starrte weiter wie gebannt auf den Fernseher und aß nur, wenn sein Magenknurren ihn von den marschierenden Aliens ablenkte. Sie waren so präzise, so perfekt … wie in den alten Filmen von Nazisoldaten aus dem Zweiten Weltkrieg. Ihr Anblick löste eine Urangst in ihm aus, sodass er am liebsten unter sein Bett gekrochen wäre, um sich zu verstecken.

Doch sein Vater versteckte sich nicht. Als schließlich angekündigt wurde, dass sich die Einberufungstrupps demnächst ihr Viertel vornehmen würden, holte Joes Vater seinen alten Tarnanzug von der Armee aus dem Schrank und zog ihn an. Es war die Wüstenuniform, die Joe immer daran erinnerte, wie er mit seiner Mum in einer Menschenmenge gestanden und zugesehen hatte, wie Dad an Bord eines Schiffs einem fremden Kontinent entgegengefahren war, um in den Krieg zu ziehen.

Was Joe von dem Abend am deutlichsten in Erinnerung geblieben war, waren die Ärmel seines Vaters. Dad verbrachte Stunden damit, sie so flach zu bügeln, dass sie sich um seinen Bizeps legten wie keltische Armbänder. Er war stolz darauf, die am straffsten gerollten Ärmel in seiner Einheit zu haben, straffer sogar als die Ärmel der Generäle und der anderen hohen Offiziere. Joe erkannte seinen Vater immer schon aus der Entfernung an den Ärmeln.

Ein Marine ist stolz auf seine Arbeit, Joe. Selbst wenn sie nur darin besteht, Ärmel hochzurollen. Das hatte sein Vater tausendmal gesagt, während er sich mit seiner Uniform Mühe gegeben hatte. Doch diesmal sagte er nichts. Joe und Sam sahen ihm zu, und keiner brachte den Mut auf, ihn zu fragen, warum er sich mitten in der Nacht anzog. Die Stille war unheilschwanger.

Als ihre Mutter sah, was ihr Mann tat, scheuchte sie Joe und Sam in ihre Zimmer und befahl ihnen, die Türen abzuschließen. Durch den Türschlitz hörte Joe, wie sie sich mit Vater stritt, ihn anflehte und weinte, aber schließlich gab sie auf und zog sich ans andere Ende des Hauses zurück. Joe schlich sich wieder nach draußen, um zuzusehen, wie sein Vater den Tarnanzug bügelte, und die Angst wurde zu einem immer dickeren Kloß in seiner Kehle.

Sam folgte ihm. Der magere Zehnjährige hielt sich mit eingezogenem Kopf dicht hinter Joe, als sie neben das Bügelbrett ihres Vaters traten.

Eine ganze Weile standen die drei nur da und betrachteten schweigend das Bügeleisen. Dann sagte Dad sanft und ohne aufzublicken: »Manchmal muss man einfach aufstehen und sich widersetzen, selbst wenn man weiß, dass man keine Chance hat.« Draußen hörten sie Rufe und Hubschrauber und Autoalarmanlagen.

»Was hast du vor, Dad?«, flüsterte Sam.

»Ja, Dad«, sagte Joe leise. »Man hat die Marines aufgelöst. Du hast es im Fernsehen gehört.«

Das Bügeleisen verharrte auf dem Ärmel. Ihr Vater starrte darauf, sein muskulöser Arm bewegte sich nicht mehr. Als er sie schließlich ansah, hatte er zu Sams Erstaunen Tränen in den Augen. Der Blick ihres Vaters richtete sich auf Sam. »Sieh zu, dass du am MIT aufgenommen wirst. Du wirst mal ein großer Kerl, genau wie dein Bruder und ich, aber mit roher Kraft können wir diesen Kampf nicht gewinnen. Jemand mit deinem Verstand wird den Ausschlag geben, und du bist kein Krieger. Du bist ein Gelehrter, Junge. Bleib hier und finde einen Weg, diese Mistkerle zu erledigen.« Das Bügeleisen setzte sich wieder in Bewegung.

Sam schluchzte krampfartig. »Ich gehe. Bleib hier, Dad. Ich gehe mit ihnen.«

»Nein.« Der Ton ihres Vaters duldete keinen Widerspruch.

Sam, dieser Idiot, widersprach trotzdem. »Aber …«

»Geh auf dein Zimmer.« Es klang wie eine Warnung.

»Aber Dad …«

»*Geh*, Sam.«

Sam warf Joe einen unglücklichen Blick zu und gehorchte.

Schweigend bügelte Joes Vater seine Khakijacke weiter und zog sie dann über die breiten Schultern. Die Ärmelaufschläge lagen genau um seinen Bizeps, sauber und makellos trotz des Chaos draußen in der Welt. Joe sah ihn zum ersten Mal seit vier Jahren in Uniform, und ihn überlief ein kalter Schauer. Als sich ihre Blicke trafen, sah er eine Traurigkeit im Gesicht seines Vaters, eine Erkenntnis, die Joe nicht begriff. Er sah zu, wie sein Vater die drei Waffen nahm, die er an der Eingangstür platziert hatte, und in seiner Kehle brannte der Drang, etwas zu sagen.

»Pass auf deinen Bruder auf, Joe.« Damit öffnete er die Tür und verschwand in das Chaos aus schwarzem Qualm, Gewehrfeuer und Geschrei.

Das war jetzt zwei Monate her.

Joe war noch immer vierzehn, doch jetzt fühlte er sich älter. Im Vergleich zu den anderen Kindern im dunstigen roten Licht unter der Obsidiankuppel war er uralt.

Eigentlich sollte ich gar nicht hier sein. Sam sollte hier sein.

Joe schloss die Augen und ließ den Kopf gegen die Wand hinter sich sinken. Die schwarze Substanz beulte bei der Berührung leicht ein, umschmeichelte seinen Hinterkopf mit ihrer unheimlichen, fremdartigen Perfektion. Genauso wie alles andere an Bord des Schiffs wirkte die Wand lebendig. Sie bewegte sich wie etwas Beseeltes, als wäre ihre Oberfläche von einer Milliarde winziger Ameisen bedeckt. Manchmal klebten seine Haare gerade so daran fest, dass es unangenehm war, den Kopf von der Wand zu lösen. Der Stoff an seinem Hintern und an den Schultern verschmolz auf ähnliche Art mit dem Zeug.

Hinter Joes geschlossenen Lidern blitzte ein Bild auf. Sein Vater, wie er nach draußen in den wirbelnden Rauch trat, die Ärmel kampfbereit hochgekrempelt.

Sofort unterdrückte Joe die Wut, die in seinen Eingeweiden wühlte. Die Regierung hatte den Marines befohlen, sich nicht einzumischen. Sie hatten die Leute angewiesen, zu Hause zu bleiben und alles zu tun, was die Aliens ihnen sagten. Trotzdem hatte Joes Vater seine alten Freunde zusammengetrommelt. Warum? Warum hatten sie Sam nicht einfach verstecken können? Warum musste Dad kämpfen?

Die Kinder, die zusammen mit Joe im Raum eingesperrt waren, weinten schon lange nicht mehr. Einige schliefen, während ihnen noch immer Rotz und Tränen über das Gesicht rannen. Viele hatten sich wimmernd in Gruppen aneinandergedrängt, die Augen weit aufgerissen, und umklammerten ihre Knie oder die spärlichen Andenken an ihr Zuhause, die sie vor ihrer Einberufung noch hatten retten können. Ein kleines Mädchen hatte eine rußgeschwärzte Stoffpuppe dabei, ihr Kopf war vom Feuer versengt.

Der Rauchgestank stach immer noch in Joes Nase. Nach Beginn der Einberufung hatten brennende Häuser ihren Stadtteil wochenlang mit üblem schwarzen Dunst verpestet. Entlang der Bürgersteige hatten die Autos vor sich hingequalmt und den erstickenden Smog um Benzin- und Plastikdämpfe bereichert. Ständig hatten Schüsse das Glas in den Fenstern erzittern lassen. Den Kongs waren bewaffnete Plünderer gefolgt, die sich aus den Häusern und an den Leichen derjenigen bedienten, die sich den außerirdischen Kindersammlern widersetzt hatten.

Doch jetzt interessierte sich Joe nur noch für Essen. Er hatte schon so lange nichts mehr gegessen, dass er vor ständigen Magenschmerzen nicht mehr schlafen konnte. Wasser bekamen sie ausreichend – es wurde durch Rohre in den Wänden eingeleitet, die stark an Trinkflaschen an Kleintierkäfigen erinnerten –, doch mehr gab es nicht.

Noch schlimmer war, dass das Wasser seltsam schmeckte, fast wie nach Algen. Joe vermutete, dass sie inzwischen schon mehrere Tage gefangen waren, aber genauso wie die anderen Kinder, die die Aliens entführt und wie Vieh zusammengepfercht hatten, hatte er seitdem die meiste Zeit mit Schlafen zugebracht. Seit ihre Entführer sie in diesen Raum gestopft hatten, war es so still, dass sich Joe schon mehrmals gefragt hatte, ob man sie hier vergessen hatte und einfach verhungern lassen würde.

Eigentlich sollte ich gar nicht hier sein. Sam sollte hier sein.

Joe atmete tief durch und stieß die Luft wütend wieder aus, um sich dann aufzurichten. Seine Handflächen klebten an der lebenden schwarzen Wand wie an eiskaltem Metall. Joe riss sie los und rieb die Handflächen aneinander, um das Gefühl loszuwerden.

Überall waren kleine Kinder, die ihn beobachteten. Joe versuchte, sie nicht zu beachten, aber er war über einen Kopf größer als alle anderen hier und zog deshalb hoffnungsvolle Blicke auf sich.

Sie wollten seine Hilfe. Er sah die Angst und Verzweiflung in ihren Augen. Sie wollten, dass er etwas unternahm, so wie ihre Eltern etwas unternommen hätten, und tagelang hatte Joe sie dafür gehasst. Er hasste ihr Starren. Ihre Bedürftigkeit. Für wen hielten sie ihn? Wie kamen sie auf die Idee, dass er ihnen helfen konnte? Er war nicht ihr *Dad*. Er war nur ein Kind, genau wie sie, und *Aliens* hatten sie gefangen genommen. Er mochte ein *großer* Junge sein, aber er war trotzdem nur ein *Junge*.

Eigentlich sollte ich gar nicht hier sein.

Der Gedanke nagte schon die ganze Zeit an Joe. Er hasste seinen Bruder. Eigentlich hätte Sam auf diesem Schiff sein sollen, um sich das Gewimmer der Kinder anzuhören und die Pisse von denen zu riechen, die sich in die Hose gemacht hatten. Es war Sam gewesen, den man in eine Schlange von Kindern eingereiht hatte, um ihn zum Schiff zu bringen. Und es war Sam gewesen, der weggerannt war, und Joe, den man eingefangen hatte.

Die Worte seiner Mutter am Tag seiner Gefangennahme verfolgten ihn immer noch.

Geh zum Teufel, Joe.

Er spürte immer noch den Schmerz jenes Augenblicks in der Brust, so brennend, dass ihm das Atmen wehtat. Seine Mutter hatte ihn angefleht. Sie hatte ihn *angefleht*, Sam nicht zu folgen. *Außer dir ist mir niemand geblieben*, hatte sie immer wieder unter Tränen gesagt. *Bitte, Joe. Bitte tu es nicht. Du kannst Sam nicht helfen …*

Aber Joe hatte ihr den Rücken zugekehrt und war zur Tür hinausgegangen.

Geh zum Teufel, Joe – das waren die letzten Worte, die seine Mutter ihm weinend und zitternd von der Veranda hinterhergerufen hatte, während er davongegangen war. *Ich hoffe, du landest in der Hölle.*

Ihre Hoffnung hatte sich erfüllt.

Mit einem elenden Gefühl stand er auf und taumelte zu einem der kleinen Löcher, die die runden Wände säumten. Er pisste hinein, machte seinen Hosenstall zu und ließ den Blick über das Meer aus Kindern schweifen. Er sah einen Jungen im Tarnmuster, in einem dieser Kostüme, die man in Armeeläden kaufen konnte, um sich als Soldat zu verkleiden.

Die Uniform hatte sogar niedliche kleine hochgekrempelte Ärmel, die allerdings flach und leblos aus der Bügelmaschine gekommen waren. Ganz anders als die seines Vaters.

Dummer Junge.

Joe riss sich von dem Jungen los. Seine Augen brannten. Er ließ den Blick weiter durch das Innere der Obsidiankuppel schweifen, immer noch auf der Suche nach einem Ausgang, einer Fuge, nach *irgendeinem* Hinweis darauf, dass sie nicht für immer hier gefangen sein würden.

Die seidigen schwarzen Innenwände waren makellos. Einen halben Meter oberhalb seiner Reichweite wölbte sich eine scharlachrote Kugel aus der Decke und verbreitete ein unheimliches rötliches Licht, doch es gab keine Türen, keine Fenster, nichts außer Hunderten kleiner Kinder, die ihn ansahen.

Wütend und hilflos fiel Joes Blick wieder auf die kleinen Gruppen von Kindern, die an den Wänden kauerten. Der eine Junge, der mutig genug war, ihm in die Augen zu sehen, wandte sich schließlich doch ab und starrte auf den Boden zwischen seinen Beinen. Kurz darauf bebten seine schmalen Schultern, als er leise schluchzte.

In diesem Moment fühlte sich Joe, als hätte man ihn geohrfeigt. Als er sah, wie der Junge seinem zornigen Blick auswich und wimmerte, wurde ihm klar, dass all diese Kinder nur jemanden suchten, der ihnen sagte, dass alles gut werden würde. Genau so, wie Joe es sich gewünscht hatte, als seine Welt in die Brüche gegangen war. Als Dad verschwunden und niemand bereit gewesen war, ihn zu suchen. Als er Dads Freund Manny in einer Blutlache an einer Parkuhr lehnend gefunden hatte, mit Dads Messer in der Hand. Als sie gekommen waren, um Sam zu holen.

Obwohl jeder Nerv in Joes Körper ihm zuschrie, dass er sich an der Wand zusammenrollen und so tun sollte, als würde es die anderen Kinder nicht geben, ging er zu dem Jungen und hockte sich vor ihn. Der Junge blickte auf und sah ihn mit geradezu schmerzhafter Hoffnung in den Augen an.

Joe schluckte schwer und sagte: »Wie geht es dir?«

»Weißt du, wann sie uns nach Hause gehen lassen?«, platzte es aus dem Jungen heraus.

Als er die unschuldige Verzweiflung in seiner Stimme hörte, spürte Joe, wie etwas in ihm starb. Niemand hatte es ihm gesagt. Niemand hatte sich auch nur die Mühe gemacht, es ihm zu sagen.

Ich kann diesen Kindern nicht helfen, dachte Joe verzweifelt. Was zum Teufel sollte er ihnen sagen? Wer zum Teufel war er, Joe Dobbs, ihnen zu sagen, dass sie ihre Familien nie wiedersehen würden?

Aber *irgendetwas* musste er ihm sagen. Als Joe dem Jungen in die Augen blickte, wusste er, dass er sich nicht einfach umdrehen und weiter vor sich hinbrüten konnte. Aber die Wahrheit konnte er ihm auch nicht erzählen.

»Ich weiß nicht, wann sie uns rauslassen«, sagte Joe, »aber ich weiß, dass sie uns hier nicht ewig drinlassen werden.« *Ganz bestimmt nicht.*

Der Junge fing an zu zittern. »Ich will nicht, dass sie wiederkommen. Sie machen mir Angst.«

Sie werden noch sehr viel Schlimmeres tun, als uns Angst zu machen. Joe streckte die Hand aus und legte sie dem Jungen auf die Schulter, die so schmal war, dass seine Handfläche sie ganz bedeckte. »Hör zu, Junge, das sind doch nur große Tintenfische. Selbst das Zeug im Küchenabfluss ist gruseliger.«

»Sie sehen nicht aus wie Tintenfische«, winselte der Junge.

Er hat recht. Es sind gottverdammte Aliens, du gefühlloser Mistkerl. »Dann sind sie eben Trockenpflaumen. Große, total hässliche Trockenpflaumen.«

Der Junge lachte, ein erleichterter Laut, der halb wie ein Schluchzen klang. Joe tätschelte ihm die Schulter und stand auf.

»Bist du nicht zu alt, um hier zu sein?«, fragte ein älteres Mädchen hinter ihm in anklagendem Ton.

Joe zuckte zusammen. »Ja, ich bin vierzehn«, gab er widerstrebend zu. Zwei Jahre über dem Höchstalter für die einberufenen Kinder. Hinzu kam, dass Joe geradezu riesig war. Mit vierzehn hatte er bereits den Körperbau eines Football-Profis und war über einen Meter achtzig groß. In den Augen dieser Kinder sah er wahrscheinlich aus wie ein Achtzigjähriger.

»Warum haben sie dich dann mitgenommen?«, wollte ein anderes Mädchen wissen, das in der Nähe saß.

»Ich habe etwas Dummes getan«, antwortete Joe und verzog das Gesicht.

»Was meinst du mit ›dumm‹?«

»Ich habe etwas getan, das ihnen nicht gefallen hat«, sagte Joe und ballte bei der Erinnerung daran die Fäuste. Er hätte sich zu gern irgendwo vor all den durchdringenden Blicken versteckt.

Alle Augen waren auf ihn gerichtet. Wahrscheinlich sah er für viele aus wie ihr eigener Vater.

»Und was?«, fragte eins der Kinder hartnäckig nach.

Joe setzte ein schiefes Grinsen auf. »Hört mal, äh … ich möchte wirklich nicht darüber reden.«

»Du solltest ihnen sagen, dass du vierzehn bist«, schlug ein kleines Mädchen altklug vor.

»Ja«, meldete sich ein kleiner Junge zu Wort. »Wenn du älter als zwölf bist, darfst du nicht hier sein.« Der Junge war wahrscheinlich sieben oder acht, und seiner Miene nach zu urteilen, war er sich absolut sicher, dass Joe nur zu den Aliens gehen und ihnen sagen musste, dass er vierzehn war, um einen Freifahrtschein aus diesem Gefängnis zu bekommen.

Aber natürlich hatte keins dieser Kinder gesehen, was Joe getan hatte, um hier zu landen. Oder den Ausdruck in den Augen der Aliens, die ihn in diesen riesigen Raum gestoßen hatten, allein, einen Tag vor den anderen Kindern.

Niemand von ihnen versteht es. Joe verspürte den überwältigenden Drang, auf Abstand zu den anderen Kindern zu gehen, an seinen Platz an der Wand zurückzukehren und für sich zu sein, doch stattdessen rang er sich ein Lächeln ab. »Vielleicht werde ich das tun.« Ja, genau dann, wenn sie ohnehin eine Waffe zogen, um ihm den Schädel wegzupusten, weil er verdammt noch mal zu alt war.

Unter dem Ansturm ihrer Blicke schlurfte Joe in seine »Ecke« zurück und drehte das Gesicht halb zur Wand. Auf diese Weise konnte er zumindest so tun, als würden die anderen ihn nicht beobachten.

Ich will zurück nach Hause. Lieber Gott, bitte lass mich nach Hause.

Keine Himmelschöre ertönten, auch keine Posaunen, und die Wolken rissen nicht auf. Hier gab es nichts außer Hunderten verzweifelter Kinder, die ihn ansahen, als wüsste er, was das alles zu bedeuten hatte.

2 *Der kleine Harry Simpson*

Ohne Vorwarnung öffnete sich neben Joe die Obsidianwand, und eine Woge Aliens strömte in den Raum. Sie waren nicht in die glänzenden schwarzen Anzüge gekleidet, die sie auf dem Rasen vor dem Weißen Haus getragen hatten und von denen Kugeln abprallten. Zum ersten Mal sah er ihre klebrige braune Haut aus der Nähe – die vier schlanken Tentakel, die aus beiden knochenlosen Armen wuchsen, und die großen Schlangenaugen, die an feuchte Gummibärchen erinnerten. Die zwei sich windenden Tentakel an ihren Köpfen, die aussahen, als hätten sich ihnen Würmer ins Hirn gebohrt.

Im anschließenden Chaos – brüllende Aliens, schreiende und fliehende Kinder – schlüpfte Joe zur Tür hinaus und rannte los.

Mit seinen eins fünfundachtzig und dem Football-Training, das er kurz vor seiner Rekrutierung zur Vorbereitung auf die Spielsaison gemacht hatte, war Joe schneller – viel schneller – als seine knochenlosen, einen Meter fünfzig großen Verfolger. Er raste den nächstbesten rot erleuchteten Korridor entlang. Die Aliens riefen ihm durch ihre Übersetzungsgeräte hinterher, dass er zurückkommen sollte.

Ohne ihre Rufe zu beachten, rannte Joe weiter.

Schon bald war er allein. Er hielt inne, blickte in zwei gleich lange Korridore und fragte sich, wo es wohl nach draußen ging.

Sie hatten die Erde noch nicht verlassen. Das Schiff hatte kein bisschen gezittert, seit man Joe und die anderen vor wenigen Tagen in ihr Gefängnis gesteckt hatte.

Er hatte noch eine Chance.

Joe entschied sich für einen Korridor und stürmte ihn entlang, in der verzweifelten Hoffnung, einen Weg nach draußen zu finden. Er rannte durch zwei weitere Gänge – und stand dann mit einem Mal in einer Sackgasse. Der Korridor endete vor einer glatten schwarzen Wand, so abrupt, dass es nur eine Tür zu einem Raum oder einem weiteren Gang sein konnte. Verzweifelt suchte Joe die Wand nach einer Schaltfläche oder einem Schloss ab – nach irgendetwas, das ihn auf die andere Seite gelangen lassen würde. Während er spürte, wie Panik in ihm aufstieg, strich er mit den Fingern über die Wand, grub sie auf der Suche nach einem Knopf oder Riegel ins klebrige Schwarz, fand aber keine Unregelmäßigkeiten, die auf einen Eingang hindeuteten.

Hinter sich hörte Joe das gedämpfte Knallen von Stiefeln, als seine Verfolger zu ihm aufschlossen. Adrenalin kochte in seinen Adern, und sein Atem ging schnell und angestrengt, während er hektisch immer wieder mit den Händen gegen die Wand klatschte. Ihm rauschte das Blut in den Ohren, und schließlich ließ Joe von der Tür ab und kehrte um.

Wie wurmige braune Hundehaufen versperrten ihm fünf Aliens den Weg. Sie hatten ihre kleinen schwarzen Pistolen gezückt, grunzten sich in ihrer rauen Sprache an, zeigten auf ihn und nickten.

Joe brauchte kein Übersetzungsgerät, um zu verstehen, dass sie ihn auslachten.

Das vorderste Alien, über dessen faltiges braunes Gesicht helle orangefarbene Streifen verliefen, war das Lauteste. Das kleine Gerät an seinem Hals vermittelte überraschend deutlich den höhnischen Ton. »*Das jämmerliche Geschöpf ist zu dumm, um eine Tür zu öffnen. Wir sollten es hier verhungern lassen. Es kommt hier nie mehr raus.*«

Joe spannte sich an. »Lassen Sie mich in Ruhe! Ich bin vierzehn. Ich bin zu alt, um Soldat zu werden.«

Obwohl die Übersetzungsgeräte an ihren Hälsen Joes Worte nicht wiederholten, bedachte ihn der blasse, vernarbte Außerirdische ganz hinten mit einem abschätzenden Blick. Anscheinend bereitete es ihm keine Schwierigkeiten, ihn zu verstehen, denn er antwortete: »*Du hast recht. Mit dir hat Kommandeur Lagrah etwas anderes im Sinn.*«

Das Alien mit den orangefarbenen Streifen im Gesicht gab ein weiteres grunzendes Lachen von sich. »*Sie sind zu nachsichtig, Kihgl. Sagen Sie dem Menschenwesen einfach, dass wir es töten werden.*«

»*Seien Sie still, Tril.*« Die Worte kamen aus dem Gerät des hinten stehenden Außerirdischen namens Kihgl. Seine Färbung war heller als bei den anderen, die Haut hing in schweren Falten herab, und an Hals und Gesicht hatte er ein beeindruckendes Gitternetz aus schwarzen Narben, die sich bis unter seine saubere schwarze Uniform fortsetzten.

Trils Gesicht verzog sich zu einer runzligen Miene. »*Es hat uns schon genug Ärger gemacht … ich finde, wir sollten uns eine kleine Entschädigung holen, bevor wir es töten.*«

»*Er ist schneller als Sie, Kommandeur Tril. Wenn Sie ihn in Panik versetzen, wird er noch schwerer zu bändigen sein.*«

»*Das lässt sich ändern.*« Tril hob die Waffe und zielte auf Joes Bein. Die anderen Aliens lachten grunzend, als Joe entsetzt aus dem Weg sprang.

»*Kommandeur Tril.*« In der Stimme des bleichen, vernarbten Außerirdischen lag eine unüberhörbare Warnung.

Tril steckte die kleine schwarze Pistole sofort wieder unter seinen Gürtel und sagte zu Joe: »*Leg dich mit den Armen hinter dem Rücken auf den Boden.*«

»Nein.« Joes Herzschlag pochte wie ein Trommelfeuer in seiner Brust. Verzweifelt suchte er mit Blicken den Korridor hinter den Aliens ab, um einzuschätzen, ob er irgendwie an ihnen vorbeikommen konnte, ohne erschossen zu werden.

Kommandeur Tril trat näher an Joe heran und spreizte die zwei vierfingrigen Tentakel weit, um ihm den Fluchtweg zu versperren. Zu beiden Seiten rückten nun auch seine Kameraden vor, um Joe einzukreisen. Sie gingen langsam und machten keine hektischen Bewegungen, wie Pferdetrainer, die versuchten, ein aufgeregtes Tier zu beruhigen.

»Lassen Sie mich in Ruhe, habe ich gesagt!«, schrie Joe. Er wich zwei Schritte zurück und stand am Ende des Korridors.

Die Außerirdischen lachten erneut und kamen weiter auf ihn zu.

»*Schauen Sie es sich an*«, sagte Tril. »*Es ist verängstigt wie ein Takki.*«

Joe zog den Kopf ein und sprang auf den Sprecher zu, um ihn umzuwerfen und über ihn hinwegzusetzen. Doch Kommandeur

Tril stand da wie ein 200-Kilo-Linebacker und wich keinen Zentimeter von der Stelle. Er stieß einen verzerrten Fluch aus und umschlang Joes Arm mit stechenden Tentakeln. Wie Mini-Pythons zogen sie sich fester um den Muskel zusammen, sodass seine Finger sofort taub wurden. Joe spürte ein Brennen auf der Haut. Er schnappte nach Luft und versuchte sich loszureißen, doch das Alien blieb wie angewurzelt stehen und sah zu, wie sich Joe wand, die klebrigen braunen Augen in einem Ausdruck der Genugtuung zusammengekniffen, der keiner Übersetzung bedurfte.

Mit der freien Hand zog Joe seinem Angreifer die kleine schwarze Waffe aus dem Gürtel. Plötzlich lockerten sich die Tentakel um seinen Arm, und Joe befreite sich aus ihrem Griff. Er hielt die Waffe mit beiden Händen und versuchte verzweifelt herauszufinden, wie man sie abfeuerte, als ein Alien ihn von hinten an der Kehle packte.

Die Waffe entlud sich mit einem rülpsenden Geräusch, das alle Aliens im Korridor zusammenzucken ließ.

Die blau leuchtende Entladung traf den vernarbten Außerirdischen am Hals und löste einen der sich windenden Tentakel auf, die ihm vom Kopf herabhingen. Mit einem wütenden Brüllen schlang ein anderer Joe seinen schlangengleichen Arm um den Hals, verstärkte den brennenden Griff und schüttelte ihn, als wäre er eine Puppe. Joe ließ die Waffe fallen, ihm wurde langsam schwarz vor Augen.

»Der brennende Furg hat Kihgl erschossen!«

Das Alien, das Joe am Hals gepackt hielt, riss ihn nach vorn und brach ihm dabei fast das Genick. Joe ging in die Knie. Seine Lunge brannte, und sein Blickfeld hatte sich inzwischen auf zwei winzige, verschwommene Punkte verengt. Weitere Aliens drängten sich um ihn zusammen, ergriffen seine Arme und drückten ihn zu Boden.

Schnell schrumpfte Joes Welt auf ein paar Zentimeter des glänzenden schwarzen Bodens unter seinem Gesicht zusammen, bevor alles um ihn herum dunkel wurde.

Dann hörte er aus der Leere den Narbigen sprechen. *»Hören Sie auf, Sie Takki! Das war nur eine* hahkta. *Lassen Sie diesem dummen Geschöpf etwas Luft zum Atmen.«*

Der brennende Tentakel um Joes Hals lockerte sich gerade genug, dass er verzweifelt nach Luft schnappen konnte. Während er krampfhaft hustete und keuchte, kehrte sein Sehvermögen langsam wieder zurück.

Als er die Dinge, die er sah, schließlich wieder auseinanderhalten konnte, stellte er fest, dass das Alien, das er angeschossen hatte, auf ihn herabstarrte. Der Blick seiner klebrigen braunen Augen war nicht zu deuten. Eine durchsichtige, bräunliche Flüssigkeit tropfte aus dem aufgelösten Tentakel an seiner Kopfseite auf Joes Jeans, doch Joe konnte sich nicht von der Stelle rühren, um den Spritzern auszuweichen. Die drei Aliens, die ihn festhielten, waren offenbar gewillt, ihn in Stücke zu reißen, und seine Arm- und Beinknochen schmerzten heftig und standen kurz davor, aus den Gelenken zu springen. Joe schloss die Augen und spürte, wie ein Schluchzen in seiner Brust aufstieg. Er kämpfte dagegen an, schluckte es herunter. Er würde nicht weinen. Nicht wegen denen.

»*Kommandeur Tril, statten Sie ihn bitte mit einem Modifikator aus, bis wir ihn töten. Ich möchte diesem Ascher nicht noch einmal hinterherrennen müssen.*«

Plötzlich löste sich der Griff um Joes Arm.

Dann drehte ihn das Alien hinter ihm grob auf den Rücken und hielt ihn fest, während Kommandeur Tril ein bläuliches Band an seinem Fußknöchel befestigte. Anschließend ließen alle Aliens ihn gleichzeitig los.

Verwirrt und panisch tauchte Joe unter ihnen hinweg und rannte los.

Er war vielleicht fünfzehn Meter weit gekommen, als sein Körper mit einem Mal nicht mehr reagierte. Schmerzen schossen von seinem Fuß aus in Bauch, Brust und Augen, sodass er sich zusammenkrampfte und schrie, bis er keine Luft mehr in der Lunge hatte. Zappelnd und kreischend fiel er zu Boden, unfähig, an etwas anderes zu denken als an den grauenvollen Schmerz, der ihn von innen auffraß.

Und dann, genauso schnell, wie er eingesetzt hatte, verebbte der Schmerz wieder. Joe spürte etwas Nasses, Warmes auf dem Bauch und begriff, dass er Galle und Wasser mit Algengeschmack über seine Brust erbrochen hatte. Keuchend lag er auf dem Rücken und starrte zum kugelförmigen roten Licht an der Decke empor, während er sich mit beiden Händen an den klebrigen schwarzen Boden klammerte.

Das blasse, vernarbte Alien, das er angeschossen hatte, schob sich in sein Blickfeld. Eine ganze Weile starrten sie sich nur an.

»Bist du jetzt fertig?«, fragte der Vernarbte schließlich. In seiner Tentakelhand hielt er ein kleines Gerät, das aus dem gleichen blauen Metall bestand wie das Band um Joes Fußknöchel.

Joe erzitterte und wandte sich ab. Die Erinnerung an den Schmerz war noch frisch und wund. Zitternd spuckte er die restliche Galle aus. Er wollte weglaufen, doch jetzt fürchtete er sich davor, genau das zu tun.

Sobald ihm das klar wurde, spannte er sich an.

Dad würde gegen sie kämpfen, dachte Joe. *Dad würde nicht nachgeben. Er würde nicht einfach hier herumliegen.* Dennoch konnte er sich nicht überwinden, auch nur einen Muskel zu bewegen, weil er wusste, dass die Qualen dann erneut beginnen würden.

»Das ist keine Schande, Mensch. Du kannst nirgendwohin fliehen.« In Kihgls Stimme lag ein nachsichtiger Unterton, von dem Joe übel wurde.

Weil er nicht still daliegen und das Mitleid des Aliens über sich ergehen lassen konnte, sprang Joe auf und rannte erneut los.

Diesmal kam er nur ein paar Meter weit, bevor er zu Boden ging. Schreckliche Schmerzen durchfuhren ihn in endlosen Wellen. Während er um sich schlug, entleerte sich seine Blase. Joe hatte das Gefühl, man hätte ihm bei lebendigem Leibe den Bauch mit glühenden Kohlen gefüllt und ihn in einen Hochofen geworfen. Jeder Atemzug war ein solcher Albtraum, dass er sich wünschte, es wäre sein letzter. Er wollte nur noch sterben.

Diesmal überließen die Aliens ihn länger seinen Qualen. Als er schließlich wieder atmen konnte, ohne zu weinen, lag Joe keuchend da. Während er noch krampfhaft zitterte, schlenderten sie beiläufig heran.

Als ihm klar wurde, dass er nicht in einer Pfütze aus Blut und Eingeweiden lag und dass die Schmerzen ihm keinen echten Schaden zufügten, erhob sich Joe mit weichen Knien.

Eines Tages werden diese Arschlöcher sich wünschen, sie hätten mich getötet, dachte er, während er sie zitternd anstarrte.

Kommandeur Tril lachte wieder. »*Meinen Sie, dass dieser Furgling-Rußer einen dritten Versuch wagen wird?*«

Joe straffte sich und sah dem Ooreiki mit den orangefarbenen Streifen in die feuchten braunen Augen. *Du bist tot*, dachte er. *Sobald ich herausgefunden habe, wie man diese Waffe benutzt, bist du tot.*

Als Kihgl begriff, dass Joe kein drittes Mal davonlaufen würde, drehte ihm der vernarbte Ooreiki die Arme hinter den Rücken und führte ihn durch den Korridor. Sie kamen an einer großen Gruppe Kinder vorbei, die unter Aufsicht durch den Gang liefen. Kihgl und seine Begleiter stießen ihn in die Gruppe, schalteten ihre Übersetzungsgeräte ab und sprachen ein paar Worte in rasselndem, grunzendem Ooreiki, um dann abrupt zu gehen.

Sowohl die Aliens als auch die Kinder sahen Joe fragend an. Er spürte, wie die Blicke der Aliens am Metallband um seinen Fußknöchel hängen blieben, und errötete.

Irgendwie komme ich zurück nach Hause. Bei der ersten Gelegenheit.

Diesmal leistete Joe keinen Widerstand, als man ihn durch einen weiteren röhrenförmigen schwarzen Korridor in einen riesigen Raum führte, der von blendend weißem Licht erhellt war. Zwar taten ihm die Augen nicht mehr von der Anstrengung weh, Formen und Schatten auseinanderzuhalten, doch dafür kribbelte seine Haut, als er das Schiffsinnere in diesem neuen Licht zum ersten Mal genauer betrachten konnte. Jede Oberfläche schien von einer schimmernden, flüssigen, lebendigen Energie erfüllt zu sein. Erst jetzt wurde ihm klar, dass die Oberflächen hier nicht aussahen wie aus Stein, aus Metall, aus Glas oder irgendetwas sonst, das er kannte. So wie das Schimmern in ebenholzschwarzen Wellen an- und abschwoll, machte es fast den Eindruck, als würden die Wände atmen. Joe musste einen Anflug von Panik unterdrücken. Plötzlich fragte er sich, ob sie im Bauch eines gewaltigen, raumbewohnenden Monsters gefangen waren.

Es lebt nicht, versuchte er sich einzureden. *Das ist unmöglich.* Außerdem hatte er ihre glänzenden schwarzen Schiffe von außen gesehen. Es waren *Schiffe*.

Doch als er sah, wie sich der Schimmer in Wellen immer wieder verlagerte, wie bei einem Kornfeld, durch das der Wind strich, wich Joe zur gegenüberliegenden Wand zurück. Ihm sträubten sich die Haare.

Die anderen Kinder bemerkten anscheinend nichts davon. Sie waren vor allem damit beschäftigt, sich aneinander festzuklammern und vor den paar Dutzend Aliens wegzulaufen, die sie wie Vieh vor sich hertrieben. Innerhalb weniger Minuten hatten die Aliens Hunderte – wenn nicht *Tausende* – Kinder in den Raum gedrängt, und ihre angsterfüllten Stimmen schwollen an und ab und übertönten jeden anderen Laut.

In zunehmender Panik streckte Joe die Hand aus, um an dem bläulichen Band um seinen Knöchel zu zerren. Genau wie die Türen, die mit den Wänden verschmolzen, hatte es sich nahtlos geschlossen – ein papierdünner Ring, der kein bisschen nachgab. Hilflos zerrte er daran, gab aber schließlich auf und zog sich in eine Ecke zurück, um seinen nassen Schritt zu verbergen. Dann überlegte er, wie er seine Entführer dafür töten konnte, dass sie ihn dazu gebracht hatten, sich vor Tausenden von Kindern einzupinkeln.

Etwa eine Stunde verging, während immer mehr Kinder zu der verängstigten Versammlung dazustießen. Die Aliens drängten sie in einer Hälfte des Raums zusammen, bis sie kaum noch Platz zum Atmen hatten, ganz zu schweigen von Bewegungsfreiheit. Dann strömten Dutzende weitere Aliens herein, und furchtsame Stille senkte sich über die Kinder. Joe, der fast einen Kopf größer als alle anderen war, sah, wie sich die Aliens in neun Reihen vor der gegenüberliegenden Wand aufstellten. Er erkannte die Fünfergruppe, die ihn eingefangen hatte, und begegnete für einen Moment dem Blick des Wesens namens Kihgl.

Das blasse Alien trat zusammen mit acht weiteren vor und begann damit, die Kinder wie bei der Mannschaftswahl im Sportunterricht zu sortieren. Dabei blaffte es seinen Leuten in der rauen, kehligen Sprache der Ooreiki Befehle zu, die sie hastig befolgten. Als Joe klar wurde, dass die Aliens ihre Übersetzungsgeräte abgeschaltet hatten, bekam er noch größere Angst. Er zog den Kopf ein und schob sich so weit nach hinten wie möglich. Sein Bauchgefühl sagte ihm, dass das, was als Nächstes geschehen würde, auf keinen Fall gut sein konnte.

Schließlich standen alle Kinder außer Joe und einigen wenigen anderen in Gruppen hinter je einem der neun Ooreiki. Mit zunehmender Besorgnis stellte Joe fest, dass die Übriggebliebenen mit Ausnahme von ihm alle schwach oder kränklich aussahen. Einer der Jungen hatte einen klaffenden roten Schnitt im Bein, der vom Knie bis zur Ferse reichte und durch den man die Haut- und Muskelschichten sehen konnte. Eine Wunde aus den Höllentagen der Einberufung. Der Junge versuchte schon lange nicht mehr, auf dem verletzten Bein zu stehen. Stattdessen saß er auf dem Boden und beobachtete die Aliens nervös und mit rot geränderten Augen.

Joe stockte der Atem, als er ihn erkannte. Es war der kleine Harry Simpson. Er hatte ihn dreimal die Woche auf seinem Dreirad draußen auf der Straße am Rand der Vorstadt herumfahren sehen. Wenn Joe, Sam und ihr Vater im Garten vor dem Haus Football gespielt hatten, hatte er sich immer auf den Zaun gelehnt, ein Eis geschleckt und sich bei einem Foul als Schiedsrichter betätigt.

Jetzt sah Harry aus wie ein mit Haut überzogenes Knochengerippe. Die kleinen Finger, die Joe immer Lutscher hingehalten hatten, waren nun knochige Auswüchse, die er vor Schmerz und Fieber in den Taschen zusammengeballt hielt. Er hatte dunkle Ringe unter den Augen, und seine Wangen waren tränennass.

Als er den bräunlichen Eiter sah, der aus Harrys Wunde quoll, wusste Joe, dass der Junge in ein Krankenhaus musste. Joe hatte gelesen, was passierte, wenn Wunden eiterten. Wenn ihm niemand half, würde Harry sterben.

Als ein Alien mit orangefarbenen Streifen im Gesicht auf sie zutrat, atmete Joe scharf ein. Auf keinen Fall wollte er von Kommandeur Tril gewählt werden. Bereits jetzt verwandelte sich Joes Arm dort, wo Tril ihn festgehalten hatte, in einen einzigen lilafarbenen Bluterguss.

Tril ging zu Harry und deutete auf ihn, drehte sich zu seinen Begleitern um und sagte etwas in seiner fremden Sprache. Niemand rührte sich. Tril zeigte erneut auf Harry, der mit hoffnungsvollen, schmerzglänzenden Augen zu ihm aufblickte.

Warum nimmt Tril ihn nicht mit?, fragte sich Joe, und ein kalter Klumpen des Entsetzens bildete sich in seinen Eingeweiden.

Kommandeur Tril aktivierte das Übersetzungsgerät an seinem Hals und wandte sich an alle Versammelten. »*Die Bataillonsanführer haben ihre Entscheidung getroffen. Zweimal habe ich um einen Platz für diesen hier gebeten, und zweimal wurde er zurückgewiesen. Kein Soldat des Kongresses will ihn in seine Obhut nehmen, deshalb hat er keinen Platz in der Armee.*«

Das Alien zog seine Waffe aus dem Gürtel und schoss Harry ins Gesicht.

Eine ganze Weile lang war Joe zu entsetzt, um auch nur einen Finger zu krümmen. Dann stieß er einen urtümlichen, tief aus dem Bauch kommenden Schrei aus und sprang hoch. Mit pochendem Herzen wich er zurück.

Harrys ausgemergelter Körper kippte zur Seite, und lilafarbener Schleim lief ihm über das *Sesamstraßen*-T-Shirt. Ihm fehlte der halbe Kopf. Joe starrte auf seine Leiche und fing an zu hyperventilieren.

Sie werden uns alle töten, begriff er. Die anderen zwölf Kinder in der Mitte des Raums schrien. Die Aliens brachten sie rücksichtslos zum Schweigen, indem sie mehrere von ihnen auf den glänzenden schwarzen Boden drückten. Als sich einer der Jungen verzweifelt blinzelnd wieder aufsetzte, blutete er aus dem Ohr.

Tril wartete, bis Ruhe eingekehrt war, und sprach dann mit seinen Begleitern, wieder ohne eingeschaltete Übersetzungsgeräte. Ein Alien musste einen Jungen mit Sommersprossen festhalten, der schrie und sich wand und zu entkommen versuchte, während sie miteinander redeten.

»Aufhören!« Joe sprang vor, um dem Jungen zu helfen.

Bevor er auch nur drei Schritte weit gekommen war, packte ihn ein Ooreiki und riss ihn zurück.

»Nein!«, sagte Joe, »tun Sie es nicht!«

Tril beachtete ihn nicht weiter und wandte sich erneut dem sommersprossigen Jungen zu. Wie bei Harry sagte er: »*Die Bataillonsanführer haben ihre Entscheidung getroffen. Zweimal habe ich um einen Platz für diesen hier gebeten, und zweimal …*«

»Bitte erschießt ihn nicht!«, schrie Joe. »Er ist doch nur ein …«

Das Alien, das ihn festhielt, brachte ihn zum Schweigen, indem er ihm einen Tentakel um die Kehle schlang und zudrückte.

Tril warf Joe einen finsteren Blick zu. »… *und zweimal wurde er zurückgewiesen. Kein Soldat des Kongresses will ihn in seine Obhut nehmen, deshalb hat er keinen Platz in der Armee.*«

Joe versetzte seinem Angreifer einen Fußtritt und riss sich los. »Nicht …«

Der Schrei des Jungen endete in einem feuchten Klatschen.

»Du Drecksack!«, brüllte Joe Tril an. »Du mieser Drecksack!« Drei Aliens zerrten Joe zu Boden, und ihre Tentakel brannten auf seiner Haut und hinterließen blutige Striemen, als er sich wehrte.

Das dritte Kind, ein kleines Mädchen, das kaum aus dem Krabbelalter heraus war, wurde gewählt, bevor Tril es erschießen konnte. Joe blickte auf und sah, wie Kihgl es in seine Gruppe stieß. Der Tentakel, den Joe ihm abgeschossen hatte, war nur noch ein dunkelbrauner Fleck an seinem Kopf, wodurch es aussah, als hätte er Schlagseite.

Was nun kommen würde, konnte Joe nicht mit ansehen. Er schloss die Augen, ließ den Kopf sinken und wartete auf das Ende.

Die nächsten beiden Kinder wurden von einem weiteren vernarbten Alien aufgenommen, das jedoch blasser war als Kihgl. Als Joe sein bleiches Gesicht sah, erkannte er es wieder. Kälte erfüllte ihn.

*

Qualm wehte von der brennenden Straße heran. Joe starrte auf einen schwarzen Stiefel. In Kopf und Bauch spürte er ein Brennen, und die Nacht explodierte überall um ihn herum in hellen, bunten Farben. Sam war fort … er war mit den anderen entkommen. Das Alien starrte mit dem kalten Zorn einer Wespe durch den glatten schwarzen Helm auf ihn herab. »Was glauben Sie, wie alt dieser hier ist?«

»Sechzehn, laut Datenabgleich, Kommandeur Lagrah«, sagte eines der Aliens in den schwarz glänzenden Anzügen. »Vielleicht auch vierzehn, bei irregulärem Wachstum.«

Ein grausamer Ausdruck stand in den blassbraunen Augen des Aliens, als es sagte: »Verzeihung, Gokli. Was sagten Sie, wie alt er ist?«

Es folgte eine längere Pause. »Zwölf, Sir.«

*

Lagrah. Er heißt Lagrah.

Dann rissen die Aliens, die Joe festhielten, ihn hoch und vertrieben die Erinnerung. Als er aufblickte und Kommandeur Tril vor sich sah, hörte Joe nur noch seinen eigenen rasenden Herzschlag. Tril betrachtete ihn mit sichtlicher Befriedigung.

»Gehen Sie zum Teufel«, sagte Joe.

Tril erzeugte ein kehliges Klackern hinten in seinem Hals – ein Alien-Lachen. Lässig, die großen, gummiartigen Augen auf Joe gerichtet, sagte er etwas Unverständliches zu den anderen Ooreiki.

Als Joe ihre eingedrückten, teilnahmslosen Gesichter sah, wusste er, dass er sterben würde.

Tril fragte erneut und blickte sich zu den anderen Ooreiki um, die vor ihren gewählten Gruppen standen. Keiner von ihnen regte sich. Joe spürte die Zufriedenheit des Schützen, als dieser mit einem tastenden Tentakel das kleine schwarze Gerät an seinem Hals einschaltete.

Tril wartete, bis alle schwiegen und alle Blicke auf ihn gerichtet waren. *»Die Bataillonsanführer haben ihre Entscheidung getroffen. Zweimal habe ich um einen Platz für diesen hier gebeten, und zweimal wurde er zurückgewiesen. Kein Soldat des Kongresses will ihn in seine Obhut nehmen, deshalb hat er keinen Platz in der Armee.«*

Als Tril die Waffe hob, nahm Joe den Kopf hoch und richtete den Blick auf einen Punkt an der Wand. Er war fest entschlossen, seine Angst nicht zu zeigen. Er wusste, dass es sinnlos war, um sein Leben zu flehen. Sie hätten all die kranken Kinder auch auf der Erde lassen können, doch stattdessen hatten sie sie an Bord gebracht, um an ihnen ein Exempel zu statuieren, für die anderen.

An den kranken Kindern … und an den Kindern, die sie verärgert hatten.

Joe spürte ein Rumoren in seinen Eingeweiden und hoffte absurderweise, dass er sich nicht vor all den Kleineren eingeschissen hatte. Die meisten Kinder hatten das getan. Noch jetzt rann Harry Simpson ein brauner Streifen am zuckenden, knochendürren Bein hinab.

In der anschließenden Stille gab Kommandeur Kihgl einen kehligen Laut von sich, der ebenfalls nach Gelächter klang.

Nun macht schon, ihr Arschlöcher, dachte Joe und ballte die Fäuste, obwohl der feste Griff seines Wachpostens ihm die Blutzufuhr zu den Unterarmen abschnürte. Hatten sie es vielleicht darauf abgesehen, ihn vorher zum Heulen zu bringen?

Das blasse, vernarbte Alien namens Kihgl sprach erneut. Tril wandte sich ihm mit einem unverkennbar verärgerten Ausdruck in dem faltigen, orangebraunen Gesicht zu. Die Mündung seiner Waffe hielt er weiter fest zwischen Joes Augen gerichtet.

Joe starrte darauf. Seltsam, es sah aus, als würde die Spitze der Waffe wabern wie eine Fata Morgana. Der Anblick erinnerte ihn an fließendes Wasser, an den Bach, der sich bei einem Freund durch den Garten hinter dem Haus schlängelte.

Joes Blick zuckte zu den Ooreiki zurück, als ein heftiger, grober Wortwechsel zwischen Tril und Kihgl ausbrach. Mehrere andere der »Mannschaftskapitäne« mischten sich ein. Die meisten waren anscheinend auf Trils Seite. Joe begriff, dass das Alien, das er entstellt hatte, um sein Leben verhandelte.

Das überraschte ihn, denn immerhin hatte gerade dieser Ooreiki am meisten Grund, ihn zu töten. Joe erlaubte sich einen Moment der Hoffnung, die sich jedoch schnell wieder verflüchtigte, als ihm klar wurde, dass die anderen Bataillonsanführer im Streit die Oberhand gewannen. Joe blickte zu Boden und fragte sich, wie lange sie die Sache noch hinauszögern würden.

Eine befehlsgewohnte Stimme erhob sich und setzte dem Streit ein Ende. Joe erkannte den Sprecher, und ihm gerann das Blut in den Adern.

Lagrah. Der, den er gedemütigt hatte. Der, der ihn allein statt Sam an Bord genommen hatte. Der, der ihn hatte töten wollen, um für die anderen ein Exempel zu statuieren.

Kommandeur Tril steckte seine Waffe ein, stieß Joe zu Kihgl und stapfte aus dem Raum.

Völlig verblüfft starrte Joe Lagrah an.

Er hat für mich Partei ergriffen?

Immer noch spürte Joe, wie sehr ihn der Ooreiki für das hasste, was er dort in jener Gasse getan hatte. Er hatte sich diesen Hass voll und ganz verdient.

Dennoch hatte das Alien, das er in den Straßen von San Diego gedemütigt hatte, ihn hier im Schiff gerettet.

Verwirrt ließ sich Joe von Kihgl in seine Gruppe stoßen.

Lagrah trat an die Stirnseite des Raums, um zu den Versammelten zu sprechen. »*Ich bin Erster Kommandeur Lagrah von der Ooreiki-Bodenstreitmacht. Menschen, ihr steht heute hier, weil ein Ooreiki-Kommandeur Qualitäten in euch gesehen hat, die es ermöglichen, Soldaten aus euch zu machen. Von nun an seid ihr alle Rekruten der Kongress-Armee. Schaut euch die anwesenden Ooreiki an. Sie sind die Kommandeure und Kampfmeister, die euch während der nächsten drei Umläufe eurer Dienstzeit anleiten werden. Bataillonskommandeure, vortreten!*«

Kihgl trat vor Joes Bataillon.

»*Nehmen Sie diese Rekruten an?*«

Joe spürte, wie Kihgls Blick kurz zu ihm huschte, bevor die Ooreiki im Chor riefen: »*Das tun wir, im Namen des Kongresses.*«

»*Dann können Sie sie zu Ihren Kapseln mitnehmen und mit ihrer Ausbildung beginnen. In neunhundert Ticks verlassen wir die Umlaufbahn. Wegtreten.*«

Überall im höhlenartigen Raum wurden Befehle geblafft, als die Ooreiki das Kommando über ihre neuen Bataillone übernahmen. Kinder schrien und rannten in alle Richtungen, und schwarz gekleidete Ooreiki packten sie und stießen sie brutal in die panische Menge zurück, um sie in Richtung Ausgang zu treiben wie ängstliches Vieh.

Dann wurde Joe die Bedeutung von Lagrahs Worten klar. *In neunhundert Ticks verlassen wir die Umlaufbahn.* Sie verließen die Erde. Adrenalin pumpte durch Joes Adern.

Ich muss aus diesem Schiff raus.

Der Gedanke ließ ihm keine Ruhe, während er sich in der Mitte der Gruppe hielt. Sie wurden wie durch einen Trichter in einen glatten schwarzen Korridor gequetscht, der von unheimlichem rotem Licht erfüllt war. Jede Sekunde stach in seine Brust wie ein Messerstich.

Ich muss auf der Stelle *aus diesem Schiff raus.*

Die Aliens verteilten sich um die Gruppe herum, trieben sie weiter wie gedrungene, tentakelbewehrte braune Schäferhunde. Offenbar gingen sie davon aus, dass niemand aus der Reihe tanzen würde, deshalb verteilten sie sich in weiten Abständen um die mehreren hundert Kinder. Joe bemerkte es und ließ sich zurückfallen, während er innerlich panisch auf die Schiffstriebwerke lauschte.

Als er seine Gelegenheit sah, rannte er los.

Der Ooreiki, der seinen Abschnitt überwachte, gab ein überraschtes Grunzen von sich und blinzelte erschrocken mit den durchsichtigen Lidern, während er sich umdrehte, um Joe zu packen. Joe, der zum Glück Knochen hatte, war schneller.

Schnell ließ er den überrumpelten Aufpasser hinter sich, rannte durch den röhrenförmigen Gang und fasste neuen Mut, als sich das Schockband um seinen Knöchel nicht aktivierte. Vielleicht war er außer Reichweite. Der Korridor, der aus dem Kuppelsaal führte, endete verdächtig abrupt, und Joe wurde langsamer, suchte die Wände nach Hinweisen auf eine Tür ab. Dann lief er durch einen kleineren Seitengang weiter. Nichts außer schillernden schwarzen Wänden, kein Anzeichen auf einen Weg nach draußen. Mit sinkender Hoffnung bog er um eine Ecke, als sich das Knöchelband aktivierte.

Joe schrie auf und ging zu Boden, sein Schwung ließ ihn gegen die Wand prallen. Diesmal beendeten die Aliens seine grausamen Qualen nicht nach wenigen Sekunden. Vielmehr kam es ihm vor, als würden sie ihn stundenlang leiden lassen. Zu seiner Schande hörte er sich selbst wie ein Baby schluchzen, und irgendwann machte er sich erneut in die Hose.

Joe lag in Fötalhaltung zusammengekauert am Boden, als Kihgl ihn fand.

»Ich rette dir das Leben, und du benimmst dich wie ein verzogener Takki.« Kihgl versetzte ihm einen Tritt. *»Ich hätte dich sterben lassen sollen, Furg.«*

»Dann töten Sie mich doch«, stöhnte Joe mit einer Mischung aus Hass und Verzweiflung.

»*Steh auf.*«

»Sie können mich mal.«

Ein stechender Tentakel schlang sich um Joes Arm und riss ihn grob vom Boden hoch. Mit dem anderen Arm umfasste Kihgl seinen Schädel und drückte seinen Kopf herunter, bis sie auf Augenhöhe waren. »*Für das, was du auf der Erde getan hast, hättest du sterben sollen. Du hast den Ersten Kommandeur gedemütigt. Hast uns ein komplettes Bataillon gekostet. Treib es nicht so weit, dass ich es bereue, dein rußiges Leben gerettet zu haben, Ascher. Ich kann dafür sorgen, dass du dir wünschst, wir hätten dich an die Dhasha verkauft.*«

Joe schluckte schwer, und Kihgl ließ ihn los.

»*Hör auf, wegzurennen*«, befahl Kihgl. »*Wir sind bereits drei Tage von der Erde entfernt. Wenn du es noch mal tust, werfe ich dich ins All.*«

In Kihgls Blick, der zuvor noch freundlich gewesen war und sogar Anteilnahme vermittelt hatte, lag nun kalter Zorn.

Während Joe sich wand und von seinem einzigen Verbündeten an diesem fremden Ort in Grund und Boden gestarrt wurde, begriff er, dass er einen Fehler gemacht hatte.

Er wollte sich entschuldigen, doch dafür war es viel zu spät. Kihgl stieß Joe und ein paar andere Kinder in einen kleinen Raum mit dreistöckigen Regalen an den Wänden. Hinter ihnen floss die unnatürliche schwarze Tür wieder zu. In der folgenden Stille versammelten sich die Kinder um Joe und warteten ab, was er tun würde. Das dunstige rote Licht zeichnete Schatten auf ihre Gesichter und ließ ihre ängstlich aufgerissenen Augen riesig erscheinen.

»Wohin wolltest du, als du weggerannt bist?«, fragte ein Junge. »Ich dachte, wir sind in einem Raumschiff. Wie wolltest du hier rauskommen?«

Klugscheißer. »Früher oder später finde ich einen Weg nach draußen«, brummte Joe.

»Bist du auch krank?«, fragte ein sommersprossiges kleines Mädchen, das an seinem T-Shirt zupfte. »Warum haben sie dich dazu gezwungen, bei den kranken Kindern zu stehen, die erschossen wurden?« Als wäre es völlig normal, die kranken Kinder zu erschießen, nur weil sie krank waren.

Joe drehte sich der Magen um, er antwortete ihr nicht.

»Dieses Alien hat dir seine Waffe vor die Nase gehalten«, sagte ein kleiner Junge. »Hattest du Angst?«

»Ich habe nie Angst«, brummte Joe, in der Hoffnung, die Kinder damit zum Schweigen zu bringen. Doch noch während er es aussprach, wurde ihm klar, dass in seinem Bauch immer noch die Angst rumorte. Er wusste, wie knapp er dem Tod entronnen war, denn in Trils klebrigen braunen Augen hatte er den Wunsch zu töten gesehen. Er fragte sich, wie viele Sekunden gefehlt hatten, bis er ihm das Hirn weggepustet hätte. Eine? Zwei? Beim Gedanken daran bekam er eine Gänsehaut. Und dann Kihgl …

Wenn er an die kalte Ablehnung im Blick des Ooreiki dachte, schnürte es Joe vor Reue die Kehle zu. Offenbar war er das einzige anständige Lebewesen an Bord dieses Schiffs, und Joe hatte ihn ebenso gedemütigt wie zuvor Lagrah. Und soeben hatte Kihgl Joe deutlich gemacht, dass er Joe für seine Vergehen bezahlen lassen würde – mit Schmerzen.

Natürlich hatte Joe Angst.

Doch wie es schien, durchschauten die anderen Kinder seine Lüge nicht. Offenbar hielten sie es für selbstverständlich, dass sich der große Junge nicht fürchtete, und das gab ihnen Kraft. Am liebsten hätte Joe sie angebrüllt: *Natürlich hatte ich Angst! Begreift ihr denn nicht, dass wir hier sterben werden?*

Aber nein, das begriffen sie nicht. Sie scharten sich um ihn, als wäre er ihr Vorstadtpapi ehrenhalber, und drei der kleinsten hängten sich sogar an sein stinkendes, bepisstes Bein. Als ihm die Stille in ihrem Gefängnis in den Ohren dröhnte, begriff er, dass sie darauf warteten, dass er etwas unternahm, die Führung übernahm.

Joe verzog das Gesicht und musterte die über drei Ebenen verteilten großen runden Dinger, die die Wände säumten und an Kojen erinnerten. Sie waren fast schüsselförmig, und auf jedem lagen sechs Laken aus etwas, das wie zusammengefaltete Aluminiumfolie aussah. Er war sich ziemlich sicher, dass es sich um Betten handelte. Oder um Mikrowellenöfen in Industriegröße.

Schließlich löste er sich von den verängstigten, klammernden Kindern und machte sich daran, die Fächer oder Schalen zu untersuchen. Als er probehalber auf eine drückte, stellte er fest, dass die Oberfläche nachgiebig war, als wäre sie aus Schaum.

Also Betten, dachte Joe und strich mit der Hand unter der knittrigen Metalldecke entlang. Selbst diese kurze Berührung verriet ihm, dass die hauchdünne Folie einen wärmer halten würde als alles, was es auf der Erde gab.

Die Kleinen, die sich immer noch dicht an der gegenüberliegenden Wand hielten, beobachteten ihn nervös.

»Das sind nur Betten.« Demonstrativ kroch Joe in eine der großen Schüsseln ganz unten und zog sich die Metalldecke über die Brust.

Noch immer regte sich niemand.

»Mein Daddy arbeitet in einem Leichenschauhaus«, sagte eins der älteren Kinder und beäugte die Betten misstrauisch. »Die sehen aus wie der Verbrennungsofen.«

»Oder wie eine Packung Popcorn«, sagte ein anderer Junge. »Die Sorte, die man auf den Herd stellt.«

Joe stöhnte. »Geht einfach alle ins Bett, ja? Es ist alles in Ordnung. Seht ihr?«

Er streckte sich auf dem Bett aus, obwohl sich das seltsame löffelförmige Gefälle am Rücken unangenehm anfühlte.

Die meisten Kinder näherten sich zögernd und probierten es aus, doch einige wenige kauerten weiter an der Wand und wollten sich den Kojen um keinen Preis nähern, und so verbrachten sie den Rest der Nacht aneinandergedrängt und leise wimmernd bei der Tür.

Joe lag da, starrte auf die Unterseite der nächsthöheren Koje und grübelte erschöpft und müde über seine Sorgen nach. Die anderen Kinder waren weniger schweigsam. Einer der Jungen an der Wand verbrachte die ganze Nacht damit, leise zu weinen. Es war ein tiefer, urtümlicher Laut, der an Joes Nerven zerrte, bis jeder Muskel in seinem Leib angespannt war. Es juckte ihm in den Fingern, diesem Idioten die Faust ins Gesicht zu rammen.

Was weiß er schon davon, was es heißt, Angst zu haben?

Bilder vom Tag vor seiner Gefangennahme suchten Joe heim.

Die Leichen hatten auf der Straße herumgelegen wie Müll, die aufklaffenden Brustkörbe verbrannt oder mit purpurnem Schleim verschmiert. Das ständige Wimmern erinnerte Joe an das Geräusch, das Sam an jenem Abend von sich gegeben hatte, als ihr Vater nicht heimgekehrt war …

Jo stand auf und ging zu dem Jungen. Er wollte ihm gerade sagen, dass er verdammt noch mal einfach die Klappe halten und mit dem Geheule aufhören sollte, dass sie sich alle mit dem gleichen Scheiß herumärgern mussten und nichts Besonderes an seinen Problemen war, doch der kleine Junge deutete seine Absichten falsch. Er sprang auf und schlang die dürren Arme um Joe. Tränenerstickt rief er nach seiner Mutter.

Joe hielt den Jungen verwirrt an sich gedrückt, und dann spürte er selbst ein Brennen in den Augen. Unbeholfen umarmte er den Jungen. »Alles ist gut«, sagte er, obwohl er wusste, dass das Blödsinn war, dass nichts gut war, dass sie ihre Familien viele Jahre lang nicht wiedersehen würden … vielleicht nie wieder. Aber er sagte es trotzdem, und schließlich entspannte sich der Junge in seinen Armen und hörte auf zu weinen. Es dauerte mindestens eine Stunde, bis sein Atem ruhiger ging und sein Griff sich so weit lockerte, dass Joe ihn zu einer der Kojen tragen und zudecken konnte.

Danach wimmerte der Junge nicht mehr, doch obwohl vollkommene Stille herrschte, als Joe in sein eigenes Bett zurückkehrte, konnte er nicht einschlafen. Während er dalag und daran zurückdachte, wie die Aliens *Kinder* hingerichtet hatten, fragte er sich, ob er überhaupt jemals wieder schlafen würde.

Wahrscheinlich war er deshalb der Einzige, der die winzigen Röhrchen bemerkte, die Stunden später aus den Wänden kamen. Eins war nur ein paar Zentimeter von seinem Kopf entfernt, und Joe hörte das Zischen von Gas.

»Scheiße!«, schrie Joe und sprang von der Wand weg. »Alle aufwachen! Aufwachen! Sie vergasen uns! Scheiße!« Er hielt sich das Hemd vor den Mund und zog sich in die Mitte des Raums zurück, während ihm sein Herzschlag schmerzhaft in den Ohren pochte.

Überall setzten sich die Kinder in den Betten auf und blickten sich erschrocken und verwirrt um …

… nur um gleich darauf die Augen zu verdrehen und schlaff in ihre Betten zurückzusinken.

Sie vergasen uns, dachte Joe panisch, während er zusah, wie überall um ihn herum die Kinder zusammensackten, als wären sie leblose Marionetten. *Die Aliens vergasen uns …*

Obwohl Joe weiter versuchte, seinen Mund abzudecken, atmete er einen überwältigend beißenden Geruch ein, der ätzende Säure durch seine Lunge und bis hinauf in sein Gehirn jagte. Nur noch entfernt bekam er mit, wie sich das bittere Gas in eine eisige Woge verwandelte, bevor seine Beine unter ihm nachgaben und er das Bewusstsein verlor.

3 *Zeros Ursprung*

»Kommandeur Tril?«

Kihgl stand in der Tür. Seine Stimme klang sanft und mitfühlend.

»Jetzt nicht, Kommandeur«, sagte Tril, der seine Stimme kaum unter Kontrolle hatte. »Bitte, ich brauche etwas Zeit für mich.«

Trils Zweiter Kommandeur verharrte eine ganze Weile schweigend in der Tür. »Das war das erste Mal für Sie, nicht wahr?«, fragte Kihgl schließlich.

Tril starrte weiter auf seinen Schreibtisch, wo er seine eingetopften *ferlii* völlig auseinandergerupft hatte. Korpsleiterin Niile hatte sie ihm geschenkt, als er damals ihre Dienste verlassen hatte, um sich der spannenden Aufgabe zu widmen, einer neu entdeckten Spezies die Kong-Sprache beizubringen. Irgendwie hatte er im Verlauf der letzten Stunde die steinharten Glieder der *ferlii* zu kieselgroßen Stücken zerbröselt, ohne es überhaupt gemerkt zu haben. Das verwirrte ihn. Eigentlich hätte er sich dabei hören müssen.

Ungebeten trat Kihgl ein. »Was Sie heute getan haben, war bedauernswert, aber es musste getan werden.«

Natürlich. Tril wusste das. Es war eine Tradition aus der Gründungszeit des Kongresses, als die Jreet die ersten Ooreiki in der Kunst des Kriegs hatten unterrichten müssen. Die Ooreiki, allesamt Künstler und Kunsthandwerker, hatten sich geweigert zu kämpfen. Als mitleidlose Krieger hatten die Jreet daraufhin begonnen, grundsätzlich zehn Prozent jeder neuen Klasse zu exekutieren, um an den Schwachen ein Exempel zu statuieren.

Doch indem sie die friedliebenden Ooreiki dazu gezwungen hatten, sich die Fähigkeit zur Kriegsführung anzueignen, waren die Jreet auf eine so überwältigend erfolgreiche Taktik gestoßen, dass sie in der Kongress-Armee fast zwei Millionen Jahre lang von einer Generation an die nächste weitergegeben wurde. Man tötete die Rebellen und die Kranken als Warnung für die anderen. Man zeigte ihnen, welche Folgen Versagen hatte. Bewies ihnen, dass es kein Spiel war. Man gab ihnen einen *Anreiz* zum Erfolg.

Als ehemaliger Geheimdienstoffizier war Tril bestens mit der Psychologie hinter diesem Ansatz vertraut, aber er hätte trotzdem nicht gedacht, dass es so schwer sein würde. Es waren Fremdwesen, *Aliens*. Warum machte es ihm etwas aus, *Aliens* zu erschießen?

Die Antwort war einfach: Es lag an dem großen Menschen. Der, der beim Gehen fast mit dem Kopf an die niedrigen Decken der Schiffskorridore stieß und eigentlich als Leiche in ihrem Kielwasser im All hätte treiben sollen, statt als Rekrut in einer eigenen Einheit unter dem Schutz der Kongress-Gesetze zu stehen. Die verurteilenden Worte des Menschen klangen ihm noch immer in den Ohren, sein angewiderter und entsetzter Ton, der wie Säure an seiner Seele fraß.

»Früher oder später müssen wir es alle tun«, sagte Kihgl sanft.

Lustlos versuchte Tril, den *ferlii* wieder zusammenzusetzen, aber die steinernen Bruchstücke fielen immer wieder auf die Tischplatte. Während er darauf starrte, trat Kihgl heran und schob die Pflanze behutsam beiseite. »Es ist nie leicht. Ich habe es selbst schon viel zu oft getan.«

»Dieser rußige Mensch hat es nicht gerade leichter gemacht«, stieß Tril hervor. Unvermittelt nahm er die Reste der *ferlii*-Pflanze und warf sie gegen die Wand, wo auch sie zersprangen.

Kihgl beobachtete, wie die Einzelteile zu Boden fielen. Er setzte eine reuige Miene auf. »Ich habe einen Fehler begangen. Ich hätte ihn nicht aufnehmen sollen.«

Tril sagte nichts, verspürte aber einen Stich der Befriedigung über dieses Zugeständnis seines Zweiten Kommandeurs.

»Er ist wieder weggelaufen«, gab Kihgl zu. »Er hat mich vor meinem gesamten Regiment beschämt.«

Tril schob einige der schwarzen Steintrümmer auf seinem Tisch hin und her.

»Jetzt muss ich die nächsten drei Umläufe mit ihm zurechtkommen.«

Leise sagte Tril: »Hier im Schiff gibt es viele, die ihn für Sie beseitigen würden. Nach dem, was er auf der Erde getan hat.«

»Ich weiß.« Kihgl wischte sich ein paar Krümel der *ferlii*-Pflanze in die geballte Faust. »Aber ich habe ihn gewählt. Jetzt muss ich auch mit meiner Entscheidung leben.«

»Selbst wenn der Rest des Regiments sie für lächerlich hält?«, wollte Tril wissen.

»Vor allem dann.« Kihgl warf die Bruchstücke in die Abfallentsorgung. »Sie sollten sich für die Stasis bereit machen. Das Schiff schläfert die Besatzung in einer Stunde für die Reise ein.« Er wandte sich zum Gehen, hielt jedoch an der Tür noch mal inne. »Es tut mir leid, dass Sie heute an der Reihe waren. Es ist nie einfach.« Damit drehte er sich um und verließ das Zimmer.

In der anschließenden Stille starrte Tril auf seinen leeren Schreibtisch.

*

Sie vergasen uns …

Joe stöhnte, als ein Licht in seinem Kopf anging, als würde Gottes Taschenlampe von innen gegen seinen Augapfel stoßen.

»Ich glaube, dieser hier hat es geschafft. Hatte eine etwas stärkere Reaktion auf die erzwungene metabolische Stasis, zeigt aber trotzdem noch Lebenszeichen.«

»Der Rußer hier ist tot. Ich frage mich, ob es in den anderen Regimentern ähnliche Reaktionen gab.«

»Verdammt. Hier haben wir noch eine Leiche.«

»Diese Rußer sind so was von empfindlich.«

Das gleißende Licht auf Joes Netzhaut verschwand, und sein Augenlid klappte zu.

»Den beiden hier geht es gut.«

»Ja, in dieser Sektion geht es allen gut.«

»Das wär's. Insgesamt vierzehn. Nicht schlecht, wenn man bedenkt, dass wir zum ersten Mal Menschen transportieren. Schnapp dir die Leichen. Lassen wir diese Furg-Rußsäcke noch ein bisschen schlafen. In den nächsten drei Umläufen werden sie nicht mehr oft dazu kommen.«

Joe stöhnte und spürte, wie er in den tiefsten Schlaf zurückfiel, den er jemals geschlafen hatte.

Ein paar Stunden später wurde er von einem wirren Ansturm

kehliger Alien-Rufe und plötzlichem grellen Licht geweckt. Nachdem er wankend auf die ungewöhnlich schweren Beine gekommen war, scheuchten die Ooreiki Joe und die anderen Kinder aus ihrem Schlafraum und in denselben großen Saal, in dem sie Harry erschossen hatten.

Joe fiel auf, dass sie die Scheißeflecken in der Mitte des Raums beseitigt hatten.

Während die Ooreiki sie in Reihen Aufstellung nehmen ließen, konzentrierte sich Joe darauf, so viel wie möglich über sie in Erfahrung zu bringen. Nach dem allgegenwärtigen roten Dunst im Rest des Raumschiffs war das grelle weiße Licht in der Halle eine willkommene Abwechslung für seine schmerzenden Augen. Zum ersten Mal seit dem gestrigen Gemetzel konnte er die Ooreiki deutlich erkennen. Heute trugen sie ihre glänzenden schwarzen Anzüge nicht, und ihre elefantenartige braune Haut lag an ihren Hälsen und an einem V-förmigen Brustausschnitt bloß. Ihre robenartigen Uniformen waren wie Karate-Gis vorn zugebunden. Obwohl die Fachleute im Fernsehen aufgrund der Kiemen und Tentakel zuerst vermutet hatten, dass es sich bei ihnen ursprünglich um Wasserbewohner gehandelt hatte, glaubte Joe inzwischen, dass Sam recht hatte – eigentlich sahen sie aus wie dicke, gedrungene Affen mit Tentakeln anstelle von Armen.

Dann wurde Joe von den Ooreiki gezwungen, sich vor dreihundert anderen Kindern auszuziehen.

Natürlich mussten sich alle ausziehen, aber Joe stieg trotzdem die Röte ins Gesicht, weil er hier der Einzige mit Schamhaaren war, und er spürte, wie einige der kleineren Kinder ihn anstarrten. Er biss die Zähne zusammen und versuchte, nicht darauf zu achten. Brachte man den Kindern heutzutage nicht mehr bei, dass es unhöflich war, andere Leute anzustarren?

Joe faltete seine Jeans zusammen und legte sie gemäß den Anweisungen der Aliens vor sich auf den Boden. Dabei fiel ein Metallgegenstand aus der Tasche und traf ihn am Zeh. Joe bückte sich, um ihn aufzuheben.

Es war das Taschenmesser seines Vaters. Ein billiges kleines Schweizer Armeemesser, das sein Vater immer bei sich getragen hatte, ob im Wald oder bei einer Konferenz. Joe hatte es in der Tasche gehabt, seit er Dads Freund Manny mit halb weggerissenem Brustkorb an einer Parkuhr gefunden hatte, das Messer in den toten Fingern.

Joe blickte auf, um festzustellen, ob eines der Aliens die Waffe gesehen hatte. Doch sie hatten nichts bemerkt – sie waren viel zu sehr damit beschäftigt, bei den Kindern, die sich nicht freiwillig ausziehen wollten, mit Gewalt nachzuhelfen. Er straffte sich, ballte die Hand um das Messer zur Faust, legte sich die andere in den Schritt und versuchte, nicht mit der Wimper zu zucken, als einer der Ooreiki ihm die Kleidung wegnahm.

Nachdem man den weinenden Kindern, die sich nicht hatten ausziehen wollen, unter höhnischen Bemerkungen die Kleider vom Leib gerissen hatte, wies man sie an, sich wieder in Reihen aufzustellen.

Kommandeur Tril schritt die nackten Ränge ab und musterte sie mit geschlitzten braunen Augen. Vor Joe blieb er stehen und bedachte ihn mit einem selbstgefälligen Blick.

In diesem Moment wünschte sich Joe nichts mehr, als dem Ooreiki den Kopf abzureißen. Stattdessen hielt er sich beschämt weiter die Hand vor den Schritt.

Tril wandte sich von Joe ab, als der Ooreiki namens Kihgl vor die Versammelten trat und das Wort an sie richtete. Durch das kleine schwarze Übersetzungsgerät an seinem Hals sagte er laut: »Hört zu, ihr jämmerlichen, verängstigten Takki. Ich bin der Zweite Kommandeur Kihgl von der Ooreiki-Bodenstreitmacht. Dieser Ooreiki dort drüben ist Kleinkommandeur Linin, und der, der dort vor den Reihen steht, ist Kleinkommandeur Tril. Ihr gehört nun zum Sechsten Bataillon. Kommandeur Tril, Kommandeur Linin und ich sind während eurer Ausbildung eure befehlshabenden Offiziere.«

Als Tril sich umdrehte, um ihm wieder in die Augen zu blicken, wurde Joe übel. *Er gehört zu meinem Bataillon?* Instinktiv wusste er, dass das nicht gut war.

Kommandeur Kihgl fuhr unbeirrt fort: »*Es ist meine Pflicht, euch mitzuteilen, dass ihr von nun an Eigentum der Kongress-Armee seid. Die Kosten für jede Verletzung, die ihr euch zuzieht, jeden Schaden, den ihr* anrichtet, und alle Ausgaben für eure Ausstattung, die den Standardsatz überschreiten, werden von euch mit zusätzlicher Dienstzeit bezahlt. Ihr alle habt ein Minimum von dreiunddreißig Standard-Umläufen vor euch. Diese Minimaldauer hat bislang für jeden von euch bis auf einen Gültigkeit.«

Joes Eingeweide krampften sich vor Angst zusammen. Er wusste, wer dieser eine war.

»Während der nächsten drei Umläufe und bis zu eurer Ernennung zu vollwertigen Angehörigen der Kongress-Armee werdet ihr mit euren Nummern angesprochen. Meine Kampfmeister gehen nun durch die Reihen und verteilen vorläufige Armbänder mit euren Rekrutennummern. Sobald ihr eure Nummer erhaltet, befestigt ihr sie am Arm. Merkt sie euch, denn sie ist der einzige Name, den ihr während der nächsten drei Umläufe benutzen dürft.«

Die Aliens teilten die Armbänder aus. Joe hielt die Hand auf, als einer von ihnen sich ihm näherte, doch er beachtete ihn nicht und gab stattdessen den Kindern neben, hinter und vor Joe Armbänder.

Errötend ließ Joe den Arm sinken und starrte stur geradeaus. Er würde sich nicht schikanieren lassen.

Kommandeur Kihgl stellte sich vor Joe auf. »Warum hast du keine Nummer?«

»Ich habe keine bekommen«, antwortete Joe. *Arschloch.*

»Wie bedauerlich.« Kihgl sah ihn kalt an. »Anscheinend sind uns die Nummern ausgegangen, da nur Plätze für neunhundert Rekruten vorgesehen sind. Also bist du die Null. Dein Name ist Zero.«

Joes Gesicht wurde noch röter. Er wusste, dass einige der Kleinen auf der Reise gestorben waren. Als er erwacht war, hatten mehrere Gesichter gefehlt. Und er hatte gehört, wie die Aliens miteinander geredet hatten. Er wusste, dass sie eine Nummer für ihn gehabt hätten.

Eins der kleinsten Mädchen im Saal hob die Hand.

»Was ist?«, fragte der Ooreiki, ohne den Blick von Joe abzuwenden.

»Kann ich ihm ein Armband machen?«, fragte sie. »Ich weiß, wie man eine Null malt.«

»Nein«, sagte Kihgl. »Zero braucht kein Armband.« Er legte den

Kopf schief und blickte zu ihm auf. »*Schließlich ist eine Null etwas, das nicht existiert. Nicht wahr, Zero?*«

Joe straffte sich zu voller Größe und schaute auf das Alien hinab. Jede Faser seines Körpers befahl ihm, zu kämpfen und Kihgl das selbstgefällige Gesicht einzuschlagen.

Das Alien schob sich dichter an ihn heran, bis seine klebrigen, geschlitzten Augen beinahe Joes Kinn berührten. »*Brauchst du noch eine Lektion, Zero? Hast du es beim ersten Mal noch nicht gelernt?*«

Joe beugte sich vor, bis sie auf Augenhöhe waren. »Nur zu«, antwortete er.

Die Schlitze an Kihgls Halsseiten flatterten. Blitzschnell schoss ein fleischiger, knochenloser Arm vor und traf Joe so fest am Kinn, dass Zähne splitterten. Joe wurde herumgewirbelt und landete benommen und mit höllisch schmerzendem Gesicht auf dem Boden.

»*Brauchst du medizinische Hilfe, Zero?*«, erkundigte sich Kihgl, während er auf ihn zutrat. »*Wir wissen beide, wie schmerzlich es für mich wäre, deinen Dienst um drei weitere Umläufe zu verlängern.*«

Drei Umläufe? Was zum Teufel bedeutete das überhaupt? Wochen? Monate? Jahre? Joe stemmte sich hoch und richtete sich mit geballten Fäusten auf. Er musste seine ganze Selbstkontrolle aufbieten, um den schlangenäugigen Mistkerl nicht zu schlagen.

»*Also ist der aschige Furg schlauer als sein Vater. Wie schade. Es wäre interessant gewesen, wenn du in seine Fußstapfen getreten wärst. Zielübungen sind nie schlecht für Soldaten des Kongresses.*«

In diesem Moment wurde ein Schalter in Joes Kopf umgelegt, und er sah nur noch rot. In einem Wutanfall sprang Joe Kihgl an, riss ihn zu Boden und rammte die Fäuste in die weichen Kopfseiten des Ooreiki. Doch bevor er das Taschenmesser aufklappen und die Klinge zum Einsatz bringen konnte, schleuderte Kihgl Joe mit einem knochenlosen Arm fast zehn Meter weit durch die Halle.

Zwei Sekunden später waren die anderen Ooreiki über ihm, mehr als zwölf auf einmal, und die anschließende Tracht Prügel hinterließ in seiner Erinnerung einen versengten Fleck wie von einem Brandeisen.

Als es vorbei war, ließen sie ihn gut sichtbar vor den übrigen Kindern liegen, die Arme und Beine an mehreren Stellen von den schweren Tentakeln der Ooreiki gebrochen. Joes letzter Gedanke, bevor er in die Bewusstlosigkeit rutschte, galt dem kleinen roten Schweizer Armeemesser, das er in Manny Hernandez' Fingern gefunden hatte und das nun in einer Pfütze aus Blut lag.

*

»Geben Sie mir die Kontrolle über die Modifikationseinheit.«

Kommandeur Kihgl starrte finster die medizinischen Offiziere an, die den Menschen zur Instandsetzung wegbrachten. Ohne Tril anzusehen, knurrte sein Zweiter Kommandeur: »Wozu, Kommandeur Tril?«

»Er gehört zu meiner Einheit, Sir«, antwortete Tril. »Er untersteht meiner Verantwortung.«

»Eigentlich sollten wir die Modifikationseinheit gar nicht benutzen«, brummte Kihgl. »Sie ist für Gefangene gedacht, nicht für Rekruten. Ich behalte sie.« Trotz dieser Worte verrieten Kihgls flatternde Sudah seinen hilflosen Zorn. Tril verstand das – derart offen zur Schau gestellter Ungehorsam vor einem Drittel des Bataillons erschwerte es, die übrigen Kinder unter Kontrolle zu halten.

»Warum haben Sie ihn heute Nachmittag nicht benutzt? Warum haben Sie zugelassen, dass dieser Furg Sie auf diese Weise angreift?«

Kommandeur Kihgl sah ihn wütend an. »Ich habe überhaupt nichts *zugelassen*, Kommandeur«, blaffte er so laut, dass Tril zusammenzuckte. »Ich habe ihn mit Absicht provoziert. Ich habe mir ein Beispiel an den Jreet genommen und ein Exempel an ihm statuiert. Wenn Sie das nicht erkannt haben, sind Sie genauso dumm wie er.«

Tril spannte sich an, als er hörte, mit welcher Verachtung der *vkala* ihn vor anderen Ooreiki-Kastenzugehörigen ansprach. Er blickte sich um und sah, dass viele seiner eigenen Untergebenen den Wortwechsel interessiert verfolgten. Im Versuch, die Fassung wiederzuerlangen, sagte Tril: »Er bringt die anderen Kinder auf dumme Gedanken.«

»Nein«, sagte Kommandeur Kihgl unverblümt. »Er führt ihnen vor, dass Ungehorsam Folgen hat.«

Tril beschloss, es mit einer neuen Taktik zu versuchen. »Wenn ich den Modifikator hätte, könnte ich …«

»Nein.« Kihgl, der immer noch den Ärzten nachblickte, zeigte verärgert auf die nackten, wimmernden Menschen. »Verabreichen Sie Ihren Rekruten das Vidprogramm, Kommandeur. Ich werde mich um Zero kümmern.« Damit wandte sich Trils Kommandeur ab und folgte den Ärzten.

*

Als Joe erwachte, stellte er zu seiner Überraschung fest, dass man ihn bestens zusammengeflickt hatte. Er war wieder so gut wie neu. Jeder gebrochene Knochen, jeder Bluterguss, jede Platzwunde war geheilt. Neue Wut stieg in Joes Kehle auf, als er an sich hinabblickte und Gliedmaßen bewegte, die noch vor wenigen Stunden vollkommen verrenkt gewesen waren. Es gab keinen Zweifel. Sie hätten die kranken Kinder nicht töten müssen. Sie hätten sie heilen können, genauso, wie sie Joe geheilt hatten, und aus Dankbarkeit wären sie zu guten Soldaten geworden. Aber sie hatten sie gebraucht, um ein Exempel zu statuieren, also hatten sie ihnen die Köpfe weggepustet.

Joe fühlte sich so angewidert, dass er kaum zuhörte, als der Alien-Arzt ihm erklärte, dass sie seine Dienstzeit um weitere sechs Umläufe verlängert hatten, um für seine Behandlung zu bezahlen. Er erwähnte nichts davon, ein kleines rotes Taschenmesser gefunden zu haben, und Joe war klar, dass er es nicht zurückbekommen würde. Dieses Wissen machte ihm seltsamerweise mehr zu schaffen als die Aussicht auf eine verlängerte Dienstzeit. Es war das Einzige, was ihm von seinem Zuhause geblieben war, das Einzige, was ihm von Dad geblieben war. Er wollte den Ooreiki packen und anschreien, es zurückfordern, darum kämpfen, bis er es in den Händen hielt, aber er wusste, dass die Ärzte es wahrscheinlich einfach in einen Müllschacht geworfen hatten.

Benommen zog Joe die lockere, kurze weiße Hose und das dazu passende T-Shirt an, die der Arzt ihm gab. Dann folgte er ihm zu einer Reihe genauso gekleideter Kinder, die in Nischen vor kleinen Fernsehschirmen saßen. Darauf waren Bilder von redenden Leuten zu sehen, und Joe fragte sich sofort, ob er es mit einer Art Gehirnwäsche zu tun hatte, die als Freizeitbeschäftigung getarnt war. Erst als das Alien ihn in eine der Nischen schob, wurde ihm klar, dass auf dem Monitor das Bild seiner Mutter zu sehen war. Sie wirkte … älter.

Joe, der vermutete, dass es sich um einen Trick handelte, schob sich rückwärts wieder aus der Nische hinaus.

»*Joe?*«

Er zögerte und starrte auf sie hinab. Ihr Haar war zerzaust, und ihre Augen sahen rot und verweint aus. Sie wirkte so echt. Wie war das möglich? Reisten sie nicht mit einer Milliarde Kilometer pro Stunde durchs All? War das eine Art Psychotrick, um unterschwellige Botschaften zu vermitteln?

Joe drehte sich zu dem Alien vor der Nische um. »Was hat das zu bedeuten?«

Das Alien bedachte ihn mit einem leidenschaftslosen Blick. Durch sein Übersetzungsgerät sagte es: »*Laut Kongress-Gesetz stehen jedem Rekruten sechs Ticks zu, in denen er mit seiner Familie sprechen darf, bevor die Ausbildung beginnt.*« Das Alien warf einen Blick auf eine Reihe wechselnder Schnörkel unter dem Bild von Joes Mutter und runzelte das Gesicht. »*Dir bleiben noch fünf.*«

Joe schlüpfte zurück in die Nische. »Mum?«

»*Joe!*« Sie sah so unglaublich erleichtert aus. Geradezu *glücklich*. Ganz anders, als er sie das letzte Mal gesehen hatte, als sie gedacht hatte, Sam würde derjenige sein, der sie verließ, nicht Joe. »*Gott sei Dank. Joe, ich habe so lange darauf gewartet, mit dir sprechen zu können. Geht es dir gut? Was geht dort vor? Haben sie dir wehgetan?*«

Joe musterte das Gesicht seiner Mutter sehr genau. Sorgenfalten waren darauf zu sehen. Sie sah aus, als wäre sie seit dem Tag, als die Aliens in Washington gelandet waren, um zehn Jahre gealtert. Sie war blasser, fast ausgezehrt. Ihre Augen lagen tief in den Höhlen und hatten dunkle Ringe vom Schlafmangel. Er gelangte zu dem Schluss, dass sie gute Neuigkeiten gebrauchen konnte. So gern er ihr von seinen Problemen erzählen und sie anflehen wollte, ihm irgendwie zu helfen, sagte er doch nur: »Nein, sie haben mir nicht wehgetan. Es geht mir gut.«

Das Gesicht seiner Mutter entspannte sich für einen Moment vor Erleichterung. Dann bildete sich eine steile Falte auf ihrer Stirn. *»Die anderen Eltern erzählen mir aber etwas anderes. Sie sagen, dass die Aliens Kinder umbringen und …«*

»Das tun sie nicht«, unterbrach Joe sie. »Das sind nur Heulsusen. Sie verstehen gar nichts.«

Seine Mutter lächelte. Es sah aus, als würde sie weinen. *»Du bist so mutig, Joe«*, sagte sie. *»Du erinnerst mich so sehr an deinen Vater.«*

Joe musste den Blick abwenden und die Fingernägel in den Handballen graben, um die Tränen zurückzuhalten. »Ist Dad schon nach Hause gekommen?«

Das Gesicht seiner Mutter auf dem Bildschirm verzerrte sich. *»Du weißt doch, dass er nicht zurückkommt. Warum fragst du immer wieder? Du bist nicht so jung wie Sam. Du weißt doch, dass er …«*

»Wo ist Sam?«, fiel Joe ihr ins Wort.

Die Miene seiner Mutter wurde wieder sanfter. *»Hier«*, flüsterte sie. *»Du hast ihn gerettet, Joe. Du hast ihn wirklich* gerettet.« Sie klang so ungläubig. Und froh. Glücklich.

Glücklich darüber, dass Joe auf dem Schiff war und nicht Sam.

Joe biss sich auf die Lippe und starrte auf die Wand neben dem Monitor. »Sie sind nicht gekommen, um ihn zu holen?« Er fragte sich schon die ganze Zeit, warum er den kleinen Besserwisser noch nicht im panischen Gewühl der Kinder entdeckt hatte.

»Es war die letzte Runde, Joe.« Seine Mutter klang, als würde sie gleich anfangen zu schluchzen. *»Sammy hat es nach Hause geschafft, und die Aliens sind abgeflogen. Sie sind jetzt seit zwei Jahren weg, Joe. Sammy geht es gut. Du hast ihn gerettet.«*

Zwei … Jahre. Joe fühlte sich seltsam betäubt. Sam durfte bleiben … und er war bei den Aliens.

Weil er wie ein Angsthase weggerannt ist und mich zum Sterben zurückgelassen hat.

Anscheinend hatte er die Worte laut ausgesprochen, denn die Miene seiner Mutter auf dem Bildschirm verhärtete sich. *»Er war* zehn, *du gefühlloser Mistkerl.«* Sammy war schon immer ein Muttersöhnchen gewesen. *»Sollte er etwa gegen* Außerirdische *kämpfen, Joe? Mit zehn? Wozu? Damit sie ihm den Kopf wegpusten, genauso wie* *deinem Vater?*« Und sie bevorzugte ihn. Er war schon immer ihr Liebling gewesen.

»Er hat seinen eigenen Bruder zum Sterben zurückgelassen«, knurrte Joe. »Sie haben mir Waffen an den Kopf gehalten, Mum. Und er ist einfach abgehauen.«

»*Wenn man bedenkt, dass er überhaupt nur deinetwegen erwischt wurde, Joe*«, erwiderte seine Mutter eiskalt und ohne das geringste Zittern in der Stimme, »*würde ich sagen, dass es nur gerecht ist, dass du seinen Platz eingenommen hast.*«

O ja, jetzt war es offensichtlich, dass Sam ihr Liebling war. Er sah es am Zorn in ihrer Miene, an ihrer Empörung über die Vorstellung, dass Sam sein Leben für Joe hätte riskieren sollen. Joe hatte sich schon immer gefragt, ob es so war, hatte aber nie genug Mut zusammengekratzt, um sie zu fragen.

Und hier kam nun die sonnenklare Antwort. Sie sah ihn an, als würde es sie wütend machen, dass er überhaupt noch atmete. Joe, der Sohn seines Vaters, der Football-Kerl, der mit den Dreien im Zeugnis, der Möchtegern-Marine, der nie irgendwelche ernsthaften Ambitionen gehabt hatte, außer eines Tages als Sergeant der Marineinfanterie in den Ruhestand zu gehen … aufs Abstellgleis geschoben zugunsten eines schmächtigen kleinen Mathegenies, für den ein College-Talentsucher vom MIT vorbeigekommen war, um zuzusehen, wie Sam Joes Dreisatz-Hausaufgaben machte, während er gleichzeitig Kaugummi kaute, zwei Online-Spiele spielte, Bach hörte und eine raubkopierte *Star-Trek*-Folge im Hintergrund laufen ließ.

Natürlich ist er ihr lieber als ich, dachte Joe. *Sam ist ein Genie.* Und Joe war nur …

Durchschnitt.

Dann trennte das Alien, das seinen Anruf überwachte, die Verbindung, und er musste Platz für den Kleinen machen, der nach ihm drankam. Joe verließ die Nische mit einem Gefühl, als hätte ihm jemand Säure in die Eingeweide gekippt.

4 Joes Bodenteam

Am selben Abend, nachdem alle ihre Pflichtanrufe getätigt hatten, ließ man Joe und die anderen erneut in der hell erleuchteten Halle Aufstellung nehmen. Diesmal verteilten die Aliens sie auf Sechsergruppen. Den jeweils Größten stellten sie nach vorn und den Jüngsten nach hinten.

»*Ihr seid nun Angehörige des Sechsten Bataillons*«, sagte Kommandeur Kihgl, sobald alle an ihrem Platz standen. »*Es umfasst etwa neunhundert Rekruten, die von einem einzigen Zweiten Kommandeur – von mir –, zwei Kleinkommandeuren – Kleinkommandeur Tril und Kleinkommandeur Linin – und zehn Kampfmeistern befehligt werden. Mit Letzteren werdet ihr euch im Laufe eurer Ausbildung noch bekannt machen. Normalerweise wird ein Bataillon von einem Dritten Kommandeur angeführt, doch als einen der ranghöchsten Offiziere dieser Takki-Truppe hat man mich dazu bestimmt, auch diese Brigade zu führen. In gleicher Weise befehligt Kommandeur Lagrah sowohl das Zweite Bataillon als auch das Regiment als Ganzes.*« Er hielt inne, um seine Worte wirken zu lassen.

Als keins der Kinder etwas einwarf – tatsächlich starrten ihn alle mit offenen Mündern an –, machte Kihgl eine ausholende Geste. »*Was ihr hier seht, ist eine Hälfte des Bataillons, was wir als Kompanie bezeichnen. Ihr gehört zur Ersten Kompanie, Sechstes Bataillon der Zweiten Brigade, Siebenundachtzigstes Regiment der Vierzehnten Abteilung der Menschen-Bodenstreitmacht. Aber für den Rest eurer Ausbildung müsst ihr euch nur Gedanken über das machen, was auf der Ebene des Bataillons oder unterhalb geschieht. Brigaden, Regimenter und Bodenstreitmächte kommen nur während bestimmter Zeremonien und in Kriegszeiten zusammen. Habt ihr das so weit verstanden?*«

Natürlich hatte niemand etwas verstanden, aber das hielt Kihgl nicht davon ab weiterzumachen. »*Eine Kompanie besteht aus vierhundertfünfzig Soldaten, die sich auf fünfundsiebzig Bodenteams ver-*

teilen. *Ein Bodenteam besteht aus sechs Personen. Weil die Hälfte von euch ungebildeten Takkis nicht zählen kann, haben wir euch bereits in Sechsergruppen Aufstellung beziehen lassen.«* Kihgl deutete auf die hinteren Reihen. *»Seht euch aufmerksam um. Das sind für die nächsten drei Umläufe eure Bodenteamkameraden.«*

Joe warf einen Blick über die Schulter. Das Mädchen weiter hinten in seiner Gruppe war mit Abstand die Kleinste von allen – er konnte kaum glauben, dass sie schon fünf sein sollte. Es war das Mädchen, das angeboten hatte, ihm eine Null zu machen, als Kihgl die Armbänder ausgegangen waren. Beim Gedanken daran grinste Joe. Sie lächelte ihm um ihren Daumen herum scheu zu.

»Von nun an esst, schlaft, badet und kackt ihr zusammen. Der vorderste Rekrut sorgt für das ordnungsgemäße Verhalten seiner Gruppe. Ansonsten wird er bestraft. Des Weiteren …« Kommandeur Kihgl verstummte, als fünf neue Ooreiki die Halle betraten, angeführt von einem sehr blassen, narbigen Alien. *»Kampfmeister Nebil, bitte übernehmen Sie. Ich komme sonst zu spät zu einer Vidkonferenz mit Lagrah.«*

Der sehr viel blassere Neuankömmling nickte ihm zu und trat schnell vor die Reihen der Kinder.

»Sir«, warf Tril ein und trat auf Kihgl zu, *»ich bin der Kleinkommandeur der Kompanie. Vielleicht wäre es angemessener, wenn ich …«*

»Nebil, sorgen Sie dafür, dass die Rekruten von ihren Pflichten erfahren«, sagte Kihgl und ging.

Kommandeur Tril bedachte Kihgls Rücken mit einem zornigen Blick.

Kampfmeister Nebil war anscheinend aus dem gleichen Holz geschnitzt wie Kihgl, mit blasser Haut, die in Falten lag. Sein Hals, seine Arme und sein Kopf – jeder sichtbare Quadratzentimeter der rauen braunen Haut – waren von schrecklichen, grausigen Klauenspuren gezeichnet, die sich mit den runzligen, kreisförmigen Malen überschnitten, von denen Joe vermutete, dass es sich um Schussverletzungen handelte. Ganz so vernarbt wie Kihgl war er nicht, aber im Vergleich zu Trils dunkler, makelloser Haut sah Nebil aus, als hätte man ihn durch einen Fleischwolf gedreht.

Wortlos trat Nebil einen Schritt zurück, um sie zu mustern.

Nachdem er sie mehrere Minuten lang einfach nur angesehen hatte, drehte er die Tentakel hinter den Rücken und ging dann vor ihnen auf und ab, wobei er sie von oben bis unten begutachtete wie ein Wachposten in einem Nazi-Konzentrationslager.

Nach mehreren Minuten des Schweigens hob einer der größeren Jungen vorsichtig die Hand. Auf ein Grunzen von Nebil hin fragte er: »Wie halten wir unsere Bodenteamkameraden unter Kontrolle?«

»Wie ihr sie unter Kontrolle haltet?«, schnaufte Nebil. »So, wie ihr verbrannt noch mal wollt.« Er ging wieder auf und ab und musterte sie. Dann fiel der Blick seiner klebrigen braunen Augen auf Joe.

»Er will damit sagen, dass ...«, begann Tril.

Nebil, der immer noch Joe ansah, redete Tril mit der Unaufhaltsamkeit einer Lokomotive nieder. »Aber wenn sie in die Krankenstation müssen, bist du derjenige, dessen Dienstzeit verlängert wird.«

Joe lief ein kalter Schauer über den Rücken. Er hatte das deutliche Gefühl, dass Kampfmeister Nebil zu ihm redete.

»Also dürfen wir sie schlagen?«, fragte ein Mädchen mit einem absurd großen Unterkiefer. Ihr Kinn ragte weiter vor als die Nase, sodass sie aussah wie eine Art Piranha. Das Kind hinten in ihrer Gruppe wimmerte.

Nebil blickte Joe noch einen Moment lang in die Augen, bevor er sich abwandte und das Mädchen von oben bis unten musterte. Es herrschte vollkommene Stille in der Halle. »Ihr könnt machen, was ihr wollt, solange sie später wieder kampfbereit sind.«

Innerlich stöhnte Joe auf. Legten sie es darauf an, kleine Tyrannen aus ihnen allen zu machen?

»Aber«, sagte Nebil und sah wieder zu Joe, »vergesst nicht, dass ihr euch in der Schlacht auf sie verlassen können müsst. Vielleicht retten sie euch irgendwann das Leben – oder eben nicht. Letztendlich geht es immer um Vertrauen, und wenn ihr Takki-Würmer dieses Band zerstört, dann werden sie euch nicht ...«

Tril unterbrach ihn. »Uns läuft die Zeit davon. Teamanführer, macht euch jetzt kurz mit euren Kameraden vertraut. Ihr habt drei Ticks.«

Nebil drehte sich um und starrte Tril schweigend an, widersprach aber nicht.

Joe wandte sich den fünf Kindern hinter ihm zu. »Kommt alle mal her«, sagte er und ging in die Hocke. »Köpfe zusammenstecken.«

Nur die beiden Jüngsten bewegten sich. Die älteren drei starrten ihn böse an.

Joe seufzte und rückte näher heran, sodass er alle gut sehen konnte. »Ich heiße Joe«, sagte er und musterte die anderen. »Hört mal, wir stecken hier ziemlich in der Scheiße, aber ich werde tun, was ich kann, um uns hier rauszuholen.«

Damit hatte er ihre Aufmerksamkeit.

Die schniefende Fünfjährige schlurfte heran und sagte: »Ich will zu meiner Mum.«

»Wir haben das kleinste Kind von allen bekommen!«, beschwerte sich der älteste Junge. Sein Haarschopf war so leuchtend rot, dass jeder Kobold ihn darum beneidet hätte.

»Und ihr habt auch das größte«, sagte Joe. Er lächelte das kleine Mädchen an. »Wie heißt du?«

»Maggie«, wimmerte das Mädchen.

»Bist du nicht die, die mir eine Null malen wollte, Mag?«

Sie nickte und wischte sich mit dem Ärmel den Rotz von der Nase.

Joe zerzauste ihr das Haar. »Das würde mir gefallen. Sobald wir was finden, womit man schreiben kann, okay?«

Wieder nickte Maggie schniefend.

Joe drehte sich zum ältesten Jungen um. Der Rotschopf war schlaksig – er wirkte eher keltisch als nordisch – und reichte Joe nicht mal bis zur Brust. Der Junge machte den Eindruck, als hätte er, bevor man ihn eingezogen hatte, viel Zeit mit Lachen verbracht. Jetzt war sein großes, ausdrucksstarkes Gesicht von Sorge gezeichnet, und von seinen Grübchen war kaum noch etwas zu sehen. Wie alle anderen sah auch er hungrig und ausgemergelt aus.

»Ich bin Scott«, sagte der Rotschopf angespannt und mit einem misstrauischen Ausdruck in den blauen Augen.

»Wie alt bist du, Scott?«, fragte Joe, während er ihn von Kopf bis Fuß musterte.

»Zehn.«

Verzweifelt blickte Joe zu den anderen Gruppen. In manchen gab es drei oder sogar vier Kinder, die zehn Jahre und älter waren, in anderen waren überhaupt keine Kinder unter acht.

»Was ist mit dir?«, fragte er das magere, sommersprossige Mädchen mit den großen Wimpern.

»Ich bin Carol, und ich bin sechs.«

Joe nickte und warf einen Blick auf das ältere Mädchen, das einen großen Afro-Lockenschopf und leuchtend braune Augen hatte. »Was ist mit dir?«, fragte er.

Sie starrte zu Boden und verschränkte schüchtern die Finger. »Libby. Ich bin acht.«

»Du hast echt tolle Haare, Libby.«

Libby blickte auf und lächelte zurückhaltend, wobei sie eine Reihe krummer Vorderzähne entblößte. Joe, der einen Stich des Mitgefühls verspürte, erwiderte ihr Lächeln.

»Und du?«, fragte er den letzten Jungen, der größer als Carol und kleiner als Libby war.

Der kleine Kerl mit den haselnussbraunen Augen grinste, wodurch seine großen Ohren noch weiter abzustehen schienen. »Eric. Aber alle nennen mich Elfe.« Er hatte lockiges schwarzes Haar, das Joe in Verbindung mit den Ohren sofort an einen der kleinen Burschen erinnerte, die in der Werkstatt des Weihnachtsmanns arbeiteten.

»Ich verstehe«, sagte Joe. »Wie alt bist du, Elfe?«

»Acht.«

Carol hob eine Hand.

»Du musst dich nicht melden«, sagte Joe. »Was ist?«

»Wenn er Elfe genannt wird, will ich Mönch heißen.«

»Warum?«

»Weil mein Vater mich so nennt.«

»Er nennt dich *Mönch*?«

»Ja, das ist die Abkürzung für Erdmännchen.«

»Hm. Na schön. Mönch. Ich bin Joe.«

Mönch bedachte ihn mit einem langen Blick, wie eine Entomologin, die ein seltsames Insekt begutachtete. »Bist du wirklich zwölf, Joe?«

Joe errötete und spürte sofort, wie die anderen aufmerksam wurden.

»Nein«, gab er zu. »Ich bin vierzehn.«

Scott riss die Augen auf. »Wie bist du dann …?«

»Er war böse«, unterbrach ihn Mönch. »Dad hat gesagt, dass böse Kinder zu den Kongs geschickt werden.«

Sofort zuckte Maggies winziges Kinn. Joe warf Mönch einen verärgerten Blick zu. Dann hockte er sich vor Maggie und legte ihr die Hände an die Schultern. »Hör mal, Mag, du warst nicht böse. Damit hat es überhaupt nichts zu tun. Sie brauchten nur Kinder in einem gewissen Alter für ihre Armee, weiter nichts.«

»Warum bist du dann hier?«, fragte Mönch hartnäckig. »Du bist zu alt.«

Mein Gott, halt einfach die Klappe!, verfluchte Joe sie, während er zusehen musste, wie sich Maggie immer mehr einem haltlosen Heulanfall näherte. Diesen Gesichtsausdruck kannte er, denn er hatte ihn oft genug bei Sam gesehen. »Ich habe etwas Dummes gemacht«, brummte er, in der Hoffnung, dass Mönch es dabei belassen würde.

»Du meinst, du warst böse?«

»Nein, ich war dumm«, erwiderte Joe gereizt. »Vergiss es einfach, ja?«

»Ich habe gesehen, wie du versucht hast, dieses Alien zu verprügeln«, sagte Elfe. »Sie haben dir ganz schön den Arsch versohlt.« Er grinste so breit, dass seine Ohren zuckten.

»Das war *er*?« Scott riss die Augen auf. »Ich dachte, sie hätten ihn umgebracht.«

Joe starrte an die glänzende schwarze Decke und zwang sich, geduldig zu bleiben. »Hört mal, die bringen uns nicht um. Die flicken uns einfach wieder zusammen und verlängern unsere Dienstzeit.«

»Was ist eine Dienstzeit?«, fragten Maggie und Mönch gleichzeitig und blinzelten in unschuldiger Neugier zu ihm empor.

Verdammte Scheiße, ich kann das nicht, dachte Joe und überlegte, wie er fünf kleinen Kindern beibringen sollte, dass sie ihr halbes Leben als Leibeigene für Aliens verbringen sollten, die vorhatten, sie durch die Mangel zu drehen, um zu sehen, was am anderen Ende herauskommen würde. »Äh«, wand er sich, »es bedeutet, dass ihr der Armee Zeit schuldet. Für diese Prügelei schulde ich ihnen jetzt einfach etwas mehr Zeit. Keine große Sache.«

»Dann *warst* du das also?«, fragte Scott ehrfürchtig.

Bevor Joe antworten konnte, bellte Kommandeur Tril: »*Eure Zeit ist um! Zurück in die Formation!*«

Joe stand auf und stellte sich wieder an die Spitze seiner Gruppe. Tril bildete nun den Kopf der Formation. Neben ihm stand Kampfmeister Nebil, der die Tentakel förmlich vor sich verschränkt hielt. Seine blassbraunen Augen verrieten nichts von seinen Gedanken.

Scott zupfte an Joes Ärmel. »Maggie steht nicht in Formation.«

Joe drehte sich um und fluchte halblaut. Maggie klammerte sich an Libbys dürres schwarzes Bein. Tränen liefen ihr über die Wangen, und sie hatte den Daumen wieder in den Mund gesteckt. Joe trat aus der Reihe und scheuchte Maggie nach hinten, doch sie wollte einfach nicht auf ihrem Platz bleiben.

Während er sie anflehte, blaffte Kommandeur Tril: »*Zero! Hierher!*«

Joe zuckte zusammen und drehte sich widerwillig zu Tril um. Schwer schluckend straffte er sich und ging auf das gedrungene Alien mit den orangefarbenen Streifen zu. Wie erwartet rammte Tril ihm einen schweren, knochenlosen Tentakel in die Eingeweide, sodass er zusammenklappte.

»*Das ist dafür, dass du zu lange gebraucht hast. Und jetzt zurück in die Formation.*« Offensichtlich wartete Tril darauf, dass sich Joe widersetzte. Und beinahe hätte Joe es getan. Er unterdrückte den Drang, dem Ooreiki das Gesicht zu zerlegen, richtete sich auf und humpelte zu seiner Gruppe zurück. Die fünf anderen starrten ihn mit aufgerissenen Augen an. Er blinzelte ihnen zu.

»*Hinter mir befinden sich siebenunddreißig blaue Bälle*«, sagte Tril, sobald Joe wieder auf seinem Platz war. »*Also kommt ungefähr einer auf zwei Bodenteams. Jedes Bodenteam, das in neun Ticks im Besitz eines solchen Balls ist, wird heute Mittag etwas zu essen bekommen. Los geht's.*«

Joe runzelte die Stirn. *Einer auf zwei …* er erstarrte, als ihm klar wurde, was Tril vorhatte. »Bleibt hier!«, rief Joe seinem Bodenteam zu. Er rannte los und schnappte sich so schnell wie möglich einen Ball. Einige der anderen größeren Kinder liefen ebenfalls los, doch die meisten standen nur da und starrten das Alien ratlos an.

»Habe ich gesagt, dass ihr rumstehen und glotzen sollt?«, rief Tril. *»Ich habe gesagt, dass ihr kämpfen sollt, ihr elenden Takki. Los, holt euch einen Ball!«*

Als Joe zu seinem Team zurücklief, verbreitete sich langsam echte Panik in der Halle, und überall brachen kleine Gefechte um die Bälle aus.

Joe nahm Maggie auf die Schultern, versammelte hastig die anderen um sich und zog sich mit ihnen gemeinsam in eine Ecke zurück. Da Joe den Ball hielt, griff niemand sie an, aber andere hatten weniger Glück. Am Ende hatte eine der Gruppen mit überwiegend Zwölfjährigen zwei Bälle, und es gab neununddreißig Gruppen, die überhaupt keinen hatten.

»Diejenigen von euch, die Bälle haben, dürfen in die Kantine«, sagte Tril. *»Die Übrigen drehen hier Runden, bis die anderen zurückkommen.«*

Er hungert sie aus, dachte Joe angewidert. Den anderen Kindern war es wohl auch klar geworden, denn sie verzogen die hungrigen Gesichter und schluchzten vor Hoffnungslosigkeit. Als Joe sah, dass einige der Gruppen, die kein Glück gehabt hatten, zum großen Teil aus Kleinkindern bestanden, taten sie ihm so leid, dass er ihnen beinahe den Ball zugeworfen hätte.

Dann dachte er an Maggie, Mönch, Scott, Elfe und Libby, und ihm wurde klar, dass sie jetzt seine erste Sorge waren. »Kommt schon, Leute«, sagte Joe erschöpft. »Gehen wir essen.« Er drehte sich um und führte die anderen in den Strom jener Gruppen, die einen Ball ergattert hatten.

Die Verlierer blieben bei Tril zurück. Ein Ooreiki sammelte die Bälle am Ausgang ein und trieb sie anschließend in einen Korridor wie Vieh zur Schlachtbank.

Joe trug Maggie auf den Schultern. Sie hielt sich mit den winzigen Fingern in seinen Haaren fest, als er sich vorbeugte, damit sie nicht mit dem Kopf gegen den niedrigen Türsturz zur Kantine stieß.

In der Kantine selbst reihten sich ebenholzschwarze Tische an-einander, die aus demselben glänzenden Material bestanden wie der Rest des Schiffs. Vor ihnen standen Dutzende Kinder um große weiße Schüsseln mit Essen an, das ein Alien aus einer Tülle an ei-nem brummenden Metallkasten holte. Es war das erste Mal, dass Joe hier einen Einrichtungsgegenstand sah, der nicht aus dem selt-samen schwarzen Zeug bestand, aber auch der Essensautomat sah unheimlich aus. Das blaue Metall schillerte wie Eis. Es erinnerte ihn an das Ding um seinen Knöchel.

»Sind alle da?«, fragte Joe mit einem Blick über die Schulter.

Scott verzog das Gesicht. »Gelohnt hat sich das aber nicht. Was für ekliges Zeug.«

Joe musterte das Alien, das das Essen an die Rekruten austeilte. »Ich hab's noch nicht probiert.« *Ich war viel zu sehr damit beschäftigt, meine Dienstzeit zu verlängern.*

»Es ist grün«, sagte Maggie, die noch immer auf seinen Schul-tern saß. »Und es schmeckt wie aus dem Hundenapf.«

Elfe rümpfte die Nase. »Iihh.«

»Maggie trinkt aus dem Hundenapf«, rief Mönch lachend.

»Nein, das tut sie nicht«, sagte Joe, während sie in der Schlange vor der surrenden Essensmaschine langsam vorrückten. Er legte den Kopf schief, um zu ihr aufzublicken. »Nicht wahr, Mag?«

Er spürte, dass Maggie schmollte, als sie antwortete: »Es schmeckt immerhin besser als das Aquarium.«

»*Iihh!*«, kreischte Elfe.

»Ruhe!«, sagte Joe, als er zufällig dem Blick eines Aliens begeg-nete. »Sie beobachten uns.«

Das brachte die anderen sofort zum Schweigen.

»Ich finde es trotzdem eklig«, brummte Scott halblaut.

Als sie die Maschine erreichten, die ihnen ihre Essensration zu-teilte, erkannte Joe, dass das »Essen«, das die Aliens ihnen verab-reichen wollten, aussah wie Entengrütze. Inzwischen war er aller-dings so weit, dass er auch Würmer gegessen hätte, wenn sie im Angebot gewesen wären. Er nahm eine Schüssel für sich und eine weitere für Maggie entgegen und führte seine Gruppe dann an einen leeren Tisch.

»Wo sind die Löffel für das Zeug?«, fragte Joe, während er Maggie auf die Bank runterließ.

»Wir bekommen keine Löffel«, sagte Libby. »Wir müssen die Hände benutzen.«

Diese Mistkerle. Joe betrachtete einen Moment lang den puddingartigen grünen Schleim, nahm dann einen Klumpen davon auf den Finger und probierte ihn. Sofort zog sich sein Magen zusammen. Es *schmeckte* auch wie Entengrütze.

»Nicht besonders gut, was?«, fragte Elfe, als er Joes Miene sah. Auch die anderen Kinder behielten ihn genau im Auge. Offenbar warteten sie auf eine Anweisung vom Großen.

Joe setzte ein normales Gesicht auf und zwang sich, mehr von dem Schleim zu essen. »Es schmeckt gut. Ein bisschen wie Sushi.«

»Sushi ist eklig!«, rief Mönch.

»Dann hast du nicht das richtige Sushi gegessen.« Joe schaufelte sich eine Handvoll in den Mund und zwang sich, das Zeug zu schlucken. Es fühlte sich an, als würde ihm flüssiger Rotz durch die Kehle rinnen, und er musste sich zusammenreißen, um nicht vor den Kindern zu würgen. Mit jedem Mundvoll kämpfend, leerte Joe seine Schüssel und versuchte anschließend, Maggie zum Essen zu bewegen, doch sie weigerte sich standhaft. Stattdessen fing sie an zu heulen, und keine tröstenden Worte brachten ihre Tränen zum Versiegen.

Schließlich wurde Kommandeur Tril auf sie aufmerksam. »*Bring diese Rekrutin zum Schweigen, Zero!*« Der Ooreiki kam an ihren Tisch und ragte drohend und mit einem erwartungsvollen Ausdruck in den klebrigen Augen über ihm auf.

Joe spannte sich an. Der Mistkerl war ihm in die Kantine gefolgt und suchte nun nach einem Grund, ihn zu bestrafen. Joe hätte dem Alien am liebsten Maggies Schleimschüssel ins Gesicht geworfen. Aber das wäre Maggie gegenüber unfair gewesen. »Ich arbeite daran«, sagte er bemüht gelassen.

Tril schlug ihn. Verglichen mit dem, was Joe bereits hatte erdulden müssen, war es ein leichter Klaps, der ihn aber dennoch fast von der Bank schleuderte. Mit befriedigter Miene sagte der Ooreiki:

»*Du redest mich entweder als Kommandeur Tril an oder als Sir, Takki-Abschaum.*«

Sir Takki-Abschaum. Verstanden.

Maggies Weinen wurde lauter. Kommandeur Tril holte aus, um sie zu schlagen, doch Joe riss sie aus dem Weg und brachte sich selbst zwischen sie und das Alien. Er stand auf, sodass er auf den Angreifer hinabblicken konnte. »Lassen Sie sie in Ruhe – sie hat doch nur Hunger.«

Tril blickte auf die volle Schüssel und dann auf Maggie. »*Sie will nicht essen?*«

Als er Trils begierigen Gesichtsausdruck sah, gerann das Entsetzen in seinen Eingeweiden zu einem festen Klumpen. »Sie wird essen«, sagte er hastig, weil er fürchtete, dass ihm die Stimme versagen würde.

»*Sorg dafür*«, sagte Kommandeur Tril. »*Wenn nicht, wird sie zwangsernährt.*«

Das würde dem Mistkerl wahrscheinlich sogar Spaß machen. Mit pochendem Herzen überlegte Joe, wie er Maggie zum Essen bewegen sollte.

Der Ooreiki bedachte Maggie mit einem letzten Blick und suchte sich dann ein neues Opfer am anderen Ende der Kantine.

Joe wirbelte herum, zog Maggie an die Brust und tätschelte ihr den Rücken, während er dem Alien hinterhersah. Als Tril außer Sicht war, hielt er Maggie mit ausgestreckten Armen von sich. »Mag. Hör zu. Du musst etwas essen.«

»Ich will aber nichts essen!«, rief Maggie. »Ich will meine *Muuummmm*!« Sie hyperventilierte, und Sturzbäche von Tränen rannen ihr übers Gesicht.

»Das Alien schaut schon wieder in unsere Richtung«, flüsterte Scott.

Sofort wechselte Joe die Taktik. »Du hattest also einen Hund, Maggie? War es deiner?«

»Er war von meinem Bruuudeeer!«, heulte sie.

»Du meintest doch, dass du ein Aquarium hast. Hast du Fische?«

Das schien sie ein wenig aufzumuntern. »Ich habe Guppys«, erklärte sie schniefend

»Oh! Guppys!«, rief Joe. »Die sind hübsch, oder?«

Maggies verheulte graue Augen weiteten sich, sie nickte. »Jabber hat Punkte.«

»Ich habe mir immer Guppys gewünscht«, sagte Joe. »Was ist mit dir, Scott? Hattest du jemals Guppys?«

Scott warf einen Blick zu Kommandeur Tril und schüttelte den Kopf.

»Siehst du? Nicht mal Scott hat Guppys«, sagte Joe. »Wie viele Guppys hattest du, Mag?«

»Fünf!«, sagte sie sofort, eine Antwort, die ihr wahrscheinlich ihre Eltern beigebracht hatten.

»Fünf, toll!«, sagte Joe. »Hast du sie auch gefüttert?«

Maggie nickte grinsend. »Immer nur eine Fingerspitze.« Sie drückte den winzigen Daumen und ihren Zeigefinger zusammen und hielt sie Joe vors Gesicht.

»Gut«, sagte Joe lächelnd. »Wenn ich irgendwann Guppys habe, werde ich darauf achten, ihnen immer nur eine Fingerspitze zu geben. Ich habe ein bisschen Fischfutter zu Hause, nur für den Fall, dass ich irgendwann mal Guppys bekomme. Weißt du, wie Fischfutter schmeckt, Mag?«

Ganz in seinen Bann geschlagen, schüttelte Maggie den Kopf.

»Klar weißt du das. Es schmeckt richtig gut.«

»Ii…«, setzte Elfe an. Als Joe ihn mit einem finsteren Blick bedachte, machte er sofort den Mund zu. »Mum hat mich das Fischfutter nicht essen lassen«, klagte Maggie.

»Nicht?! Das ist schade. Darf ich vielleicht dein Fischfutter essen, Mag?«

Maggie runzelte die Stirn. »Ich habe kein Fischfutter mehr.«

»Und was ist das da?« Joe zeigte auf den ungegessenen Schleimklumpen in ihrer Schüssel.

Maggie blickte auf die Schüssel und zog eine noch verwirrtere Miene. »Das ist Ekelzeug.«

»Nein, das ist Fischfutter. Sonst trocknen sie es, damit es besser in die Dosen passt. Manchmal färben sie es sogar ein, damit die Guppys schönere Punkte bekommen.«

Maggie riss die Augen auf und begutachtete erneut den Schleim in ihrer Schüssel. Mönch verdrehte die Augen, doch Scott versetzte ihr einen Stoß in die Seite.

»Aber«, sagte Joe, »wenn es noch so grün ist, dann ist es etwas ganz Besonderes. Hast du jemals von Popeye gehört, Mag?«

Ein Leuchten trat in Maggies Augen. »Popeye isst Fischfutter?«

Joe hätte nicht erleichterter sein können. »Ja. Er liebt Fischfutter. Es ist wie konzentrierter Spinat. Davon wird man groß und stark. Also, kann ich dein Fischfutter haben, Mag?« Er hielt den Atem an, weil ihm klar war, dass alles von Maggies Antwort abhing.

Mit Tränen in den Augen sah Maggie erst ihn, dann ihre Schüssel und dann wieder ihn an. Ihre kleine Stirn legte sich in Falten. »Du brauchst keins mehr«, sagte sie und zog ihm ihre Schüssel weg. »Du bist groß genug.«

»Willst du es lieber Elfe geben?«, erkundigte sich Joe.

Maggie blickte finster zu Elfe, der mit einem Grinsen antwortete.

Besitzergreifend zog sie die Schüssel auch aus Elfes Reichweite. »Das ist meins«, sagte sie. Sie steckte einen winzigen Finger in den Schleim und probierte ihn. Sofort rümpfte sie die Nase. »Das schmeckt schlecht«, brummte sie.

»Das liegt an den vielen guten Sachen, die sie da reintun«, sagte Joe hastig. »Für die Guppys.«

»Und für Popeye?«

»Und für Popeye«, bejahte Joe.

Maggie bedachte den grünen Schleim mit einem unsicheren Blick, und einen Moment lang fürchtete Joe, dass sie ihn erneut wegschieben würde. Doch dann, immer noch mit Tränen auf den Wangen, holte sie tief Luft, wappnete sich und machte sich daran, ihre Schüssel leer zu essen. »Gar nicht so schlecht«, sagte sie, als sie fertig war. Dann blickte sie an sich hinab. »Ich glaube, ich werde schon größer!«, rief sie und hielt Joe ihren Arm hin.

Mönch schnaufte, doch Joe kniff Maggie mit Daumen und Zeigefinger in den Bizeps. »Was meinst du, Scott?«, fragte er und drückte den Arm des kleinen Mädchens. »Zeig ihm mal deine Popeye-Muskeln, Mag.«

Mag spannte die Muskeln an und sah Scott erwartungsvoll an. Joe warf ihm über ihren Kopf hinweg einen warnenden Blick zu.

Scotts Grübchen vertieften sich, und er sah aus, als würde er gleich in Gelächter ausbrechen. »Bald wirst du Prügeleien vom Zaun brechen wie eine Profiboxerin, Maggie«, brachte er heraus.

»Ich prügele mich gar nicht gern«, sagte Maggie und sackte enttäuscht in sich zusammen.

»Dann bist du hier falsch, du Dummerchen«, erklärte Mönch. »Wir werden zu *Soldaten* ausgebildet.«

Als Joe Mönchs aufgeregte Miene sah, zweifelte er daran, dass Mönch genau wusste, was ein Soldat war. Keins dieser Kinder wusste es. Weil sie nämlich *Kinder* waren und eigentlich Gummitwist spielen, Schmetterlingen nachjagen oder Baumhäuser hätten bauen sollen, statt in einem Alien-Raumschiff eingesperrt zu sein und das Kriegshandwerk zu lernen.

Erneut spürte Joe das erdrückende Gewicht seiner Verantwortung als einer der ganz wenigen Anwesenden, die wirklich begriffen, was die Ooreiki mit ihnen vorhatten.

Während seine fünf Bodenteamkameraden darüber diskutierten, ob das Soldatenleben gut war, kam sich Joe plötzlich uralt vor – wie ein alter Mann in einem Raum voller Kinder. Das war nicht fair. Es waren noch *Kinder*. Er wollte zu irgendjemand rennen, der ihm zuhörte, und ihn anschreien, dass man so etwas mit *Kindern* nicht machen durfte.

Einige Minuten später ruckten die Köpfe der Versammelten hoch, als Kommandeur Tril plötzlich rief: »*Ihr habt gegessen, jetzt raus hier! Zurück in die Trainingshalle! Lauft!*«

Joe griff sich Maggie, und sie rannten los. Zurück in der Obhut von Kampfmeister Nebil mussten sie sich in Gesellschaft der erschöpften, verschwitzten Verlierer drei Stunden lang körperlich verausgaben. Als Nebil mit ihnen fertig war und sie zurück in ihre Schlafsäle schickte, sah die Einheit aus wie ein Heer von Zombies, und alle waren zu müde zum Weinen.

5 *Vorzeitig kahl*

»Sie hätten mir erlauben sollen, ihn zu töten.«

Schweigen senkte sich über die Offiziersmesse. Alle hatten die verhassten Übersetzungsgeräte abgenommen und genossen ihr erstes Gespräch in echtem Ooreiki seit Beginn des Auswahlprozesses. Jetzt herrschte Stille, und die Sudah flatterten in Erwartung von Kihgls Antwort.

Sehr langsam schob Kihgl seine Mahlzeit beiseite und wischte sich den Mund ab. »Wen zu töten, Kommandeur Tril?«, fragte er und ließ sich dabei viel zu viel Zeit, um zu ihm aufzublicken. Fast, als wäre er gelangweilt.

Tril starrte seinen Vorgesetzten finster an. Kihgl war ein rußliebender Furg. Die Bürokraten rechneten ihm seine Kampferfolge zu hoch an. Jeder, der ihm in die Sudah sah, musste erkennen, dass er keine eigene Brigade verdient hatte.

»Sie haben selbst gesagt, dass Lagrah ihn eigentlich hatte töten wollen«, fuhr Tril fort. »Warum sonst wurde er überhaupt an Bord genommen? Er ist zu alt, als dass wir ihn gebrauchen könnten. Die Nahrung ist auf jüngere Rekruten abgestimmt. Sie wird ihm nicht gut bekommen. Welchen Grund gibt es, ihn zu verschonen?«

»Ich habe mich anders entschieden, Kleinkommandeur Tril«, sagte Kihgl immer noch im gleichen gemächlichen Ton. »Es steht Ihnen nicht zu, das in Frage zu stellen.«

Als er diese Worte aus dem Mund eines *vkala* hörte, der noch die Narben seiner Schande trug, zitterten Trils Sudah vor Zorn. »Genau so, wie es Ihnen nicht zustand, sich Lagrah zu widersetzen?«, fragte er, im Wissen, dass er als *yeeri* Gehör bei den anderen Kasten finden würde.

Doch niemand meldete sich zu Wort, um ihm beizustehen. Er hatte sogar den Eindruck, dass die übrigen Anwesenden ihn eher wütend ansahen. Kommandeur Linin stocherte in seinem Essen herum und sah aus, als wollte er am liebsten im Boden versinken. Er spürte den tadelnden Blick des alten Kampfmeisters Nebil auf sich lasten. Trotz des Kribbelns auf seiner Haut beachtete Tril den alternden Ooreiki nicht. Der Furg war mehrmals ein Erster Kommandeur gewesen, und immer wieder hatte man ihn zum Kampfmeister degradiert, kaum dass er ein eigenes Regiment bekommen hatte. Überall Unfähige und Jenfurglinge. Er war von ihnen *umgeben*.

Kihgl sah ihm mit einem langen, kalten Blick in die Augen. »Ich habe mich niemandem widersetzt, Kommandeur. Ich habe Anspruch auf ein Kind erhoben, das hingerichtet werden sollte, was mein gutes Recht ist. Kommandeur Lagrah selbst hat mich darin unterstützt.«

Tril wechselte die Taktik. »Er ist ein Unruhestifter – das wussten wir, als Lagrah ihn an Bord genommen hat. Wenn er uns das nächste Mal Schwierigkeiten macht, sollten wir ihn abservieren. Dadurch würden wir uns den Respekt verschaffen, den wir verloren haben, als wir ihn nicht gleich getötet haben.«

»Er ist jetzt ein *Rekrut*, Kommandeur Tril«, bellte Kampfmeister Nebil. »Er steht unter dem Schutz der *Kongress-Gesetze*. Man hat ihn *unserer Obhut unterstellt*.« Voller Verachtung musterte er Tril von oben bis unten. »Würden Sie etwa die Grundprinzipien unserer Gesellschaft verletzen, um *das Gesicht zu wahren*?«

Einige der anwesenden Ooreiki kicherten hämisch, und Tril spürte erneut, wie seine Sudah flatterten. »Der Mensch hat jede Angst vor uns verloren, als ich ihn nicht erschossen habe«, erwiderte er. »Ich habe ihn heute Nachmittag beobachtet, als ich einen seiner Rekruten zurechtgewiesen habe, der nicht essen wollte.«

»Streng genommen fällt es in seine Verantwortung, seine Rekruten zum Essen zu bringen, Tril«, erinnerte Kihgl ihn. »Es steht Ihnen nicht zu, sich einzumischen.«

Hilflos klatschte Tril mit der Hand auf den Tisch. »Geben Sie mir die Kontrolle über den Modifikator, Sir. Er wird uns erst respektieren, wenn …«

»Wo wir gerade von Respekt sprechen, Tril«, schnitt Kihgl ihm bedächtig das Wort ab. »Ich habe gehört, dass Sie die Leitung der Klasse übernommen haben, nachdem ich sie unmissverständlich

Nebil übertragen hatte. Haben Sie vielleicht meine Entscheidung in Frage gestellt? Oder erkennen Sie etwa Lagrahs persönlichen Befehl nicht an, mit dem er mich zum Zweiten Kommandeur der Zweiten Brigade ernannt hat? Vielleicht respektieren Sie ja auch einfach meine Autorität als Ihr vorgesetzter Offizier nicht. Wem oder was genau haben Sie in diesem Fall den Respekt verweigert?«

Tril senkte den Blick zum siebenstrahligen Stern auf Kihgls Brust. Die Stille, die auf dem Raum lastete, fühlte sich an wie schwerer Sand, und außer dem Flüstern der Sudah, die an seinem Hals flatterten, war nichts zu hören. Stotternd sagte er: »Natürlich respektiere ich Ihre Entscheidungen. Kampfmeister Nebil hat geschwafelt. Wir hatten nicht ewig Zeit, also bin ich zu dem Schluss gelangt, dass ich ihm das Wort abschneiden muss, bevor das nächste Bataillon zum Training eintrifft.«

»Kampfmeister Nebil, haben Sie geschwafelt?«

»Nicht dass ich wüsste, Sir«, antwortete Kampfmeister Nebil. Die Sudah des uralten Ooreiki waren vollkommen still.

Finster starrte ihn Tril an.

Kihgl wandte sich wieder Tril zu und sagte: »Er behauptet, nicht geschwafelt zu haben.«

Angesichts der kalten Missachtung durch seinen Zweiten Kommandeur schluckte Tril. »Vielleicht habe ich die Situation … falsch wahrgenommen. Ich respektiere Ihre Entscheidungen, Sir.«

»Dann werden Sie auch meine Entscheidung respektieren, den Modifikator für mich zu behalten.«

Jede Faser in Trils Körper spannte sich vor hilfloser Wut an. Nie zuvor war ihm ein *vkala* begegnet, der sich einem Angehörigen der höher stehenden *yeeri*-Kaste in politischen Fragen nicht beugte. Mit bösem Blick knurrte er: »Sie waren so ungnädig, ihn meiner Kompanie zuzuteilen. Sie könnten mir wenigstens die nötigen Mittel geben, um ihn im Griff zu behalten.«

»Nebil hatte damit anscheinend keine Schwierigkeiten«, bemerkte Kihgl.

Trils Sudah flatterten vor Scham so schnell, dass sie wie verschwommene Flecken an seinem Hals aussahen. »Aber *ich* war der mit der Waffe, Kihgl«, erwiderte er beharrlich. »*Ich* war es, der ihn bei der Zeremonie nicht erschossen hat. Unsere Wissenschaftler berichten durchweg, dass die menschliche Psyche extrem primitiv ist. Wenn ich meine Autorität nicht wiederherstelle, wird er in meiner Kompanie für weitere Unruhe sorgen. Kommandeur, Sie *müssen* mir Zugriff zu den nötigen Werkzeugen gewähren, um meine Soldaten unter Kontrolle zu halten.«

Kampfmeister Nebil warf ihm über den Tisch hinweg einen ausdruckslosen Blick zu. »Ich hatte den Eindruck, dass es, wenn man Kleinkommandeur werden will, vor allem drauf ankommt, bemerkenswerte Führungsqualitäten zu demonstrieren.«

Tril war empört. »Vorsicht, Nebil, sonst lasse ich Sie wegen Insubordination den Dhasha vorwerfen.«

Kampfmeister Nebil lachte. »Das könntest du versuchen, Bürschchen.«

Angesichts dieser offenen Missachtung seines Status starrte Tril ihn mit offenem Mund an. Nebil war nicht nur ein *Kampfmeister*, also noch nicht einmal ein Kommandeur – was bedeutete, dass er eigentlich gar nicht an diesem Tisch sitzen sollte –, außerdem gehörte er zu den *wriit*. Zu einer *Arbeiterkaste*. Dass er es wagte, so mit Tril zu reden, ohne Rückhalt des militärischen Rangsystems, verschlug Tril die Sprache.

Niemand verteidigte Tril. Im anhaltenden Schweigen musterte Nebil – der einzige anwesende Kampfmeister – ihn gemächlich von oben bis unten. »Ich habe mich schon gefragt, ob Sie die vielen Spitzen an Ihrem Stern in Ihrer Rolle als Dolmetscher des Korpsleiters erlangt haben, und nicht durch Leistungen auf dem Schlachtfeld.«

Tril musste seine Wut zügeln. »Ich habe für jeden meiner Ränge gekämpft. Ich hatte nicht den Vorteil, ein *vkala* zu sein.« Er warf Kihgl einen angewiderten Blick zu.

Ein kalter Ausdruck trat in Kampfmeister Nebils Augen. »Tril, Sie sind blind.«

Tril beachtete den *wriit* nicht weiter und wandte sich stattdessen an Kihgl. »Sie waren während der Ausbildung Rekrutenkampfmeister. Zwei Umläufe später hat man Sie nach insgesamt nur fünf Dienstumläufen in die Planetare Spezialabteilung versetzt. Soll ich mich fragen, wie es um Ihre Verbindungen zu Kommandeur Lagrah bestellt war? Er war doch damals Aufseher, nicht wahr? In einer Welt voller Angehöriger hoher Kasten leisten sich zwei *vkala* bestimmt gern Gesellschaft.«

Kihgls Pupillen verengten sich vor Wut. »Nehmen Sie sich ein Beispiel an Kampfmeister Nebil«, sagte er. »Lernen Sie, Ihre Kompanie mit den vorgesehenen Mitteln unter Kontrolle zu halten, sonst muss ich eine weniger anspruchsvolle Aufgabe für Sie finden.«

Tril erhob sich empört. Er spürte die Blicke aller Anwesenden. Die Sudah der Ooreiki flatterten – sie lachten ihn aus.

Ein *vkala* hatte es vor allen anderen gewagt, ihm zu drohen. Einem *yeeri*. Im ersten Moment wollte sich Tril über den Tisch beugen und Kihgl an der Kehle packen. Er brauchte seine ganze Willenskraft, um sich zu beherrschen, und sagte: »Am Ende werden *Sie* als derjenige dastehen, der einen Fehler begangen hat, Kommandeur. Nicht ich.« Dann drehte er sich um und stolzierte hinaus, bevor Kihgl antworten konnte.

Hinter ihm rief Kihgl laut: »Denken Sie daran, sich auf Ihre erste Unterrichtseinheit um 02:30 vorzubereiten.« Als wäre Tril ein *niish*, den man an so etwas erinnern musste. Seine Sudah flatterten wie verrückt, als er aus dem Raum stapfte.

Wutschnaubend kehrte Tril in seine Gemächer zurück, um seinen Unterricht vorzubereiten. Er hätte wissen müssen, dass die anderen auf Kihgls Seite standen. Schließlich hatte von allen einundzwanzig Ooreiki, die die Ausbildung des Sechsten Bataillons überwachten, nur Tril noch nicht zusammen mit Kihgl gedient. Kihgl war sehr beliebt. Ganz gleich, wie viel Wahrheit in Trils Worten lag, für die anderen würde er immer ein unbekannter Faktor bleiben.

*

Nachdem er die Rekruten gezwungen hatte, sich in einer widerwärtig nach Alkoholdämpfen stinkenden Duschkammer abzuspritzen, schickte Kampfmeister Nebil sie in ein düsteres, amphitheaterähnliches Klassenzimmer.

Ein Ooreiki mit dunkler, leicht orangefarbener Haut begrüßte sie, sobald alle Platz genommen hatten. Als Joe klar wurde, um wen es sich handelte, hatte er ein ungutes Gefühl in der Magengegend.

»Hallo. *Oonnai*. Ich bin Kleinkommandeur Tril und stehe zwei Ränge unter dem Zweiten Kommandeur Kihgl.« Mit einem Tentakel berührte er den silbernen fünfzackigen Stern an seiner Brust. »Ihr erkennt unsere Ränge an diesen Abzeichen. Bodenteamanführer haben einen Streifen, Truppanführer haben ein Dreieck, Kampfmeister einen vierzackigen Stern, Kleinkommandeure einen fünfzackigen Stern und so weiter, bis zum Ersten Kommandeur Lagrah, der einen achtzackigen Stern trägt. Darüber kommen wir zu den Aufsehern und Leitern, die ihr erst nach eurer Ausbildung zu Gesicht bekommen werdet. Bald erhalten die Bodenteamanführer ihre Rekrutenränge. Jeder Bodenteamanführer bekommt einen Streifen, aber als Rekruten erhaltet ihr den Kreis um diesen Streifen erst nach Abschluss eurer Ausbildung. Der Kreis bedeutet, dass man euch in die Armee aufgenommen hat, und bis ihr ihn euch verdient habt, unterstehen selbst die zehn Rekruten, die wir zu Rekrutenkampfmeistern ernennen, noch dem jüngsten Bodenkämpfer, der seinen Abschluss gerade einen Tag hinter sich hat. Haben das alle verstanden?«

Als ihm klar wurde, dass Trils Übersetzer abgeschaltet war und der Ooreiki mit seinem großen, zungenlosen Mund irgendwie einwandfreie englische Worte bildete, erstarrte Joe. Die vollkommen verständliche, *menschlich* klingende Stimme aus dem breiten Gesicht des Aliens verschaffte Joe eine Gänsehaut. Er fragte sich, wie lange die Aliens sie vor ihrem Angriff wohl schon aus dem All beobachtet hatten.

»Ich bin Linguist der Ooreiki-Bodenstreitmacht, Siebte Galaktische Division«, fuhr Tril fort. »Normalerweise arbeite ich als Verhörspezialist, doch derzeit habe ich das Vergnügen, euch jungen Leuten die Kongress-Universalsprache beizubringen, die wir liebevoll Kong nennen.« Kommandeur Trils Blick begegnete dem von Joe, und ein unverkennbarer Ausdruck der Verärgerung huschte über sein runzliges Gesicht, bevor er sich wieder abwandte.

»Nehmen wir zum Beispiel das hier.« Das Bild eines flügellosen

Drachen erschien auf dem Bildschirm hinter Kommandeur Tril. Es war ein atemberaubendes Geschöpf mit regenbogenfarbenen Schuppen, die wie Edelsteine schimmerten, und schwarzen Klauen, die wie auf Hochglanz polierte Sensen aus seinen Stummelfüßen ragten. Und es war gerade dabei, ein Raumschiff in Stücke zu reißen. »Das hier«, sagte Tril, während er sich von Joe abwandte und mit einem Tentakel auf den Bildschirm zeigte, »ist ein Kreenit. Wenn es ein Wort gibt, das ihr kennen müsst, um mit heiler Haut davonzukommen, dann das. Bitte sprecht mir nach. *Kree-nit*.«

Sofort wiederholten alle das Wort. Am Nachmittag hatte Tril vier Kinder blutig geschlagen, weil sie zu langsam gewesen waren. Als sie fertig waren, hob Joe den Arm.

Tril beachtete ihn nicht.

Ein weiterer Junge am anderen Ende des Raums hob ebenfalls die Hand.

»Ja«, fragte Tril. »*Kkee?*«

Verärgert ließ Joe den Arm sinken.

»Wollen Sie damit sagen, dass es diesen Drachen *wirklich* gibt?«, fragte der Junge.

»Allerdings. Darüber werdet ihr im Artenkunde-Unterricht mehr lernen.«

»Zerfetzt er gerade ein *Raumschiff*?«, platzte es aus einem anderen Jungen heraus.

»Dafür sind sie berüchtigt«, sagte Tril. Die Haut auf seiner Schädeldecke warf Falten, und Joe begriff, dass er zum ersten Mal einen Ooreiki lächeln sah. »Manchmal gelingt es ihnen, ihre Halsbänder zu sprengen, und wenn es dazu kommt, haben sogar die Dhasha Angst vor ihnen.«

Ihre Halsbänder zu sprengen? Stirnrunzelnd blickte Joe auf das blaue Metallband um seinen Knöchel und fragte sich, welchen Kräften es widerstehen konnte. Wahrscheinlich genug, um sein Bein gleichzeitig zu pulverisieren.

Tril beantwortete immer noch mit belustigter Miene Fragen. Joe beobachtete ihn genau und ein wenig neidisch. Anscheinend hasste er die anderen Kinder nicht. Nur Joe.

»Was sind Dhasha?«, fragte ein Mädchen.

Kommandeur Tril wandte sich ihr zu. »Kommandeur Linin wird euch mehr über die verschiedenen Spezies beibringen. Meine Aufgabe ist es, euch Kong zu lehren.« Das Bild hinter Tril wechselte und zeigte nun eine Tabelle. »Ihr Menschen habt ein natürliches linguistisches Talent. Wenn ihr die Tabelle betrachtet, seht ihr die Verteilung der verschiedenen Sprachlaute je nach Fähigkeit. Während die meisten Kongress-Spezies physisch nur zur Aussprache von fünfundsiebzig Prozent der Universalsprache fähig sind, könnt ihr Menschen all ihre Sprachlaute hervorbringen. Das lässt mich vermuten, dass viele von euch einmal wie ich Dolmetscher sein werden, statt durch finstere Tunnel zu kriechen.«

Tunnel? Joes Herz pochte unruhig. *Hat er gerade Tunnel gesagt?* Ihm brach der kalte Schweiß aus. Joe verabscheute Tunnel. Er hatte nicht mal durch einen kleinen Durchlass kriechen können, ohne dabei total durchzudrehen, sodass Sam Dad hatte holen müssen, damit er ihn herauszog.

Kommandeur Tril schaltete erneut um. Jetzt waren neun Bilder zu sehen, mit jeweils einem klotzigen Schriftzug darunter.

»Dies sind die ersten neun Worte, die ihr lernen sollt. Das hier bedeutet Nahrung. *Nuajan.*« Er deutete mit seinem blauen Laser auf das Bild links oben, das grünen Schleim zeigte. »Es enthält alles, was eure Körper brauchen, und es sollte eure Wachstumsrate um über zwanzig Prozent steigern, sodass ihr alle innerhalb weniger Rotationen Erwachsenengröße erreichen dürftet. Damit sind *Monate* gemeint, ihr unwissenden, aschigen Furgs. Das ist zumindest die nächste Entsprechung.«

Joe erstarrte. *Toll*, dachte er, während er den Blick über die kleinen Kinder um ihn herum schweifen ließ, *wirklich ganz toll.*

Maggie jedoch starrte ehrfürchtig auf das Bild von der Grütze und sagte immer wieder leise *nuajan* vor sich hin.

Tril betrachtete seine Schüler, während er fortfuhr. »Die grundlegenden Maßeinheiten werdet ihr euch schnell aneignen, aber ich gebe euch trotzdem einen kurzen Überblick: Ein Standard-Umlauf hat eine Länge von 1,23 Erdjahren. Eine Standardwoche hat sechs Standardtage, und eine Standardrotation hat sechsunddreißig Standardtage. In ähnlicher Weise besteht ein Standardtag aus sechsunddreißig Stunden und eine Standardstunde aus zweiundsiebzig Standardticks. Entfernungen messen wir in Stößen, Stäben, Längen und Märschen. Ein Stoß hat etwa die Länge eines großen menschlichen Erwachsenenfußes. Ein Stab ist neunmal so lang. Längen basieren auf der Höhe der *ferlii* auf Poen und umfassen etwa 440 Stäbe. Ein Marsch besteht aus 9999 Stäben. Ich könnte versuchen, euch zu erklären, warum, aber ich vermute, dass die meisten von euch zu jung sind, um es zu verstehen, also müsst ihr das irgendwann später lernen.«

Tatsächlich starrten die meisten Kinder das Alien völlig verwirrt an.

Seufzend fuhr Kommandeur Tril fort und sprach über alles, angefangen von verschiedenen Aliens bis hin zur Kongress-Politik, wobei er nach Lust und Laune in Kong verfiel. Joe hatte gerade begonnen, sich zu entspannen, als Trils klebrige braune Augen ihn fanden. »Zero. Trage der Klasse die neun Worte vor, die wir heute gelernt haben.«

»*Nuajan*«, begann Joe. »Äh …«

»Ein Rekrut hat jedes Ooreiki-Mitglied der Kongress-Armee von Rang als *Oora* anzureden«, sagte Tril grob. »Entweder das, oder du sprichst mich mit meinem Kastentitel an. *Uretilakki ni diirok Ooreiki oghis ni jreekil rrenistaba yeeri jare.*«

Ratlos starrte Joe ihn an.

Kommandeur Tril wirkte zufrieden. »Du kannst dich nicht entscheiden, Zero? Vielleicht sollte ich deinen Modifikator aktivieren, bis es dir gelingt.«

Erschrocken blickte Joe auf das Band um seinen Knöchel. *Er wird es so oder so tun.*

Er wollte dem Ooreiki gerade sagen, dass er zum Teufel gehen sollte, doch dann bemerkte er, dass die Kinder aus seinem Team ihn ängstlich beobachteten. *Hier geht es jetzt ebenso sehr um ihre Ärsche wie um meinen,* begriff Joe voller Unbehagen. Was würde Tril mit *ihnen* machen, wenn Joe sein loses Mundwerk nicht unter Kontrolle hielt? »*Oh-ra*«, murmelte Joe.

»*Oora.*« Tril ließ es klingen, als wäre das zweite O ein Konsonant.

»*Oh-oh*-ra«, probierte Joe es noch einmal.

»Vorerst genügen deine jämmerlichen Bemühungen. Sag die heutigen Worte auf. Nahrung, ja, nein, links, rechts, Kommandeur, Kampfmeister, Kongress.«

Joe versuchte es. Er stolperte über jede Silbe, bis Tril schließlich übernahm. »Alle sprechen mir nach. Nahrung. *Nuajan.* Ja. *Kkee.* Nein. *Anan.* Links. *Ki.* Rechts. *Po.* Kommandeur. *Diirok.* Kampfmeister. *Nkjanii.* Kongress. *Jare.*«

Nachdem sie die Wörter zu seiner Zufriedenheit wiederholt hatten, sagte Tril: »Denkt daran, dass man von nun an erwartet, dass ihr die hier gelernten Worte verwendet. Die Übersetzungsgeräte werden sie nicht mehr für euch übersetzen. Übrigens bin ich sehr beeindruckt von euren Fortschritten. Ich bin fest überzeugt, dass ihr alle in ein oder zwei Rotationen Kong sprechen werdet. Wegtreten. *Haagi.*«

Kampfmeister Nebil empfing sie draußen auf dem Korridor und brachte sie in einen sauberen weißen Raum, der Joe an das Wartezimmer einer Arztpraxis erinnerte. Nachdem er ansonsten nur gnadenloses Schwarz im Schiff gesehen hatte, hätten die weißen Oberflächen eigentlich eine Erleichterung sein sollen, doch Joe hatte ungute Vorahnungen, als die Ooreiki sie anwiesen, ihre sauberen weißen Hemden auszuziehen und sie ordentlich zusammengefaltet vor sich auf den Boden zu legen.

Die Luft war hier kälter als anderswo an Bord. Es kam ihm vor, als würden sie in einem Kühlschrank stehen. Gänsehaut bildete sich auf Joes Armen.

Am anderen Ende des Zimmers zog Kampfmeister Nebil ein langhaariges schwarzes Mädchen aus der Formation und stieß sie durch die Tür gegenüber dem Eingang. Alle warteten verwirrt.

Drei Minuten später kehrte das Mädchen schluchzend zurück. Sie hatte eine frische Narbe am Bauch, und ihr langes blondes Haar war verschwunden. Nebil schob sie zurück in die Schlange und führte einen schwarzhaarigen Jungen hinein. Auch er kam völlig kahl zurück, wirkte aber ansonsten kein bisschen mitgenommen. So ging es weiter – die Mädchen kehrten weinend und kahl zurück, die Jungen nur kahl.

Als jemand an seinem Arm zupfte, zuckte Joe erschrocken zusammen. Libby blickte mit aufgerissenen, geröteten Augen zu ihm auf. Sie umklammerte ein Büschel ihres lockigen schwarzen Haars.

»Libby? Geh zurück an deinen Platz!«

»Sie schneiden uns die Haare ab«, wimmerte sie.

Joe warf einen Blick in Nebils Richtung. »Libby, du wirst Ärger bekommen. Geh zurück an deinen Platz.«

»Aber ich brauche meine Haare«, sagte Libby, und Tränen liefen ihr über die ebenholzschwarzen Wangen.

»Das ist doch verrückt. Wozu?«

»Weil sie das einzig Schöne an mir sind!«, heulte sie.

Hinter ihnen kicherten Scott und Elfe. Joe drehte sich mit finsterer Miene zu ihnen um. Als sie den Blick abwandten, sagte er: »So ein Blödsinn. Wer hat dir das erzählt?«

»Meine Mum«, jammerte sie.

Joe war überrumpelt. Ihre … *Mum*? »Dann ist deine Mum eine dumme Kuh, die ihren Arsch nicht von ihrem Kopf unterscheiden kann«, platzte es aus ihm heraus. »Du bist richtig hübsch. Und jetzt geh *bitte* zurück an deinen Platz.«

»Das sagst du nur so«, klagte sie.

Joe warf einen Blick zu Kampfmeister Nebil, der inzwischen auf ihr Team aufmerksam geworden war. Er ging vor Libby in die Hocke. »Es ist mein Ernst. Du hast hübsche Augen, Libby. Drachenaugen.«

»*Kreenit*-Augen?«, flüsterte sie und sah ihn groß an. »Aber die sind grün.«

»Wenn Kreenit braune Augen hätten, würden sie wie deine aussehen«, erwiderte Joe. »Es sind jedenfalls Drachenaugen, darauf kannst du Gift nehmen.« Er hörte, wie Kampfmeister Nebil sich ihm von hinten näherte, und drehte sich um.

Joe zuckte zusammen, aber der erwartete Schlag blieb aus. »*Du bist dran*«, sagte Nebil und packte Joe ruhig an den Haaren. Er zog ihn aus der Reihe, stieß ihn durch die kleine blaue Tür und knallte sie hinter ihm zu. Die Ooreiki-Ärzte auf der anderen Seite zuckten zusammen. Nebil hatte ihnen keine Zeit gelassen, mit seiner Vorgängerin fertig zu werden, weshalb Joe aus erster Hand beobachten konnte, was die Mädchen zum Weinen brachte.

Das kleine kahle Mädchen wurde gerade operiert. Die Ooreiki-Ärzte bedienten eine Maschine, die über ihrem Bauch hin- und herfuhr und dabei schnelle, präzise Schnitte setzte, während sich ihr Opfer gegen die Gurte stemmte. Ungeachtet der Schreie des Mädchens setzte die Maschine ihre Arbeit fort, und während Joe voller Entsetzen zusah, senkten sich ihre mechanischen Tentakel in die Bauchhöhle und holten einen blutigen Fleischklumpen heraus, der schließlich auf einem Haufen in einem Abfalleimer neben dem Tisch landete. Während sich die Kleine heiser schrie, flickte die Maschine sie wieder zusammen, und die Ooreiki-Ärzte spritzten ihr eine silbrige Lösung in den Arm. Die Wunde hörte auf zu bluten und schloss sich vor Joes Augen.

Die ganze Prozedur hatte nicht mal eine Minute gedauert.

Dann wurde das Mädchen vom Tisch gezogen und noch immer weinend in Richtung Ausgang dirigiert.

Joe verspürte eine Woge der Angst, als der Ooreiki-Arzt ihn packte und auf den Stuhl drückte. Er schnallte seine Arme fest und nahm ein Gerät in die Hand, das wie eine Pistole aussah. Joe geriet in Panik.

»*Nicht atmen*«, wies ihn der Arzt durch sein Übersetzungsgerät an. Dann setzte er den Lauf der Waffe auf Joes Brust und drückte ab.

Heftiger Schmerz blitzte auf und ließ Joe nach Luft schnappen. Es fühlte sich an, als würde ihm jemand ein Messer tief ins Fleisch rammen. Er biss die Zähne zusammen und versuchte, die Hände loszureißen, aber der Arzt entfernte sich bereits wieder von ihm und legte die Pistole auf den Tisch. Joe blickte an sich hinab.

Ein rotes Mal, etwa so groß wie ein Pickel, hob sich rechts neben seinem Brustbein ab.

Dann kehrte der Arzt zurück, diesmal mit einer Spritze in der Hand. Er rammte Joe die Nadel in den Arm und injizierte die silberblaue Flüssigkeit.

Im nächsten Moment bekam Joe gleißende Kopfschmerzen. Stöhnend schloss er die Augen, vor denen alles verschwamm. Ihm war, als würde ihm das Gehirn zerlegt, und er krümmte sich in den Gurten.

Der Arzt zog die Spritze aus seinem Arm und legte sie neben die Pistole. Dann streckte er einen braunen Tentakel aus und rieb Joe damit über den Kopf.

Joe saß benommen da, während das Alien ihm die Kopfhaut massierte. Es fühlte sich gut an, überhaupt nicht wie die grobe Gewalt, die die anderen Ooreiki bisher gezeigt hatten. Erst als Joe sein Haar in kleinen Büscheln herabfallen sah, begriff er – das Alien hatte ihm etwas gespritzt, von dem man kahl wurde.

Das veranlasste ihn, sich zu wehren. Er versuchte, den Kopf wegzureißen, doch der Ooreiki hielt ihn mit stechendem Tentakelgriff fest und machte einfach weiter.

»Arschloch«, sagte Joe, während er sein Haar zu Boden fallen sah. Er hatte immer Angst davor gehabt, eines Tages kahl zu werden. Dad hatte mit dreißig eine Billardkugel gehabt, doch insgeheim hatte Joe die Hoffnung gehegt, dass sein Vater ein genetischer Ausreißer war und er seine Glatze nicht erben würde. Jetzt hatten diese Aliens ihm sogar die Chance genommen, es jemals herauszufinden.

Der Arzt massierte Joe die restlichen Haare vom Kopf und warf sie in denselben Abfalleimer, in dem auch die blutigen Fleischstücke lagen.

»Was haben Sie mit dem Mädchen gemacht?«, fragte Joe.

Der Arzt musterte ihn von oben bis unten. Offenbar überlegte er, ob er seine Zeit für eine Antwort vergeuden sollte. Schließlich sagte er: »*Wir haben ihr die Fortpflanzungsfähigkeit genommen.*«

Zorn stieg in Joe auf.

Der Ooreiki-Arzt fand seine Wut lustig. »*Reproduktionsverhalten kann der Kongress bei seinen Soldaten nicht gebrauchen. Sei froh, dass wir bei den Menschen nur ein Geschlecht sterilisieren müssen.*« Mit diesen Worten entließ ihn das Alien aus dem Stuhl. Ohne zu warten, bis er ging, wischte der Arzt ein paar Strähnen seines braunen Haars auf und ließ sie in den blutigen Abfalleimer fallen.

Joe fühlte sich, als hätte man ihm mit einem Hammer vor die Stirn geschlagen. »Dazu haben Sie kein Recht.«

Der Arzt blickte zu ihm auf und legte die Haut auf dem Kopf in Runzeln, wie Kommandeur Tril es beim Lächeln getan hatte. »*O doch, Mensch, das haben wir, das kann ich dir versichern.*«

Wie betäubt stolperte Joe zurück ins Wartezimmer. Er konnte den anderen nicht ins Gesicht blicken, als er sich wieder einreihte.

»Was ist da drin passiert?«, fragte Scott flüsternd.

Joe schloss die Augen und fragte sich, ob er jemals nach Hause zurückkehren würde.

»Joe?«

»Lass mich einfach in Ruhe«, flüsterte er.

Während die Übrigen an die Reihe kamen, blickte Joe kein einziges Mal auf. Sie waren in der Hölle. All die Kirchgänger zu Hause irrten sich – die Hölle war kein Ort mit Feuer und Schwefel. Sie war ein Truppentransporter der Ooreiki voller kleiner Kinder, Milliarden Kilometer von der Erde entfernt.

Sobald alle kahl waren, brachte Nebil sie zu ihren Quartieren zurück und schloss sie ein. Ohne seine Teamkameraden zu beachten, ging Joe zu einer der gewölbten Kojen, ließ sich hineinsinken, zog sich die Decke über den Körper und schloss die Augen.

»Ich hab Hunger, Joe«, sagte Maggie und zupfte an seiner Decke.

»Ich auch«, erwiderte Elfe. »Geben die uns was zu essen, Joe?«

»Ich muss mal Pipi«, sagte Libby. »Wo kann man hier Pipi machen?«

»Ich will nicht in einer Schüssel schlafen«, jammerte Mönch. »Ich will ein Bett.«

»Warum bekommen wir keine richtigen Decken?«, fragte Maggie. »Ich will eine richtige Decke.«

»Also, was machen wir jetzt, Joe?«, fragte Scott. »Es gibt nicht genug Betten für alle. Wollen die etwa, dass wir *zusammen schlafen*, Joe?« Er sah zu den Mädchen hinüber und verzog das Gesicht.

»Ja, ich will nicht mit ihm in einer Schüssel schlafen. Muss ich mit ihm zusammen schlafen, Joe?«, fragte Mönch.

»Woher zum Teufel soll ich das wissen?«, blaffte Joe, schlug seine Decke zurück und wirbelte zu ihnen herum. »Fangt verdammt noch mal an, für euch selbst zu denken.« Er stand auf, rauschte an ihnen vorbei, schnappte sich eine metallische Decke und legte sich mit dem Rücken zu den anderen fünf an die Wand.

Neben der Koje fing Maggie an zu weinen.

»Ach, halt endlich die Klappe!«, rief Joe.

»*Halt du doch die Klappe!*«, schrie Maggie zurück.

Und das tat Joe. Schuldbewusst hörte er, wie die Kinder in das große runde Bett kletterten und sich in die starren, spiegelnden Decken wickelten. Sie alle legten sich mit dem Rücken zu Joe hin und schmiegten sich aneinander, um sich gegenseitig warm zu halten. Andere Bodenteams machten es genauso, sodass Joe der Einzige war, der nicht in einem Bett lag.

Als Joe seine kalten Füße spürte, zog er sie unter die Decke und kauerte sich zu einer Fötalhaltung zusammen, damit seine Zehen nicht herausschauten. Doch selbst wenn er die Beine einzog, war die Decke nicht groß genug, um sich ganz darin einrollen zu können. Schließlich schlang er die Arme um die Brust und wünschte sich, Teil des großen Haufens auf dem Alien-Bett am anderen Ende des Raums zu sein.

Nach einer scheinbaren Ewigkeit sagte Scott in die Stille hinein: »Wir kommen hier nicht wieder raus, oder, Joe?«

Eine ganze Weile antwortete Joe nicht. Dann flüsterte er: »Ich glaube nicht, Scott.«

6 *Schikane*

Es kam ihm vor, als hätten sie nur wenige Augenblicke lang geschlafen. Nebil trat sie wach und schrie: »*Aufstehen, ihr faulen Takki! Steht auf und formiert euch, ihr elenden kleinen janja-Scheißhaufen! Ihr habt einen halben Tick Zeit!*«

Als Joe hektisch versuchte, sein Team für den Marsch zur Trainingshalle aufzustellen, ignorierte Maggie ihn völlig. Sie hielt die kleinen Arme vor der Brust verschränkt und schmollte. Frustriert erkannte Joe, dass sie noch immer sauer auf ihn war, weil er auf dem Boden geschlafen hatte.

Was noch schlimmer war: Während die Ooreiki die Zeit herunterzählten, die ihnen blieb, um sich aufzustellen, konnte er noch so verzweifelt flehen, betteln und ihr schmeicheln – nichts bewegte sie dazu, sich vom Fleck zu rühren. Schließlich musste Joe sie mit Gewalt ins Glied zerren, und sobald er ihren Arm losließ, trat sie wieder heraus.

»Verdammt, Maggie!«, blaffte Joe. Er packte ihren molligen kleinen Arm, hielt ihr Handgelenk fest umklammert und zog das zappelnde kleine Mädchen zurück in die Formation. Sie kreischte und trommelte in ungezügelter Wut mit ihren winzigen Fäusten gegen sein Bein.

»Maggie, psst«, zischte Scott und warf Joe einen nervösen Blick zu.

Maggie beachtete ihn nicht. Sie kreischte weiter und rammte Joe die Faust gegen den Oberschenkel. Glücklicherweise schienen Nebil und die anderen Ooreiki nichts davon mitzubekommen.

Mit gequälter Miene ließ Joe ihre Schläge über sich ergehen und zerrte sie schweigend durch den Korridor in die hell erleuchtete Trainingshalle. Er wusste, weil Tril ihn genau im Blick behielt, würde auch der Rest seines Teams willkommene Zielscheiben für seinen Zorn sein.

Als sie die Trainingshalle erreichten, zögerte Joe. Ihm wurde klar, dass die Hälfte der Kinder, die unruhig in kleinen Gruppen herumliefen, die Hölle hinter der blauen Tür noch nicht durchlaufen hatte. Sie starrten die Kahlköpfe bei ihrem Einmarsch verwirrt und teilweise selbstgefällig an. Manche waren sogar dumm genug, auf sie zu zeigen und zu lachen.

Die Aliens ließen sie nach Gruppen geordnet in Reihen Aufstellung nehmen. Als Joe Maggie losließ, verschränkte sie die Arme, kehrte ihm den Rücken zu und weigerte sich, ihren Platz einzunehmen. Joe musste sie erneut ins Glied zerren und mit Gewalt herumdrehen, sodass sie nach vorn schaute. Sie hielt den Blick stur von ihm abgewandt, das Kinn erhoben und die Unterlippe vorgeschoben.

Seufzend straffte sich Joe und kehrte zu seinem Platz an der Spitze des Teams zurück. Dort angekommen, bemerkte er einen schwarz gekleideten Ooreiki, der blaue Bälle entlang der Wand anordnete. Als er sich an das Spiel vom letzten Mal erinnerte, wurde er nervös. Hilflose Wut bildete einen Knoten in seiner Brust. Er wusste, für wie viele Kinder es erneut nichts zu essen geben würde. Einige der Kleinen weinten bereits.

Als Nebil in die Halle kam, traten die anderen Kampfmeister gleichzeitig einmal mit dem Fuß auf, um die Anwesenden zum Schweigen zu bringen.

»*Habt ihr hinterhältigen Ascher gut geschlafen?*«, blaffte Nebil.

Niemand wagte es zu antworten.

»*Gut*«, sagte Nebil. »*Da Tril nicht da ist, gehen wir heute anders vor. Die hintersten Rekruten aus jeder Gruppe: vortreten.*« Als sich niemand von der Stelle rührte, fügte Kampfmeister Nebil hinzu: »*Gruppenanführer, macht ihnen Beine.*«

Joe wirbelte herum und zog Maggie aus der Reihe. Er biss die Zähne zusammen, als sie mit den kleinen Fäusten gegen seinen Bizeps schlug und ihm immer wieder vor das Schienbein trat. Sobald er sie von der Gruppe gelöst hatte, ließ er sie stehen und kehrte zu seinem Platz zurück. Maggie, die jetzt allein war, hörte auf zu schmollen und fing an zu weinen.

Auch andere heulten laut, weil ihre Gruppenanführer sie geschlagen hatten, um sie zum Gehorsam zu zwingen. Joe hörte, wie ein Anführer dem jüngsten Kind aus seiner Gruppe damit drohte, dass er es gleich noch einmal verprügeln würde, wenn es keinen Ball für die Gruppe zurückbrachte.

»Bevor wir beginnen: Es gibt für jede Gruppe einen Ball. Trotzdem möchte ich, dass ihr rennt. Ein fauler Kong ist ein toter Kong. Also, jedes der aus der Reihe getretenen Gruppenmitglieder holt sich jetzt einen Ball.«

»Los, Maggie!«, befahl Joe.

Maggie verschränkte die Arme vor der Brust und strafte ihn mit Nichtachtung.

»Maggie, hol einen Ball!«, rief Scott. »Du musst rennen!«

Schniefend schlurfte Maggie zur Wand und hob mit ihren kleinen Fäusten einen Ball auf. Gemächlich kehrte sie damit zurück, doch Kampfmeister Nebil schien es nicht zu bemerken.

»Jetzt wählt jedes Kind mit einem Ball vier weitere Gruppenmitglieder«, knurrte Kampfmeister Nebil. *»Diese Fünfergruppen werden heute die Einzigen sein, die etwas zu essen bekommen.«*

Innerlich stöhnte Joe. Er wusste bereits, wer heute hungern musste.

»Scott, Libby, Elfe, Mönch.« Maggie zögerte keinen Augenblick – sie musste nicht einmal über ihre Entscheidung nachdenken.

Keinem der übrigen Gruppenführer erging es anders.

Nebil schnaufte. *»Ich habe mir ihre Entscheidungen gemerkt. Diejenigen, die nicht gewählt wurden, werden bestraft, wenn sie Nahrung von den Mitgliedern ihrer Gruppe annehmen.«*

Das zwölfjährige Mädchen mit dem Piranhagesicht, das gefragt hatte, ob man seine Teamkameraden schlagen durfte, hob erneut die Hand. »Bedeutet das, dass wir uns Essen von anderen Gruppen holen können?«

»Das könnt ihr machen, wenn sie es zulassen.« Kampfmeister Nebil sah einen Moment lang Joe mit geschlitzten Augen an, ehe sein Blick weiterwanderte. *»Die anderen Kampfmeister und ich verleihen den Bodenteamanführern nun ihre Rekrutenabzeichen. Haltet still, wenn ihr an der Reihe seid – es wird nicht wehtun.«*

Mehrere Ooreiki drehten Runden zwischen den Hunderten von

Rekruten. Sie wiesen alle Gruppenanführer an, sein oder ihr Hemd auszuziehen, damit sie sie mit einem kleinen schwarzen Gerät an der Brust berühren konnten. Diejenigen, die noch Haare hatten, wurden übergangen und konnten nur verwirrt zusehen, wie die Ooreiki die Kinder um sie herum ansteuerten.

Als Joe an der Reihe war, zuckte er vor dem Gerät zurück, das ihn ungefähr dort berührte, wo der Ooreiki-Arzt ihm einen Schuss in die Brust verpasst hatte. Doch Nebil hatte die Wahrheit gesagt, als er behauptet hatte, es würde nicht schmerzen. Kurz darauf zog der Ooreiki das Gerät zurück, und Joe durfte sein Hemd wieder anziehen. Als er es tat, veränderte sich das baumwollartige Gewebe links auf seiner Brust und wurde vor seinen Augen dicker und härter. Innerhalb von Sekunden hatte sich der Stoff in einen weiß schimmernden Metallstreifen verwandelt. Parallel zum Boden hob er sich von seinem Hemd ab und glänzte im hellen Licht.

Joe klappte der Unterkiefer herunter, als er den Streifen anstarrte. Alles, was er aus der Schule wusste, sagte ihm, dass das unmöglich war. Zögernd berührte er das Abzeichen. Es bestand aus kaltem, hartem Metall. Er berührte den Stoff. Steif, aber formbar. Erneut betrachtete er das Abzeichen, und mit einem Mal wurde ihm klar, dass der Streifen ihn an ein Brandzeichen erinnerte, wie man es in die rasierte Haut eines neuen Stiers drückte.

Sie erklären mich zu ihrem Eigentum.

Joe wollte sich das Hemd vom Leib reißen, es auf den Boden werfen und darauf herumtrampeln, aber er wusste, dass sie ihn schließlich doch dazu bringen würden, es wieder anzuziehen. Er zwang sich, den Blick abzuwenden, doch er spürte das Brennen des Abzeichens auf seiner Brust, das Brandmal seiner Feinde.

»Gruppenanführer, bringt eure Bodenteams zum Essen in die Kantine.«

Als er sich an Maggies Entscheidung erinnerte, ihn hungern zu lassen, seufzte Joe und sagte: »Also kommt, Leute.« Geschlagen führte er sie zur Essensschlange. Das Alien, das Kellen voll grünem Schleim austeilte, blickte auf, doch bevor Joe ihm bedeuten konnte, nur den anderen fünf etwas zu geben, stieß Maggie ihn mit ihrem winzigen Körper beiseite und streckte dem Ooreiki ihre Schüssel hin. »Gib Joe kein *nuajan*«, sagte sie. »Er bekommt heute nichts zu essen.«

Mit unglücklicher Miene ging Joe zu demselben Tisch, an dem sie beim letzten Mal gesessen hatten, und ließ sich ganz am Ende nieder. Maggie und die anderen nahmen einen anderen Tisch und ignorierten ihn demonstrativ. Joe schloss die Augen und legte den Kopf in die Hände. Er versuchte, nicht auf das Grummeln in seinen Eingeweiden zu achten. Darin war er seit seiner Gefangennahme ziemlich gut geworden. Wie viele Tage waren es inzwischen? Und er hatte nur einmal gegessen.

Er dachte an zu Hause und daran, wie es wohl in der Highschool gewesen wäre. Ging Sam schon wieder zur Schule? *Gab* es überhaupt noch Schulunterricht, nachdem alle Kinder weg waren?

Maggies schrilles Kreischen, gefolgt von Elfes und Mönchs Schreien, riss ihn aus seinen Gedanken. Joes Kopf ruckte hoch.

Zwei große Zwölfjährige, die ihre kalt glänzenden Silberabzeichen wie Orden vor sich hertrugen, stritten sich um die drei Schüsseln mit Essen, die sie Joes Gruppe abgenommen hatten. Joe grinste vor sich hin und hätte sich wieder seinen Grübeleien gewidmet, wenn er nicht gesehen hätte, wie Libby aufstand, die Hände zu Fäusten geballt.

Das Einzige, was sie sich von den zwei Zwölfjährigen holen würde, die doppelt so groß waren wie sie, wäre ein eingeschlagener Schädel. Seufzend erhob sich Joe, um Libby davon abzuhalten, sich verprügeln zu lassen. Als sich die Achtjährige gerade auf die beiden Grobiane stürzen wollte, packte er sie an der Schulter und zog sie zurück, während die beiden größeren Kinder den Inhalt der dritten Schüssel aufteilten, ohne Libby auch nur zu bemerken, die Schüssel auf den Boden warfen und gingen. Mönch hob sie auf und machte sich daran, sie auszulecken.

»Die essen unser Essen!«, schrie Libby und versuchte verzweifelt, sich Joes Griff zu entwinden.

»Ich weiß«, sagte Joe. »Ich kümmere mich darum, in Ordnung?«

Finster starrte Libby ihn an und versuchte sich loszureißen, während sie mit einem Zorn, der ihn bei einem so jungen Kind verblüffte, den beiden großen Jungs hinterherstarrte. »Ich brauche deine Hilfe nicht. Ich kann Taekwondo.«

Joe verzog das Gesicht. Sofort hatte er ein Bild von unbekümmerten Kindern vor Augen, denen man kleine Kampfkunststückchen beibrachte, die nichts mit einer echten Prügelei zu tun hatten. »Lass mich das übernehmen, okay?«

Widerwillig blickte Libby zu ihm auf, aber jetzt wehrte sie sich nicht mehr gegen seinen Griff. »Wirklich«, beteuerte sie und musterte Joe von oben bis unten. Dann sagte sie herablassend und mit absoluter Überzeugung: »Mit *dir* würde ich jedenfalls locker fertigwerden.«

Joe verdrehte innerlich die Augen. *Klar, Kleine.* »Ja, schon gut«, sagte er. »Aber du bist unsere Geheimwaffe, in Ordnung? Und das bedeutet, dass du auch geheim bleiben musst. Ich kümmere mich schon darum.«

Er glaubte, eine Veränderung im Blick ihrer hübschen braunen Augen zu sehen, und kurz darauf nickte sie knapp.

Sobald Joe davon überzeugt war, dass sie ihm nicht zu folgen versuchen würde, atmete er einmal tief durch und ging zum Tisch der beiden großen Jungen. Angewidert stellte er fest, dass einer der beiden jetzt zweieinhalb Schüsseln Essen vor sich hatte. Er und der andere Junge aßen und lachten und machten sich zusammen mit den anderen über die Kleinen lustig.

Joe riss einen der Jungen beiläufig von seiner Bank hoch, sodass er lang hinschlug. Der andere stand hastig auf, blickte nach oben – und noch weiter nach oben –, dann riss er die Augen auf, als er Joe über sich aufragen sah. Stolpernd wich er zurück und stammelte Entschuldigungen. Joe griff sich drei Schüsseln mit Essen.

»Es gibt immer noch jemand Größeren«, sagte er.

»Wir dachten, die wären allein …«, stotterte der Junge. Als wollte er sich dafür entschuldigen, dass er sich mit den Kindern aus Joes Gruppe angelegt hatte, und nicht dafür, dass er schwächere Kinder schikaniert hatte. Der Junge schluckte schwer. Offenbar ging er davon aus, dass Joe ihn allein aus Prinzip grün und blau prügeln würde.

Joe schnaufte und schob sich an dem Jungen vorbei, der gerade aufstehen wollte, wobei er ihn erneut zu Boden stieß. Inzwischen waren alle Gespräche in der Kantine verstummt. Wieder spürte er, wie sich alle Blicke auf ihn richteten. Als wäre er ein verdammter Hai auf der Jagd in einem Goldfischbecken.

Was genau genommen auch stimmte. Er war fünfundzwanzig Zentimeter größer und vierzig Kilo schwerer als das zweitgrößte Kind hier. Mit hochgezogenen Schultern kehrte Joe zu seinem Bodenteam zurück, das sich verängstigt zusammendrängte und ihn mit Augen anstarrte, die ebenso weit aufgerissen waren wie die der anderen Kinder in der Kantine.

»Hier«, sagte Joe und stellte die drei Schüsseln vor seiner Gruppe ab. Er setzte sich ans Ende ihres Tischs, um weitere Angreifer abwehren zu können.

»D-danke, J-Joe«, sagte Maggie.

»Keine Ursache.« Müde stützte er den Kopf in die Hand und fragte sich, wie lange sie hier noch beim Mittagessen sitzen würden. Er war überrascht, als Maggie aufstand und mit ihrer Schüssel zu ihm herüberkam.

»Willst du was von mir abhaben, Joe?«

Joe bedachte das kleine Mädchen mit einem kraftlosen Lächeln. »Tut mir leid, Mag. Ich darf kein Essen von dir annehmen. Das verstößt gegen die Regeln.«

»Sie will es dir doch *schenken*«, erwiderte Scott, der ebenfalls zu ihm kam. »Von mir kannst du auch etwas abhaben. Hier. Unten ist noch ein bisschen drin.« Der Zehnjährige hielt ihm stolz die Reste seiner Mahlzeit hin.

Gerührt lachte Joe. »Ich glaube nicht, dass wir damit durchkommen.«

»Wir verraten es keinem«, sagte Libby und schaufelte hastig die Hälfte ihres Essens in Scotts Schüssel. »Wenn du schnell isst, merkt es niemand.«

Joe blickte auf Scotts Schüssel, während die anderen noch mehr von sich hineinschaufelten, sodass er am Ende mehr hatte, als er in der Essensschlange bekommen hätte. Er schluckte, warf einen Blick zu Kampfmeister Nebil und überlegte, ob das Essen es wert war, eine Tracht Prügel zu riskieren.

Der Ooreiki stand an einem Ende der Kantine, die Finger hinter dem Rücken verschlungen, und beobachtete die Tische gelassen und mit Adleraugen.

Schließlich siegte der Hunger über die Angst. Als Nebil gerade in eine andere Richtung blickte, schlang Joe das ihm angebotene Essen herunter. Als er fertig war, schob er die Schüssel wieder zu Scott und wartete nervös. Die nächsten zehn Minuten lang rechnete er angespannt damit, einen Schlag abzubekommen oder quer durch den Raum angebrüllt zu werden. Doch anscheinend hatte das Alien nichts bemerkt. Als Joe klar wurde, dass sie tatsächlich damit durchgekommen waren, bekam er bessere Laune.

Als alle gegessen hatten – oder auch nicht –, brachte Kampfmeister Nebil sie in einen weiteren amphitheaterartigen dunklen Unterrichtssaal und wies sie an, sich auf die seltsamen, schaufelförmigen Sitze mit Blick auf die Bühne zu setzen.

Während sie gehorchten, trat Kommandeur Linin auf das Podium. Er wirkte gelangweilt. »*Dies*«, sagte Linin und zeigte auf die Abbildung eines gedrungenen, luchsartigen Tiers, dessen prachtvolle regenbogenfarbene Schuppen auf dem Bildschirm hinter ihm schimmerten, »*ist ein Dhasha. Bei diesen Geschöpfen handelt es sich um die tödlichsten Kämpfer des Universums, die sich vielfingrige Rußer wie euch besonders gern als Sklaven halten.*« Der Ooreiki musterte sie mit einem Blick, der so stechend war wie die Spitzen des fünfzackigen Sterns im Kreis auf seiner Brust. »*Ich bin Kleinkommandeur Linin. Ihr seid hier im Artenkunde-Unterricht, und das da …*« Er deutete mit einer knochenlosen Extremität auf den Bildschirm. »*… ist schuld an achtundneunzig Prozent des Rußes, den wir als Kongress-Soldaten durchmachen müssen. Die Dhasha. Ihre Männchen können direkte Laser- und Plasmatreffer wegstecken. Ursprünglich waren die Dhasha-Krieger, nachdem wir sie auf ihrem Rußklumpen von einem Planeten gefunden hatten, ein großer Gewinn für uns. Der Kongress sandte sie aus, um Hunderte von Planeten zu kolonisieren, sodass sie unsere Macht innerhalb weniger Jahrhunderte vertausendfachten.*«

Der Ooreiki verzog das Gesicht und wandte sich mit nüchterner Miene wieder seinen Schülern zu. »*Doch wir haben uns unseren* eigenen Aschehaufen bereitet. Wir hätten sie dort lassen sollen, wo sie sich gegenseitig auffraßen und sich in die Erde gruben, um zu überleben. Verbrannt, wir hätten ihr ganzes feuerliebendes Sonnensystem auslöschen sollen. Denn die Dhasha lehnen sich immer wieder auf, und jedes Mal, wenn sie das tun, braucht der Kongress fünfzig Prozent seiner gesamten Kampfkraft, um zu verhindern, dass diese feuerliebenden Ungeheuer sich ein Stück der Galaxis unter den Nagel reißen. Der letzte Aufstand liegt mehr als hundert Umläufe zurück, was bedeutet, dass wahrscheinlich irgendwann im Laufe eures Lebens wieder ein Dhasha-Fürst rebellieren wird. Und wenn es dazu kommt und der Kongress euch entsendet, um gegen die Dhasha zu kämpfen, dann heißt es für euch alle gute Nacht, denn überleben werdet ihr das nicht.«

Der Ooreiki schaltete zum nächsten Bild, und ein breiter Streifen aus zerfetztem Fleisch erschien auf dem Bildschirm. Joe rutschte unruhig in seinem Sitz hin und her, als ihm klar wurde, dass es sich um ein Feld voller toter Ooreiki handelte.

»Das passiert, wenn man gegen die Dhasha in den Krieg zieht.« Er schaltete weiter, und sie bekamen einen grotesk zerfleischten Alienkörper aus nächster Nähe zu sehen. Flüssigkeit lief aus den Organen, die man durch die klaffenden Wunden in seiner Brust erkennen konnte. »Man beachte die Rüstung dieses Soldaten. Es handelt sich um das härteste Material, das der Kongress herstellen kann, und die Klauen der Dhasha zerschneiden es, als wäre es nuajan.«

Joe sah sich um. Die anderen Kinder starrten mit aufgerissenen Augen und offenen Mündern nach vorn. Viele sahen aus, als würden ihnen gleich die Tränen kommen.

Linin grunzte. »Ihr Furgs könnt von Glück sagen, dass Dhasha-Rebellionen fast immer innerhalb der Spezies bleiben. Wenn es einmal wirklich unschön wird, werden sie von den Jreet niedergeschlagen. Normalerweise muss man die schlechteren Kämpfer nicht mit hineinziehen.«

Schlechtere Kämpfer? Unwillkürlich sträubte sich Joe gegen diese Bezeichnung.

»Wenn sie euch entsenden, dann ist zumindest Schluss mit dieser Farce. Wenn erst einmal ein paar Menschen-Bataillone in Stücke gerissen wurden, werden diese Jenfurgling-Ascheseelen auf Koliinaat begreifen, dass sie uns nicht hätten zwingen sollen, euch Takki als Soldaten zu *verkleiden. Ihr gebt nicht mal gute Packtiere ab. Verbrannt, am Ende wird man euch wahrscheinlich durch die Sklaventunnel kriechen lassen, damit die Dhasha euch da unten in ihren Gruben in Stücke reißen – darin wärt ihr sicher gut.«*

Das Herz pochte Joe bis zum Hals. *Tunnel?* Das war das zweite Mal, dass die Ooreiki Tunnel erwähnten. Vielleicht versuchten sie nur, ihnen Angst zu machen. Vielleicht würden sie am Ende aus Flugzeugen springen. Damit würde er klarkommen. Er würde sogar richtig *gern* aus einem Flugzeug springen. *Lieber Gott, bitte lass uns aus Flugzeugen springen, statt durch Tunnel zu kriechen.*

Der Ooreiki bedachte die Versammelten mit einem abfälligen Blick. *»Nicht dass es die Mühe wert wäre, euch extra einen Bioanzug anzupassen. Selbst in einem Anzug könntet ihr Ascher es nicht einmal mit einem nackten Ooreiki aufnehmen.«*

Joe hob die Hand. »Wird man uns wirklich durch Tunnel schicken?«

Linins dunkelbraune Augen richteten sich auf Joe. *»Man hat euch für die Bodenstreitmacht rekrutiert. Natürlich wird man euch in die Tunnel schicken. Wer soll es denn sonst machen? Die Raumtruppen?«* Er gab ein abfälliges Schnaufen von sich, indem er Luft durch die Kiemen ausstieß. *»Diese Feiglinge wissen überhaupt nicht, was ein Krieg ist.«*

Joe schluckte schwer. Seine Handflächen waren feucht. »Kommandeur Tril hat uns gesagt, dass man wahrscheinlich Dolmetscher aus uns machen wird.«

»Kommandeur Tril ist ein Furg.«

»Kann ich dann zu den Raumtruppen wechseln?«

»Nein.«

Der angewiderte Blick, mit dem Kommandeur Linin ihn bedachte, ließ ein Brennen in Joes Kehle aufsteigen. Er sah auf seine zitternden Finger und schloss sie zur Faust. Selbst hier bildete er sich ein, den Druck der Gesteinsmassen spüren zu können. Er hatte ein schummriges Gefühl im Magen. *Wie viel Platz wird in den Tunneln sein? Dhasha sind groß, also vielleicht drei Meter? Mit drei Metern komme ich klar. Aber hat er nicht gesagt, dass es um Takki-Sklaventunnel geht? Wenn Takki so groß sind wie Menschen, dann hätte ich nur ein paar Zentimeter um mich herum ...* Bei diesem Gedanken musste Joe die aufsteigende Panik unterdrücken.

»Und wann bekommen wir einen Dhasha zu sehen?«, fragte ein Mädchen aufgeregt.

»*Ihr solltet beten, dass es nie dazu kommen wird*«, erwiderte der Ooreiki. »*Selbst uns wohlgesinnte Dhasha fressen ihre eigenen Soldaten, und die Kriegskommission tut nicht mehr, als ihnen ein Bußgeld und ein paar zusätzliche Dienstumläufe aufzubrummen, bevor sie in den nächsten Rang aufsteigen. Wenn wir alle im Magen eines Dhasha-Kriegers enden würden, der unter dem Banner des Kongresses kämpft, hätte sich unser Tod in den Augen des Kongresses gelohnt. Hier, ich zeige euch Furgs, warum.*« Kommandeur Linin stellte eine schwarze, runde, kofferähnliche Schachtel auf den Tisch und öffnete sie. Im Innern lag eine längliche, fünfzehn Zentimeter breite metallische Schuppe, die in eine schwarze, samtige Substanz gebettet war. Selbst im rötlichen Licht schimmerte sie geradezu überirdisch. Daneben lag eine keilförmige schwarze Kralle, doppelt so lang wie Joes Mittelfinger.

Kommandeur Linin hob die Kralle mit einer Metallpinzette vom Kissen, wobei er sorgfältig darauf achtete, sie nicht zu berühren. Er hielt sie gut sichtbar in die Höhe. Sie war leicht gekrümmt, wie eine Sense.

»*Eine Dhasha-Klaue.*« Er gab Nebil einen Wink. »*Kampfmeister?*«

Nebil stellte sich vor ihm auf und streckte mit gelangweilter Miene einen Tentakel aus.

»*Dhasha-Klauen sind das perfekte Schneidwerkzeug. Bei den Kanten handelt es sich um makellose monomolekulare Oberflächen, die auf atomarer Ebene in jede Substanz schneiden können.*« Kommandeur Linin hielt die Pinzette fünf Zentimeter über Kampfmeister Nebils Arm und ließ die Kralle fallen.

Nebil schnaufte, als sich die ebenholzfarbene Klaue bis über die Hälfte in seinen Arm bohrte. Eine dünne, bräunliche Flüssigkeit sickerte aus der Wunde und tropfte auf den glänzend schwarzen Boden.

»*Wie ihr seht*«, sagte Kommandeur Linin, während er mit der Pinzette vorsichtig die Klaue aus Nebils Arm zog, »*genügt bereits das Eigengewicht der Kralle, um Fleisch zu zerteilen. Stellt euch vor, dass eine solche Klaue von mehreren tausend Kilo Muskeln angetrieben wird – dann ahnt ihr vielleicht, wie gefährlich diese Geschöpfe sind.«*

»*Vergessen Sie nicht die Schuppen*«, brummte Nebil, während er sich die bereits verheilende Wunde am Arm rieb.

Kommandeur Linin legte die Kralle zurück und holte eine Schuppe hervor. »*Die lassen wir herumgehen, damit ihr sie näher in Augenschein nehmen könnt. Es handelt sich um die Außenschuppe eines Dhasha-Männchens. Absolut unzerstörbar.*«

»*Er will damit Folgendes sagen*«, warf Kampfmeister Nebil ein. »*Wenn alle Sterne des Universums plötzlich im selben Moment beschließen würden zu explodieren, dann gäbe es diese Dinger eine Million Jahre, nachdem sich der Staub gelegt hat, immer noch.*«

Ja, klar.

Doch als Joe die Schuppe schließlich in den Händen hielt, bekam er eine Gänsehaut. Sie fühlte sich unnatürlich an und glitt über seine Finger, als wäre sie nass. Sie gab kein bisschen nach, und obwohl sie nur fünfzehn Zentimeter breit und fünfundzwanzig Zentimeter lang war, wog sie mehr als ein Sack Kartoffeln. Und sie stank nach faulem Fisch.

Als er die Schuppe länger betrachtete, taten Joe die Augen weh. Sie hatte niemals nur eine Farbe – die darüber laufenden Regenbogenschlieren wirkten unnatürlich, sammelten sich zu gelben, roten, grünen, violetten, blauen und orangefarbenen Flecken. Hastig reichte er die Schuppe an den nächsten Rekruten weiter und wischte sich die schweißnassen Hände an seinem Hemd ab.

Sobald alle die Schuppe betrachtet hatten, fuhr Kommandeur Linin fort. »*Takki*«, sagte er und schaltete den Bildschirm ein, auf dem eine kleine, zweibeinige, purpurfarbene Eidechse mit pupillenlosen, eiförmigen Augen erschien, deren Saphirblau an das Smaragdgrün der Dhasha und Kreenit erinnerte. »*Von alters her die Sklaven der Dhasha. Sie haben sich auf demselben Planeten entwickelt wie die Dhasha und die Kreenit.*« Linins Stimme klang unüberhörbar angewidert. »*Ohne sie hätten die Dhasha nie eigene Technologie entwickelt und würden immer noch auf Tenyuir hungern, dort, wo sie hingehören.*« Unvermittelt schaltete er den Bildschirm aus. »*Mehr müsst ihr nicht über sie wissen.*«

»Wie groß sind sie?«, fragte Joe, dessen Hände und Unterarme glitschig von Schweiß waren.

Kommandeur Linin musterte ihn aufmerksam. »*Größer als die Ooreiki. Genauer gesagt – etwa so groß wie du.*«

Scheiße, dachte Joe. *Scheiße, Scheiße, Scheiße* …

Kommandeur Linin ließ seine Worte wirken und rief dann ein weiteres Bild eines männlichen Dhasha auf, der diesmal wie eine selbstzufriedene Katze auf einem Haufen Kissen saß. »Jetzt *zu der Frage, wie ihr es in Gegenwart eines Dhasha vermeidet, getötet zu werden … Denkt einfach immer daran, dass ihr Takki-Ruß seid. Als Takki-Ruß müsst ihr jeden Blickkontakt meiden. Dhasha empfinden die Blicke niederer Geschöpfe als abstoßend. Wenn ihr einem von ihnen in die Augen seht, wird er euch zur Strafe fressen.*«

»Werden wir dort, wo wir hingehen, denn auf Dhasha treffen?«, fragte jemand.

Linin grunzte. »*Bei unserer Abreise stand die diesbezügliche Entscheidung des Kongresses noch nicht fest. Eure körperliche Zusammensetzung ist vielleicht eine zu große … Verlockung.*« Der Ooreiki warf einen Blick auf den Bildschirm. »*Aber wenn man euch einem Dhasha-Kommandeur unterstellt, werdet ihr ihn gleich nach unserer Landung auf Kophat zu Gesicht bekommen.*«

Etwas an dem Wort »Kophat« kam Joe vertraut vor, so als hätte er es schon einmal gehört. Joe straffte sich und fragte im verzweifelten Versuch, sich von den Gedanken an die Takki-Tunnel abzulenken: »Kophat? Dort fliegen wir hin?«

»*Kophat ist das Ausbildungszentrum der Kongress-Armee. Natürlich fliegt ihr dorthin, Furgling.*« Joe hatte den Eindruck, dass das letzte Wort, das aus dem Übersetzungsgerät drang, »Volldiot« bedeutete.

Linin bedachte Joe mit einem verärgerten Blick und fuhr fort: »*Wenn man euch einem Ersten Dhasha-Kommandeur unterstellt, wird dieser Unterricht euch das Leben retten. Stellt niemals Blickkontakt her, nicht mal im Gespräch. Neigt immer das Haupt, wenn ein Dhasha vorbeikommt. Wenn ein Dhasha euch eine Anweisung gibt, gehorcht ihr umgehend und ohne Fragen zu stellen. Sprecht nie zu einem Dhasha, wenn er euch keine direkte Frage stellt.*« Die Schlangenaugen des Ooreiki verharrten bei Joe. »*Und maßt euch niemals irgendwelche*

Unverschämtheiten an – das wäre euer Tod. Dhasha sind nicht so gnädig wie gewisse Zweite Kommandeure der Ooreiki.«

Joe errötete und interessierte sich mit einem Mal brennend für seinen Schoß.

Linins finsterer Blick wanderte weiter. »Doch selbst wenn ihr all diese Schritte befolgt, werden viele von euch gefressen werden. Dhasha sind reizbar und unberechenbar.« Sein Gesicht runzelte sich zu einem Ooreiki-Lächeln. »Und selbst an einem schlechten Tag ist jeder von ihnen so viel wert wie zehntausend von euch.«

»Wie ein Jreet«, schnaubte Nebil.

»Ja«, sagte Linin. »Wie ein Jreet.« Er ließ ein neues Bild erscheinen. Diesmal handelte es sich um etwas, das wie eine scharlachrote, schuppige Kreuzung aus einem Menschen, einer Fledermaus und einer Natter aussah. Es hatte zwei riesige muskulöse Arme mit knochigen Klauenfingern und einen langen, gewundenen, schlangengleichen Körper. Der flache, rautenförmige Kopf bestand größtenteils aus gewaltigen Raubtierkiefern und zwei riesigen, konkaven, gerippten Vertiefungen an den Stellen, wo bei einem Menschen die Ohren gewesen wären. Flügel hatte das Wesen zwar nicht, aber dafür einen bösartig aussehenden Speer, dessen Spitze in Milchglas gehüllt zu sein schien. Es stand in erschöpfter Pose da, mit Blut und Eingeweiden verschmiert.

Joe runzelte die Stirn. Ihm war nicht klar, warum dieses Ding zehntausendmal so viel wert sein sollte wie er.

»Sie können sich nach Belieben unsichtbar machen, und ein Kratzer mit dem Gift, das sie in ihren Brustkörben tragen, tötet jedes Lebewesen des Kongresses«, sagte Nebil, als Joe danach fragte. »Und zwar augenblicklich.«

Oh.

Linin warf Joe erneut einen Blick zu. »Allerdings gibt es nur sehr wenige Jreet, weshalb sie ausschließlich als Garde verwendet werden. In ihrer gesamten Geschichte haben sie nur drei Planeten besiedelt. Ihre Fortpflanzungsgewohnheiten sind … nicht gerade viral … und ihre traditionelle Ausbildung sorgt dafür, dass nur etwa einer von hundert das Erwachsenenalter erreicht. Deshalb kommt ihr Schwächlinge ins Spiel, wenn zu viele Dhasha-Fürsten auf einmal rebellieren.«

Joe schluckte. Mit einem Mal fühlte er sich gar nicht mehr wohl.

Beim Mittagessen ließ Nebil erneut die Jüngsten entscheiden, wer etwas bekam. Wieder teilte Joes Team das Essen, während die anderen sich zankten. Und wieder entgingen sie irgendwie der Aufmerksamkeit der Ooreiki. Anschließend beobachtete Joe, wie die Grobiane zwischen den Gruppen umhergingen und sich jede Essensschale schnappten, nach der ihnen der Sinn stand. Wer Widerstand leistete, wurde geschlagen. Ein kleiner Klumpen Zorn bildete sich in seiner Brust. Er stand auf, ohne auch nur darüber nachzudenken.

»Scott, Libby, kommt mit. Elfe, Mönch, ihr bleibt hier und sorgt dafür, dass Mag uns nicht folgt.« Dann ging Joe auf das Kind zu, dem eben die Mahlzeit gestohlen worden war. Neugierig standen Scott und Libby auf und folgten ihm.

»He«, sagte Joe und berührte den weinenden Jungen an der Schulter. »Du hast doch noch Hunger, oder?«

Der Junge sah ihn mit großen Augen an und nickte.

»Dann komm mit«, sagte Joe und starrte wütend zu den Größeren, die noch immer an den Tischen entlanggingen. »Wir setzen dem jetzt ein Ende.«

Joe suchte sich ein Dutzend weiterer Kinder, die zu klein waren, um die anderen zu schikanieren, aber groß genug, um ihm zu helfen. Er ging mit ihnen in die Mitte des Saals und stieg auf einen Tisch. Nebil bemerkte es sofort und rannte auf ihn zu. Joe beachtete ihn nicht und rief laut: »Hört mal, Leute! Das nächste Arschgesicht, das irgendjemandem etwas zu essen wegnimmt, kriegt eine Tracht Prügel.«

Im nächsten Moment hatte ihm Kampfmeister Nebil einen stechenden Tentakel um den Hals gelegt und zerrte ihn vom Tisch. *»Was bei allen Jreet-Höllen hast du dir dabei gedacht, Junge?«*, fragte er, während er Joe vom Tisch wegstieß.

»Ich setze dem Treiben dieser Mistkerle ein Ende«, blaffte Joe. »Eigentlich sollten *Sie* das tun.« Seine Knie zitterten bereits vom Adrenalinschub, und eine laute Stimme in seinem Innern schrie ihm zu, dass er sich davonmachen sollte, bevor Nebil ihm erneut die Knochen brechen konnte, aber stattdessen erwiderte er standhaft Nebils Blick.

Verwirrt blinzelnd sah Kampfmeister Nebil mit blassen, klebrigen Augen zu ihm auf. Er warf einen Blick auf die Kinder, die zwischen den Tischen umhergingen, dann sah er wieder Joe an. Er wirkte noch immer völlig verblüfft. »*Wie war das?*«, fragte er.

»Diese gemeinen Kerle«, wiederholte Joe. »Sie nehmen den anderen Kindern das Essen weg, und ich werde sie aufhalten.«

Der Ooreiki starrte ihn so lange an, dass Joe bereits vermutete, er hätte ihm vielleicht irgendwie das Tentakelgehirn durchbrennen lassen. Dann grunzte er mürrisch: »*Die sollen sich selbst um ihre Probleme kümmern, Zero.*«

Joe ballte die Hände zu Fäusten und starrte stur auf Nebil hinab. »Manche von ihnen sind nicht dazu in der Lage«, erwiderte er.

»*Dann müssen sie es lernen.*«

»Sie können es nicht lernen, wenn sie vorher verhungern«, erwiderte Joe. Er deutete auf den Raum voller Kinder. »Glauben Sie wirklich, dass sich ein Fünfjähriger gegen eine Bande Zwölfjähriger wehren kann?«

Kampfmeister Nebil hielt seine geschlitzten Pupillen lange auf Joes Gesicht gerichtet. Dann wandte er sich argwöhnisch ab und schaute in die Richtung, in die Joe gezeigt hatte. Scharfsichtig ließ er den Blick durch die Kantine schweifen. Eine ganze Weile lang betrachtete er die Essensdiebe, bevor er sich wieder Joe zuwandte. Zu Joes Überraschung drehte sich Nebil um und bellte den anderen anwesenden Kampfmeistern etwas zu. Sofort verließen alle Ooreiki, die an den Wänden Stellung bezogen hatten, den Saal, sodass nur Nebil als Aufsicht für die Kinder in der Kantine zurückblieb. Der vernarbte, blasshäutige Kampfmeister bedachte Joe mit einem berechnenden Blick, bevor er sich umdrehte und den anderen Ooreiki nach draußen folgte.

Joe verspürte einen Moment des Triumphs – ehe ihm klar wurde, dass die großen Kinder nicht auf ihn gehört hatten. Sie waren immer noch unterwegs, um allen Schwächeren, die sie sahen, das Essen zu stehlen. Die Kleineren zogen die Köpfe ein, sagten nichts und ließen sich schikanieren.

Joe machte einen Jungen am anderen Ende des Saals aus, der einer kleinen Gruppe von Kindern, die sich gerade zum Essen hinsetzten, die Schüsseln wegnahm. Er ging zu ihm hinüber, riss ihm die Schalen aus den Händen und schubste ihn so fest, dass er hinfiel und weinte.

Dass der Junge auch noch die Frechheit besaß zu weinen, nachdem er hungrigen kleinen Kindern ihr Essen weggenommen hatte, ließ bei Joe die Sicherungen durchbrennen. Er packte ihn am weißen Hemd, zog ihn quer durch den Saal und knallte ihn gegen die Wand. Dann schrie er ihm ins Gesicht: »Hältst du dich für was Besseres? Nimmst du den anderen deshalb ihr Essen weg, du kleiner Scheißer?«

Erneut senkte sich Schweigen über die Kantine.

Die blauen Augen des Jungen waren vor Schreck aufgerissen. »Ich tu's nicht wieder, Zero. Bitte.« Die Finger, mit denen er vergeblich versuchte, Joes Griff an seiner Kehle zu lockern, waren nur halb so lang wie seine. Joe roch frische Pisse.

Mit einem Mal verspürte Joe überwältigenden Selbstekel. Er stieß den Jungen von sich, wandte sich ab und wischte sich die Handflächen an der Hose ab. Er fühlte sich beschmutzt. Als hätte er seinem Vater gerade dabei geholfen, den Jauchetank zu leeren, und wäre versehentlich hineingefallen.

Er war auf dem Rückweg zu seinem Tisch und hatte unter den anklagenden Blicken von Hunderten runder Kindergesichter den Kopf eingezogen, als Libbys Stimme ihn veranlasste, sich umzudrehen. Sie war auf einen Tisch gesprungen und erklärte den Kindern gerade, wie der neue Schikane-Schutz funktionieren würde. »Wenn ihr von jetzt an seht, wie jemand Essen klaut, gebt ihr uns Bescheid. Dann kommt der Schikane-Schutz und macht der Sache ein Ende. Bisher sind zwölf Kinder dabei, darunter auch Zero. Will sonst noch jemand mitmachen?«

Drei Dutzend Hände gingen hoch.

Joe starrte Libby an. War sie wirklich erst acht? Da oben auf dem Tisch vor all den Kindern wirkte sie fünfmal so alt.

»Von nun an«, verkündete Libby feierlich, »gehört ihr alle zu Zeros Schutztruppe. Jedes Mal, wenn ihr jemanden beim Stehlen beobachtet, müsst ihr nur rufen, dann wird euch der Rest der Schutztruppe zu Hilfe kommen.«

»Was sollen wir essen, wenn wir niemandem etwas wegnehmen können?«, fragte ein großer Junge.

»Teilt«, sagte Joe.

Libby warf ihm einen Blick zu und sprang vom Tisch. Widerstrebend nahm Joe ihren Platz ein. Er ließ den Blick über das Meer kleiner Gesichter schweifen und versuchte, nicht daran zu denken, dass sich eben ein Sechstklässler seinetwegen in die Hose gemacht hatte. »Wenn ihr nett zu den anderen in eurer Gruppe seid, dann teilen sie *vielleicht* ihr Essen mit euch«, sagte Joe. »Das habt ihr alle im Kindergarten gelernt.«

Hinter ihm hob Maggie die Hand. »Joe?«

»Ja«, sagte Joe und drehte sich zu ihr um. »Was gibt es, Mag?«

»Ich war noch nicht im Kindergarten.«

Joe seufzte. »Kann jemand Maggie erklären, was teilen bedeutet?«

»Ich weiß, was es bedeutet«, sagte Maggie und plusterte sich auf. »Es heißt, dass alle etwas weniger essen, damit niemand verhungern muss.«

Nebil kehrte zehn Minuten später in eine Kantine zurück, in der alle Kinder saßen, aßen und sich unterhielten. Sein Blick huschte kurz zu Joe, der ganz hinten saß, bevor er schweigend wieder die Tische weiter vorn ins Auge fasste.

Nach dem Essen brachte Nebil sie in die Trainingshalle, wo sie zwei Stunden lang rennen mussten. Inzwischen hatten alle Kinder kahle Köpfe und Narben, und Joe sah viele vom Weinen gerötete Augen. Nachdem sich alle in den giftig stinkenden Alkoholduschen den Schweiß abgewaschen hatten, führte Nebil sie in einen weiteren amphitheaterartigen Unterrichtsraum.

Als Joe die auf den Tischen mitten im Raum aufgereihten Waffen bemerkte, beschleunigte sich sein Herzschlag. Er versuchte, sein Team ganz beiläufig in die erste Reihe zu manövrieren, so nah bei den Waffen wie möglich, und fragte sich, ob sie wohl geladen waren.

Die Kampfmeister stellten sich an den Wänden auf, während ein Ooreiki mit dem siebenzackigen Stern eines Zweiten Kommandeurs auf der Brust den Raum betrat. Joe begegnete seinem Blick und wusste sofort, dass Kihgl begriffen hatte, warum Joe mit seinem Team in der ersten Reihe saß. Der Zweite Kommandeur warf Joe einen auffordernden Blick zu und trat sogar mit einer großzügigen Geste vom Tisch zurück, um ihm den Weg freizumachen.

Als Joe sitzen blieb, die Hände zu Fäusten geballt, gab Kihgl ein abfälliges Schnaufen von sich und begann mit seiner Einführung. *»Ihr wisst, wer ich bin. Ich erteile euch euren ersten Unterricht in Kongress-Waffen. Anschließend übernimmt Kampfmeister Nebil für mich.«* Er ließ den Blick seiner klebrigen braunen Augen über die anwesenden Kinder schweifen. *»Ihr könnt mir glauben, dass wir euch nicht im Gebrauch jeder Waffe unterrichten können. Wir werden nur die Grundlagen durchgehen, und wenn eure Einheit nach eurem Abschluss beispielsweise entscheidet, Jagd auf im Schlamm lebende* janja-*Schnecken zu machen, dann wird man euch im Gebrauch der dazu geeigneten Waffe unterweisen – wobei es sich in diesem Fall um einen Viskosen Bewegungssucher-Wühler oder VBW handeln würde. Da die Kongress-Armee dreitausend unterschiedliche Soldatenspezies umfasst und die Kongress-Soldaten täglich zehnmal so viele Spezies verbrennen müssen, verfügen die Kongress-Truppen über mehr als dreißigtausend verschiedene Waffengattungen. Was ihr hier seht, sind die grundlegenden Waffentypen der Ooreiki-Bodenstreitmacht. Sie sind speziell auf den Gebrauch durch Ooreiki ausgelegt und deshalb so schwer, dass Menschen sie nicht bequem halten können. Aber keine Sorge, ihr Menschen werdet eure maßgeschneiderten Waffen bekommen, sobald wir Kophat erreicht haben. Die Grundfunktionen stimmen allerdings überein. Wir werden euch beibringen, wie man diese und andere Waffen bedient, obwohl wir, wie Linin bereits sagte, mit eurer Ausbildung nur Zeit verschwenden. Menschen sind schwach, dumm und nicht darauf vorbereitet, gegen das zu kämpfen, was der Kongress aufzubieten hat.«*

Die vier schlanken Gliedmaßen des Ooreiki betasteten liebevoll eine Waffe. *»Ich weiß das, weil ich ein Ubashin-Veteran bin. Das bedeutet, dass ich die letzte Dhasha-Rebellion überlebt habe.«* Kihgls Finger erstarrten, und er blickte auf. *»Nur zwei Ooreiki-Bodenkämpfer sind lebend von Ubashin weggekommen. Weiß jemand, warum wir beide überlebt haben?«*

Zögerlich riet ein Mädchen: »Weil Sie gut schießen können?«

Kihgl schnaufte. *»Sonst noch wer?«*

»Weil Sie den Anführer der Dhasha gefangen genommen haben?«

»*Bist du geistesgestört?*«, blaffte Kihgl.

Es war schließlich Libby, die sagte: »Weil Sie richtig gut darin waren, sich zu verstecken.«

Kihgls Gesicht runzelte sich zufrieden. »*Genau. Ich stehe nur deshalb heute hier, weil ich mich besser verstecken konnte als der Rest meines Korps.*«

»Sie haben sich *versteckt*?«, fragte ein Junge. »Ich dachte, Sie bringen uns das *Kämpfen* bei.«

Die kleinen braunen Lamellen an Kihgls Hals flatterten, und er bedachte den Jungen mit einem eisigen Blick. »*Du wirst schon bald lernen, dass man gegen manche Dinge nicht kämpfen kann, Mensch.*« Er wandte sich wieder den Versammelten zu. »*Ich habe überlebt. Darum hat der Kongress mich überhaupt erst auf diesen elenden Posten abgeschoben – sie dachten, dass mir vielleicht das eine oder andere einfallen würde, das euch Schwächlinge am Leben erhalten könnte, falls es wieder eine Dhasha-Rebellion gibt.*« Kihgl lachte, ein kehliges Grunzen, das tief aus seiner Brust drang und im Saal widerhallte. Der Laut erinnerte Joe an das Quaken einer Kröte. »*Tja, nur leider fällt mir nichts ein. Nichts von alldem …*« Er deutete mit gespreizten Tentakeln auf die Ausrüstung auf dem Tisch. »*… wird euch helfen. Letztlich geht es nur um Glück und Verstand, und da die Menschen weder das eine noch das andere haben, hängt euer Überleben von den Geistern ab und nicht von meinem Unterricht.*«

Kihgl hielt inne und ließ den Blick durch den Raum schweifen. »*Fragen?*«

»Ja«, sagte Joe. »Sind die Waffen geladen?«

Kihgl sah ihm fest in die Augen. Dann hob er eine Waffe und deutete auf einen schwarzen Zylinder über dem Abzug. »*Wenn die geladen wäre, dann würde sich eine blau leuchtende Plasmaladung hier in der Kammer befinden, und dort wäre ein Plasmamagazin befestigt.*« Kihgl zeigte auf einen leeren Schlitz oben in der Alien-Waffe, die er dann wieder zurücklegte. »*Weitere Fragen?*«

»Wie weit kann man mit den Dingern schießen?«, wollte Joe wissen.

Kihgl bedachte ihn mit einem verärgerten Blick. »*Willst du es genau wissen? Mit einem Zielfernrohr zwei* ferlii-*Längen weit. Mit dem Laser sehr viel weiter, aber das hängt von Teilchen- und Atmosphäreninterferenzen ab.*« Kihgl berührte eine längere, leichtere Waffe.

»Welches ist die bessere Waffe?«, fragte Joe.

»*Das hängt davon ab, was du damit vorhast. Plasma hat große Durchschlagskraft, aber Laser eignet sich besser, um …*« Der Ooreiki hielt inne und starrte ihn finster an. »*Warum interessiert es dich, Mensch?*«

»Ich will lernen zu kämpfen.« *Damit ich dir auch den Rest deines Schädels wegpusten kann.*

Kihgl hielt den Blick so lange starr auf ihn gerichtet, dass Joe bereits mit einer Tracht Prügel rechnete. Dann sagte der Ooreiki plötzlich: »*Ich verschwende hier nur meine Zeit. Ihr seid sowieso alle Dhasha-Futter.*« Er sammelte die Waffen mit den knochenlosen Armen ein und verließ den Saal.

Es war absurd. Kihgl hatte ihnen nicht einmal gesagt, wie die verschiedenen Waffen hießen.

Grübelnd führte Joe die anderen in ihr Quartier zurück. Als sie den Schlafsaal erreichten, lagen saubere neue Kong-Sachen neben den Betten gestapelt. Verglichen mit den dünnen weißen Hemdchen, die sie bislang getragen hatten, wirkte diese grobe schwarze Ausrüstung … unheilvoll. Außer Joe, Scott und Libby konnte niemand die Gewehre auch nur heben. Nachdem sie festgestellt hatten, dass die Waffen nicht geladen waren und sich zwischen all dem Zeug überhaupt keine *Kleidung* im eigentlichen Sinne befand, fummelte Joe an den ungewohnten Schnallen, Rüstungsteilen und Gurten herum, um herauszufinden, wie man die Sachen anlegte. Schließlich warf er alles frustriert hin. Die anderen Kinder zuckten zusammen.

»Sie wollen uns nichts beibringen«, sagte Joe. »Keiner von denen will uns etwas beibringen.«

»Warum nicht?«, fragte Scott.

Joe seufzte und setzte sich mit dem Rücken zur Wand. »Vielleicht haben sie Angst vor uns.«

Libby blickte schüchtern von ihrem Haufen Alien-Ausrüstung

auf. »Sie haben wirklich Angst vor uns. Sie halten die Erde als Geisel. Darum haben sie uns Kinder mitgenommen – um unser Militär für die nächsten zehn Jahre zu ruinieren.«

Joe warf ihr ein erschöpftes Lächeln zu. »Selbst wenn unser Militär in Bestform gewesen wäre, Lib, hätte es nichts gegen die Einberufung unternehmen können.«

»Ja«, sagte Libby und deutete auf die anderen Kinder im Raum. »Aber was wird in zwanzig Jahren sein, wenn wir Zugang zu ihrer Technologie haben? Dann würde alles ganz anders aussehen, oder? Wir würden vielleicht nicht gewinnen, wenn die Dhasha bei ihnen mitkämpfen, aber wir könnten ihnen zu schaffen machen. Für sie ist es viel praktischer, wenn sie sich nicht mit unserer Generation herumschlagen müssen, bis die Erde sich angepasst hat. Wenn wir hier im All aufwachsen, erinnern sich die kleinen Kinder wie Maggie später nur noch an das, was die Kongs ihnen erzählt haben. Sie können uns nach ihren Vorstellungen formen, und irgendwann haben wir die Erde vergessen. Und wenn die Erde dann rebelliert, schicken sie uns hin und lassen uns gegen sie kämpfen, sodass die Erde schließlich von *Menschen* und nicht von *Aliens* besiegt wird. Dann wären nicht die Kongress-Leute die Bösen, sondern wir, die Kinder, denen man eine Gehirnwäsche verpasst hat, um sie zu Verrätern zu machen.«

Joe starrte sie überrascht an.

Libbys erregter Gesichtsausdruck verflüchtigte sich schlagartig. Sie senkte den Kopf und wandte den Blick ab. »Egal. Wahrscheinlich irre ich mich sowieso.« Sie ging in eine Ecke, setzte sich hin und sah Joe nicht in die Augen.

»Ich will nach Hause«, jammerte Elfe. Die Ausrüstungsstapel machten ihm anscheinend eine Heidenangst. »Geht das, Joe? Ich will diese Waffen nicht anrühren. Ich vermisse meinen Dad. Er hat mir gesagt, dass ich keine Waffen anrühren soll.«

Joe riss den Blick von Libby los. Er war immer noch verblüfft, dass die Achtjährige sich all das zusammengereimt hatte. Mit einem gezwungenen Lächeln wandte er sich Elfe zu. »Wir kriegen dich schon nach Hause. Vielleicht erst in hundert Jahren, wenn man bedenkt, wie oft sie hier unsere Dienstzeit verlängern, aber ich werde dafür sorgen, okay?« Er blickte auf die Gewehre. »Aber bis dahin musst du tun, was die Aliens uns gesagt haben, alles klar?«

Elfe riss die Augen auf. »Hundert *Jahre*? Meinst du, dass wir überhaupt so lange leben?« In verschwörerischem Flüsterton fügte er hinzu: »Ich dachte, so lange lebt nur der *Weihnachtsmann*.«

Mönch runzelte die Stirn. »Es gibt keinen …«

»Mit all den Medikamenten, die sie uns verabreichen?«, unterbrach Joe sie schnell und laut und sah sie mit einem vielsagenden Stirnrunzeln an. »Wer weiß, ob wir nicht dreimal so lange leben?«

»Der, der uns erschießt«, brummte Libby aus ihrer Ecke.

Joe warf ihr einen Blick zu. »Ja, da ist natürlich etwas dran.«

Libby starrte weiter zu Boden, den kahlen, ebenholzschwarzen Schädel in rotes Licht gebadet. Joe fragte sich, was in ihrem Kopf vorging und warum sie ständig seinem Blick auswich. Er konnte nach wie vor nicht glauben, dass ihre Mutter ihr erzählt hatte, sie sei hässlich. Genau genommen war sie eins der süßesten kleinen Mädchen, die er je gesehen hatte, mit dem kessen Kinn und den zarten Gesichtszügen eines zukünftigen Supermodels. Abgesehen von ihren Zähnen war sie wunderschön – die Sorte Achtjährige, die man auf Modekatalogen und im Fernsehen sah. Und Zähne konnte man richten lassen.

»Bin ich schon größer geworden, Joe?«, fragte Maggie und spannte den Bizeps an.

Joe wandte sich von Libby ab und spürte die Ungerechtigkeit der Welt plötzlich wie ein bleiernes Gewicht auf den Schultern. Halbherzig sagte er: »Ich bin mir nicht sicher. Wir sollten darüber Buch führen.«

»Gut!«, rief Maggie begeistert. »Mum hat immer Striche an der Tür gemacht, wenn ich gewachsen bin.«

»Dann brauchen wir einen Stift«, sagte Joe, froh, dass sie keinen hatten. Das Letzte, wozu er Lust hatte, war, festzuhalten, wie absurd schnell die jüngeren Kinder wuchsen.

Schweigend stand Libby auf, ging zu ihrem Ausrüstungshaufen, wühlte darin herum und brachte einen schwarzen Filzstift zum Vorschein. Schüchtern gab sie ihn Joe und blickte ihm dabei immer noch nicht in die Augen.

Er starrte sie an. *Sie hat sich bereits ihre gesamte Ausrüstung einge-prägt?* Dann wurde ihm klar, dass ein Stift das Erste war, was sich eine Achtjährige merken würde. »Danke, Lib«, sagte Joe und nahm ihn widerstrebend entgegen. Er sah sich nach etwas zum Schreiben um und entschied sich schließlich für seine Decke. »In Ordnung, Mag, leg dich hin. Ja, hier. Halt still. Füße an die Kante. Hör auf zu *zappeln.* Also, in ein paar Tagen sehen wir wieder nach. Ich schreibe Maggie, Tag eins dran, weil ich nicht weiß, wie lange wir schon in diesem blöden Schiff sind. Was ist mit dir, Libby? Willst du auch?«

Libby schüttelte den Kopf und wandte den Blick ab.

»Ich aber!«, rief Mönch und hielt Joe ihre Decke hin. Sie war knapp fünfzehn Zentimeter größer als Maggie. Inzwischen hatte Maggie Joes Decke beschlagnahmt und hielt sie Scott hin, der auf dem Boden saß und die Augen verdrehte.

Joe machte es auch für die anderen, die bereits Seite an Seite auf ihren Decken lagen, und verglich die Striche mit ernster Miene. Dann sah er Libby an. »Bist du dir sicher?«

Leise sagte Libby: »Ich weiß, dass ich groß werde, Joe. Das muss ich nicht überprüfen.«

Etwas an der Art, wie sie das sagte, veranlasste Joe, ihr zu glauben.

*

»Libby, steig schon mal ein. Ich habe meine Schminksachen drin-nen vergessen.«

Libby schaute ihrer Mutter nach, die ins Haus zurückeilte. Ihre Absätze klapperten laut über die kopfsteingepflasterte Auffahrt. Libby, die allein neben dem Ferrari zurückgeblieben war, sah auf die kleine Barbie-Brotdose hinab, die ihre Mutter ihr gepackt hatte. Neben dem gewaltigen Gepäckhaufen ihrer Mutter, den ihre Haus-hälterin Marcella noch immer in den Kofferraum zu quetschen versuchte, wirkte sie winzig.

Irgendetwas stimmte nicht. Libbys Mutter packte immer viel mehr für sie ein, als sie auch nur im Entferntesten brauchte.

»Marcella«, fragte Libby, »wohin geht Mum?«

Marcella riss die braunen Augen auf, doch statt Libby zu sagen, was los war, ließ sie vom Gepäck ab und floh zurück ins Haus, wobei sie sich die Hände an ihrer sauberen weißen Schürze abwischte.

»Mum«, sagte Libby, als ihre Mutter zurückkam, »wo sind …?«

»Ich sagte, *ab ins Auto*, Libby!«, fiel ihre Mutter ihr ins Wort. Sie knallte den Kofferraum über den wenigen Taschen zu, die Marcella für sie hineingestopft hatte. »Ich bin ohnehin schon spät dran.«

»Wozu kommst du denn zu spät?«, fragte Libby, die nach wie vor nicht von dem kleinen Putten-Springbrunnen mitten im Hof wich. Misstrauisch beäugte sie den Ferrari. Ihre Mutter ließ sie sonst nie im Ferrari mitfahren. Er zog zu viel Aufmerksamkeit auf sich.

»Zu einem *Fototermin*. Jean-Jean will mich vor dem Alien-Schiff aufnehmen. Er hat mir eine Suite im Hotel del Coronado besorgt und mich zum Abendessen ins Donovan's eingeladen. Jetzt müssen wir nur noch hinkommen.«

»Mum, warum habe ich nur eine Pausenbrotdose?«, fragte Libby.

Ihre Mutter rümpfte die makellose Nase. »Weil du dich immer beschwerst, dass ich zu viel für dich einpacke. Und jetzt steig verdammt noch mal ein, sonst sage ich deinem Karate-Lehrer, dass du nicht mehr zum Unterricht kommst.«

Libby verzog das Gesicht. »Es heißt Taekwondo.«

»Ja, meinetwegen.« Ihre Mutter wedelte mit einer sorgfältig manikürten Hand und riss die Fahrertür auf. »Steig einfach ein, Libby. Ich will es dir nicht noch mal sagen müssen.« Sie schlüpfte in den Wagen, erst das eine perfekte lange Bein, dann das andere. Libby hörte sie noch murmeln: »Kleine Göre«, bevor sie die Tür zuknallte.

Libby, die eine seltsame Vorahnung spürte, stieg auf der Beifahrerseite ein und schloss die Tür. Das Klicken, mit dem das Schloss einschnappte, erinnerte sie an eine zufallende Gefängnistür. Libby verabscheute Ausflüge. Ihre Mum schaute dabei ständig in den Rückspiegel, um an sich herumzuzupfen und sich zu vergewissern, dass ihr zerzauster Look genau richtig aussah, obwohl sie niemals das Verdeck heruntergeklappt hätte, um sich wirklich den Wind durch die Haare fahren zu lassen.

Ausflüge waren meistens die Hölle für Libby. Wenn sie bei einem Fototermin ankamen, dann übergab ihre Mum sie als Erstes dem Personal. Während ihre Mutter irgendwo an neuen und exotischen Schauplätzen posierte, war Libby oft in der Hotel-Kinderbetreuung oder hinten in einem Wohnwagen eingesperrt. Lieber wäre sie zu Hause bei Marcella geblieben, aber ihre Mutter sagte immer wieder, dass Libby ein bisschen rauskommen und »was vom Leben sehen« musste.

Libby war schon vor langer Zeit klar geworden, dass diese Worte in Wirklichkeit bedeuteten, dass ihre Mutter Marcella nicht dafür bezahlen wollte, auf Libby aufzupassen.

Deshalb beobachtete Libby voller Langeweile und Wut, wie die Autos auf der Straße an ihnen vorbeizogen. Seit die Aliens aufgetaucht waren, herrschte viel zu viel Verkehr, doch die meisten wollten raus aus der Stadt. Fast niemand war so dumm, in die Stadt *hinein* zu wollen, dorthin, wo die Schiffe gelandet waren. Was den Verkehr betraf, lief ihre Fahrt nach San Diego deshalb wie geschmiert.

»Mum, können wir *bitte* das Verdeck herunterklappen? Es ist so heiß.«

»Dann dreh die Klimaanlage auf«, sagte ihre Mutter. Sie tupfte an einem Mascarafleck in ihrem Augenwinkel herum. »Ich will nicht, dass die Stylistin mir Haare ausrupft, weil sie vom Wind zerzaust sind.«

»Können wir dann wenigstens Radio hören?«, fragte Libby.

»Nein. Ich fahre. Das lenkt mich ab.« *Tupf, tupf*. Ein winziger Klumpen Schwarz blieb an der Wimpernbürste haften. Ihre Mutter warf einen Blick darauf und wandte ihre Aufmerksamkeit dann wieder dem Spiegel zu, wobei sie sich über das Lenkrad beugte, um besser zu sehen.

Libby verspürte ein Brennen in der Brust, als sie ihrer Mutter beim Fahren zusah. »Und dich zu schminken lenkt dich nicht ab«, bemerkte sie.

»Wenn du ein *hübsches* Mädchen wärst, so wie ich, dann wäre der Umgang mit Make-up etwas ganz Selbstverständliches für dich. Also nein, es würde dich dann auch nicht ablenken.« *Tupf, tupf*.

Bei den Worten ihrer Mutter kehrte der schreckliche Schmerz in Libbys Eingeweiden zurück, und sie verbrachte den Rest der Fahrt zusammengekrümmt an der Tür, während sie darauf wartete, dass sie in die Hände irgendeines Fremden entlassen wurde. Als das Auto endlich anhielt, setzte sie sich auf.

Eine gewaltige Obsidiankugel ragte viel zu dicht vor ihnen auf. Sie war mitten auf einem Spielplatz gelandet und hatte die Schaukeln und das Klettergerüst plattgedrückt. Libby starrte die Kugel an, und mit einem Mal schnürte sich ihr die Kehle zu. Ihre Handflächen waren feucht und kalt. Die glänzende schwarze Oberfläche war noch makelloser als die sorgfältig gepflegte Haut ihrer Mutter. Eine spiralförmige Treppe war aus der Unterseite der Kugel hervorgebrochen. Das Austrittsloch war runzlig und unregelmäßig, wie eine Art Pickel. Ein Alien stand am Fuß der Treppe und beobachtete sie.

»So, da wären wir«, sagte ihre Mum. *Tupf, tupf.* »Los. Steig aus.«

Instinktiv klammerte Libby sich am Sitz fest. »Ich will nicht aussteigen. Ich will im Auto bleiben.«

Ihre Mutter hörte auf, an ihrer Schminke herumzutupfen, und bedachte Libby mit einem eindringlichen Blick. Sie seufzte schwer. »Sie haben uns *befohlen*, unsere Kinder herzugeben, Libby. Denkst du denn, ich *möchte* das?«

Libby schluckte schwer und sah das Alien an. Nachdem sie jahrelang entweder ignoriert oder als Fotostatistin verwendet worden war, kam ihr das durchaus nicht unwahrscheinlich vor. »Mum, ich will nicht …«

Das preisgekrönte Gesicht ihrer Mutter zog sich missbilligend zusammen. »Willst du jetzt ernsthaft damit anfangen? Ist dir klar, wie *schrecklich* es für mich ist, mein *Kind* aufgeben zu müssen? Weil sie mich *umbringen*, wenn ich nicht gehorche?«

Libby biss sich auf die Unterlippe und blickte zu Boden.

»Ich habe keine *Wahl*, Libby«, fuhr ihre Mutter fort. »Willst du etwa, dass ich deinetwegen gegen die Aliens *kämpfe*? Womit denn bitte? Mit meiner *Handtasche*?«

»Tut mir leid, Mum«, brachte Libby hervor. Sie versuchte, ihre innere Ruhe zu finden, wie Meister Ryu es ihr beigebracht hatte. Es fiel ihr nicht leicht. »Vielleicht könnten wir in ein paar Tagen wiederkommen.«

Ihre Mutter verzog das Gesicht. »Wir sind jetzt hier, Libby. Soll ich den ganzen Weg noch mal fahren, nur um wieder von vorn anzufangen?«

Libby blieb steif und wie angewurzelt sitzen. »Mum, ich …«

Mit einem lauten, entnervten Seufzer stieg ihre Mutter aus und knallte die Tür hinter sich zu. Sie ging um das Auto herum und riss Libbys Tür auf, die schmalen Brauen vor Zorn zusammengezogen. Als sich Libby in den Sitz drückte, streckte ihre Mutter den Arm aus, packte ihre Tochter an der Hand und zerrte sie nach draußen.

Nur die beruhigenden Worte von Sahyun Nim Ryu hielten Libby davon ab, ihre Mutter die makellose Nase einzutreten, als sie sie aus dem Ferrari und zu den Aliens zog. *Denk an deinen Frieden, Libby*, hatte er gesagt, während sie auf einem perfekt gestutzten Rasenstück im Garten hinter dem Haus ihrer Mutter geübt hatten. *Sei ganz bei dir und finde Frieden. Was auch geschieht, bleib geistig ruhig und gelassen. Ein verängstigter Krieger begeht Fehler.*

»Du kannst froh sein, dass dein Dad nicht hier ist und das mit ansehen muss«, blaffte ihre Mutter. »Das Einzige, was er an dir mag, ist, dass du vor nichts Angst hast. Ich frage mich, was er denken würde, wenn er dich jetzt sehen könnte.«

Als Libby klar wurde, dass ihre Mutter die Wahrheit sagte, senkte sie beschämt den Kopf.

»Hier.« Ihre Mutter hielt ihr die Pausenbrotdose hin. »Geh zu dem Alien da drüben. Sag ihm, dass du zur Einberufung kommst.«

Aus dem kleinen Fernseher, den Marcella die ganze Zeit im Wäscheraum laufen ließ, hatte Libby von der Einberufung gehört. Plötzlich ergab alles Sinn. Verletzt und dankbar zugleich blickte sie zu ihrer Mutter auf. »Heißt das, du hast nur so getan, als hättest du einen Fototermin, damit ich keine Angst bekomme?«

Ihre Mum schnaufte und zeigte auf etwas. »Jean-Jean ist da drüben.« Tatsächlich stand dort der schnittige graue Wohnwagen des Fotografen auf einem Himmel-und-Hölle-Feld. Er stellte bereits die Scheinwerfer auf. »Ich dachte mir nur, dass ich erst mal das mit dir erledige, damit die Bahn frei ist.«

Libby schaute hinüber. Sie sah die Kameraleute, die Stative, die flatternden weißen Zelte, die über dem Sandkasten ausgebreiteten

Strandtücher. Sechs Fotografen, die sie nicht kannte, machten die ganze Zeit Bilder von ihnen. Die spiegelnden schwarzen Linsen ihrer Kameras blitzten in der Sonne, während sie ein Foto nach dem anderen von ihnen beiden vor dem Schiff schossen. Libby holte tief Luft. »Tschüss, Mum.«

»Komm, lass dich umarmen.« Ihre Mum schlang die langen dünnen Arme um sie und drückte sie an sich, behutsam, um ihr teures, hauchzartes Kleid nicht zu beschädigen. Sie hielt Libby fester und länger als je zuvor, und Libby hatte das Gefühl, dass ihre Mutter ihr in diesem Augenblick zum ersten Mal eine Spur von Liebe zeigte.

Dann hörte sie, wie die Leute mit den Kameras herbeieilten, um Nahaufnahmen zu machen. »Halten Sie sie genau so«, sagte einer der Männer. »So ist es richtig. Genau, ja genau!« Nachdem sie den Fotografen noch eine Minute Zeit zum Knipsen gegeben hatte, ließ ihre Mutter sie los und kramte dann in ihrem Gepäck nach ihren Outfit-Taschen. Jetzt konzentrierten die Fotografen ihre Aufmerksamkeit auf Libby, beugten sich nahe an sie heran und gingen vor ihr auf dem Asphalt in die Hocke, um einen besseren Winkel zu finden.

»Und, wirst du jetzt eine kleine Heldin?«, fragte einer der Fotografen, dessen Gesicht hinter dem riesigen schwarzen Auge seiner Kamera verborgen blieb. »Wirst du gegen Aliens kämpfen?«

Mit ihrer Brotdose in der Hand und von Fremden umgeben, senkte Libby den Kopf und biss sich auf die Unterlippe. Sie wollte zu ihrer Mutter laufen und sich an ihrem Bein festklammern, aber das konnte Mum nicht leiden.

»Das arme Kind weint«, rief einer der Fotografen. »Das muss auf jeden Fall mit drauf.« Erneut klickten die Apparate. Ein anderer Fotograf beugte sich vor, um Großaufnahmen von ihrem Gesicht zu machen. Libby drehte sich weg. Am liebsten hätte sie ihre Dose fallen gelassen und dem Kerl ins Gesicht getreten.

»He, Kleine!«, drängte einer sie. »Wie wäre es, wenn du mal für uns hochblickst, okay? Starr nicht immer zu Boden. Man schafft es nicht auf das Titelblatt des *People*-Magazins, wenn man zu Boden starrt.«

Libby errötete. Sie atmete tief durch und wandte sich dem Alien-Schiff zu. Der Alien-Wachposten beobachtete sie. Schwer schluckend ging sie zu dem Ooreiki am Fuß der Treppe. Durch seinen schwarzen Helm, der ihn wie eine Art Wespe aussehen ließ, starrte er bewegungslos auf sie herab. Auf seiner Brust befand sich ein von einem Kreis eingefasster vierzackiger Stern aus einem hellen, beinahe weißen Metall, das Libby an den Hochzeitsring ihrer Mutter erinnerte. Libby räusperte sich und warf einen Blick über die Schulter.

Ihre Mum sah ihr nicht einmal nach, aber die Fotografen ergriffen die Gelegenheit, um mindestens tausend Bilder zu schießen. Ihr Blitzlichtgewitter kam in Wogen. Libby wandte sich wieder dem Alien zu. So laut und fest sie konnte, sagte sie: »Ich komme zur Einberufung.«

Kehlige Laute drangen tief aus der Brust des Aliens. Aus einer kleinen schwarzen Kugel, die er um den Hals hängen hatte, drang eine Stimme. »*Wir fangen erst morgen mit dem Einziehen an.*«

Libby hob das Kinn. »Ich will es jetzt machen.«

Das Alien sah Libby lange an. Durch den Helm konnte sie seine Augen nicht sehen, aber sie erwiderte den Blick trotzdem. Schließlich sagte es: »*Du darfst keine Fremdkörper in unser Schiff bringen.*« Ein schlanker Tentakel schlängelte sich Libbys Pausenbrotdose entgegen.

»Na schön«, sagte Libby und warf sie weg. Klappernd prallte sie gegen das zerquetschte Klettergerüst und sprang auf. Ein Dutzend kleiner Cheetos-Tüten fiel in den Sand. Aus dem Augenwinkel sah sie, wie sich ihre Mum vom Auto entfernte und auf die Miniaturstadt zuhielt, die für den Fototermin errichtet worden war. Sie sah sogar Jean-Jean, der ihrer Mutter entgegenlief und sie in die Arme schloss, um ihr dann den Arm um die Hüfte zu legen und sie zu führen.

»*Hier entlang*«, sagte das Alien.

Libby wandte sich ab und folgte ihm an Bord.

7 _Ein unverhofftes Geschenk_

Nachdem Nebils Unterricht im Kriegshandwerk ihm einen Vorgeschmack auf das gegeben hatte, was der Kongress seinen Feinden antun konnte, regte sich in Joe die Angst, dass die Aliens den menschlichen Widerstand irgendwann leid waren und die Erde einfach in die Luft jagten.

Das würde ihnen überhaupt keine Schwierigkeiten bereiten. Es war nicht schwerer für sie, als einen Pickel auszudrücken.

Je mehr er über diese Alien-Armee lernte, desto mehr lag ihm die kalte, harte Wahrheit im Magen wie ein Krebsgeschwür. Der Kongress war zu groß. Er war viel zu groß, um ihn aufzuhalten. Und wenn ihm jemand in die Quere kam, machte er atemberaubend wirkungsvoll kurzen Prozess mit ihm. Der Kongress löschte ganze Städte aus, warf Planeten ins finstere Mittelalter zurück und errichtete anschließend Blockaden, damit sie sich nie mehr davon erholten.

Und die Erde war voller Leute, die sich zusammenfanden, die Ärmel hochkrempelten und überlegten, wie man dem Schiff auf dem Parkplatz ihres örtlichen Einkaufszentrums am besten beikam. Wie Joe aus qualvoller Erfahrung wusste, begriffen die Menschen etwas nur dann, wenn es überall live im Fernsehen gebracht wurde.

Joes Befürchtung, der Kongress könnte die Mühe mit den Menschen irgendwann leid sein und deshalb einfach das ganze Sonnensystem ausradieren, wurde noch dadurch verstärkt, dass die Aliens ihn überhaupt nicht beachteten, wenn er sich nach der Erde erkundigte. Als wäre die Idee noch nicht völlig vom Tisch, aber sie wollten die neunhundert entführten Kinder nicht erschrecken, sodass es leichter wäre, sie alle zu erledigen, wenn es an der Zeit war, dieser Farce ein Ende zu setzen.

Statt ihnen Neuigkeiten über die Erde zu verraten, füllten die Ooreiki jede wache Minute mit Lektionen zum Thema Sprache,

Krieg, Waffen und Kultur aus. Und trotz Joes Abneigung gegen seine Kidnapper lernte er alles, was sie ihm beizubringen hatten, und wollte sogar noch mehr wissen.

Insbesondere die militärischen Themen faszinierten ihn. Als Kampfmeister Nebil ihm beibrachte, wie man sein Gewehr zerlegte und wieder zusammensetzte, musste Joe nur einmal zusehen, um es anschließend allein zu können. Und nachdem man ihm die Unterschiede zwischen Laser- und anderen Energiewaffen beigebracht hatte, konnte Joe sie auf den ersten Blick voneinander unterscheiden.

Joe war sogar zum ersten Mal in seinem Leben ein hervorragender Schüler. Er reimte sich Dinge zusammen, die seine Ausbilder noch nicht einmal erwähnt hatten. All die Teile des Alien-Puzzles fügten sich in seinem Kopf zusammen. Joe war sich bewusst, dass es ihm eigentlich keinen Spaß machen sollte zu lernen, was der Feind ihm beibringen wollte, aber er konnte nichts dagegen tun. Es fühlte sich an, als wäre alles bereits in seinem Gehirn und wartete nur darauf, an die Oberfläche geholt zu werden.

Von all den anderen Kindern konnte anscheinend nur Libby in allen Fächern mit ihm mithalten. Während Scott, Elfe und Maggie sich schwertaten und man ihnen alles immer wieder erklären musste, beklagte sich Libby, dass es ihr zu langsam ging. Kampfmeister Nebil, der sich darüber tatsächlich ein wenig zu freuen schien, gab Libby und einigen anderen Freiwilligen deshalb neue, schwerere Aufgaben. Bei diesem Waffenkurs für Fortgeschrittene unterrichtete Nebil selbst.

Das machte Joe neidisch, aber gleichzeitig hätte er das Gefühl gehabt, seine Heimat zu verraten, wenn er darum gebeten hätte, in den Kurs aufgenommen zu werden. Deshalb tat er so, als wüsste er nichts davon, blieb im langsameren Kurs und belauschte den Unterricht für Libby aus der Ferne. Schließlich wollte er ohnehin nicht bei den Ooreiki bleiben. Bei der ersten Gelegenheit musste er einen Weg zurück nach San Diego finden.

Tril war der einzige Ooreiki, der auch nur ansatzweise Joes Sorge um die Erde besänftigte.

»Das Letzte, was ich gehört habe, ist, dass die Menschheit einen

Repräsentanten nach Koliinaat geschickt hat«, sagte Tril auf Joes Frage hin. »Wenn das stimmt, kann ihnen nichts passieren, solange sie keine Dummheiten machen. Intelligente Spezies stehen unter dem besonderen Schutz der Regenten.«

»Was ist Koliinaat?«, fragte Joe.

Kommandeur Tril bedachte ihn mit einem kalten Blick. »Koliinaat ist der Sitz der Kongress-Regierung. Es ist die größte künstliche Struktur im gesamten Universum, das Produkt von Millionen Jahren sorgfältiger Konstruktionsarbeit, ein unvergleichliches technologisches Meisterwerk. Sie beherbergt den Ersten Bürger, das Tribunal und die Regentschaft. Die Vertreter von über dreitausend Spezies sind dort untergebracht.«

Joe bemerkte, dass er Tril anstarrte. »*Dreitausend? Spezies?* Aber Kleinkommandeur Linin hat uns nur von fünf erzählt.«

Tril sah ihn finster an. »Er hat die wichtigsten ausgewählt. Es ist unmöglich, eure begrenzten menschlichen Gehirne innerhalb weniger Tage mit so vielen Informationen vollzustopfen.«

»Aber heißt das, dass es *dreitausend* unterschiedliche Alien-Arten gibt?«, fragte Joe beharrlich.

»Mehr«, sagte Tril. »Einige sind Sklaven. Einige stehen noch am Anfang ihrer Entwicklung, und einige sind ausgestorben. Doch sobald eine Spezies Mitglied des Kongresses wird, hat sie immer einen Repräsentanten in Koliinaat. Der Wächter hält sie alle am Leben, selbst wenn ihre Spezies sterben, falls sich ihre Planeten wieder erholen oder eine verloren geglaubte Kolonie auftaucht. Es gibt sogar noch viel mehr Spezies in Galaxien, die so weit entfernt sind, dass mehrere Umläufe nötig wären, um mit ihnen zu kommunizieren, selbst mit unserer fortgeschrittenen Technologie. Diese Völker werden von kleineren Regierungen beherrscht, die sich der Weisheit Koliinaats beugen. Und wir sind auf der Suche nach noch mehr. Die Sitze in Koliinaat sind nur zur Hälfte besetzt. Die Erforschung unseres Universums ist nicht mal ansatzweise abgeschlossen.«

Joe erkannte erneut, wie gigantisch das Problem war, mit dem er konfrontiert war. Die Menschen waren zahlenmäßig unterlegen, wahrscheinlich eine Million zu eins. Und sie brauchten mehr als eine bloße Übermacht, um ihre Unabhängigkeit zurückzuerlangen.

Sie brauchten Waffen, Schiffe, Rohstoffe, Wissen ... sie brauchten eine Art Wunder.

Joe fragte sich, ob seinem Vater wirklich klar gewesen war, womit er sich angelegt hatte. Als er jedoch daran zurückdachte, wie sein Vater an jenem Abend das Haus verlassen hatte, um niemals zurückzukehren, vermutete er, dass es ihm sehr wohl bewusst gewesen war.

Dann runzelte Joe die Stirn, als er an seinen Vater dachte. Dads Gesicht stand ihm nur verschwommen vor Augen. Genau gesagt kamen ihm inzwischen alle Erinnerungen an die Erde unscharf vor, fast als hätte man ihm eine Droge verabreicht, die sie verblassen ließ. Darüber brütete Joe gerade nach, als ein großes, knochiges Mädchen ihn am Arm packte und aus der Kantinenschlange zog.

Sie sah aus wie zwölf, hatte aber bereits eine steile Falte zwischen den Augen. Joe erkannte sie als das Mädchen mit dem Piranhagesicht, das Nebil gefragt hatte, ob sie die Angehörigen ihres Bodenteams schlagen durfte.

»Was ist?«, blaffte Joe. Er war gereizt, weil ihm die Lieblingsfarbe seines Vaters nicht einfallen wollte. *Was für ein Sohn kann sich nicht an die Lieblingsfarbe seines Vaters erinnern? Ich habe es doch schon hundertmal gehört. Ich muss mich nur mehr konzentrieren ...*

Das Mädchen schob ihr ohnehin vorstehendes Kinn noch weiter vor. »Also wenn du mir so kommst, willst du es vielleicht gar nicht haben.«

»Was soll ich haben wollen?«, fragte Joe und richtete seine Aufmerksamkeit auf das drahtige Mädchen. Sie hatte die selbstbewusste Haltung einer Person, die sich das, was sie wollte, normalerweise einfach nahm.

»Bist du dir sicher? Vielleicht überlege ich es mir ja noch mal anders.« Das Mädchen zog die Faust zurück, in der sie offenbar etwas verbarg. Anscheinend machte es ihr Spaß, ihn zu verwirren.

»Geh jemand anderen verarschen«, sagte Joe. *Welche ist Dads Lieblingsfarbe? Ich weiß es doch, verdammt!*

Das Mädchen schien einen Moment lang zu überlegen, dann hielt sie ihm etwas Kleines, Rotes hin. »Das hast du fallen gelassen, damals, am ersten Tag, als sie dich zusammengeschlagen haben.«

Joe sog zischend den Atem ein. Es war das Schweizer Armeemesser seines Vaters. Er riss es ihr aus der Hand. Er konnte kaum glauben, dass es echt war. Das Mädchen sah zu, wie er andächtig eine Klinge ausklappte und den glatten, roten Kunststoff mit den Fingern betastete.

Rot. Joe blinzelte. *Seine Lieblingsfarbe ist Rot.* Flüsternd sagte er: »Danke.« Er streckte die Hand aus. »Ich bin Joe. Das ist Mönch.«

Die anderen Angehörigen seines Bodenteams hielten ihren Platz in der Kantinenschlange besetzt.

Das knochige Mädchen sah Joe an, als wären ihm Käferfühler gewachsen, und ignorierte seine ausgestreckte Hand. »Ihr benutzt eure echten Namen?«

»Warum nicht?«, fragte Joe.

»Weil sie einen dafür *bestrafen*«, erwiderte das Mädchen. »Sie haben uns gesagt, dass wir unsere *Zahlen* verwenden sollen.«

Joe zuckte mit den Schultern. »Solange sie mich nicht töten, ist mir das ziemlich egal.«

Das Mädchen sah ihn mit gerunzelter Stirn an. »Hat euch noch niemand verpetzt?«

»Wer denn?«

»*Sie* zum Beispiel«, sagte das Mädchen und deutete mit einem anklagenden Finger auf Mönch.

Mönchs Blick verfinsterte sich. »Ich erzähle es niemandem.«

»*Die* verpetzen *mich* schon.« Das Mädchen deutete auf die hinter ihr stehenden Kinder.

»Dann bist du eine schlechte Bodenteamanführerin«, erklärte Maggie hilfsbereit.

Der Blick, mit dem das Mädchen Maggie bedachte, gefiel Joe gar nicht. Er trat zwischen die beiden. »Es war wirklich nett, dass du auf mein Messer aufgepasst hast.«

Das Piranha-Mädchen schnaufte. »Ich habe es dir nur wiedergegeben, damit du mir hilfst.«

Als er ihren Tonfall hörte, stellten sich Joe die Nackenhaare auf. »Wobei soll ich dir helfen?«

»Letztes Mal, als Tril uns auf die Jagd nach den Bällen geschickt hat, hätten wir beinahe nichts zu essen bekommen. Von jetzt an kannst du zuerst einen Ball für meine Gruppe holen und dann einen für dich selbst.«

Joe sah das Mädchen an und fragte sich, ob sie einen Dachschaden hatte. »Wie heißt du?«

»Ich bin Sasha.« Sie grinste ihn höhnisch an. »Wenn du dein Messer behalten willst, solltest du mir lieber helfen, Zero.«

»Ich helfe dir nicht.«

»Dann erzähle ich den Aliens davon«, warnte Sasha ihn.

»Dann erzählen wir den Aliens, dass du es vor ihnen *versteckt* hast«, erwiderte Mönch.

Sasha kniff die Augen zusammen. »Wenn du mir nicht helfen willst, gib mir mein Messer zurück.«

Joes Hand verkrampfte sich instinktiv um das Messer seines Vaters. »*Mein* Messer.«

»Es gehört mir. Ich habe es gefunden«, sagte Sasha. »Gib es zurück.« Sie griff danach.

»Verpiss dich«, sagte Joe und schob sich zwischen sie und das Taschenmesser.

Sasha trat ihm seitlich gegen das Bein. Nicht fest genug, um Sehnen reißen zu lassen, aber trotzdem knickte sein Knie in einem schmerzhaften Winkel ab, sodass ihm der Fuß wegrutschte. Als er die Hände ausstreckte, um sich abzufangen, beugte sich Sasha vor, um ihm im Sturz das Messer abzunehmen. Statt sich mit den Händen abzufangen, ließ Joe zu, dass er mit seinem vollen Gewicht auf seinem Knie landete, packte Sasha am Kragen und riss sie heran, sodass ihr Gesicht nur noch Zentimeter von seinem entfernt war.

»Verpiss. Dich.« Jede Faser seines Körpers schrie danach, ihr für das, was sie gerade versucht hatte, den Kopf gegen die Wand zu knallen. »Das Messer gehört mir. Wenn du es mir noch einmal wegzunehmen versuchst, wirst du dir wünschen, die Aliens hätten dich bei der Auswahl zu mir gestellt. Kapiert?«

Der triumphierende Ausdruck in Sashas Gesicht verblasste, sie wand sich mit erschrockenen Augen in seinem Griff. Joe ließ sie noch einen Moment lang zappeln, bevor er sie freigab. Leichenblass stolperte sie zurück. Ihre Angst wurde jedoch schnell durch ein zorniges Versprechen auf ihrem Piranha-Gesicht ersetzt. Als Mönch Joe wieder auf die Beine half, grinste sie.

»Du wirst nicht ewig der Größte bleiben«, erklärte Sasha. »Eines Tages bin ich groß genug, um dich zusammenzuschlagen, und dann hole ich mir mein Messer zurück und esse vor deiner Nase deine Portion. Und wenn ich richtig nett bin, lasse ich dich vielleicht die Schüssel auslecken.«

»Und wenn Joe jetzt *richtig nett* ist, zwingt er dich vielleicht nicht, vom Boden zu essen«, sagte Scott.

»Ja«, sagte Mönch und streckte ihr die Zunge raus. Elfe und Maggie lachten.

Sasha bedachte sie mit einem weiteren unheimlichen Grinsen und stolzierte in die Kantine.

»Ich mag sie nicht«, sagte Scott.

Joe sah Sasha schweigend nach. Er hatte ein schlechtes Gewissen, weil sie ihm sein Messer zurückgegeben hatte, aber irgendwie erinnerte sie ihn an seine Tante Caroline. Die völlig demente Frau hatte sich immer ein Vergnügen daraus gemacht, die Menschen um sie herum mit grausamen Worten und hintersinnigen, manipulativen Bemerkungen zu verletzen. Aber Tante Caroline hatte eine Entschuldigung für ihr Verhalten. Sie war alt.

Sasha war einfach nur ein Miststück.

»Sie hatten nur einen Jungen in ihrer Gruppe, Joe«, sagte Libby leise. »Für sie wird es nicht leicht, wenn wir größer werden und Tril uns um die Bälle kämpfen lässt.«

Na und? Soll die kleine Spinnerin doch verhungern! Joe umklammerte sein Messer fester, um sich zu vergewissern, dass es noch da war. Er fühlte sich immer noch taub von der heftigen Wut, die ihn überwältigt hatte, als Sasha versucht hatte, ihm das Messer wieder abzunehmen. *Ich hätte sie beinahe umgebracht.* Er sah auf das rote Plastik in seiner Hand hinab und fragte sich, ob er vielleicht dabei war, den Verstand zu verlieren.

»Mädchen sind genauso gut wie Jungs, Libby«, sagte Mönch. »Das hat meine Mum mir gesagt.«

»Nicht bei Prügeleien«, warf Scott ein.

»Doch, auch bei Prügeleien!« Mönch drehte sich zu Scott um

und richtete sich zu ihrer vollen sechsjährigen Größe auf. »Ich wette, Libby könnte dich verprügeln, Scott, und sie ist erst acht.«

Scott verdrehte die Augen. »Jungs werden größer als Mädchen. Das ist nun mal so. Nicht wahr, Joe?«

Joe, der noch immer auf sein Messer blickte, sagte: »Der Kongress hat alles verändert. Nichts ist mehr so, wie es mal war.« Libby musterte erst ihn und dann sein Messer mit gerunzelter Stirn. Als Joe ihren Blick bemerkte, verstaute er es in der Tasche.

Später, als sie beim Essen waren, sagte Joe: »Sasha hat recht. Ich werde nicht immer der Größte sein. Wir müssen Pläne für die Zukunft machen. Schon bald – vielleicht schon in ein paar Monaten – müssen wir wie alle anderen auch um unser Essen kämpfen. Weiß jemand von euch, wie man kämpft?«

»Ich habe mich in der Schule die ganze Zeit mit anderen Kindern geprügelt«, sagte Elfe. »Die Rüpel haben immer gern auf mir rumgehackt, wegen meiner Ohren.«

Joe warf einen Blick auf die elefantösen, abstehenden Anhängsel an Elfes Kopf und verkniff sich ein Grinsen. »Das kann ich mir vorstellen. Wie hast du dich gewehrt?«

Elfe grinste ihn stolz an. »Ich bin ihnen auf die Füße getreten und habe sie gegen die Arme geboxt.«

»Gut«, sagte Joe lächelnd. »Aber ich glaube, wir müssen es mit etwas fortgeschritteneren Techniken versuchen.« Er sah die anderen an. »Ich weiß ein bisschen was darüber, wie man sich auf der Straße prügelt, vor allem, weil Sam der größte Loser aller Zeiten war und ich ihm jeden zweiten Tag den Arsch retten musste. Wenn wir wieder in unserem Quartier sind, bringe ich euch bei, was ich weiß. Es ist nicht besonders kompliziert. Selbst Mag müsste es hinkriegen.«

»Du willst mir beibringen, wie man sich prügelt?«, quietschte Maggie vergnügt.

Unwillkürlich grinste Joe. »Du klingst, als hätte ich dir ein Pony versprochen.«

»Sie möchte den Kerl verprügeln können, der ihr das Essen weggenommen hat«, sagte Elfe. »Sie hat in der ersten Unterrichtsstunde mit Rotze Bilder von ihm auf den Sitz gemalt.«

Joe verzog das Gesicht. »Mit Rotze? Mag, das ist ja ekelhaft!«

»Die Aliens wollten nicht, dass ich meine Buntstifte mitnehme«, erwiderte Maggie schmollend.

»Aber jetzt hast du die Filzstifte. Die kannst du benutzen.«

»Darf ich?«, rief sie mit neuer Begeisterung. »Wo darf ich denn malen, Joe?« Voll kindlicher Aufregung hüpfte sie auf ihrem Stuhl auf und ab.

Joe überlegte. Er hatte kein Papier, und er bezweifelte, dass die Kongs besonders begeistert wären, wenn er ihr erlaubte, ihre neue weiße Kleidung vollzukritzeln. Aber jetzt, wo er ihr die Idee in den Kopf gesetzt hatte, musste er irgendetwas finden, worauf sie malen konnte, sonst würde sie sich selbst etwas suchen. »Du kannst auf mir malen«, sagte er. »Auf meinem Arm. Du kannst mir einen Anker malen, wie bei Popeye.«

Maggie riss die Augen auf und wollte sich sofort auf den Weg machen.

Joe lachte. »Nicht jetzt gleich, Mag. Erst nach dem Unterricht.« Und er musste noch einen sicheren Ort finden, wo er sein Messer verstecken konnte.

8 *Kihgls Prophezeiung*

Am nächsten Morgen stürmte Kommandeur Kihgl während des Essens rasend vor Wut in die Kantine. Die sechs aufsichtführenden Kampfmeister stampften gleichzeitig mit den Füßen auf, und sofort erhoben sich alle und nahmen vor ihren Schüsseln Habachtstellung ein.

Kihgl stellte sich vor ihnen auf und musterte schnell die Gesichter der Versammelten. *»Erster Kommandeur Lagrah hat mich soeben darüber informiert, dass es vor unserer Kapsel zu einer Raumverzerrung gekommen ist. Morgen treffen wir im System von Kophat ein, zwei Wochen später als der Rest des Regiments. Im heutigen Unterricht geht es um das, was euch auf dem Planeten erwartet. Verstanden?«*

Wie man es ihnen beigebracht hatte, riefen die Kinder: *»Kkee, Oora!«*

»Gut. Es ist recht wahrscheinlich, dass wir nach unserem Eintreffen von Repräsentanten des Koliinaat inspiziert werden. Falls das geschieht, behandelt ihr sie als die Götter, die sie sind, verstanden? Sie stehen so weit über euch, dass ihr nur furzen müsst, damit sie euch von ihren Jreet bei lebendigem Leib häuten lassen, falls sie aus Missfallen über den Geruch auch nur die Nase rümpfen.«

Kihgl ließ den Blick über die Gesichter der Kinder schweifen, schließlich verharrten seine klebrigen braunen Augen bei Joe. Die kleinen Lamellen an seinem Halsansatz flatterten schneller. *»Zero. Komm hier herauf.«*

Mit einem unguten Gefühl in der Magengegend schlurfte Joe nach vorn und stellte sich vor Kihgl. Es war ihm tatsächlich gelungen, zwei Tage lang nicht verprügelt zu werden, und langsam heilten seine Schrammen.

»Was ist das?«, wollte Kihgl wissen.

»Was ist was?«

»Rekrut Zero versteht die Frage nicht, Oora.«

Joe errötete. »Ich verstehe die Frage nicht.«

Kihgl hätte ihn dafür schlagen können, doch er tat es nicht. Stattdessen deutete er mit einem Tentakel auf das, was er meinte.

Joe blickte verwirrt auf seinen Oberarm.

Maggies krakelige Imitation von Popeyes Anker hob sich schwarz von seiner blassen Haut ab, und mit einem Mal spürte er, wie sich Furcht in seinen Eingeweiden breitmachte. »Oh.«

»*Und, Zero?*«, fragte Kihgl. »*Was ist das?*«

»Eine Zeichnung«, antwortete Joe vorsichtig.

»*Willst du damit sagen, dass du Eigentum des Kongresses beschmiert hast?*«

Da ihm klar war, dass er ohnehin tief in der Scheiße steckte, straffte sich Joe und beschloss, die Sache hinter sich zu bringen. »›Beschmiert‹? Nein, Sir. Es hat mehrere *Stunden* gedauert, dieses Meisterwerk zu erschaffen.« Und so war es tatsächlich gewesen. Joe war eingeschlafen, während Maggie daran gearbeitet hatte. Er konnte von Glück sagen, dass er nicht mit einem Schnurrbart aufgewacht war.

Hinter ihm hörte er mehrere Kinder kichern, darunter auch Maggie.

Kihgl schlug ihn nicht. Stattdessen wandte er sich zu Nebil um. »*Kampfmeister, kümmern Sie sich um sie, während ich diesen Rußklumpen von Bord werfe.*«

Joe blieb gerade noch genug Zeit, um zu sehen, wie sich Kampfmeister Nebils Gesicht zu einem furchteinflößenden Alien-Lächeln zusammenknautschte, bevor Kihgls brennender Python-Griff ihn am Arm nach draußen riss. Joe wehrte sich mit in den Boden gestemmten Fersen, doch er hätte genauso gut versuchen können, gegen einen Bulldozer zu kämpfen.

Verzweifelt schlug er auf die stechenden Schlingen um seinen Unterarm ein, weil er schon bald als schockgefrorener, glupschäugiger Weltraummüll enden würde. Kihgl stieß ihn in ein kleines Zimmer mit einem Schreibtisch und einem riesigen, runden, schaufelförmigen Bett. Es war luxuriöser eingerichtet als alle anderen Räume, die er bisher an Bord gesehen hatte, und an der Wand hingen sogar zwei leuchtende Bilder von Ooreiki. Anscheinend handelte es sich nicht um eine Luftschleuse.

Kihgl klatschte mit seinen Tentakeln neben die Tür, worauf sie zufloss. Dann waren sie allein.

Langsam drehte sich Kommandeur Kihgl zu Joe um, der zurückwich, bis er mit den Beinen gegen das harte Bett stieß.

»*Was ist das?*«, sagte Kihgl, während er mit todernster Miene die blassbraunen Augen auf ihn richtete.

»Was ist was?«, fragte Joe, während er überlegte, ob er Kihgl im kleinen Zimmer irgendwie ausmanövrieren konnte. Wahrscheinlich nicht. Die Tentakel des Ooreiki waren fast anderthalb Meter lang, wenn er sie ganz ausstreckte. Das Zimmer selbst maß nur vier mal vier Meter, was Joe etwa einen Meter Spielraum gab. Tolle Chancen für eine Flucht.

»*Die Zeichnung auf deinem Arm*«, knurrte Kihgl. »*Was ist das?*«

»Sie haben uns doch Stifte gegeben«, gab Joe zurück. »Sie haben es uns nie verboten.«

Kihgl stürzte sich auf ihn, und innerhalb von zwei Sekunden hatte er einen brennenden Fangarm um Joes Hals gelegt. Der Ooreiki riss ihn zu sich herunter, sodass seine widernatürlich großen, klebrigen braunen Augen nur ein oder zwei Zentimeter von Joes Gesicht entfernt waren. »*Hör mir jetzt genau zu, Mensch*«, sagte Kihgl leise und tödlich, »*es ist mir egal, warum du es gemalt hast. Ich will wissen, was es bedeutet.*«

Würgend brachte Joe heraus: »Es ist … ein Anker.«

Kihgl ließ ihn los und trat einen Schritt zurück. »*Ein Anker wofür?*«, fragte er beharrlich weiter.

Krampfhaft nach Luft schnappend, ging Joe in die Knie. »Das ist aus einer Zeichentrickserie. Da gab es diesen Kerl, der mit so etwas auf dem Arm herumläuft und Leute verprügelt.«

Kihgl legte den Kopf schief und starrte Joes Arm an. »*Du glaubst also, dass du dich verhalten kannst wie diese Zeichentrickfigur? Dass du uns verprügeln kannst?*«

»Nein«, murmelte Joe. Zumindest *das* wurde ihm immer klarer, je länger er hier in Gefangenschaft war. Trotz all der Hollywood-Filme über Menschen, die Aliens plattmachten, war der Kongress einfach zu *groß*. Es mochte noch so viele alberne Filme geben, in denen eine Menschheit gefeiert wurde, die die Aggressoren mit

Gewehren und Kampfflugzeugen zurückschlug – die Erde würde niemals die Unabhängigkeit erlangen. Nicht mit Gewalt. »Das glaube ich nicht.«

Kihgl rauschte an ihm vorbei und hinterließ dabei einen durchdringenden Geruch nach Oregano. Er klatschte mit dem Tentakel auf eine glatte Fläche an der Wand.

Joe war aufgefallen, dass die Ooreiki ein starkes Interesse an verschiedenen Gewürzen von der Erde entwickelt hatten und inzwischen Oregano- und Rosmarinöle auftrugen, als wäre das eine große Ehre. Er schnaufte und fragte sich, ob sie wussten, dass sie wie ein Sonntagsessen rochen.

Die Tür zu einem runden Kämmerchen öffnete sich und gab den Blick auf mehrere seltsam geformte Alien-Artefakte frei, von denen keines wie üblich schwarz war. Joe war ganz benommen davon, zum ersten Mal seit dem Verlust ihrer Kleider wieder Farben zu sehen.

Kihgl holte eine kleine gelbgrüne Kugel von nur etwa fünfzehn Zentimeter Durchmesser aus der Kammer. Er hielt sie Joe direkt vor die Nase. »Ist das hier das Gleiche?«

Joe wollte das Ding, das wie ein kugelförmiger Rotzklumpen aussah, auf keinen Fall anfassen. »Was?«

»Das Bild. Ich kann keine Menschenschrift lesen. Vielleicht habe ich etwas übersehen.«

Widerwillig nahm Joe die grünliche Kugel entgegen, und sofort verlor er jedes Interesse daran, sie fallen zu lassen. Sie war nass und schwammig, aber als er ins geleeartige Innere sah, erkannte er darin ein schwarz umrandetes Bild, das vor einem weißen Hintergrund schwebte. Es sah genauso aus wie der grobe Anker, den Maggie auf Joes Arm gemalt hatte.

»Wo haben Sie das her?«, fragte Joe.

»Ist es das Gleiche?«, wiederholte Kihgl energisch.

Joe blickte hinein und betrachtete dann die Zeichnung auf seinem Arm. Sie glichen sich aufs Haar, bis hin zu dem Strich, den Maggie versehentlich gemacht hatte, als er sich im Schlaf herumgewälzt hatte. »Ja«, sagte er, während er eine Gänsehaut bekam. »Es ist das Gleiche.«

»Genau?«, bohrte Kihgl nach.

»Ja«, erwiderte Joe, der langsam nervös wurde.

Kihgl stieß den Atem durch die Halslamellen aus. Er sah aus, als hätte man ihm einen Schlag versetzt. Einen Moment lang starrte der Ooreiki einfach nur die Rotzkugel an. Dann hob er langsam den Blick und sah Joe mit seinen klebrigen braunen Augen an.

In diesem Augenblick hatte Joe das deutliche Gefühl, dass Kihgl darüber nachdachte, ihn zu töten. Nervös wich er einen Schritt zurück und ließ die Kugel sinken.

Die Bewegung schien Kihgl aus seinen Gedanken zu reißen, denn als er sah, wie sich Joe mit seiner kostbaren Rotzkugel entfernte, wurde sein Blick kalt. Er trat vor, riss Joe das schwammige Ding aus der Hand und verstaute es wieder im Kämmerchen. Dann ging er ohne ein weiteres Wort zur Tür und öffnete sie. Anscheinend war der Vorfall vergessen. »*Kehr zu deiner Einheit zurück, Rekrut.*«

»Was war das für ein Ding?«, fragte Joe.

»*Das ist meine Sorge, nicht deine, Mensch.*«

Joe rührte sich nicht von der Stelle.

Die Tür floss wieder zu, während sie dastanden. Als Joe keine Anstalten machte zu gehorchen, zog Kihgl eine finstere Miene. »*Jemand hat es mir gegeben, als ich noch Kampfmeister war.*«

»Äh … wer?«, fragte Joe. Nach allem, was er über das Rangsystem der Ooreiki wusste, musste das lange her sein.

»*Ein verdammter* Trith *hat es mir gegeben.*« Kihgl fluchte.

Offenbar sagte das alles, aber Joe hatte keine Ahnung, was ein Trith war. Ein solches Wesen war jedenfalls nicht in Linins Artenkunde-Unterricht vorgekommen. »Und was bedeutet es?«, fragte er.

»*Es bedeutet, dass ich dem Untergang geweiht bin.*« Kihgl klatschte erneut an die Wand, und die Tür öffnete sich. »*Und jetzt raus.*«

Joes Gänsehaut kehrte zurück, und mit ihr das Gefühl, sich in einem Albtraum zu befinden, dem er nicht entrinnen konnte. »Was meinen Sie damit, ›dem Untergang geweiht‹?«

Kihgl kniff die braunen Augen zusammen. »*Wenn ich dir die persönlichsten Geheimnisse meines Lebens anvertrauen wollte, Mensch, hätte ich es bereits getan. Und jetzt zurück. Zu. Deiner. Einheit.*«

Joe hielt sich außerhalb der Reichweite des Ooreiki, machte

jedoch keine Anstalten zu gehen. »Es ist nicht fair, dass Sie einfach dieses Ding rausholen, mich darüber ausfragen, mir erzählen, dass es Ihren Untergang bedeutet, und dann von mir erwarten, dass ich gehe.«

Mit einem Tentakelklatschen schloss Kihgl die Tür wieder. Die kleinen Lamellen an seinem Hals flatterten hektisch. »*Du hast nicht die geringste Ahnung davon, was ›fair‹ ist, Zero.*«

Eine Weile standen sie sich schweigend gegenüber, bevor Joe vorsichtig sagte: »Was hat dieses Bild zu bedeuten? Nun sagen Sie es schon. Ich bin schließlich derjenige, der es auf dem Arm hat.«

Einen Moment lang rechnete Joe damit, dass Kihgl ihn verprügeln würde, und er war überrascht, als der Ooreiki ihm schließlich antwortete. »*Es verheißt den Tod meiner Seele. Es bedeutet die Gewissheit, dass ich nie gemeinsam mit meinen Vorfahren durch die Hallen von Poen schreiten werde, dass ich mein Wissen niemals mit dem aller Ooreiki, die vor mir kamen, vereinen werde. Es bedeutet, dass ich aufhören werde zu existieren, und ich kann nichts dagegen tun, weil die Entscheidung bereits getroffen ist.*«

»Es bedeutet den Tod Ihrer *Seele*?«, fragte Joe nach.

Es sah nicht so aus, als würde der Ooreiki antworten, doch dann legte er einen Tentakel auf die schwarze Kong-Uniform an seinem Rumpf. »*Unsere Seelen leben hier, in unserem* oorei. *Wenn das* oorei *zerstört wird, bevor man es zu einem Tempel bringt, wird die darin lebende Seele freigesetzt und verliert sich in der Umgebung. Deshalb ist auf unseren Planeten jedes Feuer verboten. Es gehört zu den wenigen Dingen, die unser* oorei *und damit auch die Seele darin zerstören können.*«

»Und dieses kleine runde Ding, das Sie mir gezeigt haben?«, fragte Joe plötzlich voller Ehrfurcht. »War das ein *oorei*?«

Ein froschartiges Quaken drang aus Kihgls Brust. »*Nein, du Furg. Das war ein Gedankenbild-Rekorder. Die* oorei *sind winzige Kugeln, die sich während unseres Lebens in jedem Ooreiki entwickeln. Du könntest sie mit der Faust umschließen – sie werden nur selten größer, wenn ihr Träger ein besonders langes, emotionales Leben hatte. Je nach spirituellem Zustand des Ooreiki, in dem sie entstanden sind, unterscheiden sie sich farblich. Mein* oorei *beispielsweise wird vermutlich von einem stumpfen Braun oder Grau sein, wegen all der schrecklichen Dinge, die* ich in meinem Leben getan habe. Das oorei eines Priesters leuchtet in Gold, Gelb oder Weiß. Die Priester von Poen sammeln alle oorei und verwahren sie an heiligen Orten in ihren Tempeln, damit man dort seine Vorfahren besuchen kann.«

»Ist das eine Art Technologie?«, fragte Joe. »Zeichnen Sie damit Ihr Leben auf?«

»Nein«, blaffte Kihgl. »Die Ooreiki hatten bereits oorei, als wir noch unter den ferlii-Kronen umhergezogen sind, als wir im Dunkeln gelebt und mit Gift draak gejagt haben. In den Tempeln von Poen gibt es noch immer viele Seelen aus jener Zeit, auch wenn man oft Tage mit der Suche nach ihnen verbringen muss und, falls man eine findet, einen Priester als Übersetzer braucht. Es hat nichts mit Technologie zu tun.«

Joe musterte ihn misstrauisch. »Wollen Sie mir damit sagen, dass auf Ihrem Heimatplaneten die Toten herumlaufen? Wie Zombies oder so?«

»Es sind Geister«, erwiderte Kihgl. »Milliarden und Abermilliarden Geister.«

Joe starrte den Ooreiki an und fragte sich, ob sich Kihgl gerade gnadenlos über ihn lustig machte. Als Trils Sündenbock für alles – von Dreck auf dem Boden bis hin zu Kindern, die sich in die Hose machten – glaubte Joe von sich behaupten zu können, dass er die Stimmung eines Ooreiki halbwegs genau am Ausdruck seines zerknautschten braunen Gesichts ablesen konnte. Und Kihgl machte einen vollkommen ernsten Eindruck. »Und Sie haben sie *gesehen*?«, fragte er vorsichtig. »Die Geister?«

»Kkee. Ich bin nach jedem Krieg nach Poen gepilgert.«

Joe war sprachlos. Anscheinend meinte Kihgl es ernst. Und er hatte Angst.

Vorsichtig trat er auf Kihgl zu und berührte seinen Arm. Der Ooreiki versteifte sich. Hastig zog Joe die Hand zurück, als ihm klar wurde, dass er nicht wusste, ob er gerade irgendwelche Benimmregeln der Aliens verletzt hatte. Er musterte Kihgls Schlangententakel und war sich bewusst, dass der Ooreiki ihn damit spielend erwürgen konnte. Joe räusperte sich und deutete auf Maggies Zeichnung. »Sie bedeutet nichts weiter. Es ist nur die Kritzelei einer Fünfjährigen.«

Kihgl horchte auf. »*Welche Fünfjährige?*«

Hastig sagte Joe: »Es sind nur ein paar Linien. Sie bedeuten überhaupt nichts. Nur eine Krakelei.«

»*Du hast das Bild gesehen, das ich dir gezeigt habe, Zero. Ein Trith hat es mir gegeben. Von allen Spezies des Universums sind sie die einzige, die der Kongress nicht geschluckt hat. Weißt du, warum?*«

Verwirrt schüttelte Joe den Kopf. Bis jetzt hatte er noch von gar keiner Spezies gehört, die dem Kongress entronnen war. Alle hatten so getan, als wäre etwas Derartiges unmöglich.

»*Die Trith konnten sich dem Kongress entziehen, weil sie in die Zukunft sehen können. Sie haben jeden Angriff des Kongresses und jede Strategie gegen sie so gründlich vereitelt, dass der Kongress es nach nur drei Versuchen aufgegeben hat. Nur drei!*«

»Sie sehen in die Zukunft?«, wiederholte Joe. »Wirklich? Alle Angehörigen ihrer Art?«

»*Jeder Trith kann in allen Einzelheiten jeden Moment von jetzt bis in alle Ewigkeit vorhersehen. Und ein Trith hat mir gesagt, dass dieses Bild die Vernichtung meines oorei verheißt.*«

Joes Lippen formten ein stummes O.

»*Jetzt verstehst du also.*« Kihgls Blick wanderte zu Joes Arm.

Joe räusperte sich. »Ich glaube, dass Wahrsager nur Blödsinn quatschen. Wir haben mal auf dem Jahrmarkt eine Wahrsagerin besucht. Die war so was von schlecht.«

Kihgls Halsschlitze flatterten gereizt. »*Ich habe dir gesagt, was es mit den Trith auf sich hat.*«

»Ich weiß«, sagte Joe, »aber warum sollte er Sie warnen, wenn er nicht der Meinung war, dass Sie etwas an Ihrem Schicksal ändern können?«

Kihgl starrte ihn an. Die fleischigen Sudah an seinem Hals flatterten praktisch ununterbrochen.

»Warum sollte man jemandem sagen, was sein Untergang sein wird, wenn dieser Jemand ohnehin nichts dagegen tun kann?«, fuhr Joe fort. »Wenn er wirklich in die Zukunft sehen kann, hat er auch gewusst, dass Sie versuchen würden, Ihrem Schicksal zu entrinnen.«

»*Ist dir klar, dass du mir rätst, dich zu töten, Zero?*«

Joe schluckte. Schnell fuhr er fort: »Ich sage nur, dass es eine Menge Interpretationsspielraum gibt. Ich meine, verflixt noch mal – wir haben Wahrsager auf der Erde, die in eine Kristallkugel schauen und einem die Zukunft vorhersagen. Mir hat eine Wahrsagerin erzählt, dass ich eines Tages in einer Höhle wohnen würde, zusammen mit einem Haufen nackter Leute, die wissen, wie man Drachen tötet. Angeblich war sie wirklich gut, eine echte Hellseherin …«

Kihgl schnaufte abfällig.

»Wie auch immer, ich habe es mir nicht zu Herzen genommen. Und jetzt bin ich also hier. Es war keine Höhle mit nackten Leuten. Es war ein Schiff voller Aliens und ein Haufen kleiner Kinder. Vielleicht hat sie mir etwas von nackten Leuten erzählt, weil Kinder unschuldig sind und viel weniger mit sich herumschleppen als Erwachsene. Vielleicht wollte der Trith Ihnen also gar nicht sagen, dass Ihre Seele vernichtet wird, sondern dass Ihnen etwas wirklich Aufwühlendes passieren wird, etwas, das alles erschüttert. Zum Beispiel, als würde man seine Mutter verlieren.«

Kihgl sah ihn so lange an, dass Joe nervös wurde und errötete.

»*Selbst wenn mir meine Mutter etwas bedeuten würde, würde wohl kaum ein Trith seinen Heimatplaneten verlassen und meiner Spur bis zu einer rußigen Bar an der Front folgen, nur um mir zu erzählen, dass sie sterben wird.*«

Da hatte er nicht ganz unrecht.

Kihgl schlug erneut gegen die Wand, wodurch ein weiteres Mal die Tür neben ihm auffloss. »*Mach dich auf die Suche nach Nebil. Lass mich allein damit fertigwerden.*«

Joe wollte nicht gehen. Er wollte die kleine Rotzkugel aus der Kammer hervorkramen und sie ganz genau in Augenschein nehmen. Das konnte nur ein Irrtum sein.

… oder etwa nicht?

Aber dann fiel ihm auf, wie ernst – und wie *unheimlich* – Kihgl ihn ansah. In diesem Moment begriff Joe erneut, dass er für dieses Geschöpf nichts weiter war als ein Alien. Irgendein Rekrut. Ausschuss.

Hastig ging Joe rückwärts zur Tür hinaus.

9 *Kophat*

»*Kophat ist einer der Heimatplaneten der Ooreiki. Die Luft hat einen geringen Sauerstoffgehalt und enthält große organische Anteile, weshalb euch Menschen das Atmen etwas schwererfallen wird. Wir Ooreiki haben deshalb Sudah.*« Kleinkommandeur Linin berührte die Lamellen an seinen Halsseiten. »*Der heutige Unterricht behandelt die Anatomie, die Gebräuche und die Planeten der Ooreiki. Ihr dürft gern Fragen stellen, denn sobald ihr dieses Schiff verlasst, konzentriert sich eure weitere Ausbildung auf die Tunnelkriegsführung.*«

Joes Herz verkrampfte sich. »Tunnelkriegsführung?«

Ohne ihn zu beachten, gingen Kommandeur Linin und die Kampfmeister zwischen den Kindern hindurch und ließen sich dabei zum ersten Mal genauer in Augenschein nehmen. Der Kommandeur fuhr mit seinem Vortrag fort: »*Nach den Dhasha und den Ueshi verfügen die Ooreiki über die meisten Kongress-Planeten – dreitausenddreiundzwanzig Vollmitglieder, sechshundertneunundfünfzig Bewerber. Wir sind der Menschheit zahlenmäßig zehntausend zu eins überlegen. Nur die Bevölkerung der Ueshi ist noch größer.*«

»Sind das Ihre Finger?«, fragte Maggie und zog an einem der vier kleinen Ausläufer von Linins muskulösem Arm, wobei sie sorgfältig darauf achtete, nicht die stechenden, brennenden Auswüchse an der Unterseite zu berühren. »Warum sind sie so weich?«

»Sie haben keine Knochen, Mag«, antwortete Joe.

»*Wir haben keine Knochen*«, sagte Linin mit einem Blick zu Joe, »*aber wir verfügen über Spezialfasern, die wir mit elektrischen Impulsen versteifen können. Deshalb stehe ich hier vor euch, statt eine Pfütze zu euren Füßen zu bilden.*«

»Ich habe gehört, dass Sie vor langer Zeit die Erde besucht und sich zu Affen weiterentwickelt haben.«

Joe warf dem Jungen, der das gesagt hatte, einen Blick zu und fragte sich, ob er ein Vollidiot war.

Die geschlitzten Pupillen des Ooreiki verengten sich. »*Wer immer dir das erzählt hat, irrt sich.*«

»Mein Dad hat es mir erzählt«, erwiderte der Junge trotzig.

Ja, dachte Joe, *eindeutig ein Vollidiot.*

»Fass doch mal seinen Arm an«, sagte Maggie. »Er hat überhaupt keine Haare, du Dummkopf.«

»*Haar ist ein Merkmal von Primitivität*«, pflichtete der Ooreiki ihr bei. »*Weiter fortgeschrittene Spezies entwickeln andere Methoden, um sich vor Verdunstung und Auskühlung zu schützen. Haar ist nicht besonders effektiv, da bereits kleine Temperaturfluktuationen katastrophale Schäden verursachen können.*«

»Was ist das hier?«, fragte Scott und berührte die Lamellen am Hals des Ooreiki.

Das Alien zuckte zurück. »*Die darfst du* niemals *anfassen. Durch die Sudah regelt ein Ooreiki seine Luftzufuhr. Viele meiner Kameraden würden dich töten, wenn du sie an den Sudah berührst.*«

Kampfmeister Nebil grunzte zustimmend.

»Ihr habt also Kiemen?«, fragte ein Mädchen.

Der Ooreiki versteifte sich. »*Nein, es sind keine Kiemen.*«

»Sie sehen aber aus wie Kiemen«, sagte Joe. »Sie haben sogar diese kleinen roten Dinger!« Er zeigte darauf.

Scott fügte hinzu: »Wissen Sie, auf *unserem* Planeten sind die Fische am primitivsten.«

Der Ooreiki starrte Scott so lange finster an, dass die anderen Kinder nervös von ihm abrückten. »*Der Unterricht ist beendet*«, bellte Kleinkommandeur Linin. »*Kehrt in eure Quartiere zurück, bis eure nächste Stunde beginnt.*« Damit wandte sich Linin ab, marschierte davon und überließ dem Kampfmeister das Kommando.

»Gib mir fünf«, sagte Joe grinsend. »Das war große Klasse.«

Scott schlug laut ein, und Grübchen bildeten sich in seinem Lausbubengesicht. Dann sahen sie, dass Nebil sie sehr aufmerksam beobachtete, und ihr Kichern erstarb ihnen in der Brust. Scott räusperte sich und studierte den glänzenden schwarzen Boden.

»*Vierte Einheit, in Formation gehen*«, sagte Nebil, ohne den Blick von Joe abzuwenden. »*Anführer, bringt eure Bodenteams in die Kantine.*«

Joe spürte Nebils kribbelnden Blick noch lange zwischen den Schulterblättern, nachdem sie außer Sicht waren.

*

Joe erledigte gerade eine von mehreren Aufgaben, die Tril sich an diesem Abend für ihn ausgedacht hatte, Aufgaben, die zufällig von seiner Schlafzeit abgingen, als ihn ein Ooreiki-Tentakel an der Schulter berührte. Joe fuhr herum.

Kampfmeister Nebil sah ihn an. Offenbar war er gerade in schweigsamer Stimmung.

»*Kkee, Oora?*«, fragte Joe nervös. Er wollte unbedingt vermeiden, an diesem Abend als wandelnder Bluterguss zu seinem Bodenteam zurückzukehren, damit er sich in seinen letzten Stunden Schlaf vor ihrer Ankunft auf Kophat am folgenden Morgen zumindest ein wenig erholen konnte.

»*Einen Kampfmeister bezeichnet man nie als ›oora‹, Zero. Du kannst uns ›hiet‹ oder ›rogkha‹ nennen, aber niemals ›oora‹. ›Oora‹ bedeutet ›Beseelter‹. Weißt du, warum, Zero?*«

Joe kam dieses Gespräch ungewöhnlich vor. Kampfmeister Nebil hatte selten mehr als zwei Worte zu ihm gesprochen, ohne ihm dabei einen Klaps zu verabreichen. »Nein. Warum?«

»*Einen Kampfmeister nennt man in meiner Sprache ›nkjanii‹, was ›Übeltäter‹ bedeutet. Die Ooreiki hatten den Krieg längst aufgegeben, als die Feuergötter zu den Jreet gingen und an der Gründung des Kongresses mitwirkten. Der Krieg*«, sagte Kampfmeister Nebil leise, »*ist böse, und da Kampfmeister diejenigen sind, die andere in den Krieg führen, sind sie Übeltäter. Seelenlos. Deshalb darf man uns nicht mit ›oora‹ anreden. Das ist eine Beleidigung. Seit der ersten Einberufung lässt sich kein Kampfmeister als ›oora‹ bezeichnen, weil wir wissen, dass wir mit unserem Tun unsere eigene Natur verraten.*« Dann verfiel Nebil wieder in Schweigen, hielt den Blick jedoch immer noch auf Joe gerichtet.

Joe wurde unruhig. Undeutlich erinnerte er sich daran, dass Kommandeur Tril etwas Ähnliches gesagt hatte, aber bisher hatte man ihn deshalb nicht zurechtgewiesen. »Entschuldigung.«

Nebils fortgesetztes Schweigen zerrte an Joes Nerven, aber er wusste, dass er sich trotzdem nicht rühren sollte.

»*Warum bist du nicht in deinem Quartier, Zero?*«, fragte Kampfmeister Nebil schließlich.

Joe hielt das Paket hoch, das Tril ihm gegeben hatte. »Kommandeur Tril möchte, dass das hier zu Kommandeur Linin gebracht wird.« Äußerlich handelte es sich um eine makellose Steinkugel mit einer abgeflachten Seite. Joe hatte nicht herausfinden können, wie man sie öffnete. »Er meinte, dass es sehr wichtig ist«, fügte er hinzu, in der Hoffnung, dass Nebil den Wink mit dem Zaunpfahl verstand.

Kampfmeister Nebil schnaufte. »*Das ist ein Briefbeschwerer. Tril hat ihn sich auf der Erde gekauft.*«

Joe betrachtete das Ding in seiner Hand. Der Mistkerl hielt ihn einfach nur so zum Spaß wach. In einem Anfall rasender Wut schleuderte er den Briefbeschwerer gegen die Wand. Er knallte heftig dagegen, aber zu Joes Enttäuschung zerbrach er nicht.

Kampfmeister Nebil gab ein leises quakendes Lachen von sich und hob den Briefbeschwerer auf. »*Überbringen musst du ihn trotzdem. Er wird Linin mit Sicherheit morgen früh danach fragen. Aber zuvor möchte ich dir eine wichtige Frage stellen.*«

Wichtiger als mein Schlaf?, fragte sich Joe verärgert. Er nahm den Briefbeschwerer von Nebil entgegen und starrte wütend darauf. »Warum hasst er mich so?« Er hatte eher mit sich selbst gesprochen, deshalb war er überrascht, als er eine Antwort von Nebil erhielt.

»*Jedes Mal, wenn wir neue Rekruten in Empfang nehmen, wird jemand beauftragt, den Ausschuss auszumerzen. Es ist eine schwere Aufgabe, die niemand übernehmen möchte. Dieses Mal war Tril an der Reihe. Es war sein erstes Mal, und du hast es ihm sehr schwer gemacht.*«

Joe verdaute diese Information schweigend.

»*Heute früh hat Kihgl dich aus der Kantine geholt*«, fuhr Nebil fort. Sein Tonfall war seltsam … zaghaft. »*Was hat er zu dir gesagt?*«

Joe hob den Blick vom Briefbeschwerer. Kampfmeister Nebil beobachtete ihn sehr genau. Joe öffnete den Mund zu einer Lüge.

»*Halt*«, sagte Kampfmeister Nebil mit einem Ooreiki-Seufzer. »*Ich frage aus Neugier, nicht aus Missgunst. Wenn du ohnehin lügst, gehe ich lieber.*«

Joe musterte Nebils Gesicht. Obwohl er seine Rekruten mit eiserner Faust befehligte und Joe herumschubste, sobald ihm etwas zu langsam ging, kam ihm der Ooreiki in diesem Moment irgendwie … vertrauenswürdig vor.

Als er nicht sofort antwortete, wandte sich Nebil zum Gehen.

»Ihm hat die Zeichnung nicht gefallen«, sagte Joe zum Rücken des Kampfmeisters.

Langsam drehte sich Nebil wieder um. Sein Blick richtete sich auf Joes Oberarm. Das Bild darauf war fast völlig verblasst. Kommandeur Tril hatte ihn gezwungen, sich unter der Dusche mit den beißenden Dämpfen die Haut wund und blutig zu schrubben.

»*Hat er gesagt, warum?*«, fragte Nebil beinahe sanft.

»Er hatte schon einmal etwas Ähnliches gesehen«, antwortete Joe ausweichend.

»*Ah.*« Kampfmeister Nebil strich mit den Schlangenfingern über die Wand. »*War es das, was der Trith ihm gegeben hat?*«

Joe starrte ihn verblüfft und misstrauisch an.

Die Finger von Kampfmeister Nebil verharrten, und er sah Joe eine Weile schweigend an. Dann sagte er leise: »*Dann hat er seine Entscheidung getroffen. Ich frage mich, ob du es wert bist.*« Ohne ein weiteres Wort beugte er sich vor und berührte das bläuliche Band um Joes Ferse. Als Nebil darauf drückte, ertönte ein Klicken, und die Fußfessel zerfiel in zwei Teile, die zu Boden klapperten.

»Ich habe den Verschluss gar nicht gesehen«, sagte Joe und kam sich entsetzlich dumm vor.

Kampfmeister Nebil hob die beiden Teile auf und steckte sie in eine Tasche seiner robenartigen Kong-Uniform. »*Das konntest du auch nicht. Er ist nur in einem Lichtspektrum zu erkennen, das Menschenaugen nicht wahrnehmen. Das gilt für alle Kontrollen an Bord.*«

Mit diesen Worten ließ er Joe stehen, der ihm ratlos hinterherstarrte.

*

»*Komm schon, Joe, bitte. Ich zahle es dir zurück.*«
»*Von welchem Geld?*«

»Sie ist nur noch einen Tag auf dem Jahrmarkt. Kyle ist letzte Nacht hingegangen, und er hat gesagt, dass er sich bei ihr total gegruselt hat.«

»Warum willst du eine Frau sehen, vor der man sich gruselt? Da gebe ich die fünfzig Kröten lieber für die Achterbahn aus.«

»Du musst es ja nicht mit dir machen lassen. Nur ich. Dann sind es nur fünfundzwanzig Dollar. Die bekomme ich in einer Woche zusammen, dann kriegst du sie zurück.«

»Mann, hör auf zu nerven. Ich will in den Messerladen. Dad hat sich zu Weihnachten einen Leatherman gewünscht.«

»Mum hat gesagt, dass ich machen darf, was ich will. Zum Geburtstag.«

»Dein Geburtstag war vor zwei Wochen.«

»Bitte?«

»Na schön, aber glaub nicht, dass du dein Geld zurückbekommst, wenn sie sich als Schwindlerin erweist.«

»Danke, Joe! Keine Sorge. Sie ist keine Schwindlerin. Ich verspreche es dir.«

»Von mir aus. Kann ich mit rein?«

»Warum?«

»Um sicherzugehen, dass sie dir nicht die Knochen auskocht und sie an den Menschenfresser in ihrem Kleiderschrank verfüttert. Warum wohl sonst?«

»Meinst du, das dürfen wir?«

»Es ist schließlich keine Arztpraxis. Ich bin dein Bruder. Also sollte sie mich lieber mit reinlassen.«

»Na schön, du bezahlst sie. Wenn du derjenige bist, der ihr das Geld gibt, schmeißt sie dich sicher nicht raus … sieh mal, der da ist gerade rausgekommen. Es ist offen! Lass uns reingehen!«

»Sachte, sachte. Lass meinen Arm los, ich kann allein durch die Tür gehen, kleiner Scheißer. Hallo Miss, darf ich hierbleiben, während mein Bruder sich die Zukunft vorhersagen lässt?«

»Möchte er denn, dass du mithörst?«

»Wenn er fünfundzwanzig Kröten von mir will, möchte er es.«

»Also gut. Setz dich vor mich hin, Sam.«

»Hast du das gehört? Sie kennt meinen Namen!«

»Der steht auf deinem T-Shirt, Volltrottel.«

»Ach so.«

»Joe, du musst still sein, wenn du hierbleiben möchtest.«

»Äh, in Ordnung.«

»Sam, zeig mir deine Hände, mit den Handflächen nach oben. So. Jetzt halt still, während ich in meine Kristallkugel blicke, um zu … Ich sage es nicht noch mal, Joe. Sei still oder geh raus.«

»Ich habe nur gehustet.«

»Sei still, Joe. Sie muss sich konzentrieren.«

»Ja, von mir aus.«

»Der Kristall zeigt mir, dass du Musik magst.«

»Ich spiele Geige!«

»Hmm, ja. Üb fleißig. Eines Tages wirst du damit vielen Menschen eine Freude machen.«

»Wirklich? Ist ja toll! Dad sagt, dass ich Buchhalter werden muss, weil ich gut mit Zahlen umgehen kann.«

»Du wirst kein Buchhalter. Du wirst ein Dieb und Bandenführer. Aber jetzt zu diesem Mädchen …«

»He, Miss, ist es nicht illegal, einem kleinen Jungen so was zu erzählen?«

»Achte nicht auf Joe. Konzentrier dich auf das Mädchen.«

»Auf Rosie?«

»Genau die. Du darfst dich nicht mehr von ihr herumschubsen lassen. Sie ist keine gute Freundin, Sam. Sie ist nur ein selbstsüchtiges kleines Mädchen, das in die Fußstapfen ihrer Mutter tritt. Dein Mittagessen ist für dich, nicht für sie. Setz dich in den Pausen gegen sie durch. Lauf ihr nicht hinterher. Spiel lieber mit Wally.«

»Okay.«

»Hmm. Was möchtest du sonst noch wissen?«

»Ist Wally mein Seelenverwandter? Mum sagt, dass jeder einen Seelenverwandten hat, aber es muss kein Mädchen sein. Ich will kein Mädchen als Seelenverwandten. Die sind alle dumm und spielen mit Puppen.«

»Der Name deiner Seelenverwandten ist Leila. Du wirst sie mit einer Packung Kaugummi in deinen Bann schlagen und sie dann an den Haaren nach Hause ziehen, zu deinem großen Verdruss.«

»Äh … okay, aber wann? In der sechsten Klasse oder so?«

»Du wirst ihr bei deinem Versuch begegnen, die Weltherrschaft zu übernehmen, und nachdem du sie gefunden hast, wirst du nichts unversucht lassen, um sie zu bekommen.«

»Ich will nicht die Weltherrschaft übernehmen.«

»Doch, das willst du. Tief in deinem Innern.«

»He, Miss, das ist echt ein bisschen gruselig, finde ich.«

»Sei still, Joe. Also, wie übernehme ich die Weltherrschaft? Wally sagt, dass wir Süßigkeiten machen müssen, mit denen man die Gedanken der Menschen kontrollieren kann.«

»Im besten Fall stiehlst du Geld von Banken und Großkonzernen, und anschließend verabreichst du dir aus lauter Langeweile experimentelle Drogen, von denen du impotent wirst.«

»Oh. Bekomme ich wenigstens Starflight Jupiter zu Weihnachten?«

»Deine Mutter mag keine Videospiele.«

»Ich weiß, aber Wallys Eltern lassen ihn spielen.«

»Mach dir darüber keine Gedanken. Du bekommst etwas Schönes zu Weihnachten.«

»Sie sagen mir nicht, was?«

»Dann würde ich dir ja die Überraschung verderben. Nein, Kind. Frag mich etwas anderes.«

»Das macht nicht besonders viel Spaß. Kyle hat gesagt, es würde Spaß machen.«

»Die Zukunft macht nicht immer Spaß.«

»Tja, und was ist mit meinem Hund? Er ist krank. Zu Thanksgiving hat er ein paar Truthahnknochen gegessen.«

»Die Knochen haben seine Eingeweide verletzt. In einer Woche wird dein Hund sterben.«

»Sterben? Aber wir haben ihn zum Tierarzt gebracht!«

»Der Tierarzt hat es nicht rechtzeitig bemerkt. Es tut mir leid, Sam.«

»Sie lügen! Komm, Joe. Hier will ich nicht bleiben. Gehen wir.«

»Aber klar doch. Bis dann, Miss.«

»Lebewohl, Joe.«

»Komm, Joe. Ich will nach Hause und nach Max sehen. Diese dumme Wahrsagerin hat sich geirrt. Er wird nicht sterben. Warum bleibst du auf einmal stehen? Ich will nach Hause.«

»Geh du schon vor. Ich will mal sehen, ob ich dein Geld zurückbekommen kann.«

»Das Geld ist mir egal. Ich will nur nach Hause.«

»Warte einfach hier. Ich komme gleich wieder.«

»Joe …«

»Hör auf zu jammern. Wir haben gemacht, was du wolltest, jetzt halt einfach mal eine Minute lang die Pferde still, damit ich versuchen kann, dein Geld für diesen Scheiß zurückzubekommen, okay?«

»In Ordnung.«

»Gut. Warte hier.«

»Willkommen zurück, Joe.«

»He, ich will mein Geld zurück. Sie haben meinem Bruder richtig Angst gemacht. Das ist echt das Letzte, einem kleinen Jungen so einen Schrecken einzujagen.«

»Was steht auf dem Schild über der Tür?«

»Fragen Sie nicht, wenn Sie die Antwort nicht wissen wollen. Ist das was Buddhistisches oder so?«

»Es ist eine Warnung.«

»Ähm. Ach so. Tja, mag sein. Dann bekomme ich mein Geld wohl nicht zurück?«

»Nein.«

»Na schön. Man sieht sich. Aber eine Sache will ich noch wissen, bevor ich gehe. Woher wussten Sie meinen Namen? Haben Sie gehört, wie Sam ihn draußen vor dem Zelt gesagt hat?«

»Ich weiß ihn aus dem gleichen Grund, aus dem ich weiß, dass deine Mutter Alice heißt und dein Vater Harold.«

»Hm. Ähm … könnte ich wohl die restliche halbe Stunde noch bekommen? Ich meine, Sam wird sie wohl nicht mehr in Anspruch nehmen.«

»Wenn du möchtest.«

»Cool.«

»Setz dich mir gegenüber hin und leg die Hände mit den Handflächen nach oben links und rechts neben die Kristallkugel.«

»Muss das wirklich sein? Das sieht nämlich echt saublöd aus.«

»Ich möchte auf gar keinen Fall, dass du dich unbehaglich fühlst. Mach es dir einfach gemütlich. Oh. Du liebe Güte. Du bist schwer zu lesen. Die meisten würden daran scheitern.«

»Lassen Sie mich raten. Das Bild ist etwas verschwommen, und sie brauchen noch fünf Kröten, um es schärfer zu stellen.«

»O nein, es ist scharf … fürs Erste. Wie gesagt, die meisten anderen würden daran scheitern. Dann wollen wir mal sehen. Ich verfalle jetzt in eine leichte Trance, und ich möchte, dass du währenddessen still bleibst, in Ordnung?«

»Ja, in Ordnung.«

»Während deines Aufenthalts auf Ko-fat wirst du den Kongress in ein neues Zeitalter führen.«

»Moment mal, wie bitte?«

»Psst. Sei still und hör mir zu. Du wirst Freundschaft mit einem weißen Meuchelmörder schließen, und auf seinen Befehl hin wird ein Jreet-Erbe dir das noch schlagende Herz aus der Brust entfernen und es Fremden übergeben.«

»Jetzt kriege ich aber langsam echt Angst, Frau Wahrsagerin!«

»Das hier ist wichtig. Psst. Es besteht aus vier Teilen, und du wirst es nur einmal zu hören bekommen, weil niemand sonst in der Lage sein wird, durch den Strudel in deinem Innern zu blicken, sobald es erst einmal begonnen hat. Also, wo war ich? Ach ja. Nach einer Schlacht, wie das Universum sie noch nicht gesehen hat, wird der größte Geist des Kosmos hilflos unter deinem Stiefel liegen, und deine Gnade wird sein Verderben sein.«

»Okay, wie wär's, wenn wir wieder von Truthahnknochen reden? Im Ernst, sind Sie auf Crack?«

»Und obwohl du in einer Höhle sterben wirst, bloßgestellt und von drachentötenden Unschuldigen umgeben, werden deine Taten die Unzerstörbaren zerquetschen, und man wird deinen Namen niemals vergessen.«

»Wirklich … nett. Sie meinten, Sam hätte eine Seelenverwandte. Was ist mit mir? Ich finde einfach keine Freundin. Mann, warum stöhnen Sie jetzt? Das ist ja wohl eine berechtigte Frage. Der Scheiß über Sam als Bandenführer und mich im Kongress ist doch Blödsinn. Ich hasse Politik. Und Sam ist zu schlau, um zu einer Gang zu gehen.«

»Du wirst eine Seelenverwandte finden.«

»Echt? Wie heißt sie?«

»Sie hat keinen Namen.«

»Naaa gut. Äh. Wo wohnt sie?«

»Sie wurde noch nicht geboren.«

»Hören Sie mal, wenn Sie hier nur rumalbern, gehe ich.«

»Von mir aus. Bezahlt hast du schon.«

»Ja. Also. Scheiße. Na schön. (Hust) Also, ich leide unter dieser …
Sache …«

»Man nennt das Klaustrophobie.«

»Äh. Ja. Genau. Deshalb habe ich ein bisschen Schwierigkeiten, in ein
Auto zu steigen. Dad meint, dass das irgendwann von allein weggehen
wird, aber das kann ich mir eigentlich nicht vorstellen. Es ist immer noch
genauso schlimm wie früher, als ich klein war. Ich sehe Blut. Verstehen
Sie? Alles ist voller Blut. Wenn es irgendwo eng wird, sehe ich überall
Blut. Meinen Sie, dass das jemals weggehen wird?«

»Natürlich. Nachdem du ein paar hundert Stunden lang geschrien
hast.«

»…«

»Aus deinem Schweigen schließe ich, dass du keine weiteren Fragen
hast?«

»Das ist echt nicht in Ordnung.«

»Du hast gefragt.«

»Ich habe wirklich Angst vor Tunneln.«

»Natürlich. Schließlich wirst du in einem sterben.«

»…«

»Sind dir also die Fragen ausgegangen?«

»Womit werde ich mir meinen Lebensunterhalt verdienen?«

»Indem du fremde Planeten eroberst.«

»Mann! Ich bin kein Fünfjähriger, okay? Was soll denn das für eine
Vorhersage sein? Wir sind noch nicht mal über unser eigenes Sonnensystem hinausgekommen. Wie zum Teufel sollen wir andere Planeten erobern?«

»Das wirst du früh genug herausfinden.«

»Sie sind echt eine tolle Wahrsagerin. Bildet man Sie dazu aus, den
Leuten das Leben schwer zu machen?«

»Ich war in Harvard, wenn du es unbedingt wissen willst.«

»Haben Sie bei der Zulassung geschummelt?«

»Ich rate dir, dich in der verbleibenden Zeit auf deine eigene Zukunft
zu konzentrieren.«

»Na gut. Also, was passiert mit mir, nachdem ich feindliche Planeten
erobert habe?«

»Das habe ich dir schon gesagt. Am Ende wirst du entehrt und ver-
armt sein und in einer Höhle leben, mit einer Gruppe nackter Unschuldiger, die wissen, wie man Drachen tötet, und du wirst kleinen Mädchen, die aus Dreck köstliche Kekse machen, Gutenachtgeschichten
erzählen.«

»Na schön, das reicht. Ich hab die Nase voll. Ich glaube, Ihre Drogen
lassen langsam nach. Behalten Sie das Geld. Das brauchen Sie im Irren-
haus. Ich habe gehört, wenn man sich anständig benimmt, kann man die
Wachen bestechen, damit sie einen mit Buntstiften spielen lassen.«

»Gefallen dir deine monatlichen Besuche bei deiner Tante Caroline,
Joe?«

»Halten Sie die Klappe. Woher wissen Sie das? Hat Sams blöder
Freund uns vielleicht reingelegt? Wissen Sie was, wie wär's, wenn ich dem
Jahrmarktsmanager erzähle, dass Sie total zugedröhnt sind? Das wäre
doch lustig, oder?«

»Sag Max von mir, dass er ein braver Hund ist.«

»Ich scheiß auf Sie!«

»Joe.«

»Ich sagte, ich scheiß auf Sie!«

»Joe!«

»Verpiss dich!«

»Hör auf zu fluchen! Willst du, dass Maggie solche Schimpfwörter lernt? Du Blödmann.«

Joe setzte sich auf. Alles war in tiefrotes Licht getaucht. Mit aufgerissenen Augen starrte er Libby an. »Der Hund ist gestorben.«

»Wie?«

»Der Hund ist gestorben. Nach einer Woche, genau, wie sie gesagt hat.«

»Du machst einem echt Angst. Was für ein Hund? Hier gibt es
keine Hunde.«

Und damit hatte sie recht. Es gab nichts außer einem schwarzen
Raum mit Kuppeldecke, in dem dunstiges rotes Licht herrschte,
und ein paar verängstigten kleinen Kindern, die sich in metallische
Decken gehüllt hatten. Scott hielt Maggie im Arm. Tränen schimmerten in ihren aufgerissenen Augen.

»Tut mir leid«, brummte Joe.

»Was sollte das, Joe?«

»Nichts weiter«, sagte Joe. »Ich habe nur schlecht geträumt.«

*

Am nächsten Morgen weckte Kampfmeister Nebil sie recht früh. Sobald Joe die Augen öffnete, erkannte er, dass die Stille an Bord einem tiefen Summen gewichen war, das alles um ihn herum in Vibration zu versetzen schien.

»*Aufstehen!*«, brüllte Kampfmeister Nebil. »*Packt euren Kram zusammen und stellt euch in der Trainingshalle auf. Wir haben Kophat erreicht.*« Damit ging er und öffnete die nächste Tür auf dem Korridor, um dort die Kinder zu wecken.

»Ich kann das nicht alles tragen«, jammerte Elfe, während er seine dreißig Kilo Ausrüstung hinter sich herzog.

»Ich schon«, sagte Mönch und streckte ihm die Zunge raus. Mit Scotts Hilfe schlüpfte sie in die Schultergurte ihres Rucksacks, aber schon nach wenigen Augenblicken ging sie unter dem Gewicht ihrer Ausrüstung keuchend zu Boden.

Joe beobachtete sie besorgt. »Scott, kannst du deine Sachen tragen?«

»Klar.« Scott warf sich sein Gewehr über die Schulter und taumelte nur leicht, als es oben auf seinem Rucksack landete.

»Wie sieht es bei dir aus, Libby?«

Libby, die größer war als Elfe, bekam den Rucksack allein über die Schultern, aber trotz ihrer entschlossenen Miene schaffte sie es nicht, auch noch ihr Gewehr zu heben. Allerdings weigerte sie sich auch, es Joe zu geben. Stattdessen beschloss sie, es am Schultergurt hinter sich herzuschleifen.

»In Ordnung«, sagte Joe und warf Maggie einen Blick zu. Sie war zehn bis fünfzehn Zentimeter größer als bei ihrem Aufbruch von der Erde, aber immer noch winzig. »Ich trage Mags Sachen. Scott, Libby, könnt ihr Elfe und Mönch helfen? Wir müssen es nur bis in die Trainingshalle schaffen.«

Libby bedachte Elfes Gepäck mit einem zweifelnden Blick, doch dann zuckte sie mit den Schultern. Sie und Scott packten Ausrüstungsteile der beiden jüngeren Kinder in ihre eigenen Rucksäcke um, während Mönch und Elfe zusahen.

Mit Maggies, Elfes und seinem eigenen Gewehr und zwei Rucksäcken blieben insgesamt rund siebzig Kilo für Joe übrig. Er zog einen großen Gegenstand – bei dem es sich anscheinend um eine Art Campingkocher ohne Brennstoff handelte – aus seinem Rucksack und gab ihn Maggie zum Tragen, wodurch er seine Last um zwei oder drei Kilo verringerte. Trotzdem taumelte er, als er auf die Beine kam.

»Bereit?«, stieß er hervor.

Libby und Scott trugen ähnlich schwer an ihrer Last. Scott hatte zwei Gewehre, und Elfe und Mönch schienen sogar noch größere Schwierigkeiten zu haben.

»Lasst uns schnell machen«, sagte Joe. »Mag, geh vor. Und beeil dich.«

Mit weit aufgerissenen Augen sauste Maggie zur Tür hinaus und drückte sich dabei den Kocher an die Brust. Sie führte sie in die Trainingshalle, wo sie ihre Sachen erleichtert auf dem Boden abstellten, sich in Gruppen anordneten und auf Kommandeur Kihgl warteten. Die Kampfmeister, die sie aus ihren Quartieren geholt hatten, standen an den Wänden aufgereiht und hielten mit ihren langen, knochenlosen Fingern riesige Ringe umfasst, die in die Metallstreben eingelassen waren.

Sie hatten fast eine halbe Stunde gewartet, als das beständige Summen plötzlich verstummte. Die Stille wirkte unheilverkündend an, dann folgte ein plötzlicher Ruck, der die Kinder von den Beinen riss. Mehrere schrien, und selbst Joe fragte sich, ob das metallische Kreischen wirklich Teil des Andockvorgangs war oder ob in Wirklichkeit gerade ein Asteroid ein Loch in den Schiffsrumpf riss.

Doch für die Ooreiki schien alles in bester Ordnung zu sein. Nun brüllten sie Befehle und schlugen die Kinder, die sich nicht schnell genug in Bewegung setzten. »Schnell, schnappt euch eure Sachen«, sagte Joe, während er Elfe dabei half, seinen Rucksack zu schultern. »Sieht so aus, als wären wir da.«

Die Schlangen im Andockbereich waren endlos. *Wie Vieh, das zur Schlachtbank geht*, dachte Joe, während er den Blick über die unge-

zählten Mengen von kahlen, verängstigten Kindern in Rekruten-
weiß schweifen ließ. Libby und Scott keuchten unter ihrer Last, und
Schweiß lief ihnen über die vor Anstrengung verzerrten Gesichter.
Auf dem Korridor war es von all den aneinandergedrängten Körpern heiß, und die Nerven lagen blank. Weiter vorn fingen zwei
Mädchen an, sich zu schubsen, und brachten dadurch den ohnehin
nur langsam fließenden Verkehr ganz zum Erliegen. Schließlich
trennten die Kampfmeister sie und stießen sie zurück in den Strom
der Kinder, um wieder Bewegung in die Schlangen zu bringen. Joe
und seine Bodenteamkameraden folgten ebenfalls und erreichten
schließlich eine riesige Fensterhalle, die an ein Flughafenterminal
erinnerte. Durch das Glas über ihm blickte Joe auf das All und
Monde und …

Seine Eingeweide krampften sich zusammen, als er begriff, dass
er auf dem Kopf stand und der Planet unter ihm war.

»Er ist *lila*«, flüsterte Libby.

»Und *groß*«, sagte Scott. »Er ist doch größer als die Erde, stimmt's,
Joe?«

Joe hatte keine Ahnung, und das sagte er auch.

»Aber sie haben gesagt, dass wir deshalb schwach sind, weil die
Erde eine geringere Schwerkraft hat«, erwiderte Scott hartnäckig.
»Mein Physiklehrer hat gesagt, dass größere Planeten eine stärkere
Schwerkraft haben.«

»O Mann«, ächzte Joe mit einem weiteren Blick auf den violetten
Planeten. »Leute, wir werden dieses Zeug nicht tragen können.«

»Ich kann es tragen«, erklärte Maggie.

»Du trägst ohnehin fast nichts«, sagte Scott und betrachtete
durch die Kuppeldecke das Ziel ihrer Reise. »Maaaann …«

Selbst hier in der Abflughalle ging es nur langsam voran. Weitere
Kinder kamen aus anderen Türen zu beiden Seiten, und es roch
immer intensiver nach Schweiß und Angst.

Aufmerksame Ooreiki-Kampfmeister führten sie zu den Shuttles.
Wenn ein Kind in die falsche Schlange geriet, bekam es einen Schlag
versetzt. Joe konnte beobachten, wie sich die Shuttles nach und nach
füllten und ablegten, um in die lilafarbenen Atmosphärenwirbel
abzutauchen, bevor sie zurückkehrten, um weitere Kinder aufzu-

nehmen. Dann trieb Kampfmeister Nebil auch sie in ein Shuttle, unter einem nervenaufreibenden Trommelfeuer von Befehlen: »*Weitergehen! Sucht euch eine Reihe und setzt euch! Hört auf zu gaffen und bewegt euch, ihr glotzäugigen Takki-Trottel!*«

Nachdem sie ihre Sachen sicher verstaut hatten, ließen sie sich auf den Sitzbänken nieder und legten die Hände in den Schoß, während Kampfmeister Nebil immer noch brüllend durch die Reihen marschierte. Als die Fähre voll war, knallte Nebil die Luke zu und stellte sich mit finsterer Miene an die Tür.

»Was ist, wenn ich pinkeln …«, setzte Maggie an.

»Psst«, machte Joe. »Und setz dich gerade hin. Nebil beobachtet uns.«

Schmollend schob Maggie die Unterlippe vor, verschränkte die Arme und ließ sich tief in den Sitz sinken.

Seufzend sah Joe aus dem Fenster, das ganz von der Aussicht auf den violetten Planeten erfüllt war. Orange Wolken wirbelten über dem purpurfarbenen Dunst wie Schlagsahne auf heißer Schokolade in einem bunten Jahrmarktsgetränk. Tief unter den wogenden Wolken konnte er gerade noch die blutrote feste Oberfläche des Planeten erkennen.

Als Joe auf den fremden Planeten hinabschaute, wurde ihm übel. War die Luft dort überhaupt *atembar*? Was wäre, wenn der Kongress sie so weit durchs All geflogen hatte, nur damit sie keuchend auf dieser seltsamen Welt verendeten? Immerhin waren sie die ersten Menschen, die diese Reise machten. Was, wenn Sam recht hatte? Wenn es hier etwas in der Luft gab? Die Atmosphäre sah dick aus, fast wie trübes purpurrotes Wasser.

Das Shuttle legte mit einem Ruck ab, der einige Kinder von den Bänken fallen ließ. Die Ooreiki, die die Reihen abschritten, drückten sie zurück in ihre Sitze und schrien sie in ihrer kehligen, knackenden Sprache an.

Joe wandte den Blick nicht vom Fenster ab, während sie durch die orangefarbenen Wolken und in den purpurnen Dunst hinabsanken. Weit unter ihnen zerfiel die rote Landschaft in schwarze, kreisrunde Städte. Von jeder dieser Städte gingen sechs schwarze Straßen wie die Speichen eines Wagenrads aus und teilten die wuchernde rote Wildnis um die Städte in sechs Dreiecke. Trotz der riesigen Berge und der gewundenen lilafarbenen Flüsse waren die Straßen schnurgerade. Alle Anzeichen für Zivilisation auf der Planetenoberfläche befanden sich innerhalb der schwarzen Stadtringe. Jeder Idiot konnte erkennen, dass die gesamte Planetenoberfläche streng nach Plan bebaut worden war, und dass die Ooreiki ihre Leute fest genug im Griff hatten, um eine so perfekte Symmetrie zu erzeugen, ließ Joe vor Ehrfurcht erblassen. Auf der Erde wären die Wälder voller Holzfällerlager, Wochenendcamper oder Herumtreiber gewesen. Instinktiv wusste Joe, dass niemand auf der Erde die Menschen fest genug im Griff hatte, um ihre Bewegungen auf solche Weise einzugrenzen. Der Anblick war mehr als nur ein wenig beängstigend.

Eins stand fest – wenn es den Ooreiki einfach nur um Einschüchterung ging, dann erzielten sie mit ihren makellosen Speichenstädten den gewünschten Effekt.

Während ihres Sinkflugs hob sich das scharlachrote Laub ihnen zur Begrüßung entgegen. Die Bäume – wenn man sie überhaupt noch als Bäume bezeichnen konnte, so gewaltig, wie sie waren – breiteten ihre Äste über tausend Meter oberhalb der Planetenoberfläche aus. Ihre Stämme hatten einen Durchmesser von vielleicht hundert Metern, und sie drängten sich dicht aneinander wie Sardinen in der Dose. Auf dem Waldboden bildeten Moose und Sträucher groß wie Mammutbäume eine zweite Laubschicht, die das Licht schluckte. Als sie sich einer Landeplattform am Rand einer der kreisförmigen Städte näherten, glaubte Joe zu sehen, wie sich eins der mammutbaumgroßen Gewächse bewegte und dann sofort wieder seine vorherige Haltung einnahm.

Er hatte gerade genug Zeit, um die riesigen weißen Wachtürme mit den nach außen gerichteten Geschützen auszumachen, die im Abstand von einem halben Kilometer um die Stadt herum standen, bevor Nebil die Luke aufstieß und ihnen befahl, das Shuttle zu verlassen. Unvermittelt nahm die Schwerkraft an Bord zu, und Joe konnte sich nur mit Mühe auf den Beinen halten. Alles – bis hin zu seinen *inneren Organen* – fühlte sich schwerer an. Als hätte ihm jemand Blei injiziert.

»*Lasst eure Ausrüstung hier*«, befahl Nebil. »*Sie wird euch später von Takki gebracht.*«

Joe und die anderen stützten sich auf ihrem schwerfälligen Weg zur Ausstiegsluke an Wänden und Sitzen ab.

Sobald sie sie erreichten, rümpfte Maggie die Nase und hielt sich die Hand vor den Mund. »Bäh!«

»Keine Angst, uns passiert nichts«, sagte Joe. »Geh einfach weiter, Mag. Die bringen uns sicher nicht auf eine Welt, auf der wir nicht atmen können.«

Trotzdem hielt Joe, als er den ersten Hauch des üblen, fauligen Geruchs abbekam, den Atem an und schlug sich den Ärmel vor den Mund. Trotz des schützenden Stoffs musste er beim Einatmen würgen. Der Gestank tröpfelte ihm in den Brustkorb und bildete dort abscheuliche kleine Rinnsale.

Und die Luft …

Ihm wurde schummrig. Die Luft in seiner Lunge fühlte sich zähflüssig an. Fast, als würde er Wasser atmen. *Verkeimtes* Wasser.

»Ich krieg keine Luft«, schrie Elfe, griff sich an die Kehle und wollte ins Shuttle zurückrennen.

»Halt!«, rief Joe und packte ihn.

Elfe entwischte und versuchte, sich zurück an Bord zu drängen, doch Nebil knallte ihm einen fleischigen Tentakel vor die Brust und schleuderte ihn wieder die Treppe hinunter.

Krampfhaft nach Luft schnappend, brach Elfe am oberen Ende der Rampe zusammen. Joe konnte ihn hyperventilieren hören und sah, wie er mit aufgerissenen Augen zu den gewaltigen Bäumen um sie herum und dem purpurnen Himmel über ihren Köpfen aufblickte.

»Elfe, komm runter!«, rief Joe. »Sie heben gleich wieder ab!«

Die Ooreiki warfen ihre Ausrüstung nach draußen, als würde sie nicht mehr als ein paar Brotbeutel wiegen. Gewehre, Decken, Rucksäcke – alles landete auf einem großen Haufen.

»Elfe!«

Elfe hörte ihn nicht. Sein Atem ging nun rasselnd, ein pfeifendes Hecheln.

Er hyperventiliert.

Kampfmeister Nebil warf den letzten Rucksack über Bord und schrie Elfe an, dass er von der Treppe verschwinden solle. Als Elfe nicht reagierte, gab Nebil einen angewiderten Laut von sich, ließ ihn liegen und ging die Treppe hinab. Die Triebwerke des Shuttles brummten immer lauter.

Joe rannte die Treppe hinauf. Im nächsten Moment bereute er es. Schon auf halbem Weg nach oben ging er in die Knie. Alles verschwamm vor seinen Augen, und er spürte ein Brennen in der Brust. Die plötzliche Beschleunigung seines Herzschlags veranlasste seine Lunge, das faulige Gas in tiefen Zügen einzuatmen, doch er bekam trotzdem nicht genug Luft. Immer schneller sog er das stinkende Zeug ein. Sein Körper geriet in Panik, weil er den benötigten Sauerstoff nicht bekam.

Joe zwang sich, langsamer zu atmen, und ließ all seine Willenskraft in den Versuch fließen, ein Gleichgewicht zwischen dem Schwindelgefühl und dem giftigen Brennen in seiner Brust zu finden. Er spürte, wie die faulige Luft, die er einsog, in seiner Lunge gerann. Über ihm auf der Treppe wurde Elfe so lila wie der Himmel.

»Elfe«, sagte Joe, »mach die Augen zu und zähl nach jedem Atemzug bis drei. Du musst langsamer machen.«

»Ich krieg keine Luft«, schluchzte Elfe. Rotz lief ihm aus der Nase, und Tränen strömten ihm aus den vorquellenden Augen. Inzwischen atmete er sogar noch schneller.

»Doch, du *kriegst* Luft!«, blaffte Joe ihn an. Mühevoll richtete er sich auf. »Atme nicht so schnell! Sonst wirst du noch bewusstlos.«

Es war zu spät. Elfe verdrehte die Augen, sodass man nur noch das Weiße sah, und wurde schlaff.

Joe kämpfte sich die restlichen Stufen hinauf und packte Elfe am Arm. Das Shuttle ruckte, und die Triebwerke summten lauter. Joe schaffte es gerade noch, Elfe von der Rampe zu ziehen, bevor die Fähre wieder in den Himmel aufstieg.

Keuchend zog Joe den Jungen ein paar Meter weiter, dann gaben seine Knie unter ihm nach, und er brach zusammen. Der Boden unter ihm bestand aus einer Art zermahlenem schwarzen Gestein, das wie glitzernder Beton aussah, und es war das Einzige, was Joe durch den roten Ring erkennen konnte, der sein schrumpfendes Blickfeld einfasste.

Die Luft ist giftig.

Das war sein einziger Gedanke. *Die Luft ist giftig. Sie haben uns auf einem Planeten mit giftiger Luft abgeladen. Sie wussten nicht, wie wir damit zurechtkommen. Wir sind die Versuchskaninchen, und die Luft ist giftig.*

Joe spürte, wie sich seine tauben Hände durch den glitzernden Steinstaub bewegten. Hinter ihm stieg die Fähre mit tosenden Triebwerken in den Himmel empor.

Joe spürte zähflüssige Jauche auf der Zunge, in der Kehle, als Pfütze in seiner Lunge. Trotz des fauligen Gestanks atmete er die Luft gierig ein. Obwohl er die Augen geöffnet hatte, konnte er nichts sehen. Er wusste, dass er auf den Boden zwischen seinen tauben Händen starrte, aber er sah nichts. Er bekam keine *Luft*.

Die Luft ist giftig.

Joe rief wimmernd nach seinem Dad, und noch immer pumpte seine Lunge dieses abscheuliche Zeug in seine Brust. Er wusste, dass er im Sterben lag.

Die Hand, die ihn an der Schulter berührte, gehörte weder zu einem Ooreiki noch zu seinem Dad. Sie war kalt und schuppig und hatte harte, stumpfe Krallen, die sich ihm in die Haut bohrten. Die Hand versuchte, Joe auf die Beine zu ziehen, aber Joe konnte sich nicht rühren. Er erhaschte einen kurzen Blick in riesige, pupillenlose, saphirblaue Augen, als eine purpurrote Echse ihn auf ihre Schulter hievte.

Himmel, das ist ein Takki, dachte Joe, während die Welt um ihn herum zusammenschrumpfte. Sofort dachte er an die Takki-Tunnel, von denen die Ooreiki die ganze Zeit gesprochen hatten, und sein Herz hämmerte vor Panik und ließ ihn noch schneller im Dunkel versinken.

10 *Kihgls Entscheidung*

Joe erwachte in einem tintenschwarzen Raum mit niedriger Decke, die ihm nur etwa zwei Meter Platz nach oben ließ. Die Wände bestanden aus glitzerndem schwarzen Gestein, dessen glasige Wellen und Kanten an Obsidian erinnerten. Das Material glitzerte im tiefroten Licht der Leuchtkugeln, die in einer geraden Linie zwischen den Reihen runder Kojen bis zur offenen Tür aufgehängt waren.

Sofort überkam Joe wieder das erstickende Gefühl, faulige Luft in der Lunge zu haben. Er setzte sich auf und würgte trocken auf den schwarzen Boden. Erneut keuchte er schnell und abgehackt.

»Ruhig«, sagte Libby und nahm seine Hand. »Atme das hier ein.«

Sie hielt ihm einen weißen Zylinder an die Lippen, und Joe spürte, wie seine Lunge in kühlem Sauerstoff gebadet wurde.

Viel zu schnell zog Libby den Zylinder wieder weg.

»Mehr«, ächzte Joe.

»Nein«, sagte Libby. »Kampfmeister Nebil meinte, dass wir nur einen bekommen. Einige der anderen Gruppen haben ihre schon aufgebraucht. Versuch einfach, langsam zu atmen. Siehst du? Wir anderen bekommen es auch hin.«

Joe zwang sich, trotz des Würgereizes einzuatmen. Er brauchte mehrere Minuten, bis er sich davon überzeugt hatte, dass er nicht in Dads Abwassertank ertrank. Sobald er seine schmerzende Lunge im Griff hatte, musterte er die verdrossenen Gesichter, die ihn aus den fünfzehn Alien-Kojen ansahen. Die Betten befanden sich dicht über dem Boden, auf ins schwarze Gestein eingelassenen Simsen, und die meisten der Kinder darin beobachteten ihn erwartungsvoll. Maggie sah aus, als hätte sie geweint. Mönch presste die Lippen zusammen und rümpfte die Nase. Scott war fast grün im Gesicht. Elfe hatte die Augen weit aufgerissen und wirkte verängstigt. Wahrscheinlich stand er kurz vor einem neuen Anfall.

Nachdem sie einen Moment lang sein Gesicht aus der Nähe begutachtet hatte, zog Libby die schwarzen, verschorften Knie an, schlang die Arme um die langen Beine, legte das Kinn auf die Knie und sah ihn weiter an.

»Wo sind wir?«, fragte Joe und blickte sich um. Anscheinend befanden sie sich in einer Höhle, die man in eine Felswand getrieben hatte.

»In der Kaserne«, sagte Scott und deutete auf die anderen anwesenden Gruppen von Kindern. Alle saßen auf großen, runden Betten, halb verborgen in ihren Felsnischen. Kisten aus dem gleichen eisblauen Metall wie das Schockband standen am Fußende jedes Bettes. Auf jeder dieser Kisten lagen sechs zusammengefaltete schwarze Kong-Uniformen. Neben den großen runden Betten hatte man hohe, offene Vertiefungen in den Fels getrieben. Darin hingen ihre Gewehre, und darunter lagen die Rucksäcke ordentlich auf dem Boden.

Irgendwer hatte sich sogar die Mühe gemacht, ihre Decken zusammenzulegen.

»Das waren die Eidechsen«, sagte Mönch, die Joes Blick bemerkte.

»Das waren *Takki*, Mönch«, korrigierte Scott sie. Er sprach das Wort fast so abfällig aus wie Nebil und die anderen Ooreiki. Joe runzelte die Stirn.

»Wie sieht es mit der Dosenluft aus?« Joe verspürte den heftigen Drang, erneut zu würgen, als die verdorbene Atmosphäre ihm durch die Bronchien und in die Lunge sickerte. Er versuchte, seine Verzweiflung niederzukämpfen, und fügte hinzu: »Habt ihr eine Ahnung, wie viel da drin ist?«

»Nicht viel«, sagte Scott. »Bei denen da war es nach zehn Minuten alle.« Er deutete auf das Bett neben ihnen, in dem sie alle viere von sich gestreckt hatten und mitleiderregend keuchten.

Joe nahm Libby das Gerät aus der Hand und lugte hinein. Anscheinend handelte es sich tatsächlich um nichts weiter als eine Röhre. Als er allerdings auf den roten Knopf drückte, spürte er einen Strom kühler Luft im Gesicht. Schnell ließ er den Knopf wieder los.

»Kampfmeister Nebil hat gesagt, dass wir uns an diesen Planeten anpassen sollen«, erklärte Libby. »Wir sollen hier drei Umläufe lang leben.«

Drei … Umläufe? »Warum machen diese Mistkerle alles in Dreierschritten?«, brummte Joe.

»Vielleicht glauben sie, dass das Glück bringt«, sagte Elfe.

»Vielleicht zählen sie so«, mutmaßte Scott. »Wir zählen in Zehnerschritten. Vielleicht zählen sie in Dreierschritten.«

»Vielleicht hatten die ersten Kongs nur drei Finger«, sagte Elfe.

»Oder sechs«, sagte Scott. »Drei an jeder Hand.«

»Ooreiki haben vier«, warf Maggie ein. »Ich kann nämlich bis vier zählen, Joe.«

»Und diese hübsche lilafarbene Echse hatte sechs Finger an jeder Hand«, fügte Mönch hinzu.

»Das war ein *Takki*, Mönch«, sagte Scott.

»Wenigstens bin ich nicht in Ohnmacht gefallen, *Scott*.« Mönch hob stolz das Kinn. »Joe, alle außer mir und Maggie sind in Ohnmacht gefallen, aber Scott als Erster. Die Takki mussten ihn tragen wie ein Baby.« Sie streckte Scott die Zunge heraus, worauf dieser seufzte.

Doch Mönch fuhr aufgeregt fort. »Die Takki haben uns nach Nummern sortiert und hier in diesen Turm gesteckt. Jedes Bataillon hat sein eigenes Stockwerk, und es gibt neun Stockwerke, und zwischen den Stockwerken gibt es kreisförmige Treppendinger, wie bei der Veranda, die sich meine Mum von meinem Daddy hat bauen lassen, und es gibt verschiedene Türen, eine für jede Einheit, und wir sind in der Vierten Einheit. Ich habe sie belauscht, und sie haben gesagt, dass nur acht der neun Stockwerke belegt sind und dass das alles deine Schuld ist und man dir dafür den Bauch aufschlitzen sollte. Warum bist du daran schuld, Joe?«

Joe errötete unter den neugierigen Blicken von Libby und mehreren anderen Kindern. »Äh …« Er schluckte schwer.

Als er nicht sofort eine Antwort gab, plapperte Mönch einfach weiter. »Das hier ist die ganze Vierte Einheit. Sie haben die Kinder stundenlang vom Landefeld getragen, und es sind immer noch nicht alle wieder wach. Kampfmeister Nebil war stinksauer. Er meinte, dass wir bereits hinter dem restlichen Regiment zurückliegen und keinen Schlaf brauchen. Er hat gesagt …«

»Moment mal«, unterbrach Joe sie. »Seid ihr euch sicher, dass das Takki waren? Wie die auf Kommandeur Linins Bildern?«

Die anderen nickten.

Joes Herz schlug schneller. Er hatte gehofft, dass es sich dabei nur um Halluzinationen aufgrund von Sauerstoffmangel gehandelt hatte. Wenn es hier Takki gab, dann gab es vielleicht auch Takki-*Tunnel*. Und wenn es hier Tunnel gab, befahl man Joe vielleicht, in sie hinabzusteigen. Aber da würde er nicht mitmachen. Niemals.

»Du siehst ängstlich aus«, sagte Maggie. »Hab keine Angst. Sie sind ein bisschen kleiner als du, Joe. Und sie haben noch nicht mal große Zähne. Und sie sind hübsch. Wie Mums Halsketten.«

Mönch nickte begeistert. »Sie sehen aus wie große Rubine.«

»Rubine sind rot«, wandte Scott ein. »Nicht lila. *Amethyste* sind lila.«

Mönch warf ihm einen bösen Blick zu. »*Ich* habe sie gesehen, Scott. *Du* warst bewusstlos.«

Scott verdrehte die Augen. »Wenn du auch nur die geringste Ahnung hättest, würdest du …«

Er wurde von einem tiefen Grollen unterbrochen, das klang, als würde jemand mit einem Eispickel eine Kerbe in eine Schiefertafel schneiden. Sofort schoben sich alle dichter an Joe heran und sahen nervös zur offenen Tür.

»Was ist das?«, fragte Joe und stand auf. Er spürte, wie die Vibrationen seine Knochen erzittern ließen. Es klang wie ein umgekippter Laster, der auf der Seite über eine Autobahn schrammte.

»Das geht schon so, seit wir hier sind«, sagte Libby.

»Aber was ist es?«, fragte Joe.

»Wissen wir nicht«, gab Scott zu. »Aber es kommt aus allen Richtungen, und manchmal ist es auch leiser, wie von weit weg.«

»Ich will nach Hause«, sagte Elfe leise.

»Ich nicht. Ich will herausfinden, was dieses Geräusch macht«, sagte Mönch und streckte ihm die Zunge raus.

Elfe machte ein Gesicht, als würde er jeden Moment anfangen zu heulen.

»He, Leute!«, rief Joe. »Ganz ruhig. Sei lieb, Mönch. Ich gehe mal nachsehen, was ich rausfinden kann, in Ordnung?« Er stand auf, musste sich aber gleich an der Wand festhalten, als eine Woge der Übelkeit ihn überwältigte. Ein scharfer Schmerz veranlasste ihn, seine Hand zurückzureißen, und als er sie betrachtete, stellte er fest, dass er sich an der glasigen schwarzen Oberfläche geschnitten hatte. Als er sein eigenes Blut sah, spürte Joe erneut Panik in sich aufsteigen. Seit wann *schnitt* man sich an Wänden?

Joe überwand seine zunehmende Beunruhigung, holte zweimal tief Luft und versuchte, nicht an die klebrige, krank machende Luft in seiner Lunge zu denken. Als er sich ziemlich sicher war, dass er sich nicht vollkotzen würde, öffnete Joe die Augen und fasste den Gang zwischen den Betten Richtung Tür ins Auge. Genau genommen handelte es sich bei dem Ausgang nur um ein gerundetes Loch in der Wand, das sich allerdings offenbar mehrere Stockwerke über dem Erdboden befand. Zwischen der Tür und Joe verliefen die Kämme trügerisch eleganter Wellenlinien über den Boden – mehr als genug, um ihm die Füße aufzuschlitzen.

»Haben sie uns Stiefel und Handschuhe dafür gegeben?«, fragte Joe, während er misstrauisch den Boden musterte.

»Ja«, antwortete Scott und deutete auf den Stapel schwarzer Kleidung auf der Kiste. »Aber Kampfmeister Nebil hat gesagt, dass wir nichts davon anziehen sollen, bevor er uns zeigt, wie es geht.«

Joe schnaubte. »Anziehen kann ich mich selbst.« Während die Kinder zusahen, lief er vorsichtig über den Boden und begutachtete die Kleiderstapel. Er suchte die größte Uniform heraus und faltete sie auf. Zischend atmete er ein.

Sie sah aus wie eine Marine-Tarnjacke. Das Material, wie sie sich anfühlte, der lockere Schnitt ... der einzige Unterschied bestand darin, dass sie pechschwarz war.

Joe schlüpfte in die Ärmel und streifte sich die Jacke über die Schultern. Es fühlte sich gut an, wieder richtige Kleidung am Körper zu haben. In den dünnen weißen Shorts und T-Shirts, die sie an Bord des Raumschiffs getragen hatten, war er sich fast nackt vorgekommen. *Wahrscheinlich haben sie genau das gewollt, die blöden Schweine*, dachte Joe angewidert.

Wie er es schon tausendmal bei seinem Vater gesehen hatte, knöpfte Joe die Jacke zu, zog seine Hose hoch und steckte die Füße in die festen schwarzen Stiefel. Er schnürte sie, zupfte die Hosenbeine darüber zurecht und stand auf. Er konnte die Hosenaufschläge nicht befestigen, wie er es bei seinem Vater gesehen hatte, weil die Stiefelriemen fehlten, aber er behalf sich, indem er sie oben in die Stiefel steckte. Dann zog er die schweren, ledrigen Handschuhe an. Er staunte, wie sie sich an seine Finger anschmiegten, fast wie eine Flüssigkeit, obwohl sie dabei völlig fest blieben.

Sobald er sich fertig angezogen hatte, nahm er sich einen Moment Zeit, um sich zu begutachten. Er hatte das nagende Gefühl, dass irgendetwas fehlte, auch wenn er nicht wusste, was. Er sah die anderen an. »Und, was meint ihr?«

»Ich meine, dass du eine Tracht Prügel bekommen wirst«, sagte Scott.

Libby nickte.

Joe schnaufte und ging zur Tür. Er spürte, wie die Blicke der anderen Kinder ihm auf seinem Weg folgten.

Die Ooreiki hatten nicht einmal eine Wache aufgestellt.

Warum auch? Joes Herz pochte ihm schmerzhaft in der Brust, als er auf die fremdartige Landschaft hinausblickte. Sie waren gut fünfzehn Meter über dem Boden. Selbst von hier aus konnte er sehen, wie sich der Himmel purpurfarben funkelnd auf dem großen Platz spiegelte. Offenbar bestand der Boden des Platzes aus dem gleichen tiefschwarzen, glasartigen Material wie das Gebäude, nur dass es dort zermahlen war.

Joe zog sich der Magen zusammen, als er nach oben blickte. Die Gebäude hier waren riesige Onyx-Zylinder, tausendmal höher als der höchste Wolkenkratzer. Sie rahmten den purpurroten Himmel ein und waren so groß, dass sie wie gebogen erschienen und eine Kuppel aus Gitterstäben bildeten. Joe wandte den Blick ab, um nicht vornüberzukippen.

Jenseits des Platzes aus gemahlenem Stein waren in die Sockel der gewaltigen Obsidiangebäude steinerne Treppen geschnitten, die sich um die Türme wanden und zu breiten Balkonen mit Geländern führten, die einen Ring um jedes Stockwerk bildeten. Auch

Joe stand auf so einem Balkon. Schwarze Aufzüge fuhren an den Außenwänden auf und ab, mit einer Flut purpurner Echsen und bunt gekleideter Ooreiki an Bord. Elektrisches Licht drang aus den Fenstern der riesigen Gebäude, die Joe an Bürogebäude zu Hause auf der Erde erinnerten. Gewaltige Bogenbrücken mit vier Verkehrsspuren in beide Richtungen verliefen zwischen den Türmen.

Joe sog den Anblick der Wolkenkratzerstadt gierig in sich auf. Insbesondere die Ooreiki faszinierten ihn. Statt der immer gleichen schwarzen Uniformen trugen diese hier alle Regenbogenfarben. Ihre Kleider schimmerten in Orange-, Rot- und Violettschattierungen und umflatterten sie als Schals, Halstücher, Kleider und Bänder. Wer nicht auf den Straßen um die Gebäude herum unterwegs war, bewegte sich dazwischen auf kleinen, offenen Plattformen, die ohne Tragflächen oder irgendeine andere erkennbare Flugvorkehrung über dem Boden schwebten.

Als sich Joe schließlich losriss und in die Kaserne zurückkehrte, sagte Maggie: »Sie haben sie aus den Bäumen gemacht.«

Joe sah sie blinzelnd an. »Wie?«

»Die Gebäude.« Maggie klopfte mit den winzigen Fingerknöcheln an die Wand hinter dem Bett. »Es sind *Bäume.*«

Joe schnaufte abfällig. »Das sind keine Bäu…« Doch dann klappte ihm der Kiefer herunter, als er das glänzende, obsidianartige Material genauer betrachtete. Er warf erneut einen Blick nach draußen und sah die gewaltigen, zylinderförmigen Wolkenkratzersäulen in einem neuen Licht. Wenn man es sich genauer überlegte, war es eigentlich offensichtlich. Die Gebäude hatten die gleiche Größe und Form wie die riesigen weißen außerirdischen »Bäume« um die Stadt herum.

Von irgendwo draußen ertönte erneut der scharrende Laut, ein entferntes Rumpeln, das anscheinend von jenseits der Stadtgrenzen kam.

»Ich will nach Hause«, wimmerte Elfe und drückte sich dichter an die Wand. »Kann ich bitte nach Hause, Joe?«

»Angsthase«, zog ihn Mönch auf. »Elfe ist ein Angsthase, nänä nänä näh-näh.«

Joe warf Mönch einen verärgerten Blick zu. »Wir kommen schon irgendwie nach Hause, Elfe. Dazu müssen wir nur ein Schiff finden, das uns hinbringt.«

Elfe sah Joe mit seinen haselnussbraunen Augen an, ein Blick voll jämmerlicher, schmerzlicher Hoffnung. »Wirklich?«

Joe wand sich. Mit einem Mal begriff er ganz genau, warum so viele Eltern ihren Kindern nicht erzählt hatten, wohin die Kongs sie bringen würden. »Äh, ja. Wir warten nur auf die richtige Mitfahrgelegenheit. Sobald wir ein Schiff aufgetrieben haben, schließe ich es kurz und bringe uns nach Hause, in Ordnung? Kein Ding.« Er tätschelte Elfe den glänzenden Kahlkopf.

Obwohl es albern klang, schien Elfe ihm zu glauben. »In Ordnung, Joe«, sagte er mit einem zittrigen Lächeln. Dann warf er einen Blick nach draußen auf die riesigen Wolkenkratzer und schluckte. Die Lüge machte ihm sichtlich Mut. »Ein Schiff. In Ordnung.«

Joe drehte sich um und bemerkte, dass Libby ihn viel zu genau beobachtete. Ein missbilligender Ausdruck stand in ihrem jungen Gesicht. Er errötete und zog sofort die Hand von Elfes Kopf zurück. Schuldbewusst räusperte er sich. »Äh, Elfe? Eigentlich gibt es keine Möglichkeit …«

Joe wurde vom schweren Stiefelknallen eines Ooreiki hinter ihm unterbrochen. Als er sich umdrehte, stand der Zweite Kommandeur Kihgl auf dem Gang zwischen den großen runden Betten. Die Sudah des Ooreiki flatterten, ein Anblick, der Joe an die Flossen eines Tintenfischs erinnerte.

Kihgl zeigte auf die Tür. »*Komm mit, Zero.*«

Joe erstarrte. Er ahnte, dass am plötzlichen Auftauchen des Zweiten Kommandeurs irgendetwas nicht stimmte. Zum einen wurde er nicht von Kampfmeistern, Dritten Kommandeuren und Kleinkommandeuren flankiert. Und zum anderen löste seine angespannte, fast schon nervöse Haltung Warnsignale in Joes Hirn aus. Die Körpersprache des Ooreiki widersprach völlig der gelassenen, selbstsicheren – und immer zornigen – Fassade, die die Aliens bei der Ausbildung ihrer Rekruten aufsetzten. Normalerweise hätte ein Ooreiki Joe bewusstlos prügeln müssen, weil er sich seinen Befehlen widersetzt und die Kleidung angezogen hatte. Kihgl jedoch schaute sich immer wieder über die Schulter um, als würde er befürchten, dass jemand sie sehen könnte.

»Wohin gehen wir?«, fragte Joe, der sich Sorgen machte, weil Kihgl keinem der anderen Kinder befohlen hatte, ihm zu folgen. Das war auf gar keinen Fall gut.

Kihgls Pupillen verengten sich zu eisigen schwarzen Schlitzen. »*Heute ist nicht der richtige Tag, um meine Anweisungen in Frage zu stellen, Zero. Komm mit. Oder lass es bleiben.*« Die Art, wie der Ooreiki die Worte aussprach, ließ sie beinahe … endgültig klingen. Kihgl wandte sich ab und ging den Korridor entlang. Seine Stiefel knallten hart auf den Stein. Joe musste selbst entscheiden, ob er mitgehen oder hierbleiben sollte. Da er einen bedrohlichen Unterton in Kihgls Stimme wahrgenommen hatte, folgte er ihm widerstrebend und in respektvollem Abstand.

Der Ooreiki führte Joe zu einer kleinen Schwebeplattform, die draußen geparkt war.

»*Steig auf den Haauk.*«

Kihgl betrat die Plattform und wartete ungeduldig, während Joe unsicher erst den einen und dann den anderen Fuß auf das unerklärlicherweise schwebende Gefährt setzte. Es gab kein Summen oder Surren, überhaupt keine erkennbare Mechanik. Als sich die Plattform seitwärts in Bewegung setzte, krallte sich Joe so fest ans Geländer, dass seine Knöchel weiß hervortraten, und hielt den Blick auf den Boden gerichtet, damit er nicht mit ansehen musste, wie unnatürlich sie sich bewegte … fast, als gäbe es keine Schwerkraft. Als das Gefährt elegant wie eine Gazelle über die Balustrade hinwegsetzte und ins Freie hinausflog, rutschte Joes Magen ihm in die Kniekehlen.

Während sich der Haauk über dem Platz von der Kaserne entfernte, beäugte Joe nervös den glitzernden Boden. Ihm war klar, dass er sich daran schneiden würde wie an Glasscherben, falls der Haauk sie abwarf.

Doch das tat das Fluggerät nicht. Sie sausten geschmeidig über den Platz und tauchten zwischen die ersten Wolkenkratzer. Kihgl steuerte den Haauk etwas zu schnell zwischen den gewaltigen Gebäuden hindurch. Joe beobachtete es unbehaglich, hütete jedoch seine Zunge. Wahrscheinlich hatten die Ooreiki eine kürzere Reaktionszeit als Menschen. Als das Gefährt jedoch so dicht an einer Treppe entlangschrammte, dass es eine metallene Bremsspur hinterließ, begriff Joe, dass irgendetwas nicht in Ordnung war.

»Was zum Teufel soll das?«, rief er.

Kihgl beachtete ihn nicht.

»He!«, schrie Joe und berührte Kihgl am Arm. »Wohin bringen Sie mich?«

Ohne seine Aufmerksamkeit von der Straße abzuwenden, versetzte Kihgl ihm einen groben Tentakelhieb, der Joe beinahe von der Plattform stürzen ließ. Mit Mühe und Not hielt er sich am Geländer fest und ging auf Abstand. Panik stieg in ihm auf. Ohne etwas von Joes wachsender Angst zu bemerken, bog Kihgl auf eine Straße zwischen zwei der riesigen Bäume ein. Die zwanzig Meter breite Passage war seltsam leer, und zu beiden Seiten ragten absurd große weiße Bäume auf. Joes Furcht nahm zu. Unnatürliche schwarze Dinger, die wie Muscheln aussahen, bildeten Klumpen von der Größe eines Kleinwagens an den weißen Stämmen. Joes Blick fiel auf ein hausgroßes, schildkrötenartiges Wesen, das sich an einen Stamm klammerte. Während er es beobachtete, schloss das Ding seine Kiefer um eine Muschel und kratzte mit dem flachen oberen Zahn über den Auswuchs. Der kreischende Laut wie von einer Schiefertafel hätte Glas zerspringen lassen. Joe hielt sich die Ohren zu, doch Kihgl hob nicht mal den Blick. Er konzentrierte sich ganz auf die vor ihnen liegende Straße.

Er bringt mich aus der Stadt heraus, begriff Joe, während ihm das Blut in den Ohren dröhnte. *Wo es keine Zeugen gibt.*

Kihgl flog einige Stunden lang schweigend dahin, ohne ein Wort zu sagen oder Joes Anwesenheit auch nur irgendwie zur Kenntnis zu nehmen. Joe plante bereits einen Fluchtversuch, als Kihgl sie auf einer riesigen, kreisrunden Lichtung mit nur einigen zerklüfteten Stümpfen zum Stehen brachte.

Nein, erkannte Joe, als er genauer hinsah. Es waren Gebäude. Die Lichtung sah aus, als wäre sie durch ein Bombardement dem Erdboden gleichgemacht worden. Überall lagen zersplitterte Alien-Megalithen – die massiven, baumartigen Formationen, in denen sich die Ooreiki häuslich einrichteten –, durchzogen von Höhlen und übersät mit den Überresten von Gehsteigen und Brücken.

Kihgl verließ die Straße und flog sie durch die Ruinenlandschaft. Unter ihnen zogen die zerstörten Gebäude vorbei.

»Gab es hier eine Art Krieg?«, fragte Joe, während er die zertrümmerten ebenholzschwarzen Bauwerke über den Rand der Plattform hinweg betrachtete. Überall sah er unterschiedlich große Gruben, deren Inneres sich in Schatten verlor, fast wie …

… Tunnel.

Joes Faust klammerte sich um das Geländer, und mit einem Mal fühlte er sich sehr schwach. *Hoffentlich war es eine Art Krieg*, dachte er. *Hoffentlich war es ein schrecklicher Krieg, und das hier sind Bombenkrater.*

»*Ausbildungsgelände*«, brummte Kihgl. Es war das Erste, was er während des ganzen Flugs zu Joe sagte.

Kihgl hielt am Rand des Kreises der Zerstörung an, nahe am Wurzelwerk eines gewaltigen Alien-Baums. Er ließ den Haauk zwischen drei zerstörten Gebäuden aufsetzen, sodass die Stümpfe das Gefährt vor möglichen Beobachtern auf den weiter entfernten Straßen verbargen.

Hier wird er mich töten, dachte Joe. Keuchend versuchte er, Luft in die schmerzende Lunge zu bekommen. Er stand kurz vor einem weiteren Erstickungsanfall.

»*Hier.*« Kihgl hielt ihm einen weißen Zylinder vor die Nase.

Joe starrte darauf. Würde Kihgl ihm wirklich Sauerstoff geben, wenn er vorhatte, ihn zu töten?

»*Komm mit.*« Kihgl stieg vom Gefährt und machte sich auf den Weg durch den zerklüfteten Wald aus gesplitterten Stämmen. Die Waffe an seiner Hüfte glänzte.

Joe folgte ihm widerstrebend. »Was geht hier vor?«, fragte er, nachdem er ihn eingeholt hatte. Er beäugte die Waffe und überlegte, ob er sie dem Ooreiki entreißen konnte, bevor Kihgl ihm ein paar Knochen brach. Doch als Joe einfiel, wie schnell sich die Ooreiki bewegten – und mit welch brutaler Kraft –, änderte er schnell seinen Plan.

»Also, ähm …«, versuchte Joe das Eis zu brechen, während Kihgl schweigend auf den stillen Rand des ungezähmten, fremdartigen Waldes zuging. »Wohin gehen wir?« Etwas an Kihgls Verhalten erinnerte Joe an seine Tante Caroline an dem Tag, als sie ihre drei Hunde totgeschlagen hatte. Noch in derselben Woche hatte man sie in die Psychiatrie eingewiesen.

Kihgl beachtete seine Frage nicht und ging weiter.

Nervös blickte Joe zu den gewaltigen Säulen empor, die sich bis in den Himmel emporreckten. Weil die Stille ihn nervös machte und er nie gut darin gewesen war, den Mund zu halten, wenn sein Dad ihn mit Schweigen gestraft hatte, plapperte er weiter. »Was sind das für Dinger? Bäume?«

Kihgl starrte ihn finster an, und zunächst sah es aus, als würde der Zweite Kommandeur keine Antwort geben. Doch dann wandte Kihgl widerwillig seine klebrigen braunen Augen zum Blätterdach. »*Keine Bäume. Am ehesten ließen sie sich für dich als eine Art Schimmel beschreiben. Die Äste weiter oben dienen nicht dem Zweck, Licht aufzunehmen wie bei euren Bäumen auf der Erde, sondern der Verbreitung von Sporen. Deshalb ist der Himmel violett und die Luft süß.*«

»Süß?«, schnaufte Joe. »Hier stinkt es wie im Nachttopf meines Opas.«

Kihgl bedachte ihn mit einem verärgerten Blick. »*Das Zuhause von euch Menschen ist ein verwesender Haufen aus Bioabfällen, und die Luft ist so abgestanden und geschmacklos wie die im Innern eines Schiffs. Es ist schade, dass unsere* ferlii *auf einem solchen Gemisch von Unrat nicht wachsen, sonst hätte ich ein paar mitgebracht.*«

Die Vorstellung, dass sich die Erde in eine dunkle, brütend heiße, stinkende Kugel voller außerirdischer Schimmelsporen verwandeln könnte, gab Joe einen ganz neuen Respekt vor »invasiven Arten«. Er schluckte schwer. »Äh, *ferlii*? So heißen die also? Woraus bestehen sie? Sind das …« Er klopfte gegen eins der schwarzen Steinfundamente eines umgestürzten Gebäudes. »… *ferlii*?«

»*Ja.*«

»Und was ist das für ein Zeug?«, fragte Joe, während er stirnrunzelnd das schwarze Material betrachtete. »Es ist wie Glas, nur härter.«

»*Das ist ein Kohlenstoff-Verbundstoff. Er bildet sich während des Wachstums in den* ferlii. *Ein Baum besteht aus Hunderten von Milliarden davon. Sie ziehen Kohlenstoff aus der Luft und verdauen ihn.*«

Joe betrachtete das Gebäude und dachte an seinen letzten Geologieunterricht auf der Erde. Er wusste, dass weitgehend reiner Kohlenstoff nur in sehr wenigen brauchbaren Formen vorkam: als Öl, als Kohle und als Diamant. Seine Nackenhärchen stellten sich auf. »Moment mal. Das Zeug ist zu hart für Kohle.«

»*Das ist keine Kohle, Furg.*«

»Ist es *Diamant*?«, platzte es aus Joe heraus. Das war unmöglich. Vollkommen unmöglich.

»*Es ist Kohlenstoff. Diamanten sind nur auf eurem rückständigen, kohlenstoffarmen Planeten wertvoll. Der Kongress verfügt über ganze Planeten aus Diamant.*«

Joe kauerte sich hin und berührte den Boden zu seinen Füßen. Wie erwartet war er zermahlen, eine glitzernde Schicht aus scharfen, schwarzen Kristallen. Er stand auf, mit einem Diamanten in der Hand. Als er ihn hochhielt, konnte er hindurchsehen. Er hatte mindestens zehn Karat und war abgesehen von der fast obsidianschwarzen Dunkelheit makellos. Damit hätte er sich zu Hause auf der Erde einen Palast bauen können. Joe ließ den Diamanten wieder fallen, dann schloss er eilig zu Kihgl auf, der unbeirrt auf den mehrstöckigen außerirdischen Wald zuhielt. »Wohin gehen wir?«, fragte er erneut.

Kihgl beachtete ihn nicht und lief einfach weiter. »*Ferlii sind ein Segen für jeden Planeten*«, fuhr er fort. »*Sie erzeugen zehnmal mehr Lebensraum als jede andere Vegetation. Wenn du genauer hinsiehst, wirst du erkennen, dass die Äste der* ferlii *so fest ineinander verwoben sind, dass man durch sie den Boden nicht mehr sehen kann. In den oberen Wipfeln gibt es viele Spezies, die das Unterholz nicht mehr zu Gesicht bekommen haben, seit ihre Vorfahren vor Jahrmillionen nach oben geklettert sind, um herauszufinden, was sie dort erwartet. So war es bei den Ooreiki, auf unserem Ursprungsplaneten Poen.*«

Obwohl es Joe nervös machte, dass Kihgl seine Frage nicht beantwortete, erkundigte er sich: »Und was gibt es dort oben?«

»*Sporen*«, sagte Kihgl. »*Die größte Konzentration von Nährstoffen* auf dem ganzen Planeten. Man kann sie roh essen oder in großen Ladungen in Fabriken verschiffen, wo sie destilliert werden. Ein Planet, auf dem es ferlii gibt, leidet niemals Hunger.«

»Und er sieht auch nie die Sonne«, brummte Joe. »Und stinkt wie die Pest.«

Kihgl ging weiter. Etwas an diesem kleinen Waldausflug machte Joe Sorgen. Seine Handflächen waren schweißnass, und er beobachtete Kihgl sehr genau und überlegte, wie er weiter vorgehen sollte. Menschen konnten viel schneller rennen als Ooreiki. Fast doppelt so schnell. Sobald Kihgl nach seiner Waffe griff, würde er zum Fluggefährt zurückeilen und versuchen, es in Bewegung zu versetzen, bevor Kihgl ihn einholte.

Doch als Kihgl mit einem Mal stehen blieb, herumwirbelte und Joe die Mündung seiner Waffe vors Gesicht hielt, konnte er nur darauf starren. An der Spitze der Waffe flimmerten Hitzewellen, die vermuten ließen, dass sie geladen und entsichert war.

»Nenn mir einen Grund, dich nicht zu töten, Zero«, sagte Kihgl kalt. »Was wirst du tun, um zu rechtfertigen, dass du weiterleben sollst, während ich sterbe? Warum solltest du leben, während ich alles verliere?«

Joe löste den Blick von der Waffe und sah Kihgl ins Gesicht. Sofort gingen ihm eine Million gute Gründe durch den Kopf, aber er konnte keinen klar benennen. Er war ein Kind. Er vermisste seine Familie. Er spielte gern Football. Er hatte sich nicht von seinen neuen Freunden verabschiedet. Wie sollte Maggie ohne ihn überleben? Scott war nicht groß genug, um ihnen einen Ball zu erkämpfen, wenn Tril wieder ein Wettrennen veranstaltete. Sie alle würden hungern müssen, bis sie größer waren, und aufgrund der Unterernährung würden weder Scott noch Elfe mehr als einen Meter sechzig oder siebzig erreichen.

»Mein Bodenteam«, sagte Joe.

Kihgl hielt die Waffe fest auf ihn gerichtet. In der verzweifelten Angst, das Falsche gesagt zu haben, wartete Joe auf den Schuss, und ihm war klar, dass Kihgl nur umso schneller abdrücken würde, wenn er wegrannte.

Eine Ewigkeit schien zu vergehen. Jahrhunderte. Jahrtausende, und noch immer starrte Joe in den Lauf der Waffe und wartete.

Und dann ließ Kihgl sie langsam sinken. Der Moment des Schweigens schien kein Ende zu nehmen. Kihgl bot keine Erklärung an, und Joe hatte Angst, nach einer zu fragen.

Schließlich sagte der Ooreiki: »*Ich wollte dich töten, Zero. Das hatte ich seit dem Tag vor, an dem ich das Zeichen an dir gesehen habe. Ich habe mir überlegt, wie ich deine Leiche verstecken und Lagrah dein Verschwinden erklären würde und wie ich mit der Strafe für den Verlust eines Rekruten umgehen würde. Wenn du mir etwas von deiner Jugend oder deiner Familie vorgejammert oder mir erzählt hättest, dass du ein guter Soldat werden willst, hätte ich dich erschossen.*« Er steckte die Waffe zurück ins Halfter.

Joe hielt den Atem an. *Heißt das also, dass er mich nicht erschießt?*

Kihgl schwieg eine ganze Weile und pflückte Felsstaub aus einer Kerbe im schwarzen Stein, die fast so aussah, als hätte jemand hineingebissen wie in einen Apfel. Mit dem Rücken zu Joe sagte er: »*Ich habe heute jemanden getötet.*«

Joe bekam am ganzen Körper Gänsehaut.

»*Einen Friedensstifter. Er hat nur seine Arbeit gemacht und die Ermittlungen durchgeführt, mit denen man ihn beauftragt hat, aber ich musste ihn aufhalten. Ich musste dir das Leben retten, für den Fall, dass der Trith recht hatte.*«

»Recht … womit?«, fragte Joe kraftlos.

Kihgl starrte ihn eindringlich an. »*Damit, dass der Kongress untergehen wird.*«

Joe wusste nicht, was er dazu sagen sollte.

»*Ich habe es wie einen Unfall aussehen lassen, aber es muss sich noch zeigen, ob du ihnen wirklich entronnen bist. Ganz gleich, was geschieht, mich wird es nicht mehr geben. Mein Schicksal ist bereits besiegelt.*«

»Dann töten Sie mich nicht?«

Kihgl hantierte weiter am Felsen herum. »*Seit undenklichen Zeiten gibt es eine Prophezeiung, die dem Kongress den Untergang verheißt. Es ist die Vierfältige Prophezeiung. Niemand spricht sie mehr als einmal aus, denn je öfter sie ausgesprochen wird, desto höher ist die Wahrscheinlichkeit, dass sie den Friedensstiftern zu Ohren kommt.*« Kihgl drehte sich um und blickte ihm ins Gesicht. »*Deshalb sage ich sie dir jetzt.*«

Erneut bekam Joe Gänsehaut.

»*Die Prophezeiung trat in Erscheinung, kurz nachdem sich die acht ursprünglichen Spezies zusammengeschlossen und die erste Regentschaft gegründet hatten. Sie tauchte an vier Orten gleichzeitig auf, von denen der Kongress zwei noch nicht einmal entdeckt hatte. Sie lautet, dass sich eines Tages ein Volk gegen den Kongress auflehnen und seine Unabhängigkeit erkämpfen wird und dass die Kong-Heere bei dem Versuch, es sich wieder einzuverleiben, aufgerieben werden. Die Dhasha glauben, dass sie dieses Volk sind, aber all ihre Aufstände sind niedergeschlagen worden. Die Gläubigen gehen deshalb davon aus, dass die Prophezeiung von einer neuen Spezies handelt, die wir erst noch entdecken müssen. Manche, zum Beispiel Nebil, hängen sogar der lächerlichen Vorstellung an, dass es die Menschen sein könnten.*«

Joe wusste nicht, was er dazu sagen sollte. Kihgl strahlte immer noch eine gewisse Instabilität aus, als wäre er nur einen Herzschlag davon entfernt, trotz all seiner Worte die Waffe vom Gürtel zu reißen und Joe den Kopf wegzupusten. Vorsichtig mutmaßte Joe: »Auch Sie denken, dass es die Menschen sein könnten.«

»*Nein, nicht die Menschen. Ihr seid zu zerbrechlich. Ich glaube, dass es etwas anderes sein wird. Etwas Neues.*« Kihgl drehte sich wieder zur Wand um. »*Aber die Macht im Blick eines Trith lässt sich kaum leugnen.*« Der Ooreiki sah ihn an, als wollte er noch mehr sagen, schwieg jedoch.

»Haben Sie mir wirklich das Leben gerettet?«, fragte Joe.

»*Kkee. Wie der Trith es vorhergesagt hat.*« Kihgl blickte zum Horizont und schien sich innerlich zu wappnen. »*Jeder Soldat sollte den Friedensstiftern aus dem Weg gehen, doch jetzt musst du doppelt darauf achten, nicht ihre Aufmerksamkeit auf dich zu lenken. Als er mir meinen Tod prophezeit hat, hat der Trith auch gesagt, dass der Träger des Zeichens höchstwahrscheinlich sterben wird. Es gibt nur einen Weg für dich, dein Leben zu retten, und es ist unwahrscheinlich, dass du dich unter den zahllosen Möglichkeiten deiner Zukunft ausgerechnet für diese entscheiden wirst.*«

»Der Trith hat von *mir* gesprochen?«, fragte Joe verblüfft.

»*Ja.*«

»Was hat er gesagt?«, platzte es aus dem völlig überrumpelten Joe heraus.

Sofort verfinsterte sich die Miene des Zweiten Kommandeurs. »Es war an mir, mein Schicksal zu erfahren, nicht an dir«, sagte er unwirsch. »Wenn die Trith wollen, dass du etwas erfährst, werden sie dich persönlich aufsuchen. Bete lieber, dass es nicht dazu kommt. Ein Trith teilt einem nie die ganze Prophezeiung mit.«

»Die ganze … Prophezeiung? Sie sagen einem die Zukunft voraus?«

Kihgl schnaufte. »Sie sind die Zukunft, Junge. Sie bewegen sich in ihr, wie wir uns in der Gegenwart bewegen. Wenn ein Trith es auf dich abgesehen hat, nimm die Beine in die Hand. Hör dir nicht an, was er dir erzählen will. Mach einfach, dass du so weit wie möglich wegkommst. Sag den Friedensstiftern, wenn du einen siehst – aber sag ihnen nie, dass er zu dir wollte. Damit würdest du ebenso sicher dein Todesurteil unterschreiben, als hättest du die Vierfältige Prophezeiung aufgesagt.«

Joe wurde immer verstörter, als ihm klar wurde, dass er endlich den seltsamen Ton erkannte, der ihm an Kihgls Stimme aufgefallen war. Der Zweite Kommandeur redete, als hätte er sein Ende bereits akzeptiert … und als würde er Joe nun Ratschläge geben, wie er ein ähnliches Schicksal vermeiden konnte. »Na schön«, sagte Joe langsam. »Wie sehen die Trith aus? Wie gehe ich ihnen aus dem Weg?«

Kihgl schnippte die Steinsplitter von seinen Fingerspitzen und drehte sich zu ihm um. »Die Trith sehen so aus, wie die Menschen sich Außerirdische vorgestellt haben, bevor der Kongress euren Planeten entdeckt hat. Klein und grau. Mit großen Köpfen und schwarzen Augen. Irgendwie wusstet ihr von ihnen. Nebil glaubt, das würde bedeuten, dass die Prophezeiung von euch Menschen handelt.«

»Aber warum sollten sie uns besuchen?«

Kihgl sah sich in der Ruinenstadt um. Er schien über die Frage nachzudenken. »Um euch etwas zu geben«, mutmaßte er schließlich.

Joe schnaubte. »Wenn sie irgendjemandem irgendetwas gegeben haben, dann der Regierung, und die hat es vor uns geheim gehalten. Das ist so typisch. Sie hätten es uns sagen sollen.«

»Vielleicht war es nichts, was man jemandem sagen kann«, wandte Kihgl ein und richtete die blassbraunen Augen wieder auf Joe. »Vielleicht war es etwas, das man benutzen muss.«

Und in diesem Moment glaubte Joe fast, Hoffnung in den Augen des Zweiten Kommandeurs zu sehen. Unwillkürlich schnaufte er. »Wenn ja, hat uns das nicht gerade geholfen, als der Kongress angegriffen hat.«

Kihgl versteifte sich, als wäre er persönlich beleidigt worden. »*Wir haben euch nicht angegriffen. Wenn wir euch angegriffen hätten, wäre euer rückständiger Planet bis zum letzten unbedeutenden Eisenatom ausradiert worden.*«

Was wohl ziemlich nah an der Wahrheit war, begriff Joe. Schwer schluckend beschloss er, lieber das Thema zu wechseln. »Warum hat jemand Nachforschungen über mich angestellt? Wegen dem, was ich auf der Erde getan habe?«

Kihgl schnaufte. »*Tril hat gemeldet, dass ich eine Sammlung von Artefakten besitze, die mit Prophezeiungen in Verbindung stehen. Die Friedensstifter haben Ermittlungen aufgenommen. Schon bald werden sie herausfinden, dass ich seit dem Besuch des Trith weite Teile meines Lebens mit Nachforschungen über die Vierfältige Prophezeiung verbracht habe. Das genügt, um mich hinrichten zu lassen, genau wie von dem Trith vorhergesagt. Und wenn sie dich irgendwie mit der Zeichnung in meinen persönlichen Unterlagen in Verbindung bringen können, werden sie auch dich exekutieren. Der Friedensstifter, den ich getötet habe, hat die Schiffsdaten durchforstet und dabei auch unser Gespräch in meinem Quartier in Augenschein genommen. Ich musste seinen Hirnsack vernichten, damit niemand Zugriff auf seine Erinnerungen an das Zeichen auf deinem Arm hat.*«

Er hat mir wirklich das Leben gerettet. Joe schluckte schwer. Vor Schreck krampften sich seine Eingeweide zu einer festen Kugel zusammen. »Das ist Ihr Ernst, wie? Sie haben wirklich jemanden getötet, um mich zu retten?«

Kihgl gab eine Art Krächzen von sich. »*Bei den Trith ist es Tradition, während ihrer Vorhersagen vier Prophezeiungen auszusprechen. So war es auch bei mir. Drei der vier sind eingetreten. Ich habe keine Wahl. Ich hatte nie eine.*«

»Ja, aber Prophezeiungen sind manchmal schwammig. Wie das mit der Höhle bei mir …«

»*Es war nichts Schwammiges daran. Es waren genaue Vorhersagen, bis hin zu dem Augenblick, in dem jeder Einzelne gestorben ist.*«

»Jeder Einzelne … gestorben … ist?«

»*Drei sehr gute Freunde. Der Trith hat mir gesagt, wo und wann ich jeden von ihnen würde sterben sehen.*«

»Was war die vierte Prophezeiung?«

Kihgl zögerte, in seinen großen braunen Augen stand zum ersten Mal eine Andeutung echter Angst. »*Er sagte, dass ich verängstigt und allein auf Kophat sterben werde und dass niemand mein* oorei *nach Poen bringen wird, weil man es vernichten wird.*«

Ein kalter Schauer lief Joe über Schultern und Rücken. Er wusste nicht, was er sagen sollte. Was konnte man gegen eine Prophezeiung vorbringen? Das war genau so, wie sich mit jemandem über Politik oder Religion zu streiten – sinnlos, weil Kihgl bereits wusste, was er glaubte. Und er schien vor Schreck erstarrt zu sein. Joe räusperte sich nervös und sagte: »Auf Poen bewahren sie all die Geister auf?«

Kihgl wandte für einen Moment den Blick ab, um sich zu fassen. »*Wenn das* oorei *eines Ooreiki nicht nach Poen gebracht wird, sucht es den Ort heim, an dem es sich befindet, bis jemand es nach Hause bringt. Selbst ein Dhasha-Rebellenfürst sammelt die* oorei *auf einem Schlachtfeld lieber ein und übergibt sie den Priestern von Poen, als dass er es riskiert, den Zorn der Toten auf sich zu lenken.*«

»Und was passiert, wenn sie vernichtet werden?«, fragte Joe leise.

Kihgl brauchte lange, um zu antworten. Schließlich nahm er eine Handvoll pulverisierten Steins von einer Ruine. »*Sie lösen sich auf*«, flüsterte er und betrachtete den Obsidiansand in seiner Hand. »*Wie Staub im Wind.*«

»Und was haben Sie jetzt vor?«, fragte Joe nervös.

Kihgl warf die Handvoll Steinstaub zu Boden. »*Ich weiß es nicht. Um dich zu töten, ist es zu spät.*« Kihgl machte sich wieder auf den Weg in die Richtung, aus der sie gekommen waren. Dann hielt er inne. »*Hier.*« Er zog sich ein schwarzes Band vom Arm und hielt es Joe hin.

Joe warf einen misstrauischen Blick darauf. Eine weitere Schockfessel?

»*Das ist kein Modifikator, du Furgling*«, knurrte Kihgl. »*Es ist eine* kasja. *Gib sie Kampfmeister Nebil, damit er erfährt, wie ich mich ent-schieden habe.*« Kihgl drückte sie Joe in die Hand. Es war ein zutiefst fremdartig anmutender Gegenstand, obwohl seine praktische Form etwas unverkennbar Militärisches hatte.

»*Zieh dein Hemd aus.*« Kihgl zog das kleine schwarze Gerät her-vor, mit dem man Rangabzeichen erzeugte, und wartete, während Joe zögernd seine Jacke aufknöpfte. Als Kihgl ihn mit dem kalten Metall an der Brust berührte, bekam Joe Gänsehaut.

Er brandmarkt mich als einen der ihren.

»Ich will das nicht«, sagte Joe unvermittelt. Er warf die *kasja* zwischen ihnen zu Boden und schlug Kihgls gummiartigen Tenta-kel weg, bevor der Ooreiki sein Werk vollenden konnte. »Ich kämp-fe nicht für den Kongress. Ich kehre nach Hause zurück.«

Kaum hatte er die Worte ausgesprochen, begriff Joe, dass Kihgl ihn dafür töten würde. Als die Sudah an Kihgls faltigem Hals flat-terten wie die Flügel eines erzürnten Kolibris, wich Joe nervös ei-nen Schritt zurück. Zu schnell, um ihm auszuweichen, schlang Kihgl einen schweren brennenden Tentakel um Joes Hals und riss ihn nach vorn, sodass er mit dem Gesicht neben dem Armband im Glasstaub landete. »*Heb das auf. Du willst kein Kampfmeister sein, von mir aus. Die* kasja *ist eine Nachricht für Nebil.*«

In diesem Moment begriff Joe, dass Kihgl ihn töten würde, wenn er die *kasja* nicht aufhob. Also nahm er sie in die Hand.

»*Denk nie auch nur im Entferntesten daran, sie anzulegen. Das hast du nicht verdient.*« Wut funkelte in Kihgls Augen, als er herumwir-belte und zum Haauk zurückkehrte.

Mit dem deutlichen Gefühl, dass der Ooreiki ihn zurücklassen würde, wenn er ihm nicht unverzüglich folgte, bemühte sich Joe, ihn einzuholen.

11 *Der Besuch des Tribunals*

Als Kampfmeister Nebil Joe vollständig angekleidet vorfand, war er alles andere als erfreut. Joe hielt ihm Kihgls Armband hin, aber der Ooreiki starrte es so lange an, dass Joe sich zu fragen begann, ob er das Falsche getan hatte. Schließlich sagte Nebil: »*Trag du sie. Damit du nicht vergisst, was er für dich getan hat. Wenn ich dich jemals ohne sie sehe, töte ich dich.*«

Joe starrte ihn an. »Aber Kihgl hat mir gesagt, dass ich es nicht …«

»*Kihgl ist tot*«, blaffte Nebil.

Joes Herz setzte für einen Moment aus. »Aber ich habe gerade noch mit ihm geredet.«

»*Ein Tag, eine Woche, darauf kommt es nicht an. Er ist tot. Und du bist der Grund dafür. Erinnere dich daran, wenn du lebst und er stirbt. Und jetzt leg sie an.*«

Joe biss sich auf die Lippe, streifte sich den Reif über das Handgelenk und schob ihn auf den Oberarm hoch. Es passte gut unter seine Uniform und lag fest an, obwohl Joe das Gefühl hatte, dass die *kasja* aus kaltem, schwerem Blei bestand. Er wollte sie loswerden, ihm wäre alles andere lieber, als sie an sich zu haben, an seinem Arm, wo sie ihm die Muskeln abschnürte.

Anscheinend hatte Nebil nichts dagegen, dass Joe den Armreif unter dem Ärmel versteckte, denn er warf nur noch einen beiläufigen Blick darauf, bevor er in eine Schimpftirade über Joes Aufzug ausbrach.

»*Kannst du nicht einmal eine einfache Anweisung befolgen, Zero? Steck dein Hemd in die Hose. Zieh die Hosenbeine aus den Stiefeln. Für wen hältst du dich? Für einen Aufseher? Zieh das alles aus. Nein, nicht die* kasja. *Die trägst du bis zu deinem Tod. Fang mit den Stiefeln an. Wenn du dich so dringend anziehen willst, kannst du den anderen zeigen, wie man es macht. Fang von vorn an.*«

Kampfmeister Nebil zwang Joe, sich achtmal aus- und wieder

174

anzuziehen, bevor sich auch die anderen anziehen durften. Nach all der Anspannung und mit der fauligen Luft in der Lunge hätte sich Joe am Ende beinahe übergeben. Er setzte sich auf eins der Bodenteam-Betten, um wieder zu Atem zu kommen. Kihgls *kasja* schnitt ihm in den Oberarm ein.

»Zero, sind meine Anweisungen so langweilig, dass du dich setzen musst, um sie zu ertragen? Steh auf! Wo ist dein Rangabzeichen? Kihgl hat mir erzählt, dass du zum Kampfmeister taugst, aber ich sehe nur einen fetten Primaten ohne Stern. Warum hat er dir kein Abzeichen verliehen, Zero? Er hat wohl seine Meinung geändert, wie? Hast du ihn irgendwie verärgert, du dummer Haufen janja-Scheiße? Steh auf und renn den Gang auf und ab. So schnell du kannst. Bleib erst stehen, wenn ich es dir sage.«

Joe, der schon jetzt nicht genug Luft bekam, geriet immer mehr in Panik. Wenn er losrannte, würde er den dürftigen Inhalt seiner morgendlichen Schüssel *nuajan* wieder auskotzen. Er stolperte los und versuchte verzweifelt, ruhig zu atmen. Es kam ihm vor, als würde ihm jemand den Inhalt eines Nachttopfs in die Bronchien schütten, sodass darin kein Platz mehr war, um Luft aufzunehmen.

Joe merkte gar nicht, dass sich Nebil von hinten an ihn herangeschlichen hatte, bevor ein beiläufiger Hieb ihn lang hinschlagen ließ. *»Du stinkende Pfütze shabba-Erbrochenes! Lauf. Wollen wir doch mal sehen, wie lange es dauert, bis du dir dein Hemd einsaust wie ein Jahul. Du warst nie in irgendetwas gut. Deine einzige Stärke war, dass du größer als die anderen warst, als man dich eingezogen hat. Ich gebe dir achtzehn Ticks, bevor du in Ohnmacht fällst wie ein Takki.«*

Schwer atmend stand Joe auf. Es war das erste Mal, dass Kampfmeister Nebil ihn sich herausgepickt hatte. Bisher hatte Joe immer das Gefühl gehabt, sich irgendwie mit dem Ooreiki zu verstehen.

Als er zögerte, versetzte der Ooreiki ihm einen weiteren Schlag, der ihn erneut zu Boden gehen ließ. *»Wie kommst du darauf, dass du anstelle von Kihgl hier sein solltest? Du hast es nicht verdient. Du kannst nicht mal einfache Befehle befolgen. Schau dich an. Du bist nichts weiter als ein verängstigter Takki. Steh auf! Steh auf! Du ferlii-fressender Primat, beweg deinen takkiliebenden Arsch, bevor ich dir ein Loch hineintrete.«*

Joe setzte sich auf und rang nach Atem. Von den Rändern seines Gesichtsfelds rückte erneut Schwärze heran, und Joe klammerte sich an das nächste Bett, um nicht das Bewusstsein zu verlieren. Nebil beugte sich vor und schlang ihm einen Tentakel um den Hals. Er sah ihm ins Gesicht und sagte: »*Kihgl glaubt, du würdest zum Kampfmeister taugen, aber er irrt sich. Du bist nichts als undankbarer Menschen-Dreck. Du bist seines Opfers nicht würdig.*«

Als er Nebil in die zornigen braunen Augen sah, wusste Joe, dass es um Kihgls Entscheidung ging, ihn am Leben zu lassen, nicht darum, dass Joe keinen Kampfmeister-Stern trug. *Nebil gibt mir die Schuld. Er ist der Meinung, dass ich hätte sterben sollen.*

Ein weiterer Ooreiki war in der Tür erschienen und machte sich nun bemerkbar.

»*Hat Kihgl Zero wirklich zum Kampfmeister bestimmt? Hat er seinen jreetliebenden Verstand verloren?*«

Kampfmeister Nebil drehte sich um und starrte Kleinkommandeur Linin wütend an. »*Wenn Kihgl das Potenzial seiner Rekruten verschenken will, ist das seine Sache. Aber es muss von ihm kommen. Ich lasse meinen Namen nicht mit diesem Rußsack in Verbindung bringen.*«

»*Manchmal habe ich den Eindruck, dass der siebte Zacken den Leuten alle Vernunft raubt.*«

»*Das müssen Sie mir nicht erzählen.*« Kampfmeister Nebil packte Joe und riss ihn vom Boden hoch. Bevor er wieder richtig stand, stieß Nebil ihn quer durch den Raum zu den anderen. »*Bis Zero bewiesen hat, dass er mehr wert ist als ein Klumpen Takki-Ruß, kann Kihgl mich mal.*«

Kommandeur Linin gab ein belustigtes Schnaufen von sich. »*Das Regiment nimmt in sechsunddreißig Ticks Aufstellung. Kommandeur Lagrah sagt, dass das Tribunal heute Nachmittag eingetroffen ist und uns inspizieren will.*«

Kampfmeister Nebil erstarrte, dann flatterten mit einem Mal seine Sudah. »*Zu den Takki-Geistern mit ihnen! Wissen sie nicht, dass wir zwei Wochen hinter dem Zeitplan zurückliegen?*«

»*Und wir haben noch nicht mal unseren Ersten getroffen. Kkee, diese feuerliebenden Jenfurglinge wissen das. Aber sie haben bereits zwanzig andere Städte inspiziert und wollen keine Verzögerungen, und wessen*

Geist ist unser Erster, dass er ihnen erzählen könnte, sie müssten warten? Ob er nun ein Dhasha ist oder nicht, darauf geben sie einen rußigen Takki.«

»Sie haben nicht Lagrah zum Ersten gemacht?«, fragte Nebil. »Er hat bereits den erforderlichen Rang.«

»Der Planetenaufseher möchte, dass jedes neue Kophat-Regiment von einem seiner Söhne befehligt wird. Und anscheinend hat er genug Söhne. Wenn Sie mich fragen, hat dieser Rußer es auf einen Aufstand abgesehen. Und das im alten Territorium, dieser verdammte Furg.«

Die kleinen kiemenartigen Sudah an Nebils Hals flatterten immer schneller. »Rethavn? Ich dachte, man hätte ihn verurteilt und nach Levren geschickt.«

»Er hat sich über das Urteil hinweggesetzt«, erwiderte Linin und verzog das Gesicht. »Als man ihn abholen wollte, hatte er all seine Söhne in seinem Palast versammelt, weshalb die Friedensstifter ihn nicht anrühren wollten.«

»Diese rückgratlosen Takki-Feiglinge.« Kampfmeister Nebil wandte sich dem Rest seiner Einheit zu. »Ihr habt ihn gehört. Alle nach draußen. Formiert euch unten an der Treppe. Zero, du solltest lieber deinen Arsch bewegen, sonst kotzt du deine Leber aus, wenn ich mit dir fertig bin. Ich will verdammt sein, wenn ich einen Takki-Mistkerl wie dich zum Kampfmeister mache. Du kannst von Glück sagen, wenn ich dich zum Truppanführer mache, du jämmerlicher Arsch. Du da! Du siehst aus, als würdest du einen besseren Kampfmeister abgeben als dieser faule Aschehaufen. Komm her und mach ihnen Beine!«

Sasha trat vor wie ein verängstigtes Reh. Vor Schreck war ihr der Unterkiefer heruntergeklappt.

»Na los, Rekrut!«, brüllte Nebil.

»Alle die Treppe runter!«, rief das Mädchen mit dem Piranha-Gesicht. »Du bist auch gemeint, Zero!« Ihre Stimme troff vor Hohn und selbstgefälliger Zufriedenheit.

Mühevoll richtete sich Joe auf und schaffte es gerade so, den anderen die Treppe hinunter zu folgen und auf den zerfurchten, schwarzen, glasartigen Boden zu treten. Jeder Schritt war ein Akt der Verzweiflung. Es rumorte in seinen Eingeweiden, und sein Blickfeld war nur noch ein schmaler Streifen, als sie schließlich zum Stehen kamen.

Sobald sie alle zusammen waren, führte Kampfmeister Nebil ihre ausgefransten Reihen über den großen Platz. Auf dem Weg über den Obsidiankies hob Joe einmal den Blick, und sofort meldete sich seine Übelkeit zurück. Weit über ihm schienen sich die hohen Gebäude der Ooreiki wie die Gitterstäbe eines Käfigs einwärts zu krümmen und bildeten eine Kuppel aus endlos aufragenden schwarzen Säulen vor dem purpurnen Himmel.

Wir kommen hier nie wieder raus, dachte Joe. Er musste den Impuls, einfach wegzurennen, unterdrücken und stattdessen kurze und schnelle Schritte machen, um mit den Kindern um ihn herum im Takt zu bleiben. *Wir sind auf einem fremden Planeten, und hier werden wir sterben.* Nie zuvor hatte er sich derart von allem abgeschnitten gefühlt, was er kannte, so ganz und gar von allen Menschen verlassen, genau jetzt, während er zwischen diesen riesigen Säulenbauten marschierte, von allen Seiten von schaulustigen Aliens umgeben.

Auf der anderen Seite des Platzes aus zermahlenem Gestein hatten sich bereits acht weitere Bataillone in Formation aufgestellt, in ordentlichen, symmetrischen Reihen. Die Ooreiki-Befehlshaber standen jeweils ganz vorn und mussten ihre Rekruten nicht einmal überwachen, damit diese mit geradem Rücken und geradeaus gerichtetem Blick dastanden, die Hände vor dem Körper verschränkt.

Als sie zu ihrem Platz an drittletzter Stelle marschierten, fiel Joe auf, welch jämmerliche Figur das Sechste Bataillon im Vergleich zu den anderen machte. Die anderen waren nicht nur körperlich größer, fast voll ausgewachsen, sie wirkten auch sehr selbstbewusst. *Wie konnten wir nur so weit ins Hintertreffen geraten?*, fragte sich Joe. Als er die Kinder aus diesen Bataillonen das letzte Mal gesehen hatte, zusammengepfercht in der Trainingshalle, waren sie wie Kleinkinder gewesen, wie Mönch und Maggie. Und jetzt waren sie beinahe *Erwachsene*.

Wir haben ein Problem. Der Gedanke versetzte Joe einen Stich der Sorge. Die anderen Rekruten sahen tatsächlich aus wie Soldaten und nicht wie verängstigte kleine Kinder mit kahlen Köpfen.

Als Nebils Einheit versuchte, zu den neun anderen Einheiten des Sechsten Bataillons zu stoßen, gab es Verwirrung darüber, wer genau wo stehen sollte, und bald lösten sich die Reihen auf, und die Kinder liefen mit panischen Gesichtern in kleinen Gruppen umher.

Das entging auch den anderen Ooreiki nicht, und sie kamen herbei, verteilten sich in den Reihen und halfen Kihgl dabei, die Formation wiederherzustellen. Mehrere Ooreiki bemerkten den Wulst unter Joes Ärmel, aber sie warfen ihm nur verwunderte Blicke zu und machten sich dann wieder daran, die Kinder auf ihre Plätze zu scheuchen. Joe kam ins Schwitzen, nicht nur, weil seine Einheit im Vergleich zu den anderen Bataillonen wie der letzte Dreck wirkte, sondern auch, weil jeder Ooreiki, der an ihm vorbeikam, auf die *kasja* aufmerksam wurde, so als könnten sie sie durch die Jacke sehen.

Vielleicht leuchtet sie in einem anderen Spektrum, dachte Joe erschrocken. *Vielleicht leuchtet das Ding wie eine verdammte Taschenlampe in meinem Ärmel. Verdammt. Kihgl wird mich umbringen.* Joe überlegte, ob er die *kasja* irgendwie ohne viel Aufhebens loswerden konnte.

Ein tiefes Hornsignal dröhnte über den Platz und erschütterte selbst die Luft in seiner Lunge. Alle in Kihgls Bataillon zuckten nervös zusammen, während die Rekruten der anderen neun Bataillone absolut reglos und ungerührt blieben.

Nach ein paar Minuten bemerkte Joe eine Unruhe weiter hinten in der Formation. Von den drei Aliens, die die hinterste Reihe abschritten, erkannte Joe nur eins – den kleinen blau-grünen Ueshi. In Wirklichkeit sah das Wesen sogar noch gummiartiger aus als auf Kommandeur Linins Abbildungen. Die Haut war von einer durchscheinenden Meeresfarbe, die eher an eine Art Kunststoff als an lebendiges Fleisch erinnerte. Der Ueshi watschelte neben einer gewaltigen blauen Ausgeburt der Hölle her, die aussah wie eine missglückte Kreuzung zwischen Schlumpf und Wildschwein. Das schlurfende Ungeheuer hatte glasige rote Augen und einen struppigen hellblauen Pelz, der ihm auf die runden Stummelfüße herabhing. Es lief mit der faulen Eleganz eines Elefanten und war etwa genauso groß. Seine spitzen schwarzen Stoßzähne ragten drei Meter nach vorn und drohten jeden aufzuspießen, der ihm in die Quere kam. Joe starrte es an – bis ein Ooreiki den Kopf herumriss.

»*Das ist der Erste Bürger, Ascher. Halt deine feuerliebenden Augen geradeaus gerichtet.*« Kommandeur Linin blickte auf die *kasja* und erstarrte. »*Wo hast du das her?*«

»Kihgl wollte, dass ich sie Nebil gebe, aber Nebil hat mich gezwungen, sie zu tragen. Würden Sie sie Kihgl …« Joe griff unter seinen Ärmel, um sie abzunehmen, doch Linin hielt ihn zurück.

»*Gib es Kihgl verbrannt noch mal selbst zurück, du Jenfurgling. Eine solche* kasja *sollte sich in einem Tempel auf Poen befinden und nicht in meinen dreckigen Fingern.*«

Linin schien noch mehr sagen zu wollen, doch dann warf er einen Blick in Richtung der Aliens, die zur Inspektion gekommen waren, und ging weiter, um ein anderes Kind zu triezen, das ebenfalls das blaue Ungeheuer anstarrte. Joe wandte seine Aufmerksamkeit wieder dem Trio zu, das hinter ihnen die Reihen abschritt.

Neben dem zottigen blauen Alien schritt ein schlankes Geschöpf, dessen Körper von weißem Flaum bedeckt war, auf Tentakelbeinen. Sein zylinderförmiger Torso wurde von einem papierdünnen Goldumhang umweht, der beim Gehen über den Boden glitt. Im dreieckigen, vom Hals nicht zu unterscheidenden Kopf saßen zwei riesige stahlblaue Augen, die aufmerksam von einem Rekruten zum nächsten huschten. Als sein unnatürlicher, geisterhafter Blick bei Joe verharrte, setzte sein Herz für einen Moment aus, und er wandte sich rasch ab. Angst flatterte in seinen Eingeweiden. Der Erste Bürger und der Ueshi waren hässlich, aber irgendetwas an diesem Ding machte ihm Angst.

Als die drei Aliens näher herankamen, hörte Joe zu seiner Verblüffung eine menschliche Stimme – eine *Erwachsenenstimme* – von einem der drei. Er drehte sich wieder zu ihnen um.

Das Geschöpf mit dem goldenen Umhang sah ihm direkt ins Gesicht. Neben ihm stand nun ein ausgewachsener Menschenmann und betrachtete Joe stirnrunzelnd. Er hatte eine Halbglatze, war von kleiner Statur und hatte etwas Verschwitztes, Nervöses an sich. Immer wieder nahm er Züge aus dem weißen Zylinder, den er in der Hand hielt. Mit einem Mal fasste Joe neue Hoffnung. Ein Erwachsener! Vielleicht war er hier, um über ihre Freilassung zu verhandeln!

»Nein, Euer Exzellenz, von denen ist niemand zu alt.«

Das zottelige blaue Alien antwortete mit rauem, fremdartigem Geplapper, das von dem glitzernden goldenen Band um seinen linken Stoßzahn ins Englische übersetzt wurde. »*Das ist gut, Mullich. Einen Moment lang hatte ich befürchtet, dass die Menschen dumm genug sein könnten, Spione in unsere große Armee einzuschmuggeln.*«

Das flaumige weiße Geschöpf starrte immer noch Joe an. Es hatte den intelligenten Blick seiner blitzhellen Augen nicht ein einziges Mal von seinem Gesicht abgewandt. »*Er hat etwas um den Arm*«, sagte das Übersetzungsgerät des Wesens.

»Ich sehe nichts«, antwortete der verschwitzte Mann und starrte Joe stirnrunzelnd an.

Das flaumige Geschöpf trat zwischen den Reihen der Kinder hindurch auf Joe zu. Joe biss sich auf die Lippe und wandte sich ab. Der Blick des Wesens brannte ihm zwischen den Schulterblättern.

»Wahrscheinlich trägt der Junge die falsche Ausrüstung, Euer Exzellenz«, erklärte der schwitzende Mann mit der Halbglatze. »Immerhin handelt es sich hier um die verspätete Ladung.«

»Mag sein.« Die Worte kamen von schräg über Joes Schulter. Er zuckte zusammen und drehte sich um.

Die stahlblauen Augen des flaumigen Geschöpfs schwebten nur Zentimeter von seinem Gesicht entfernt. Joe schnappte nach Luft und trat einen Schritt zurück. Der Arm des Aliens schoss vor, und Joe wurde von einem abgeflachten, nessellosen Tentakel am Handgelenk gepackt, fest genug, um Knochen zu brechen. Joe musste sich auf die Zunge beißen, um nicht aufzuschreien.

Das Alien zog ihn heran und starrte ihn weiter durchdringend mit seinen Fischaugen an, die groß wie die eines Straußes und zugleich seltsam ätherisch waren. Joe hatte das Gefühl, als würde sein Gehirn durch diesen Blick ausgeschabt. Er brauchte einen Moment, um zu begreifen, dass die flaumigen weißen Haare, die den Körper des Wesens bedeckten, sich wanden wie fadendünne Maden, obwohl sich auf diesem schwülen Planeten kein Lüftchen regte. Während er zusah, wie sich die winzigen weißen Tasthaare aus eigener Kraft krümmten und zuckten, lief ihm ein Schauer über den Rücken. Mit dem zweiten paddelartigen Tentakel riss das Alien Joes Ärmel hoch und entblößte das Armband darunter.

»*Wer hat dir das gegeben?*«, fragte es, machte jedoch keine Anstalten, die *kasja* an sich zu nehmen.

Als Joe nicht gleich antwortete, starrte er ihn einfach wartend an.

»Kommandeur Kihgl«, flüsterte Joe und fragte sich, ob sich das Wesen mit den seltsamen elektrisch leuchtenden Augen direkt in seine Gedanken bohren konnte.

»Was? Was hat er gesagt?«, fragte der schwitzende Mann, während er sich die Stirn abtupfte.

»*Er sagt, er hat es gefunden*«, antwortete das Alien und ließ Joes Hand los, sodass der Ärmel wieder herabfiel.

»*Können wir dann weitergehen?*«, fragte der zottelige, elefantenartige Erste Bürger ungeduldig. »*Von der Luft hier wird mir schlecht.*«

»Natürlich, Euer Exzellenz!«, sagte der pummelige Mann, nahm einen weiteren Zug aus der weißen Luftdose und eilte an die Seite des Wesens mit den Stoßzähnen. »Wie Sie sehen, sind Menschenkinder hochintelligent und leicht auszubilden. Sie verstehen, welche große Rolle sie in der Geschichte der Erde spielen, und freuen sich, dem Kongress dienen zu dürfen. Wir hatten keinen einzigen Fluchtversuch. Es ist ihnen eine Ehre, hier zu sein.«

Das flaumige Alien, das neben Joe stand, schnaufte. »*Eine Ehre? Wer würde auf diesem widerwärtigen Planeten schon fliehen wollen? Wenn wir noch viel Zeit hier draußen verbringen, brauche ich ein Beatmungsgerät.*« Mit einem letzten Blick zu Joe drehte sich das dreibeinige Geschöpf um und kehrte zwischen den Reihen der Kinder hindurch zurück an seinen Platz neben dem Ersten Bürger.

Zu Joes Entsetzen folgte der Mann mit der Halbglatze den Aliens weiter zwischen den Reihen der Kinder hindurch, und keiner der vier würdigte sie eines weiteren Blickes.

Er verlässt uns. Er versucht nicht mal, uns zu helfen. Joe drehte sich wieder nach vorn und bemerkte, dass Kommandeur Kihgl ihn anstarrte. Kihgls Sudah flatterten, und in seinen Augen lag unbarmherziger Zorn. Das Armband fühlte sich an, als würde es brennen, wo es unter der Tarnjacke seinen Bizeps berührte. Joe schluckte einen Kloß der Angst herunter. *Er hat mir gesagt, dass ich es nicht anlegen soll,* dachte er unglücklich.

Weiter vorn in der Formation hatten die drei Aliens und ihr menschlicher Führer erneut angehalten und musterten das Zweite Bataillon. Joe erkannte Kommandeur Lagrah, der vor das Bataillon getreten war. Der vernarbte, blasse Ooreiki mit den großen Hautfalten stand reglos wie aus Stein da, während die Repräsentanten über seine Rekruten sprachen. Dann gingen sie weiter. In diesem Moment verließ eins der kleineren Kinder weiter hinten die Formation und rannte auf sie zu.

Bevor das Mädchen den Mann mit der Halbglatze erreichen konnte, erschienen zwei riesige, schlangenartige Wesen aus dem Nichts, knallten dem Mädchen die Breitseiten ihrer durchsichtigen, glasartigen Speere in den Bauch und stießen sie zurück, wobei sie sie in einer Sprache anschrien, die nur aus Klick- und Knacklauten bestand und sich völlig von jeder unterschied, die Joe schon mal gehört hatte. Die Übersetzungsgeräte an ihren starken, scharlachroten Armen sagten: »*Halt Abstand vom Ersten Bürger. Nächstes Mal wird es dich den Kopf kosten.*«

Mit dieser ernsten Warnung verschwanden die beiden Schlangenwesen wieder. Ihre geschuppten Rubinkörper leuchteten einmal auf und schienen sich dann einfach zu verflüchtigen. Plötzlich begriff Joe, was Nebil im Artenkunde-Unterricht gemeint hatte. Er war sich ziemlich sicher, dass diese beiden Jreet alle neun versammelten Bataillone vom Regiment des Ersten Kommandeurs Lagrah hätten auslöschen können, mitsamt der Ooreiki, ohne dass jemand auch nur das Geringste dagegen hätte unternehmen können. Sie waren nicht schattenhaft oder verschwommen, so wie unsichtbare Wesen manchmal in Hollywood-Filmen dargestellt wurden. Sie schienen einfach überhaupt nicht da zu sein. Und wie es aussah, waren sie um die zwanzig Meter lang.

Als die drei Mitglieder des Tribunals dessen ungeachtet ihren Weg fortsetzten, lösten sich zwei Ooreiki-Kampfmeister hastig aus Lagrahs Formation, um das schreiende Kind einzufangen und vom Platz zu schaffen. Der Mann mit der Halbglatze wischte sich über die Stirn und zog erneut an der Luftdose, um dann sein Gespräch mit dem riesigen, zotteligen blauen Wesen wiederaufzunehmen.

Sie standen noch eine Stunde in Formation, sodass die vier Repräsentanten Gelegenheit hatten, dreimal das gesamte Regiment zu umrunden, bevor sie den großen Platz verließen.

Sobald sie außer Sicht waren, bellten Ooreiki Befehle, und die acht anderen Bataillone verließen eins nach dem anderen den Platz. Ihre Rekruten bewegten sich im perfekten Gleichschritt. Joe und der Rest des Sechsten Bataillons beobachteten ehrfürchtig ihre exakten Bewegungen, ihre scharfen Kehren auf die Kommandos der Kampfmeister hin. Es waren Tausende, die sich in völligem Gleichtakt bewegten. Der Anblick war beeindruckend.

Dann packte Nebil Sasha am Kragen und riss sie grob aus der Formation. »*Ich sagte, du sollst sie zur Kaserne zurückbringen, du schleimiger Klumpen Takki-Dreck! Bist du nicht nur dumm, sondern auch noch taub?*«

Sasha starrte ihn bloß an.

»*Auf der Stelle, janja-Abschaum!*«, brüllte Nebil sie an. »*Wir sehen jetzt schon aus, als hätten wir einen Knoten im Tentakel.*«

Sasha räusperte sich und gab sich alle Mühe, das Kong-Wort für »Abteilung kehrt« richtig auszusprechen. Doch sie rief nicht laut genug, und nur die näher bei ihr stehenden Kinder gehorchten. Sie versuchte es erneut, diesmal lauter. Ein ganzes Viertel der Einheit tat nichts weiter, als sie komisch anzusehen.

»*Du klingst wie ein takkiliebender Raumsoldat!*«, brüllte Nebil Sasha ins Ohr. »*Sprich wie ein* Bodenkämpfer, *Rekrutin! Ich will den Diamant knirschen hören, wenn deine verdammte Takki-Stimme erklingt. Ich will hören, wie die ferlii in sich zusammenstürzen! Ich will hören, wie sich ein Raumsoldat weit draußen in der Umlaufbahn in seinem flauschigen kleinen Sessel einscheißt.*«

Sasha brüllte erneut, und wieder schrie Nebil ihr ins Ohr, dass sie zu leise war. »*Du klingst, als hättest du den Mund voller Takki-Ruß! Spuck's aus und versuch's noch mal! Zero, zeig diesem shabba-Haufen, wie es geht, bevor ich euch* beiden *die Haut abziehe und mein Scheißhaus damit dekoriere!*«

Und auf einmal war Joe dafür verantwortlich, am lautesten zu brüllen, am schnellsten auf Befehle zu reagieren und dafür zu sorgen, dass alle im Bataillon taten, was man ihnen sagte. Mehrere Male fiel Joe auf, dass Sasha ihn mit hässlichen Blicken bedachte, doch Joe wusste, dass man eigentlich ihn bestrafte. Nebil ließ Joe den ganzen restlichen Abend vor dem Bataillon stehen, verfluchte ihn, brüllte ihm ins Ohr und trat ihn, wenn er etwas falsch machte.

Und so ging es weiter. Von all dem Geschrei aus vollem Hals wurde Joe schwindelig und übel, aber irgendwie gelang es ihm, auf dem zermahlenen schwarzen Gestein nicht seine Eingeweide auszukotzen. Andere hatten weniger Glück. Nebil packte sie und stieß sie mitleidlos in die Formation zurück. Während alle noch keuchten und nach Atem rangen, ließ er das Bataillon immer wieder um das riesige Gebäude marschieren. Manchmal ließ er sie auch unvorhergesehen kehrtmachen, sodass Joe beim Marschieren Befehle rufen musste, bis er glaubte, es müsste ihm die Lunge zerfetzen.

Erst als sie taube Füße hatten und die verschiedenen Befehle, die Nebil ihnen erteilt hatte, in ihren Köpfen verschwammen, ließ er sie in die Kaserne zurückkehren. In ihrer Begeisterung, endlich ins Bett zu kommen, rannten einige Kinder die sechs Treppenabsätze hoch, nur um oben keuchend anzukommen, überwältigt von der fauligen Luft.

Bei dieser Gelegenheit sah Joe zum zweiten Mal einen Takki. Ein ganzes Dutzend von ihnen kam aus einem kleinen Seitentunnel gekrochen, den Joe vorher gar nicht gesehen hatte, und sammelte die Gestürzten ein.

Die Echsen waren von kleinen, runden Schuppen bedeckt, die aus der Nähe eine Tiefenillusion erzeugten, die wiederum den Eindruck erweckte, dass es sich bei ihren Körpern um Edelsteine mit zahlreichen Facetten handelte. Joe verharrte mit vor Staunen aufgerissenem Mund. *Maggie hat recht. Sie sind wirklich wunderschön.*

Innerhalb von Sekunden waren sie wieder verschwunden, mit den gestürzten Kindern in den Edelsteinarmen.

»Joe?«, rief Scott von weiter oben. »Kommst du?«

Joe schüttelte seine Verblüffung ab und eilte seiner Gruppe hinterher. Neue Hoffnung erfüllte ihn. *Sie sind nur einen Meter fünfzig groß. So klein, dass Nebil uns nicht zwingen kann, in ihre Tunnel zu steigen.*

Am oberen Ende der Treppe erwartete ihn Kampfmeister Nebil. Als Joe nervös versuchte, an ihm vorbeizukommen, stellte sich

Nebil ihm in den Weg. Er hielt das schwarze Gerät zur Anbringung von Rangabzeichen in einem Tentakel. Nebil bedachte Joe mit einem langen, wütenden Blick. Stumm suchte er mit den klebrigen braunen Augen Joes Gesicht ab, schließlich schüttelte er nur den Kopf. *»Das hier wirst du brauchen, du dummer Furg«*, sagte er und packte Joe mit brennendem Griff im Nacken. Während Nebil ihn festhielt, schlang er den Arm unter Joes Jacke und bohrte ihm das kleine schwarze Gerät in den Brustmuskel. Genau so, wie Kihgl es getan hatte, als er ihn zum Kampfmeister hatte machen wollen.

Bevor er sich zur Wehr setzen konnte, zog Nebil den Arm schon wieder zurück und ließ ihn los. *»Beweis mir, dass du das Zeug zum Kampfmeister hast. Du bekommst nur das, was du verdienst.«*

Mit einem Blick auf sein Hemd erkannte Joe, dass sich der silberne Balken des Bodenteamanführers in ein Dreieck verwandelte, obwohl die kreisförmige Umrandung eines Soldaten nach wie vor fehlte. Nebil war bereits auf dem Weg die Treppe zum Platz hinunter.

Joe starrte ihm benommen hinterher.

Nebil hatte beinahe geklungen, als wäre er ... *zufrieden* mit ihm.

12 Repräsentant Na'leen

Weiche, flauschige Hände berührten Joe am Arm.

»Schlaf weiter, Maggie«, murmelte Joe. »Es ist noch zu früh zum Aufstehen.«

»Von allen Menschen musste sich Ko-Na'leen ausgerechnet den Dümmsten aussuchen.«

Schlagartig wurde Joe wach und starrte in unmöglich große stahlblaue Augen. Die Härchen auf dem Gesicht des Wesens wanden sich aus eigenem Antrieb, wie Millionen mikroskopisch kleiner Würmer, die in der Haut steckten. Schreiend sprang Joe aus dem Bett und fiel auf der anderen Seite runter. Abgesehen von seiner Unterwäsche und der *kasja* war er nackt, am Glasboden schnitt er sich die Füße auf.

Er wurde von zwei der dreibeinigen, tintenfischähnlichen Aliens beobachtet. Eines hatte ihn geweckt, das andere wartete an der Tür. Beide folgten Joe ungerührt mit den riesigen blauen Augen, während er vorsichtig nachsah, wie schlimm er sich verletzt hatte. Die Schnitte waren nicht tief, aber nun war der Boden glitschig von seinem Blut. Nachdem er sich davon überzeugt hatte, dass er nicht verbluten würde, richtete sich Joe auf und betrachtete die Aliens. Sie waren mindestens einen Meter achtzig groß und nicht in das übliche Kong-Schwarz gekleidet, sondern in schillernde Grüntöne, die mit Gold eingefasst waren. Aus irgendeinem Grund weckte das Joes Misstrauen.

Das Alien an der Tür legte den dreieckigen Kopf schief und sah Joe mit undurchschaubaren stahlblauen Augen an. Sie waren wie Spiegel. *»Mit ihm könnte es schwierig werden. Verabreichen Sie ein Beruhigungsmittel.«*

Sein Kollege neben dem Bett zog einen stiftförmigen Gegenstand aus der Jacke, während sich der senkrechte Schlitz zwischen und über den Augen im Rhythmus eines Herzschlags kräuselte.

Joe spannte sich an. Ohne Stiefel, die seine Füße vor dem Glasboden schützten, würde er sich nicht sehr schnell von der Stelle bewegen können. »Ich komme schon«, sagte er.

»*Was hat er gesagt?*«

»*Ich bin mir nicht sicher.*«

»*Benutzen Sie auf jeden Fall die niedrigste Einstellung. Wir wollen ihn nicht umbringen.*«

»Ich sagte, *ich komme!*«, wiederholte Joe und hob die Hände. »Wagt es nicht, auf mich zu schießen, ihr blöden Tintenfische!«

»*Vorsicht, das ist ein Anzeichen für Aggression.*«

Joe sah den Wächter an der Tür mit gerunzelter Stirn an. »Nein, ist es nicht.« Trotzdem ließ er die Hände sinken.

Hinter ihm flüsterte Elfe: »Was wollen sie von uns, Joe?«

Joe ließ den Alien mit dem Beruhigungsmittel keinen Moment aus den Augen. »Sie wollen mich für irgendein obszönes Alien-Ritual rekrutieren«, erklärte er ihm.

»Was ist das?«, fragte Maggie mit weit aufgerissenen Augen.

»Mach dir deswegen keine Sorgen«, befand Scott grinsend.

Langsam, um zu demonstrieren, dass er keinen Widerstand leisten wollte, ging Joe zu seiner Kleidung. Zu den Aliens sagte er: »Ich ziehe mich jetzt an. Wenn ihr versucht, mit diesem Ding auf mich zu schießen, werde ich euch zierliche Dinger in der Luft zerreißen. Habt ihr verstanden?«

Der mit dem stiftförmigen Gegenstand deutete auf Joe.

»Nein!«, blaffte Joe. Er nahm seine Stiefel, schob die Füße hinein und zuckte zusammen, als die Schnitte in seinen Fußsohlen von der rauen Behandlung schmerzten. »Verdammt, ich ziehe mich an. Seht ihr?« Er bemühte sich, möglichst schnell fertig zu werden.

Das Alien beobachtete ihn eine Weile, dann grunzte es und riss sich eine kleine durchsichtige Folie von der Brust. Es drückte den Stift auf den bläulichen Film und hinterließ ein schnörkeliges Zeichen. Dann befestigte es das Ganze an der Wand über dem Bett.

Als das weiße, tintenfischähnliche Alien Joes verdutzte Miene sah, starrte es ihn ausdruckslos an und sagte: »Falls sich irgendjemand fragt, wohin wir dich für unsere obszönen Rituale bringen.«

Joe klappte der Unterkiefer herunter.

»Ihr könnt *sprechen*!«, rief Maggie.

»Ein bisschen. Eure Stimmbänder sind leicht nachzumachen, aber schwer zu kontrollieren.« Seine Stimme klang hell und musikalisch, wie die eines Eunuchen im Chor, doch fast zu singend, um die Worte gut verstehen zu können.

»Man kann keine Stimmbänder nachmachen!«, stellte Mönch nüchtern vom Bett aus fest. »Meine Mum hat mir Musik beigebracht. Die Stimmbänder machen die Töne!«

Im Gegensatz zu den Ooreiki zeigte sich überhaupt keine emotionale Regung im Gesicht des flauschigen Wesens. »Wenn wir nicht in der Lage wären, die Stimmbänder zu rekonstruieren, wie könnten wir dann eure Sprache reproduzieren?« Als Mönch ihn stirnrunzelnd ansah, fügte er hinzu: »Beeilung, bitte. Wir dürfen nicht zu viel Zeit verlieren.«

»Also gut«, sagte Joe und warf sich zögernd die Jacke über die Schultern. »Was wollt ihr?«

Das Alien musterte ihn von oben bis unten und ließ sich einen Moment Zeit mit der Antwort. Anscheinend überlegte es, ob sich die Mühe lohnte. Dann sagte es in herablassendem Ton: »Unser Arbeitgeber Ko-Na'leen, der Repräsentant der Huouyt, möchte dich sehen.«

Joe erstarrte. »Der Typ, der gestern das Regiment inspiziert hat?«

Der Huouyt, der Joe am nächsten war, warf seinem Kollegen einen offensichtlich amüsierten Blick zu. »Ti'peth, falls Ko-Na'leen diesen nicht möchte, werde ich ihn vielleicht für mich beanspruchen. Er könnte die langen Stunden im Schiff erträglicher machen.« Er schaute wieder zu Joe, und seine Belustigung war verschwunden. »Ist dir bewusst, dass eine derart saloppe Benennung eines Tribunalmitglieds dazu führen kann, dass du an die Dhasha verkauft wirst, wenn wir in Jreet-Hörweite wären?«

Joe erstarrte und erinnerte sich an die riesigen Schlangenwesen, die das kleine Mädchen zu Boden gestoßen hatten. »Die Jreet?« Nervös blickte er zur Tür und fragte sich, ob ihnen einige dieser Schlangenmonster nach drinnen gefolgt waren.

Es war keine Frage, aber der Huouyt verstand sie so. »Sie sind die Leibwache der Repräsentanten des Kongresses – die einzige

Spezies, die einen Dhasha im echten Nahkampf töten kann. Sie werden ihr ganzes Leben lang als Wächter ausgebildet, bevor sie sich einen Schutzbefohlenen aussuchen. Ko-Na'leen hat über zweihundert, die sich ihm verpflichtet haben. Mehr als doppelt so viele wie jeder andere Repräsentant seit tausend Umläufen.«

Joe verzog das Gesicht. »Sie sind Arschlöcher.«

»Du solltest besser darauf achten, was du sagst«, warnte ihn der nächste Huouyt. »Man kann nie wissen, ob ein Jreet in der Nähe ist, und wenn sie dich hören, werden sie dich beanspruchen, damit sie dich zur Strafe für deine Respektlosigkeit jahrelang foltern können.«

Joe zuckte zusammen. »Mich *beanspruchen*? Ich bin ein Soldat.«

»Noch nicht«, sagte der andere an der Tür. »Im Moment bist du Freiwild für jeden ranghöheren Bürger, der irgendein Interesse an dir hat.«

»Moment mal!«, rief Joe. »Wir wurden für die Armee rekrutiert! Nicht als Sklaven irgendeiner blöden Schlange!«

»Dann rate ich dir, genauer auf deine Worte zu achten«, sagte der Huouyt. »Aber die Frage ist ohnehin müßig. Ko-Na'leen hat dich bereits für sich beansprucht.«

Joes Herz pochte schneller. Es klang, als wollten sie ihn von seinem Bodenteam trennen. Dauerhaft.

»Jetzt folge uns bitte.« Der Huouyt zeigte zur Vorderseite des Gebäudes.

»Nein.« Joe trat einen Schritt zurück, auf die Wand zu.

Die stahlblauen Augen des Huouyt bekamen einen raubtierhaften Ausdruck. »Du hast keine andere Wahl, Junge.«

»Die hat er sehr wohl«, sagte Libby vom Bett aus. »In den Vorschriften heißt es, dass ein Bürger des Kongresses nur Rekruten ohne offiziellen Rang beanspruchen kann.« Sie deutete auf das Dreieck, das Joe auf der Brust trug. »Er ist kein bloßer Bodenteamanführer mehr. Er ist der Anführer eines Trupps der Vierten Einheit.«

In diesem Moment hätte Joe Libby die Füße küssen können.

Für Joe sahen die zwei Huouyt wie Eulen aus, die plötzlich gerupft, in Bleiche getunkt und unter Strom gesetzt worden waren. Sie starrten auf das silberne Symbol auf seiner Brust, und Joe konnte fast sehen, wie sich in ihren Köpfen die Pläne änderten. Sie warfen sich einen Blick zu und schienen zu überlegen, ob sie ihn trotzdem mitnehmen konnten.

»Sollen wir Kampfmeister Nebil holen?«, fragte Libby und stand auf. »Er schläft im Nebenzimmer. Dazu müsste ich nur laut schreien.« Entschlossen blickte sie den Aliens in die Augen. Joe starrte sie an und fragte sich, wie sie plötzlich den Mut dazu aufgebracht hatte. Sie beide wussten, dass Nebil sie nicht hören würde, wenn sie schrien. Nicht solange sie durch eine dicke Wand aus Diamant getrennt waren.

Der Huouyt ignorierte sie, als würde sie gar nicht existieren. Sein anklagender stahlblauer Blick war auf Joe gerichtet, als er in zornigem Ton sagte: »Wann ist das geschehen? Gestern Nachmittag, als Ko-Na'leen dich gesehen hat, warst du noch ein Teamanführer.«

»Gestern Abend«, antwortete Libby.

»Er marschiert sehr gut«, fügte Maggie hinzu.

Der Huouyt starrte ihn ausdruckslos, fast soziopathisch an. »Warum?«

»Nebil hat es sehr gefallen, wie mein Hintern in einer Uniform aussieht«, sagte Joe und verschränkte die Arme. »Wenn das alles ist, was ihr wolltet, dann solltet ihr jetzt gehen.«

Die flauschigen Cilien bewegten sich in hektischen Wellen über den Körper des Huouyt, bis er sich plötzlich entspannte. »Ich wollte damit noch warten, aber da du so schwierig bist, werde ich es dir hier sagen. Repräsentant Ko-Na'leen hat Fragen zu deinem Alter. Er glaubt, dass du fälschlicherweise rekrutiert wurdest. Er will dich nach Hause schicken.«

Joe spannte sich an. Sie wollten ihn nach Hause schicken?

»Du lügst«, sagte Libby. »Vorhin hast du behauptet, du wolltest ihn als Sklaven beanspruchen.«

»Zu seinem eigenen Wohl«, sagte der am nächsten stehende Huouyt. »Wenn herauskommt, dass er illegal hier ist und entlassen wird, würden die Dhasha ihn sich schnappen, bevor das Verfahren vollständig abgeschlossen wäre.«

»Glaub ihnen kein Wort, Joe«, sagte Libby, den Blick starr auf die Huouyt gerichtet. »Sie lügen.«

»Ko-Na'leen ist ein Verfechter des Gesetzes. Andernfalls wäre er nicht im Tribunal«, sagte das nächste Alien, das Libby weiterhin ignorierte. »Wenn die Ooreiki dich illegal hierhergebracht haben, würde er die Sache wieder in Ordnung bringen.«

Die Vorstellung, seine Familie wiederzusehen, durchfuhr Joe wie ein Stich. Er wandte den Blick ab.

»Joe!«, sagte Libby. »Sie versuchen nur, dich irgendwie aus der Kaserne zu bringen.« Finster starrte sie die Aliens an und schien darauf zu warten, dass Joe ihr recht gab.

»Ich werde gehen«, flüsterte Joe.

Libby zuckte zusammen und drehte sich mit bestürzter Miene zu Joe um.

»Was ist los?«, fragte Maggie. In ihrer zarten Stimme schwang plötzlich Besorgnis mit. Mit Furcht in den Augen blickte sie von Joe zu den Aliens und zurück. »Was ist los, Joe?«

»Mach dir deswegen keine Gedanken, Mag«, sagte Joe. Er ging auf die Aliens zu, während seine Bodenteamkameraden ihm verwirrt nachblickten. »Gehen wir.« Er spürte, wie Libby sich hinter ihm abwandte.

Die zwei Huouyt drängten Joe eilig nach draußen und zu einer kompliziert aufgebauten, sänftenartigen Metallplattform, die vor der Kaserne stand. Sie wollten ihm keine Gelegenheit geben, es sich noch mal zu überlegen. Kaum war er auf den Haauk gestiegen, als sie auch schon starteten und mit hoher Geschwindigkeit zur zivilen Hälfte der Stadt rasten.

Das Gebäude, auf das sie zuhielten, war größer als alle anderen in der Nähe, bestimmt zwei- oder dreihundert Stockwerke hoch. »Nur der Erste Bürger bekommt ein höheres Quartier«, sagte der Pilot stolz, während sie sich näherten. »In der Stadt ist es ein Ehrenplatz.«

Joe schluckte und schloss die Augen. Er hatte noch nie Höhenangst gehabt, aber die gewaltige Leere zwischen ihm und dem Boden gefiel seinem Magen nicht und ließ ihm den Schweiß ausbrechen.

Das Fahrzeug landete in einer runden Vertiefung auf dem Dach des Gebäudes. »Hier entlang«, sagte der Huouyt, stieg von der

Plattform und ging zu einer dunklen Treppe, die in den glänzenden schwarzen Stein geschnitten war.

So weit oben war die Luft dünner und stank nicht mehr so intensiv. Trotzdem folgte Joe ihm schnell, weil er das Gefühl hatte, die leichteste Windböe könnte ihn vom Dach fegen und in den leeren Raum darunter werfen. Als er auf die Treppe trat, sah Joe kurz das rote Aufblitzen eines großen schlangengleichen Körpers weiter unten, doch schon im nächsten Moment war es wieder verschwunden.

Sein Führer sah es ebenfalls. Das Gesicht des Huouyt blieb ausdruckslos, aber seiner Stimme war die Verärgerung anzuhören, als er sagte: »Einer der neuen Jreet-Auszubildenden. Sein Kommandeur wird von seiner Nachlässigkeit erfahren.«

Der Huouyt ließ Joe über die enge Treppe vorangehen. Als er sich über die glasartigen schwarzen Stufen nach unten vortastete, hatte Joe das unangenehme Gefühl, einen Fehler begangen zu haben. Libbys enttäuschter Blick verfolgte ihn und ließ seine Schritte noch langsamer werden.

Der Gang endete abrupt vor einer Tür. Sein Führer schob sich an ihm vorbei, um sie zu öffnen, dann winkte er Joe, dass er hineingehen sollte.

Das Erste, was Joe hinter der Tür auffiel, war die Luft. Sie war frisch und sehr sauerstoffhaltig. Seine Erleichterung war so groß, dass er einen Moment brauchte, um zu bemerken, dass sein Führer die Tür hinter ihm zusperrte.

Doch bevor Joe etwas sagen konnte, stockte ihm der Atem. Er hatte ein nettes Zimmer für ein Mitglied des Tribunals erwartet, aber der Palast, der sich vor ihm auftat, ließ ihn taumeln. Die schwarzen Wände waren mit farbenfrohen Gobelins behangen, und kunstvolle Skulpturen fremdartiger Objekte zierten jede Nische. Intarsien aus Gold, Silber und anderen farbigen Metallen schmückten die glatten, gläsernen Böden mit atemberaubenden Szenen, die Schlachten zwischen Aliens in außerirdischen Landschaften zeigten. Eine zehn Meter hohe goldene Statue des Huouyt, der Joes *kasja* begutachtet hatte, stand in der Mitte des Saals. Aus dem Schlitz über seinen Augen ragte etwas hervor, das wie ein Gewimmel aus Angelwürmern aussah.

Überall waren die Tische, Böden und Ecken mit Statuen, Schnitzereien, Teppichen, Gemälden und juwelenbesetzten Gefäßen überladen. Hier sammelte sich genügend Reichtum, um einen Sultan oder Pharao vor Neid erblassen zu lassen. Joe konnte nur atemlos starren.

»*Die Ooreiki sind für ihre Kunstwerke berühmt.*« Die Worte kamen von der anderen Seite des Raums aus einem Übersetzungsgerät. »*Repräsentanten verhandeln häufig mehrere Umläufe lang, um das Recht zu erhalten, einen Planeten der Ooreiki besuchen zu dürfen, nur wegen der Geschenke, die ihnen dann zuteilwerden.*«

Joe drehte sich zum Ursprung der Stimme um.

Der Huouyt mit dem Goldumhang stand in einer Ecke und beobachtete ihn. Ein kleines goldenes Übersetzungsgerät hing an seiner schimmernden Metallkleidung. Über der zigarrenförmigen Brust trug er ein silbernes Tuch, das aussah, als würde es mindestens zwanzig Kilo wiegen. Darin war in alternierenden Farben aus glänzenden Metallen das Symbol des Tribunals eingearbeitet – drei rote Kreise in einem silbernen Ring, umgeben von acht blauen Kreisen, die zu beiden Seiten angeordnet waren. Joe konnte die Macht, die dieses Wesen ausstrahlte, geradezu spüren, und davon wurden ihm erneut die Handflächen feucht.

»*Verzeih das Durcheinander*«, sagte Repräsentant Na'leen und deutete mit einer abfälligen Geste auf die angehäuften Schätze. »*Meine Sklaven sind immer noch dabei, die Geschenke zu sortieren.*«

Joe zuckte beim Wort »Sklaven« zusammen, aber ihm fiel nichts ein, was er darauf erwidern konnte.

Das Alien hinter Joe stieß ein musikalisches Zwitschern aus, worauf Repräsentant Na'leen mit den großen Fischaugen blinzelte und auf die gleiche Weise antwortete. Dann tauschten die zwei Huouyt eine lange Abfolge von Walgesängen aus, bis sich der Assistent plötzlich umdrehte und ging.

Als der Repräsentant sein Übersetzungsgerät wieder einschaltete, klang er gar nicht glücklich. »*Ti'peth sagt, dass ich dich nicht behalten kann.*«

Joe spannte sich an. »Ich bin Anführer eines Trupps der Vierten Einheit.«

»*Darauf bist du bestimmt sehr stolz*«, erwiderte Repräsentant Na'leen trocken.

Plötzlich schämte sich Joe. Nachdem er sich am Vorabend so große Mühe gegeben hatte, Nebils Anerkennung zu gewinnen, war er tatsächlich stolz auf sich gewesen. Stolz auf einen armseligen Alien-Dienstrang, den eine feindliche Armee ihm verliehen hatte – eine bedeutungslose Bremsspur in der Unterhose seines Bruders im Vergleich zur Macht des Wesens, das vor ihm stand.

»*Es würde dir in meinen Diensten gefallen, Mensch. Zol'jib und Ti'peth haben in der Gesellschaft sehr viel Status gewonnen. Als eelorianische Rekruten wären sie nie so weit gekommen.*«

»Die beiden sagten, Sie könnten mich vielleicht nach Hause bringen. Deshalb bin ich mitgekommen.«

Der Huouyt bedachte ihn mit einem langen, undurchschaubaren Blick. »*Folge mir*«, sagte Repräsentant Na'leen.

Joe verlor jegliches Richtungsgefühl, als der Huouyt ihn durch Korridore und Gänge führte, bis sie durch einen seidenen Vorhang in ein kleines Zimmer traten. In der gegenüberliegenden Ecke schwebte eine blaue Kugel. Als Joe näher kam, spürte er die Wärme, die von ihr ausging, und zog sich misstrauisch wieder zurück.

»*Das ist das Heizelement*«, erklärte Repräsentant Na'leen. »*Auf diesem elenden Planeten ist Feuer verboten. Zu viele brennbare Stoffe.*« Na'leen bestieg ein großes schwarzes Podest in der Mitte des Zimmers und ließ sich in der Flüssigkeit nieder, die es enthielt, mitsamt Goldumhang und allem anderen. Die Wellen schwappten über die Seiten der Wanne. »*Wie ist dein Name, Mensch?*«

»Joe Dobbs.« Joe hatte nicht beabsichtigt, es ihm zu verraten, aber irgendetwas im Blick der stahlblauen Augen des Aliens veranlasste ihn, Dinge auszuplappern, die er eigentlich für sich behalten wollte. Es fühlte sich fast so an, als könnte Repräsentant Na'leen seine Gedanken lesen und würde nur darauf warten, ihn bei einer Lüge zu ertappen.

Na'leen nahm das goldene Übersetzungsgerät ab und legte es auf den Wannenrand. Dann tauchte er vollständig unter. Im Wasser klickte und vibrierte es, und das Übersetzungsgerät neben ihm sagte: »*Komm hier herauf, wo ich dich sehen kann.*«

Joe stieg nervös die Rampe hinauf. Das Profil seiner Stiefel fand Halt an den Rippen, die in den schwarzen Stein geritzt waren. Als er oben war, zuckte er zurück. Im Wasser sah er eine wimmelnde Blüte aus Hunderten kleiner roter Würmer, die sich aus dem Schlitz über den Augen des Wesens geschoben hatten. Es sah aus wie etwas an einem Korallenriff. Joe drehte sich der Magen um, und er wich einen Schritt zurück.

»*Bist du hungrig?*« Obwohl er immer noch untergetaucht war, schob Repräsentant Na'leen eine Schale mit kleinen, gummiartigen, orangefarbenen Scheiben über den Wannenrand in Joes Richtung. Als Joe ablehnte, nahm sich der Huouyt eine aus der Schale und hielt sie den Würmern hin, die aus seinem Gesicht ragten. Die Würmer schlossen sich darum und zogen den Leckerbissen tiefer in den Körper des Repräsentanten hinein, während Joe entsetzt zuschaute.

»*Weißt du, warum du hier bist?*«

Joe riss den Blick von den sich windenden Würmern los. Er musste Na'leen einen Moment lang ins Gesicht starren, bevor er sich erinnern konnte. »Es hieß, dass Sie mich vielleicht nach Hause bringen können.«

Na'leen beobachtete ihn. »*Die* kasja, *die du trägst, ist ein Kriegsorden der Ooreiki. Sie wurde für einen bestimmten Kampfmeister angefertigt, der die Schlacht auf Ubashin überlebte. Unter Sammlern ist das Stück sehr wertvoll, da nur sehr wenige Ooreiki diese Schlacht überlebt haben, und fast niemand vom Rang eines Kampfmeisters oder darunter. Wer einen solchen Orden besitzt, hütet ihn äußerst sorgfältig, weshalb ich weiß, dass du ihn nicht gestohlen hast. Die einzigen zwei Veteranen von Ubashin, die sich in der Stadt Alishai aufhalten, gehören zufällig zu deinem Bataillon. Beide haben mich beobachtet, als ich unter deinem Ärmel nachschaute.*« Na'leen hielt inne, während sich sein stahlblauer Blick in Joes Schädel bohrte. »*Warum hat der Zweite Kommandeur Kihgl dir seine* kasja *gegeben, Junge?*«

»Ich weiß es nicht«, antwortete Joe wahrheitsgemäß.

»*Er hat nichts zu dir gesagt, als er sie dir gegeben hat?*«

»Er sagte …« Joe unterbrach sich, als ihm klar wurde, dass er Kampfmeister Nebil nicht in die Sache hineinziehen wollte. »Er sagte, dass er damit seine Entscheidung sichtbar machen wollte.«

Repräsentant Na'leen ging offenbar davon aus, dass Joe von seinem neuen Rang als Truppanführer sprach, und schnitt ihm sofort das Wort ab. »*Eine Lüge. Deine Uniform ist ein Zeichen deines Rangs, nicht eine* kasja, *die du dir nicht verdient hast.*« Na'leen zeigte auf das silberne Dreieck auf Joes Brust. Es war genauso wie jenes, das Kampfmeister Nebil trug, nur dass der vierte Zacken fehlte und es nicht von einem Kreis eingeschlossen wurde. Ohne den schützenden Ring, der einen vollwertigen Soldaten kennzeichnete, wirkte Joes Abzeichen irgendwie nackt, beinahe kindisch.

»*Ich war neugierig, was er sich dabei gedacht hatte, also schaute ich in seiner Akte nach. Wie es scheint, änderte sich Kihgls Persönlichkeit radikal, nachdem er vor vierzig Umläufen Reuthos besuchte. Seine Vorgesetzten gingen sogar so weit, ihn evaluieren zu lassen, um auszuschließen, dass einer meiner Artgenossen seine Identität angenommen hatte, wie es einige von uns zu tun pflegen.*« Repräsentant Na'leens abgeflachter Tentakel warf einen weiteren orangefarbenen Leckerbissen ins Wasser zu den wurmartigen Fortsätzen in seinem Gesicht. »*Ich fand die Tatsache, dass er auf einen Huouyt geprüft wurde, äußerst vielsagend. Seine Vorgesetzten mussten ernsthafte Bedenken gehabt haben, um etwas Derartiges anzuordnen.*«

Geprüft … auf einen Huouyt?

»Was zum Teufel soll das bedeuten?«, fragte Joe.

Im Wasser klickte und stöhnte Na'leens Antwort. »*Bevor meine Spezies vom Kongress entdeckt wurde, zwang uns die Evolution, andere Geschöpfe nachzuahmen, damit wir überleben konnten.*« Der Repräsentant warf eine weitere gummiartige Scheibe ins Wasser. Der Huouyt hielt erneut inne, um Joe zu beobachten, während die Würmer langsam die Nahrung in seinen Schädel zogen.

Joe runzelte die Stirn, gleichzeitig fasziniert und angewidert. »Wie nachahmen?« Er konnte sich nicht vorstellen, wie dieses … Wesen … irgendjemanden nachahmen sollte. Es sah aus wie eine Kreuzung zwischen einer Qualle, einem Tintenfisch und irgendeiner exotischen Korallenart.

Immer noch unter Wasser schwenkte Repräsentant Na'leen abschätzig eine paddelartige Hand. »*Wir hatten über Kihgl gesprochen. Er hat nicht nur die Dhasha auf Ubashin überlebt, sondern es gelang ihm sogar, einen Attentäter der Huouyt gefangen zu nehmen, drei Tage nach Abschluss seiner Ausbildung bei der Planetaren Spezialabteilung. Diese zwei großen Leistungen haben ihn für die Ooreiki hier zu einem Helden gemacht. Auch einige andere Punkte faszinieren mich. Er ist zumindest für zwei Siege des Kongresses verantwortlich, und er gehört der* vkala-*Kaste an, eine ganz besondere Härte unter den Ooreiki.«* Der Huouyt zögerte und blickte durch das Wasser zu Joe auf. *»Weißt du, was das bedeutet?«*

Joe schluckte und schüttelte den Kopf. Eigentlich wollte er gar nicht über Kihgl sprechen.

»Die vkala *sind ein hartnäckiges Überbleibsel einer gezielten genetischen Manipulation vor vielen Äonen, als sich der Kongress formierte. Sie sind der Grund, warum genetische Experimente heutzutage verboten sind. Weil die Ooreiki sonst nicht nach Vora gehen wollten, nutzten die Ayhi die Feuerimmunität der Jreet und gaben sie den Ooreiki-Delegierten, damit sie einen Frieden zwischen den ersten acht Nationen aushandeln konnten.«*

Joe runzelte die Stirn. »Sie sind immun gegen *Feuer?* Wäre das nicht eine … fast göttliche Eigenschaft?«

Der Huouyt schnaufte verächtlich. *»Nicht für die Ooreiki. Für sie ist es ein Symbol des Verrats ihrer Vorfahren. Sie werfen alle* vkala-*Kinder in eine Grube mit* onen *und lassen sie von den Tieren fressen, als Strafe für die Sünden ihrer Vorfahren. Etwa einer von zehntausend überlebt diesen Kampf. Und Kihgl überlebte nicht nur die* vkala-*Säuberung, es gelang ihm schließlich sogar, zu einem Helden des gesamten Kongresses zu werden.«* Der Huouyt verstummte für einen Moment und beobachtete Joe mit seinem entnervenden Blick. *»Also frage ich mich, warum er dir, einem menschlichen* Rekruten, *etwas gegeben hat, für dessen Besitz die meisten Historiker von Ubashin sterben würden.«*

»Kihgl …« Als Joe die plötzliche Härte im Gesicht des Aliens bemerkte, erstarrte er. Die völlig entspannte und freundliche Art, wie der Repräsentant zu ihm sprach, hatte fast ganz die Stimme in seinem Hinterkopf übertönt, die ihm zuschrie, dass sich das Gespräch auf gefährlichem Terrain bewegte. Joes Misstrauen gewann, und er sagte: »… hat sie mir nicht gegeben.«

Falls der Huouyt von seiner Antwort enttäuscht war, zeigte er es nicht. Er nahm sich nur eine weitere orangefarbene Scheibe aus der Schale und erwiderte: »*Doch er hat sie dir auch nicht abgenommen. Dieses Mysterium faszinierte mich noch viel mehr, als ich erfuhr, dass erneut gegen Kihgl ermittelt wird. Diesmal wegen Verrats, weil er im Besitz von Relikten der Vierfältigen Prophezeiung ist.*«

Joe bekam eine Gänsehaut. Das war also der Grund, warum man ihn zu Na'leen gebracht hatte. Sie wollten ihn gar nicht nach Hause schicken. Sie wollten Kihgl belasten.

Repräsentant Na'leen aß weiter, hielt aber ständig die großen länglichen Augen auf Joe gerichtet. »*Ich finde Kihgls Lebensgeschichte äußerst interessant. Es scheint fast, als hätte er eine ... Bestimmung ... weil er immer wieder solche ... Sprünge macht.*« Der Huouyt zögerte und beobachtete Joe durch die Wasseroberfläche, und Joe bekam das unangenehme Gefühl, dass das Alien seine Reaktionen sehr aufmerksam abschätzte. Nach einer Weile fuhr Na'leen fort: »*Er wurde von einem der berühmtesten Generäle unserer Zeit für die Planetare Spezialabteilung ausgebildet, von einem Dhasha-Prinzen namens Bagkhal. Er hat sechzehn Schlachten überlebt, die er eigentlich nie hätte überleben dürfen. Er ist äußerst intelligent und hat Dutzende erfolgreicher Erkundungsmissionen durchgeführt. Er ist ein begabter Saboteur, und sein Weg auf Ubashin beweist, dass er ein Überlebenskünstler ist.*« Der Huouyt hielt erneut inne und beobachtete Joe aufmerksam. »*Welches Interesse hat er also an dir? Warum verschwand er nicht einfach, als die Friedensstifter die letzten Ermittlungen gegen ihn einleiteten?*«

Joe war klar, wie gefährlich das Gespräch geworden war. Er hatte die Furcht in Kihgls Augen gesehen und wusste, dass ein einziges Wort von ihm sein Todesurteil bedeuten konnte. »Ähm«, sagte Joe hochgradig nervös und bemühte sich, möglichst verwirrt zu klingen. »Ich bin ein Rekrut. Ich sehe Kommandeur Kihgl nicht allzu oft.«

Na'leen kniff für einen Sekundenbruchteil die Augen zusammen, dann widmete er sich wieder seinem Essen. Er fuhr fort, als würden ihn die Ermittlungen gegen Kihgl nicht weiter interessieren: »*Als ich dich in der Formation sah, fiel mir auf, dass du keine Rekrutennummer trägst. Ich dachte, es würde sich um einen Irrtum handeln, bis ich nachfragte. Stimmt es, dass Kihgl dich Zero nennt?*«

Joe nickte vorsichtig.

»*Warum? In der Armee ist es doch üblich, mit Eins zu beginnen.*«

»Kihgl hasst mich«, sagte Joe.

»*Trotzdem hat er dir die* kasja *gegeben. Faszinierend, nicht wahr?*«

Joe gefiel es nicht, wie Huouyt ihn aus dem Wasser beobachtete, also sagte er nichts dazu.

»*Ich fand diesen Widerspruch seltsam*«, sagte Repräsentant Na'leen. »*Also schaute ich im Schiffslogbuch nach. Weißt du, was ich dort fand? Du scheinst recht klug zu sein. Ich wette, du kannst es dir denken.*«

Joe wartete unsicher.

»*Es gab keinen Joe Dobbs auf der Passagierliste. Jemand hat dich aus den Dokumenten gelöscht. Weißt du, was das bedeutet? Zol'jib könnte es dir sagen. So etwas wird gern getan, bevor ein bedauernswerter Passagier zum Vermisstenfall wird.*«

Joe spürte, wie es ihm eiskalt über den Rücken lief. Er trat einen Schritt zurück und fühlte sich plötzlich sehr verletzlich.

»*Vorsicht. Die Jreet beobachten dich, Junge.*« Na'leen hob einen paddelähnlichen Arm aus dem Wasser und umfasste mit einer trägen Geste den gesamten Raum.

Joe schluckte mühsam und blickte auf die Wände.

»*Wie alt bist du, Joe?*«

»Vierzehn«, sagte er mit einen Anflug von Hoffnung. Es war das erste Mal, dass irgendeiner der Aliens ihm diese äußerst wichtige Frage stellte.

»*Du hättest gar nicht an Bord dieses Schiffs sein sollen, nicht wahr, Joe?*«

Als Joe diese Worte von jemandem hörte, der genug Macht hatte, etwas dagegen zu unternehmen, spürte er einen schmerzhaften Stich. »Nein«, flüsterte er.

»*Warum warst du an Bord?*«, fragte Na'leen, während er wieder etwas Nahrung zu sich nahm.

»Ich habe einigen Kindern zur Flucht verholfen«, sagte Joe und erinnerte sich an Sam. »Bevor Kommandeur Lagrah sie ins Schiff bringen konnte.«

»*Und dann nahmen sie dich als Unbeanspruchten an Bord?*«

Joe nickte.

»*Doch Kihgl hat dich akzeptiert. Er gab dir einen Platz in seinem Bataillon. Warum?*«

»Ich weiß es nicht«, sagte Joe.

»*Ich könnte dir anbieten, dich nach Hause zu schicken, mit einer offiziellen Entschuldigung des Kongresses.*«

Joes Kopf ruckte hoch, sein Herz pochte. »Würden Sie das tun?«

Repräsentant Na'leen stupste die orangefarbenen Scheiben in der Schale mit einem paddelähnlichen Finger an. »*Das hängt davon ab, was du mir über diesen Kihgl erzählen kannst.*«

Joe wollte ihm zurufen, dass er ihm alles erzählen würde, was er hören wollte, solange er von diesem stinkenden purpurroten Planeten wegkam. Doch dann wartete er einfach ab, während seine Nerven vor Misstrauen angespannt waren. Er spürte, dass da etwas war, das ihm entging, eine tiefere Bedeutung dieses Gesprächs, ohne dass er sie benennen konnte, und es fühlte sich an, als würde jemand mit einer Schrotflinte zwischen seine Schulterblätter zielen.

»*Wie ich dir bereits sagte, wird wieder gegen Kihgl ermittelt. Die Friedensstifter haben die Beweise seiner Schuld bereits an den Ersten Kommandeur deines Regiments übergeben, aber sie ermitteln weiter, weil sie wissen möchten, warum er Bücher und Artefakte sammelte, die einen Bezug zur Vierfältigen Prophezeiung haben. Ein autodidaktischer Gelehrter, der sich mit dem Ende des Kongresses beschäftigte. Jeder an Bord seines Schiffs wusste es, aber sein Ruf war so gut, dass bis jetzt niemand Fragen gestellt hat.*« Na'leens Augen schienen plötzlich vor Intensität zu knistern. »*Hat Kihgl irgendetwas über die Vierfältige Prophezeiung zu dir gesagt?*«

»Nein«, log Joe.

Der stahlblaue Blick des Repräsentanten wurde härter. »*Ein Huouyt kann eine Lüge erkennen, Joe Dobbs.*«

Joe schluckte schwer und schaute auf seine Hände, die von den allgegenwärtigen Diamanten, die die Planetenoberfläche bedeckten, ständig zerschnitten und verschorft waren.

»*Ich weiß einige Dinge über die Vierfältige Prophezeiung*«, sagte Na'leen, ohne ihn aus den Augen zu lassen. »*Würdest du sie gern hören, Joe Dobbs?*«

Joe schluckte erneut. »Ich dachte, wer etwas über diese Prophezeiung weiß, kommt ins Gefängnis.«

Repräsentant Na'leen machte eine abfällige Geste. »*Kihgls Fall war … einzigartig. Er besitzt detaillierte Kenntnisse über die Prophezeiung. Was ich dir sagen würde, weiß ohnehin jeder.*«

»Okay«, erwiderte Joe nervös. Eigentlich wollte er gar nicht mehr darüber erfahren, aber wenn er sich dem Huouyt zu sehr verweigerte, konnte er sich vorstellen, dass seine Assistenten vielleicht etwas Gemeines mit ihm machten – ihn zum Beispiel nach draußen schleppen und dann vom Dach werfen.

Repräsentant Na'leen lehnte sich im Wasser zurück. Während er sich eine weitere Gummischeibe nahm, sagte er: »*Die Vierfältige Prophezeiung erschien erstmals während der Zweiten Regentschaft, in einer Zeit der Unruhen zwischen den ersten zwanzig Mitgliedern des Kongresses vor zwei Millionen Jahren.*« Er sah Joe mit schiefgelegtem Kopf an. »*Ich glaube, da lebte dein Volk immer noch in Höhlen, nicht wahr?*«

Joe verzog das Gesicht und versuchte, sich nicht zu sehr davon verunsichern zu lassen, dass die Gene dieses Geschöpfes bereits lange genug existierten, um zu beobachten, wie sich der Mensch aus dem Affen entwickelt hatte. »Mag sein.«

»*Das ist nichts, wofür man sich schämen müsste*«, sagte Na'leen, der offenbar den Grund für Joes Unbehagen erraten hatte. »*Dass sich deine Spezies immer noch weiterentwickelt, ist in der Tat faszinierend. Ihr habt euer ideales Genom noch gar nicht erreicht, was bedeutet, dass in eurem genetischen Code immer noch Änderungen möglich sind. Die meisten intelligenten Spezies sind voll entwickelt, bevor wir sie entdecken. Für unsere Gelehrten ist euer gesamter Planet hochinteressant.*«

Joe wurde klar, dass der Huouyt über Joe und seine Artgenossen sprach, als wären sie eine exotische Bakterienkultur in einer Petrischale, und er murmelte: »Sie wollten mir etwas über eine Prophezeiung erzählen.«

»*Ach ja.*« Der Huouyt gab einen amüsierten Laut von sich. »*Die Vierfältige Prophezeiung scheint an vier Orten gleichzeitig ihren Ursprung zu haben, in vier ganz verschiedenen Winkeln der Galaxis. Gerüchten zufolge waren die Trith darin involviert, auch wenn es bislang* niemand bestätigen konnte. *Das Wichtige daran ist, dass es in jeder der vier Prophezeiungen heißt, eine neue Spezies würde auf den Plan treten, worauf sich der Kongress beim Versuch, sie zu erobern, nur selbst vernichten wird. Diese Spezies soll über eine ›außerordentliche genetische Ausstattung verfügen, die die Wissenschaft herausfordert, bis an ihre Grenzen zu gehen‹. Eine offensichtliche Anspielung auf die Fähigkeit der Huouyt, die Muster anderer Spezies übernehmen zu können.«*

Joes Neugier wurde geweckt, als er ein weiteres Mal davon hörte, dass die Huouyt ihre Gestalt verändern konnten. »Sie können sich wirklich in etwas anderes verwandeln?«

»Sicher«, sagte Repräsentant Na'leen mit einer enthusiastischen Geste. *»Aber das ist gar nicht der interessanteste Teil der Prophezeiung. Das ist die Tatsache, dass jede der vier Prophezeiungen exakt dieselben Worte benutzt … ›Diese neue Spezies wird eine Mischung aus Altem und Neuem sein, mit der Fähigkeit, Leben mit einem Gedanken einzuhandeln und Leben ohne Tod zu erhalten.‹«*

»Das ist sehr vage«, sagte Joe und erinnerte sich an die dumme Frau auf dem Jahrmarkt und ihre idiotischen Vorhersagen über Höhlenmenschen.

»Keineswegs«, sagte Repräsentant Na'leen mit Nachdruck. *»Es ist eine exakte Beschreibung der Huouyt. Wir handeln Leben mit anderen Spezies ein, wenn wir die Gestalt wechseln. Und wir sind nicht blutrünstig wie die Dhasha oder die Jikaln. Während unserer gesamten Geschichte hat es nie Krieg gegeben. Wir unterwerfen uns keinen anderen Spezies, weil wir zu anderen Spezies werden können. Wir können zu jeder Spezies werden, die es gibt.«*

»Auch zu Dhasha?«, fragte Joe.

Unter Wasser verzog Repräsentant Na'leen das Gesicht. *»Wir können Takki-Gene duplizieren, aber du hast recht … die Dhasha übersteigen unsere Fähigkeiten. Sie und die Jreet gehören zu den Einzigen. Unsere Wissenschaftler glauben, dass es im Fall der Dhasha an der chemischen Zusammensetzung ihrer Schuppen liegt – sofern es überhaupt etwas Chemisches ist. Auf jeden Fall widersetzen sie sich jeder logischen Erklärung. Sie sind fast so mysteriös wie das* oorei *eines* Ooreiki.«

Joe fühlte sich gerade etwas wohler mit dem Verlauf des Gesprächs, als Repräsentant Na'leen sagte: »*Hat Kihgl dir gegenüber irgendetwas in dieser Richtung erwähnt, bevor er verschwand? Es würde mir ... seltsam vorkommen, wenn er nie etwas Derartiges gesagt hätte.*«

Joe wurde wieder nervös. Es gefiel ihm nicht, wie sich die Überschwänglichkeit des Huouyt verflüchtigte und nur noch gespannte Aufmerksamkeit übrig blieb. Es war, als hätte er einen Schalter umgelegt, eine Maske, die er aufgesetzt hatte, um Joe zu beruhigen.

»Äh, Kihgl hat nicht allzu viel gesagt«, log Joe. »Er ist ein störrischer alter Mistkerl.«

»*Wieder eine Lüge!*«, rief Repräsentant Na'leen und sprang aus dem Bad. Als er die Stimme hob, hörte Joe das trockene Gleiten von etwas Unsichtbarem, das sich näher an das Podest heranschob. Er schluckte schwer, und sein Blick ging in die Ecken des leeren Zimmers.

»*Ich bin deine einzige Möglichkeit, nach Hause zurückzukehren, Joe Dobbs*«, fuhr Na'leen fort. Nun sprach er über Wasser, und seine fischartigen stahlblauen Augen waren wieder hart wie Spiegel. »*Wenn ich mit dir zufrieden bin, muss ich nur ein Wort sagen, und man wird dich mit dem tiefsten Bedauern des Kongresses zur Erde zurückbringen.*«

Joe zögerte mit pochendem Herzen. Die Heimkehr war sein größter Wunsch. Er wollte seine Familie wiedersehen. Selbst jetzt juckte es ihm in den Fingern, das Schweizer Armeemesser zu berühren, das glatt geworden war, nachdem er jede Nacht vor dem Zubettgehen daran gerieben hatte, wenn er an seine Familie dachte.

»*Vielleicht wirst du dich erinnern, wenn du noch ein paar Tage mehr in dieser stinkenden Luft verbracht hast.*« Mit einer abrupten Geste eines paddelförmigen Tentakels schickte Repräsentant Na'leen ihn hinaus. Sofort spürte Joe, wie sich die Jreet im Zimmer auf ihn zubewegten.

»Warten Sie«, sagte Joe. »Er hat tatsächlich etwas erwähnt.«

Na'leens Blick nahm eine stählerne Schärfe an. »*Sag es mir.*«

Joe hatte den Entschluss gefasst, dem Repräsentanten alles über Kihgls seltsames Verhalten zu erzählen, doch dann sah er etwas in seinen Augen, das ihn veranlasste, seine Meinung zu ändern. »Er

204

sagte, niemand spricht die Vierfältige Prophezeiung mehr als einmal aus.«

»*Interessant*«, bemerkte Repräsentant Na'leen, obwohl er gar nicht interessiert klang. »*Komm zurück, wenn du dich an mehr erinnerst. Wenn ich deine Informationen bedeutsam genug finde, könnte ich einen Weg finden, deine illegale Rekrutierung ans Licht zu bringen. Bis dahin …*« Er deutete auf die Tür, und plötzlich erschienen zwei große, scharlachrote, schlangenartige Jreet so nahe neben Joe, dass er sie hätte berühren können. »*… hast du das Kommando über einen Trupp.*« Das Wort »Kommando« sprach er mit hörbarem Sarkasmus aus.

Joe wurde wütend. Die Respektlosigkeit, die Repräsentant Na'leen der Armee entgegenbrachte, erinnerte ihn an Erwachsene auf der Erde, die in ihrem Leben niemals in Zelten hatten schlafen müssen, Leute, die jeden Tag duschten und sich über hohe Fleischpreise beklagten, während Joes Vater in einem dreckigen Graben voller Skorpione Briefe schrieb und seine Mahlzeiten aus einem sonnenversengten Plastikbeutel aß.

Er will mir gar nicht helfen, wurde Joe bewusst. *Sobald er bekommen hat, was er will, wird er mich vergessen.*

… genau das, was Libby ihm zu erklären versucht hatte.

Trotzdem verspürte er den starken Drang, dem Huouyt alles zu erzählen. Er wollte unbedingt nach Hause zurückkehren. Ihm war klar, dass er dazu nur über Kihgls Prophezeiungen sprechen musste, bis Na'leen zufrieden war.

Dann glitten die zwei sichtbaren Jreet – die ihn wie zehn Meter hohe Kobras mit riesigen rautenförmigen Köpfen überragten, an denen diese unheimlichen, gerippten Höhlungen saßen, die an Fledermausohren erinnerten – neben die Wanne des Repräsentanten und drängten Joe mit den stumpfen Enden ihrer Speere fort. Als Joe zurückwich, packte ein dritter Jreet ihn grob am Handgelenk und zog ihn mit lässiger Brutalität vom Podest weg. Hätte er nur ein wenig mehr Kraft eingesetzt, hätte er Joe den Arm abgerissen.

Die Ooreiki waren stark. Sie konnten die Ladefläche eines Pickups zertrümmern oder hundert Kilo schwere Männer in einem Wutanfall zehn Meter durch die Luft werfen.

Doch nur mit dieser einen halbherzigen Bewegung wirkten Joes Entführer im Vergleich zu den Jreet wie verkümmerte Kleinkinder.

Als er sich dem neuen Angreifer zuwandte, spürte Joe ein unangenehmes Schwindelgefühl. Er starrte auf die Stelle, wo das Wesen hätte sein müssen, und obwohl er wusste, dass dort ein Alien neben ihm stand, konnte er es nicht sehen. Der unsichtbare Jreet verpasste ihm einen heftigen Stoß und warf ihn die Rampe hinunter auf den Boden des Zimmers. Im nächsten Moment packte ihn eine unsichtbare Faust an der Kehle. Sein Hals wurde komplett von einer einzigen schuppigen Hand umschlossen, die ihn durch den Raum zerrte. Desorientiert und panisch stolperte Joe im Griff des Aliens und stürzte durch den Seidenvorhang in den Hauptkorridor, während er sich bemühte, auf den Beinen zu bleiben. Der Jreet hielt ihn weiterhin an der Kehle fest und schleifte sein Opfer beiläufig mit sich, sodass Joe nichts anderes übrig blieb, als dem gleitenden Schlangenkörper mit wankenden Schritten zu folgen.

Draußen stand Zol'jib. Der Huouyt gab einen knappen Laut von sich, und plötzlich ließ die schuppige Faust Joes Hals los. Das trockene, huschende Geräusch der Jreet-Schuppen auf dem gläsernen Boden entfernte sich, und Joe blieb mit pochendem Herzen zurück.

Sie könnten überall sein, dachte er, während sich sein Gehirn gegen die Vorstellung eines Geschöpfs sträubte, das er nicht sehen konnte, obwohl es die Größe eines Elefanten hatte.

»Komm mit«, sagte der Huouyt brüsk und ließ Joe zusammenzucken. Zol'jib drehte sich um und führte ihn durch die üppig ausgestatteten Räumlichkeiten zur Treppe zurück. Als sie durch die Tür nach draußen in die natürliche Atmosphäre des Planeten traten, zog sich Joes Lunge zusammen. Der Pilot war mit dem Gleitfahrzeug auf das Dach des Gebäudes zurückgekehrt.

Dort sah Joe auf der linken Seite eine Gestalt, die seine Aufmerksamkeit auf sich zog. Ein kleinerer Jreet war der Länge nach gepfählt worden. Unter ihm gerann eine Pfütze mit bläulicher Flüssigkeit. Die zwei mächtigen Vordergliedmaßen des Wesens waren an allen Gelenken zusammengebunden, und den Kopf hatte man zurückgebogen und an den Schwanz gefesselt, sodass die Spitze des Pfahls aus der cremefarbenen Bauchregion ragte.

»Die Jreet sind viel gnadenlosere Lehrer als die Ooreiki«, sagte Zol'jib, der Joes Blick bemerkt hatte. »Sogar noch viel mehr als die Huouyt. Das ist derjenige, den wir vorhin gesehen haben.«

Joe erinnerte sich an den flüchtigen Eindruck eines rötlichen Körpers auf der Treppe und betrachtete stirnrunzelnd den relativ kleinen Jreet. »Was hat er getan?«

Zol'jib machte eine abfällige Geste. »Er öffnete seinen Energieschild in Sichtweite eines Außenstehenden. Er wurde bestraft.«

Joe starrte auf die Leiche, die verkrümmt auf dem Pfahl steckte, und war entsetzt über das, was sich die Jreet unter einer »Bestrafung« vorstellten. »Das ist ... hart«, flüsterte er und hatte plötzlich kein gutes Gefühl mehr, was seine Ausbildung betraf.

Sein Begleiter machte einen unbesorgten Eindruck. »So ist es unter den Jreet. Sei dankbar, dass Menschen zu schwach sind, um unter ihnen dienen zu können.« Er winkte Joe, dass er sich beeilen und ihm folgen sollte.

Als Joe an ihm vorbeiging, erzitterte der Jreet.

»Ist er noch *am Leben*?«, flüsterte Joe.

Zol'jib schnaufte verächtlich. »Natürlich. So kann er noch mehrere Tage lang überleben. Wenn er lange genug durchhält, schneiden die Wächter ihn vielleicht wieder los und erlauben ihm, seinen Dienst fortzusetzen.« Zol'jib betrachtete die leidende Kreatur und machte eine abfällige Geste mit einem flauschigen, paddelähnlichen Tentakel. »Aber wenn ich bedenke, wie viel Blut er bereits verloren hat, bezweifle ich, dass er es schaffen wird.«

Joe spürte, wie ihm die Galle hochkam. »Warum tun sie so was?«

Zol'jib blieb unbeeindruckt. »Sie sind Jreet«, sagte er, als wäre das die Antwort auf alles. »Jetzt steig wieder auf den Haauk. Wir irritieren ihn. Je länger wir hier stehen, desto schlechter stehen seine Chancen, sich zu retten.«

Joe verabscheute die Vorstellung, dass er eine Mitschuld am Unglück des Jreet trug, und bestieg eilig den Haauk, während er immer noch auf den bedauernswerten Auszubildenden starrte. Er spürte, wie die kleinen gelben Augen des Wesens ihn verfolgten, als er mit dem Huouyt aufbrach. Kurz darauf waren sie außer Sichtweite und überflogen den zivilen Teil von Alishai.

Im rötlichen Dunst tauchte die Kaserne auf, die sich von den zivilen Gebäuden durch das Fehlen von Liften an den Außenseiten unterschied. Außerdem hatte sie nur neun Stockwerke, während die anderen Bauten mehrere hundert Etagen hoch aufragten. Keine bunt gekleideten Ooreiki-Zivilisten waren auf den Balkonen unterwegs, und die einzigen Plattformen in der Nähe flogen über die Kaserne hinweg und waren zu anderen zivilen Wohntürmen unterwegs.

Der Huouyt ließ den Gleiter auf den Balkon des sechsten Stockwerks niedersinken.

Kampfmeister Nebil bemerkte ihre Ankunft und kam ihnen entgegen. »*Was machen Sie mit meinem Rekruten?*«, wollte er vom Huouyt wissen.

»*Ich bringe ihn zu Ihnen zurück*«, sagte Zol'jib, ohne sich von dem kleineren und stämmigeren Ooreiki beeindrucken zu lassen.

Kampfmeister Nebil wandte seinen feuchten braunen Blick Joe zu, sagte aber nichts weiter, als der Huouyt ihn aus dem Haauk aussteigen ließ und wieder abhob. Er sprach erst wieder, als die Plattform außer Sichtweite war.

»*Was wollten sie von dir?*«

»Ich sollte Na'leen von Kihgl erzählen«, murmelte Joe, während er über die Stadt blickte.

Nebil schwieg so lange, dass sich Joe schließlich zu ihm umdrehte. Der Ooreiki starrte Joe an, und seine Sudah waren totenstill.

»*Du hast mit einem Mitglied des Tribunals gesprochen?*« Im zerknitterten braunen Gesicht des Kampfmeisters stand etwas, das fast wie … Furcht aussah.

»Ja«, bestätigte Joe. »Er hat sich für Kihgl interessiert.«

Nebil hörte nicht auf, ihn anzustarren. »*Repräsentanten des Kongresses vergeuden ihre Zeit nicht mit untergeordneten Kommandeuren. Das ist unter ihrer Würde.*«

»Jedenfalls wollte er über ihn reden«, sagte Joe und empfand Genugtuung, dass Nebil ihm ausnahmsweise so etwas wie Ehrfurcht entgegenbrachte. »Wenn Sie mir nicht glauben, können Sie ihn gern danach fragen. Falls man Sie zu ihm vorlässt.«

Kampfmeister Nebil starrte ihn mit undurchschaubarer Miene

an. Ohne den Blick von Joe abzuwenden, hielt er die bläuliche Folie hoch, die die Huouyt an seinem Bett befestigt hatten. »*Hier steht, dass du beansprucht wurdest, um den Rest deiner Dienstzeit nach Repräsentant Na'leens Ermessen eingesetzt zu werden. Es ist unterschrieben von An'a Zol'jib, Na'leens leitendem Assassinen.*« Nebil drückte Joe das Blatt in die Hand. »*Wenn ich du wäre, Zero, würde ich von nun an sehr vorsichtig sein.*«

Joe blickte mit einem unangenehmen Gefühl auf die Folie. »Er konnte mich nicht beanspruchen, weil ich zum Truppanführer ernannt worden war.«

Kampfmeister Nebil schnaufte. »*Hätte Na'leen dich haben wollen, hätte die Ausbildungskommission dich mit einem Ruvmestin-Haauk zu ihm gebracht. Er hat es sich einfach nur anders überlegt.*«

Während Joe Beschämung und Übelkeit empfand, sagte Nebil: »*Geh nach drinnen. Da du bereits wach und angekleidet bist, kannst du die Wände polieren, bis ich zurückkehre, um den Rest der Einheit zu wecken. Den Putzlappen findest du hinter der Badezimmertür.*« Damit stieß Nebil ihn durch die Tür und schloss sie hinter ihm ab.

Joe hörte ein dumpfes Pochen auf der anderen Seite, als die Stiefel des Kampfmeisters über die Steintreppe an der Seite des Gebäudes zurückstapften. Er fühlte sich, als wäre er von einem Lastwagen gerammt worden, und machte sich an die Arbeit. Die gläsernen Obsidianwände glänzten bereits. Ein Besucher musste schon ganz nahe herangehen, um darauf die Fingerabdrücke der Kinder zu sehen, die sie in der Nähe der Betten hinterlassen hatten.

Joe holte den Lappen aus dem nach Alkohol stinkenden Bad und begann mit der Wand über dem Bett seines Bodenteams. Maggies winzige Fingerabdrücke waren überall. Seufzend machte sich Joe daran, sie abzuwischen.

»Was ist passiert?«, fragte Scott, und Joe wurde klar, dass er aufgeblieben war, um auf ihn zu warten.

»Schlaf weiter«, sagte Joe. »Ihr habt noch etwas Zeit.«

»Joe!«, quiekte Maggie. Sie sprang unter der Decke hervor und griff nach seinem Arm, um ihn von der Wand wegzuziehen. »Libby hat gesagt, du würdest uns verlassen.«

Joe verspürte immer noch das Bedürfnis, zum Huouyt zurückzurennen und ihm alles zu sagen, was er über Kihgl wusste, um Na'leen zufriedenzustellen. Schuldbewusst vermied er es, Maggie anzusehen.

»Sie haben ihm keine Chance gegeben, von hier zu verschwinden«, sagte Libby und starrte ihn finster vom Bett aus an. »Hätten sie es getan, wäre er jetzt weg.«

Bevor Joe antworten konnte, sagte Mönch: »Halt die Klappe, Libby. Er wird uns nicht verlassen. Er hat es selbst gesagt. Er wird uns allen helfen, nach Hause zurückzukehren.«

»Ja«, flötete Maggie. »Du bist einfach nur ein riesengroßer Dummkopf, Libby.«

Libby senkte den Blick und nahm ihr Urteil an. Als er es sah, schämte sich Joe erneut für seine Gedanken. Er legte den Putzlappen weg und räusperte sich. »Libby hat recht«, sagte er leise. »Ich wäre fortgegangen.«

Libbys Kopf ruckte hoch, und sie starrte ihn mit ihren braunen Augen an, in denen Schmerz und Verwirrung standen. Es war offensichtlich, dass sie sich gewünscht hatte, sie würde falschliegen.

Eine Weile sagte niemand etwas. Elfes schmaler Körper schüttelte sich, und er hustete einen Klumpen roten Schleim aus. Joe hob den Lappen wieder auf und machte damit weiter, die Fingerabdrücke von den Wänden zu wischen.

»Du wolltest uns verlassen?«, flüsterte Maggie. Sie hatte sich ein Stück von den anderen entfernt hingehockt und die Arme um die angezogenen Knie geschlungen.

»Leute«, sagte Joe, »jeder von uns würde gehen, wenn er oder sie Gelegenheit dazu hätte.«

»Ich nicht«, erwiderte Libby störrisch. »Ihr seid meine Freunde.«

»Dann wärst du die Einzige«, sagte Joe, der allmählich wütend wurde. »Verdammt, Elfe redet nur noch davon, wie sehr er sich wünscht, nach Hause zurückzukehren. Mag vermisst ihre Guppys. Mönch vermisst ihren Vater. Scott sieht aus, als hätte er nicht mehr gelächelt, seit er das Raumschiff bestiegen hat … und ich habe genug davon, den Babysitter für fünf hilflose kleine Kinder zu spielen.«

Libby wandte den Blick ab.

Joe seufzte frustriert. »Aber niemand von uns *kann* von hier verschwinden. Also ist es idiotisch, überhaupt darüber zu reden. Legt euch wieder schlafen.«

Keiner sagte etwas.

Joe ärgerte sich über sich selbst, weil er ihre Gefühle verletzt hatte, und über die anderen, weil sie so naiv waren, sich verletzen zu lassen. Schweigend machte er sich wieder an die Arbeit, bis er eine sachte Berührung am Arm spürte und sich umdrehte.

Maggie blickte mit feuchten Augen zu ihm auf. »Du würdest uns nicht wirklich verlassen, nicht wahr, Joe?«

Joe öffnete den Mund, um ihr zu sagen, dass sie erwachsen werden sollte, doch dann zögerte er, als er die Blicke der anderen Rekruten bemerkte. Er schaute von Maggie zu Scott, zu Libby, zu Mönch und Elfe. Alle hingen verzweifelt an seinen Lippen, obwohl sie sich bemühten, so zu tun, als würden sie gar nicht horchen. Es war auch nicht nur sein Bodenteam. Kinder in den anderen Betten beobachteten ihn, warteten auf seine Antwort. Als er es sah, spürte Joe, wie sich etwas in ihm verschob. *Sie brauchen mich*, dachte Joe verblüfft, als er in Maggies verzweifeltes Gesicht blickte. *Ohne mich werden sie nicht überleben.* Er war ihr Fels in der Brandung. Er war ihre Kraft. Ihr Schutz vor dem Sturm.

Wenn er sie verließ, würden sie zerbrechen, vergehen wie …

… *wie Staub im Wind,* flüsterte Kihgls Stimme.

Überwältigt ging Joe in die Knie und umarmte Maggie. »Nein«, stieß er hervor. »Ich würde euch niemals im Stich lassen, Leute. Niemals, Mag.«

Und er wusste, dass es die Wahrheit war.

13 Zum Töten ausgebildet

Pickel! Ich bin vierzehn, und ich habe Pickel! Angewidert starrte Joe
auf seine Arme. Er hatte noch nie von irgendjemandem gehört, der
Pickel an den Armen hatte. Dadurch wurde es noch schmachvoller,
Pickel im Gesicht und auf dem Rücken zu haben, da bislang keine
sichtbaren Hautpartien betroffen waren. Sein Gesicht war ein
Schlachtfeld, auf dem jeden Tag Bomben hochgingen.

Seufzend widmete er sich wieder seiner Aufgabe. Kampfmeister
Nebil hatte entschieden, dass er am Morgen bei der Wand schlechte Arbeit abgeliefert hatte. Deshalb durfte Joe die ganze Nacht damit zubringen, den Rest des Kasernensaals zu putzen, während er
nur seine Unterwäsche und die *kasja* trug.

Ich sehe aus, als hätte ich die Pocken. Vor dreihundert Jahren hätte
man mich in eine Decke gewickelt und in eine feindliche Festung kata-
pultiert. Sei-jo-nara, Joe, nett, dich kennengelernt zu haben, und sieh zu,
dass du ein paar Mädchen küsst, bevor du an deinen Wunden zugrunde
gehst. Nicht dass du wüsstest, wie es ist, ein Mädchen zu küssen, du
schüchterner Idiot. Du hattest vierzehn Jahre Zeit, es herauszufinden,
und jetzt sitzt du hier für den Rest deines Lebens mit einem Haufen
Säuglinge fest …

»Ich habe dich angewiesen, es nicht zu tragen!« Kihgl stieß Joes
Gesicht gegen den glasartigen Stein. Sein Blickfeld zersplitterte zu
Dutzenden hüpfender Sterne. Joe keuchte und ließ den Lappen
fallen. Der siebenstrahlige Stern des Ooreiki grub sich in seine
Haut, wo Kihgls Brustkorb ihn gegen die Wand drückte. Der Tag
war so brutal gewesen, dass Joe wie benommen geputzt hatte, viel
zu müde, um zu bemerken, dass sich Kommandeur Kihgl genähert
hatte.

Niemand war Zeuge, als Kihgl einen stechenden Tentakel um
Joes Hals wickelte und ihn immer fester gegen die Wand presste,
sodass er keine Luft mehr bekam.

»Ist dir klar, was du getan hast, du feuerliebender Jreet?«

»Nebil ... hat mir ... gesagt ... dass ich ...«, stieß Joe erstickt hervor.

»Na'leen weiß es«, knurrte Kihgl ihm ins Gesicht. »Die anderen Repräsentanten sind abgereist, aber er ist in Alishai geblieben. Es ist nur eine Frage der Zeit, bis er die Zusammenhänge erkennt.«

»Ich ... kann nicht ...« Joe konnte kaum sprechen, weil der zweite Kommandeur ihm die Kehle zuschnürte. Er spürte, wie er langsam das Bewusstsein verlor.

»Ich werde nicht zulassen, dass du irgendwas ruinierst, verstehst du, Mensch?« Er schlug Joes Kopf gegen die Steinwand, und wieder sah Joe Tausende winzige Sterne. »Du wirst tun, was der Trith vorhergesagt hat, und wenn ich dich bei jedem Schritt dazu antreiben muss.«

»Bitte ...« Nur seine Lippen formten das Wort, ohne dass Luft aus seiner Lunge drang. Joe konnte nichts mehr erkennen, so schnell war ihm im Würgegriff des Ooreiki das Sehvermögen abhandengekommen.

Kommandeur Kihgl ließ ihn plötzlich los, aber er blieb nur wenige Zentimeter von seinem Gesicht entfernt, so nahe, dass Joe das leise Flüstern der Luft spürte, die von seinen Sudah aufgewühlt wurde.

»Hör mir sehr genau zu, Zero. Ein Geist ohne oorei kann dich bis in alle Ewigkeit verfolgen. Selbst wenn ihr armseligen Menschen ein Leben nach dem Tod habt, kann ich es dir zur Hölle machen. Wenn du wiedergeboren wirst, werde ich da sein. Wenn du versagst, werde ich dich nicht in Frieden lassen. Ich werde dir keinen glücklichen Moment erlauben. Ich werde dich in meine Hölle bringen, Zero. Das schwöre ich bei meiner eigenen Seele.«

Joe hatte Angst, sich zu bewegen, weil sich Kihgls siebenzackiger Stern in seine Brust bohrte.

»Geh zu Bett«, sagte Kihgl. »Und behalte die kasja. Sag Nebil, dass ich es genehmigt habe.« Damit wandte er sich ab.

»Warten Sie«, sagte Joe.

Kihgl hielt inne und blickte ihn mit harten braunen Augen an.

»Warum fliehen Sie nicht?«, fragte Joe. »Sie waren bei der Planetaren Spezialabteilung. Sie könnten sich verstecken.«

Es dauerte eine Weile, bis Kihgl antwortete. Schließlich richteten sich seine blassbraunen Augen auf Joe, und er sagte: »*Ich hege die Hoffnung, dass der Trith recht hatte.*« Damit drehte er sich um, stapfte davon und ließ Joe nachdenklich zurück.

*

»*Nach Anbruch der Dunkelheit sind Lichter auf Ooreiki-Planeten verboten, weil sie* onen *anlocken.*« Kommandeur Linin musterte die Einheit mit verärgertem Blick. An diesem Morgen waren Kihgl und Tril nicht vor der Formation erschienen. »*Also haben die Ascher in der Klinik schließlich entschieden, uns zu informieren, dass wir euch rußigen Schwächlingen Nachtsichtfähigkeit geben, weil wir nicht wollen, dass ihr euch vollscheißt, wenn die Sonne in zwölf Stunden untergeht.*«

Das hatte Joe sich auch schon gefragt. Er hatte nur einen hellen, purpurroten Himmel gesehen, seit er das Schiff verlassen hatte. Die Sonne war seit Tagen nicht untergegangen.

Kommandeur Linin ging auf und ab. »*Das wirft das Sechste Bataillon noch weiter zurück. Während das übrige Regiment heute Nachmittag Tunneltaktik trainiert, werden wir mit verhedderten Tentakeln herumstehen, solange ihr wertlosen Menschen euch ausschlaft. Lagrah wird uns mit seinem Zweiten Bataillon für Schießübungen benutzen, bevor wir bereit sind, erstmals auf die Jagd zu gehen.*«

Es war das erste Mal, dass die Ooreiki die Tunnel erwähnten, seit sie von Bord des Schiffs gegangen waren, und Joe konnte nicht verhindern, dass sein Herz in einem erschrockenen Stakkato hämmerte. *Sie wollen uns in die Tunnel schicken* … Er verspürte den Drang, danach zu fragen, wollte unbedingt ihre genauen Ausmaße wissen, aber Linin war bei schlechter Laune, und Joe wusste, dass er Prügel einstecken würde, wenn er den Mund aufmachte.

Statt das Bataillon aufzulösen, damit die zehn Kampfmeister mit ihren Einheiten zur Klinik marschieren konnten, führte Kommandeur Linin das gesamte Bataillon auf den Hof vor der Klinik. »*Wenn sie euch haben wollen, können sie kommen und selbst eure knochigen Menschenärsche einsammeln*«, bellte Kommandeur Linin sie an, als er sie in Trupps aufteilte. »*Wir haben noch viel Arbeit zu erledigen.*«

Dann, als würden sie nicht auf einem geschäftigen Zivilparkplatz stehen, begann er damit, seine Rekruten vor dem Krankenhaus zu drillen. Die irritierten Ärzte kamen alle fünf Minuten mit flatternden Sudah heraus, um eine neue Gruppe Rekruten zu holen.

Die Rekruten unter Linins Kommando schrumpften zusehends zusammen, da diejenigen, die die Mediziner für sich beanspruchten, nicht zurückkehrten. Als Truppanführer gehörte Joe zu den Letzten, die ausgesucht wurden. Während er darauf wartete, dass er an die Reihe kam, verengte sich Joes Welt auf das glasige Knirschen der Steine unter seinen Füßen und Linins Flüche, wenn sie die komplizierten Drills vermasselten. Als Joe schließlich in die dämmrige rote Beleuchtung des Krankenhauses geführt wurde, waren selbst die fremdartigen schwarzen Maschinen und der grobe Ooreiki-Arzt eine Erleichterung im Vergleich zu Linins Zorn.

»*Verdammte verrückte Bodenkämpfer*«, murmelte der Mediziner, als sie drinnen waren. Der Ooreiki war ein medizinischer Offizier mit höherem Rang, und der goldene Kreis auf seiner Brust war so groß, dass er fast bis an die silberne Begrenzung reichte. »*Es ist nicht unsere Schuld, dass Kihgl erwischt wurde.*« Er schubste Joe in einen kleinen Raum und berührte die Wand. Eine schwarze Barriere schloss sich tropfend hinter ihm, was Joe an das Raumschiff erinnerte. Er bekam eine Gänsehaut, als ihm bewusst wurde, dass ihm jeder Ausweg versperrt war.

»*Trink das*«, befahl der verärgerte Arzt und reichte ihm ein durchsichtiges Fläschchen. Darin schwappte eine rötliche Flüssigkeit, die irgendwie radioaktiv aussah.

»Was ist das?«, fragte Joe.

Der Mediziner bedachte ihn mit einem Blick, der Joe zu verstehen gab, dass er ihm das Fläschchen mitsamt Inhalt in die Kehle drücken würde, wenn er auch nur den leisesten Widerstand leistete.

Joe schluckte, zog den Stöpsel aus dem Fläschchen und schnupperte. Das Zeug roch noch widerlicher als die Luft. Er rümpfte die Nase und wich unwillkürlich davor zurück. »Mann, was haben Sie getan? Haben Sie Scheiße destilliert? Das Zeug *stinkt*.« Der Gestank erinnerte ihn an das ständige Jucken in seiner Lunge, und reflexhaft würgte er einen roten Klumpen aus *ferlii*-Sporen und

Schleim hervor. Doch als er sich umdrehte und ihn auf den Boden spucken wollte, bemerkte er den Blick des Arztes und schluckte ihn mühsam wieder hinunter.

»*Wir können einen Trichter benutzen und es dir einflößen, wenn du keine Lust hast, es freiwillig zu trinken*«, sagte der gestresste Mediziner in freundlichem Ton.

Joe wurde klar, dass der Ooreiki es wirklich ernst meinte, und er stellte sich vor, wie er an einem Trichter erstickte. Also hielt er den Atem an, warf den Kopf zurück und leerte das Fläschchen mit Nachtsichtfähigkeit, so schnell er den Inhalt schlucken konnte.

Es war, als würde er Kanalisationswasser trinken.

»*Behalt es drinnen*«, warnte der Arzt ihn. »*Wenn du es nicht schaffst, sind wir gezwungen, zur Entschädigung deine Dienstzeit um einen weiteren Umlauf zu verlängern.*«

Da er wusste, dass er bereits viel mehr Dienstjahre auf dem Plan hatte als alle anderen in seinem Bataillon, strengte sich Joe an, das widerliche Zeug nicht wieder auszukotzen. *Bleib drin*, sagte er sich in Gedanken, während er sich mit beiden Händen am Tisch festhielt. *Bleib drin, bleib drin …*

Joe stand einen panischen Moment lang keuchend da, spürte, wie sich die Flüssigkeit bis zu seinem Magen vorarbeitete und dann versuchte, wieder nach oben zu kriechen. Er schluckte mühsam, damit sie blieb, wo sie sein sollte.

Und während er spürte, wie sich das seltsame heiß-kalte Gefühl in seinem Bauch und seinem Brustkorb ausbreitete, bemerkte Joe erste Blitze in Rot, Gelb und Blau, die um ihn herum durch die Luft zuckten. Es war fast wie ein Polarlicht. Stirnrunzelnd und blinzelnd blickte er auf die unheimlichen farbigen Schwaden, die von den Wänden tropften, als er von einem elektrischen Krampf überwältigt wurde, der seinen Hinterkopf zu packen schien und ihn auf die Knie warf. Im nächsten Moment verlor er das Bewusstsein.

Als er wieder aufwachte, war die Welt in Farbtöne getaucht, die Joe nie für möglich gehalten hätte. Das Armband, das Kihgl ihm gegeben hatte, war von leuchtenden goldenen Mustern durchzogen, die so schön waren, das ihm der Atem stockte. Als er die Muster betrachtete, erinnerten sie ihn entfernt an keltische Knoten …

oder Kornkreise. Er blickte auf und erkannte, dass die Wände eigentlich gar nicht schwarz waren, sondern in irisierenden Farben schillerten, die ihn an Vogelfedern erinnerten. Er konnte klotzige Schnörkel sehen, mit denen die Türen und die Geräte markiert waren, als hätte jemand den Raum mit einem pinkfarbenen Textmarker verziert. Er stand auf und zwängte sich zwischen den Körpern der schlafenden Rekruten hindurch, um es sich genauer anzuschauen.

Joe wurde immer aufgeregter, je näher er kam. Die Schnörkel waren fremdartig, aber er erkannte bestimmte Muster – Symbole, die sich wiederholten, Grundformen, einen Rhythmus in den Worten. Und wie Trainer Grimsley immer gesagt hatte, war das Erkennen der Muster des Gegners die erste Voraussetzung, um ihm schließlich in den Arsch treten zu können.

Joe schaute genauer hin, versuchte die genaue Stelle zu finden, wo die Symbole begannen. Er bemerkte viele Zahlen, die den Alien-Schriftzeichen auf den Uniformen der Rekruten entsprachen, aber er konnte keine Zeile oder Reihe erkennen, in der die Symbole angeordnet waren. Es machte fast den Eindruck, als hätte man sie wahllos über die Wand verstreut. Verdutzt zog Joe die Zeichen mit dem Finger nach. Er konnte sich nicht vorstellen, dass eine intelligente Spezies ein derart ungeordnetes System benutzte.

Trotzdem waren die fremden Zeichen wie Magie für Joe. Die Ooreiki hatten einen Fehler begangen. Die Türen zu *sehen* war die erste Voraussetzung, um schließlich *hindurchgehen* zu können. Zum ersten Mal, seit er das Schiff verlassen hatte, spürte Joe eine neue Hoffnung in sich, dass er vielleicht doch irgendwie nach Hause gelangen konnte.

Dass er *und* seine Freunde nach Hause gelangten. Joe blickte sich um und sah sein Bodenteam zwischen den schlafenden Rekruten. Libby war die Einzige, die ebenfalls wach war. Die Übrigen lagen dort verstreut, wo die Ooreiki sie zurückgelassen hatten, und atmeten friedlich.

Maggies kindliche Stummelbeine wurden bereits länger und verloren allmählich den Babyspeck. Sie hatte jetzt ungefähr die Größe einer normalen Fünfjährigen. Scott war schon fast einen

Meter sechzig groß, und er zeigte erste Anzeichen der Reife – ein breiteres Kinn und ausgeprägtere Muskeln. Libby, die zwei Jahre jünger war, holte Scott zügig ein. Ihre langen Beine wurden noch länger, und an ihren Gliedmaßen bildeten sich die Muskeln aus. Sie sah aus wie eine Athletin. Joe fragte sich, ob es an den verrückten Drogen der Aliens lag oder an den guten Genen ihrer Eltern, bis er entschied, dass es wahrscheinlich etwas von beidem war.

Elfe war dabei, Mönch einzuholen, obwohl klar war, dass sein Wachstumsschub nicht mehr lange anhalten würde. Er hatte einen zierlichen Körper, der eher zu einem Musiker oder Mathematiker passte. Sam hatte genauso ausgesehen.

Mönch war das große Rätsel. Sie zeigte keinerlei Anzeichen für Wachstum, nicht einen Millimeter. Joe hatte sich Sorgen gemacht, als er bemerkt hatte, dass sie nicht wuchs, hatte gedacht, dass sie zu wenig aß. Dann hatte sie vor seinen Augen sowohl ihre als auch seine Schüssel geleert, um es ihm zu beweisen, wobei sie die ganze Zeit gegrinst hatte.

Joe hatte nach der ersten Woche im Großen und Ganzen aufgehört zu wachsen. Soweit er es sagen konnte, war er etwa einen Meter neunzig oder zweiundneunzig, ein wenig größer als sein Vater. Allerdings kam er äußerlich eher nach seiner Mutter. Während es in der Familie seines Vaters viele langgliedrige Musiker und Mathematiker gab, tummelten sich in der Familie seiner Mutter stämmige Sportler, die stolz darauf waren, kleinere Kinder beim Touch Football zu schlagen.

Joe betrachtete seinen Arm. Er hätte einen Schneidezahn geopfert, um Zugang zu einem Spiegel zu haben. Er war sich ziemlich sicher, dass er Muskeln bekommen hatte. Er spannte den Arm ein wenig an, damit der Bizeps unter Kihgls *kasja* hervortrat, und versuchte ihn mit dem seines Vaters zu vergleichen. Er war fast davon überzeugt, dass er genauso groß war, vielleicht sogar etwas größer.

Joe wurde bewusst, dass ihn Libby aus der Kindergruppe heraus beobachtete, die sein Bodenteam bildete. Errötend ließ er den Arm sinken und ging zu ihr hinüber, während er so tat, als hätte er keineswegs wie ein Idiot seine Muskeln angespannt.

»Warum kann ich ihre Schriftzeichen sehen?«, fragte Libby ihn, als er sich näherte. Stirnrunzelnd blickte sie auf die wunderschönen Ooreiki-Symbole an den Wänden. »Waren sie schon vorher da?«

»Ich habe keinen blassen Schimmer«, sagte Joe erleichtert, weil sie nichts von seiner Protzerei bemerkt hatte. Er folgte ihrem Blick zur Wand. »Ich glaube nicht. Aber wir können sie dazu benutzen, um von hier wegzukommen.«

Libby sah ihn stirnrunzelnd an. »Ich will nicht von hier weg. Mir gefällt es hier.«

»Ja, gut, aber auf der Erde wird es dir besser gefallen«, sagte Joe. »Sobald ich eine Gelegenheit finde, werde ich die Lage auskundschaften. Vielleicht kann ich uns ein Schiff besorgen.« Joe bemerkte, dass Elfe wach war. Er lächelte und zeigte auf die Wände. »Siehst du? Jetzt können wir ihre Schriftzeichen lesen. Bald können wir von hier verschwinden.«

»Wir können sie nicht lesen, solange sie es uns nicht beibringen«, sagte Libby. »Und du bist ein Idiot. Wir werden nicht nach Hause zurückkehren.«

»Ich werde es mir selbst beibringen«, sagte Joe. »Und ich werde uns nach Hause bringen!«

Libby verdrehte die Augen, aber Elfe starrte ihn fasziniert an. Joe zwinkerte Elfe zu, doch schon im nächsten Moment ließ seine Begeisterung nach. Tief drinnen wusste er, dass Libby recht hatte. Klar, er konnte die Zeichen jetzt sehen, aber er konnte sie keineswegs entziffern. Und selbst wenn er sie irgendwann lesen konnte, brauchte ein Pilot eine jahrelange Ausbildung, bis er ein Flugzeug fliegen konnte. Wie lange würde Joe brauchen, um zu lernen, ein Raumschiff zu fliegen?

Manchmal bist du in der Tat ein totaler Idiot, Joe. Was wird Elfe sagen, wenn du ihn doch nicht wie versprochen nach Hause bringen kannst?

Joe verzog das Gesicht und setzte sich neben eine Tür, um zu versuchen, die Denkweise der Ooreiki zu verstehen. Für ihn war es ein Rätsel, warum sie trotz ihrer hoch entwickelten Technik ihre Wörter so chaotisch anordneten. Wenn er daran dachte, dass die Menschen wenigstens in einer Hinsicht fortgeschrittener waren als die Aliens, verspürte er eine gewisse Selbstgefälligkeit. Er berührte noch einmal die klotzigen Zeichen und versuchte, sich ihre Formen einzuprägen.

»Sie schreiben im Kreis«, sagte Mönch hinter ihm. Ihre Stimme hörte sich nach dem Aufwachen immer noch etwas benommen an.

»Ich weiß«, sagte Joe und wandte sich wieder den Alien-Symbolen zu. »Es sieht aus, als würden sie Darts an die Wand werfen und dort, wo sie landen, ein Wort hinschreiben.«

»Nein«, sagte Mönch und schob sich an ihm vorbei, um einen Finger in die Mitte des Durcheinanders zu legen. »Sie schreiben im Kreis.« Sie folgte den Symbolen in einer Spirale, und ihr Finger zeichnete die Neigung der Zeichen exakt nach.

Joe starrte mit offenem Mund darauf.

»Meine Eltern sind Lehrer«, sagte Mönch mit einem Schulterzucken. »Meine Mutter kennt sich mit Chinesisch und Deutsch aus, und mein Vater gibt Sportunterricht.«

»Ich dachte, deine Mutter wäre Musiklehrerin«, sagte Joe.

»Richtig«, bestätigte Mönch. »Und für Chinesisch und Deutsch.«

»Was für eine Grundschule hat Chinesisch und Deutsch auf dem Lehrplan?«

Mönch sah ihn mit gerunzelter Stirn an. »Sie ist Professorin.« Ihr Blick fügte hinzu: *Blödmann.*

Joe errötete. »Ich dachte, dass sie vielleicht Kinder in deinem Alter unterrichtet, da du ihr Kind bist und ich dachte, Lehrer würden ihre Kinder unterrichten, wenn sie …«

»An der Universität verdient sie mehr Geld. Mein Vater ist derjenige, der stinkende Jungen in Umkleideräumen ertragen muss, während meine Mutter Chopin hört.«

Joe sah sie nachdenklich an. »Wie heißt du mit Nachnamen?«

Mönch antwortete verwundert: »Grimsley-Biggs. Der Name meines Vaters kommt zuerst, weil er beim Münzwurf gewonnen hat.«

»Du bist die *Tochter* von Trainer Grimsley? Aber du bist so klein!«

»Meine Mutter ist einen Meter siebenundvierzig.«

»Oh. Das erklärt wahrscheinlich einiges.«

»Meine Mutter ist intelligenter als du.«

Er grinste.

»Wirklich. Du bist viel zu groß, um intelligent zu sein. Mein Vater ist so groß wie du, und er verdient nur die Hälfte von dem, was meine Mutter bekommt, und *er* musste nicht ein Jahr lang mit der Arbeit aufhören, um ein Baby zu kriegen.« Sie verstummte, um einen Blick zu Scott zu werfen, der sich gerade schläfrig aufsetzte, und ihm die Zunge rauszustrecken. »Siehst du, Scott? Mädchen sind *doch* besser als Jungen.«

»Hä?«, machte Scott. »Nein, sind sie nicht.«

»Doch, sind sie. Sie sind besser, weil sie schlauer sind. Mein Vater hat einen IQ von einhundertsechsunddreißig. Weißt, wie hoch der IQ meiner Mutter ist?«

Scott verdrehte die Augen und machte sich auf den Weg zur Latrine.

»Einhundertzweiundsechzig«, sagte Mönch, als wäre sie eine Zauberin, die einen ehrfurchtgebietenden Trick offenbarte.

Libby schnaufte verächtlich. »Das sagst du doch nur. Du weißt doch gar nicht, was ein IQ ist.«

»Weiß ich doch!«, rief Mönch empört. »Wenn man einen IQ hat, heißt das, dass man nicht ins Fernsehen kommt.«

Libby starrte sie verständnislos an. »Was?«

»Man kommt nicht ins Fernsehen«, bekräftigte Mönch. »Meine Eltern sagen, die Leute im Fernsehen haben nicht genug IQ, um zu kapieren, wie man Toilettenpapier benutzt. Deshalb sind sie im Fernsehen.«

»Das ergibt doch überhaupt keinen Sinn«, sagte Libby.

»Doch. Meine Mutter hat sehr viel IQ, und sie war noch nie im Fernsehen. Aber mein Vater. Er kommt jedes Mal ins Fernsehen, wenn sein Team gewinnt.«

»Das ist Blödsinn.«

»Das hat meine Mutter so gesagt.«

»Dann ist deine Mutter eine dumme Kuh, die ihren Arsch nicht von ihrem Kopf unterscheiden kann.«

Joes Kopf ruckte hoch, und er warf Libby einen verärgerten Blick zu. Libby schien sich nicht dafür zu schämen, dass sie seine Worte nachgeplappert hatte, sondern zuckte nur mit den Schultern und gähnte.

Mönch sprang auf und trat Libby gegen das Schienbein. »Meine

Mutter ist *keine* dumme Kuh! Sie ist intelligent! *Du* bist die dumme Kuh, du blöde Ziege! Du hast überhaupt keinen IQ! Du wirst ins Fernsehen kommen, und alle werden wissen, dass du kein Toilettenpapier benutzen kannst, genauso wie all die richtig großen Supermodels, die so dumm sind, dass sie unbedingt ins Fernsehen wollen!«

Libby erhob sich, bedachte Mönch mit einem eiskalten Blick, riss ein Bein hoch und trat ihr mit einem perfekten Roundhouse-Kick gegen den Kopf. Mönchs Schädel wurde zurückgeworfen, und sie stieß einen leisen Überraschungsschrei aus. Joe hatte das Gefühl, dass sein Herzschlag aussetzte, als sie am Boden zusammenbrach.

»Libby!«, rief Joe entsetzt. »Was *soll* das?«

Dann schrie Mönch los.

Joe eilte zu ihr und ging neben ihr in die Knie. Heulend kroch Mönch auf seinen Schoß und hielt sich den Kopf. Behutsam löste Joe die Finger von ihrem Schädel, um sich zu überzeugen, dass sie nicht im Sterben lag. Dann atmete er erleichtert auf. Ihr Ohr blutete, wo Libbys Stiefel es aufgerissen hatte, aber sie konnte immer noch die Arme und Beine bewegen, was bedeutete, dass sie nicht gelähmt war. Trotzdem schrie Mönch wie am Spieß, und ihre Lunge entwickelte mit jedem Atemzug mehr Kraft.

»Sie hat mich getreten!«, heulte Mönch. »*Joooe*, Libby hat mich *getreeeeeten*!«

»Das habe ich gesehen«, sagte Joe mit finsterem Blick.

Libby hatte sich wieder gesetzt und drückte lässig an dem blauen Fleck herum, den Mönch ihr verpasst hatte.

»Wie es scheint, hat sie Karate gelernt.«

»Taekwondo«, korrigierte Libby unbekümmert.

Joes Wut wurde immer heftiger. »Dann solltest du wissen, dass man keine kleineren Kinder zusammenschlägt. Entschuldige dich, Libby.«

»Keine Lust.«

»Bleib hier.« Joe schob Mönch zur Seite, die jetzt leise schniefte und Libby mit hämischer Vorfreude beobachtete. Er ging zu Libby hinüber, die ihn herausfordernd anstarrte.

»Entschuldige dich«, sagte Joe leise.

»Ich habe nicht gesehen, wie du dich entschuldigt hast, als du diesen Jungen zusammengeschlagen hast, der Essen gestohlen hat«, sagte Libby. »Und er hat dir nicht mal wehgetan. Du hast ihn zuerst geschlagen.«

»Ich habe ihn nicht zusammengeschlagen«, erklärte Joe gereizt.

»Du bist schuld, dass er sich bepisst hat«, gab Libby zurück. »Das ist viel schlimmer.«

Joe spürte, wie seine Knöchel unter dem Druck in seinen Fäusten knackten. »Libby, du hast einer Freundin von dir wehgetan, und jetzt wirst du dich dafür entschuldigen.«

»Sie ist nicht meine Freundin«, sagte Libby.

»Gestern warst du noch anderer Meinung«, sagte Joe. »Deshalb wolltest du nicht nach Hause. Du wolltest lieber bei deinen Freunden bleiben.«

»Gestern hatte sie mich noch nicht getreten.«

»Und du hattest ihre Mutter noch nicht als dumme Kuh bezeichnet.«

Wieder blickte Libby mit finsterer Miene zu ihm auf. »Du hast *meine* Mutter als dumme Kuh bezeichnet.«

Joe spürte, wie seine Kiefermuskeln frustriert arbeiteten. »Okay. Ich entschuldige mich dafür, wenn du dich bei Mönch entschuldigst.«

Widerstrebend blickte Libby zu Mönch, zwischen deren Fingern kleine Blutstropfen hervorquollen, wo sie sich das Ohr hielt. Ihr Gesichtsausdruck entspannte sich, und sie senkte schuldbewusst den Blick. »Tut mir leid, Mönch«, murmelte sie. »Ich wollte dich nicht so heftig schlagen.«

Joe dachte, dass es immerhin besser als gar nichts war. Er schaute zu Mönch hinüber, die immer noch schniefte, aber ein wenig besänftigt wirkte.

Joe ging vor Libby in die Hocke. »Ich möchte mich dafür entschuldigen, dass ich deine Mutter eine dumme Kuh genannt habe.«

Libby hielt sich die Nase zu, als würde sie etwas Übles riechen, wollte ihm aber immer noch nicht in die Augen blicken. »Kein Problem, Joe«, flüsterte sie mit brechender Stimme.

Joe runzelte die Stirn, während er beobachtete, wie Tränen über

Libbys schwarze Wangen liefen. Er drehte sich zu Mönch um. »Und du wirst sie nie wieder schlagen.«

Mönch riss leicht die Augen auf, als würde die bloße Vorstellung, Libby zu schlagen, ihr Albträume bereiten. Sie schüttelte energisch den Kopf, während sie sich weiter das blutende Ohr hielt.

»Alles in Ordnung, Libby?«, fragte Joe leise.

Libby biss sich auf die Lippe und schüttelte den Kopf, schien aber nicht darüber reden zu wollen. Joe überlegte, ob er sich zu ihr setzen sollte, doch als er näher an sie heranrückte, stand Libby einfach auf und ging weg.

Joe bedachte Libby mit einem letzten besorgten Blick und setzte sich dann auf der anderen Seite des Raums an die Wand. Es war das erste Mal, dass Libby einem von ihnen einen Schubser verpasst hatte, und sie hatte es mit so viel Gewalt getan, dass sie Mönch fast den Kopf abgerissen hätte. Er zweifelte nicht daran, dass Mönch sich glücklich schätzen konnte, noch am Leben zu sein.

Sie werden viel zu schnell erwachsen, dachte er, als er die Gruppe beobachtete. *Sie lernen nur, was die Kongs ihnen beibringen wollen.*

Was hieß, dass sie das Töten lernten.

14 *Gnädiger Lord Knaaren*

Sobald die übrigen Rekruten wach waren, wurden sie von einem Dutzend Ärzte mit verschieden großen goldenen Kreisen innerhalb der silbernen Umrandungen ihrer Rangabzeichen zusammengetrommelt und nach draußen getrieben. Ihre Kampfmeister trafen sie an der Tür. Die angespannte Haltung der fassförmigen Körper der Ooreiki war für Joe der erste Hinweis, dass etwas nicht stimmte.

»*Vierte Einheit, hier herüber!*«, rief Kampfmeister Nebil. »*Kinn, reih sie auf!*« »Kinn« war Nebils Spitzname für Sasha, zu Ehren ihres vorspringenden Unterkiefers. Nebils Stimme klang schriller als gewöhnlich, und Sasha beeilte sich, den Befehl auszuführen. Ihr üblicher arroganter Ausdruck war verschwunden, nun zeigte ihre Miene Besorgnis.

Anscheinend kann sie tatsächlich mal die Klappe halten und tun, was man ihr sagt, dachte Joe. Er war immer noch frustriert, weil Kampfmeister Nebil ihn keines Blickes gewürdigt hatte, nachdem er ihn zum Truppanführer ernannt hatte. Egal, wie gut sich Joe machte, Sasha blieb Kampfmeisterin, und jeder Idiot konnte sehen, dass er *viel* besser als Sasha war.

Das ist nicht fair. Ich hätte es werden müssen.

Nachdem Sasha sie in einer Reihe aufgestellt hatte, ausnahmsweise *ohne* irgendetwas zu verpatzen, trat Kampfmeister Nebil vor sie und verfiel wieder in sein langes Schweigen, während er ihre Gesichter musterte.

»*Die Takki haben Nachtkleidung in eure Kaserne geliefert*«, sagte Nebil schließlich. »*Die Sonne wird in drei Stunden verschwinden und erst in vier Tagen wiederkehren. Die ferlii-Zweige halten die Wärme fest, und die Sporen wirken isolierend, aber auf der dunklen Seite des Planeten fällt die Temperatur trotzdem häufig unter den Gefrierpunkt. Sobald die Formation aufgelöst wird, werdet ihr eure Nachtkleidung anlegen*

225

und sie tragen, solange der Nachtzyklus anhält. Bis dahin möchte ich, dass eure Sinne wachsam sind. Oberkommandeur Knaaren hat beschlossen, euch zu inspizieren. Er findet all unsere Rückschläge unangenehm und hat dem Kongress bereits vorgeschlagen, das Sechste Bataillon an einen seiner Brüder zu verkaufen. Also solltet ihr Takki-Rußlappen lieber euer bestes Benehmen an den Tag legen, wenn ihr nicht in den Sklavengehegen eines Dhasha landen wollt.«

Libbys Stimme schnitt laut und wütend durch die Stille. »Wir sind keine Sklaven!«

Nebil warf seinem Schützling nur einen kurzen Blick zu, und Joe verspürte einen Stich der Eifersucht. Wenn *er* so etwas getan hätte, hätte Nebil ihn flacher geklopft als einen Pfannkuchen.

»Wenn ihr nicht lernt, hat der Kongress das Recht, euch zu verkaufen. Eure Spezies ist immer noch sehr neu und sehr selten, also wird ein Dhasha einen beträchtlichen Preis für Menschen bezahlen. Vom Verkauf nur eines funktionsgestörten Bataillons könnte die Armee ein Jahr lang zwanzig Schiffe unterhalten. Ihr seid eine Novität, und ihr habt keine Schuppen, sodass ihr gut zu essen seid. Deshalb gibt es eine hohe Nachfrage nach euch, und die Dhasha haben sehr viel Einfluss im Kongress. Es gab bei ihnen bereits mehrere Bieterwettbewerbe, welcher Dhasha-Planet die erste Lieferung von Menschen erhält, die im Training versagt haben. Wenn ihr das vermeiden wollt, müsst ihr …«

»*Ich werde den Trupp ab jetzt übernehmen, Kampfmeister.*« Es war das erste Mal seit der Landung auf Kophat, dass Joe Kommandeur Tril sah, und nun wirkte seine Präsenz bedrohlich.

Kampfmeister Nebil versteifte sich und trat dann langsam zur Seite, ohne Tril anzuschauen.

Kommandeur Tril stellte sich vor der Einheit auf und richtete den Blick auf Kihgls *kasja*. »*Das kannst du nicht tragen, Zero. Bring es zu mir.*«

»Es ist meins«, platzte es aus Joe heraus. »Kommandeur Kihgl hat es mir gegeben.« An diesem Morgen hatte Nebil ihm gesagt, dass er es offen tragen sollte, an der Außenseite seines Ärmels, nicht schamvoll unter der Kleidung verborgen. Ihm war klar, dass er erleichtert sein sollte, dass Tril es ihm wegnehmen wollte, aber seit er nach dem Aufwachen die goldenen Gravuren gesehen hatte, war ihm das Ding ans Herz gewachsen. Außerdem gehörte es Kihgl und nicht Tril. »Kommandeur Kihgl hat es mir gegeben.«

Kommandeur Trils Gesicht nahm für einen Moment einen befriedigten Ausdruck an. »*Kommandeur Kihgl ist wegen Hochverrats angeklagt*«, sagte Tril. »*Jetzt bin ich der Zweite Kommandeur des Sechsten Bataillons.*«

Joe fühlte sich, als hätte er einen Schlag in die Magengrube erhalten. Nebil reagierte ähnlich bestürzt. Der Kampfmeister wandte den Blick ab, und die Sudah an seinem Hals flatterten wild.

Tril schaute auf das Dreieck auf Joes Brust. »*Du kannst mir die kasja geben oder deine Stellung als Truppanführer verlieren. Deine Wahl.*«

Joe starrte Tril an und spürte den Ansatz von Hass. Aus irgendeinem unvernünftigen Grund wollte er Tril sagen, dass er ihn mal kreuzweise konnte. Er würde das Armband behalten und seine Stellung verlieren. Das goldene Alien-Design der *kasja* hätte gut auf das Regal neben die Sammlung von keltischen Armbändern und Halsketten gepasst, die sein Vater in seiner Kellerwerkstatt aus Silber gehämmert hatte. Er öffnete den Mund, um Tril zu sagen, wohin er sich seine Aufforderung stecken konnte.

»*Gib sie mir, Zero.*« Nebil trat vor. »*Ich werde dafür sorgen, dass du sie zurückbekommst.*«

Tril versteifte sich. »*Er wird sie erst zurückbekommen, wenn ich sie ihm wiedergebe, Kampfmeister.*«

Kampfmeister Nebil schien ihm gar nicht zuzuhören und blickte Joe unbeirrt mit braunen Augen an. »*Du wirst sie zurückbekommen*«, wiederholte er.

Selbst nachdem er ihn geschlagen und gehetzt hatte, bis Joe wie ein Hund gekotzt hatte, hatte Kampfmeister Nebil etwas an sich, das Joes Vertrauen weckte. Widerstrebend zerrte er sich die *kasja* über den Arm und legte sie in Nebils geöffnete Tentakel. Kampfmeister Nebil klemmte sie sich unter den Arm und kehrte zu seinem Platz zurück.

»*Ich werde sie den Friedensstiftern übergeben*«, sagte Tril. »*Geben Sie sie mir. Sie hat einem Verräter gehört.*«

»*Jetzt gehört sie Zero*«, erwiderte Nebil, der keine Anstalten machte, der Anweisung Folge zu leisten.

Kommandeur Trils Sudah flatterten hektisch, während er Nebil anstarrte. Nach längerem Schweigen knurrte er: »*Mach Sie ihnen Beine. Wir haben noch zwei Stunden, um diesen Furgs beizubringen, als Bataillon zu marschieren. Wir sind ohnehin unterbesetzt, und ich will nicht, dass Lord Knaaren mehr von ihnen beansprucht als nötig.*« Dann stapfte er zu einer anderen Einheit davon und überließ wieder Nebil die Verantwortung.

Unter Trils Befehl sammelten die zehn Ooreiki-Kampfmeister ihre Trupps und ließen sie in einem Rechteck aufmarschieren, das fünf Bodenteams tief und dreißig Bodenteams breit war. Es lag eine gewisse Dringlichkeit in der Luft, als die Kongs die Regeln erklärten, wie die Rekruten als Bataillon zu marschieren hatten. Jeder sollte eine Armeslänge Abstand zum Kameraden vor ihm halten und die Rekruten links und rechts von ihm beobachten, um eine gerade Reihe zu bilden. Die Stiefel mussten im Takt zu den Kommandos des Kampfmeisters auf dem Boden landen. Joe kannte nur die Hälfte der Befehle in der Kong-Sprache, obwohl er sich jedes Wort eingeprägt hatte, das Tril ihnen während der Reise hierher beigebracht hatte.

Alle Ooreiki hatten ihre Übersetzungsgeräte ausgeschaltet, sodass es den Menschen überlassen blieb, ihre Befehle schnell genug zu dechiffrieren, um nicht wegen Dummheit aussortiert zu werden. Die Kampfmeister schlugen Dutzende Rekruten, wenn sie geringfügige Fehler begingen, und danach wurde es immer schlimmer. Ein Junge wurde blutig geprügelt, weil er vortrat, als der Befehl zum Stehenbleiben kam. Einem Mädchen wurde der Unterkiefer zertrümmert, als sie einen falschen Schritt machte und damit ihre gesamte Reihe aus dem Rhythmus brachte. Sasha entstellte eine Anweisung und verwirrte die Einheit, wofür Kommandeur Tril ihr den Arm brach. Takki kamen, um sie wegzubringen, und Kampfmeister Nebil zwang Libby, ihre Aufgabe zu übernehmen. Obwohl sich Joe anfangs Sorgen um sie machte, gelang es Libby irgendwie, die Übungen trotz der fremden Sprache perfekt auszuführen. Als er ihre tadellosen, selbstbewussten Befehle hörte, wurde Joe eifersüchtig. Wieder dachte er: *Eigentlich sollte ich da vorn stehen.*

Die übrigen Rekruten des Trupps machten sich vor Angst fast in die Hose. Als die Befehle der Ooreiki immer hektischer wurden, verstärkte sich ihre Unruhe, bis alle zitterten, weil sie nicht wussten, was als Nächstes kam.

Es war das Nervenaufreibendste, was Joe je erlebt hatte. Als Kommandeur Tril sie schließlich zum Stillstehen aufforderte, spürte Joe den kollektiven Schrecken, den die Kinder um ihn herum ausstrahlten, doch ihr Zweiter Kommandeur bemerkte es nicht … oder er interessierte sich nicht dafür.

Ein Hornsignal hallte von den glänzenden Fassaden der riesigen Gebäude wider. Der tiefe Ton ließ alle zusammenzucken. Im nächsten Moment befahl Kommandeur Tril ihnen, in eine Ecke des freigeräumten Exerzierplatzes zu marschieren. Überall strömten schwarz gekleidete Rekruten in perfekter Formation auf den Platz. Joe warf einen Blick zu den unregelmäßigen Reihen des Sechsten Bataillons und bekam wieder Angst.

Ihre Formation stach zwischen den anderen genauso heraus wie die geometrischen Versuche eines zweijährigen Kinds, die man unter Oberstufen-Klassenarbeiten in Differenzialrechnung gemischt hatte.

Ihre Kampfmeister ließen sie an einem Ende des Platzes anhalten, wo sie sich auf dem Absatz nach links drehen sollten, sodass Joe nun zusammen mit dreißig weiteren Jugendlichen in der ersten Reihe stand.

»*Richtet eure feuerliebenden Augen zu Boden!*«, rief Kommandeur Linin. »*Wenn ein Dhasha zur Inspektion kommt, neigt ihr die Köpfe und beugt die Körper, als würdet ihr euch in die Hose machen. Und bewegt euch nicht! Seine Lordschaft Knaaren ist ein Sohn von Prinz Rethavn. Das bedeutet, dass er fest vom Alten Pakt überzeugt ist. Und das bedeutet, dass er euch aschige Furgs einfach mitnehmen kann, damit ihr ihm die Schuppen kratzt oder er euch isst, je nach seiner brennenden Laune. Was auch geschieht, rührt euch nicht, bis es euch befohlen wird. Und blickt ihm niemals in die Augen. Dhasha erklären sich das ka-par, indem sie sich in die Augen schauen.*«

Dann ließen Tril, Linin und die Kampfmeister sie allein und gingen zu den anderen Ooreiki, die auf der anderen Seite des Platzes ihre eigene Formation gebildet hatten.

Das ist schlecht, dachte Joe. Er stand so still da, wie er konnte, obwohl seine Gliedmaßen zitterten. Um ihn herum breitete sich eine verängstigte Hysterie aus, als die Jugendlichen mit weit aufgerissenen Augen dastanden und warteten. Die meisten wussten, was es bedeutete, von einem Dhasha inspiziert zu werden, und sie fürchteten sich so sehr davor, dass sie zitterten.

Am hinteren Ende des Platzes brach Tumult aus, aber Joe hielt den Blick zu Boden gerichtet, wie Linin es ihnen gesagt hatte. Ein Mädchen neben ihm erblasste und riss die Augen auf. »Es hat jemanden getötet.«

Joe schaute zu den Reihen des Ersten Bataillons hinüber.

Ein Monster von der Größe eines Grizzly-Bären stapfte durch die Formation. Hinter ihm schlug ein armloses Mädchen schreiend um sich und verspritzte Blut auf ihre wie versteinerten, verängstigten Kameraden. Zwei Takki, die dem Monster folgten, hielten an, um den Stumpf des Mädchens zu verbinden. Dann hob einer von ihnen ihr Gewehr vom Boden auf, und gemeinsam trugen sie sie fort.

Zum ersten Mal wurde Joe bewusst, dass das Sechste Bataillon das einzige war, das keine Gewehre trug. Er fragte sich, was sich Tril dabei gedacht hatte, sie stundenlang marschieren zu lassen, obwohl es doch viel besser gewesen wäre, wenn sie ihre Gewehre geholt und die zwei Stunden damit zugebracht hätten, sich perfekt aufzureihen, bevor der Dhasha auftauchte. Marschieren hätten sie auch noch später üben können. Jetzt brauchten sie die Zeit, um nicht wie Rußsäcke auszusehen.

»Sie wird es überstehen«, sagte Joe zu den Leuten um ihn herum. »Alle blicken zu Boden.« Er hoffte, dass sie nach Trils Marschiererei nicht auf die Idee kamen, einfach wegzurennen. Er hatte das Gefühl, das Raubtier fünf Bataillons weiter würde sie sofort hetzen und lebend fressen.

Knaaren lief an den übrigen Bataillonen vorbei und blieb bei jedem nur kurz stehen. Dann war er bei ihnen und füllte Joes Gesichtsfeld mit einem Regenbogen aus farbigen Schuppen aus. Seine langen schwarzen Klauen gruben sich in den glitzernden Kies zu Joes Füßen, als er sich vorbeibewegte. Das Ding war *riesig*. Das Wesen verströmte eine Aura der Macht, bei der sich Joes Kehle vor

Angst zuschnürte. Insgeheim betete er, dass sich die anderen Kinder lange genug zusammenreißen konnten, bis Knaaren weitergegangen war, aber er hörte das Keuchen und unterdrückte Schluchzen genauso deutlich wie den Dhasha. Ihm wurde übel, als Knaaren abrupt vor ihnen stehen blieb.

Ein raues, gutturales Knurren kam aus dem riesigen, haiähnlichen Maul des Dhasha. Die Kinder in Joes Nähe wimmerten und wanden sich. »*Das ist also das Bataillon der Verräter*«, sagte das Übersetzungsgerät, das er sich um den Hals gehängt hatte. »*Wie armselig. Ich habe euch marschieren gesehen. Ihr bewegt euch wie ängstliche Takki. Ihr seid Missgeburten! Ich dachte, die anderen wären schlimm, aber ihr seid noch viel schlimmer. Es beschämt mich, euch in meinem Regiment zu haben. Habt ihr Angst vor mir, Menschensklaven? Du, hast du Angst vor mir?*« Knaaren senkte den Kopf, damit er das Mädchen genau vor sich anstarren konnte. Sein riesiges, klaffendes schwarzes Maul war groß genug, um sie zu verschlingen.

Das Mädchen starrte zu Boden und war zu verängstigt, um sprechen zu können.

»*Antworte mir!*«

»*K-k-kee*«, wimmerte das Mädchen.

»*Gute Antwort. Du tust gut daran, Angst vor mir zu haben. Ich sollte euch alle an meinen Vater verkaufen.*« Der Dhasha ging ein Stück weiter die Reihen entlang und blieb dann vor Joe stehen. »*Was ist mir dir? Hast du Angst vor mir?*«

Joe konnte den üblen Atem des Monsters auf seinem Gesicht spüren. Die untere Reihe der schwarzen, dreieckigen Zähne war nur wenige Zentimeter von seinem Hals entfernt, und der Blick der unmöglich großen eiförmigen grünen Augen durchbohrte ihn mit der kalten Härte von Smaragden.

»*Kkee*«, sagte Joe und starrte auf seine Füße. *So viel Angst, dass ich mir in die Hose machen möchte.*

Das Geschöpf ging weiter. »*Was ist mit dir? Hast du Angst vor mir?*«

Das befragte Mädchen riss den Kopf hoch und die Augen auf und stammelte wimmernd etwas Unverständliches.

Im nächsten Moment kamen die schwarzen Kiefer herab und

zerbissen sie in zwei Hälften. Der Unterkörper und einige Innereien fielen zu Boden, mit den Knien voran. Zuerst war sich Joe gar nicht sicher, ob er es sich nicht nur eingebildet hatte. Dann schrien die Kinder rund um den Torso und wichen zurück.

»*Bleibt in der Formation!*«, brüllte Nebil sie an. »*Kehrt an eure Plätze zurück, oder es werden noch mehr sterben!*«

Inzwischen war der Dhasha längst weitergegangen. Joe schaute ihn jetzt offen an, während Wut in ihm aufstieg. Wegen leichter Verstöße erleichterte Knaaren zwei weitere Kinder um Gliedmaßen, bevor er einen Bogen beschrieb und schließlich ein paar Kinder weiter hinter Joe stand.

»*Mein Sklave hat recht. Ihr alle riecht wie Feiglinge. Wo sind eure Gewehre? Ihr wagt es, ohne eure Gewehre zu einer Bataillonsinspektion zu erscheinen? Ihr flennenden Takki! Ich wette, es gibt niemanden unter euch, der es wagt, mir in die Augen zu blicken.*«

Joe hatte das Gefühl, die Angst würde sich wie ein kalter Tentakel durch seine Eingeweide schlängeln. *Tu es nicht*, dachte er. *Bitte tu es nicht.*

Anscheinend waren die anderen Kinder zu klug oder zu verängstigt, um aufzublicken. Alle hielten den Blick unbeirrt auf ihre Füße gerichtet.

Außer Joe. Er war zu sehr damit beschäftigt, sich umzuschauen und zu vergewissern, dass alle anderen nach unten schauten.

»*Du.*« Der Dhasha blieb vor Joe stehen. »*Du starrst nicht wie all die anderen Takki auf deine Füße. Es scheint dir zu gefallen, so groß zu sein. Schikanierst du die anderen Kinder? Stiehlst du ihnen das Essen und die Ausrüstung? Antworte mir!*«

»*Anan*«, sagte Joe zu seinen Füßen.

»*Warum nicht? Hat Kihgl euch nicht genau das beigebracht? Nehmt von euren Kameraden, statt zu teilen? Tut so, als wolltet ihr ihnen die Schuppen putzen, damit ihr ihnen eine Klaue in die Eingeweide bohren könnt? Der Verräter hat euch alle verdorben. Schau mich an. Ich will dein Gesicht sehen.*«

Joe hörte seinen Herzschlag wie einen Hammer in seinem Kopf und hob den Blick so weit vom Boden, dass er den massiven Brustkorb des Dhasha betrachten konnte.

»*Ich sagte, schau mich an!*«

»Ich schaue Sie an«, sagte Joe und starrte weiter auf die irisierenden Brustschuppen.

»*Was hast du gesagt, Mensch?*«

»Ich sagte, dass ich Sie anschaue.«

»*Der Takki hat tatsächlich Rückgrat. Schau mir in die Augen und sag mir genau das.*« Der Dhasha ragte vor ihm auf, wartete auf die Gelegenheit zum Zuschlagen.

Joe wusste, dass seine nächste Entscheidung auf Leben oder Tod hinauslief. Er hielt den Blick zu Boden gerichtet.

Die farbigen Lippen des Dhasha zogen sich von den dreieckigen schwarzen Zähnen zurück, und Joe sah Stückchen von anderen Kindern zwischen den rasiermesserscharfen Reihen. Das Wesen bellte ihm ins Gesicht und ließ die Zähne zusammenschnappen wie Messer. Joe wurde mit Blut und Speichel bespritzt und glaubte, im nächsten Moment kotzen zu müssen.

Genauso schnell, wie es begonnen hatte, schloss der Dhasha den Mund und bewegte sich weiter.

»*Ich mag es, wie deine Finger aussehen, Mädchen. Nach den Gesetzen des Pakts beanspruche ich dich als meine Dienerin.*«

Das Mädchen, das der Dhasha auserwählt hatte, stolperte irritiert aus der Reihe, als die purpurroten Takki sie von den anderen wegzerrten.

»*Und den hier. Er sieht nicht aus wie ein Krieger. Er wird sich gut als Sklave machen.*«

Die Takki holten den Jungen aus der Formation, und Knaaren ging weiter. Joe verspürte eine neue Art Wut. Der Dhasha nahm sich *Sklaven*! Völlig offen. Und niemand würde ihn daran hindern.

Knaaren stieß ein angewidertes Bellen aus. »*Ihr seid keine Krieger. Ihr alle solltet Sklaven sein. Er hier. Er ist fett. Ich könnte ihn heute Abend gebrauchen. Und er. Und sie. Und sie.*« Der Dhasha ging noch mal im Kreis um Trils Bataillon herum und suchte sich mehr als zwei Dutzend Kinder aus. Dann blieb er wieder vor Joe stehen. »*Und ihn.*«

Joe wappnete sich, als die Takki auf ihn zueilten.

Aber Knaaren wollte nicht Joe. Er wollte Elfe. Die Takki zerrten

233

ihn aus der Reihe und zu den wimmernden Kindern mit den bleichen Gesichtern, die dem Dhasha in einem verängstigten Haufen folgten. Joe konnte nur tatenlos zusehen, benommen und erleichtert und gleichzeitig beschämt über seine Erleichterung. Zutiefst beschämt.

»So. Das dürfte vorläufig genügen. Wenn ihr weiterhin beim Training versagt, werde ich mir noch mehr holen. Bis dahin dürft ihr den Rest des Tages wie die anderen Bataillone nach Belieben verbringen, obwohl ihr es euch nicht verdient habt.« Damit stapfte Knaaren zum nächsten Bataillon. Der verzweifelte Blick, den Elfe ihm zuwarf, als man ihn fortbrachte, brannte sich wie ein Fluch in Joes Gedächtnis.

Nachdem er eine weitere Stunde lang die übrigen Rekruten eingeschüchtert hatte, ging Knaaren und nahm seine neuen Sklaven mit. Er hatte keine weiteren Kinder für sich beansprucht, seit er sich die zwei Dutzend aus dem Sechsten Bataillon genommen hatte. Sobald er fort war, stürzten sich die Ooreiki wieder auf sie. »Ihr seid gut davongekommen«, sagte Kommandeur Tril zu ihnen. *»Er hat nur achtundzwanzig mitgenommen. Wir haben immer noch eine Chance.«*

»Was ist mit den Kindern, die er getötet hat?«, wollte Sasha wissen. Ihre Stimme vibrierte vor Wut. »Bekomme ich dafür Ersatz?«

Tril warf einen Blick auf den Torso, der immer noch vor ihr am Boden lag. *»Er hat nur eine getötet. Die anderen beiden werden Prothesen bekommen. Sie dürften nach einem Tag wieder hier sein.«*

»Sie gehörte zu meinem Bodenteam«, rief Sasha. »Jetzt sind wir nur noch *vier*.«

»Möchtest du ihr Schicksal teilen, Rekrutin? Als Rekrutenkampfmeisterin genießt du keine Immunität. Ganz und gar nicht.«

Sasha schien ein Stück zu schrumpfen und schüttelte den Kopf.

»Dann diskutiere nicht. Ein Dhasha findet immer Platz für mehr.«

Joe starrte Tril an. Wie konnte er ihnen auf diese Weise drohen, nach dem, was sie gerade durchgemacht hatten?

»Uns läuft die Zeit davon«, fuhr Tril fort, als hätte er nichts Außergewöhnliches gesagt. *»Lord Knaaren hat wegen Kihgls Verrat keine gute Meinung von euch. Wir werden jeden freien Augenblick mit Übungen verbringen müssen, bis ihr besser seid als die anderen.«*

Der Schock ließ allmählich nach, und nun fingen viele der Kinder an zu weinen.

»*Bringt eure Rekruten zum Schweigen, Kampfmeister!*«, bellte Kommandeur Tril. »Jeder, der irgendwelchen Lärm macht, wird die Unordnung aufräumen, die Knaaren hinterlassen hat.«

Joe hatte Wut im Bauch, als er diese Worte hörte. Knaarens »Unordnung« bestand aus mehreren Körperteilen, Fleischstückchen und literweise Blut.

»*Wir werden diesen Tag zum Trainieren nutzen*«, fuhr Tril fort. »*Kighls Prozess soll in acht Standardtagen stattfinden. Bis dahin müssen wir bereit sein.*« Tril hielt kurz inne. »*Und … es tut mir leid. Zahali. Kighl war geistig gestört, und viele von euch werden dafür bezahlen.*«

Während er das sagte, flatterten plötzlich Nebils Sudah, und er blickte zur Seite, um etwas in der Ferne zu beobachten. Joe bemerkte, wie sich seine knochenlosen Finger vor ihm verknoteten.

Tril machte unbeirrt mit seiner Erklärung weiter, was mit ihrem Zweiten Kommandeur geschehen war. Es war eine »*Schande*«, wie er sagte. Eine »*bedauernswerte Unvermeidlichkeit*«. Eine »*Tragödie, dass es so lange unbemerkt weitergehen konnte*«. Die meisten Kampfmeister – und selbst Kleinkommandeur Linin – schienen es Nebil nachzumachen und suchten sich einen anderen Punkt, den sie fixieren konnten, während Tril weiter von den Verpflichtungen und der Verantwortung eines Zweiten Kommandeurs in der Kongress-Armee und von Kighls Fehlern schwafelte.

Und warum nach der Aufdeckung von Kighls Verbrechen Tril seinen Rang übernommen hatte, weil er für die Festnahme eines Verräters gesorgt hatte. Denn es war, wie Tril stolz erklärte, *er* gewesen, der Kighls verräterisches Wesen erkannt hatte. Und *er* war es auch gewesen, der dafür verantwortlich war, dass die Friedensstifter über seine Korruption informiert worden waren.

Plötzlich entfernte sich einer der Kampfmeister mit schnellen Schritten, was Tril veranlasste, innezuhalten und dem Rücken des Ooreiki einen kurzen Blick zuzuwerfen. Als er fortfuhr, ging es um die Möglichkeit, dass sich in den Reihen »*Sympathisanten*« und »*Kollaborateure*« versteckten, und wie wichtig es war, auf jedes Anzeichen von mangelnder Loyalität gegenüber dem Kongress zu achten. Die Friedensstifter, fügte Tril hinzu, boten eine Verringerung der Dienstzeit um zehn Umläufe für jeden Rekruten, der Informationen bereitstellte, die zur Verhaftung und Verurteilung anderer Abtrünniger führten.

Joe spürte, wie sich die Härchen an seinen Armen aufrichteten, doch ansonsten hielt er den Blick nach vorn gerichtet.

Sobald Tril fertig war und sie entließ, lösten Nebil und die anderen Kampfmeister das Bataillon in ihre zehn Einheiten auf und marschierten mit ihnen zu verschiedenen Bereichen des Platzes.

Damit begann der längste Tag in Joes Leben.

Sie marschierten, bis sie Blasen an den Füßen hatten und ihnen die Waden schmerzten. Sie holten ihre Gewehre und nahmen sie auseinander, bis sie die Einzelteile selbst mit geschlossenen Augen sahen. Sie begradigten ihre unordentlichen Reihen, empfingen glänzende neue Helme und lernten, wie die Helmcomputer funktionierten. Sie keuchten und würgten, als die Kampfmeister sie in Formation rund um den Platz rennen ließen. Sie hörten sich Kong-Flüche an, bis ihnen die Ohren brannten, und schrien »*Kkee nkjanii!*«, bis ihre Kehlen heiser waren.

Als Nebil sie vom Platz brachte, waren sie kaum noch in der Lage, einen Fuß vor den anderen zu setzen. Erst als sie am Fuß einer serpentinenförmigen schwarzen Treppe standen, wurde ihnen bewusst, dass die Tortur vorbei war. Nun erwartete sie der lange Aufstieg zurück zur Kaserne.

»Rauf da!«, rief Kampfmeister Nebil ihnen auf Kong zu. »Ihr seid noch nicht fertig, ihr rußfressenden Jenfurglinge! Schneller! Schneller! *Rennt!*«

Der Kampfmeister ließ sie auf der Hälfte der sechs Stockwerke hohen Treppe anhalten und sagte ihnen, dass sie es noch einmal tun sollten. Beim zweiten Mal stiegen sie noch langsamer als zuvor hinauf. Nebil zwang sie zu einem weiteren Versuch. Und zu noch einem. Sie stiegen über die Treppe, bis Joe nicht mehr sagen konnte, ob es hinauf oder hinunter ging, während der Kampfmeister jedes Mal mühelos mithielt.

Joe erinnerte sich nicht mehr, wie er oben angelangt war. Drinnen befahl Kampfmeister Nebil ihnen, ihre Waffen auf Diamantstaub zu überprüfen und sie in einem Schrank am Ende ihres Gemeinschaftsschlafsaals zu verstauen. Dann mussten sie sich gemeinsam ausziehen, auf Befehl. Sie legten jedes Stück ab und falteten es zusammen, während Nebil die Bezeichnungen auf Kong brüllte.

Sie packten ihre Kleidung unter ihre Waffen in die Schränke. Zuletzt kamen ihre Stiefel. Joe hatte gedacht, dass sie viel zu schwer für gewöhnliche Stiefel waren, und er hatte recht. Während ihre Köpfe vor Erschöpfung wackelten, befahl Nebil ihnen, ihre Stiefel auseinanderzunehmen, wobei sie die darin versteckten Werkzeuge und Waffen fanden. Dann erklärte er ihnen ausführlich, wie sie auf Kong hießen und wozu sie auf dem Schlachtfeld verwendet werden konnten.

Als sie schließlich kaum noch die Augen offen halten konnten, ließ Nebil sie im Kreis mit ihren Bodenteamkameraden neben ihre großen runden Betten treten und seine Worte nachsprechen. »*Ich bin ein Bodenkämpfer. Dies sind meine Bodenteamkameraden. Voneinander getrennt sind wir nichts. Gemeinsam sind wir ein Bodenteam. Ich werde niemals mein Bodenteam im Stich lassen, und mein Bodenteam wird mich nie im Stich lassen. Ich werde mit meinen Bodenteamkameraden leben und mit ihnen kämpfen, und wenn ich sterbe, wird meine Essenz in meinen überlebenden Bodenteamkameraden weiterleben. Ich werde den Befehlen meines Bodenteamanführers bedingungslos gehorchen. Ich bin ein Bodenkämpfer.*«

Erst danach durften sie ins Bett kriechen. Joes Bodenteam war auf fünf zusammengeschrumpft. Elfe war nicht ersetzt worden.

15 *Aufgerufen*

»Er ist es, von dem vorhergesagt wurde, dass Sie ihn retten würden, nicht wahr?« Nebils Stimme drang leise aus dem halbdunklen Korridor vor der Gefängniszelle.

Kihgl war an einer Wand der Zelle zusammengesackt und starrte auf den Fußboden. Er hob den Blick nicht. »Sie zeichnen alles auf, was während Ihres Besuchs geschieht. Wenn sie irgendetwas finden, das ihnen nicht gefällt, wird man auch Sie als Verräter anklagen.«

»Ich habe die Überwachung ausgeschaltet«, sagte Nebil. »Ich habe Sie mit der verdammten *kasja* in diese Schwierigkeiten gebracht. Möchten Sie, dass ich Sie heraushole?«

Kihgl wollte es mehr als alles andere. Dennoch musste er seinen Drang zu lachen unterdrücken. »Ich wähle meinen Weg, Nebil«, sagte Kihgl leise. »Verknüpfen Sie Ihr Schicksal nicht mit meinem. Es würde Sie nur zusammen mit mir in die Tiefe reißen.«

Nebil schien eine Weile zu brauchen, um seine Worte zu verdauen. »Warum haben Sie ihn nicht getötet, wenn Sie wussten, was es bedeuten würde?«

Kihgl blickte zu Nebil auf. Sein alter Freund machte einen gequälten Eindruck. Leise erwiderte Kihgl: »Hätten Sie ihn getötet, wenn Sie gewusst hätten, was er tun würde?«

Nebil ließ sich einen Moment Zeit mit der Antwort. »Es war mir eine Ehre, mit Ihnen auf Ubashin zu dienen. Ich hoffe, Sie können vor dem Ende Ihren Frieden finden.«

»Das tut kein Soldat.«

Nebil bedachte ihn mit einem langen, unglücklichen Blick, dann nickte er und ging.

*

Während der acht Tage intensiven Trainings vor Kihgls Prozess saugte Joe alle Informationen auf wie ein Schwamm. Das machte ihm Sorgen. Er musste sich in Erinnerung rufen, dass er kein Soldat werden, dass er zur Erde zurückkehren wollte.

Trotzdem fiel ihm hier alles so *leicht*. Marschieren war einfach. Taktik war ein Kinderspiel. Und wenn er eine Waffe in die Hand nahm …

Es war, als würde die Waffe zu ihm sprechen, ihm ihre Geheimnisse zuflüstern, ihm ihre Schwächen offenbaren.

Damals in der Schule auf der Erde hatte er große Mühe mit dem Unterrichtsstoff gehabt und es kaum geschafft, in die nächste Klasse versetzt zu werden. Er interessierte sich für Football und seine Freunde, nicht für die Ausbildung. Hier hingegen konnte er gar nicht mit dem Lernen aufhören. Sein Gehirn schluckte sämtliche Informationen, als wäre es völlig ausgehungert. Er schien fast ein angeborenes Wissen über die Kongress-Streitkräfte zu haben, als würde alles, was die Ooreiki ihm erklärten, bereits knapp unter der Oberfläche seines Bewusstseins schwimmen und als wäre nicht mehr nötig als ihre Worte, um es freizusetzen. Er nahm die Terminologie in sich auf, die Strategien, die Regeln, die Waffen – und verlangte nach mehr.

Ich werde zu einem von ihnen, wurde Joe eines Nachts voller Entsetzen bewusst. Er zog das Schweizer Armeemesser seines Vaters hervor und rieb mit dem Daumen über den roten Kunststoff, dachte an zu Hause und schämte sich, dass er zugelassen hatte, sich durch den Feind einer Gehirnwäsche zu unterziehen.

Am nächsten Tag überließ Joe es den anderen, die Fragen ihrer Lehrer zu beantworten, machte bewusst Fehler bei den Übungen und ließ absichtlich sein Gewehr fallen, als Kampfmeister Nebil die Paradewaffen ausgab, die sie für Kihgls Prozess brauchen würden und die er als *otwa* bezeichnete.

Obwohl Nebil nichts weiter dazu sagte, war Joe klar, dass es ein Modell aus ferner Vergangenheit war und dass es nur bei bedeutenden Ereignissen zur Verwendung kam. Die Waffe fühlte sich seltsam in seiner Hand an, eine altehrwürdige Schönheit. Der Griff bestand aus dem gleichen schwarzen Stein, der die Oberfläche von Kophat bildete, und das Metall hatte einen blau-weißen Glanz. Unwillkürlich empfand er Respekt, als er sie berührte, und er wusste, dass sie für die Aliens eine besondere Bedeutung hatte.

Ich bin keiner von ihnen, dachte Joe plötzlich, und seine Bewunderung für sie verschwand, als wäre in seinem Kopf ein Schalter umgelegt worden. *Ich werde nicht für sie kämpfen. Ich gehe nach Hause.*

Am nächsten Morgen, als Nebil ihnen zeigte, wie die *otwa* funktionierten, tat Joe, als würde er gar nichts verstehen. Da es ein älteres Modell war, war es viel komplizierter als alles, was Joe bislang auseinandergenommen hatte. Es bestand aus über zwanzig Teilen, die auf ungewöhnliche und komplexe Weise zusammenpassten. Innerhalb der äußeren Schicht aus Stein gab es seltsame ineinandergreifende Elemente aus unterschiedlichen Metallen und Verbundstoffen, deren Anordnung jeglicher Logik zu widersprechen schien. Es war einfach, Unverständnis vorzutäuschen, während die übrigen Kinder davon völlig verwirrt waren.

Trotzdem warf Kampfmeister Nebil ihm verwunderte Blicke zu, als sich Joe mit jedem Stift und jedem Verschlussstück abmühte und erst als Drittletzter fertig wurde, obwohl er und Libby sonst immer die Ersten waren. Am folgenden Tag machte er es genauso. Erst am dritten Tag sprach Libby ihn darauf an.

»Warum gibst du vor, gar nichts mehr zu wissen?«, fragte sie.

Joe hatte seine schweißfleckige Jacke ausgezogen und über die Knie gespannt, während er sein Rangabzeichen polierte. Der Rest seines Bodenteams schlief seit zwei Stunden tief und fest, während Joe noch ein paar Runden hatte rennen müssen, weil irgendjemand in seinem Trupp die Übungen vermasselt hatte.

Joe bedachte sie mit einem müden Blick. »Ich weiß nicht, wovon du redest, Lib.«

Sie kniff die hübschen braunen Augen zusammen. »Du weißt es ganz genau. Du bist wie ich – du kannst alle Teile in deinem Kopf sehen, noch bevor du sie berührst.«

Joe putzte weiter das silberne Dreieck, das in den Stoff seiner Jacke eingebettet war. Kampfmeister Nebil hatte von ihm verlangt, dass es jederzeit perfekt glänzte, auch nachdem er durch den Diamantstaub gekrochen war.

»Joe!« Libby stieß gegen seine bloße Schulter.

»Geh wieder ins Bett«, murmelte Joe.

»Was ist los mit dir, Joe?«, bohrte Libby weiter. »Bist du krank?«

»Ich werde nie ein Kong sein«, sagte Joe. »Ich werde nach Hause zurückkehren.«

Libby runzelte die junge Stirn. »Nein, das wirst du nicht.«

»Nur weil du hierbleiben willst, heißt das nicht, dass es auch für alle anderen gilt.« Joe nahm die Jacke von den Knien und hielt sie hoch, um das silberne Dreieck zu begutachten.

Es sollte ein Stern sein, dachte ein rebellischer Teil seines Geists, bevor er den Gedanken verdrängen konnte.

Verärgert faltete er die Jacke ordentlich zusammen, legte sie in sein Schrankfach und machte sich daran, seine Stiefel aufzuschnüren. »Sobald ich die Gelegenheit erhalte, bin ich hier weg. Ich habe einige ihrer Schriftzeichen gelernt, Lib. Gestern Nacht habe ich es während meiner Wachschicht geschafft, die Tür der Kaserne zu öffnen. Es wird nicht mehr lange dauern, bis ich es jederzeit tun kann.«

Libby bedachte ihn mit einem finsteren Blick. »Du kannst nicht gehen, Joe.«

»Ich werde nicht für irgendwelche verdammten Aliens kämpfen, Lib«, knurrte er zurück.

Sie starrte ihn lange an. »Tril hasst dich schon jetzt, und Nebil ärgert sich ständig über dich. So wirst du nie ein Kampfmeister werden.«

»*Du* wirst die Kampfmeisterin sein«, sagte Joe. »Nebil wird mir diesen Posten niemals geben. Er hasst mich. Du siehst, wie er Sasha behandelt. Ständig verpatzt sie irgendwas, aber er sucht sich niemand anderen. Dann baut ein Rekrut in meinem Trupp Mist, und was macht er? Er drillt mich stundenlang, weil ich für ihn verantwortlich bin. Macht er das auch mit den anderen? Nein. Drillt er Sasha, wenn *ihre* Rekruten Mist bauen? Nein. Er macht es nur bei mir. Warum zum Teufel tut er das?«

»Weil du besser als die anderen bist, Joe«, erwiderte Libby. »Du wirst der beste Soldat sein, den sie jemals gesehen haben, und Nebil weiß es.«

Joe lachte und knallte seine Stiefel in den Schrank, womit er alle schlafenden Rekruten hochschrecken ließ. »Ich werde von hier verschwinden. Nebil kann mich mal.« Ohne ein weiteres Wort kroch er zu den anderen Mitgliedern seines Bodenteams ins Bett und schlief ein.

Als Kampfmeister Nebil sie am nächsten Tag anwies, ihre neuen Waffen auszuprobieren und auseinanderzunehmen, zögerte Joe die Sache hinaus. Als sie sie wieder zusammenbauen sollten, las Joe stattdessen die Schriftzeichen an der Wand der Waffenkammer. Diese Informationen brauchte er, wenn er eine Möglichkeit finden wollte, den Planeten zu verlassen. Das Gewehr würde ihm dabei nichts nützen.

Dann ertönte plötzlich Libbys laute Stimme: »Kampfmeister Nebil, Zero hat den Lauf jetzt schon dreimal verkehrt herum aufgesteckt, und seit zwanzig Ticks spielt er mit dem Auslöser herum.«

Joe warf Libby einen vernichtenden Blick zu, und schon im nächsten Moment stand Kampfmeister Nebil vor seinem Tisch. Zum ersten Mal inspizierte der Ooreiki tatsächlich die Teile, die vor Joe lagen. Anscheinend gefiel ihm nicht, was er sah.

»Steh auf, Zero.«

Joe tat es.

»Warum nimmst du meinen Unterricht nicht ernst?«

Joe biss sich auf die Lippe und nahm sich vor, sich später an Libby zu rächen.

»Bau deine otwa zusammen, Zero.«

Joe beugte sich über den Tisch und hantierte mit den Teilen.

»Wenn du länger als einen Tick dazu brauchst, werde ich dir dieses kleine Taschenmesser wegnehmen, das du in deiner Ausrüstung versteckst, und es in die Abfallverwertung werfen.«

Joe blickte abrupt auf. Libby senkte den Blick und wollte ihm nicht in die Augen schauen. Du kleines Dreckstück, dachte er wütend.

»Sofort, Zero«, warnte Nebil ihn.

Voller Wut setzte Joe seine Waffe zusammen. Die Stille im Raum wurde nur vom Klicken und Klacken der Bauteile unterbrochen. Als er fertig war, ließ er die Waffe auf den Tisch fallen und starrte Nebil an.

Im nächsten Moment hatte der Kampfmeister ihn mit einem

schmerzhaften Pythongriff am Hals gepackt. »*Die* otwa *ist die Waffe, mit der wir gegen die Invasionsmacht der Jreet gekämpft haben, bevor wir den Kongress gründeten. Sie stammt aus einer Ära, in der unsere Vorfahren ihre Ideale aufgaben, um zu überleben. Deshalb muss sie mit Respekt behandelt werden.*«

Joe hielt unbeirrt dem Blick der braunen Gummibärchenaugen Nebils stand. *Was interessieren mich eure Ideale? Das ist nicht meine Vergangenheit.*

Unvermittelt ließ der Ooreiki ihn los und blickte auf die Waffe. Als er wieder Joe ansah, erinnerte ihn sein Gesicht an das von Kihgl, als Joe nach der Auswahlzeremonie von ihm fortgerannt war. »*Mache ich es dir zu einfach, Zero? Ist das der Grund, warum du mich auf diese Weise beleidigst?*«

Joe antwortete nicht.

Kampfmeister Nebil wirbelte herum und verschwand in der Waffenkammer, um mit einer großen Waffe zurückzukehren, die Joe noch nie zuvor gesehen hatte. Er knallte sie vor ihm auf den Tisch. »*Bau das auseinander. Du hast einen Tick Zeit.*«

Joe starrte das Ding an. So etwas hatte er noch nie zuvor gesehen. »Ich weiß nicht …«

»*Tu es, Zero, oder ich werde dir noch viel schlimmere Dinge antun, als dir ein kleines Spielzeug wegzunehmen, das du sowieso nicht haben dürftest.*« Nebils Stimme war eiskalt und sehr zornig.

Joe hatte noch nie erlebt, dass er so sehr die Beherrschung verlor. Er schluckte, hob die Waffe auf und drehte sie in seinen Händen.

Sie war vollkommen fremdartig, und der Unterschied war genauso extrem wie zwischen den Waffen der Kongs und denen, die sein Vater vor einer Milliarde Jahren auf der Erde gelegentlich gereinigt hatte.

Dennoch schienen Joes Finger irgendwie zu wissen, was zu tun war. Sie glitten den Lauf entlang, fanden den Verschluss und zogen ihn auf. Als Nächstes kam die Patrone, gefolgt vom Auslösemechanismus und dann dem Schlitten. Das Ganze war erheblich komplizierter als die Paradewaffe. Während sich ein schlankes blaues Teil nach dem anderen in seinen Händen löste, spürte Joe, wie seine Zuversicht wuchs, bis die gesamte Waffe zerlegt vor ihm auf dem

Tisch lag. Es mussten über hundert Bauteile sein, manche nicht größer als die Spitze seines Daumennagels. Joe setzte sie wieder zusammen, sogar noch schneller als beim Auseinanderbauen. Er legte sie als komplettes, nahtlos zusammengefügtes Stück vor Kampfmeister Nebil ab.

Nebil stand so lange schweigend vor ihm, dass Joe allmählich unruhig wurde.

»Wenn du noch einmal Dummheit vortäuschst, Zero, wirst du eine Woche lang nichts zu essen bekommen.«

Nach der Waffenstunde versuchte Libby sich zu entschuldigen, aber Joe ignorierte sie. Er war völlig ruhig geblieben, als Tril ihn durch eine Miniaturhölle geschickt hatte, aber als Linin sie zur Inspektion antreten ließ und sie beschimpfte, weil sie verschwitzt erschienen waren, nachdem Tril ihnen nicht erlaubt hatte, sich zu waschen, endete es damit, dass er und Joe sich gegenseitig anbrüllten. Anschließend nahmen mehrere Kampfmeister Joe beiseite und wechselten sich ab, ihn zu drillen, bis er zu erschöpft war, um sich noch bewegen zu können. Erst spät in der Nacht brachten sie ihn in sein Quartier zurück.

Libby war als Einzige noch wach, als die Kampfmeister Joe in den Schlafsaal stießen. Er war schweißüberströmt und hustete roten Schleim aus.

»Tut mir leid, Joe«, flüsterte Libby und versuchte, seinen Arm zu drücken, als er vorbeiging.

Joe beachtete sie nicht, sondern stapfte zu seinen Sachen, um nachzusehen, ob die Aliens ihm sein Messer weggenommen hatten. Sie hatten. Wütend ging er in die hintere Ecke des Raums und legte sich auf den Boden, in eine Decke gehüllt. Da sie ihm nicht erlaubt hatten zu duschen, war er immer noch nass, und er stank. Die Aknepickel, die ihm Schwierigkeiten gemacht hatten, waren aufgescheuert worden und brannten vom salzigen Schweiß, aber Joe brachte nicht mehr die Energie auf, sich in die Dusche zu schleppen.

Er schlief gerade ein, als eine kalte Hand seinen Arm berührte. Zögernd blickte er über seine Schulter.

Libby hockte mit unglücklicher Miene hinter ihm. Sie streckte ihm eine Faust hin. »Sie haben danach gesucht, konnten es aber nicht finden.« Sie ließ das Messer in seine Handfläche fallen. »Ich habe versucht, alles abzuwischen, aber es könnte noch ein bisschen Spucke dran sein. Ich musste es in meinem Mund verstecken.«

Als er das Messer seines Vaters wiedersah, löste sich Joes Wut in unendliche Erleichterung auf. »Danke!«

»Tut mir leid«, sagte sie leise. »Ich hätte dich in Ruhe lassen sollen.«

»Schon gut«, sagte Joe. »Mach dir deswegen keine Sorgen mehr.«

»Es ist nicht gut«, wimmerte sie und zog die Knie an die Brust. Er sah Tränen in ihren Augenwinkeln schimmern.

Joe setzte sich auf und berührte ihre Schulter. »Es ist gut. Wirklich. Sie haben nicht mehr getan, als mich ein bisschen herumzuhetzen.«

Sie schüttelte den Kopf und biss sich auf die Unterlippe.

»Komm her«, sagte Joe. Er zog sie heran und umarmte sie. Ihr knochiger Körper zitterte, als er sie hielt, aber sie weinte lautlos. Als sie sich wieder einigermaßen gefasst hatte, entfernte er sich bis auf Armeslänge und blickte ihr in die Augen. »Ich bin nicht wütend auf dich, okay? Du hattest recht. Ich sollte meine Ausbildung nicht vermasseln. Wenn wir …« Joe nahm einen tiefen Atemzug und stieß ihn durch die Zähne wieder aus. Zögernd setzte er noch einmal an. »Wenn wir eine Weile hier sein werden, sollte ich aufmerksamer sein. Wenn ich die Sache nicht ernst nehme, könnte ich etwas verpassen, das mir später vielleicht das Leben rettet.«

Die Erleichterung in ihren Augen, als sie zu ihm aufblickte, war gewaltig. »Wie hast du diese Waffe auseinandergenommen, Joe? Sie war auf keinem der Bilder, die sie uns gezeigt haben.«

»Ich weiß nicht«, antwortete Joe. »Es war so, wie du gesagt hast. Ich habe sie in meinem Kopf gesehen.«

»Es waren viel zu viele Teile. Ich hätte es niemals geschafft.«

Joe raufte ihr das Haar. »Du bist erst acht, Libby. Du könntest groß wie eine Bohnenstange werden, aber du bist immer noch ein Kind.«

Mit ernster Miene setzte sie sich gerade hin. »Ich werde besser werden, Joe. Ich werde so gut werden, dass sie mich für immer hierbehalten müssen. Ich gehe nicht zurück.«

Joe erschrak über ihre Heftigkeit. Er fragte sich, wie ihr Leben gewesen war, wenn sie auf keinen Fall von hier fortgehen wollte. Zu gern hätte er gewusst, ob es wirklich so schlimm gewesen war, wie sie behauptete, oder ob sie einfach nur eine Achtjährige war, die nicht verstand, welchen Zwängen sich ihre Eltern unterordnen mussten. Er wusste nicht, was er sagen sollte, probierte es dann aber trotzdem. »Lib, es ist nicht die Schuld deiner Eltern, dass die Aliens dich mitgenommen haben …« Als sie nichts sagte, fügte er hinzu: »Sie hätten es nicht verhindern können. Weder deine Mutter noch dein Vater. Du solltest es ihnen nicht zum Vorwurf machen.«

»Sie wollten mich sowieso nie haben«, sagte Libby, offenbar völlig von dieser Tatsache überzeugt. »Ich war die Erste in diesem Schiff. Meine Mutter brachte mich möglichst früh hin, damit sie zu einem Fotoshooting gehen konnte. Was glaubst du, warum sie mich Rekrut Eins genannt haben?«

Joe runzelte die Stirn. »Das hat sie wirklich getan?« Er hatte sich nie die Mühe gemacht, Libbys Nummer in Erfahrung zu bringen, doch als er einen Blick auf ihr Armband warf, sah er die winzigen Zahlzeichen unter dem fetten Alien-Schnörkel, die sie als Eins auswiesen. Wieder schaute er in ihr trauriges Gesicht. »Lib, ich wusste nicht …«

»Schon gut, Joe«, unterbrach sie ihn. »Ich habe sie sowieso nie gemocht.« Sie stand auf. »Ich sollte lieber gehen. Pass gut auf. Ich werde bald viel besser sein als du. Dann muss ich nie mehr zurück.« Damit ging sie zum Bett hinüber, legte den Kopf auf Scotts Arm, zog den Zipfel einer Decke über sich und schloss die Augen.

Joe beobachtete sie und hatte ein schlechtes Gewissen. Wie war es bei ihr zu Hause gewesen? Bei ihm war alles gut gewesen, bis zuletzt. Als er sich an die letzten Worte seiner Mutter erinnerte, bevor die Aliens ihn geschnappt hatten, schauderte er.

Geh zum Teufel, Joe.

Minuten vergingen, während Joe seinen Gedanken nachhing. Als er bemerkte, dass Scott ihn über Libbys Kopf hinweg beobachtete, zuckte er zusammen.

»Willst du die ganze Nacht da sitzen, Joe?«, fragte Scott leise, um die anderen nicht zu wecken.

»Ich denke darüber nach.«

Vorsichtig hob Scott Libbys Kopf von seinem Arm und stand auf. Er ging zu Joe hinüber und hockte sich neben ihn auf den Boden. »Sie hat sich wirklich sehr geärgert, als sie kamen und nach dem Messer gesucht haben.«

Joe seufzte. »Ja, ich weiß.«

»Wirst du ihr verzeihen?«

»Ich glaube, das sollte ich tun.«

Scott betrachtete das Messer in Joes Hand und zuckte dann mit den Schultern. »Du kannst tun, was du willst. Du bist Zero.«

Joe schnaufte.

Seufzend lehnte sich Scott neben ihm gegen die Wand.

»Willst du nicht weiterschlafen?«

»Während du hier hockst und mich beobachtest?«

»Ich habe dich nicht beobachtet. Ich habe nachgedacht.«

»Worüber?«

»Über zu Hause.«

Scott sagte nichts dazu. Einige Minuten vergingen, bis er schließlich fragte: »Fehlt es dir?«

»Ja.« Joe spürte, wie sich seine Kehle zuschnürte und es in seinen Augen brannte.

»Mir auch«, sagte Scott leise. Diesmal war er es, der gedankenverloren gegen die Wand starrte.

*

»Ach ja? Also ich wette, dass ich die Bierdose da drüben treffen kann.«

Scott blickte hinüber und schätzte die Entfernung. Billy wog den Stein in seiner Hand und warf ihn dann. Er flog an der Dose vorbei und landete dahinter auf dem Boden.

»Soll ich es mal probieren?«, fragte Scott.

Billy starrte immer noch stirnrunzelnd auf den geworfenen Stein. Er hob einen anderen auf und versuchte es erneut. Natürlich ging er noch weiter daneben. Er warf zwei weitere, doch keiner landete auch nur in der Nähe der Dose.

»Soll ich es mal probieren?«, fragte Scott ein zweites Mal.

Frustriert warf Billy einen Stein. »Wir beide wissen, dass du sie treffen kannst.«

»Wie wäre es, wenn ich es mit geschlossenen Augen mache?«

Ein verschlagenes Lächeln erschien auf dem Gesicht seines Freunds. »Du schließt die Augen, und ich drehe dich ein paarmal herum.«

Scotts Lippen verzogen sich zuckend zu einem Lächeln. »Aber das ist viel schwerer, als nur mit geschlossenen Augen zu werfen. Ich sollte deinen Saft bekommen, wenn ich es schaffe.«

Billy blickte auf seinen Saftvorrat. »Ich weiß nicht ...«

»Wenn ich verliere, gebe ich dir meine restlichen Kaugummis«, bot Scott ihm an.

»Abgemacht!«, rief Billy. Niemand konnte einem fast vollen Paket mit Big-Red-Kaugummi widerstehen.

Scott bemühte sich, weiterzugrinsen, als er einen Stein aufhob. »Okay. Ich schließe jetzt die Augen. Dreh mich.«

»Blödmann!«, rief sein Freund. »Wir brauchen eine Augenbinde.« Er blickte sich um, und als er auf dem verlassenen Grundstück nichts außer Staub, Müll und Glasscherben fand, zog er sein T-Shirt aus. »Hier. Zieh dir das über.«

Scott rümpfte die Nase. »Es ist verschwitzt.«

»Es ist ein heißer Tag. Nun mach schon. Ich will nicht, dass du bescheißt.«

Scott seufzte und nahm das T-Shirt entgegen. Er versuchte, nicht zu atmen, als Billy es ihm um die Stirn band und sich davon überzeugte, dass seine Augen verdeckt waren. »Gut«, sagte sein Freund. »Es geht los.« Er wirbelte Scott ein paarmal herum und hielt ihn dann an, sodass er die Dose im Rücken hatte. »Jetzt wirf den Stein. Die Dose steht genau vor dir.«

Scott lachte und drehte sich zur Dose um. Er warf. Durch den Stoff der Augenbinde hörte er das leise Klappern, als der Stein die Dose traf.

»Wie *machst* du das?«, rief Billy.

Scott drehte sich um, ohne die Augenbinde abzunehmen. »Keine Ahnung.« Er griff nach Billys Saftpackung und stach gezielt den Strohhalm hinein. Er nahm einen Schluck. Traube. Scott verzog das Gesicht, trank aber trotzdem noch mehr.

»Du magst doch gar keinen Traubensaft«, murmelte Billy.

»Jetzt schon«, sagte Scott. Er zog noch mal am Strohhalm, um anzugeben, als er über sich eine Bewegung spürte. Er ließ den Saft fallen und riss sich die Augenbinde herunter.

»Was?«, fragte Billy und folgte seinem Blick. Nichts außer makellos blauem Himmel.

Scott spürte, wie sich etwas Zweites in die gleiche Richtung bewegte. Genau so, wie er mit dem Finger eine gerade Linie zu jedem Ort zeichnen konnte, wo er jemals gewesen war, vom Haus seiner Großmutter in Idaho bis zum Spieleladen in der Stadt, genauso sicher wusste er, dass da oben etwas war und sich über ihnen bewegte.

Als er nichts sah, spürte er, wie seine Arme und Beine von Gänsehaut elektrisiert wurden. »Wir sollten nach Hause gehen«, erklärte er, während er weiter in den Himmel starrte.

Billy sah zuerst ihn stirnrunzelnd an, dann den Himmel. »Bist du jetzt plötzlich verrückt geworden, oder was?«

»Irgendetwas geschieht«, sagte Scott und spürte, wie etwas Drittes vorbeizog.

Störrisch verschränkte Billy die Arme. »Hast du jetzt Psi-Fähigkeiten, oder was?«

»Komm schon, Billy«, sagte Scott und griff nach seinem Arm. Das Etwas über ihnen hatte angehalten, genau über ihrem Spielplatz. »Wir müssen *sofort* von hier weg.«

»Was ist mit meinem Saft?«

»Nimm ihn«, sagte Scott und wich zurück. Was es auch war, es senkte sich herab und kam näher. »Ich mag sowieso keinen Traubensaft.« Scott spürte, wie die Präsenz herunterkam, kehrte um und rannte los.

Billy, der genau wusste, dass Scott niemals freiwillig auf den Gewinn aus einer Wette verzichten würde, ließ den Saft stehen und folgte ihm.

16 *Geschichten*

Kampfmeister Nebil warf sie am nächsten Morgen aus den Betten, indem er die Schränke umriss und zu Boden krachen ließ.

»Holt eure Ausrüstung!«, brüllte er. »Holt *sofort* eure brandliebende Ausrüstung! Schneller, schneller! Macht es *schneller*!« Wie die meiste Zeit war das Übersetzungsgerät des Ooreiki abgeschaltet.

Die Kinder von Joes Bodenteam stolperten übereinander, als sie versuchten, ihre Kleidung aus dem Durcheinander zu ziehen. Aber sie waren nicht schnell genug, sodass Kampfmeister Nebil ihre Sachen wütend durch den Raum warf.

»Ihr Takki-Rußsäcke wärt inzwischen längst tot! Wenn ihr gegen Dhasha kämpft, bleiben euch nur drei Sekunden, nachdem der Erste geschrien hat, bevor ihr alle tot seid! Beeilt euch! Nein! Du ziehst dein Hemd falsch herum an! Nutzlose menschliche Takki! Ihr seid tot! Alle tot!«

Die ganze Zeit schleuderte der Ooreiki mit Fußtritten Kleidung und Stiefel durch den Raum, warf Schränke um und verteilte Ausrüstung in alle Richtungen.

Joe gelang es, ein Hemd zu finden, das groß genug für ihn war, und zog es an. Es spannte an der Brust, aber solange er nicht zu tief einatmete, würde es gehen. Er fand eine Hose, die an der Hüfte kniff, aber da er keine bessere Alternative sah, zwängte er sich hinein. Er nahm sich ein Paar Stiefel, die ihm nicht passten, zog sie trotzdem an und suchte dann nach einer Jacke. Schließlich musste er eins der kleineren Kinder aus einem anderen Bodenteam zwingen, ihm eine Jacke zu überlassen, die offensichtlich viel zu groß war, worauf er in eine Rauferei mit dem Anführer dieses Bodenteams verwickelt wurde, als der sah, was los war.

Der Kampfmeister stürzte sich wie ein Raubvogel auf den Tumult. »Zero, du Takki-Rußsack!« Er entließ eine Abfolge von Ooreiki-

Flüchen, packte Joe am Hemdkragen und zerrte ihn zur Vorderseite des Schlafsaals. »Was hast du dir dabei gedacht, Zero?«, wollte er wissen, sobald alle Joe sehen konnten. »*Nimm Haltung an*, du elender Furgling.«

Joe richtete sich auf und war sich deutlich der Tatsache bewusst, dass alle ihn anstarrten.

»Sag ihnen, wie du heißt und was du getan hast!«, brüllte Nebil ihm ins Gesicht. Seine Sudah flatterten hektisch.

»Ich bin Joe, und ich …«

Der Kampfmeister gab ihm eine Ohrfeige. »Du bist ein Rekrut! Du hast keinen Namen! Nur eine Zahl! Vergiss das nie! Wie lautet deine Nummer, Rekrut?«

»Zero«, sagte Joe. *Aber mein Name ist Joe.*

»Sag ihnen, was du getan hast, Zero.«

»Ich verstehe nicht …«, begann Joe.

»Halt die Klappe, Rußer!«, blaffte Nebil. »Ich will deine Furgling-Stimme nur hören, wenn ich dir sage, dass du sie benutzen sollst, verbrannt noch mal!«

»Aber Sie haben mir gerade gesagt, ich soll …«

»Habe ich dir gesagt, dass du uns sagen sollst, was du *verstehst*? Nein. Ich habe dir gesagt, dass du sagen sollst, was du *getan* hast! Weißt du, was du getan hast? Du hast von einem Bodenteamkameraden gestohlen. Du hast *Ausrüstung* von einem Kameraden gestohlen! Weißt du, welche Strafe auf den Diebstahl von Ausrüstung steht, Zero?«

»Es war doch nur eine …«

Nebil verpasste ihm eine weitere Ohrfeige. »Doch nur was, Zero? Nur eine Jacke? Nur ein Kleidungsstück? Nur etwas, das für Tarnung sorgt, nur etwas, in dem ihr eure Ausrüstung verstaut, nur etwas, das euch warm hält, wenn ihr friert und hungert? Sag mir, Zero, was es ist!«

»Eine Jacke«, murmelte Joe.

»Es ist dein Leben, du elender Takki. Jedes Stück eurer Ausrüstung kann dazu dienen, euch das Leben zu retten.« Kampfmeister Nebil beugte sich vor, bis seine riesigen Gummibärchenaugen fast Joes Kinn berührten. »Warum ist dein Leben also mehr wert als das des Rekruten, dem du die Jacke gestohlen hast, Zero? Weil du ein Truppanführer bist? Das kann sich innerhalb der Dauer eines Herzschlags ändern, du Takki-Rußsack.«

»Ich weiß«, sagte Joe. »Unsere Kleidung ist durcheinandergeraten, weil Sie …«

»Du hast sie ihm weggenommen, und er wollte sie dir nicht überlassen. Du hast rohe Gewalt eingesetzt. Du hast diese Jacke *gestohlen*, Zero.«

Joe presste die Lippen zusammen und blickte finster auf den Kampfmeister hinab. Er war einen Kopf größer als der Ooreiki, aber das Alien war eine einzige Muskelmasse, die ihm mühelos sämtliche Knochen brechen konnte. Er wartete.

»Du beschämst mich. Man stiehlt nicht von anderen Kongs. Ein Truppanführer gibt alles, was er hat, um sein Bodenteam am Leben zu erhalten. Er nimmt sich *niemals* etwas von seinen eigenen Soldaten. *Niemals*.« Nebil entließ eine weitere Reihe von Kong-Flüchen. Dann: »Kinn wird sich später um dich kümmern. Sprich das Bodenteamgebet.«

Joe tat es, so gut er konnte.

»Nicht gut genug. Noch einmal!«

Joe tat es.

»Noch einmal! Das klang wie Takki-Asche! Du machst es falsch!«

»Ich weiß nicht, was ich …«, begann Joe.

Nebil schlug ihn wieder. »Du tust nur, was ich dir sage! Sprich das Gebet! Noch einmal!«

Joe versuchte es. Nebil sagte ihm, dass es falsch war. Er versuchte es noch einmal. Und wieder war es falsch. Und noch einmal. Schließlich sprach der Kampfmeister es ihm vor und zwang ihn, es noch sechsmal zu wiederholen, bis er zufrieden war.

Dann stieß Nebil ihn durch die Tür nach draußen, ohne Jacke und ohne Gewehr, wo er an der Spitze seiner Einheit marschieren musste. Er hatte erst genug davon, Joe zu demütigen, als ein Junge darüber lachte, dass Joe in der Luft herumfuchtelte, als sie den Gewehrdrill durchgingen. Nebil riss dem kichernden Kind das Gewehr aus den Händen und warf es Joe zu. Dann schikanierte er den Jungen und schrie ihn mit Kong-Worten an, die keiner von ihnen verstand. Es endete damit, dass sich der Junge in die Hose machte und unter einem Hagel von Kong-Flüchen zurückrannte, um sich umzuziehen. Dann suchte sich Nebil ein neues bemitleidenswertes Opfer. Alle bekamen eine Kostprobe seines Zorns.

Ihre zwei Essenspausen waren wertvolle Momente, eine ganze halbe Stunde Frieden, in der sie nicht mehr tun mussten, als schweigend zu essen. Dann trieb Kampfmeister Nebil sie wieder hinaus, damit sie Marschieren übten. Sie marschierten mit Ausrüstung, ohne Ausrüstung, mit Gewehren, ohne Gewehre, und ein bedauernswerter Junge musste ohne Stiefel marschieren, als er sich beklagte, dass sie ihm zu schwer waren.

Nicht einmal die jüngsten Kinder entgingen Nebils Aufmerksamkeit. Maggie stolperte, und Nebil hob sie auf und brüllte ihr ins Gesicht, bis sie heulte. Maggie blickte zu Joe, der weiter geradeaus starrte, weil er genau wusste, dass Nebil nur auf den kleinsten Mangel an Disziplin wartete, um erneut das gesamte Bodenteam dafür bestrafen zu können. Obwohl es ihn schmerzte, sie nicht zu beachten, musste sie lernen, dass er sie nicht jedes Mal retten konnte, wenn sie in Schwierigkeiten geriet.

Schließlich hörte Maggie auf zu weinen und brüllte zurück.

Nebil schlug sie, drückte ihr brutal das Gewehr in die Hände und stapfte davon. Maggie starrte ihm so lange mit finsterer Miene nach, dass Joe befürchtete, sie würde erneut ihr Gewehr fallen lassen. Aber sie kehrte in die Formation zurück und würdigte Joe für den Rest des Tages keines einzigen Blickes.

Später wünschte Joe, er könnte mit Maggie reden, es wiedergutmachen, aber zwischen Sasha, die ihn in jeder freien Minute vor allen anderen Liegestütze machen ließ, und dem absoluten Monopol, mit dem Kampfmeister Nebil über ihren Zeitplan verfügte, fand Joe die Gelegenheit dazu erst in jener Nacht, als Nebil ihnen befahl, sich vor dem Zubettgehen auf den Boden ihres Kasernenschlafsaals zu setzen und ihre Gewehre zu reinigen.

»Was ist mit Elfe passiert?«, fragte Mönch, sobald sie allein waren. Es war das erste Mal, dass irgendjemand Elfes Verschwinden erwähnte, seit Knaaren ihn mitgenommen hatte. »Wohin haben diese Echsen ihn gebracht?«

Niemand wollte ihr antworten.

»Knaaren hat ihn gegessen«, erklärte Libby schließlich.

Mönchs Finger erblassten an ihrem Gewehr. »Hat er nicht. Lüg nicht.«

»Ich lüge nicht«, sagte Libby, die weiter ihre Waffe putzte, ohne aufzublicken.

»Blödsinn. Er hat Elfe nicht gegessen!«, sagte Mönch. »Das können sie nicht tun, weil er jetzt ein Soldat ist!« Als wäre das der Heilige Gral oder so. »Richtig, Joe?«

Bevor Joe reagieren konnte, sagte Maggie: »Joe weiß nicht alles, du brennende Ascheseele.« Die letzten zwei Worte sprach sie in perfektem Kong, was bewies, dass sie bereits einiges von Nebil gelernt hatten.

»Maggie!«, rief Joe und blickte zur Tür. »Hör auf zu fluchen!« Er wusste, dass »Ascheseele« für die Ooreiki eine extreme Beleidigung war, eins der schlimmsten Schimpfwörter, das man zu jemand anderem sagen konnte.

»Warum?«, gab Maggie zurück. »Die Ooreiki fluchen die ganze Zeit. Ich habe eine Waffe. Ich bin jetzt ein Kong. Kongs dürfen fluchen, so viel sie wollen.«

»Nicht in meinem Bodenteam.«

»Dann hindere mich daran, Ascher.« Wieder in perfektem Kong.

Libby, die neben Maggie saß, schlug ihr gegen den Hinterkopf.

Ohne Vorwarnung ließ Maggie ihr Gewehr fallen und stürzte sich auf Libby. Sie riss das größere Mädchen zu Boden und bohrte ihr die winzigen Finger in die Augen. Joe und Scott mussten sie auseinanderzerren, damit sie aufhörten.

»Lass mich los!«, rief Maggie und wehrte sich in Joes Griff. »Lass mich los! Lass mich *los*!«

»Mag, beruhige dich! Beruhige …« Maggie trat ihm gegen den Oberschenkel und traf dabei auch seine Eier, sodass sie sich von ihm befreien und aus dem Schlafsaal flüchten konnte, bevor er sich vom Schmerz erholt hatte. Sie sprang über die verdutzten Rekruten hinweg, die immer noch damit beschäftigt waren, ihre Waffen zu reinigen.

Da er sich sorgte, Nebil könnte sie auf seinen Runden erwischen, stand Joe auf und lief ihr hinterher. Auf der langen Serpentinentreppe nach unten holte er sie ein.

»Maggie, bleib stehen!«, rief er und hielt sie an der Hüfte fest. »Du weißt doch, was sie mit Kindern machen, die davonlaufen!« Zum Dank für seine Mühen trat sie ihm noch mal gegen das Knie.

Er riss sie herum. »Mag, es tut mir leid, dass ich dir nicht geholfen habe. Aber ich konnte nichts tun. Wir müssen jetzt große Kinder sein. Wir sind Soldaten. Wir dürfen nicht mehr weinen. Wir müssen uns einigeln und es hinter uns bringen. Wir müssen tun, was sie uns sagen. Du hast dich heute großartig geschlagen … ich war sehr stolz auf dich.«

Maggie wollte nicht aufblicken. »Sasha sagt, dass ich dumm bin, weil ich mein Gewehr nicht halten kann.«

Bei der Erinnerung stieg wieder Ärger in Joe auf. »Ich weiß.« Außerdem hatte Sasha ihn zu Liegestützen gezwungen, weil er sich die Jacke genommen hatte, obwohl Nebil die Sache längst vergessen hatte.

»Du solltest Nebil sagen, dass sie gemein zu uns ist.«

»Ich glaube, das weiß er schon«, sagte Joe. »Das ist ihm egal.«

Maggie trat gegen die Treppenstufen.

»Mag, es tut mir leid, dass ich dir heute nicht helfen konnte«, sagte Joe leise und drückte ihre Schulter. »Ich werde nicht immer da sein, um dir zu helfen. Du musst erwachsen werden und es allein schaffen.«

»Sie war schwer«, murmelte Maggie und stieß immer wieder mit dem Stiefel gegen den schwarzen Stein.

»Was?«

»Die Waffe«, wimmerte sie. »Sie war schwer. Mir taten die Arme weh. Und ich bin gestolpert.«

»Ich weiß«, sagte Joe. »Es war nicht deine Schuld. Du bist noch klein, aber bald wirst du größer sein. Schon bald bist du so groß wie wir anderen, und dann wird es für dich nicht mehr so schwer.«

Sie blickte zu ihm auf und hatte Tränen in den fragenden Augen. »Ist Elfe wirklich gegessen worden?«

Joe öffnete den Mund, um zu lügen. Doch als er ihren leidenden Blick sah, erstarben die Worte auf seinen Lippen. »Ich weiß es nicht«, antwortete er aufrichtig.

»Ich vermisse meine Guppys.« Maggies Stimme brach, und ihre Augen füllten sich mit Tränen. Sie hatte das Gesicht und den Körper einer Jugendlichen, aber ihr Geist …

Ihr Geist war immer noch der eines Kindes.

Joe umarmte sie. »Ich weiß, Maggie.«

»Ich kann mich nicht mehr erinnern, welche Namen ich ihnen gegeben habe«, flüsterte Maggie. »Ich erinnere mich nur noch an ihre Flecken. Es fällt mir sogar schon schwer, mich an Mum und Dad zu erinnern.«

Joe war ratlos. Er hatte gedacht, er wäre der Einzige, dem es so ging. »Ich weiß noch, dass du einen von ihnen Jabber genannt hast.«

Maggie hielt den Atem an. »Kannst du mir helfen, mich auch an die anderen zu erinnern, Joe?«

»Ich kann es versuchen«, sagte Joe. *Ach ja?,* dachte ein Teil von ihm. *Wie denn, du Blödmann? Du weißt doch überhaupt nichts über sie. Maggie wird als Alien aufwachsen, weil sie sich nicht mehr an die Erde erinnern wird.*

»Du könntest mir Geschichten erzählen«, sagte Maggie und nahm seine Hand. »Über Jabber und meine Eltern.«

»Okay. Klar, das kann ich machen.« *O Mann, Joe, du Idiot. Du könntest nicht einmal eine Geschichte erzählen, um deinen eigenen Arsch zu retten.*

Als sie zur Kaserne zurückkehrten, waren die anderen mit der Inspektion ihrer Waffen fertig und hatten bereits die Lichter ausgeschaltet. Der Tag war so anstrengend gewesen, dass nicht einmal ihr eigenes Bodenteam auf sie gewartet hatte. Joe und Maggie bauten ihre Gewehre wieder zusammen und legten ihre Kleidung ordentlich gefaltet ab. Dann ging Joe zu Bett, in der Hoffnung, dass sie sein Angebot vergessen hatte. Doch bevor er einschlafen konnte, zupfte Maggie an seinem Ärmel und verlangte nach einer Geschichte.

Joe errötete und dachte sich stockend eine Geschichte über einen Fisch namens Jabber aus, wie ihre Eltern ihm morgens und abends eine Prise Fischfutter gaben. Anfangs fiel es ihm schwer, doch während er sprach, kamen ihm die Worte immer leichter über die Lippen.

»Aber dann fühlte Jabber sich einsam«, sagte Joe, als er langsam in Schwung kam. »Also zog er hinaus, um nach anderen Guppys zu suchen.«

»Wie konnte er denn aus seinem Aquarium herauskommen?«, fragte Maggie fasziniert.

»Er zog sich einen Trockenanzug an«, sagte Joe. »Du weißt schon, wie ein Taucheranzug, aber einer für Fische.«

Maggie hörte verzückt zu, wie er möglichst viele Einzelheiten über die Erde einbaute, damit sie sich alles einprägte und nicht vergaß, wie ihr Zuhause gewesen war.

Als er fertig war, wurde ihm bewusst, dass sich der gesamte Schlafsaal in den Betten aufgesetzt hatte, um seiner Geschichte zu lauschen. Leise fragte ein kleines Mädchen aus dem nächsten Bett: »Kannst du mir morgen Abend auch eine Geschichte erzählen? Eine über meine Katze?«

»Und über meine Schlange!«, rief ein Junge begeistert und sprang auf. »Ihr Name war Jax. Kannst du mir was über Jax erzählen?«

Joe musterte die hungrigen Gesichter und fühlte sich zum ersten Mal seit Wochen gut. »Ja.« Er grinste sie verlegen an. »Das kann ich tun.«

*

»Gib ihnen so viel Futter, wie du willst, Maggie. Sie haben sich einen Leckerbissen verdient.«

Maggie warf einen zweifelnden Blick auf die kleine Dose mit Fischfutter. Ihre Eltern hatten sich heute seltsam verhalten. Vielleicht weil ihre Großeltern da gewesen waren. Sie hatten Maggie sehr viele Geschenke mitgebracht, aber keine für Mum und Dad. Also waren sie vielleicht enttäuscht, weil Maggie alle aufmachen durfte, aber sie keine bekommen hatten.

»Na los, Mag.« Dad lächelte zu ihr herab und hielt Mums Hand.

Ihre Augen waren feucht, aber das lag daran, dass die beiden allher-gisch gegen den neuen Pullover waren, den Oma ihr geschenkt hatte, und deshalb weinten sie.

»Fütter du sie, Dad«, sagte Maggie und hielt ihrem Vater den Behälter hin. »Jabber möchte, dass du es machst.«

»Du solltest es tun«, sagte Dad, der keine Anstalten machte, die Fischfutterdose von ihr anzunehmen. »Du musst es tun, Baby.«

»So viel du willst«, fügte Mum hinzu.

Maggie blickte zu ihnen auf, dann auf die bunten Flocken. Sie überlegte, ob sie die ganze Dose in das Aquarium schütten sollte, doch dann griff sie pflichtbewusst hinein und nahm eine Prise heraus, die sie auf die Wasseroberfläche rieseln ließ.

Sie kicherte, als Jabber alle anderen überholte und drei Flocken einsaugte, bevor die anderen an der Oberfläche waren.

»Willst du ihnen nicht mehr geben?«, fragte Mum. »Du kannst ihnen so viel geben, wie du willst.«

»Aber du hast doch gesagt, dass sie davon krank werden«, sagte Maggie vorwurfsvoll.

»Ab und zu geht es schon, Schatz.«

Maggie betrachtete die Wasseroberfläche, die inzwischen von sämtlichen Nahrungsflocken gereinigt war, und fügte schnell eine weitere Prise hinzu. Dann kam sie sich etwas unartig vor und drehte den schwarzen Deckel wieder auf die Dose, die sie neben das Aquarium stellte. Sie warf ihren Eltern einen unsicheren Blick zu, um zu sehen, ob es vielleicht eine Art Test gewesen war, den sie verpatzt hatte, aber in ihren Gesichtern erkannte sie keine Missbilligung. Ihre Mutter reagierte schon wieder all-her-gisch.

»Ich muss Omas Pullover nicht anziehen«, sagte Maggie und blickte auf die kleine gelbe Ente auf der Vorderseite hinab. »Ich werde ihn nicht tragen, wenn du davon weinen musst.«

Mum wischte sich die Augen trocken. »Nein, Baby. Kein Problem. Behalte Omas Pullover. Sie hat ihn für dich gemacht.«

»Aber ich mag es nicht, wenn du weinst, Mum«, erwiderte Maggie. »Ich finde es schöner, wenn du glücklich bist.«

Ihre Mutter rannte aus dem Zimmer und ließ Maggie allein mit Dad zurück. Maggie starrte ihr hinterher und spürte, wie in ihr etwas zerriss, doch bevor sie selbst in Tränen ausbrechen konnte, ging ihr Vater vor ihr in die Knie und drückte sie fest an sich.

»Du wirst jetzt für Dad ein starkes kleines Mädchen sein, okay, Mag? Oma und Opa werden dich für eine Weile auf eine Reise mitnehmen. Du gehst doch gern auf Reisen, ja?«

»Werde ich Vögel sehen?«, fragte Maggie.

»Du wirst alle möglichen Vögel sehen«, erklärte Papi ihr. »Krähen, Amseln, Möwen …«

Maggie lehnte sich zurück, damit sie ihrem Vater ins Gesicht schauen konnte. »Wenn ich wirklich brav bin, können wir dann eine kleine Baby-Möwe fangen, damit ich sie als Haustier halten kann? Ich hätte lieber eine Möwe als einen Wellensittich.«

Ihr Vater blickte zu Boden. »Es tut mir leid, dass wir dir nie einen Wellensittich geschenkt haben, Mag. Vögel magst du viel lieber als Fische. Wir dachten nur …« Er verstummte, und als er wieder aufschaute, war er plötzlich all-her-gisch. »Vielleicht hält Oma unterwegs an, damit du eine Möwe bekommst. Aber du musst sie schon fragen.«

Maggies Herz ging auf. »Danke, Dad! Ich werde dir auch eine Möwe mitbringen! Es wird die kleinste Möwe sein, die ich je gesehen habe, und ich werde sie dir geben, damit unsere Möwen Freunde sein können.«

»Ich hätte so gern eine Möwe mit dir, Mag.« Doch irgendwie wirkte das Lächeln ihres Vaters nicht sehr glücklich. Wieder umarmte er sie. »Ich liebe dich, Mag.«

»Ich liebe dich auch, Dad.«

17 *Kihgls Ende*

Am Morgen vor Kihgls Prozess warf Kampfmeister Nebil keine Schränke zu Boden, um sie zu wecken. Er benutzte ein Gerät im Taschenformat, das seine Stimme wie ein Megafon verstärkte.

»*Holt eure Ausrüstung! Holt eure Ausrüstung, ihr nutzlosen Takki-Hunde! Die zeremonielle* otwa *und das komplette Ornat! Zieht euch an, ihr Furgs! Schneller! Schneller! Bewegt eure knochigen Menschen-ärsche!*«

Joe bemühte sich hektisch, seine Sachen anzuziehen, aber bevor er fertig war, befahl Nebil ihnen, alles wieder auszuziehen und noch mal von vorn anzufangen.

»*Heute ist der* Prozess*!*«, brüllte Nebil. »*Ihr werdet gut aussehen, wenn Kihgl verbrannt wird. Jetzt noch mal! Schneller! Schneller! Ihr rußfressenden Furglinge, bewegt euch* schneller!« Die ganze Zeit lief er durch die Gänge, stieß den Kindern das Alien-Megafon in die Gesichter und schrie sie an, wenn sie sich nicht schnell genug bewegten.

Ihnen allen klingelten die Ohren, als sie es endlich geschafft hatten, Nebils Maßstäben zu entsprechen. Dann mussten sie eine Stunde lang die *otwa* reinigen, mit denen sie vergangene Woche geübt hatten. Als die Waffen in tadellosem Zustand waren, ließ er sie in einzelnen Bodenteams auf der schwarzen Straße unterhalb der Kaserne antreten, worauf sie zum Paradeplatz marschierten. Dabei fluchte er die die ganze Zeit. Dort trafen sie auf die neun anderen Einheiten des Sechsten Bataillons und stellten sich in Formation auf.

Wir sehen besser aus, dachte Joe mit ein wenig Stolz. Alle bewegten sich im Gleichschritt, und in ihren Reihen gab es kaum Unregelmäßigkeiten. Das und die schmerzhafte Prozedur der Übungen mit ihrer Ausrüstung hatte sich ausgezahlt. Jetzt sahen sie fast schon professionell aus. Er bemerkte sogar, dass die anderen Mitglieder des Sechsten Bataillons Haltung annahmen, als sie die Verbesserung sahen.

Dann beobachtete er, wie die anderen Bataillone aufmarschierten. Alle ihre Mitglieder waren groß wie Erwachsene und bewegten sich mit ganz starren Rücken und Schritten. Als sie ihren Platz zu beiden Seiten des Sechsten Bataillons einnahmen, verlor Joe den Mut. Er war auf die geraderen Reihen und tadellosen Uniformen seines Bataillons stolz gewesen, doch die anderen marschierten mit genügend Kraft, um den Boden erzittern zu lassen. Ihre Formationen waren selbstbewusst und straff, und sie trugen Dutzende von flatternden schwarzen Bannern mit dem Symbol des Kongresses – acht kleine blaue Kreise, die einen größeren silbernen Kreis umgaben – und den klotzigen Schnörkeln der Kong-Schrift.

Auch diesmal würden sie schwach und unvorbereitet wirken. Joe sah, wie Kampfmeister Nebil zu den schwarzen Bannern blickte und fluchte. Selbst Linin schien entmutigt zu reagieren. Er und die anderen Ooreiki des Sechsten Bataillons berieten sich kurz, dann stapfte Tril zum Dritten Kommandeur des Fünften Bataillons hinüber und sprach mit zunehmender Heftigkeit mit ihm, laut genug, um die Kommandos der Bataillone zu übertönen, die noch damit beschäftigt waren, sich auf dem Platz in Stellung zu bringen.

Tril kehrte zum Sechsten Bataillon zurück, und seine Sudah flatterten hektischer, als Joe je zuvor beobachtet hatte. Auf Kong bellte er: »Kampfmeister, sind die Einheiten bereit?«

»Das sind sie, Kommandeur!«, antworteten die Kampfmeister im Chor. Ihre Stimmen dröhnten so laut über den Platz, dass Joe nur noch erstaunt starren konnte.

»Gut. Weiterhin bereithalten.«

»*Bereithalten!*«, brüllte Nebil sie an.

Das, so hatte Joe gelernt, bedeutete, dass sie mit aneinandergelegten Fersen dastanden, die Füße im Winkel von fünfundvierzig Grad ausgerichtet, die Arme vor dem Körper straff nach unten gestreckt, eine Hand am Griff des Gewehrs und die andere am Lauf. Das Sechste Bataillon schaffte es schnell genug, Haltung anzunehmen, obwohl es nicht so laut knallte wie bei den anderen Bataillonen, als sie die Stiefel auf den Boden schlugen.

»*Überprüft die Waffen!*«

Joe riss schnell sein Gewehr hoch und öffnete die faustgroße bauchige Kammer. Darin befand sich eine Gruppe von blauen Kügelchen innerhalb einer straffen Membran, die an einen Beutel mit Fischeiern erinnerte. Er ließ den Verschluss seines Gewehrs wieder zuschnappen und zuckte zusammen, als er hörte, wie ungleichmäßig die Schnappgeräusche von seinem Bataillon widerhallten. Sie verteilten sich über einen Zeitraum von zehn Sekunden. Von den anderen Bataillonen kam nur ein einziges lautes Schnappgeräusch, so scharf und gleichmäßig, dass sich ihm die Nackenhaare aufstellten.

Joe empfand ein tiefes Schamgefühl, als sie ohne Banner dort standen, und spürte die Verachtung der anderen Bataillone wie heißes Gift in seiner Brust.

Das war nicht fair.

Die Kampfmeister des Sechsten Bataillons schienen sich darüber genauso sehr zu ärgern wie er. Ihre Sudah flatterten wild, als sie neben ihren Einheiten standen.

Der Kommandeur des Fünften Bataillons rief eine Frage, und die Rekruten antworteten, indem sie die Gewehre an die Schultern legten, über die Köpfe der Kameraden vor ihnen zielten und in den Himmel feuerten. Das »*Kkee Diinrok!*«, das von neunhundert Kehlen über den Platz gebrüllt wurde, ließ Joe zusammenzucken. Ihm war klar, dass das Sechste Bataillon nicht so gut klang.

Dann feuerte jedes Bataillon gleichzeitig die Gewehre ab, nach dem lauten Signal, dass sie bereit waren. Als das Sechste Bataillon an der Reihe war, rief Kommandeur Tril über den Platz: »Ist das Sechste Bataillon bereit zu dienen?«

Sie hoben ihre Gewehre und feuerten auf Kommando und riefen ein zerrissenes »*Kkee Diinrok!*«, das aufgrund der Ungleichzeitigkeit kaum verständlich war. Dann hob ein Junge seine Waffe und feuerte verspätet, weil er vermutlich dachte, es wäre besser, als gar nicht zu schießen. Der Knall schnitt Trils rituelle Antwort ab. Joe war nahe genug, um zu hören, wie mehrere im Fünften Bataillon amüsiert glucksten.

»Das Sechste ist bereit zu dienen!«, wiederholte Tril, und seine

Sudah peitschten in seinem Nacken, als er dem Kind, das außer der Reihe gefeuert hatte, einen finsteren Blick zuwarf. Joe wusste, dass man den armen Jungen für seinen Fehler wahrscheinlich bis zur Erschöpfung rennen lassen würde. »Wir werden den Angeklagten hören.« Der Rest des Regiments wiederholte den Ruf, dann verstummte der gesamte Platz, und alle warteten. Aus dem Augenwinkel sah Joe hell gekleidete Ooreiki-Zivilisten, die sie von den Balkonen aus beobachteten wie neugierige Kinder.

Dann sah er ihn. Es war unmöglich, die irisierenden regenbogenfarbenen Schuppen des Dhasha zu übersehen, die sich als Silhouette vor dem Obsidian abzeichneten. Das Monster fuhr in einem Lift an einem der Gebäude in der Nähe herab. Der Dhasha überblickte die Formation, als die Maschine ihn an der Seite des Turms des Ersten Kommandeurs hinuntertrug. Sein Haimaul war geöffnet. Selbst aus der Ferne konnte Joe die mehrfachen Reihen der dreieckigen schwarzen Zähne sehen, die eiförmigen kristallinen grünen Augen, die sich ohne Pupillen auf sie konzentrierten.

Er war nur dreißig Meter vom Boden entfernt. Joe bekam Herzklopfen. Er wünschte sich, der Lift würde versagen. Er wünschte sich, das Gebäude würde einstürzen. Er wünschte sich, die Energieversorgung würde ausfallen … Alles, was ihn daran hinderte, den Platz zu erreichen und seine Fracht erneut auf die Rekruten loszulassen.

Doch seine Gebete wurden nicht erhört. Als Lord Knaaren aus dem Lift trat, tönte ein tiefes Hornsignal über den Platz und ließ Joes Wirbelsäule vibrieren. Knaaren stapfte gezielt auf sie zu, in seinem Gefolge einige der achtundzwanzig Kinder, die er vor einer Woche mitgenommen hatte. Joe konnte nicht erkennen, ob Elfe unter ihnen war, ohne den Kopf in ihre Richtung zu drehen.

Statt wie beim letzten Mal vor jedem Bataillon anzuhalten, lief Knaaren direkt auf das Sechste zu. Kommandeur Tril trat ihm entgegen.

»*Wo sind Ihre Standarten?*«, wollte Knaaren wissen. »*Jedes Bataillon hat seine Standarten – außer Ihrem.*«

»*Ich wurde nicht benachrichtigt, dass unsere Standarten bereit sind, Ko-Knaaren*«, erwiderte Tril.

»*Also sind Sie unvorbereitet.*«

»*Ich war damit beschäftigt, Kampfanzüge und* otwa-*Patronen für meine Rekruten zu beschaffen.*«

»*Also sind Sie inkompetent. Das hätte schon im Vorfeld geschehen sollen.*«

»*Bis zur letzten Inspektion habe ich bei den Friedensstiftern gearbeitet, Ko-Knaaren. Ich bin immer noch dabei, den Rückstand aufzuholen.*«

Der Dhasha schnaufte, und Joe spürte den Schwall des üblen Atems bis zu seinem Standort. »*Dann soll es so sein. Das Bataillon des Verräters braucht keine Standarten.*«

»*Ich werde sie ausfindig machen, sobald wir hier fertig sind.*«

»*Sie brauchen keine. Ihr Bataillon ist eine Schmach. Sie sollen eingelagert werden, bis Sie es sich verdient haben, sie zu tragen.*«

Die Ooreiki des Sechsten Bataillons versteiften sich. Er spürte ihren Zorn wie Hitzewellen, die von ihnen ausgingen, aber keiner erhob Einwände.

Tril neigte hastig den Kopf. »*Wie Sie wünschen, Kommandeur.*«

»*Sie werden mich als Euer Lordschaft ansprechen, Sie dummer* vaghi.«

»*Ich bitte um Verzeihung, Euer Lordschaft*«, beeilte sich Tril zu sagen. »*Ich hatte vergessen, dass Sie ein anderes Rangsystem eingerichtet haben.*«

Joe hatte noch nie einen so unterwürfigen Ooreiki gesehen.

Dem Dhasha jedoch schien es Spaß zu machen, den Zweiten Kommandeur katzbuckeln zu lassen. »*Sie haben es vergessen? Sie unwissender Takki. Die Dhasha spucken auf Titel und Ränge des Kongresses. Sollte ich Sie vielleicht mitnehmen, damit Sie heute Nacht meine Schuppen pflegen und es nicht noch einmal vergessen, Tril?*«

»*Ich bitte um Verzeihung, Euer Lordschaft*«, wiederholte Tril. »*Es wird nicht wieder vorkommen.*«

»*Sorgen Sie dafür, dass es nicht wieder passiert. Und sorgen Sie dafür, dass Ihre Menschen anständig marschieren lernen. Ihre Bemühungen sind schändlich.*«

»*Selbstverständlich, Euer Lordschaft.*«

Lord Knaaren grunzte und entfernte sich, umkreiste langsam das Sechste Bataillon und musterte die Rekruten. Joe bemerkte, wie ihn Elfe aus der Schar Menschen heraus anstarrte, die dem Dha-sha-Kommandeur folgte. Seine Augen waren vom Weinen gerötet und geschwollen, sein Gesicht bleich wie der Tod. Joe beobachtete ihn, bis er außerhalb seines Sichtfelds war, von Schuldgefühlen geplagt.

»*Ich will den da*«, sagte Knaaren und blieb stehen.

Kommandeur Tril trat vor.

Kampfmeister Nebil hielt Tril am Arm fest und ließ ihn innehal-ten. »*Nein, Furg*«, zischte er unterdrückt und warf einen verstohle-nen Blick zu Knaaren, um sich zu vergewissern, dass er nichts be-merkt hatte. »*Damit würden Sie es nur schlimmer machen.*«

Trils Sudah flatterten, als er mit einem heftigen Ruck seinen Arm aus Nebils Griff befreite. Er stapfte zum Dhasha hinüber, der lang-sam an den Reihen entlangging und den Rest des Sechsten Bataill-lons inspizierte. Sein neuer Sklave folgte ihm mit den anderen. Als Tril vor ihn trat, stieß Knaaren ein verdutztes Schnaufen aus.

»*Ich muss Sie leider bitten, keine weiteren meiner Rekruten mitzuneh-men, Ko-Knaaren. Wir sind bereits jetzt neunundzwanzig zu wenig.*«

Knaaren riss den Kopf herum und starrte ihn mit kalten Smaragd-augen an. »*Sie wagen es, mir zu sagen, was ich tun soll, Ooreiki?*«

Tril wahrte Haltung, obwohl sich die regenbogenfarbenen Lip-pen des Dhasha von den Zähnen zurückzogen. »*Es ist eine Bitte, Euer Lordschaft, nicht mehr.*«

»*Dann lehne ich Ihre Bitte ab.*« Knaaren suchte sich wahllos meh-rere Rekruten aus. Er hörte erst auf, als er neunundzwanzig gefun-den hatte. Der Dhasha zeigte die riesigen, haiartigen schwarzen Zähne und blieb vor einem erstarrten Tril stehen, um zu sagen: »*Jetzt sind Sie noch einmal neunundzwanzig weniger. Wenn sie inner-halb der nächsten Woche nicht besser werden, werde ich mir noch einmal neunundzwanzig nehmen.*«

»*Das Bataillon kann nicht funktionieren, wenn …*«

»*Es wird funktionieren oder untergehen*«, gab Lord Knaaren zurück.

Trils Körper war starr vor Wut. »*Euer Lordschaft, die kombinierten Übungen erfordern ein Minimum an Truppenstärke für jedes Bataillon. Wir würden unter die Standards rutschen, wenn Sie noch mehr Rekruten aussortieren.*«

Knaaren sprang auf Tril zu, landete jedoch kurz vor ihm. Seine mehreren tausend Kilo Muskelmasse ließen den Boden erzittern und deckten die ersten Reihen der Rekruten mit einem Hagelschauer aus Steinchen ein. Kommandeur Tril taumelte zurück, während sich seine Sudah in seinem Nacken wellten.

»*Wenn ich also noch mehr nehmen muss*«, knurrte Knaaren, während seine feuchten schwarzen Zähne Trils Hals streiften, »*werde ich wohl mit Ihnen anfangen, Sie Ooreiki-Wurm.*«

»*Es tut mir leid, Mylord. Unendlich leid …*« Tril stürzte rückwärts zu Boden, wand sich und brabbelte vor Schreck.

Knaaren schnaufte und wandte sich den Kindern hinter ihm zu. Trils Gewinsel schien er längst vergessen zu haben. »*Bringt die wimmernden Menschen in mein Quartier. In ihrer Nähe fällt mir das Denken schwer.*«

Ich wette, das ist keine große Kunst, du Arschloch, dachte Joe.

Als Knaaren mit dem Sechsten Bataillon fertig war, trat er vor das gesamte Regiment und wandte sich den Soldaten zu. Ein Takki drehte die Lautstärke des Übersetzungsgeräts auf, das am dicken Hals des Dhasha hing.

»*Ihr alle wisst, warum ihr hier seid*«, dröhnte es aus dem Übersetzungsgerät über den Platz. »*Einer von unseren Bataillonskommandeuren hat den Kongress verraten. Wir sind hier, um ihm die Strafe zukommen zu lassen, die er verdient hat.*«

»*Sie sind hier, um ihm einen fairen Prozess zu machen, Knaaren*«, sagte Kommandeur Lagrah.

Joe spürte, wie jeder Ooreiki auf dem Platz erstarrte. Neben ihm sog Kampfmeister Nebil scharf den Atem ein und drehte sich zu ihrem Ersten Kommandeur um.

Knaaren ruckte herum und starrte Lagrah an. »*Möchten Sie ihm Gesellschaft leisten, Kommandeur? Vielleicht können Sie sich auf Levren eine Zelle teilen. Wie ich höre, ist ein* vkala *dort jederzeit willkommen.*«

»*Das ist der Grund, warum Dhasha nur selten ins Tribunal gewählt werden.*« Die neue Stimme erklang über ihnen. »*Sie haben absolut kein Taktgefühl.*« Lord Knaaren blickte auf und grub seine Klauen in den Boden des Platzes. Repräsentant Na'leen thronte auf einem riesigen Haauk, der fünf Meter über dem Boden schwebte. Sechs Huouyt-Assistenten scharten sich um ihn.

»Kommen Sie herunter und sagen Sie das noch einmal zu mir, Sie rückgratloser Takki-Feigling«, blaffte Lord Knaaren zurück.

Sofort ließ der Pilot den Gleiter zu Boden sinken. Na'leen stieg aus, schritt zu Knaaren und blieb genau unter seinen riesigen Kiefern stehen. *»Ich sagte, Ihre Artgenossen sind zu dumm, um als Angehörige des Tribunals zu dienen. Sie haben die gedanklichen Fähigkeiten eines Ooreiki-niish, das soeben aus seiner Membran gekrochen ist. Es würde mich sehr befriedigen, Sie zu entkrallen und als Lasttier ausbilden zu lassen.«*

Knaaren spannte sich an, und für einen Moment glaubte Joe, er würde Na'leen fressen. Schließlich sagte er: *»Sie stoßen nur leere Drohungen aus. Der Prozess wird so laufen, wie ich es will.«*

Repräsentant Na'leen starrte kalt und stahlblau in die Augen des Dhasha. *»Wenn ich Ihnen gedroht hätte, Furg, wären Sie schon längst tot.«* Er ignorierte die Zähne des Dhasha, als würden sie für ihn gar nicht existieren. *»Ich werde keine Worte vergeuden, um zu versuchen, einen Dhasha zu vernünftigen Einsichten zu bringen. Ich bin als Beobachter und Ratgeber gekommen. Sie werden auf mich hören, ansonsten wird der Kongress eine nützliche Verwendung für Ihre Schuppen finden, nachdem man sie Ihnen vom Rücken geschabt hat.«*

Der Dhasha machte einen Schritt auf den Repräsentanten zu und zwang ihn mit seiner gewaltigen beschuppten Brust zum Zurückweichen. Im nächsten Augenblick materialisierten sich zwei busgroße Jreet und rammten ihre Glasspeere unter die Brustschuppen des Dhasha. Knaaren bäumte sich auf und schlug lachend die Zähne zusammen, als tiefviolettes Blut rund um die Speerspitzen der Jreet hervorsickerte. Die Jreet rissen ihre Speere heraus und verschwanden wieder.

Repräsentant Na'leen fuhr fort, als wäre nichts geschehen. *»Ich bin nicht hierhergekommen, um Sie zu demütigen, Knaaren.«* Er hob lässig eine flache, paddelförmige Gliedmaße, während sein Umhang aus Goldstoff auf seinen Schultern schimmerte. *»Ich bin gekommen, um Ihren armseligen Versuch in Rechtsprechung zu beobachten.«*

»*Er wird einen fairen Prozess bekommen*«, sagte der Dhasha.

Na'leen verbeugte sich, was überraschend elegant für ein Wesen aussah, das einem Tintenfisch ähnelte. »*Dann überlasse ich alles Weitere Ihren fähigen Klauen.*« Er kehrte in seinem eigenartigen dreibeinigen Gang zum Gleiter zurück und setzte sich wieder auf den schalenförmigen Thron genau in der Mitte des Fahrzeugs.

Knaaren wandte dem Huouyt abrupt den Rücken zu. Mit einem wütenden Knurren blaffte er: »*Holt den Gefangenen heraus!*«

Vier Ooreiki in schwarzer Kleidung tauchten am anderen Ende des Platzes auf und führten einen Ooreiki, der ganz in Weiß gekleidet war. Joe erkannte entsetzt, dass Kihgl die Arme fehlten. Wo sich zuvor die fließenden braunen Tentakel befunden hatten, waren jetzt nur noch zwei Stummel zurückgeblieben. Sie sahen aus wie ein Echsenschwanz, der von selbst nachwuchs.

Sie haben ihn gefoltert. Joes Brust zog sich zusammen, während er es sah. Sosehr Kihgl ihm in den letzten Wochen Angst gemacht hatte, er hatte ihn dennoch bei der Auswahl gerettet und vor dem Friedensstifter geschützt. Er hatte ihm sein Vertrauen geschenkt. Er hatte sogar versucht, ihn zum Kampfmeister zu machen.

Ich wäre tot, wenn er nicht gewesen wäre, dachte Joe, während er die noch frischen Schnitte und die Tatsache registrierte, dass eine Gesichtshälfte von Kihgl gelähmt war.

Die Anspannung in der Luft steigerte sich um das Tausendfache, als Kihgl näher kam und die Sudah sämtlicher Ooreiki auf dem Platz flatterten.

Kihgls Eskorte hielt vor dem Dhasha an und wich dann mehrere Schritte zurück, sodass Kihgl allein vor dem raubtierhaften Wesen stand.

»*Haben Sie sich geschnitten, Kommandeur?*«, fragte Kihgl und blickte auf die dunkelrote Flüssigkeit, die aus den Wunden tropfte, die die Jreet ihm zugefügt hatten.

Der Dhasha versteifte sich, und eine Sekunde lang glaubte Joe, er würde ihn fressen. »*Alle Bataillonskommandeure zu mir*«, blaffte Knaaren.

Tril verließ das Sechste Bataillon, um sich neben die acht anderen zu stellen, die Kihgl in einer grimmigen Reihe gegenüberstanden. Der Dhasha ragte prächtig glänzend hinter ihnen auf. Ein junger dunkelhäutiger Ooreiki mit einem achtstrahligen Stern auf der dunkelblauen Uniform trat vor sie. Doch anders als bei einem Ersten Kommandeur balancierte ein kleiner Kreis auf jeder Spitze des Sterns, jeder in einer anderen Farbe. Mehrere Kampfmeister starrten mit hartem Blick ihrer feuchten Augen auf das Symbol.

Der seltsame Ooreiki entrollte eine schimmernde Schriftrolle und hielt sie hoch, während er sprach. »*Zweiter Kommandeur Kihgl von der Dreihundertfünfundzwanzigsten Ooreiki-Bodenstreitmacht*«, las der junge Ooreiki vor, »*Sie sind des Verrats, der Verschwörung, der Verhetzung und der Spionage angeklagt. Ich selbst habe gemeinsam mit Angehörigen der Friedensarmee verbotene Bücher und Artefakte gefunden, die in Ihrem Quartier versteckt waren. Weitergehende Befragungen offenbarten, dass Sie ein umfangreiches Wissen über die Trith-Verschwörung besitzen. Wir haben in Archiven an Ihren früheren Einsatzorten gesucht und sind auf zahlreiche Vorfälle gestoßen, bei denen Ihre Loyalität durch Worte und Taten zweifelhaft erschien. Auf dieser Grundlage verfügen wir über hinreichende Beweise, um in den genannten Punkten Anklage gegen Sie zu erheben. Was haben Sie zu Ihrer Verteidigung zu sagen?*« Der Friedensstifter rollte das seidige Pergament zusammen und wartete.

Joe hielt zusammen mit den anderen den Atem an und wünschte sich, Kihgl würde etwas sagen, das ihn entlastete.

Kihgls Sudah blieben ganz ruhig. »*Ich habe nichts zu meiner Verteidigung zu sagen.*«

»*Sie gestehen Ihre Schuld ein?*«, wollte Knaaren wissen.

Kihgl starrte immer noch auf die Flüssigkeit, die aus Knaarens Brust sickerte. Der Strom hatte bereits nachgelassen und war zu einem langsamen Tröpfeln versiegt. Kihgl schien Luft zu holen und sich zu wappnen, bevor er den Blick wieder auf die Reihe der Bataillonskommandeure richtete. »*Dieser Prozess kann für mich nur auf die eine oder andere Weise ausgehen, und beide Möglichkeiten fürchte ich mehr als den Tod. Tun Sie, was Sie wollen.*«

Die Reihe der Ooreiki starrte ihn schweigend an. Als offensichtlich war, dass keiner der anderen Kommandeure ihn befragen würde, betonte der Friedensstifter: »*Die Schiffsaufzeichnungen weisen darauf hin, dass Sie die Motive des Kongresses in Frage gestellt haben, als Sie beauftragt wurden, diese Rekruten auszubilden.*«

Kihgl blieb regungslos, seine Sudah waren wie tot. »*Anfangs war ich nicht davon überzeugt, dass sie meine Mühen wert sind. Ich wollte zu meinem alten Regiment auf Lakarat zurückkehren und meine Fähigkeiten nicht darauf vergeuden, Menschen auszubilden, die mit hoher Wahrscheinlichkeit im Sklavenlager eines Dhasha enden würden. Die Ooreiki sind die Bodenkämpfer des Kongresses. Keine andere Spezies konnte es je mit unseren Erfolgen in den Tunneln aufnehmen. Menschen sind so schwach – ich fand, man hätte sie der Raumflotte oder der Himmelsflotte zuteilen sollen. Ich habe nicht verstanden, wie die Bürokraten auf Koliinaat so dumm sein konnten, sie in Bioanzüge zu stecken.*«

Von Repräsentant Na'leen auf seinem Haauk war ein amüsiertes Schnaufen zu hören.

»*Also dachten Sie, der Kongress würde Ihre Zeit vergeuden?*«, fragte Tril eindringlich nach.

Kihgl wandte sich Tril zu. »*Kkee.*«

»*Ein Beweis seiner Schuld*«, sagte Knaaren.

»*Ich bitte Sie*«, meldete sich Na'leen von seinem Haauk zu Wort. »*Das ist eine weit verbreitete Ansicht. Wenn Sie jemals an einer Sitzung der Regentschaft teilgenommen hätten, bei der es um Mineralienrechte geht, würden Sie das verstehen.*«

»*Erklären Sie mir, warum Sie fortgelaufen sind*«, sagte Lord Knaaren, ohne auf den Huouyt einzugehen. »*Wenn Sie unschuldig waren, warum sind Sie dann geflohen?*«

»*Ich hatte Angst.*«

Joe blinzelte. Hatte Kihgl tatsächlich versucht zu fliehen?

»*Sie sind ein Zweiter Kommandeur der Kongress-Armee. Sie haben auf Ubashin gegen meine Artgenossen gekämpft und überlebt. Wenn Sie unschuldig waren, hatten Sie nichts zu befürchten.*«

»*Ich bin nicht unschuldig.*«

Der Dhasha erstarrte und grub seine Klauen in den Boden. »*Wenn Sie nicht unschuldig sind, warum vergeuden wir dann unsere Zeit damit, Ihnen den Prozess zu machen?*«

»*Das weiß ich nicht.*«

Lord Knaarens dicke Muskeln spannten sich unter seinen metallisch schillernden Schuppen an. Alle anderen in der Formation starrten schweigend auf Kihgl. »*Haben Sie irgendetwas zu Ihrer Verteidigung zu sagen?*«, fragte Knaaren streng.

»*Nein*«, antwortete Kihgl.

Aus der Brust des Dhasha kam ein tiefes Knurren. »*Kommandeure, Ihr Urteil.*«

Längere Zeit sagte niemand etwas. Dann meldete sich leise Kommandeur Lagrah zu Wort: »*Töten Sie ihn.*«

Kihgls Sudah zuckten nur kurz und waren dann wieder ruhig.

Nein, dachte Joe. *Bitte tötet ihn nicht.* Das schlechte Gewissen legte sich wie eine muffige Jacke über seine Schultern. Es war seine Schuld. Kihgl war wegen dieses idiotischen Tattoos verrückt geworden …

Joe blickte zu den anderen Kommandeuren und empfand Wut, weil Kihgls Freunde ihn im Stich lassen wollten. Insbesondere Lagrah. Früher hatte Joe einmal gedacht, der uralte Ooreiki mit der schlaffen Haut wäre einer von den Guten, einer von denen, die Kinder retteten, die zum Tode verurteilt waren. Jetzt sah er einfach nur noch alt aus. Die blasse, erschlaffte Haut, mit der Joe einst Macht und Weisheit assoziiert hatte, sah nun ausgelaugt und verbraucht aus. Das Gewirr der schwarzen Narben wirkte nicht mehr beeindruckend. Joe hasste sie, weil er nun wie Kihgl aussah. *Sie sind alle gleich*, dachte er wütend, während er von Kihgls ruhiger Gestalt zu Kommandeur Lagrah blickte. Beide rührten sich nicht, starrten sich gegenseitig an, schwiegen.

Ein dünner Faden neon-orangefarbener Speichel tropfte zwischen den parallelen schwarzen Zahnreihen des Dhasha hervor. »*Ich höre keine anderen Optionen*«, sagte er.

»*Ich ebenso wenig.*« Als Kihgl das sagte, entspannte sich sein Körper. Er klang fast erleichtert.

Der Friedensstifter trat mit seinem Pergament vor, und zwei seiner Begleiter packten Kihgl an der weißen Uniform. Sie zwangen ihn, sich dem Boten zuzuwenden. »*Kihgl, wir haben entschieden, dass Sie ein Verräter am Kongress sind …*«

Als der interessante Teil vorbei war, stieß der Dhasha ein zufriedenes Grunzen aus und machte sich auf den Weg zum Aufzug.

»Hiermit wird Ihnen jeder Rang der Kongress-Armee entzogen, und Sie werden für weitere Befragungen nach Levren geschafft. Anschließend werden Sie Jreet-Gift durch die Brust erhalten, bis Sie tot sind. Drei Tage später wird man Ihre oorei *extrahieren und sie zur Bestattung nach Poen schaffen.«*

Der Friedensstifter ließ die seidige Schriftrolle sinken. *»Gibt es noch irgendwelche letzten Worte, die Sie an die Versammelten richten möchten, bevor sich Ihr Schicksal erfüllt?«*

»Kkee«, sagte Kommandeur Kihgl und blickte den Dhasha an, der sich entfernte. *»Ich freue mich auf den Tag, an dem irgendjemand diese Tiere in ihre Schranken weist.«*

Lord Knaaren drehte sich um, und in seinen edelsteinartigen Augen stand leichte Neugier. Als er sah, dass Kihgl ihn anstarrte, stieß er ein wütendes Knurren aus und stapfte zurück. *»Was haben Sie gesagt?«*

»Vorsichtig, Lord Knaaren«, sagte der Friedensstifter. *»Er gehört jetzt uns.«*

Der Dhasha schnaufte angewidert und schlug leicht nach Kihgl. Dabei zerfetzte er eine der neuen Gliedmaßen, die an dessen Seite nachgewachsen waren. Dann wandte er sich wieder um und machte sich erneut auf den Rückweg.

Kihgl beachtete die Verletzung nicht weiter, als hätte sie keine Bedeutung für ihn. *»Sie sind Missgeburten. Der Kongress hätte niemals zulassen dürfen, dass Sie von Ihrem Rußbrocken herunterkriechen, den Sie als Planeten bezeichnen.«*

Was tust du da?, schrie Joe in Gedanken. *Halt die Klappe, du Blödmann!*

Lord Knaaren fuhr herum und stürzte sich auf Kihgl, der ihn nur anstarrte. Knaarens basketballgroße Smaragdaugen funkelten wie kalte Edelsteine.

»Bringen Sie ihn zurück in die Zelle!«, befahl der Friedensstifter. *»Lord Knaaren, er ist jetzt ein Gefangener der Friedensarmee. Es wäre nicht gut, ihn zu töten, bevor wir die letzten Geheimnisse aus ihm herausgeholt haben.«*

Lord Knaaren hörte nicht auf den Friedensstifter, sondern lieferte sich ein Blickduell mit Kihgl. Er war vollkommen reglos, aber wie eine Kobra, die jeden Moment zustoßen konnte.

Als die anderen Friedensstifter kamen, um Kihgl fortzuschaffen, sagte er: »*Sie sind nicht mehr als hilflose niish.*«

»*Bringen Sie den Gefangenen zum Schweigen!*«, schrie der Friedensstifter.

Seine Kameraden legten Kihgl Handfesseln an und zerrten seinen Kopf zurück, bis Joe eine vibrierende Kugel in seiner Kehle sah.

»*Lassen Sie ihn los.*« Lord Knaarens Stimme war klar und eiskalt.

Die zwei Friedensstifter blickten zu ihrem Anführer, dann ließen sie Kihgl widerstrebend frei.

»*Was haben Sie damit gemeint, Verräter?*«, knurrte Knaaren. »*Wer ist hilflos?*«

Nein, sag es nicht, flehte Joe.

»*Die Dhasha*«, antwortete Kihgl.

Lord Knaaren starrte ihn eine Weile mit glitzernden Smaragdaugen an. Schließlich fragte er: »*Wollen Sie mich als schwach bezeichnen?*«

Kihgl bedachte den Dhasha-Lord mit einem amüsierten Blick. »*Ohne Ihre Takki sind Sie gar nichts. Eines Tages werden sie genug davon haben, Ihnen zu dienen, und dann werden Sie alle sterben, weil Sie verhungern und in Ihrem eigenen Dreck verfaulen. Bis dahin sollte man Sie zum armseligen Steinbrocken zurückbringen, von dem Sie gekommen sind, und Sie zum Ziehen von Pflügen benutzen.*«

Lord Knaaren stieß ein lautes Gebrüll aus und stürmte los. Im nächsten Moment hatte er Kihgls Körper zerbissen.

Ein Schwall aus brauner Flüssigkeit ergoss sich über die Risse in Kihgls weißer Kleidung und auf den Platz, wo sie im zermahlenen schwarzen Diamant versickerte. Kihgls untere Körperhälfte schlug um sich, und Joe konnte hören, wie der ehemalige Zweite Kommandeur zwischen den Kiefern des Dhasha schrie. Knaaren trat auf Kihgls Füße und zog sich mit einem Ruck zurück, wodurch er die obere Körperhälfte von Kihgls Beinen und seinem Unterleib trennte. Dann stieß er den Kopf nach vorn und schluckte.

»*Sie kleingeistige, dumme Bestie!*«, schrie der hochrangige Friedensstifter. »*Er sollte noch nicht getötet werden!*«

Lord Knaaren sprang zum nächsten blau gekleideten Offizier und verschluckte ihn in einem Stück. Die Überlebenden flohen und versteckten sich hinter dem Gleiter von Repräsentant Na'leen. Dann stürzte sich Knaaren auf den Huouyt auf dem Fluggefährt und warf die zwei Passagiere zu Boden. Noch während die Huouyt aufschrien und wie überraschte Tintenfische die Farbe wechselten, aß er sie. Der Haauk des Repräsentanten stieg in die Höhe und brachte Na'leen außer Reichweite des rasenden Dhasha, während sich gleichzeitig drei riesige, rotschuppige Jreet genau vor Knaaren materialisierten und der Platz von ihrem dröhnenden *Schieh-Wump*-Kampfruf widerhallte.

Doch nun lagen Knaarens regenbogenfarbene Schuppen fest an seinem Körper an, und nur einer der Jreet-Speere konnte in seine Brust eindringen. Eine andere Speerspitze zersplitterte unter der Heftigkeit des Angriffs, und von einer weiteren kam ein gequältes metallisches Kreischen, als sie von den Schuppen abglitt. Als die dritte auf Widerstand stieß und dann ins Gewebe eindrang, stieß Knaaren ein Gebrüll aus, das den Boden erzittern ließ, und stürzte sich auf den verantwortlichen Jreet. Die anderen beiden Jreet verschwanden, als Knaaren ihren Kameraden zu Boden warf und ihn in lange rote Streifen zerriss, als hätte sein Körper die Konsistenz von Kopfsalat.

Weiter oben erschien ein Dutzend weiterer Haauk, auf denen sich Huouyt tummelten. Sie landeten nicht, sondern feuerten Hunderte Plasmaladungen ab, die von Knaarens Schuppen abprallten, ohne Schaden anzurichten. Wie Öl tropften sie von seinem Körper und landeten zwischen den Zuschauern. Knaaren grinste spöttisch zu ihnen hinauf, während immer noch Stückchen des Wächters zwischen seinen Zähnen klebten. Dann wandte er sich wieder Kihgls Körper zu und aß ihn auf, indem er den Körper des Ooreiki mit rasiermesserscharfen Klauen zerriss.

Die zwei größeren Jreet nutzten die Gelegenheit, um ihn erneut anzugreifen. Im nächsten Augenblick hatten beide ihre langen Körper um ihn geschlungen, drückten seine Arme und Beine zusammen und zerrten den Dhasha im Würgegriff zu Boden. Während sich Knaaren vergeblich zu wehren versuchte, zwängte einer der Jreet mit einem muskulösen roten Arm die Schuppen auseinander, die den Rücken des Dhasha schützten, und machte sich bereit, mit dem giftigen Körperanhängsel auf seiner Brust zuzustechen.

»*Lassen Sie ihn los!*«, bellte Na'leen.

Sofort lösten sich die zwei schweren Jreet in Luft auf. Wenig später war Knaaren wieder auf den Beinen. »*Feiglinge!*«, schrie er und schlug mit seinen Klauen um sich. »*Kommt her und kämpft mit mir, ihr Feiglinge!*«

All das hatte wenige Sekunden gedauert. Ein Dutzend Huouyt und Ooreiki-Friedensstifter lagen in blutigen Einzelteilen herum, ihre Leichen vermischten sich mit den roten Streifen eines riesigen Jreet. Mehrere Kinder des Dritten Bataillons lagen tot oder sterbend am Boden, und Körperteile lösten sich unter dem blauen Glibber auf, der sie einhüllte. Als die zwei größeren Jreet nicht wieder auftauchten, wandte sich der Dhasha erneut Kihgls Leiche zu und zerfetzte sie wütend in nicht mehr identifizierbare Stückchen, bevor er sie aß, ohne auf Na'leens zornige Rufe zu hören.

Dann wurde alles still. Eine leuchtende gelbe Kugel glitt aus Kihgls Leiche und rollte über den Boden, ließ die groben schwarzen Steinchen klirren. Um die Kugel breitete sich ein dichter goldener Nebel aus, der sich mit dem Pulsieren eines langsamen Herzschlags ausdehnte.

Mehrere Ooreiki eilten herbei, um die Kugel zu bergen, aber Knaaren brachte sie mit einem Schlag außerhalb ihrer Reichweite. Klirrend rollte die kleine Sphäre über den Platz und kam vor dem Stiefel eines Rekruten zum Stillstand, während sie weiter vom pulsierenden goldenen Nebel umhüllt wurde. Das erschrockene Kind zuckte zusammen, konnte jedoch die Ruhe bewahren, bis Knaaren über den Platz stapfte, um sie zu holen. Nun musste der Rekrut zur Seite springen, um keinen Fuß zu verlieren.

»*Tun Sie es nicht, Furg*«, warnte Repräsentant Na'leen.

Knaaren hob die kleine gelbliche Kugel auf und steckte sie sich in den Mund. Die goldene Wolke breitete sich zwischen den Reihen aus schwarzen Zähnen aus, die seine Kiefer säumten. Knaarens starre, froschartige Zunge fuhr heraus und leckte am Nebel, verteilte ihn wie Fäden aus aufgewirbeltem Rauch. Dann schloss er das Maul.

Goldene Funken regneten zwischen den Kiefern des Dhasha hervor, und die Ooreiki in der Nähe stießen ein kollektives Keuchen aus. Mehrere Kampfmeister taumelten entsetzt aus der Formation, die Blicke starr auf die glitzernden Überreste des *oorei* gerichtet. Die goldene Wolke breitete sich über die herabgefallenen Stücke aus und löste sich dann langsam in nichts auf.

… *wie Staub im Wind*, dachte Joe, während sich seine Eingeweide vor Entsetzen verkrampften.

Repräsentant Na'leens Stimme klang ruhig, während er immer noch über dem Platz schwebte. »*Das geht auf Ihre Rechnung, Sie unwissender Barbar.*« Damit wendete sein Haauk und flog davon. Sein Gefolge aus Kriegern der Jreet und Huouyt folgte ihm mit einem Dutzend Fahrzeugen.

Der Ooreiki, der dem zersplitterten *oorei* am nächsten war, ließ sich zu Boden sinken und stimmte einen tiefen, herzzerreißenden Schrei an, in den kurz darauf immer mehr seiner Artgenossen einstimmten. Sie umringten die Scherben von Kihgls *oorei* und drängten den Dhasha zur Seite, während sie ihr Klagelied sangen.

Knaaren wich zurück und starrte sie finster an. »*Sie sind Jenfurglinge, wenn Sie einen Verräter betrauern.*«

Die Ooreiki hörten nicht auf ihn. Ihre traurigen Stimmen schwollen immer mehr an.

Lord Knaaren schnaufte. »*Ich kann das Geheul dieser Jammergestalten nicht ertragen.*« Er wandte sich ab und ging, gefolgt von seiner Takki-Eskorte.

Und es waren nicht nur die Ooreiki auf dem Platz, wurde Joe bewusst. Die gesamte Stadt nahm den traurigen Klagegesang auf. Er hallte aus jeder Höhle wider, von jedem Wolkenkratzer, von jeder Wand, aus jeder Kluft. Die Kinder standen inzwischen seit weiteren zwanzig Minuten in Formation da, doch keiner der Ooreiki machte Anstalten, sie zu entlassen. Sie hatten sich im Kreis um die

Reste von Kihgls *oorei* versammelt und ignorierten sie vollständig. Ihr kollektiver Gesang war laut genug, um die Diamanten zu ihren Füßen zittern zu lassen.

Als die Klage der Ooreiki schon über eine Stunde anhielt, murmelte einer der Rekruten aus einem anderen Bataillon, dass er Hunger habe. Als sich die Leute auf den Weg zum Mittagessen machten, löste sich sein Bataillon auf. Ein weiteres Bataillon folgte, dann noch eins, bis nur noch das Zweite Bataillon und das von Joe übrig waren. Nur das ständige Training der vergangenen Tage hielt Joe und die anderen zurück. Nach endlosen Stunden des Drills durch Nebil und Trils Versuchen, sie auszutricksen, konnten sie an gar nichts anderes mehr denken – dass sie immer noch keinen Befehl zum Wegtreten erhalten hatten.

Nach einer Weile schnaufte Sasha angewidert und setzte sich in Bewegung, aber Libby hielt sie auf. »Sie haben uns noch nicht erlaubt wegzutreten«, sagte Libby.

»Sie stehen doch nur da und heulen«, erwiderte Sasha. »Außerdem bin ich die Kampfmeisterin. Also gebe ich uns stattdessen den Befehl zum Wegtreten.« Sie bedachte Libby mit einem herablassenden Blick und löste sich aus der Formation.

»Bleib«, befahl Joe.

Sasha zuckte zusammen und starrte ihn so verwundert an, als wären ihm plötzlich Antennen gewachsen. »*Was* hast du zu mir gesagt, Rekrut?«

»Bleib«, wiederholte Joe, »oder ich werde dich dazu zwingen.«

»*Wir* werden dich dazu zwingen«, sagte Scott.

»Ja«, bestätigte Mönch. »*Wir* werden dich zum Bleiben zwingen.«

Sasha starrte Mönch finster an, die schnell zum kleinsten Mitglied des Bataillons wurde, und für einen Moment dachte Joe, sie würde trotzdem versuchen, den Rekruten den Befehl zum Wegtreten zu geben. Dann wanderte ihr Blick von Mönch zu Libby, zu Maggie, zu Scott, und alle starrten sie mit der offenkundigen Absicht an, sie zum Gehorsam zu zwingen.

Nervös wandte sie sich wieder an Joe. Mit einem herablassenden Grinsen musterte sie ihn von oben bis unten, und Joe sah, dass sie innerhalb eines Sekundenbruchteils entschied, ob sie mit ihren eins fünfundsechzig einen Faustkampf gewinnen könnte.

Sasha schniefte voller Verachtung und kehrte an ihren Platz als Rekrutenkampfmeisterin zurück. Während der nächsten Stunde seufzte sie, verdrehte die Augen und zappelte herum, während der Ooreiki-Gesang immer weiterging. Joe starrte auf ihren Hinterkopf, während sie schmollend vor ihnen stand. *Dieses verzogene Gör hat es nicht verdient, Kampfmeisterin zu sein,* dachte er verbittert, während er zusah, wie sie mit dem Fuß im Diamantstaub scharrte. Um sie herum waren sämtliche Aktivitäten in der Stadt zum Stillstand gekommen. Alle Haauks waren gelandet, und ihre farbenfrohen Passagiere blickten zum Platz und auf die mitleiderregende Gruppe aus schwarz gekleideten Trauernden.

Auf der anderen Seite des Platzes blieb auch das Zweite Bataillon, wo es war.

Die Ooreiki hörten nicht auf zu jammern. Ihr verzweifelter Ruf wurde sogar noch lauter, bis die Luft davon erzitterte und die Klage in ganz Alishai widerhallte. Der Ton war so mächtig, dass Joes Knie und Lunge vibrierten. Er war so unausweichlich *stark,* dass Joe sich fühlte, als würde er sich *innerhalb* einer Violine oder eines Dudelsacks befinden. Der Ton drang in jedes Molekül seines Körpers, in sein Fleisch und Blut und in die Steinchen des Bodens. Joe musste die Hände zu Fäusten ballen, damit er nicht mehr spürte, wie seine Fingerknochen aneinander vibrierten. Die Klage durchdrang alles, ging ihm bis ins Mark.

Dennoch hielt es an.

Weitere Städte nahmen den Ruf auf. Wie das unheimliche Rascheln in einem Wald waren die Echos von den anderen Städten ein fernerer, sanfter Ton, der gegen die *ferlii* schwappte und von überall gleichzeitig zu kommen schien. Es war, als würde er seinen Körper so tief erschüttern, dass er irgendwann zerfallen musste.

»Diese Töne treiben mich in den Wahnsinn«, sagte Sasha. »Ihr seid wirklich blöd, wenn ihr wollt, dass wir hier stehen bleiben.« Ihr kantiges Gesicht wirkte angestrengt, und sie hatte die Hände an den Seiten zu Fäusten geballt.

»Meine Finger werden taub«, sagte Scott hinter Joe.

»Ich habe Hunger«, jammerte Maggie.

Und die Ooreiki heulten weiter, ohne Unterbrechung, bis Joe glaubte, er würde den Verstand verlieren.

Dann hörte es auf.

Gleichzeitig, als hätte ein Dirigent den Taktstock sinken lassen, ließen sämtliche Ooreiki auf dem Planeten den Ruf verklingen. Die Stille war von einem gewaltigen Echo erfüllt, das in seinen Ohren summte. Dann, als wäre überhaupt nichts geschehen, wandten sich alle Kongs von den zerbrochenen Stücken des *oorei* ab und ihren Rekruten zu.

Das Sechste und Zweite Bataillon durften in dieser Nacht schlafen. Die anderen nicht.

18 *Weihnachtslieder*

»Kennt irgendjemand von euch Weihnachtslieder?«, fragte Joe in die bedrückte Stille hinein. Er hatte alle seine Pflichten erfüllt und langweilte sich. Soweit er es einschätzen konnte, ging es auf Weihnachten zu, auch wenn er sich nicht ganz sicher war. Die Kongs maßen die Zeit anders als Menschen, und sie hatten ihnen nie erklärt, wie man sie in Tage oder Jahre umrechnete. Sie erwarteten einfach, dass die Kinder irgendwann ein Gefühl dafür entwickelten.

»Ja, ich!«, rief Mönch. »Ich kenne sehr viele. *Jingle Bells, Rudolph the Red Nosed Reindeer, Dashing Through the Snow …*«

»Das ist *Jingle Bells*«, sagte Scott.

»Nein.«

»Doch.«

»Nein, ist es *nicht*! Joe, ist es *Jingle Bells*?«

»Ich weiß nicht«, gab Joe zu. »Ich habe nicht so viel Ahnung von Weihnachten.«

»Und warum willst du dann Weihnachtslieder singen?«, fragte Scott.

»Weil mir eingefallen ist, dass jetzt irgendwann Weihnachten sein müsste.«

»Das war letzte Woche«, sagte Libby.

»Verrußt. Ich meine, verdammt. Ich meine, Scheiße. *Verbrannt*. Mag, halt dir einfach die Ohren zu, okay?«

»Wir haben Weihnachten verpasst?«, fragte Maggie in wehleidigem Ton. Sie hatte riesige Augen, und ihre Unterlippe zitterte.

Joe zuckte zusammen. »Vielleicht. Es war nicht mehr lange bis Weihnachten, als wir abgeflogen sind.«

»Es war letzte Woche«, wiederholte Libby.

»Mist«, murmelte Joe und warf Libby einen verärgerten Blick zu. Mit solchen Dingen hatte sie noch nie falschgelegen, aber konnte sie nicht ausnahmsweise mal so tun, als ob? »Wir können unsere eigenen Weihnachten feiern.«

»Und wann bekommen wir unsere Geschenke?«, fragte Maggie, plötzlich ganz aufgeregt.

»Aliens glauben nicht an Weihnachten«, sagte Mönch. »Meine Mum sagt, dass sie alle Heiden sind, und Mr. Allen sagt, dass sie alle in die Hölle kommen. Warum sollten sie uns Geschenke machen, wenn sie alle in die Hölle kommen?«

»*Santa* könnte uns Geschenke bringen«, entgegnete Maggie. »Ich will sowieso keine Alien-Geschenke. Ich will sie von Santa. Wann wird Santa uns die Geschenke bringen, Joe?«

Mönch runzelte die Stirn. »Es gibt keinen …«

»Wir brauchen keine Geschenke, um ein gutes Weihnachtsfest zu feiern«, unterbrach Joe sie. Er warf Mönch einen strengen Blick zu und schloss seinen Kragen, um warm zu bleiben. Die Sonne war wieder in die Dunkelphase eingetreten, und sie alle trugen schwere, isolierende Jacken, weil die Kaserne nicht geheizt war.

»Wie kann man Weihnachten ohne Geschenke feiern?«, fragte Maggie verblüfft.

»Bei Weihnachten geht es nicht um Geschenke, sondern um Schulferien«, erklärte Scott.

»*Gar* nicht!«, rief Mönch. »An Weihnachten muss man allen gute Geschenke machen, damit Gott nicht denkt, dass man geizig ist, und einen in die Hölle schickt.«

Libby verdrehte die Augen und hielt sich aus der Diskussion heraus. Sie benutzte Joes Schweizermesser, um Löcher in ihre Ausrüstung zu schneiden. Joe hatte bereits versucht, sie davon abzuhalten, aber sie hatte nicht auf ihn gehört.

Joe rieb an den Aknepickeln, die auf seinem Rücken juckten, und seufzte dann. »Lasst uns *Rudolph the Red Nosed Reindeer* hören. Ich kenne sonst nichts anderes.«

Mönch stimmte fröhlich *Rudolph the Red Nosed Reindeer* an, und er und Maggie sangen mit. Scott brauchte etwas länger, aber schon bald sang die Hälfte ihres Schlafsaals. Libby blickte stirnrunzelnd auf und beobachtete sie über ihrer Arbeit, fiel aber nicht ein.

Als sie mit *Rudolph the Red Nosed Reindeer* fertig waren, fing Joe mit *Deck the Halls* an, und jetzt sangen noch mehr Kinder mit, auch die, die den Text noch nicht richtig kannten. Zum ersten Mal seit Monaten sah Joe einen ganzen Raum voller Kinder, die grinsten und lachten. Er hörte, wie um ihn herum immer mehr aus dem Sechsten Bataillon einstimmten, und ihr Gesang hallte von den wabenförmigen schwarzen Wänden und den gläsernen dunklen Tunneln wider.

Joe dachte schon, das Sechste Bataillon würde schrecklich laut singen, als er bemerkte, dass sie nicht mehr allein waren. Auch im Stockwerk über ihnen wurde gesungen. Er hielt tatsächlich inne, um verdutzt darauf zu horchen, wie die Kinder in den anderen Schlafsälen das Lied aufnahmen.

Sie beendeten *Deck the Halls*, und Mönch fing mit *Frosty the Snowman* an. Diesmal war der Klang unglaublich. Er schlug gegen die gläsernen Wände und drohte sie zu zerschmettern.

»Hört ihr das?«, flüsterte Libby nach dem Ende der ersten Strophe.

Inzwischen sang das Bataillon unter ihnen *The Twelve Days of Christmas*. Überall vibrierte der Stein von Tausenden Stimmen. Joe ging zur verschlossenen Kasernentür und tippte hastig den Code ein, mit dem Nebil sie geöffnet hatte. Nachdem er in beide Richtungen nach Kampfmeistern Ausschau gehalten hatte, trat Joe auf den Balkon. Libby folgte ihm nach draußen, um zu horchen. Auf den kreisförmigen Laufstegen rund um die anderen Gebäude waren farbig gekleidete Ooreiki stehen geblieben und hatten ihre alltäglichen Aktivitäten unterbrochen, um auf die Kaserne zu starren. Einige hatten sogar Haauks bestiegen und waren mit neugierig leuchtenden braunen Augen näher gekommen.

Als sie mit *The Twelve Days of Christmas* fertig waren, fing jemand mit *Old MacDonald Had a Farm* an. Dann kam *Row, Row, Row Your Boat*. Joe war sprachlos. Achttausend Stimmen vibrierten in den Räumen und klangen wie Donnergrollen. Eine Weile blieben sie bei den Kinderliedern, dann stimmte jemand *Oh Say Can You See* an, worauf es mit anderen patriotischen Liedern weiterging, die laut genug waren, um die Wände erzittern zu lassen. Sie sangen jedes Lied, das Joe kannte, und noch mehr, die er nicht kannte. Immer mehr Ooreiki versammelten sich, um zuzuhören. Manche gingen sogar zum Fuß der Kaserne und stiegen die Treppe hinauf, um näher heranzukommen, aber die Lieder erklangen unbeirrt weiter.

»*Ihr Menschen habt Stimmen, die die Vorfahren zum Weinen bringen*«, sagte ein Übersetzungsgerät neben ihm, worauf er am ganzen Körper eine Gänsehaut bekam. Joes Herz stockte, als hätte man ihn in eine Wanne mit Eiswasser getaucht. Die Lieder waren vergessen. Er duckte sich und machte sich auf einen Schlag gefasst. »Kampfmeister Nebil«, begann er hastig, »wir haben nur …«

Ein bunt gekleideter Zivilist stand hinter ihm. Sein Haauk war nur wenige Meter entfernt auf dieser Ebene gelandet. Seine Haut war so dunkel, dass sie fast schwarz war, was, wie Joe inzwischen gelernt hatte, auf ein junges Alter hindeutete.

Scott und Libby, die Joe zur Tür gefolgt waren, zogen sich nervös vor dem jungen Ooreiki zurück. Kampfmeister Nebil hatte deutlich gemacht, dass jeder Rekrut, der beim Gespräch mit einem Zivilisten erwischt wurde, so lange gedrillt wurde, bis er seine Füße nicht mehr spüren konnte, und Joe hatte die Tür sperrangelweit geöffnet, obwohl sie verschlossen sein sollte.

»*Ihr seht ganz anders aus, als ich mir vorgestellt hatte*«, erklärte der Ooreiki und trat näher. Seine riesigen Pupillen erweiterten sich neugierig. »*Die Bilder, die sie geschickt haben, zeigen nur wenige Details. Eure Augen haben tatsächlich unterschiedliche Farben.*« Das schien er faszinierend zu finden, während er von Joe zu Scott und wieder zu Joe blickte. »*Ist das natürlich oder nicht?*«

»Man hat uns verboten, mit euch zu sprechen«, sagte Libby und griff nach Joes Arm. »Komm, Joe. Lass uns zurückgehen, bevor Nebil die offene Tür bemerkt.«

Aber Joe starrte den Ooreiki fasziniert an. Das Alien trug lange, elegante Bahnen aus hellrotem Stoff, auf dem Wellen aus farbigen Steinen glitzerten. Während er hinsah, änderte der Stoff die Farbe, wechselte von einem tiefen Scharlachrot zu einem hellen Orange, dann zu Gelb. Tausende Dhasha-Schuppen in der Größe von Joes Daumennagel schimmerten wie Juwelen in Spiralmustern, die vom Unterleib des Ooreiki ausstrahlten. Edelsteine in allen Farben hingen an silbernen Quasten von seinen Armen. Silberne Kappen mit dem gleichen keltischen Knotenmuster wie auf Kihgls Armband steckten auf den Spitzen der Tentakel an der rechten Hand des Ooreiki, sodass er nur noch die linke benutzen konnte. Joe konnte nicht aufhören, ihn anzustarren.

Im Hintergrund sangen die Kinder nun *Mary Had a Little Lamb.* »*Was ist die Bedeutung eurer Gesänge?*«, fragte der Ooreiki. Er war größer als die meisten, die Joe bislang gesehen hatte, fast einen Meter siebzig.

Joe zögerte, war sich nicht sicher, ob er Nebils Zorn riskieren wollte, wenn er mit diesem Zivilisten sprach. Gleichzeitig wünschte er sich nichts mehr, als mit ihm zu reden. Vielleicht wusste er dieses oder jenes, konnte ihm verraten, wie sie nach Hause kommen würden …

»Komm endlich, Joe! Du wirst dich in Schwierigkeiten bringen!« Libby hatte sich wieder in den Schlafsaal zurückgezogen und ihn mit dem Zivilisten allein gelassen.

Der farbenfroh gekleidete Ooreiki blickte von Joe zu Libby und wieder zurück. »*Dein Name ist Tscho?*«

»*Kkee*«, sagte Joe zögernd. »Joe Dobbs. Wie heißt du?«

»*Tscho.*« Die Augen des jungen Ooreiki leuchteten vor Aufregung. »*Yuil.*« Er trat näher heran und warf einen Blick ins Innere der Kaserne. »*Geister*«, sagte er voller Erstaunen. »*Man zwingt euch, wie die Jreet zu leben. Wo ist eure Kunst?*«

»Ich glaube nicht, dass den Kampfmeistern irgendetwas an Kunst liegt«, sagte Joe. Um ihn herum verstummte das letzte Kinderlied. Stille legte sich wieder über die Kaserne.

»*Jedem Ooreiki liegt etwas an Kunst. Wir hätten uns niemals aus der Dunkelheit des unteren Blätterdachs entwickelt, wenn wir keine Schönheit würdigen könnten.*« Yuil gestikulierte mit den metallbesetzten Fingern auf die *ferlii*-Bäume, die den Stadtrand säumten. »*Es ist abscheulich, dass der Kongress uns zwingt, so viele unserer Jungen für die Rekrutierung aufzugeben. Um den ganzen Tag lang Schwarz zu tragen …*« Yuils Sudah zitterten. »*Das ist unnatürlich.*«

Joe starrte den Ooreiki an. »Du meinst, sie *wollen* gar keine Soldaten sein? Genauso wie wir?« Es fiel ihm schwer, sich vorzustellen, dass Kampfmeister Nebil und Kommandeur Tril sich tatsächlich wünschten, die farbige Kleidung der Zivilisten tragen zu dürfen.

»*Nur die Dhasha und die Jreet wollen Soldaten sein. Der Rest des Kongresses besteht aus friedensliebenden Spezies. Das ist der Grund, warum es einen Kongress gibt. Ohne ihn würden die Jreet erneut Kriege gegen die Ooreiki führen, und die Dhasha würden uns alle essen.*«

»Warum tötet ihr dann nicht alle Dhasha und hört auf, Soldaten zu rekrutieren?«, fragte Joe.

Yuil blickte sich zu seinen Freunden um. »*Sosehr ich ein gutes Gespräch liebe, ist dies kein Thema, über das ich in der Öffentlichkeit diskutieren sollte. Insbesondere nicht in der Nähe von militärischen Einrichtungen.*«

»Dann bring mich irgendwohin«, sagte Joe. »Wo wir reden können.«

»Joe!«, rief Libby.

Der junge Ooreiki zögerte und blickte zu Libby. »*Vielleicht ein andermal, Tscho. Jetzt ist es zu gefährlich. Alle schauen zu, weil ihr gesungen habt.*« Yuil wandte sich ab, ging schnell zu seinem Haauk zurück und schwebte davon.

Joe spürte die vertane Gelegenheit wie ein Messer im Bauch.

»Komm«, murmelte er, kehrte in den Schlafsaal zurück und gab den Code ein, der die Tür wieder verriegelte. Das war erstaunlich einfach, die gleichen Ziffern, die so viel wie 4-1-6 bedeuteten – Vierte Einheit, Erste Kompanie, Sechstes Bataillon. »Lass uns wieder schlafen gehen.«

*

Tril hielt Kommandeur Lagrah am Arm fest, als er auf Lord Knaarens Lift zuging. »Kommandeur, auf ein Wort?«

Lagrah nickte seinen Assistenten zu, die in den Aufzug stiegen und auf ihn warteten. »Kommandeur Tril, ich bin sehr beschäftigt«, erwiderte Lagrah und wandte sich ihm mit erschöpftem Blick zu. »Von Poen sind Priester gekommen, die Kihgls Überreste einsammeln wollen, und mein Bataillon bereitet sich derzeit auf eine Jagd vor.«

Tril spürte, wie seine Sudah verärgert zitterten. »Genau darüber wollte ich mit Ihnen reden. Das Sechste Bataillon wurde bei der Planung der Jagden nun schon achtmal übergangen. Niemand genehmigt meine Anträge.«

»Und es würde mich auch überraschen, sollte es jemals geschehen«, sagte Lagrah mit steifer Haltung. »Sie haben Ihr Bataillon verdammt, Kommandeur Tril. Es gibt viel Unmut wegen Kihgls Tod.«

Lagrah hatte seine Befürchtungen bestätigt. Trils unbeantwortete Nachrichten und einsame Mahlzeiten waren kein Versehen. Die anderen Ooreiki gingen ihm aus dem Weg.

»Das hatte er selbst zu verantworten«, erwiderte Tril. »Wenn er den Dhasha nicht …«

Lagrah hob eine Hand, die von *onen* vernarbt war. »Ich will gar nicht mit Ihnen diskutieren, Kommandeur. Hätten Sie ihn nicht ausgeliefert, hätte es jemand anders getan. Sein Lebensstil führte zu seinem Untergang. Trotzdem war Kihgl beliebt. Das Regiment findet, dass Sie die Verantwortung für seinen Tod tragen.«

»*Sie* haben seinen Tod gefordert, Lagrah«, gab Tril zurück. Er war entsetzt, dass der Ooreiki seine eigene Scheinheiligkeit nicht erkannte. »Nicht ich.«

Lagrah schnaufte. »Sie Furg … Das *Letzte*, was Kihgl wollte, war, dass die Friedensstifter ihn nach Levren bringen.«

Tril sah ihn irritiert an und brauchte einen Moment, um die Schlussfolgerung zu verstehen. »Sie meinen, Sie *wollten*, dass er stirbt, bevor er befragt werden kann?«, platzte es aus ihm heraus. Bestand das gesamte Regiment aus Verrätern?

Lagrah kniff leicht die Augen zusammen. »Ungeachtet seiner Faszination für die Vierfältige Prophezeiung hatte Kihgl einen ehrenhaften Tod verdient. Es gibt viele, die Sie für das, was Sie getan haben, verschwinden lassen möchten. Und viele von ihnen sind fähige Leute.«

Das Symbol der Planetaren Spezialabteilung – ein einzelner Kreis, der von einem Schrägstrich zerschnitten wurde, sodass die eine Hälfte rot und die andere blau war – prangte auf Lagrahs Schulter, seit er es sich durch viele Jahre Tunnelkrieg und Sondereinsätze verdient hatte. Durch viele Jahre des Tötens.

»Ist das eine Drohung?«, stieß Tril hervor und trat reflexhaft einen Schritt zurück.

Lagrah bedachte ihn mit einem sehr langen und kalten Blick, bis er sagte: »Die Tatsache, dass Kihgl ein besserer Freund – und ein besseres *oorei* – war, als Sie jemals sein werden, geht mir häufig durch den Kopf.«

Tril starrte ihn nur sprachlos an. Er konnte die Unverschämtheit nicht fassen. »Ich könnte den Friedensstiftern sagen …«

Lagrah lächelte ihn nur an, und seine blassen, gealterten Augen waren voller Verachtung. »Kommandeur Tril, es gibt fünfzehn Veteranen der Planetaren Spezialabteilung, die ausschließlich zu dem Zweck geholt wurden, dieses Menschenregiment zu unterrichten. Was glauben Sie, wie lange Sie überleben würden, wenn Sie einen weiteren Ihrer Kameraden an die Friedensarmee verraten würden?«

Tril blinzelte. Er, ein *yeeri*, wurde bedroht. Von einem *vkala*. Das war so unfassbar, dass er Lagrah nur anstarren konnte. Nachdem er eine ganze Weile versucht hatte, sich wieder zu beherrschen, sagte er: »Ich stelle den offiziellen Antrag, dass das Sechste Bataillon an der nächsten Jagd teilnimmt.«

Lagrah sah ihn eine Weile an und schüttelte dann den Kopf. »Kommandeur, Ihre Rekruten sind dafür noch nicht bereit.« Er berührte seinen Arm in einer bittenden Geste. »Vergessen wir für einen Moment unsere persönlichen Differenzen und denken an Ihre Schützlinge. Tun Sie ihnen einen Gefallen und warten Sie noch.«

»Es sind schon drei Wochen!«, entgegnete Tril und schüttelte die widerliche Berührung des *vkala* ab. »Drei *Wochen*, Kommandeur.«

»Und sie sind noch nicht bereit«, sagte Lagrah. »Sie würden sich nur selbst beschämen, wenn Sie mit Ihrem Bataillon auf die Jagd gehen.«

Tril erstarrte. Er war ein *yeeri*. Er wollte sich nicht von einem Feuergott anhören, dass er unzulänglich war. Das war schlimmer als eine Beschämung. Er zwang seinen Körper zu einer steifen Haltung und knurrte: »Jeden Tag, den das Sechste damit vergeudet, sich auf die Jagd vorzubereiten, wird Ihr Bataillon besser, und wir werden immer weiter abgehängt.«

»Kommandeur Tril, Sie sind nicht der Kommandeur, der Kihgl war«, sagte Lagrah sanft. »Die anderen Ooreiki, die die Bataillone kommandieren, verachten Sie. Wenn Sie jetzt mit dem Sechsten auf die Jagd gehen, würde es der Schwächling sein, der von den anderen Bataillonen zerrissen wird. Sie sind zu unerfahren, um Ihre Rekruten daran zu hindern, unter einem solchen Druck zusammenzubrechen. Müsste ich das Urteil fällen, würde ich sagen, dass nur Kampfmeister Nebil für diese Aufgabe geeignet wäre.«

Eine *weitere* Erwähnung von Kampfmeister Nebils angeblicher »Eignung«! Tril hätte am liebsten geschrien. Der unverfrorene Ooreiki-Kampfmeister war ihm seit Kihgls Prozess eine Kralle im Auge. »Wenn Nebil ›geeignet‹ wäre«, knurrte Tril, »wäre er nicht zum Kampfmeister degradiert worden. Wiederholt.«

Lagrah bedachte ihn mit einem erschöpften Blick und machte für einen Moment den Eindruck, als wollte er widersprechen, doch dann schüttelte er nur den Kopf. »Tril, ziehen Sie Ihre Rekruten aus diesem Zyklus zurück und warten Sie auf den nächsten Trainingszeitplan. Sie hätten eine bessere Chance, wenn Sie mit einem neuen Regiment anfangen. Bringen Sie mir Ihre Unterlagen, und ich werde Ihren Antrag genehmigen.« Es klang fast wie … ein *Befehl*.

»Mein Bataillon wird auf die Jagd gehen, und wenn ich die Einladung selbst schreiben muss«, sagte Tril und verknotete wütend die Finger.

Kommandeur Lagrah musterte die Narben an Trils rechter Hand, wo man ihn gezwungen hatte, die *adpi* zu entfernen, um mit der Rekrutenausbildung beginnen zu können. Nach einer Weile sagte er: »In der Armee ist es nicht wie an der *yeeri*-Akademie, Tril. Versagen bedeutet hier den Tod. Wenn Sie Ihre Soldaten mit diesem Regiment auf die Jagd schicken, gegen den Willen von Kommandeuren und Kampfmeistern, die einst enge Freunde von Kihgl waren, werden Ihre Rekruten wie geprügelte Takki sein. Wenn die Dhasha das sehen, werden sie sich auf sie stürzen und fressen, was noch von ihnen übrig geblieben ist. Sie alle würden für Ihren Stolz sterben.«

»Hier geht es nicht um meinen Stolz«, gab Tril zurück. »Sie wollen nur nicht, dass ein *yeeri* Ihr armseliges Bataillon unter seinem Stiefel zertritt, Sie bigotte alte Ascheseele.«

Kommandeur Lagrah starrte ihn lange Zeit streng an. Schließlich sagte er leise: »Dann sei es so.«

*

Wie bereits an jedem Tag während der vergangenen Woche war Kampfmeister Nebil auch an diesem Nachmittag schlechter Laune. Er bellte komplizierte Befehle auf Kong, verfluchte sie, selbst wenn sie eine Aufgabe korrekt erfüllten, und jagte sie über die glitzernden schwarzen Straßen, bis die ersten Kinder stürzten und kotzten. Irgendwann am Nachmittag bekam er ausgesprochen üble Laune und zog eine weiße, armlange Gerte hervor, die er nun bei jedem Rekruten benutzte, der es wagte, vor seinen Augen einen Fehler zu begehen.

Schließlich unterlief Sasha ein kleinerer Fehltritt bei ihren Kommandos, worauf Nebil ihr die Gerte über den Rücken zog. Doch statt demütig wieder ihren Platz vor der Einheit einzunehmen, drehte sie sich zum Ooreiki um und schrie: »Hören Sie auf, uns zu schlagen! Es ist nicht unsere Schuld, dass er Ihren blöden verräterischen Freund gefressen hat!«

Nebils Körper spannte sich an, und ohne weitere Vorwarnung riss er Sasha aus der Reihe und peitschte sie mit einer Heftigkeit aus, die Joe noch nie zuvor erlebt hatte. Seine mächtigen Ooreiki-Arme holten mit aller Kraft aus, und die weiße Gerte wurde rosa, als sie durch den Stoff von Sashas Tarnjacke und ihre Haut schnitt. Seine feuchten Augen funkelten vor Wut, und Nebil schlug sie weiter, bis ihr gesamter Körper eine einzige Masse aus blutenden roten Striemen war und ihre Kong-Uniform in blutigen Streifen herabhing. Selbst Joe, der sich seit Wochen gewünscht hatte, Nebil würde genau das tun, wurde übel, als er beobachtete, wie sich die Haut von Sashas Rücken und ihren Gliedmaßen löste.

Nach mehreren Minuten, als Sasha bereits mit ihrem herzzerreißenden Gewimmer aufgehört hatte und nicht mal mehr zuckte, wenn Nebil erneut zuschlug, konnte Joe es nicht mehr ertragen.

»Hören Sie auf, Sie Arschloch!«, rief Joe. Er trat aus der Formation und hielt Nebils Arm fest. »Sie *töten* Sie, verdammt noch mal!«

Nebil fuhr sofort herum und packte Joe an der Kehle. Sein stechender Griff zog sich wie eine Boa fest um seinen Hals zusammen. Joe blickte in Nebils zornige braune Augen und wusste, dass er sterben würde. Sein Sichtfeld verschwamm, und er rang nach Atem. Seine Knie wurden bereits schwach, während seinem Körper die Sauerstoffaufnahme verwehrt wurde.

Plötzlich hörte Nebil auf, immer fester zuzudrücken. Eine Weile starrte er Joe nur finster an, während die Kiemen an seinem Hals wild flatterten. Dann ließ er ihn los und stieß ihn wütend zurück. »Reih dich wieder in die Formation ein, Zero.«

Ohne ein weiteres Wort ließ Nebil die Gerte fallen und wandte sich wieder Sashas erschlaffter, blutender Gestalt zu. Verärgert zog er einen schwarzen Kasten von der Größe einer Zigarrenschachtel unter der Jacke hervor. Er nahm ein silbriges Fläschchen und eine riesige Spritze heraus, deren Griff wie der eines kleinen Schraubenziehers aussah. Er zog den Stöpsel vom Fläschchen und tauchte die Spitze der Nadel in die silbrige Lösung. Sasha rührte sich immer noch nicht und sah inzwischen viel zu blass aus.

Nebil entspannte die Muskeln seines Unterkörpers und ging neben dem Mädchen zu Boden. Er rollte sie auf den Rücken und riss ihre Jacke auseinander, wobei er die Brüste freilegte. Als sie die Augen aufriss und geschwächt versuchte, ihn aufzuhalten, stach er ihr mit der silbrigen Nadel in die Brust. Sämtliche Rekruten zuckten mitfühlend zusammen, als sich Sashas Körper unter dem Stich der Nadel verkrampfte, die durch die Rippen ging und bis zum Griff eindrang. Dann riss Nebil die Spritze wieder heraus, legte sie und das Fläschchen in den Kasten zurück, steckte ihn wieder ein und stand auf.

»Bringt eure Kampfmeisterin in die Klinik«, sagte Nebil brüsk. Dann drehte er sich ohne ein weiteres Wort um und stapfte davon. Die Gerte lag immer noch dort am Boden, wo er sie fallen gelassen hatte.

Im nächsten Moment ging Libby hinüber und zerbrach die Gerte über dem Knie, während sie dem Ooreiki finster hinterherstarrte.

»Na los«, murmelte Joe und hockte sich neben Sasha. »Scott, Libby, helft mir mit ihr.« Joe griff nach Sashas Armen, seine beiden Kameraden nahmen je ein Bein, und gemeinsam trugen sie das bewusstlose Mädchen zum Eingang des Krankenhauses. Ooreiki-Ärzte kamen herausgestürmt, als sie die Kinder sahen, und bombardierten sie mit Fragen nach dem Zustand der Patientin.

»*Wir* haben es nicht getan«, erklärte Libby. »Das war Kampfmeister Nebil. Dann hat er ihr mit einer Nadel ins Herz gestochen und ist fortgegangen.«

Die Ärzte schienen das völlig normal zu finden und hörten auf, Fragen zu stellen, froh, dass er ihnen die Arbeit abgenommen hatte.

Später kam Nebil zu ihnen zurück. »Hört mir genau zu, ihr Takki. Ich habe schlechte Neuigkeiten – wir gehen endlich auf die Jagd. Das bedeutet, dass eure Rekrutenkampfmeister eng mit euren Truppanführern zusammenarbeiten werden, um euch bei den Übungen anzuleiten.« Kampfmeister Nebil trug eine neue Gerte bei sich, auch wenn er sich anscheinend damit begnügte, vor den Reihen auf und ab zu gehen und sie finster anzustarren. »Truppanführer, jetzt könnt ihr glänzen. Ein Truppanführer ist für drei Bodenteams verantwortlich. Eure Aufgabe besteht darin, genau zu wissen, wozu jedes Bodenteam fähig ist, damit ihr sie benutzen könnt, um die Befehle eures Rekrutenkampfmeisters zu befolgen. Es ist *nicht* eure Aufgabe, jedem Bodenkämpfer zu sagen, was er tun soll. Dafür sind die Anführer der Bodenteams zuständig.«

Kampfmeister Nebil hielt inne und starrte Joe an. »Morgen wird nur eine Übung stattfinden, Kompanie gegen Kompanie, aber wir werden es schon bald mit der Wirklichkeit zu tun haben. Dafür hat dieser Jenfurgling Tril gesorgt.«

Nebil seufzte und blickte auf die Gerte in seiner Hand herab, dann schob er sie teleskopartig zusammen und steckte sie unter seine Jacke. »Zero, du hast das Kommando, bis Kinn wieder da ist. Sorge dafür, dass sie etwas zu essen bekommen, und bring sie dann zum Drill zu Tril.« Dann kehrte Nebil einfach um und ging.

Joe stand da und starrte ihm mit offenem Mund hinterher.

Noch am gleichen Abend kehrte Sasha zu Nebils Einheit zurück, und als sie Joe an ihrem Platz an der Spitze der Einheit stehen sah, bedachte sie ihn mit einem Blick, der Metall schneiden konnte. Sie forderte grob ihre Stellung wieder ein und bellte ihn an, zu seinem Bodenteam zurückzukehren. Joe tat es, während er gleichzeitig nicht aufhören konnte, sie anzustarren.

Sashas Gesicht und Arme waren eine einzige Masse aus runzligen rosafarbenen Narben. Ihr fehlte ein halbes Ohr, was ihr ein elendes, schiefes Aussehen verlieh. Anscheinend hatten die Ärzte es nicht für nötig erachtet, es zu ersetzen. Trotz allem tat sie Joe leid.

Am nächsten Tag reihte Kampfmeister Nebil sie vor der Kaserne auf und reichte jedem eine blaue Kartusche für ihre Gewehre. Am Morgen hatte Nebil allein Joe für alles verantwortlich gemacht und einen schweren, zylindrischen Stiefel auf seinen Rücken gestellt, während Joe Liegestütze machen musste, bis seine Armmuskeln versagten. Joe war für einen Moment ganz aufgeregt, als Nebil ihm die Kartusche reichte und er daran dachte, wie einfach es wäre, damit sein Gewehr zu laden und dem Kampfmeister einen Fuß wegzuschießen.

Doch sein Selbsterhaltungstrieb sorgte dafür, dass Joe die juckenden Finger ruhig hielt. Ooreiki waren sehr schnell. Er würde bestenfalls einen Zeh erwischen.

»Ladet die Kartuschen!«, rief Nebil.

Neunzig Rekruten beeilten sich, dem Befehl nachzukommen.

»So«, sagte Nebil dann. »Kinn, heute führst du sie an. Du weißt, wie du über deinen Headcom zu den Truppanführern sprechen kannst?«

Natürlich weiß sie das nicht, dachte Joe.

»Kkee, Kampfmeister«, sagte Sasha.

»Gut.« Nebil fuhr zu Joe herum. »Truppanführer, eure Bodenteams sollen sich säubern und die komplette Tunnelausrüstung anlegen. In neunzig Ticks sollen sie wieder hier sein. Das Bataillon wird auf die Jagd gehen.«

»Ihr habt es gehört, los geht's«, sagte Sasha. »Die Treppe hinauf! *Rauf* da, ihr nutzlosen Takki-Würmer! Wer als Letzter oben ankommt, macht Liegestütze!«

Sie stiegen die Treppe zur Kaserne hinauf, legten ihre mit Diamantstaub verschmutzte Kleidung ab und machten sich auf den Weg zu den Duschen. Die widerlichen Flüssigkeitstanks waren groß genug, um zwanzig Leute gleichzeitig aufzunehmen, doch es wurde nie zu voll, weil niemand allzu lange drin blieb. Als Joe eintauchte, brannte jeder Kratzer, den er sich während der vergangenen Tage zugezogen hatte, wie Feuer, sodass sich das Ganze anfühlte, als wäre er in eine Wanne voller Nadeln gesprungen. Allerdings war die Alternative – endlose Runden um den Fuß der Kaserne, wenn Kampfmeister Nebil jemanden erwischte, der nicht gebadet hatte – noch unangenehmer.

Nachdem er sich den Diamantstaub vom Körper gespült hatte, eilte Joe in den Saal zurück und konnte immer noch nichts sehen und nicht atmen. Die Ventilatoren an der Wand schalteten sich gleichzeitig ein und kühlten ihn bis auf die Knochen, als der Alkohol auf seiner Haut verdunstete. Sobald er trocken war, zog er sich frische Kleidung an, schulterte seine Ausrüstung und hastete wieder die Treppe hinunter, wo Kampfmeister Nebil bereits auf sie wartete.

»Du hast lange gebraucht!«, bellte er und schlug Joe mit der Gerte auf den Arm. »Und du willst ein Truppanführer sein?«

Joe zuckte unter dem Schmerz zusammen, aber er konnte sich beherrschen, während er innerlich Sasha verfluchte, die ihm von der Position der Rekrutenkampfmeisterin einen selbstgefälligen Blick zuwarf. Sie war als Erste wieder unten vor der Kaserne gewesen, und Joe wusste genau, dass sie nicht gebadet hatte. Sie hatte sich viel zu viel Zeit genommen, den Jungen zu schikanieren, der als Letzter die Treppe hinaufgestiegen war.

Kampfmeister Nebil marschierte mit ihnen zum Platz, wo eine Flotte aus großen Haauks auf sie wartete. Andere Einheiten gingen bereits an Bord, und der Platz war ein wimmelndes Durcheinander aus laut rufenden Ooreiki. Nebil verfrachtete sie alle auf einen riesigen Haauk und zog das Tor zu, um die Nachzügler der anderen Einheiten auszusperren. Durch die Plattform ging ein Ruck, als der Ooreiki-Pilot abhob und den anderen Haauks über die schwarze Diamantstraße folgte.

»Seid still und hört zu«, rief Nebil, obwohl niemand gesprochen hatte. »Wir beginnen in Kürze mit einer Jagd innerhalb des Bataillons. Das ist eine Jagdübung, mit der wir trainieren, gegen ein anderes Bataillon anzutreten. Angreifer tragen Schwarz, Verteidiger tragen Weiß. Die Zweite Kompanie verteidigt, die Erste greift an. Die Verteidiger werden am Boden bleiben und versuchen, uns abzuwehren. Irgendwo ganz unten findet ihr eine Kongress-Flagge, falls ihr so weit kommt. Das ist euer Ziel. Wenn ihr es erreicht, ist die Jagd vorbei.«

Joes Hände schwitzten, wo sie sein Gewehr hielten, während er sich plötzlich auf jedes Wort des Kampfmeisters konzentrierte. Irgendwo … *ganz unten*? Würde man sie jetzt in *Tunnel* schicken?

»Hat irgendeiner von euch *janja*-Scheißhaufen eine Frage?«, wollte Kampfmeister Nebil wissen.

Joe räusperte sich. »Ist das hier scharfe Munition?«

»*Sieht* es aus, als wäre es scharfe Munition, du Jenfurgling?«

Mehrere Kinder kicherten. Ein Furg, wie sie am Vorabend in Linins erhellender Unterrichtsstunde in Artenkunde gelernt hatten, war ein kleines, gedrungenes, sehr *haariges* Alien, das ebenso dumm wie hässlich war. Ein Furgling war eine jüngere Version dieses primitiven Wesens und demzufolge noch kleiner, haariger und dümmer. Ein Jenfurgling war ein evolutionärer Seitenzweig dieser Spezies, der unterwegs ein paar Gehirnzellen verloren hatte und dem es Spaß machte, sein haariges Gesicht auf den Boden zu schlagen und mit seinen eigenen Exkrementen zu spielen. Die Videoaufzeichnung einer Gruppe dieser Geschöpfe, die im Kreis um einen Felsblock herumrannten, laut kreischten und sich gegenseitig mit Exkrementen bewarfen, war der Höhepunkt ihres Aufenthalts gewesen.

Joe erinnerte sich an die Waffe, die Kihgl ihm ins Gesicht gestoßen hatte, und sagte: »Nun … ja.«

Ein respektvoller Ausdruck trat in Nebils feuchte braune Augen, bevor er wieder verschwand. »Aber das ist es nicht. Es sind Markierungspatronen. Echtes Plasma würde das Licht verzerren, bis es in den Augen schmerzt. Das weiß selbst ein rußfressender Furg.«

»Was passiert also, wenn wir getroffen werden?«, fragte Libby und blickte nervös auf ihre Waffe.

»Lasst euch nicht treffen«, knurrte Nebil. »Denn es wird euch nicht gefallen, wenn es geschieht. Sonst noch Fragen?«

»Wohin fliegen wir?«, wollte Libby wissen.

»Zum Übungsfeld fünfundneunzig«, sagte Nebil, als wäre ihre Frage damit beantwortet.

Um nicht ins Hintertreffen zu geraten, erkundigte sich Sasha: »Und was tun wir, wenn wir dort eintreffen?«

»Ihr greift die Tunnel an. Wenn ihr überlebt, zieht ihr euch zurück und versucht es erneut.«

»Das klingt nicht besonders klug.« Entsetzt wurde Joe klar, dass die Worte aus seinem Mund gedrungen waren, bevor er die Gelegenheit gehabt hatte, sie daran zu hindern.

Der Ooreiki fuhr zu ihm herum. »Sag das noch mal, Zero.«

Joe biss sich auf die Lippe. »Warum können wir nicht einfach eine Bombe abwerfen und sie in die Luft jagen?«

»Aus einem ganz einfachen Grund«, erklärte Kampfmeister Nebil. »Wenn da unten Dhasha gefangen wären, würden ihre Takki sie einfach wieder ausgraben. Die Tunnel zum Einsturz zu bringen, das tun sie, um sich zu *verteidigen*, du Furg.«

»Oh.« Für den Rest der Fragerunde hielt Joe den Mund.

Bevor sie bereit waren, ging der Haauk mitten in einer ehemaligen Stadt nieder. Sie bestand aus einigen seltsamen Gebäuderuinen und tiefen Gruben voller weiß gekleideter Rekruten, die schon jetzt auf sie schossen. Ein blauer Klumpen traf einen der Angreifer am Kopf, und er brach schreiend zusammen. Er zuckte und verkrampfte sich, als würde er im Sterben liegen. Dann rührte er sich nicht mehr.

Joe und die anderen starrten auf ihn, und ihre Verwirrung verwandelte sich schnell in Furcht, als weitere blaue Kugeln über ihre Köpfe hinwegflogen. Die mehreren hundert Verteidiger nahmen sie unter Beschuss. Zwei weitere schwarz gekleidete Rekruten brachen zuckend zusammen, und der blaue Glibber bewegte sich auf ihren Körpern, als würde er leben. Alle duckten sich und versuchten, hinter dem dürftigen Schutz des Geländers und der Körper ihrer Kameraden in Deckung zu gehen.

Das Tor des Haauk öffnete sich, niemand rührte sich von der Stelle.

»Raus!«, schrie Nebil. »Geht raus und kämpf, ihr schwächlichen Feiglinge!« Dann peitschte Nebil auf sie ein, trieb sie vom Haauk herunter und mitten in die blaue Hölle hinein.

Fünf brachen im nächsten Moment zusammen, stürzten in einem schreienden, zitternden Haufen aufeinander. Die übrigen kauerten ängstlich hinter den Körpern. Dann hoben Nebil und der Pilot ab und ließen sie allein zurück, und die schmatzenden Geräusche der Schüsse kamen von allen Seiten.

Die Mauer aus Körpern genügte nicht, um sie zu schützen. Ein Junge neben Joe blickte nur kurz über die Deckung, als ein Schuss den Körper genau vor ihm traf. Es spritzte, und ein paar Tropfen landeten in seinem Gesicht. Er ging genauso schnell wie die anderen zu Boden. Überall um ihn herum fielen Rekruten um und schrien, als würde etwas ihre inneren Organe zerreißen.

»Komm mit!«, rief Joe und packte Libby am Arm. Er hatte keine Ahnung, wohin die anderen Mitglieder seiner Gruppe verschwunden waren.

»Wohin?«, rief Libby zurück. »Wir können hier nirgendwohin!«

Ein zerklüfteter Block aus Diamant ragte wenige Meter entfernt aus dem Boden. Joe duckte sich und rannte los. Er hörte, wie hinter ihm schwere Schritte im zerriebenen Diamant knirschten, aber er war sich nicht sicher, ob es Libby oder jemand aus einem anderen Bodenteam war.

Joes Blickfeld verengte sich auf die Kampfszene genau vor ihm. Im Laufen spürte er, wie ein paar Schüsse über seinen Kopf hinwegzischten, alle zu hoch gezielt. Er erreichte den Block und ließ sich dahinter auf den Bauch fallen, während er sein Gewehr mit weißen Fingerknöcheln gepackt hielt.

Libby ging neben ihm nieder, genauso wie zwei weitere Kinder, die Joe nicht wiedererkannte.

An ihrer Landestelle versuchten ein paar Angreifer, die Stellung zu halten, aber das Feuer aus den Tunneln rieb sie auf. Nach wenigen Minuten lagen alle zuckend oder reglos am Boden. Von den Verteidigern ertönte ein Jubelschrei.

»Das ging schnell«, sagte Libby und blickte zu den still daliegenden Körpern.

»Glaubst du, dass sie tot sind?«, wollte ein kleinerer Junge von Joe wissen. »Sie sahen wie tot aus.« Er zitterte am ganzen Körper, wirkte aber dennoch aufgeregt.

Joe musterte seine drei Begleiter. Von Nebils gesamter Einheit waren nur noch diese vier einsatzbereit.

Ein Stück weiter auf der anderen Seite der Stadt hörten sie neue schmatzende Schüsse. Anscheinend erlitt eine andere Einheit das gleiche Schicksal.

»Glaubst du, sie haben uns vergessen?«, fragte die andere Überlebende, ein älteres Mädchen. »Sie schießen nicht mehr auf uns.«

»Wahrscheinlich umkreisen sie uns«, sagte Libby. »Ich habe hier während der Landung überall Tunneleingänge gesehen. Vielleicht bewegen sie sich in diesem Moment genau unter uns.«

»Dann sollten wir ihnen zuvorkommen!«, rief der Junge und hob sein Gewehr. »Na los, Zero.«

Joe blickte zur Grube, die ihnen am nächsten war, und schluckte die Furcht in seinem Bauch hinunter. Dort hinabzusteigen war das Letzte, was er wollte. »Das Gelände ist zu offen. Sie würden uns abknallen, bevor wir dort angelangt sind.«

Libby sah ihn stirnrunzelnd an und schob den Kopf gerade so weit um den Diamantblock herum, dass sie die anderen Gruben sehen konnte. Sofort feuerte einer der Verteidiger eine Salve ab, die nur weniger Zentimeter über ihrem Kopf vom Stein abprallte. Sie zuckte zurück und atmete einmal tief durch, während sie auf den blauen Glibber starrte, der dort über den Stein kroch, wo kurz zuvor noch ihr Kopf gewesen war. »Ja, sie wissen, dass wir hier sind.«

Hinter ihnen schossen nun weitere Verteidiger auf den Diamantblock und zwangen sie, in Deckung zu bleiben.

Joe starrte auf die Grube vor ihnen. *Na komm schon, du großes Baby. Früher oder später musst du es sowieso tun.* »Wir brauchen eine Ablenkung«, hörte Joe sich sagen. »Wir gehen nirgendwohin, bis …«

»Nein«, sagte Libby.

Joe sah sie an. »Was?«

Sie schüttelte ihren Rucksack ab. »Nicht da lang. Auf der anderen Seite gibt es eine Grube, die näher ist.« Sie zeigte darauf. »Darin halten sich nur kleine Kinder auf, und sie sind schlechte Schützen. Wir können hineingelangen, bevor sie uns erwischen. Aber dazu müssen wir unsere Ausrüstung zurücklassen.«

Joe dachte eine halbe Sekunde darüber nach, dann sagte er: »Okay, alle legen die Rucksäcke ab. Wenn ich ›los‹ sage, schnappt ihr eure Gewehre und rennt wie der Teufel hinter Libby und mir her.« Er bezweifelte, dass die beiden kleineren Kinder mit ihnen mithalten konnten, aber vielleicht hatten sie Glück und wurden nicht getroffen. Beide wirkten älter als Libby, aber Libby war gewachsen – sie war bestimmt fünfzehn Zentimeter größer als der Junge und achtzehn größer als das Mädchen. Und sie konnte fast genauso schnell rennen wie Joe. Fast.

»Okay«, sagte Joe und streifte seinen Rucksack von den Schultern. »Wenn ich das Kommando gebe, werft ihr alle eure Rucksäcke in diese Richtung.« Er zeigte in die Richtung entgegengesetzt zur Grube. »Es ist mir egal, ob ihr ihnen einen Fußtritt verpassen müsst oder sie ein Stück rollen. Sobald ihr sie losgelassen habt, springt ihr auf und lauft mir und Libby hinterher.«

Während sie darauf warteten, dass die beiden kleineren Kinder ihre Ausrüstung ablegten, musterte Joe die Grube genau gegenüber mit zunehmender Besorgnis. Er konnte *spüren*, wie die Verteidiger unter ihnen durch die Tunnel krochen. Als er sich umdrehte, sah er, dass Libby mit grimmiger Miene in die gleiche Richtung starrte.

»Sind wir bereit? Ich zähle bis drei. Eins, zwei, *drei*!« Sie stießen ihre Rucksäcke von sich und stürmten los, auf die Kinder mit den weit aufgerissenen Augen in der Grube zu. Die anderen Verteidiger hatten sich bereits von der Überraschung erholt und deckten sie mit blauen Schüssen ein, die auf dem Boden zerplatzten oder an ihnen vorbeiflogen, während sie versuchten, Joe und Libby ins Visier zu nehmen. Hinter ihnen hörte Joe einen Schrei.

Dann waren sie in der Grube und rangen mit den Verteidigern. Sie mussten den kleinen Kindern die Gewehre aus den Händen reißen, bevor sie die Chance erhielten, auf sie zu feuern. Diamantstaub klirrte und knirschte unter ihren Füßen und wurde von ihren stampfenden Stiefeln aufgewirbelt. Schließlich konnte Libby eine Waffe an sich bringen und feuerte aus nächster Nähe auf einen

Gegner. Sein qualvoller Schrei ließ Joe zusammenzucken, aber Libby schoss noch mal und traf die Brust des zweiten Jungen. Joe nahm dem letzten Feind das Gewehr ab und richtete den Lauf auf das Mädchen mit den großen Augen, die mit unverhohlenem Entsetzen zurückstarrte. Libby feuerte auch auf sie.

Joe ließ die Waffe sinken und sah sie an.

»Sie sind die Bösen«, sagte Libby mit einem Schulterzucken. »Wir sollen sie töten.«

»Scheint so«, sagte Joe und fühlte sich trotzdem schlecht. Er riss den Blick von den drei zuckenden Verteidigern los und blickte über den Rand der Grube auf die beiden Körper, die draußen lagen. »Verdammt. Die anderen haben es nicht geschafft.«

»Sie waren zu langsam«, sagte Libby, als würde es sie nicht weiter interessieren. Sie sammelte die Waffen der Verteidiger ein und lud mit der Munition ihr eigenes Gewehr nach.

Joe wurde sich bewusst, dass er sie anstarrte, froh darüber, dass sie noch nie richtig sauer auf ihn gewesen war.

Nachdem sie die Verteidiger geplündert hatten, zogen sie sich an den Rand der Grube zurück und starrten in den dunklen Tunnel mit den Diamantwänden hinunter. Die Öffnung war ganze drei Meter hoch und zwei breit, und Joe spürte, wie sich sein Herzschlag beschleunigte, nur weil er sich in der Nähe aufhielt. Er musste sein Gewehr mit festem Griff halten, damit seine Hände nicht zitterten. »Wir sind in keiner allzu guten Position«, sagte er.

»Keine Taschenlampen«, stimmte Libby zu.

»Nein, das meine ich nicht«, sagte Joe. »Sie sind in der Überzahl.«

Libby schwieg. Aus dem Tunnel hörten sie ferne Stimmen.

»Gut«, sagte Joe. »Bringen wir es hinter uns.« Er holte tief Luft. Sein Gesicht war verschwitzt, und seine Hände fühlten sich glitschig an. Ihm war, als müsste er sich übergeben. Doch irgendwie schaffte er es, auf den Beinen zu bleiben, und führte sie in den Tunnel.

Es ist doch gar nicht so schlimm, versuchte sich Joe einzureden. *Ich komme damit klar.* Er stand aufrecht da, und die Decke war immer noch einen halben Meter über seinem Kopf. Trotzdem konnte er niemandem etwas vormachen. Ihm war kalter Schweiß ausgebrochen, und die feuchte Erde um ihn herum saugte ihm sämtliche Wärme aus.

Als er getroffen wurde, war es fast eine Erleichterung. Sie kamen um eine Ecke, als eine Gruppe weiß gekleideter Verteidiger das Feuer eröffnete. Die blaue Glibberladung erwischte Joe mitten im Gesicht. Joes Welt kollabierte zu einem blendenden weißen Feuer, das seine Wirbelsäule hinunterschoss und sich durch seine Gliedmaßen brannte. Es war der schlimmste Schmerz, den er jemals erlebt hatte.

Ein paar qualvolle Sekunden später spürte er, wie sein Herz aussetzte.

19 Die Dummheit eines Kampfmeisters

Joe wachte mit einer Ooreiki-Nadel im Arm auf. Überall lagen reglose Kinder wie gefällte Bäume herum, Hunderte von schwarz gekleideten Angreifern. Einige hatten sogar noch die Augen geöffnet und beobachteten ihre Ooreiki-Betreuer.

War er tot?

Joe versuchte sich aufzusetzen, konnte es aber nicht. Er versuchte eine Frage zu stellen, aber sein Mund funktionierte nicht. Er konnte nur hilflos daliegen, während sich ein Ooreiki um ihn kümmerte. Der goldene Kreis eines Mediziners berührte fast Joes Gesicht. Der Alien-Arzt drückte ihm einen Beutel mit roter Flüssigkeit in den Arm.

Joes Gedanken rasten. Blut? Gaben sie ihm Blut? Er konnte sich nicht erinnern, Blut verloren zu haben. Und sollte das nicht eigentlich eine Übung sein? Wozu wurden die Ärzte gebraucht? Und warum konnte er sich nicht bewegen?

Der Ooreiki, der ihn behandelte, schien Joes zunehmende Panik weder zu verstehen noch sich dafür zu interessieren. Er brachte nur seine Arbeit zu Ende, zog die Nadel aus Joes Arm und ging dann zum nächsten. Dort zog er einen neuen Beutel mit roter Flüssigkeit hervor und benutzte dieselbe Nadel wie bei Joe.

Wieder geriet Joe in Panik. Was war, wenn eins der Kinder, die vor ihm behandelt worden waren, AIDS hatte? Oder irgendeine andere schreckliche Krankheit? Wussten sie nicht, wie man eine Nadel sterilisierte, bevor man sie erneut benutzte? Was war, wenn er wie ein Drogenabhängiger an einer Erkältung starb, nur weil diese Ooreiki-Drecksäcke zu dumm waren, ihre menschlichen Opfer mit frischen Nadeln zu behandeln?

Und warum atmete Joe überhaupt noch? Er hatte *gespürt*, wie sein Herz zu schlagen aufgehört hatte, hatte *gespürt*, wie sein Körper alle Lebensfunktionen eingestellt hatte. Er hatte gespürt, wie er

301

gestorben war. Wenn er sich doch nur aufsetzen und jemanden fragen könnte!

»Hört mir zu, ihr rußfressenden Jenfurglinge!«, dröhnte Kampfmeister Nebil. »Wir haben verloren! Und wir haben nicht nur verloren, sondern konnten nicht einmal in ihre Tunnel eindringen! Während meiner gesamten Zeit bei der Armee habe ich noch nie ein solches Desaster erlebt! Ihr seid armselig! Wertlos! Wir sollten euch wertlose Rußer nach Hause schicken!«

Gut, dachte Joe. *Tut das!*

Nebil machte damit weiter, sie entrüstet zu beschimpfen. »Ihr seid keine Krieger! Ihr seid Würmer! Kleine, verängstigte Würmer! Die *niish* würden euch alle lebend fressen, ihr fettärschigen Primaten!«

Die Ärzte setzten ihre Arbeit fort, ohne die Tirade des Kampfmeisters zu beachten. Als sie mit den Menschen fertig waren, packten sie ihre Ausrüstung zusammen, bestiegen einen Haauk und ließen die Kinder zurück.

Joe hörte zu, wie ihr Kampfmeister unablässig weiterschimpfte, sie verfluchte, die Vorfahren anrief, weil sie ihn verflucht hatten, und wütend stampfte und Diamantstaub aufwirbelte.

Schließlich ging Nebil die Luft aus, obwohl seine Sudah weiter wild flatterten. »Schnappt eure Ausrüstung und findet selbst den Weg nach Hause«, knurrte er. »Die Vorfahren mögen eure wertlosen Ärsche retten, wenn ihr nicht wieder in den Schlafsälen seid, bevor ich sie abschließe.« Dann bestieg Nebil einen Haauk, der bereits mit den anderen neun Kampfmeistern, den Medizinern und ein paar Takki-Assistenten beladen war, und flog davon. Joes Wut verwandelte sich in Besorgnis, als er beobachtete, wie der Gleiter am Himmel immer kleiner wurde, als er der Straße zurück zur Stadt folgte.

Joe und die anderen Kinder lagen immer noch hilflos da, während der Himmel des purpurroten Planeten zusehends verblasste. Irgendwo in der Ferne durchdrang das Fingernägel-auf-Schiefer-Geräusch die Stille. Joe fragte sich, ob die Geschöpfe, die für diesen schrecklichen Laut verantwortlich waren, vielleicht Geschmack an weichem, hilflosem Fleisch entwickeln würden, sollten sie Gelegenheit dazu erhalten. Als Joe daran dachte, im Dunkeln zur Stadt zurückzulaufen, drehte sich ihm der Magen um.

Anscheinend hatten einige der anderen Rekruten ähnliche Gedanken, denn als sie in das dunkler werdende Purpur des Himmels starrten, rissen sie die Augen weit auf.

Es ist nur ein Spaziergang durch den Wald, sagte sich Joe. *Kein Grund zur Sorge.*

Eine halbe Stunde später, nachdem es völlig dunkel geworden war, fiel die Lähmung von ihm ab. Es passierte bei allen gleichzeitig.

Diese Mistkerle, dachte Joe. *Sie haben gewartet, bis es Nacht wird.*

Libby kam zu ihm, sobald er sich erhoben hatte. »Sie versuchen, uns Angst zu machen«, sagte sie und betrachtete die riesigen *ferlii,* die sie umgaben. Selbst mit Nachtsichtfähigkeit war das obere Blätterdach zu dunkel, um es erkennen zu können. Genauso konnten sie nur Teile des Walds in ihrer Nähe sehen – alles unter dem zweiten Blätterdach lag in tiefen Schatten, in die das Sonnenlicht niemals vordrang. Während nur spärliches Sternenlicht durch die mit Sporen geschwängerte Atmosphäre herabsickerte, war es vom Boden bis zum dichten Geflecht des oberen Blätterdachs in siebzig Metern Höhe vollkommen finster. Sie mussten sehr nahe herangehen, wenn sie die Formen der gewaltigen *ferlii*-Wurzelkomplexe erkennen wollten.

»Lass uns die anderen suchen«, sagte Joe, nachdem sie ihre Ausrüstung zwischen den Sachen der Rekruten gefunden hatten, die die Ooreiki dankenswerterweise auf einem großen Haufen deponiert hatten.

»Erinnerst du dich an Nebils Worte?«, fragte Libby. »Er sagte, keiner von uns würde es bis in die Tunnel schaffen.«

»Vielleicht zählen zwei von vierhundert nicht«, sagte Joe.

Libby verzog das Gesicht, aber bevor sie etwas erwidern konnte, kam Scott keuchend angerannt. »Joe, du musst sie aufhalten. Sie gehen in die falsche Richtung. Auch Mönch. Sie wollte nicht auf mich hören, als ich ihr sagte, dass es ein Trick ist.«

»Was ist ein Trick?«, fragte Joe und blickte zur Kolonne aus Kindern, die derselben Straße folgten, die auch die Haauk der Ooreiki genommen hatten. Er glaubte, Mönchs zierliche Gestalt zwischen ihnen zu erkennen, aber aus so großer Entfernung war er sich nicht sicher.

»Das ist die falsche Richtung!«, sagte Scott. Er drehte sich um einhundertachtzig Grad und zeigte auf eine Straße, die verlassen und dunkel aussah, genau auf der anderen Seite des Schlachtfelds, auf dem sie standen. »Dorthin müssen wir gehen.«

Joe und Libby blinzelten skeptisch in die Dunkelheit.

»Ich habe gesehen, wie sie *dorthin* geflogen sind«, sagte Libby und zeigte auf die Kolonne. Mehrere Einheiten hatten sich bereits auf den Weg gemacht, den auch die Kampfmeister genommen hatten.

»Ich auch«, fügte Joe hinzu.

»Hört mir zu«, sagte Scott. »Vertraut mir einfach, ja? Darin bin ich richtig gut. Wir müssen in *diese* Richtung gehen.« Er zeigte auf die leere Straße hinter ihnen.

»Aber warum?«, fragte Joe, der noch nicht überzeugt war.

»Weil das die Richtung ist, aus der wir gekommen sind«, sagte Scott.

»Erkennst du da drüben etwas wieder?«, fragte Joe zweifelnd. Für ihn sah es auf diesem Planeten überall ziemlich gleich aus.

»Das muss ich gar nicht«, sagte Scott.

»Warum nicht?«, wollte Libby stirnrunzelnd wissen.

»Ich *weiß* es einfach!«, insistierte Scott, der einen immer verzweifelteren Eindruck machte. »Du musst sie aufhalten, Joe! Sie werden uns in Schwierigkeiten bringen!«

Als Joe klar wurde, dass Scott kurz vor dem Ausrasten stand, ließ er seine Ausrüstung zu Boden gleiten und griff nach den Schultern des hyperventilierenden Jungen. »Okay, Kumpel. Sag mir, was du weißt, und dann schauen wir, was ich tun kann, okay?«

»Ich habe einen Richtungssinn«, sagte Scott. »Mein Vater behauptete, ich wäre in einem früheren Leben eine Brieftaube gewesen. Zu Hause habe ich mich nie irgendwo verirrt, nicht mal in einer Stadt.« Er richtete den Zeigefinger auf die abmarschierenden Kinder. »Und das ist die falsche Richtung. Nach Hause geht es da lang.« Er streckte den Daumen nach hinten.

Joe warf einen Blick zu Libby, die nur mit den Schultern zuckte.

»Du willst also, dass ich zu den anderen renne und ihnen sage, dass sie alle in die falsche Richtung gehen? Sie werden mir oder dir kein Wort glauben.«

Scotts Lausbubengesicht verzog sich zu einem Grinsen. »Dann werden sie mir das nächste Mal glauben, wenn wir es nach Hause schaffen und sie nicht.«

Joe sah Scott lange nachdenklich an. Er hatte das Gefühl, dass Mönch durchaus vernünftig gewesen war, als sie von der Sicherheit der großen Zahl gesprochen hatte.

»Wir werden so oder so wie die Idioten dastehen«, sagte Libby. »Oder wir verirren uns, werden gefressen und sind für immer verschollen. Vielleicht findet in ein paar Jahren jemand Teile unserer Ausrüstung, die über das obere Blätterdach verteilt sind und in denen noch ein paar Knochensplitter stecken …«

»Ihr glaubt mir nicht«, sagte Scott, während sein Grinsen verschwand.

Als er sah, wie der Junge litt, spürte Joe einen Stich. »Ich glaube, ich werde dir die Gelegenheit geben, es mir zu beweisen«, beschloss Joe, worauf Scott sofort wieder übers ganze Gesicht strahlte. »Gehen wir zu Mönch. Wo ist Maggie?«

Sie fanden die anderen zwei Mitglieder ihres Teams in den Reihen, die bereits aufgebrochen waren. Maggie war froh, wieder mit ihrer Gruppe vereint zu sein, aber Mönch stampfte und schrie wie am Spieß, als sie versuchten, sie mitzunehmen.

»Aber alle gehen *da* lang!« Mönch wollte weiterlaufen, doch Libby hielt sie am Arm fest und riss sie zurück. Mönch kreischte und schlug nach ihr, aber Libby ließ nicht locker, während sie sie mit leidenschaftslosen braunen Augen niederstarrte.

Mönch ließ ihre Beinmuskeln erschlaffen und bekam mitten auf der Straße einen Trotzanfall. Joe verlor die Geduld. »Wir gehen«, blaffte er. »Und du kommst mit. Der komplette Dritte Trupp.«

Etwas in Joes Tonfall brachte Mönch zum Verstummen. Sie reckte immer noch schmollend das Kinn empor, aber wenigstens hielt sie den Mund und blieb bei ihnen, als sie versuchten, so viele Mitglieder ihres Trupps einzusammeln, wie sie finden konnten. Die anderen folgten Joe bereitwillig und scharten sich in immer größerer Zahl um ihn, bis er mehr als ein Dutzend Kinder zusammenhatte. Er sah sogar ein paar Gesichter, die nicht dazugehörten, aber da keiner der anderen Truppanführer Anstalten machte, die eigenen Bodenteams zu gruppieren, hatte Joe kein Problem damit, dass sie bei ihm blieben.

»Was zum Teufel machst du da, Zero?« Sasha hatte die Unruhe bemerkt und war gekommen, um nach dem Rechten zu sehen.

Joe, der mit dem Rücken zu ihr stand, zuckte zusammen. Er hatte gehofft, den Trupp zu sammeln und weit weg zu sein, bevor sie etwas mitbekam.

»Scott glaubt, dass wir von der anderen Seite der Lichtung gekommen sind«, sagte Maggie und zeigte auf die verlassene Straße.

»Nebil und seine Ärzte sind in diese Richtung abgeflogen«, blaffte Sasha. »Also los. *Sofort*, Rekruten!«

»Das ist die falsche Richtung«, protestierte Scott. »Ich spüre die Stadt, aus der wir gekommen sind, dort drüben.« Er zeigte darauf.

Sasha schnaufte verächtlich. »Du *spürst* sie?«

»Ja«, bestätigte Scott todernst.

Sasha sah Scott stirnrunzelnd an, dann Joe. »Das ist Ruß. Abmarsch, Zero! Der Vorsprung der anderen wird immer größer.«

»Wir gehen hier entlang«, knurrte Joe und schulterte sein Gewehr, sodass sie es sehen konnte. Er hatte immer noch etwas Munition übrig. »Und du kannst mich mal.«

»Ja«, sagte Mönch. »Du kannst uns mal.«

Sasha kniff die Augen zu schmalen Schlitzen zusammen. »Es ist sicherer, wenn wir alle zusammenbleiben. Also kommt ihr mit uns!«

»Wir werden nicht über eine Klippe marschieren, bloß weil alle anderen es tun«, sagte Libby. »Joe ist unser Truppanführer. Wenn er sagt, dass wir dorthin gehen, dann gehen wir dorthin.«

Sashas Lächeln verblasste, und sie streckte stolz den Rücken. »Er mag ja ein Truppanführer sein, aber ich bin die Kampfmeisterin! Kehrt zur Gruppe zurück!«

»Brenn einfach ab, Sasha«, gab Joe zurück.

»Ja«, bestätigte Mönch. »Brenn ab.«

»Ich werde es Nebil sagen, wenn ihr mir nicht zuhören wollt«, sagte Sasha mit einem finsteren Blick auf Mönch. Weitere Kinder kamen und standen um Joe herum. Inzwischen war es fast eine halbe Einheit.

»Wir hören dir zu«, sagte Libby. »Und wenn Joe von Nebil zum

Kampfmeister befördert wird, weil du eine dumme Kuh bist, die ihren Arsch nicht von ihrem Kopf unterscheiden kann, dann werden wir genauso zuhören.«

»Gut. Dann geht mit *ihm*.« Mit einer angewiderten Geste wedelte sie in Joes Richtung. »Später lasse ich euch alle so lange um die Kaserne rennen, bis ihr kotzt«, giftete Sasha. Dann lief sie mit zügigen Schritten los, um den Rest des Bataillons einzuholen.

Nach wenigen Minuten waren Joe und seine Gruppe die Einzigen, die in der vom Krieg gezeichneten Stadt namens Übungsfeld fünfundneunzig zurückgeblieben waren.

»Also, bringen wir es hinter uns«, sagte Joe und drehte sich seufzend zur anderen Seite der Lichtung um. Er wusste, dass Sasha zu ihrem Wort stehen würde, egal, wer zuerst nach Alishai zurückkehrte.

»Es wird dir nicht leidtun«, beteuerte Scott. »Ich habe recht. Ich weiß es.«

»Es spielt keine Rolle, ob du recht hast«, sagte Libby erschöpft. »Sasha hat das Kommando über uns, und wir haben nicht auf sie gehört. Nebil wird stinksauer sein.«

Wie sich herausstellte, behielt sie recht.

Nicht weil sie in die falsche Richtung gingen – Scotts Instinkt erwies sich als zuverlässig, da sie der erste und einzige Trupp waren, der Alishai aus eigener Kraft erreichte. Die anderen Einheiten trafen auf Haauks ein, mit geröteten Augen und weißen Gesichtern, während ihre Kampfmeister sie immer noch auf Kong anbrüllten. Doch als sie von den Fahrzeugen stiegen und direkt zum Drill schlurften, stürzte sich Nebil mit noch größerem Zorn auf Joe.

»Du hast deiner Kampfmeisterin nicht gehorcht!«, schrie Nebil ihn an. »Warum?«

»Weil ich davon überzeugt war, dass mein Kamerad recht hat«, antwortete Joe und machte sich auf einen Schlag gefasst.

Aber der Schlag kam nicht. »Was?«

Joe erklärte hastig, wie Scott ihn angefleht hatte, in die entgegengesetzte Richtung zu gehen. Während er die Geschichte erzählte, flatterten Nebils Sudah immer hektischer, bis sie nur noch eine verschwommene Bewegung an den Seiten seines Halses waren.

»Du hast gesagt, er hätte die Stadt *gespürt*?«, wollte Nebil schließlich wissen.

»Kkee«, antwortete Joe.

»Tunnelinstinkt«, bellte Nebil. »Ein verbrannter Tunnelinstinkt. Du glücklicher jreetliebender Rußer.« Er schüttelte den Kopf.

»Was ist …?«, begann Joe.

»Schon gut!«, sagte Nebil. Plötzlich packte er zu und hob Joe an seiner Jacke von den Füßen. »Hör gut zu, du rußfressender Ascher. Ich werde es dir nur dieses eine Mal erklären. Du hast einen direkten Befehl verweigert. Das ist brennend inakzeptabel, hast du das verstanden? Die Befehle deiner Kampfmeisterin haben Vorrang vor allem anderen, ganz gleich, wie brennend dumm sie sich aufführen mag.« Er ließ Joe abrupt los. »Einhundert Runden um die Kaserne. Und wenn du damit fertig bist, wirst du den Platz harken. Allein.« Damit drehte sich Nebil um und stürmte davon, um den anderen Kampfmeistern zu helfen, ihre Einheiten anzubrüllen.

Joe holte tief Luft und atmete sehr langsam wieder aus. Der massive Kasernenturm hatte eine Grundfläche von der Größe eines Football-Felds, und zum Harken des Platzes wurde gewöhnlich eine gesamte Einheit abkommandiert. Anscheinend hatte Nebil beschlossen, dass Joe in dieser Nacht nicht schlafen sollte. Er zog den Kopf zwischen die Schultern und rannte los.

Als er am Turm des Ersten Kommandeurs vorbeikam, sah er einen Menschen mit toten Augen, der die Treppe heruntergestiegen kam, einen der Sklaven, die Knaaren vor einer Woche für sich beansprucht hatte. Der Junge war so schlimm vernarbt, dass Joe ins Stolpern kam und fast auf das Gesicht gefallen wäre. Nur die Hände des Jungen waren unberührt, schön und schlank, wie die Hände eines Künstlers. Während Joe ihn beobachtete, erreichte der Junge den Boden und betrat ein Zimmer an der Basis von Knaarens Turm.

Das hätte auch ich sein können, dachte Joe schuldbewusst. Er biss sich auf die Lippe und trieb sich zum Weiterlaufen an.

Spät in der Nacht stieß Sasha zu ihm. Sie war inzwischen zu ihrer vollen Größe ausgewachsen, mit breiten Hüften und einem schmalen, drahtigen Körperbau. Ihr Gesicht jedoch erinnerte ihn an ein schmollendes Kind.

»Du hast es ihm gesagt«, warf sie ihm vor. »Du Lügner.«

Joe, dessen Lunge bereits unter der Doppelbelastung des Laufens und der *ferlii*-Sporen litt, musste keuchen. »Wovon ... redest ... du?«

»Du hast ihm gesagt, dass ich nicht auf dich gehört habe.«

»So war es ... doch.«

»Ihr wart die Einzigen, die nicht in diese Richtung gehen wollten!«, rief Sasha.

»Aber wir ... hatten recht.«

Sasha kniff die Augen zusammen. »Der Kampfmeister hat mir hundert Runden verpasst, und danach soll ich dir auf dem Platz helfen.«

»Viel ... Glück«, sagte Joe. »Die anderen ... werden längst wieder ... aufgestanden sein ... bevor du auch nur ... deine Runden geschafft hast.« Dann verstummte er, weil er ansonsten vor Anstrengung zusammengebrochen wäre.

»Das nächste Mal solltest du lieber auf mich hören«, erklärte Sasha mit funkelnden Augen.

Joe schüttelte den Kopf und rannte schneller. Obwohl sie sich noch nicht verausgabt hatte, konnte Sasha nicht mit ihm mithalten, oder sie wollte es lieber gar nicht erst versuchen. Sie verfiel in einen entspannten Dauerlauf und wartete darauf, dass er bei der nächsten Runde an ihr vorbeikam. Je länger sie liefen, desto langsamer wurde sie, bis die meisten Leute sie sogar im Gehen überholt hätten. Dann schlenderte sie nur noch und warf ihm jedes Mal, wenn er vorbeihetzte, einen verächtlichen Blick zu.

Joe machte gerade seine siebenundachtzigste Runde, als Kampfmeister Nebil durch eine Tür nach draußen schoss und ihn beinahe umgeworfen hätte.

»Zero! Warum bist du noch nicht auf dem Platz?«

Joe blieb stehen und klappte keuchend zusammen. »Siebenundachtzigste ... Runde.«

»Wo ist deine Kampfmeisterin? Es ist Stunden her, seit ich sie nach draußen geschickt habe.«

Joe konnte nicht mehr. Er würgte, hustete aber nur trockene Luft aus.

Zum Glück musste Joe keine weiteren Erklärungen abgeben. Sasha kam im Spaziergängertempo um die Ecke, und als Nebil mit ihr fertig war, rannte sie schneller, als Joe es bei ihr je zuvor erlebt hatte. Als Nebil zurückkam, peitschten seine Sudah in seinem Nacken. Mit einer geschickten Bewegung schob Nebil einen Arm unter Joes schweißgetränkte Jacke und drückte ihm das Rangabzeichen in die Brust. Im nächsten Moment verformte sich das silberne Dreieck auf Joes Jacke in einen vierzackigen Stern. »Du bist der neue Rekrutenkampfmeister der Vierten Einheit«, knurrte Nebil. »Außerdem bist du der höchstrangige Kampfmeister auf dem Feld, sodass du von nun an für die gesamte Erste Kompanie verantwortlich bist. Verbrenn es nicht.«

Joe klappte der Unterkiefer herunter. Er konnte nicht mehr sagen als: »Wirklich?«

»Nein, dieser Stern auf deiner Brust ist nur Zierde. Jetzt sieh zu, dass du mit deinen letzten Runden fertig wirst. Der Platz kann warten. Wir werden morgen auf die Jagd gehen, und ich möchte nicht, dass mein Kampfmeister während eines Überfalls vor Erschöpfung einschläft.«

Joe rannte stolpernd weiter, aber die Aussicht, bei der nächsten Jagd die Hälfte des Bataillons anzuführen, verlieh ihm die zusätzliche Energie zum Weiterlaufen. Als er die letzte Runde geschafft hatte, stieg er die Treppe zur Kaserne hinauf, ohne sich auch nur einmal zu Sasha umzublicken.

Sasha kam ihm hinterhergerannt und hielt ihn am Ärmel fest. »Wohin gehst du? Wir sind noch nicht mit dem Platz fertig.«

»Kampfmeister Nebil sagte, ich soll es später machen«, antwortete Joe.

Sasha ließ ihn los. »Gut, wenn du nicht weiterrennst, werde ich es auch nicht tun.«

Ihre Worte waren so albern, dass Joe gelacht hätte, wenn er nicht so erschöpft gewesen wäre. Er nickte nur und brachte irgendwie die Kraft auf, die Treppe bis zu ihrem Schlafsaal hinaufzusteigen.

20 *Yuil*

»Tscho.«

Joe war gerade dabei, die Treppe zum Balkon des Kasernensaals des Sechsten Bataillons hinaufzusteigen, wobei sich sein erschöpfter Körper anfühlte, als wäre er aus Blei gemacht, als er die seltsame Lautfolge hörte, die offenbar aus einem Takki-Tunnel nicht weit von seinen Füßen kam. Vor ihm hatte Nebil die Kasernentür für ihn offen gelassen. Im Schlafsaal dahinter war es still, abgesehen vom Schnarchen einiger Rekruten. Joe dachte, er hätte es sich nur eingebildet, und trottete weiter. Er war so müde, dass es ihm schwerfiel, auf den Beinen zu bleiben.

»Tscho.« Ein kalter Finger mit Metallkappe streifte seinen Arm, und bei der Berührung lief ein eiskalter Schauer über Joes Rücken. Er zuckte zusammen und fuhr herum.

Der junge Ooreiki, der sich ihre Weihnachtslieder angehört hatte, stand im Schatten außerhalb der Kaserne und blickte sich nervös zur offenen Tür um. »*Möchtest du dich immer noch unterhalten?*«

Joe spürte, wie sein Herz einen Schlag aussetzte, und hatte im nächsten Moment vergessen, dass er schlafen gehen wollte. »Möchtest du es?«

»*Kkee*«, sagte Yuil. »*Aber dazu musst du mir folgen.*«

»Er wird mit dir nirgendwo hingehen«, war plötzlich Libbys Stimme zu hören. Sie war länger aufgeblieben, um Löcher in ihre Ausrüstung zu schneiden, und nun stand sie neben der Kasernentür, immer noch Joes Schweizermesser in der Hand. Sie starrte Yuil finster an und schien bereit zu sein, das Messer gegen den Ooreiki zu benutzen.

Yuil blickte auf das Messer, und die Pupillen in seinen großen, feuchten Augen weiteten sich, bis sie völlig schwarz waren.

»Ich werde gehen«, sagte Joe und sah Libby ernst an.

Yuil schienen Bedenken zu kommen. »*Es ist gefährlich, wenn sie es verrät.*«

»Sie wird es nicht verraten«, sagte Joe und warf Libby einen warnenden Blick zu. »Diesmal nicht.«

Libby zuckte zusammen und betrachtete das Schweizermesser in ihrer Faust.

Yuil zögerte, dann schüttelte er eine lange Bahn aus strahlend blauem Stoff von den Schultern und hielt sie Joe hin. In seinen Händen änderte der Stoff die Farbe. »*Hüll dich hinein*«, sagte Yuil. »*Wenn du dich niederkauerst, wirst du wie ein Ueshi aussehen.*«

Joe gehorchte, ohne auf die bösen Blicke zu achten, die Libby ihm zuwarf. Das Tuch fühlte sich unnatürlich glatt in seinen Händen an und glitt wie kühles Wasser über seine Schwielen, ohne an der rauen Haut hängen zu bleiben. Es fühlte sich wie etwas an, das Sultane und Imperatoren auf der Erde tragen würden. »Ich werde bald zurück sein«, sagte Joe zu Libby. »Geh schlafen.«

»Nebil hat dich die ganze Nacht rennen lassen«, gab Libby zu bedenken und warf dem Ooreiki einen finsteren Blick zu. »Bist du nicht müde?«

»Es wird schon gehen«, sagte Joe.

»Was ist, wenn Nebil kommt und feststellt, dass du immer noch nicht in den Schlafsaal zurückgekehrt bist?«

»Sag ihm, ich hätte irgendetwas verloren und danach gesucht.«

Libby rümpfte die Nase und sah den Ooreiki mit verbittertem Gesichtsausdruck an. »Ich mag ihn nicht, Joe.«

Joe machte sich Sorgen über ihren Mangel an Anstand. Er war fest entschlossen, ihren ersten echten Kontakt auf dieser fremden Welt nicht wegen der schlechten Manieren einer Achtjährigen zu verlieren, und warf Libby einen strengen Blick zu. »Du willst dich einfach nur unterhalten, nicht wahr, Yuil?«

»*Natürlich, Tscho. Es gibt so vieles, das mich an Menschen fasziniert.*«

»Siehst du?«, sagte Joe und folgte Yuil um die Ecke zu einem üppig geschmückten Haauk. »Er will nur mit mir reden.«

Edelsteine und bunte Bänder verzierten die Seiten des Fahrzeugs und glitzerten und flatterten in der Brise. Joes Umhang hatte eine kanariengelbe Färbung angenommen, als der junge Ooreiki das Triebwerk des Haauk startete.

»Du kennst ihn doch gar nicht«, flehte Libby, die ihm gefolgt war und nach Joes Arm griff. »Was ist, wenn er dich an die Dhasha verkauft?«

Yuil lachte grunzend. »*Dein Freund ist bei mir in Sicherheit. Nichts könnte mich in die Nähe eines Dhasha bringen.*«

Libby ließ Joe los und bedachte Yuil mit einem eiskalten Blick. »Wenn du ihn nicht zurückbringst, werde ich dich töten.«

Joe sog den Atem ein. Er wusste, dass man in der Kong-Gesellschaft wegen einer Morddrohung gegen einen Zivilisten exekutiert werden konnte.

Der junge Ooreiki starrte sie an, dann senkte er feierlich den Kopf. »*Ich werde ihn zurückbringen, Kleine.*« Er zupfte sich eine glatte silberne Schuppe von der Kleidung und reichte sie ihr. Als sie das Licht auffing, schimmerte sie in allen Regenbogenfarben. Yuil behandelte sie so vorsichtig, dass sie sehr wertvoll sein musste. Als Libby zögernd die Dhasha-Schuppe entgegennahm, sagte der Ooreiki: »*Das ist ein Versprechen.*«

Dann forderte er Joe mit einer Geste auf, den Haauk zu besteigen, und ließ das Fahrzeug abheben. Wenig später waren sie außer Sichtweite der Kaserne.

»*Wir müssen vorsichtig sein*«, sagte Yuil während des Flugs. »*Sämtliches Eigentum des Kongresses ist mit Peilsendern ausgestattet, sogar die Soldaten. Sie befinden sich an Stellen, wo man sie nicht herausschneiden kann, zum Beispiel im Kopf oder in der Brust.*«

Joe blickte an sich hinab und erinnerte sich an die Waffe, die der Ooreiki-Arzt im Raumschiff auf ihn abgefeuert hatte. »Also wird man nach mir suchen?«

Der Ooreiki warf Joe einen verschmitzten Blick zu. »*Man wächst nicht auf Kophat auf, ohne zu lernen, wie man die Sicherheitsvorkehrungen des Kongresses umgeht.*« Er zog einen Metallring unter den Kontrollen des Gleiters hervor und zeigte ihn Joe. »*Ein Akarit. Er neutralisiert alle Kongress-Frequenzen im Umkreis von drei Körperlängen.*«

Joe berührte das Ding und wog es in der Hand. Auf den ersten

Blick war es nicht mehr als ein goldfarbener Ring. Er fühlte sich sogar recht schwer an, ähnlich wie der Ehering seines Vaters. Widerstrebend gab Joe ihn dem Ooreiki zurück. »Ist es nicht illegal, so etwas zu benutzen?«

»*Wie kann es das sein, wenn so viele es tun?*«, fragte Yuil zurück.

Der Haauk raste in den Himmel hinauf und ließ den Boden so schnell hinter sich, dass die schwarze Planetenoberfläche unter ihnen in die Tiefe zu stürzen schien. Joe keuchte, und seine Fäuste klammerten sich krampfartig um das Geländer.

Der junge Ooreiki schien Spaß an Joes Reaktion zu haben. »*Ich habe sechs Umläufe lang gearbeitet, um die Kosten für diesen Haauk anzusparen. Es ist ein besonderes Ueshi-Modell. Vielleicht werde ich dir eines Tages zeigen, was man damit alles machen kann.*« Er ließ das Gefährt ein wenig zur Seite kippen.

»Schon gut«, sagte Joe mit flauem Magen. »Ich glaube dir.«

Als sie sich dem Stadtrand näherten, wurde Yuil langsamer und hielt auf ein gezacktes Dach zu, das unfertig wirkte. Der Ooreiki manövrierte den Haauk unter einen Felsvorsprung, wo eine weite Höhle vor ihnen auftauchte, die von außen unsichtbar war.

Yuil ließ den Haauk aufsetzen und zog wieder den Akarit unter der Kontrollkonsole hervor. Dann verließ er das Fahrzeug und lief zu einem Eingang auf der Rückseite der Höhle, während er Joe winkte, ihm zu folgen.

Die Aussicht war furchteinflößend. So nah am Stadtrand wirkten die *ferlii*-Bäume viel zu groß, um echt sein zu können. Von hier aus konnte Joe die Masse der roten Sporen an den Spitzen der Äste sehen, und sofort juckte es in seiner Lunge. Er hustete einen roten Schleimklumpen aus und sah den Ooreiki an.

Yuil beobachtete ihn. Er wandte sich schnell ab und tat, als hätte er nichts gesehen, aber Joe hatte es bemerkt. Er hatte das unangenehme Gefühl, dass Libby vielleicht doch recht hatte und Yuil ihn zu einem Treffen mit einem Sklavenhändler hierhergebracht hatte.

»*Das hier habe ich gefunden, als ich an der* yeeri-*Akademie war*«, sagte Yuil. »*Es stammt aus der Zeit, als Alishai dafür gestimmt hatte, einen siebten Ring in Auftrag zu geben. Man hat das Projekt aufgegeben, weil die* draak *von den* ferlii-*Ästen aus zu den Gebäuden hätten gelangen* können. *Man wird alles fertigstellen, wenn man die Stadt das nächste Mal um einen Ring erweitert.«*

»Du gehst zur Schule?« Joe verspürte eine leichte Hoffnung, eine Gemeinsamkeit.

»Ich ging. Ich scheiterte. Meine Kunst war nicht gut genug.« Yuil stieß einen enttäuschten Laut aus.

»Deine ... Kunst?«

Yuil hielt seine Finger mit den Silberkappen hoch. Die keltischen Knoten, die sich um die vier Tentakel an seiner rechten Hand wanden, erinnerten Joe an Kihgls *kasja*, die Nebil ihm weggenommen hatte. *»Ich entstamme der yeeri-Kaste. Von uns wird erwartet, dass wir entweder gute Kunst hervorbringen oder uns um die oorei unserer Vorfahren kümmern. Wahrscheinlich werde ich bald nach Poen abfliegen, sofern ich mich nicht von einem Fremden engagieren lassen kann. Auf den neueren Planeten gibt es eine hohe Nachfrage selbst nach schlecht ausgebildeten yeeri. Vielleicht finde ich sogar eine Arbeitsstelle auf der Erde.«*

»Wir haben Künstler auf der Erde«, sagte Joe. »Auch sehr gute.«

Yuil schnaufte. *»Im ganzen Universum kann sich niemand mit einer Meisterin der yeeri messen. Die Leute verzichten auf ein Vermögen, um sich das Recht leisten zu können, ihr bei der Arbeit zuzusehen.«*

»Moment mal«, sagte Joe und sah den Ooreiki stirnrunzelnd an. »Du bist ein *Mädchen*?«

»Ich könnte eins sein, wenn ich wollte. Die yeeri sind die einzige Kaste, der die Fortpflanzung erlaubt ist. Das trägt dazu bei, die Linien von Feuergöttern freizuhalten.«

Joe starrte die Ooreiki an und versuchte zu verstehen, ob sie tatsächlich ein Mädchen war oder ob sie ihr Geschlecht wechseln konnte, wenn ihr danach war. Dann kam ihm etwas viel Dringlicheres in den Sinn. »Sind auch alle meine Kommandeure Mädchen?«

Yuil sah ihn an, als hätte er sie beleidigt. *»Yeeri werden nicht rekrutiert. So steht es im Ooreiki-Pakt geschrieben. Deine Vorgesetzten sind wahrscheinlich hoga oder wriit, aber ein oder zwei könnten auch Feuergötter sein.«*

»Ihr verehrt Götter des Feuers?« Joe hatte sich bisher nicht vorstellen können, dass die Ooreiki trotz ihrer überlegenen Technologie Heiden sein könnten.

»*Nein. Feuergötter. Vkala. Sie stammen von den Diplomaten ab, die den Pakt unterschrieben, durch den die Ooreiki zu einem der acht Gründungsmitglieder des Kongresses wurden. Die Ayhi gaben ihnen die Fähigkeit der Jreet, Feuer standzuhalten, damit sie Vora besuchen und den Pakt unterzeichnen konnten. Andernfalls wären sie nie dorthin gegangen.*« Yuil bedachte ihn mit einem seltsamen Blick. »*Weißt du denn gar nichts, Tscho?*«

Joe ging nicht auf die Spitze ein. »Weil die Ooreiki Feuer hassen«, sagte Joe und dachte an das, was Kihgl gesagt hatte.

»*Kkee. Feuer. Es ist die größte Gefahr für ein* oorei*, vielleicht mit Ausnahme eines Dhasha.*« Beim letzten Wort verzog sich ihr Gesicht. »*Die Götter sind ungerecht, dass sie Knaaren nach dem, was er getan hat, am Leben ließen. Ich hoffe, dass er schnell von der Geisterkrankheit dahingerafft wird. Ich wünsche es mir für dich, Tscho.*«

»Wie sieht ein Feuergott aus?«, fragte Joe, der immer noch über die Kasten der Ooreiki nachdachte. Er war sich ziemlich sicher, dass er es bereits erraten hatte.

Yuil zog ein hauchdünnes Stück Stoff von ihrer Brust zurück und zeigte ihm eine kleine runzlige Narbe. »*Sie tragen kein Shenaal, weil ihre Haut während des Niish Ahymar nicht verbrennt. Die Priester werfen sie zusammen mit unreifen* onen *in Käfige oder Gruben. Die meisten werden in Stücke gerissen, aber diejenigen, die überleben, werden der Armee überantwortet. Sie sind von unzähligen Narben gezeichnet, damit sich jeder Ooreiki daran erinnert, was ihre Vorfahren getan haben.*«

Das bedeutete, dass sowohl Kihgl als auch Lagrah Feuergötter waren.

»*Die* vkala *sind die niedrigste Kaste*«, fuhr Yuil fort. »*Sie bezahlen bis heute für die Sünden ihrer Ahnen.*«

»Aus der Zeit, als die Ooreiki dem Kongress beitraten«, sagte Joe.

»*Kkee*«, bestätigte Yuil.

Joe räusperte sich. »Wurde der Kongress nicht vor zwei Millionen Jahren gegründet? Wann wird man ihnen verzeihen?«

Sofort verfinsterte sich Yuils Miene. »*Wenn der Kongress nicht mehr existiert.*«

»Also hasst ihr den Kongress genauso sehr wie wir.«

»*Kkee. Jeder hasst den Kongress.*«

»Warum löst ihr ihn dann nicht auf?«, wollte Joe wissen.

Yuil lachte. »*Ist dir bewusst, wie schwierig es ist, einen Dhasha zu töten? Ihre einzige verletzliche Stelle ist ein winziges Nervenzentrum am Hinterkopf, genau unter den Hörnern. Du kannst ihnen dort nur Schaden zufügen, wenn du die Stelle mit Energiefeuer triffst, und selbst dann bleiben dir nur wenige Augenblicke, um das Nervenzentrum herauszureißen oder genug Schuppen wegzuschneiden, um mit einem zweiten Schuss das Zentrum wegzubrennen. Entweder so oder mit Jreet-Gift, aber die Jreet sterben eher, als ihre Giftblase wegzugeben, und selbst wenn du eine hättest, müsstest du irgendwie unter die Schuppen gelangen, damit das Gift wirkt.*«

»Du klingst, als wüsstest du eine Menge über das Leben eines Soldaten«, sagte Joe.

Yuil warf einen wehmütigen Blick zur Stadt. »*Früher habe ich mir gewünscht, ein* hoga *oder* wriit *zu sein, damit ich der Armee helfen kann, die Dhasha unter Kontrolle zu halten. Jetzt bin ich erwachsener, aber ich möchte immer noch dabei sein, wenn sich die Vierfältige Prophezeiung erfüllt.*«

Joes Ohren zuckten. »Das hat auch mein Kommandeur erwähnt.«

Die junge Ooreiki sah ihn aufgeregt an. »*Wirklich? Er muss viel von dir gehalten haben. Was hat er gesagt?*«

»Nicht viel«, antwortete Joe seufzend. »Er hat mich eher verwirrt als alles andere.«

Yuil wirkte enttäuscht. »*Man sagt, dass die Prophezeiung von den Trith stammt, dass sie bereits im Augenblick der Gründung den Untergang des Kongresses vorhergesehen haben.*«

»Und das bedeutet, dass der Kongress zerfallen wird?«, fragte Joe und erinnerte sich an die Bemerkung des Repräsentanten Na'leen.

Yuil machte eine unverbindliche Geste. »*Das weiß niemand mit Sicherheit, Tscho. Ich vermute, dass der Kongress eines Tages auf einen*

317

Planeten stoßen wird, den er nicht erobern kann. Und die Spezies, die auf diesem Planeten lebt, wird ihn dann zerschlagen. Sie wird einen neuen Frieden begründen, einen, den nicht einmal die Dhasha brechen können.«

Joe dachte schweigend darüber nach, während er auf die fremde Stadt hinausblickte. »Ich glaube nicht an Prophezeiungen.«

»Das solltest du aber«, sagte Yuil lachend. »Du lebst in der Zeit der Vorhersage, Tscho. Jeder sagt, dass es irgendwann in den nächsten hundert Jahren geschehen wird. Manche sagen, dass es der Dhasha Vahlin sein wird, aber ich persönlich glaube, dass ein Huouyt dem Kongress den Todesstoß versetzen wird. Sie können zu jeder Spezies des Universums werden, warum sollte es also keiner von ihnen sein?«

»Davon habe ich gehört«, sagte Joe vorsichtig. »Sie können ihre Gestalt verändern.«

»Ja«, sagte Yuil. »Aber es ist viel mehr als nur das. Es geschieht auf der genetischen Ebene. Alles, was anschließend von ihnen übrig bleibt, ist ihre zora.«

»Was?«

Yuil machte eine wegwerfende Geste. »Wahrscheinlich wirst du ohnehin nie einen Huouyt zu Gesicht bekommen.«

»Ich habe schon einen gesehen«, sagte Joe und dachte an Zol'jib und den Repräsentanten Na'leen.

Yuil wirkte leicht überrascht … vielleicht sogar beeindruckt. »Dies ist ein Ooreiki-Planet. Hier sind sie sehr selten. Trotzdem würdest du ihre zora nicht sehen. Sie befindet sich in ihren Köpfen.«

»Dieses wurmartige Wesen«, sagte Joe. »Ist es das, womit sie essen?«

»In der Tat«, sagte Yuil und bedachte ihn nun mit einem verwunderten Blick. »Sie benutzen sie, um genetisches Material zu sammeln und zu assimilieren. Das ist der Grund, warum sie eines Tages den Kongress beherrschen werden. Sie können alles sein, Tscho.«

Das gefiel Joe nicht. »Ein Huouyt hat mir mal gesagt, dass es viele Wesen gibt, die sie nicht reproduzieren können. Warum also nicht eine von diesen Spezies?«

Yuils Sudah flatterten. »Das stimmt. Bestimmte Wesen … können dem Muster widerstehen. Die Huouyt verwandeln sich in Brei, wenn sie versuchen, ihre Gene zu imitieren. Aber die Jreet und die Dhasha hatten mehrere hunderttausend Jahre Zeit, sich vom Joch des Kongresses zu befreien, und sie sind immer noch dabei.«

»Was ist mit den Trith?«, fragte Joe und dachte an die sagenhaften Wesen, von denen jeder sprach, als wären sie Schreckgespenster. »Könnten sie die Herrschaft übernehmen?«

»Die Trith stehen uns genauso gleichgültig gegenüber wie ein Berg einem Sandkorn.«Yuils Tonfall war beinahe … ehrfürchtig.

»Warum?«, fragte Joe verwundert.

Yuil sah ihn an, als wäre er schwer von Begriff. »Wenn du jemals einen siehst, wirst du es verstehen.«

»Hast du schon einen gesehen?«, fragte Joe nach.

Die junge Ooreiki blickte sich um, dann legte sie die Metallkappen ihrer Finger auf Joes Schulter und zog ihn zurück in die Höhle. Sie führte ihn in die hinterste Ecke und drückte ihn nach unten, bis er sich auf den Boden setzte, während sie von der Hüfte abwärts zu zerfließen schien.

Yuil schaute sich erneut in beide Richtungen um, dann nahm sie das Übersetzungsgerät ab und legte es auf Joes Knie, damit er sich ganz nahe darüberbeugen konnte. »Aus der Ferne«, flüsterte sie. »Er lief durch das Pendlerterminal im Orbit um Neskfaat.«

»Der Kongress lässt sie einfach so herumlaufen?«, fragte Joe. »Ich dachte, sie wären Verräter. Warum tötet man sie nicht alle?«

»Man kann keinen Trith töten«, sagte Yuil in gereiztem Ton. »Sie sehen jedes Schlupfloch, jede mechanische Fehlfunktion, jede Sicherheitslücke bereits Jahrmillionen, bevor sie auftreten.«

»Aber wenn der Kongress …«

Yuil hob die mit silbernen Kappen besetzten Finger, um ihn zum Schweigen zu bringen. »Wir können uns ausführlicher über die Trith unterhalten, wenn wir uns das nächste Mal treffen. Erzähl mir etwas über dich.«

Joe wurde klar, dass er Yuil auf irgendeine Weise gekränkt hatte, und machte sich Sorgen, dass ihr Gespräch vorzeitig beendet werden könnte. Für einen Moment sah er auf seine Knie und sagte dann: »Ich könnte dir von meiner Heimat erzählen.«

»Die Erde.«Yuil sprach es so aus, dass es wie »Öhr-dä« klang.

»Während der Rekrutierung lebte ich in San Diego«, sagte Joe. »Mein Vater blieb dort, nachdem er seine Dienstzeit bei den Marines in Camp Pendleton beendet hatte. Das ist wie die Armee, nur viel besser. Das ist eine wirklich knallharte Truppe. Ich hatte mir überlegt, mich zu bewerben, wenn ich die Highschool verlasse.«

Yuil klang ein wenig verträumt, als sie sagte: »*Also war es dir bestimmt, Soldat zu werden.*«

Jetzt war es an Joe, gereizt zu reagieren. »Ich bin kein Soldat. Ich bin ein Gefangener.«

»*Ah.*« Für einen Moment herrschte unbehagliches Schweigen zwischen ihnen. »*Es muss nett gewesen sein, als ihr noch geglaubt hat, die einzigen Intelligenzwesen im Universum zu sein.*«

»Daran hat eigentlich niemand geglaubt«, erwiderte Joe. »Zumindest nicht allzu viele von uns. Wir haben nur nicht damit gerechnet, dass die Aliens *uns* finden würden. Wir dachten immer, *wir* würden *euch* finden.«

Yuil schnaufte durch ihre Sudah. »*Mit eurer Technologie? Es hätte noch Äonen gedauert, bevor ihr euer Sonnensystem verlassen hättet.*«

»He, wir waren schon auf dem Mond!«, sagte Joe. Dann kam er sich idiotisch vor, weil die Aliens schon seit drei Millionen Jahren durch das All reisten, wenn nicht viel länger. Und Monde waren keine allzu große Sache.

»*Wie auch immer*«, sagte Yuil. »*Sobald ihr Bürger geworden seid, wird der Kongress euch die Technik geben, die ihr braucht, um zu anderen Galaxien zu reisen. Ihr Menschen werdet in den nächsten hundert Umläufen mehr lernen als in der Zeit, seit ihr gelernt habt, Feuer in einer Höhle zu machen.*«

»Wenigstens haben wir keine Angst vor Feuer«, gab Joe zurück, der den unerklärlichen Drang verspürte, seine Heimat in Schutz zu nehmen. Er ärgerte sich darüber, dass hier alle die Menschen behandelten, als wären sie Schwächlinge oder Volltrottel oder Bakterienkolonien unter einem Hochleistungsmikroskop.

Doch Yuil wurde gar nicht wütend, sondern sah ihn aufgeregt an. »*Du hast es gesehen?*«

»Was?«, fragte Joe stirnrunzelnd.

»*Feuer.*« Ihre großen Augen leuchteten vor Neugier, und die Pupillen hatten sich wieder so geweitet, dass sie schwarz aussahen.

Joe war ein wenig verdutzt. »Ja. Ständig. Mein Vater grillt am Wochenende mit seinen Freunden. Dann macht er für uns Hot-Dogs und Bratwürste. Mutter hat ihm einen von diesen großen Grills mit Deckel gekauft. Darin ist genug Platz, um ein ganzes Schwein zu rösten.«

Yuil legte den runzligen Kopf schief. »*Was sind ›Chot-Doks‹ und ›Braht-Wösse‹?*«

»Essen«, sagte Joe.

Yuil reagierte entsetzt. »*Ihr bereitet euer Essen mit Feuer zu?*«

»Ja, verdammt!«, rief Joe. »Hast du jemals von gegrillten Rippchen gekostet? Mein Vater macht supergute Rippchen.« Als er sich daran erinnerte, knurrte sein Magen. »Das ist tausendmal besser als diese beschissene Pampe, das kann ich dir flüstern.«

Die junge Ooreiki starrte ihn an. »*Beschissene Pampe?*«

»Du weißt schon. Dieses Zeug, das so schmeckt wie etwas, das man von der Innenseite eines Aquariums abgekratzt hat.« Als Yuil ihn weiter verständnislos anstarrte, fuhr er fort: »Der grüne Schleim. Die Kinder haben es mit dem Salz gewürzt, das sie nach dem Rennen ausgeschwitzt haben, nur damit es etwas besser schmeckt.«

Dann leuchteten ihre Augen auf. »*Du redest vom Rekrutenessen.*« Yuil lachte, was an einen quakenden Frosch erinnerte. »*Rekrutennahrung ist nie gut.*« Sie griff unter ihre Kleidung und zog ein kleines Bündel hervor. »*Probier das. Ich kann dir mehr davon besorgen, wenn du es magst.*«

Vorsichtig nahm Joe das Bündel an. Er befürchtete, es könnte etwas Lebendes enthalten. Bis jetzt hatte er noch nie einen Ooreiki beim Essen beobachtet. Vielleicht aßen sie riesige Skorpione und spülten das Ganze mit einem Glas Arsenik hinunter.

Zuerst dachte er, die Substanz, die sich im Bündel befand, würde aus Keramik bestehen. Sie stellte ein Sonnensystem dar. Jeder Planet hatte eine andere Farbe und Musterung, und einige hatten Monde und Ringe, und alles war sehr präzise ausgearbeitet. Es roch ein wenig nach Minze.

»*Erkennst du es wieder?*«, fragte Yuil. »*Das ist eins der neuen Gewürze von der Erde. Es heißt, es wird dort häufig verwendet …*« Sie bedachte das Sonnensystem mit einem zweifelnden Blick.

Joe atmete tief ein, damit der Geruch seine Lunge ausfüllte. Nach dem allgegenwärtigen Gestank von Kophat war es eine himmlische Abwechslung.

»*Du magst den Geruch, nicht wahr?*«, fragte Yuil. »*Ich kann ihn nicht ausstehen. Es war keine gute Idee von den Gewürzhändlern, das Zeug mitzubringen. Es riecht wie die windabgewandte Seite eines Dhasha.*«

Joe blickte auf. »Kann ich das haben?« Sein Herz pochte aufgeregt, seine Fäuste wollten sich um den kleinen Happen schließen, weil er Angst hatte, sie könnte ihm das Essen wieder wegnehmen.

»*Nimm einen Bissen davon. Es ist Nahrung.*«

Joe starrte auf die feinen Details. »Ihr *esst* so etwas?«

»*Natürlich. Unsere Köche haben genauso viel Spaß an der Zubereitung wie wir am Essen.*«

»Ich würde es mir lieber aufheben, um weiter den Geruch genießen zu können«, gab Joe zu. »Dieser Planet stinkt, als hätte jemand ein Plumpsklo nach einem verfickten Scheißwettbewerb in die Luft gesprengt. Hier stinkt es absolut beschissen.«

Yuil sah ihn ausdruckslos an. »*Das ist etwas, das ich nie verstanden habe … Ich habe ein wenig eure Sprache studiert und bin verwirrt. Warum seid ihr Menschen so sehr von Orgien und körperlichen Ausscheidungen besessen? Eure Sprache ist genauso obszön wie die der Jahul und der Dhasha, aber nicht einmal die Jahul haben eine derart barbarische Obsession für die Reproduktion und die Exkretion.*«

Joe spürte, dass er errötete, weil er zum ersten Mal, seit er seine Heimat verlassen hatte, das Bedürfnis empfunden hatte, sich »gehen zu lassen«, wie er es mit anderen Jugendlichen von der Erde getan hätte. »Schon gut«, murmelte er. »Kann ich das behalten? Um es aufzuheben?«

»*Ich kann dir davon so viel besorgen, wie du haben möchtest, Tscho*«, sagte Yuil. »*Du musst es nicht aufheben.*«

Als Joe immer noch keine Anstalten machte, davon zu essen, brach die Ooreiki einen kleinen Mond ab und hielt ihm das Stück hin. Joe berührte es zögernd mit der Zunge. Es hatte einen süßen Tortengeschmack, der sich in seinem ganzen Mund ausbreitete und seinen Speichelfluss anregte. Es war … anders … als alles, was er zuvor gekostet hatte, viel komplexer und recht bitter. Normalerweise hätte er etwas mit einem so seltsamen Geschmack sofort ausgespuckt, aber hier hatte er noch nie etwas so Gutes gegessen. Sein Magen schrie nach mehr, während er sich den letzten Rest des Bissens im Mund zergehen ließ, um ihn zu genießen. Er konnte sich nicht erinnern, jemals etwas so Wunderbares gekostet zu haben, was zum Teil daran lag, dass er sich gar nicht mehr genau erinnerte, wie Essen auf der Erde geschmeckt hatte. Obwohl er den Kindern beim Geschichtenerzählen Lasagne und Fleischpasteten beschrieben hatte, verblasste seine Erinnerung an diese Dinge genauso schnell wie alles andere.

»Ich kann mich nicht erinnern, wie Essen schmeckt.« Joe starrte auf das süße Sonnensystem und kam sich vor, als hätte er gerade irgendwie seine Heimat verraten. Wie konnte jemand vergessen, wie *Essen* schmeckte? Dann war er fest davon überzeugt, dass der Kongress ihnen eine Droge verabreichte, die dafür sorgte, dass ihre alten Bindungen verschwanden, wie eine Schultafel, die mit einem feuchten Schwamm abgewischt wurde. Diese Vorstellung machte ihm mehr Angst als die, gegen Dhasha zu kämpfen.

»*Ich werde dir mehr davon bringen*«, sagte Yuil. »*In einem kleinen Laden am Rand des dritten Rings gibt es exotische Speisen. Inzwischen haben sie auch viele menschliche Sachen. Ich kann jederzeit mehr besorgen.*«

»Ich werde es dir bezahlen«, platzte es aus Joe heraus. Dann senkte er den Kopf. »Irgendwie.«

Die Sudah der jungen Ooreiki zitterten, als sie lachte. »*Du wirst mir gar nichts bezahlen, Tscho. Nahrung gibt es hier umsonst. Die Ladeninhaber würden es dir umsonst geben, wenn du danach fragst. Jeder würde gern mal einen Menschen aus der Nähe sehen.*«

»Danke«, sagte Joe und machte sich unter Tränen über den Kuchen her.

Dann stand Yuil plötzlich auf und wirbelte zum Eingang herum. »*Friedensstifter sind in der Nähe.*« Sie hielt den Akarit hoch. Seine

Farbe hatte von Gold zu Schwarz gewechselt. »*Wahrscheinlich nur eine Routinepatrouille, aber ich muss das hier verstecken.*« Sie legte den Akarit in einen kleinen Kasten aus bläulichem Metall und schloss den Deckel. »*Wenn sie reinkommen, nimmst du den Tunnel hinter uns. Renn hinein. Du wirst ein paar Tage brauchen, aber der Tunnel führt schließlich wieder an die Oberfläche. Die Takki haben ihn gemacht, als sie diesen Raum aushöhlten.*«

»Was ist mit dir?«, fragte Joe, während er spürte, wie ansteckend ihre Furcht war.

»*Mach dir meinetwegen keine Sorgen. Ich werde sagen, dass ich mir aus Neugier diese Anlage ansehen wollte.*« Sie erstarrte. »*Sie kommen näher. Geh in den Tunnel.*«

Da Joe derjenige war, der als Krieger ausgebildet wurde, hatte er das Gefühl, er sollte irgendwie versuchen, die Hauptlast ihres Problems zu tragen. »Aber ich …«

»*Geh jetzt!*«, fuhr Yuil ihn an und stieß ihn zur Rückseite des Raums. »*Wenn ich zusammen mit dir erwischt werde, wäre es für uns beide das Ende.*«

Joe biss sich auf die Lippe und rannte in die Finsternis. Er fand den Tunnel, aber sein Körper blockierte einfach, als er darauf starrte. Er war nur etwa einen Meter zwanzig hoch und breit.

Das ist ein Takki-Tunnel, dachte er, während er spürte, wie er in Panik geriet.

»*Geh hinein!*«, rief Yuil. »*Beeil dich, Tscho!*«

Joe konnte nicht. Er versuchte es, aber seine Gliedmaßen zitterten, sobald er den Kopf einzog, um einzutreten. Als er sich wieder zurückzog, hatte er das Gefühl, sich übergeben zu müssen. Die Scham drückte wie ein Tumor auf seine Brust.

Yuil blickte ihn finster an, dann ging sie zum Eingang der Höhle. Nachdem sie sich eine Weile draußen aufgehalten hatte, kehrte sie mit summend flatternden Sudah zu ihm zurück. »*Sie sind fort. Was ist los mit dir? Warum bist du nicht in den Tunnel gegangen?*«

»Ich habe Angst vor Tunneln«, sagte Joe.

Yuil sah ihn blinzelnd an, als hätte er ihr erzählt, Dhasha hätten Finnen. »*Du hast Angst vor Tunneln?*«

Joe schluckte schwer. »Ja.«

Yuil bedachte ihn mit einem seltsamen Blick. »*Aber du kannst doch nicht …*« Dann wandte sie sich ab. »*Schon gut. Wir müssen zurückkehren, bevor man dich vermisst.*«

»Wirst du morgen noch einmal kommen?«, fragte Joe.

»*Vielleicht*«, sagte sie mit unbehaglicher Miene.

Was bedeutete, dass sie sauer auf ihn war und ihn loswerden wollte.

Mit hängenden Schultern folgte Joe ihr zum Haauk. »Danke für das Essen.«

Yuil sagte nichts und winkte ihm, dass er das Schwebegefährt besteigen sollte. Nachdem er Platz genommen hatte, flog sie ihn schweigend zur Kaserne zurück.

Sobald er das inzwischen grüne Tuch von den Schultern genommen und ihr überreicht hatte, steuerte die Ooreiki den Haauk wortlos vom Balkon und auf den Platz hinaus. Joe wollte bereits durch die Tür in den Schlafsaal treten, als sie von oben seinen Namen rief. Sie hielt ihm den Kasten mit dem Akarit hin. »*Hier. Nimm das.*« Sie warf ihm den Kasten zu. »*Vielleicht kannst du ihn eines Tages gebrauchen.*«

Joe starrte darauf. Obwohl er sich vor Kurzem noch gewünscht hatte, sie würde genau das tun, wollte Joe ihn jetzt nicht mehr haben. »Das musst du nicht«, sagte er. »Wahrscheinlich brauchst du ihn dringender.«

»*Ich habe noch mehr davon.*« Ohne ein weiteres Wort drehte Yuil ab und war verschwunden.

Erschrocken starrte Joe ihr hinterher. Er verstand gar nichts mehr. Sie war gereizt gewesen, hatte verärgert auf ihn reagiert, aber sie hatte ihm den Akarit gegeben …

… und war dann wortlos davongeflogen. Er blickte auf den kleinen Kasten. Er fühlte sich kalt und gefährlich in seinen Händen an. Er musste sich gegen den Drang wehren, ihn vom Balkon in die Tiefe zu werfen.

Was ist los mit mir? Ich sollte glücklich sein. Dieses Ding könnte mich nach Hause bringen.

Doch je länger er den Akarit hielt, desto weniger wollte er ihn haben. Er beschloss, ihn zu verstecken, bis er eine sichere Möglichkeit gefunden hatte, ihn loszuwerden, und nahm ihn widerstrebend in den Schlafsaal mit.

Maggie war wach und saß aufrecht auf dem Bett, als Joe den Raum betrat. Sie beobachtete ihn mit anklagendem Gesichtsausdruck, verfolgte ihn mit ihren Blicken, während er sich auszog und den Akarit ganz unten in seiner Kleiderkiste versteckte. Als er aufstand und unter eine Decke kroch, starrte sie ihn immer noch mit finsterer Miene über die anderen schlafenden Rekruten hinweg an.

»Was, Mag?«, wollte Joe wissen, der so müde war, dass er sich wie im Delirium fühlte.

»Libby hat mir gesagt, dass du mit irgendeinem Ooreiki verschwunden bist.«

Er runzelte die Stirn. »Aha? Es war ja nur für ein paar Stunden.«

»Du warst nicht zum Geschichtenerzählen da«, sagte Maggie, und ihre Augen fügten hinzu: *Arschloch*.

»Oh.« Joe verzog das Gesicht. »Äh, tut mir leid, Mag.«

»Na gut.« Maggie rollte sich auf die Seite und schlief wieder ein, während er sich vorkam wie ein Idiot.

21 *Ärmel*

»Hast du ihm den Akarit gegeben?«

»Ja.«

»Aber?«

»Aber was? Ich habe ihn ihm gegeben.«

»Da ist etwas, das du mir verschweigst.«

»Ja, aber ich bezweifle, dass du es hören willst.«

»Sag es mir.«

»Seinetwegen hätten wir beide fast großen Ärger bekommen. Ich habe bemerkt, dass Friedensstifter mir gefolgt waren, und wollte, dass er sich in einem Tunnel versteckt, aber er hatte viel zu große Angst davor. Ich musste beide töten.«

»Er hat Angst vor Friedensstiftern?«

»Er hat Angst vor Tunneln.«

»*Tunneln?*«

»Du verstehst unser Problem.«

»Aber die Anzeichen deuten ganz klar ...«

»Ein Bodenkämpfer ist nutzlos, wenn er nicht unterirdisch einsetzbar ist.«

»Wir könnten ihm eine Behandlung bezahlen.«

»Und das Risiko eines Rückfalls eingehen? Ich habe solche Sachen schon erlebt. Es könnte zu tief für eine Behandlung sitzen. Es könnte jederzeit wieder auftreten.«

»Was wird die Armee tun?«

»Vorläufig hat er es recht gut verheimlicht, aber wenn man es herausfindet, wird man ihn abservieren. Man müsste seine Dienstzeit um hundert Umläufe verlängern, um den Aufwand für eine Behandlung aufzuwiegen, und die durchschnittliche Lebenserwartung eines Bodenkämpfers beträgt nur sechzehn.«

»Sie würden den Schaden minimieren und ihn verkaufen?«

»Ja.«

»Das würde alles einfacher machen.«

»Wenn du immer noch glaubst, das er derjenige ist, den wir suchen.«

»Er ist es.«

*

Trotz seiner Erschöpfung wachte Joe früh auf, während tausend Sorgen durch seinen Kopf rasten. Yuil und er waren den Friedensstiftern entkommen. Er war jetzt der Rekrutenkampfmeister der Vierten Einheit und musste die nächste Jagd anführen. Die in Tunneln stattfand. Ihm wurde klar, dass er mit dieser Vorstellung im Kopf ohnehin nicht wieder einschlafen konnte, also schleppte er seinen müden Körper aus dem Bett und suchte nach einer produktiven Tätigkeit.

Sein Blick fiel auf Libbys Ausrüstung. Sie war mit der Umarbeitung fertig geworden. Jetzt hatte der Rucksack einen dritten Riemen, der mitten über ihren Körper verlief. Joe schaute es sich stirnrunzelnd an und fragte sich, wie viel Ärger sie dadurch bekommen würden.

Er seufzte und zog seine Jacke hervor, um den vierzackigen Stern zu betrachten. Endlich – *endlich* – war er Kampfmeister geworden. Jetzt würde er nicht mehr nur von der Seitenlinie aus zuschauen. Jetzt war *er* derjenige, den Nebil anbrüllen würde, wenn etwas schiefging.

Wie wäre es, wenn ich es verpatze und er wieder Sasha das Kommando überträgt?

Diese Vorstellung war ihm unangenehm.

Joe faltete seine Jacke zusammen und legte sie weg, als ihm schließlich der Grund klar wurde, warum sich das Kleidungsstück irgendwie falsch angefühlt hatte, seit er es zum ersten Mal anprobiert hatte.

Es sind die Ärmel.

Sie waren ausgebeult und umständlich, und sie waren ihm ständig im Weg, wenn er die Arme bewegte.

Joe griff versuchsweise nach einer Manschette und krempelte sie hoch. Es sah furchtbar aus. Er zuckte zusammen und probierte es noch mal. Diesmal faltete er sie sehr sorgfältig und glättete die Falten mit den Händen. Er klappte den Ärmel fünfmal hoch und kniff den Oberarmbereich zusammen, damit das Ganze eng anlag. Dann legte er sich die Jacke über die Schultern und schob den Arm durch die schmale Öffnung, die er durch die Faltungen geschaffen hatte.

Das Material schmiegte sich an seinen Bizeps wie Kihgls *kasja*. Es fühlte sich gut an. *Richtig* gut. Joe zog die Jacke wieder aus und machte das Gleiche mit dem anderen Ärmel. Er zog sie gerade wieder an, als Kampfmeister Nebil die Tür zum Schlafsaal aufschloss und eintrat. Im nächsten Moment erwachte der gesamte Raum zum Leben, als die Kinder aus den Betten sprangen. Inzwischen waren sie darauf trainiert, sofort aufzuwachen, wenn sie die Schritte ihres Kampfmeisters hörten. Hastig knöpfte Joe die Jacke zu und wandte sich dem Ooreiki zu.

Nebil schritt die Reihe der runden Kojen mit den sechsköpfigen Bodenteams ab, bis er auf der Hälfte anhielt und Joe wie eine misstrauische Katze anstarrte.

Joe blickte an sich hinab und fühlte sich sehr stolz, weil er so gut aussah. Fast wie sein Vater, bevor er in das Chaos der Einberufungen hinausgetreten war.

»Zero, was bei den feuerliebenden Höllen hast du dir dabei gedacht?«

Die anderen Rekruten hielten beim Ankleiden inne, um auf Joes Ärmel zu starren.

Als er ihre Verwirrung sah, errötete Joe und schaute vorsichtig auf seine Arme hinab. Ja, was hatte er sich dabei gedacht? Er wusste genau, dass Nebil ihn zwingen würde, es wieder rückgängig zu machen. »Ich habe meine Uniform modifiziert. Sehen Sie? Ich kann mich besser darin bewegen, wenn die Ärmel auf diese Weise hochgekrempelt sind.« Er streckte einen Arm aus, damit Nebil ihn betrachten konnte, und hielt den Atem an, während er auf seine Reaktion wartete.

Kampfmeister Nebil starrte ihn an, als wären ihm purpurrote Schuppen und große saphirblaue Augen gewachsen. »Zero, du Rußer, bring das in Ordnung.«

»Aber so ist es in Ordnung«, widersprach Joe hartnäckig.

Kampfmeister Nebil blickte von Joe zu seinen Ärmeln und wieder zurück. »Sofort.«

»Nein«, erwiderte Joe, während er gleichzeitig dachte: *Was zum Teufel tust du da? Du bist gerade erst Kampfmeister geworden, und jetzt setzt du alles aufs Spiel!*

Kampfmeister Nebil trat näher an ihn heran und versetzte ihm einen Schlag. »Also gut, du dummer Furg. Du wirst später rennen. Achtzehn Runden pro Nacht, solang du darauf bestehst, wie ein Rußsack auszusehen. Bis dahin stellst du deine Einheit zusammen. Wir gehen heute wieder auf die Jagd.«

Dann drehte sich ihr Kampfmeister um und marschierte quer durch den Schlafsaal, um Bündel aus weißer Kleidung auf die Kojen zu werfen.

»Zieht euch an! Legt eure Ausrüstung an! Nicht die schwarzen Sachen! Heute seid ihr die Verteidiger, ihr rußfressenden Furglinge! Bewegung! Glaubt nicht, dass ich euch nicht marschieren lasse, bis ihr blutet, wenn ihr euch nicht schnell genug bewegt. Zieht euch endlich an!«

Natürlich waren längst alle aufgestanden und versuchten zu verstehen, was es mit den Kleiderbündeln auf sich hatte, die er ihnen zugeworfen hatte. Doch Nebil rannte im Saal herum und schrie sie an, als würden sie noch tief und fest schlafen und seine Befehle ignorieren.

Joe streifte seine neuen weißen Sachen über und nahm schneller als die Hälfte der übrigen Rekruten Haltung an. Bedauerlicherweise war es die langsamere, dümmere Hälfte. Er zupfte immer noch an seinem Hemd herum, als Nebil vorbeistapfte und ihn sah.

»Bist du immer noch nicht fertig, Zero? Und du glaubst, für den Posten des Kampfmeisters geeignet zu sein? Auf den Boden! Zweihundert Liegestütze. Nein, einarmig! Was glaubst du, was du bist? Ein Raumsoldat?« Nebil lief um ihn herum, als Joe sich fallen ließ und mit den Liegestützen begann. »Halt den Rücken gerade!«, schimpfte er weiter. »Das hier ist nicht das Zweite Bataillon. Verlier nicht deinen letzten Rest Stolz, du menschlicher Jenfurgling! Jedes Mal, wenn du aufs Gesicht fällst, wirst du dafür eine Runde rennen.

Und du! Findest du das witzig? Runter mit dir, gleich neben ihm! Ach, verbrannt noch mal! Runter mit euch allen! Zweihundert Liegestütze! Ihr Weibchen könnt beide Hände benutzen, wenn ihr Schwächlinge meint, dass es nicht anders geht. Los, Rekruten!«

Alle gingen zu Boden und warfen Joe dabei finstere Blicke zu. Libby und Maggie waren die einzigen Mädchen, die sich mit nur einer Hand hochstemmten. Maggie fiel mehrmals aufs Gesicht, aber Nebil schien es nicht zu bemerken. Sasha dagegen benutzte beide Hände und wurde trotzdem als Allerletzte fertig. Das brachte ihr nicht viel Respekt ein, und sie bekam genauso viele böse Blicke wie Joe, weil er sie überhaupt erst in diese Situation gebracht hatte.

»Das genügt!«, blaffte Nebil. »Holt eure jreetliebenden Gewehre und geht nach draußen. Kampfmeister, tritt nach vorn, um die Extramunition entgegenzunehmen.«

Joe setzte sich in Bewegung, aber Sasha rauschte an ihm vorbei, um ihren üblichen Platz vor Nebil einzunehmen. Er hielt sich zurück und wartete ab.

»Was soll das?«, flüsterte Libby, die mit dem Gewehr an der Schulter neben ihm stand. »Er hat dich doch zum Kampfmeister gemacht, oder?«

Joe atmete einmal tief durch und trat nach vorn, wo Sasha darauf wartete, dass Nebil sie zur Kenntnis nahm. Als Sasha mit giftsprühenden Augen zu ihm aufblickte, sagte er vollkommen ruhig: »Ich bin jetzt der Rekrutenkampfmeister. Geh und stell dein Bodenteam zusammen.«

Sasha hörte nicht auf ihn, sackte aber in sich zusammen, als Kampfmeister Nebil die Extramunition in Joes Arme legte und nicht in ihre. Sashas Blick richtete sich starr auf Joes Last. Die einzelne Linie einer Bodenteamanführerin auf ihrer Brust wirkte plötzlich armselig.

»Geh, Sasha«, sagte Joe leise.

Als sie sich umdrehte und ging, glühte Hass in ihren Augen.

Libby hielt sie am Arm fest. »Hab's dir doch gesagt.«

Sasha riss ihren Arm los. »Mein Vater sagte, selbst Kongo-Gorillas können an der Börse spekulieren und ein paarmal richtigliegen.«

Libby spannte jeden Muskel an. Auch Joe versteifte sich und fragte sich, ob er in wenigen Augenblicken Sashas hirnloses Gesicht von Libbys Stiefel kratzen würde.

Libby jedoch zuckte mit den Schultern und formierte ihr Team. Zwischen den Reihen teilte ein Takki vorgefertigte Tuben mit grünem Schleim aus, den die Rekruten wie Wassereis aufsaugten, während sie der Tagesplanung zuhörten. Dann gab Nebil den Befehl, und Joe nahm einen tiefen Atemzug. In seinem besten Kong rief er: »Erste Einheit, folgt mir auf dem linken Fuß! Vorwärts, marsch!« Dann zählte er: »Links, links, links-rechts-links, links, links …«

Als sie den Hauptplatz erreicht hatten, übernahm der Kampfmeister und verlud die Rekruten auf einen großen Haauk.

Sie hoben ab, und Kommandeur Linin brüllte: »Also gut, ihr Takki-Kotzbrocken! Tril schickt uns zu einer neuen Übung. Das gleiche Prinzip wie beim letzten Mal, nur dass ihr diesmal versuchen werdet, die andere Hälfte unseres Bataillons davon abzuhalten, eure Fahne zu erobern. Ihr bekommt zusätzliche sechsunddreißig Ticks, um euch vorzubereiten, bevor man die Angreifer absetzt. Zero hat das Kommando über diese Truppe. Die Dritte, Vierte und Fünfte Einheit bleiben an der Oberfläche. Die Erste und Zweite gehen in die Tunnel. Denkt daran, dass die Zweite Kompanie schon einmal in diesen Löchern war und sie besser kennt als ihr. Ihr werdet höllisch gut aufpassen müssen. Bei den Truppanführern und allem, was einen höheren Rang hat, sind die Mikros der Headcoms eingeschaltet. Sprecht laut und deutlich – die Sets sind nicht dazu gemacht, euer schwächliches Takki-Gewimmer aufzunehmen.«

Kommandeur Linin musterte die fünf Rekrutenkampfmeister mit finsterem Blick. »Und damit ihr es wisst: Die Zweite Kompanie hat eine Prämie auf jeden Kampfmeister ausgesetzt. Jeder Angreifer, der einen tötet, bekommt eine Stunde Freizeit.«

»Und was ist mit uns?«, fragte Maggie.

Linin schnaufte. »Verbrenn das. Für jeden Kampfmeister, den ihr verliert, dürft ihr eine Stunde rennen.«

Dann landeten sie und strömten vom Gleiter wie eine Flut aus Baumwollbüscheln.

Als die fast zweihundert Kinder der Ersten und Zweiten Einheit in die Tunnel hinabstiegen, suchte sich Joe eine möglichst hohe Stelle, um die Lage überblicken zu können. Schließlich stieg er einen zerklüfteten Diamanthügel hinauf und spürte, wie der scharfe Kristall versuchte, ihm selbst durch seine dicken Kong-Handschuhe die Haut aufzuritzen.

»Das ist eine gute Stelle«, sagte Libby, die neben ihn getreten war. »Sie werden von dieser Seite eindringen, und wir können sie abschießen, bevor sie irgendeine Deckung erreichen.«

»Genau so, wie sie es mit uns gemacht haben«, murmelte Joe und sprang nach unten. »Also gut.« Er musterte die drei Einheiten, die auf seine Befehle warteten. »Teilt euch auf«, ordnete er an. »Je drei Rekruten sollen ein Loch besetzen. Die Anführer der Einheiten sorgen dafür, dass sie nach Alter gestaffelt sind, damit nicht alle Jüngeren in einem Loch landen. Maggie, du gehst mit diesem Team. Libby, du bleibst hier. Ich werde dort hinübergehen, damit wir nicht unsere gesamte Extramunition an einem Ort aufbewahren.«

Sie hatten kaum ihre Positionen eingenommen, als die Zweite Kompanie mit gepanzerten Gleitern eintraf.

»Was zum Teufel!«, rief der Rekrutenkampfmeister der Zweiten Einheit in Joes Headset. »Das Ding ist gepanzert!«

Nicht nur das, wie Joe jetzt erkennen konnte. Der Haauk setzte sie außerdem direkt über einem unbewachten Tunnel ab, und sie stiegen durch eine Tür im Boden des Fahrzeugs aus.

»Sie sind drinnen!«, meldete Joe über sein Headset.

»*In welchem Tunnel?*«, fragte einer der Kampfmeister von unten.

Joe griff nach seiner Planetaren Positionierungseinheit. Doch es zeigte nur klobige Kong-Symbole. »Kann irgendwer eine PPE lesen?«, rief Joe zurück. Er kraxelte in seinen Tunnel hinunter, um zu sehen, ob es eine Verbindung zu dem gab, durch den der Feind eindrang. Es gab keine. Er würde umkehren müssen. »Wie sieht es im Norden aus?«

»*Ich weiß es nicht, aber ich kann sie hören!*« Joes Helmcomputer identifizierte den Sprecher als Nummer 424, einen Truppanführer aus der Fünften Einheit.

»Alle ziehen sich zur Fahne zurück!«, rief der Kampfmeister der Dritten Einheit. *»Sie sind drinnen. Wir müssen sie drinnen abwehren!«*

An der Oberfläche hörte Joe, wie der Gleiter startete. Er streckte den Kopf aus dem Loch, um es zu beobachten. Keine Feinde in Sicht. Der Schaden war angerichtet. Und nun stieg ihre Hauptstreitmacht nach unten, um ihre Fahne zu beschützen. Sie hatten nicht mal Wachen zurückgelassen.

»Vierte Einheit, raus aus euren Löchern!«, brüllte Joe unvermittelt. *»Trefft euch mit mir an der Oberfläche!«*

»Was zum Teufel soll das?«, wollte der Kampfmeister der Fünften Einheit wissen. *»Sie brauchen uns bei der Fahne!«*

»Brenn drauf, Ascher«, war Maggies heftige Erwiderung zu hören. *»Zero kann tun und lassen, was er will.«*

Verdammt noch mal, Maggie, dachte Joe. Aber über seinen Headcom sagte er: »Beeilt euch!«

»Ihr geht an die Oberfläche?«, rief der Kampfmeister der Zweiten Einheit. *»Wir brauchen eure Hilfe!«*

»Die werdet ihr bekommen!«, antwortete Joe und sprang aus seinem Loch. Libby führte bereits einen Angriff gegen den feindlichen Tunnel an. Der Rest der Vierten Einheit folgte ihm, die Augen vor Aufregung und Angst weit aufgerissen.

»Bringt sie nur ein wenig ins Stocken, bis wir an sie herankommen«, sagte Joe in sein Headset. Libby und er stürmten in den Tunnel, und nur ein paar aus dem Trupp konnten mit ihnen mithalten. Voraus hörte er die feuchten, saugenden Geräusche von Schüssen. Sein Magen verkrampfte sich, als er sich daran erinnerte, wie er das letzte Mal getroffen wurde, doch nun stand er unter Adrenalin, was die Furcht erträglich machte. Er bemerkte kaum, wie sich die Tunnelwände um ihn schlossen.

Dann fanden sie die feindlichen Kinder, die sich hinter einer Mauer aus Körpern drängten, eine Masse aus Hunderten schwarz gekleideter Rekruten, die auf die Verteidiger feuerten. Schwarze und weiße Leichen übersäten den Boden, und der Lärm war so intensiv, dass ihnen das Denken schwerfiel. Die Stimmen der anderen vier Kampfmeister brüllten in seinem Kopf, um Unterstützung oder mehr Munition anzufordern. Einer schrie.

Joe ließ sich auf ein Knie fallen und eröffnete das Feuer. Libby, Scott, Sasha und die anderen großen Kinder aus der Vierten Einheit taten es ihm nach und ließen von allen Seiten blauen Glibber auf die Angreifer regnen.

Nach drei Minuten war es vorbei. Die Angreifer waren umzingelt und wurden von oben und unten beschossen, sodass sie keine Chance hatte. Sie brachen schreiend zusammen, während sich ihre Muskeln schmerzhaft verkrampften. Zwei Kämpfer, die nicht getroffen worden waren, ließen ihre Waffen fallen, und nackte Angst stand in ihren weit aufgerissenen Augen, auch nachdem sie sich ergeben hatten.

»Sollen wir Gefangene machen?«, fragte die Anführerin des Zweiten Trupps, die neben Joe stand. Sie war eine dürre Version von Libby, obwohl sie mexikanische Wurzeln hatte. Im Headset war zu hören, dass die anderen Einheiten noch nicht erkannt hatten, dass sie gewonnen hatten, und forderte immer noch verzweifelt Rückendeckung an. Joe beachtete sie nicht weiter und hielt seine Waffe auf die zwei Gefangenen gerichtet. Alle Rekruten, die bei ihm waren, warteten auf seine Antwort.

»Wenn wir Gefangene haben, lässt Linin uns vielleicht nicht rennen, weil wir einen Kampfmeister verloren haben«, schlug das mexikanische Mädchen vor. Joe war sich ziemlich sicher, dass ihr Name Tina war.

»Nehmt ihnen die Headsets ab«, befahl er. »Damit sie nicht mit Kameraden sprechen können, die uns entgangen sind.«

»Setzt ihre Headsets *auf*«, sagte Libby. »Damit *wir* mit Kameraden sprechen können, die ihnen entgangen sind.«

Ein Junge aus Joes Trupp zog einem der Gefangenen den Helm vom Kopf und setzte ihn auf. Eine Sekunde später stürzte er bewusstlos zu Boden. Alle starrten verdutzt auf ihn.

»Ist er auf Glibber getreten?«, fragte Tina. »Was ist mit ihm los?«

»Was zum Teufel ist bei euch los? Warum wurde der Beschuss eingestellt? Wo seid ihr, Vierte?«

»Wir stehen vor den Leichen aller Bösen, du Ascher«, entgegnete Maggie.

Joe warf ihr einen finsteren Blick zu, wollte sich aber nicht die Zeit nehmen, sie zu korrigieren. Irgendetwas an der ganzen Situation störte ihn. »Jemand anders soll den Helm holen. Das können noch nicht alle sein. Irgendwo muss es noch mehr von ihnen geben.«

»Haben sie vielleicht eine Abwehrvorrichtung?«, fragte Mönch.

Joe runzelte die Stirn, während er zusah, wie ein Mädchen aus dem Ersten Trupp nach dem Helm griff. Eine Abwehrvorrichtung? Wenn sie Tote wieder zum Leben erwecken und Knochen innerhalb weniger Stunden zusammenwachsen lassen konnten, besaßen sie wahrscheinlich auch die technischen Möglichkeiten, einen Feind außer Gefecht zu setzen, der versuchte, Kongress-Ausrüstung zu benutzen.

Doch bevor er irgendetwas sagen konnte, brach das Mädchen mit dem Helm auf dem Kopf bewusstlos zusammen.

Der Besitzer des Helms war offensichtlich genauso überrascht wie sie. Das Weiß in seinen Augen leuchtete, und er schien sich zu fragen, ob man ihn für die mysteriöse Ausschaltung ihrer Kameraden verantwortlich machen würde.

»Lasst die Finger von den Helmen«, befahl Joe. »Mönch sagt, dass sie irgendwie präpariert wurden.« Er nickte ihr zu, worauf sie stolz aufrechte Haltung annahm. »Die Erste und Zweite Einheit bleiben bei der Fahne. Es werden noch mehr kommen.« Er musterte die etwas über achtzig Kinder, die im Tunnel herumstanden. »Alle anderen werden mir dabei helfen, den Rest der Zweiten Kompanie zu finden.« Erst jetzt spürte er den Druck der Erde über seinem Kopf, eine Vorstellung, die ihm den Schweiß aus den Poren trieb.

Ich muss zurück an die Oberfläche, dachte er mit zunehmendem Unbehagen.

Der Rest der Dritten und Vierten Einheit kam erst jetzt um die Ecke geschlichen. Die Kinder krochen mit erhobenen Waffen über den Leichenhaufen. Als sie die zwei Gefangenen sahen, zögerten sie. Joe brauchte einen Moment, um zu erkennen, dass alle ihn ansahen und auf irgendetwas warteten.

»Wir sollten die Gefangenen erschießen«, drängte Libby.

Joe verzog das Gesicht. »Sie haben sich ergeben.« Ihm war klar, dass sie wahrscheinlich recht hatte. Es waren mindestens vier Rekruten nötig, um die beiden zu bewachen. Andererseits hatten sie kapituliert. Es wäre nicht sehr ehrenhaft, sie zu erledigen.

»He!«, wandte sich Joe an die Gefangenen. »Schwört ihr beiden, nicht mehr zu kämpfen?«

Sie nickten eifrig, und ihre Gesichter zeigten Erleichterung und Dankbarkeit.

»Okay«, sagte Joe. »Die Dritte Einheit wird sie bewachen. Libby, dein Bodenteam ist für ihre Bewachung verantwortlich. Alle anderen laden nach. Wir kehren an die Oberfläche zurück.«

Die zweite Welle der Angreifer fiel ihnen auf die gleiche Weise zum Opfer. Sobald sie ausgeladen waren, schickte Joe die Vierte Einheit los, um ihren Tunnel zu stürmen und ihnen nach unten zu folgen. Die Hälfte von ihnen nahmen sie gefangen, womit sie nun über einhundert Gefangene hatten, nachdem sämtliche Angreifer entweder erschossen oder entwaffnet worden waren.

Die nächsten Stunden verbrachten sie damit, in den Gruben zu kauern und an Schleimtuben zu saugen, während die Wachen mit den Gefangenen Tic Tac Toe spielten. Als die Takki eintrafen, um die Leichen abzutransportieren, musterten sie die Gefangenen mit seltsamen Blicken, bevor sie sich mit ihrer Last zurückzogen. Einer hielt kurz neben Joe inne, um ihm auf Kong zuzuflüstern: »Erschießt sie. Damit tut ihr ihnen einen großen Gefallen.«

Joe hörte nicht auf die Echse. Wenig später dröhnte Kommandeur Linins Stimme in ihren Helmen: »Alle verlassen die Tunnel und formieren sich als Bataillon!«

Als sie die Oberfläche erreichten, stürzten sich die Kampfmeister der Gefangenen wütend auf sie. Während sich Joe und die anderen Verteidiger in Reihen anordneten, wurden die Überlebenden in schwarzer Kleidung zu einer separaten Formation geführt, die ihnen gegenüberstand. Die ›Leichen‹, die von den Takki aus den Tunneln gezerrt worden waren, wurden nun zügig von einer Armee aus Ooreiki-Ärzten wiederbelebt.

Diesmal kamen die Rekruten fast unverzüglich wieder zu sich, nachdem ihnen die Lösung in die Venen injiziert wurde, da ihre Kommandeure nicht die Absicht hatten, die Kinder im Dunkeln nach Hause laufen zu lassen. Sobald sie aufgewacht waren, durften

sie sich wieder zu Joe und den anderen Verteidigern in der Haupt-
formation gesellen.

Als sich alle aufgestellt hatten, übergaben die Kampfmeister das
Bataillon dem Zweiten Kommandeur Tril, der vor den Gefangenen
auf und ab ging und sie kalt und gnadenlos anstarrte. In den wenigen Tagen, seit er das Kommando über das Sechste Bataillon führte, hatten sich seine Augen ein klein wenig aufgehellt. Auch seine
Haut verlor die volle orangebraune Färbung und war innerhalb
einer Woche merklich ausgebleicht.

»Anscheinend sind euch die Regeln des Kongresses zur Kapitulation unbekannt«, sagte Tril. Sein Ton war so eisig, dass Joe eine Gänsehaut bekam. »Die Erste Regel für einen Kongress-Soldaten lautet,
dass er jedem Befehl, den seine Vorgesetzten ihm geben, ohne Frage
gehorchen soll. Wisst ihr, wie die Zweite Regel lautet?« Er sprach
bedrohlich leise, und sein schlangengleicher Blick wich keine Sekunde von der nervösen Gruppe der schwarz gekleideten Gefangenen.

»Ein Kongress-Soldat ergibt sich niemals«, sagte er in zornigem
Flüsterton. »Wie konntet ihr es wagen, euch zu ergeben? Das hier
ist nur ein Spiel! Wir befinden uns nicht einmal in der Schlacht, und
ihr besitzt die Dreistigkeit, mich und eure Kampfmeister durch eine
Kapitulation zu blamieren!« Er drehte sich um und zog ein kleines
schwarzes Gerät aus seiner Jacke. Es erinnerte Joe an die runden
Apparate, die von den Ooreiki zur Beförderung benutzt wurden,
aber dieses Exemplar war dicker und kompakter.

»Wahrscheinlich sollte ich dankbar sein, dass es jetzt passiert ist,
bevor ihr aschigen Furglinge es getan hättet, wenn Lord Knaaren
zusieht. Deshalb gebe ich euch nur die leichteste Strafe, die mir zur
Verfügung steht.« Er hielt das kleine schwarze Gerät hoch. »Ich bin
mir sicher, dass ihr alle euch an den Tag erinnert, als die Ärzte im
Raumschiff ein kleines Gerät in euren Brustkorb eingepflanzt haben.
Es dient verschiedenen Zwecken, aber einer davon besteht darin,
dem Kongress eine effektive Möglichkeit zu bieten, seine Soldaten
zu bestrafen, ohne ihnen tödlichen Schaden zuzufügen. Es ist der
furchtbarste Schmerz, den ihr jemals erleben werdet, weil es auf Befehl kleine Impulse abgibt, die euch nicht erlauben, irgendetwas
anderes zu spüren.«

Joe spannte sich an. Einige der Gefangenen in der ersten Reihe weinten.

»Dies«, sagte Tril und zeigte auf das schwarze Gerät, »ist die Fernsteuerung, die jeder Bataillonskommandeur bei sich trägt. Sie ist unzerstörbar, also solltet ihr Furgs nicht auf dumme Ideen kommen. Sie hat neun Einstellungen. Die niedrigste – die ihr gleich erleben werdet – wird euch anschließend für ein paar Stunden benommen machen. Außerdem bewirkt das Gerät, dass sich eure Eingeweide entleeren. Also liegt es in eurem eigenen Interesse, wenn ihr euch entkleidet, bevor ich es benutze.«

Die Kinder warfen sich verheulte Blicke zu und waren sich nicht sicher, was sie tun sollten.

»Ausziehen, hat er gesagt!«, blaffte einer der Kampfmeister der Zweiten Kompanie.

Trotzdem gehorchten nur wenige.

»Wie ihr meint«, sagte Tril. »Kraft der Autorität, die mir als euer Befehlshabender Offizier vom Universellen Kongress verliehen wurde, verurteile ich euch hiermit zum Ersten Grad der perzeptuellen Bestrafung.« Dann berührte er das schwarze Gerät.

Einhundert Kinder stürzten kreischend zu Boden. Es war schlimmer als alles, was Joe in den Übungskämpfen erlebt hatte. Es war eine lange, unaufhörliche Qual. Der blaue Glibber tötete sie wenigstens schnell. Trils kleines schwarzes Gerät hatte keine Gnade mit ihnen und erlaubte ihnen nicht die Erleichterung eines Pseudotodes. Joe wurde vom Zuschauen übel, und er musste die Augen schließen. Während er dastand, drang der Gestank ihrer Exkremente in seine Nase, und sie schrien immer noch.

In diesem Moment, als Joe die Kinder beobachtete, die sich am Boden wanden, wurde ihm klar, dass er den Kongress für immer hassen würde. Ganz gleich, was ihm die Zukunft brachte, ganz gleich, wie viele Belohnungen man ihm geben mochte, er würde ihn auf ewig hassen. Zitternd musste er sich abwenden. Als er es tat, sah er Kampfmeister Nebil, der steif dastand, während seine Sudah lautlos in seinem Nacken peitschten. Er beobachtete nicht wie alle anderen die schreienden Kinder – er beobachtete Tril.

Nach exakt zwanzig Minuten beendete Tril ihre Qualen. Keuchend lagen die Kinder am Boden und starrten mit leeren Blicken in den Himmel. Sie lagen wie tot da, und nur das Heben und Senken ihrer Brustkörbe zeigte an, dass sie noch am Leben waren.

»Kampfmeister, kümmern Sie sich um Ihre Einheiten.« Damit wandte sich Tril ab und lief zu seinem Haauk zurück. Ohne ein weiteres Wort flog er davon.

»Kommt«, sagte Kampfmeister Nebil erschöpft. »Ihr seid mir eine Stunde schuldig, weil ihr den Kampfmeister des Sechsten verloren habt.« Er hielt inne. »Und du, Zero, bekommst achtzehn Runden für deine Ärmel.«

22 *Die Eroberung der Fahne*

Am nächsten Morgen trug Joe stolz seine Ärmel hochgekrempelt und fing sich mehr als einen verwunderten Blick von den anderen Kampfmeistern und den Ooreiki in den übrigen Bataillonen ein. Nebil hatte gar nichts mehr dazu gesagt, seit er am Vorabend seine Runden gerannt war.

»Wo hast du gelernt, das zu machen?«, fragte Maggie, sobald sie ihn an diesem Morgen sah. Fasziniert fuhr sie mit einem Finger über den Stoffstreifen um seinen Arm. »Ich will das auch, Joe!«

»Das geht nicht«, sagte Joe. »Nebil würde dich rennen lassen.«

»Das ist mir egal«, wimmerte Maggie. »Ich will hochgekrempelte Ärmel, genau wie du, Joe.«

Doch Joe stellte sich quer und musste Maggies Schmollmund für den Rest des Tages ertragen. Am Abend, als sie sich zur Inspektion auf dem Platz aufstellten, sah Kommandeur Tril zum ersten Mal, was Joe mit seinen Ärmeln gemacht hatte.

»Kampfmeister Nebil, haben Sie den Verstand verloren?«, wollte Tril wissen und blieb genau vor Joe stehen.

»Zero ist bereit, jeden Abend achtzehn Runden zu laufen, um sie behalten zu dürfen, Kommandeur«, sagte Nebil schulterzuckend. »Ich kann nichts dagegen tun.«

»Sie können nichts …« Kommandeur Tril brach mitten im Satz ab und starrte Kampfmeister Nebil verwundert an. Zu Joe sagte er: »Bring deine Uniform in Ordnung, Rekrut.«

»Sie ist in Ordnung«, sagte Joe störrisch.

»Sehen Sie?«, sagte Nebil. »Ich kann nichts machen.«

Trils Sudah flatterten wild in seinem Nacken. »Nebil, Sie werden mich heute Abend in meinem Quartier aufsuchen.«

»Ich werde heute Nacht in *meinem* Quartier schlafen, Kommandeur«, erwiderte Nebil. »Wenn Sie Gesellschaft möchten, sollten

Sie zur *yeeri*-Akademie zurückkehren und die Mutterschaft beantragen.«

Tril starrte Nebil so lange an, dass die anderen Kampfmeister nervös wurden. Nebil hielt seinem Blick stand. Seine Sudah blieben völlig ruhig, die Hände waren lässig um seine Gerte geschlungen. Als Joe es sah, hatte er den Eindruck, als würde Nebil kurz davorstehen, die Waffe gegen Tril einzusetzen.

Anscheinend bemerkte es auch Tril. Mit hektisch flatternden Sudah fuhr er herum und stürmte ohne ein weiteres Wort davon, um Nebil die Verantwortung für seine Einheit zu überlassen.

»Also«, sagte Nebil. »Nachdem diese kleine Unannehmlichkeit vorbei ist, was haltet ihr Kotzer von ein wenig Augenpflege?« Er blickte zu Joe. »Abgesehen von dir, Zero, du feuerliebender Jreet-Rußer. Du wirst deine Runden rennen.«

Joe empfand ein Triumphgefühl, weil sein Kampfmeister den Mumm hatte, sich gegen Tril durchzusetzen. Viele andere Kampfmeister taten es nicht, und ihre Einheiten bekamen oft nicht genug zu essen, weil Tril ihnen mehr Drills befahl, als sie tatsächlich an einem Tag ableisten konnten. Joe war stolz darauf, dass Nebil trotz Trils Anweisungen dafür sorgte, dass seine Einheit drei Mahlzeiten am Tag und genügend Schlaf in der Nacht bekam – solange seine Rekruten nicht so dumm waren, am Abend achtzehn Runden zu laufen, um irgendetwas zu beweisen.

In dieser Nacht rannte Joe seine achtzehn Runden mit einem Grinsen auf dem Gesicht. Für ihn war diese kleine Rebellion nicht anstrengend, sondern beglückend. Nach jeder Runde hatte er mehr Energie, bis er sein Äußerstes gab, den Kopf stolz erhoben, während er seine Strafe ableistete.

Als er endlich eine Stunde, nachdem die anderen Rekruten zu Bett gegangen waren, die Treppe hinaufstürmte, wartete Kampfmeister Nebil an der Tür auf ihn.

»Wie es aussieht, wird ein Mitglied deines Bodenteams dir morgen Gesellschaft leisten«, sagte Nebil, als Joe eintrat. Ohne ein weiteres Wort berührte er die Schalttafel, und die Tür schloss sich zwischen ihnen.

Joe drehte sich um und sah Maggie, die mit konzentriertem

Ausdruck dasaß und ihre Ärmel mit kindlicher Unbeholfenheit hochrollte. Die anderen Kinder im Schlafsaal beobachteten sie schweigend, obwohl sie so vernünftig waren, ihrem Beispiel nicht zu folgen.

Joe stöhnte. Er wusste, dass Maggie vor der zehnten Runde umkippen würde. »Mag, was tust du da?«

Maggie wischte sich übers Gesicht, und Joe erkannte, dass sie Tränen in den Augen hatte. »Sie sehen nicht so gut aus wie deine, Joe«, sagte sie. »Ich schaffe es nicht, dass sie gut aussehen.«

Joe nahm ihre Jacke und musterte stirnrunzelnd die groben Falten im Ärmel. Er rollte sie wieder auseinander.

»*Nein!*«, rief Maggie. »Kampfmeister Nebil sagte, dass ich es machen darf!« Sie riss Joe die Jacke aus den Händen und hielt sie in ihrem Schoß fest. Bald schaukelte sie vor und zurück und weinte.

Joe blickte zu Libby. »Hat er das gesagt?«

Libby zuckte mit den Schultern. »Er sagte, sie könne es machen, wenn sie unbedingt rennen will.«

»Verdammt«, murmelte Joe. »Mag, was tust du da?«

»Ich will ein Soldat wie du sein, Joe!«, jammerte Maggie. »Ich will einfach nur *Ääääärmel* haben.« Dann warf sie sich schluchzend aufs Bett.

Joe nahm einen tiefen Atemzug und hockte sich neben sie. »Mag. Hör mir zu. Ich werde für heute Abend die Ärmel hochrollen, okay? Aber danach werde ich nichts mehr daran machen. Wenn du sie herunterrollst, weil du nicht mehr rennen möchtest, werde ich sie nicht mehr für dich hochrollen. Verstanden?«

Maggie hörte auf zu schluchzen und nickte eifrig.

Seufzend nahm Joe ihr die tränenfleckige Jacke aus den Händen und zog die Ärmel behutsam auseinander. »Jetzt pass gut auf, wie ich es mache, ja? Du rollst sie nicht einfach hoch. Du musst sie falten und dann glätten. Und hier oben am Arm musst du den Stoff einschlagen, damit er nicht zu sehr aufgebauscht wird.«

Maggies Gesicht verzerrte sich vor Konzentration, als sie ihm bei der Arbeit zusah. Joe fühlte sich mies, weil er dafür verantwortlich war, dass eine Fünfjährige nun jeden Abend eine Stunde lang rennen würde. Doch dann rief er sich ins Gedächtnis, dass sie nicht mehr den Körper einer Fünfjährigen hatte. Sie hätte durchaus vierzehn oder fünfzehn sein können, wären sie auf der Erde gewesen. Einige der Zwölfjährigen hatten sogar schon nachts unter der Bettdecke gekichert, und Joe war sich ziemlich sicher, dass sie nicht über die Bibel diskutiert hatten.

Das erinnerte Joe daran, wie sich auch sein Körper verändert hatte und wie er immer wieder in den unpassendsten Momenten auf einige der älteren Mädchen aufmerksam wurde. Allmählich wurde es peinlich – sein Kopf wusste, dass sie alle noch Kinder waren, aber sein Körper brauchte dringend eine Freundin.

»So«, sagte Joe und gab Maggie die Jacke zurück. »Probier sie an. Wenn die Arme zu eng sind, kann ich sie für dich etwas weiter machen.«

»Es ist *perfekt*, Joe!«, quiekte Maggie und tanzte auf dem Bett, während sie begeistert allen anderen Rekruten ihre neue Jacke zeigte. »Danke, Joe! Das ist einfach toll!«

»Du wirst es nicht mehr toll finden, wenn du morgen Abend deine Runden rennst«, sagte Libby trocken.

Maggie streckte ihr die Zunge raus und drehte sich zu Scott um, damit er die Ärmel bewundern konnte, wobei sie kicherte wie ein kleines Mädchen.

Sie ist ein kleines Mädchen, erinnerte sich Joe. *Sie sieht nur älter aus.*

Als er Maggie endlich so weit beruhigt hatte, dass sie schlafen konnte, musste er die ganze Zeit daran denken, wie Libbys Bein seins berührte, während sie neben ihm schlief. In der hinteren Ecke des Schlafsaals hörte er, wie zwei der älteren Kinder miteinander murmelten und unter der Decke fummelten. Joe spürte, dass er einen Ständer bekam – er war nicht mehr gekommen, seit er auf der Erde das letzte Mal einen heimlichen Blick in die *Playboy*-Sammlung seines Vaters geworfen hatte –, und er spürte, dass seine Eier immer mehr schmerzten. Schnell versuchte er, an etwas anderes zu denken.

Doch Libbys Nähe machte es nicht einfacher. Sie lag ausgestreckt neben ihm, und ihr kindlicher Körper war langbeinig und athletischer geworden, mit einer schlanken Figur wie die eines Models. Selbst ihr Gesicht, das ansonsten einen sehr ernsten Ausdruck hatte, war im Schlaf weich und zart, und es war nur wenige Zentimeter von ihm entfernt.

Wie er es normalerweise tat, wenn er nicht einschlafen konnte, drehte sich Joe auf den Rücken und fragte sich, wie es wäre, mit einem Mädchen zu schlafen. Der Gedanke setzte sich in seinem Gehirn fest, verstärkte seine aufgeputschte Energie nach dem Laufen, und so lag er mehrere Stunden wach.

Verzweifelt suchte er nach etwas Ruhe und rückte so weit wie möglich zum Bettrand, aber er konnte immer noch die Stelle spüren, wo sein Bein das von Libby berührt hatte. Es war weich wie Seide gewesen und so weiblich, dass sein Körper erzitterte. Zum ersten Mal seit seiner Entführung wurde ihm bewusst, dass er neben drei fast splitternackten Mädchen lag. Trotz allem wurde er hart und verbrachte die nächste Stunde mit der Frage, ob es hier irgendwo einen sicheren Ort gab, wo er sich einen runterholen konnte, ohne dass die anderen Kinder es bemerkten.

Schließlich hörten die Geräusche des anderen Pärchens auf, und im gesamten Schlafsaal wurde es still. Doch Joe wartete immer noch und horchte. Er würde höchstens ein oder zwei Stunden Schlaf finden. Als er es nicht mehr aushielt, stand er auf, schlich zur gegenüberliegenden Wand und masturbierte in einen Nachttopf.

Als Mönch neben ihm sprach, hätte er sich beinahe bepisst. Hastig steckte er alles weg, bevor er sich ihr zuwandte.

»Joe?«, fragte Mönch erneut.

»Ja?«, sagte Joe. Sein Gesicht glühte so heiß, dass es sich anfühlte, als würde es gleich explodieren. »Was ist?« Er wich vor ihr zurück und hatte das Gefühl, sterben zu müssen.

»Alles in Ordnung?«, fragte sie und kam näher. Sie war nur wenige Zentimeter größer als bei ihrer ersten Begegnung, aber ihr Körper entwickelte sich auf eine Art, die er bislang noch gar nicht bemerkt hatte. Sie war ihm so nahe, dass sie fast seinen Oberschenkel berührte. Er zuckte zurück und schloss die Augen.

Sie ist noch ein Kind, dachte Joe. *Sie ist ein Kind!* Plötzlich ekelte er sich vor sich selbst und räusperte sich. »Alles in Ordnung, Mönch. Geh wieder schlafen.« Jetzt taten ihm die Eier richtig weh. Er

345

brauchte irgendeine Erleichterung, selbst wenn es bedeutete, dass der halbe Schlafsaal ihn beim Wichsen beobachtete.

»Bist du dir sicher?«, hakte Mönch nach. »Warum bist du noch wach? Bist du nicht müde?«

»Verdammt noch mal, Mönch, es ist alles in Ordnung«, knurrte Joe. »Bitte lass mich in Ruhe.«

»Was machst du hier?«, fragte Mönch und blickte auf den Nachttopf. »Stimmt etwas nicht mit dir? Ich habe gesehen, dass du versucht hast zu pinkeln.«

»Ich habe nicht versucht ...« Joe unterbrach sich, als ihm klar wurde, dass sie seinen Sarkasmus nicht verstehen würde. »Mönch, leg dich einfach wieder schlafen.«

»Ich mag Libby nicht«, sagte Mönch. »Muss ich wirklich neben ihr schlafen?«

»Ja«, sagte Joe. »Geh jetzt, okay?«

»Der Kampfmeister sagt, dass wir morgen noch mal am Kampfspiel teilnehmen werden. Aber diesmal werden wir Schwarz tragen.«

Verzweifelt lehnte sich Joe gegen die Wand. »Ich weiß, Mönch. Bitte geh jetzt.«

Mönch verzog das Gesicht in der Dunkelheit. »Libby ist gemein. Sie sagt ständig, dass Elfe tot ist. Deshalb will ich nicht neben ihr schlafen.«

Joe blickte abrupt auf. »Elfe lebt.« Dann wurde ihm plötzlich alles klar. Der Mensch mit den toten Augen, der die Treppe vor dem Turm des Dhasha herabgestiegen war ... es musste *Elfe* gewesen sein.

»Was ist?«, fragte Mönch. »Warum siehst du mich so an?«

Joe schluckte schwer. Er erinnerte sich an Elfes Haut, die vielen Narben ... Nur seine Hände waren makellos gewesen. Er war kaum wiederzuerkennen, wie bei den Fotos von Leuten, die von Bären zerfleischt worden waren. Ganz plötzlich war Joes Erektion verschwunden. »Mönch, versprich mir was.«

»Was?«, fragte sie misstrauisch.

»Wenn du von Knaaren ausgesucht wirst, bring dich so schnell wie möglich um.«

Sie rümpfte die Nase. »Du wirst mir unheimlich, Joe.«

Joe seufzte und stieß sich von der Wand ab. »Ja, ich weiß. Lass uns wieder ins Bett gehen.«

Jetzt hatte er kein Problem mit dem Einschlafen mehr, doch seine Träume waren erfüllt von perfekten, unvernarbten Händen, die ihn in einen Tunnel hinunterzerrten, in dem etwas Schreckliches darauf wartete, ihn zu zerfleischen.

*

»Sie haben mir öffentlich den Befehl verweigert, Kampfmeister.«

»So ist es«, sagte Nebil amüsiert. »Und einen weiteren mit einer ganzen Nacht Verspätung. Man stelle sich vor!« Er war *nach* dem Frühstück mit den Kommandeuren zu ihm gekommen und aß immer noch von einem Sporenkuchen aus der Kantine. Die anderen mieden Tril inzwischen so sehr, dass er allein in seinem Zimmer essen musste

Tril bemühte sich, Nebils gelangweilten Tonfall zu ignorieren, aber er wusste, dass ein *Kampfmeister* das morgendliche Frühstücksgelage mit seinesgleichen genossen und den Platz eingenommen hatte, der rechtmäßig Tril zustand. Vor Wut klammerten sich seine Fäuste um seinen Schreibtisch. Er nahm sich einen Moment Zeit, den anderen Ooreiki abzuschätzen. Nebil hatte über vierhundert Umläufe erlebt. Seine Haut war beschämend schlaff für einen Kampfmeister. Jeder andere Ooreiki hätte nach einer Herabstufung um vier Ränge damit begonnen, die Leiter wieder hinaufzusteigen, aber Nebil hatte sich hartnäckig geweigert, seinen Posten als Kampfmeister aufzugeben, nachdem man ihm zur Strafe den Rang eines Ersten Kommandeurs aberkannt hatte. Wiederholt.

»Wie lange sind Sie schon Kampfmeister, Nebil?«

Die Frage schien den älteren Ooreiki zu überraschen. Er bedachte Tril mit einem langen, prüfenden Blick und fragte dann: »Insgesamt?«

Tril nickte.

»Fünfundachtzig Umläufe.«

Länger, als Tril gelebt hatte.

Tril bemühte sich, keine Überraschung zu zeigen, während er vorsichtig einen weiteren schwarzen Trieb an seiner neuen *ferlii*-Pflanze mit einem Werkzeug entfernte. Die Luft an Bord eines Raumschiffs hatte wenigstens einen Vorteil: Sie enthielt keine der Sporen, die die *ferlii* veranlassten, auf anderen *ferlii* zu wachsen. In der Wildnis kratzten die *draak* sie ab und fraßen sie, aber hier in der Kaserne musste Tril es per Hand machen.

»Und wie lange waren Sie Erster?«

»Dreiundvierzig Umläufe lang.« Er sagte es ohne Zögern.

»Möchten Sie Ihren verlorenen Rang wiedererlangen, Nebil?« Den er inzwischen … dreimal verloren hatte. Was Tril immer noch nicht fassen konnte. Zum Ersten befördert … nur um es zu vermasseln und auf die Stufe des Kampfmeisters hinuntergestoßen zu werden. Der *wriit* konnte nur ein Jenfurgling sein.

»Nein.«

Tril sah ihn stirnrunzelnd an. »Warum haben Sie sich dann wieder verpflichtet? Warum setzen Sie sich nicht zur Ruhe? Warum bleiben Sie für immer im armseligen Rang eines Kampfmeisters gefangen?«

Kampfmeister Nebil lachte. »Was wollen Sie, Tril?«

Tril musterte Nebil eine Weile, bevor er das Werkzeug weglegte. »Warum lassen Sie Zero diese Ärmel tragen?« Nebil versteifte sich, und Tril hob eine Hand. »Ich sage Ihnen nicht, dass Sie es ihm verweigern sollten. Sie würden ja sowieso nicht auf mich hören. Ich möchte nur wissen, warum.«

»Zero ist ein Rekrutenkampfmeister«, sagte Nebil. »Das hilft seiner Einheit, ihn schnell zu identifizieren.«

»Wenn seine Rekruten ihn identifizieren können, könnten es auch Lagrahs Rekruten«, gab Tril zurück.

Nebils Gesicht verzog sich zu einem bösartigen Grinsen. »Genau.«

*

Das Sechste Bataillon war in Schwarz gekleidet und trug Gewehre, die mit der giftigen blauen Lösung geladen waren, während Kommandeur Linin mit den Rekruten die Tagesplanung besprach. Linin hatte Joes hochgerollte Ärmel bemerkt, aber genauso wie Nebil beachtete er sie nicht weiter und tat, als würden sie gar nicht existieren.

»Hört zu!«, rief Linin. »Kommandeur Tril muss eine Patrone im Arsch haben, wenn er glaubt, die anderen Bataillone herausfordern zu können. Also gehen wir heute auf unsere erste echte Jagd. Wir treten gegen Lagrah und das Zweite Bataillon an. Das heißt, wenn ihr alle in den nächsten paar Ticks nicht lernt, eure Sudah zu lockern, werden wir am Ende des Tages wie sich windende weiße *niish* aussehen. Lagrah hat fünfzig Umläufe bei der Planetaren Spezialabteilung verbracht, bevor er mit der Ausbildung von Rekruten begonnen hat. Er hat mit diesem Ruß fast mehr Erfahrung als Nebil. Könnt ihr mir so weit folgen?«

Die Kinder auf dem Gleiter sahen Linin mit großen Augen an, in denen mehr Furcht als Verständnis stand. Joe konnte es nachfühlen. Ihnen war bewusst, dass sie als Angreifer, wenn sie die Fahne nicht erobern konnten, schließlich alle von Glibber getroffen oder mit Trils kleinem schwarzem Gerät bestraft würden. Alle auf dem Gleiter waren nervös und hielten ihre Gewehre fest umklammert, während sie darauf warteten, dass Linin sie aus dem Haauk warf.

Kommandeur Linin stieß ein froschähnliches Grunzen in die Stille aus. »Kommandeur Tril sagt, dass ihr Takki eine Stunde Freizeit für jeden Anführer einer Einheit bekommt, den ihr erledigt, und drei Stunden für jeden Kampfmeister. Wenn er euch Weichlinge verhätscheln will, soll es mir egal sein. Ich werde die Entscheidungen dieser Takki-Ascheseele nicht in Frage stellen, werde aber noch einen Bonus drauflegen. Für jeden Rekruten, der innerhalb der ersten neun Ticks stirbt, wird die gesamte Kompanie achtzehn Ticks lang rennen.«

Joe war sich ziemlich sicher, dass diese Strafe jede Tötung eines Anführers oder Kampfmeisters aufhob. »Und was bekommen wir, wenn wir die Fahne erobern?«, fragte er.

Linin schnaufte. »Ihr bekommt den Triumph, die erste Menschenkompanie in der Geschichte des Kongresses zu sein, die erfolgreich die Tunnel eines feindlichen Bataillons infiltriert hat, ihr wertlosen Jreet-Bastarde.« Linin stieß ein krächzendes Ooreiki-Lachen aus.

»Aber ihr zitternden Takki-Rußer werdet die Fahne sowieso nicht erobern. Tril lässt uns gegen Lagrah kämpfen. Das heißt, wenn ihr alle nicht während der nächsten Jagden lernt, euch *hahkta* wachsen zu lassen, werden wir uns in unserer eigenen Scheiße winden, bis sie entscheiden, uns aus dem Regiment zu werfen. Versucht einfach nur, länger als die ersten neun Ticks am Leben zu bleiben, danach können wir über brennende Fahnen reden.« Er drehte sich um und öffnete die Tür zu ihren Füßen.

»Warten Sie«, sagte Joe und hielt die Planetare Positionierungseinheit hoch. »Können Sie uns zeigen, wie das hier funktioniert?«

Stirnrunzelnd betrachtete Linin das Gerät und dann Joe. »Ihr werdet den Umgang mit der PPE nicht vor eurem zweiten Jahr lernen.«

»Jetzt könnten wir es gut gebrauchen«, sagte Joe.

Kommandeur Linin schnaufte. »Gute fünfzig Prozent von euch konnten nicht einmal lesen und schreiben, als ihr rekrutiert wurdet, und ihr menschlichen Aschehaufen braucht sehr viel Wiederholung, bis ihr die einfachsten Aufgaben verstanden habt.« Er bedachte Joe und seine Ärmel mit einem vielsagenden Blick. »Zum Beispiel, wie man sich richtig kleidet.«

»Ich kann lesen«, sagte Joe mit zunehmender Verzweiflung. Er konnte die Tunnel da unten *spüren*, unter dem Gleiter, und sein Herz pochte heftig bei der Vorstellung, dass er sich vielleicht darin verirrte.

Wieder schnaufte Linin. »Man sagt, ihr rußigen Furglinge schreibt auf *geraden Linien*.« Er schüttelte den wurstförmigen Kopf, wodurch seine *hahkta* seitlich gegen sein Gesicht schlugen. »Man wird während des nächsten Umlaufs spezialisierte Linguisten schicken, die sich um euch Furglinge kümmern sollen. Bis dahin habe ich nicht genug Zeit, euch Schnecken das Lesen beizubringen.« Er hebelte die Bodentür des Haauk auf. »Findet es selbst heraus.« Im Tunnel unter ihnen konnte Joe Bewegungen in den Schatten erkennen.

»Sie warten auf uns!«, brüllte Joe in seinen Headcom. Zu Linin sagte er: »Wir brauchen einen anderen Tunnel.«

»Verbrenn das«, sagte Linin. »Ihr nehmt den Tunnel, den wir euch zuweisen.«

Frustriert eröffnete Joe das Feuer auf die Schatten. »Die Vierte Einheit geht in Deckung! Die Zweite und Dritte springen runter!« Libby hockte sich neben ihn und feuerte ebenfalls.

»*Verbrenn das, Zero. Geh mit deiner Einheit da runter.*« Joe erkannte den Sprecher als den Kampfmeister der Dritten Einheit.

»Ihr müsst wissen, dass die ersten neun Ticks erst dann beginnen, wenn ihr den Haauk verlassen habt«, sagte Kommandeur Linin beiläufig, während er sich gegen die gepanzerte Seitenwand des Gleiters lehnte.

»Irgendjemand muss nach unten gehen!«, rief Joe.

»Jetzt könnten wir gut ein paar Granaten gebrauchen«, murmelte jemand.

»Das würde den Tunnel dicht machen«, bemerkte Kommandeur Linin hinter ihnen.

Joe überlegte hektisch, was er tun konnte. Zwei Angreifer waren bereits getroffen worden, und das Spiel hatte noch nicht einmal begonnen. Er starrte in die Dunkelheit des Tunnels. Da unten konnten nicht mehr als zwei Verteidiger sein. Die Angreifer waren ihnen gegenüber in der Überzahl, aber niemand wollte die sichere Position aufgeben und sich auf ihren Vorteil verlassen.

Joe musterte die Erste Kompanie. Sie hatten sich von der Luke im schweren Haauk zurückgezogen und sich auf den Boden gekauert, um den Ladungen aus Glibber auszuweichen. Mehrere Kinder beobachteten ihn, und nicht alle gehörten zur Vierten Einheit.

Joe nahm einen tiefen Atemzug. Je länger sie warteten, desto mehr Zeit hatten die Verteidiger, ihren Tunnel besser zu sichern. Er wappnete sich und sagte: »Libby, Scott, Maggie, Mönch, runter ins Loch!« Er erhob sich und sprang durch die offene Luke, hinunter in die finstere Grube, und feuerte, während er fiel. Libby war genau hinter ihm. Als die Verteidiger sahen, dass immer mehr Angreifer kamen, zogen sie sich zurück und riefen ihre Kameraden zu Hilfe.

Libby wollte den zurückweichenden Verteidigern folgen, aber Joe hielt sie am Arm fest. »Nein«, sagte er. »Die Vierte Einheit bleibt an der Oberfläche.« Sie sah ihn verwundert an, blieb aber, wo sie war.

Hinter ihm kam der Rest der Ersten Kompanie aus dem Gleiter und stürmte in den Tunnel. »Die Vierte Einheit hält sich zurück!«, rief Joe. »Wir übernehmen die Rückendeckung!«

Falls die anderen Kampfmeister es gehört hatten, waren sie zu sehr damit beschäftigt, Befehle zu brüllen und ihre Einheiten tiefer in das Labyrinth zu schicken. Kurz danach schrie einer von ihnen. Wenige Minuten später befand sich nur noch die Vierte Einheit am Tunneleingang.

»Ich werde Wache halten«, sagte Libby und ging näher an den Rand der Grube heran.

»Warte!«, sagte Joe. »Wenn wir den Anschein erwecken, dass der Tunnel leer ist, werden sie vielleicht zu uns kommen.«

Und genau das geschah. Ein wagemutiger Truppanführer trieb seine Rekruten über die Oberfläche und hatte offensichtlich vor, sie zu überraschen. Doch dann waren es Joe und sein Trupp, die sie überraschten und alle achtzehn Soldaten außer Gefecht setzten, ohne einen einzigen Kameraden zu verlieren. Danach kauerten sie sich wieder in ihre Grube und warteten, während sie die trostlose Landschaft nach Anzeichen für einen weiteren Angriff absuchten. Doch es kam niemand. Sie waren allein.

Trotzdem konnte sich Joe nicht dazu überwinden, sie wieder in den Kampf zu führen.

»Sie sind alle unten«, sagte Scott. Wie alle anderen konnte er den Kampflärm über seinen Headcom hören. »Warum sind wir immer noch hier oben, Joe?«

Joe spannte sich an und fragte sich, ob seine Kameraden etwas von seiner Phobie ahnten. Er hatte befürchtet, Libby könnte etwas bemerkt haben, aber als er sie ansah, sagte sie nichts.

Wie willst du diese Kinder anführen, wenn du klaustrophobisch bist?

Joe musterte die Gesichter seiner Freunde und spürte seine verschwitzten Hände. Die Kinder schienen gereizt zu sein, weil es nichts zu tun gab, aber sie schienen nicht zu bemerken, dass er prokrastinierte. Doch das würde nicht lange anhalten. Sie warfen sich Blicke zu, schauten dann über die aufgewühlte Lichtung und bemerkten offensichtlich, dass hier niemand war, gegen den sie kämpfen konnten. Im Headcom hörte Joe, wie die anderen Kampfmeister verlangten, dass er nach unten kam und ihnen half. Joe nahm seinen Helm ab und holte tief Luft. Er ließ alle anderen im Stich. Er musste irgendetwas tun.

Doch bei der Vorstellung, sie in die finstere Tiefe zu führen, verkrampften sich seine Eingeweide vor Entsetzen. Er hatte bereits das Gefühl, bald einen großen und recht flüssigen Haufen von sich geben zu müssen, nur weil das dunkle Loch im Boden ihm so nahe war. »Hört alle mal her«, stieß er dann mit brechender Stimme hervor. Er bemerkte, dass seine Hände heftig zitterten. »Wir wechseln den Tunnel. In diesem ist der Weg zur Fahne durch zu viele Kämpfe blockiert. Wir werden unsere Position ändern und uns einen ganz anderen Eingang suchen, aber zuerst brauche ich einen Freiwilligen, jemanden, der rausgeht und schaut, ob jemand auf ihn schießt.«

Mehrere Rekruten zogen finstere Mienen, aber Maggie hob sofort die Hand und sagte: »Ich werde es machen, Joe!«

Joe sah sie an und lächelte erleichtert. »Sehr gut, Mag. Gib jemandem deine Ersatzmunition. Dann renn los, in diese Richtung, so weit du kommst, bis ich dir sage, dass du zurückkommen sollst. Tu so, als wäre der Teufel hinter dir her.« Joe zeigte auf die andere Seite der Lichtung.

Maggie strahlte und gab Mönch ihre Munition. Dann stand sie auf und kroch aus der Grube. Als niemand auf sie schoss, rannte sie los. Libby beobachtete mit ausdrucksloser Miene, wie sie das Gelände überquerte.

»Sie wird nicht beschossen«, sagte Libby schließlich.

Joe rief sie zurück, und wenig später war Maggie keuchend und mit gerötetem Gesicht wieder da. Sie hustete einen roten Schleimklumpen aus und ließ sich von Mönch ihre Ersatzmunition wiedergeben.

»Wie sieht es da draußen aus?«, fragte Joe.

»Da ist niemand«, antwortete Maggie. »Ich habe sogar in ein paar Löcher geguckt. Alle leer.«

Joe setzte sich den Helm wieder auf. »Also gut. Abmarsch.« Er stand auf und führte sie in schnellem Lauf über die Landschaft, ohne auf die Rufe der anderen Einheiten in seinem Headcom zu achten. Auf der anderen Seite des Schlachtfelds fand er einen Tunneleingang, und Joe zögerte nur einen kurzen Moment, um die Höhe und Breite der Wände einzuschätzen, bevor er hineinrannte.

Im nächsten Moment hatten sie sich schon verlaufen.

»Ich kann überhaupt nichts sehen«, murmelte Maggie, nachdem sie mehrere Stunden lang herumgeirrt waren. Ihre Umgebung wurde schwach vom blauen Leuchten ihrer Waffen erhellt, doch im unterirdischen Labyrinth sahen alle Tunnel gleich aus. »Wo sind wir, Joe?«

»Wir haben uns verirrt, ihr Idioten.« Sasha, die nach ihrem Spaziergang vor drei Tagen zur Bodenkämpferin degradiert worden war, hielt nachlässig ihr Gewehr mit einer Hand und lehnte sich gegen eine Tunnelwand. Ihre Miene zeigte das gleiche zwanglose Desinteresse wie seit der Zeit, als sie ihren Rang an Joe verloren hatte.

»Halt einfach die Klappe, Sasha.« Joe hatte es längst aufgegeben, die Fahne aus dem Zentrum des Labyrinths zu holen, und wollte nur noch, dass sie den Rückweg zur Oberfläche fanden. Er ließ sich gegen die Wand fallen. Jetzt konnte er nicht mehr verheimlichen, wie sehr seine Hände zitterten. Er brauchte seine gesamte Selbstbeherrschung, damit er nicht vor diesen kleinen Kindern einen Panikanfall erlitt, und er hatte das Gefühl, einem Nervenzusammenbruch gefährlich nahe zu sein.

»Vielleicht haben sie die Jagd schon beendet«, sagte Libby. »Ich habe seit einiger Zeit nichts mehr gehört.«

»Ich auch nicht«, sagte Joe. »Aber das könnte auch bedeuten, dass die übrigen Einheiten tot sind.« Er räusperte sich, froh darüber, etwas zu haben, das seine Gedanken von der Tatsache ablenkte, dass sie die letzten paar Stunden unter der Erde gefangen und verloren waren. Er sagte in seinen Headcom: »He, sind da noch irgendwelche anderen Kampfmeister? Hier ist Zero, Vierte Einheit. Kann mich jemand hören?«

Keine Antwort.

»Verdammter Ruß«, sagte Joe. »Wenn ich nur wüsste, wie dieses blöde Ding funktioniert, könnte ich euch sagen, wo wir sind, aber ich kann kein Kong lesen.« Joe warf seine Planetare Positionierungeinheit angewidert weg. Libby bückte sich, um sie aufzuheben. Das Gerät war erstaunlich robust und bestand aus irgendeiner Metalllegierung, die sich weigerte, Beulen oder Kratzer zu bekommen.

Sie gab es ihm zurück. »Nebil sagte, dass wir Runden laufen werden, ›bis unsere Füße bluten‹, falls wir etwas verlieren«, rief sie ihm ins Gedächtnis.

»Danke«, murmelte Joe. Mürrisch steckte er die PPE in eine Hosentasche.

»Beim letzten Mal haben wir es in unseren Helmen gehört, als die Jagd beendet wurde«, sagte Scott. »Aber bis jetzt habe ich nichts Derartiges gehört.«

»Vielleicht sind wir außer Reichweite«, sagte Libby.

»Außer Reichweite?«, wiederholte Sasha schnaufend. »Diese Dinger funktionieren sogar im Weltraum.«

»Wir haben eine ganze Menge Diamantstaub über den Köpfen«, sagte Scott. »Vielleicht wird dadurch das Signal blockiert.«

Joes Haut wurde bei dieser Vorstellung feucht und kalt. Er schloss die Augen und atmete tief durch, um sich zu beruhigen. »Wenn die Jagd vorbei wäre, würden sie Takki zu uns schicken«, sagte er. »Also haben wir immer noch die Aufgabe, nach der Fahne zu suchen.«

»Dann suchen wir nach der Fahne«, sagte Libby. »Sie muss irgendwo hier unten sein.«

»Scott, aus welcher Richtung sind wir hereingekommen?«, fragte Joe, der zu diesem Zeitpunkt nur noch imstande war, an die Oberfläche zu denken. Seine Hände hatten seit Stunden gezittert.

Scott zeigte verlegen auf eine Wand.

»Das hilft uns jetzt echt weiter!«, blaffte Joe und rastete aus. Doch als Scott zusammenzuckte, fing er sich wieder und atmete tief ein, um sich zu beruhigen. Die Wände hatten ihn noch nicht erdrückt. Alles war gut. Er musste nur cool bleiben. Langsam atmete er wieder aus. »Kannst du uns hier rausbringen, Scott?«, fragte er.

Libby warf ihm einen bösen Blick zu und sagte: »Kannst du uns *zur Fahne* bringen?«

Mönch schniefte. »Vielleicht sind wir schon ganz unten. Wir sind ziemlich weit nach unten gelaufen, Joe. Wie mein Onkel George im

Bergwerksschacht, kurz bevor er einstürzte und Tante Susie einen dicken Scheck bekam.«

O Gott, dachte Joe, und seine Finger klammerten sich reflexhaft um sein Gewehr. *O Gott o Gott o Gott …*

Aber die anderen Kinder machten weiter, als hätte Mönch gar nichts Ungewöhnliches gesagt.

»Ach ja?«, fragte Scott nach. »Einen Scheck? Und in welcher Höhe ungefähr?«

»In der Höhe eines großen Hauses und eines neuen Autos und ein paar Lamas«, antwortete Mönch. »Sie hat davon Lamas gekauft. Sie haben gespuckt.«

»Nein, das tun sie nicht«, sagte Maggie.

»Tun sie *doch*«, gab Mönch zurück. »Eins von ihnen hat mir ins Haar gespuckt. Das Zeug war grün und schleimig.«

»Meine Großmutter hatte Lamas«, sagte Scott.

»Die *Fahne,* Scott«, rief Libby ihm ins Gedächtnis.

»Oh.« Schuldbewusst zuckte er zusammen. »Nun ja, keine Ahnung.«

»Wie hast du uns wieder nach Hause gebracht?«, wollte Libby wissen. »Kannst du nicht dasselbe machen und uns zur zentralen Kammer führen? Du hast gesagt, dass du die Stadt *spüren* kannst, Scott.«

Scott verzog das Gesicht. »Ja, äh, okay. Wenn ich wüsste, wo sie ist, könnte ich uns hinbringen, aber im Moment kann ich nur raten. Ich kann zum Beispiel spüren, dass da ein Tunnel genau unter uns ist, aber er liegt knapp zehn Meter tiefer.«

Zehn Meter tiefer … Joe spürte, wie ihm der Schweiß auf der Stirn ausbrach und sein Herz heftiger pochte. Er wusste, dass sich die Fahne immer im tiefsten Teil der Tunnel befand. Sie mussten *tiefer hinunter …*

»Joe, vielleicht sollten wir uns von Scott führen lassen.« Libby sah Joe an und musterte ihn ein wenig zu aufmerksam.

»Ich will euch nicht führen«, sagte Scott und blickte in den leeren schwarzen Tunnel vor ihnen. »Die Anführer sind immer die Ersten, die erschossen werden.«

»Versuch es bitte«, brachte Joe mühsam heraus. »Wir haben versucht, unseren Weg zu markieren und sind an jeder Kreuzung links abgebogen. Dadurch haben wir uns erst recht verirrt. Vielleicht schaust du einfach mal, was du machen kannst, okay? Unsere Situation kann kaum schlimmer werden, als sie jetzt schon ist.«

»Das Zweite Bataillon könnte uns finden«, gab Mönch zu bedenken.

»Im Augenblick wäre ich überglücklich, wenn das Zweite Bataillon uns finden würde«, gab Joe zurück. »Wenigstens würde man uns alle erschießen, und dann müssten wir Tril nicht erklären, warum wir weggelaufen sind.«

»Wir sind nicht weggelaufen«, sagte Maggie stirnrunzelnd.

»Ich weiß, Mag«, sagte Joe. »Aber du musst zugeben, dass es keinen guten Eindruck machen würde. Scott, wie sieht's aus? Glaubst du, dass du uns hier rausbringen kannst?«

Scott richtete sich auf und reagierte mit zunehmender Verärgerung. »Was denn nun? Soll ich euch nach draußen oder zur Fahne bringen?«

»Zur Fahne!«, rief Libby.

»Wirklich schade«, gab Scott zurück. »Ich kann weder das eine noch das andere. Das hier ist ein brennendes *Labyrinth*. Ein gutes Richtungsgefühl nützt mir überhaupt nichts, wenn ich nicht dahin gehen kann, wohin mein Gefühl mich drängt.«

»Sei kein Ascher, Scott«, murmelte Joe.

»*Libby* ist hier der Ascher«, schrie Scott. »Wir sitzen hier *fest*, und wir werden nicht mehr nach Hause kommen, und es ist *ihre* Schuld, weil sie nicht auf mich *hören* wollte, als ich ihr immer wieder gesagt habe, dass wir in den falschen Tunnel gehen!« Er setzte sich auf den Boden und verschränkte die Arme über den Knien.

Eine Hand berührte Joes Schulter. »Entschuldigung«, sagte eine leise Kinderstimme.

Joe fuhr herum. »Was ist?«

Der Junge zeigte nervös auf Scott. »Ist das der Junge, der euer Bodenteam früher als alle anderen nach Alishai zurückgebracht hat?«

Joe sah ihn stirnrunzelnd an. »Ja. Warum?«

Der Junge errötete und senkte den Blick. »Vor der Rekrutierung habe ich ständig Videospiele gespielt. *Pyramid PI* war fast genauso wie das hier. Ein riesiges ägyptisches Labyrinth mit dem Grab des Pharaos ganz am Ende. Ich bin der Einzige, den ich kenne, der den Weg bis zum Grab finden konnte und wieder herauskam, ohne am Ende den magischen Transporter zu benutzen. Wenn Scott für mich so etwas wie ein …« Der Junge schluckte und starrte auf seine Füße.

»So etwas wie was?«, blaffte Joe.

»… wie ein Kompass sein könnte«, sagte der Junge kleinlaut. »Ich glaube, ich könnte uns rausbringen, wenn ich einen Kompass hätte.«

Joe musterte ihn genauer. »Wie heißt du?«

»Ich bin Carl, Zero.«

»Und ich heiße Joe. Und wenn du glaubst, dass du uns hier rausbringen kannst, wird Scott dir dabei helfen.« Er drehte sich zu seinem Kameraden um. »Scott, du wirst ihm helfen.«

Scott schniefte nur und reagierte nicht.

Joe versetzte ihm einen Fußtritt. »Sei sein Kompass.«

Scott schnaufte und verdrehte die Augen.

Joe trat ihn noch einmal, härter als zuvor.

Scott sprang auf. »Verdammt, was zum Teufel soll ich tun? Sein Händchen halten?«

Carl spielte nervös mit seinen Fingern und starrte auf den Boden. »Im Spiel hatte ich immer einen Kompass in einer Ecke des Bildschirms.«

»Und?«, sagte Scott mit finsterem Blick.

»Tu einfach, was er sagt, Scott«, forderte Joe ihn auf.

Carl machte den Eindruck, als könnte er jeden Moment an Schüchternheit sterben. Er schluckte und sah Joe an, dann fand er schließlich den Mut, sich Scott zuzuwenden. »Ich finde mich problemlos in einem Labyrinth zurecht, solange ich einen Kompass habe. Hauptsache, ich kann dich die ganze Zeit sehen.«

»Du meinst, ich soll vorausgehen.«

»Ja«, sagte Carl errötend.

»Ich mag es nicht, ganz vorn zu gehen.«

»Er wird vorausgehen«, sagten Joe und Libby gleichzeitig.

Scott seufzte schwer. »Das ist alles?«

»Nein. Damit es klappt, musst du … musst du …« Carl wurde rot wie eine Tomate. Im bläulichen Licht der Waffen sah er violett aus.

»Komm schon, spuck es aus«, murmelte Scott.

Seinen nächsten Satz stieß Carl in einem Atemzug hervor. »Du musst den Arm ausstrecken und damit die ganze Zeit auf den Eingang zeigen.«

Scott starrte ihn an. »Willst du mich verarschen?« Er sah Joe an. »Er will mich verarschen, oder?«

»Tu es einfach«, sagte Joe.

Schmollend hob Scott eine Hand und zeigte auf die Wand.

Joe nickte. »Leg los, Carl.«

»Und bring uns zur *Fahne*«, fügte Libby hinzu, die Joe wieder mit diesem seltsamen Blick ansah. »Wenn wir jetzt zur Oberfläche zurückkehren, bekommen wir von Tril wieder eine perzeptuelle Bestrafung.«

Joe musste sich zusammenreißen, um ihr nicht zu widersprechen, sondern stattdessen zu nicken.

Carl, der immer noch knallrot im Gesicht war, sagte zu Scott: »Okay, dann lauf einfach los. Sobald wir an eine Kreuzung kommen, hältst du an.«

»Muss ich die ganze Zeit den Arm ausgestreckt halten?«, beklagte sich Scott.

»Ja«, sagten Libby und Joe gleichzeitig.

»O Mann«, murmelte Scott. »Was ist, wenn jemand mir in den Rücken schießt?«

»Libby wird dir Rückendeckung geben«, sagte Joe und zeigte auf sie.

Libby machte sich gehorsam mit erhobener Waffe auf den Weg in den Tunnel. Als Scott die Arme verschränkte und schmollte, schüttelte sie den Kopf, ging zurück, griff nach seiner Hand und zerrte ihn tiefer in die Finsternis. Obwohl Scott mehr wog als sie und sich wahrscheinlich hätte wehren können, war Libby größer, und sie hatte den Ruf, mit ihren Stiefeln jedes Grinsen von einem Gesicht wischen zu können. Jeder im Bataillon hatte Angst vor ihr, einige sogar mehr als vor dem legendären »Zero«. Also war auch

Scott klug genug, ihr nachzugeben und mitzutrotten. Er verdrehte angewidert die Augen, aber er hielt einen Arm ausgestreckt.

Sie liefen eine scheinbare Ewigkeit. Libby und Scott gingen voraus, und Carl starrte fasziniert auf seinen Arm. Als sie eine Kreuzung mit vier Tunneln erreichten, sagte Carl ohne Zögern, dass sie nach links abbiegen sollten. Dadurch musste Scott nun rückwärts gehen, worüber er sich noch lauter beklagte.

Innerhalb der nächsten Stunde bogen sie sechsmal ab, dann sagte Libby unvermittelt, dass sie anhalten sollten. Sie ließ Scotts Hand los und griff nach ihrem Gewehr. Scott hatte sich in seiner Verweigerungshaltung auf sie gestützt und fiel deshalb auf den Hintern. Als er fluchte, trat Libby gegen seinen Arm. »Pssst! Hört ihr das auch?«

Stimmen? Joe hielt den Atem an und versuchte die Quelle zu orten.

»Gut gemacht, Ascher«, murmelte Scott und rappelte sich wieder auf. »Du hast uns zu den bösen Jungs geführt.«

»Halt die Klappe, Scott«, zischte Libby. »Wir haben ihm gesagt, dass er das tun soll.«

»Wie es klingt, sind es nur zwei«, flüsterte Maggie.

»Es könnten viel mehr sein und nur zwei, die miteinander reden«, sagte Libby.

»Okay, Leute, macht euch bereit für einen Kampf«, sagte Joe. »Die besten Schützen sollen vorausgehen. Libby, Scott, Carl. Wenn es mehr als zwei sind, werden Sasha und jemand aus deinem Team uns helfen. Wenn es mehr als vier sind, eröffnen einfach alle das Feuer. Verstanden?«

Alle nickten.

»Und verdeckt die Magazine eurer Waffen«, fügte Joe hinzu, während er eine Hand über das blaue Leuchten legte. »Ich möchte sie überraschen.«

Die zwei Verteidiger, die durch den Tunnel geschlendert kamen, hatten nicht die geringste Chance. Joe rang das Mädchen zu Boden, während Scott ihr das Gewehr aus den Händen riss, und Libby und Carl übernahmen den Jungen. Joe war damit beschäftigt, dem Mädchen den Mund zuzuhalten, als er plötzlich das Klatschen eines Schusses hörte. Er zuckte zusammen und drehte sich um, weil er dachte, jemand von seinen Leuten wäre getroffen worden.

Libby und Carl standen über einem schreienden Körper, und der Lauf von Libbys Gewehr leuchtete immer noch blau nach.

»Bringt ihn zum Schweigen!«, sagte Joe. Er war wütend, weil sie den Jungen ohne Befehl erschossen hatten. »Beeilt euch!« Er blickte in die Tunnel, um sich zu vergewissern, dass niemand es gehört hatte.

Libby stellte ihren Stiefel auf die Brust des Jungen, damit er sich nicht mehr bewegte, während Carl ihm eine Hand auf den Mund drückte, bis er aufhörte, um sich zu schlagen.

»Warum hast du auf ihn *geschossen*?«, wollte Joe wissen, nachdem es vorbei war. »Wir hätten ihn dazu bringen können, uns nach draußen zu führen!«

Libby starrte ihn mit ausdruckslosem Blick an.

Joe holte tief Luft und sagte: »Schon gut. Wir haben immer noch das Mädchen.«

Die Gefangene hatte die Augen weit aufgerissen und hyperventilierte panisch durch Joes Finger. Genauso wie alle anderen in Lagrahs Bataillon war sie bereits zur vollen Größe ausgewachsen, obwohl Joe erkannte, dass sie höchstens in Maggies Alter war.

»Ich schätze, damit wäre unsere Frage beantwortet«, sagte Scott und starrte verwirrt auf das verängstigte Mädchen. »Die Jagd ist noch im Gange.«

»Ja«, sagte Joe. »Und sie wird uns ganz genau sagen, wo wir die Fahne finden, bevor wir sie töten.«

Die Augen des Mädchens wurden so groß, dass das Weiß leuchtete, und sie schüttelte heftig den Kopf.

Libby hockte sich vor das Mädchen und lehnte lässig ihr Gewehr an ein Knie. »Wenn du es uns sagst, machen wir es schnell. Wenn du es uns nicht sagst, werden wir dich vielleicht nicht töten. Dann lassen wir dich hier liegen, bis die Takki dich finden. Lebend.«

Daraufhin erstarrte ihr ganzer Körper.

Libby machte einen gelangweilten Eindruck. »Was wäre dir also lieber?«

Das Mädchen versuchte etwas zu sagen, doch durch Joes Finger drang nur ein unverständliches Gemurmel. Libby sah Joe an, der finster auf das Mädchen herabblickte. »Wenn du *irgendetwas* anderes tust, als uns den Weg zur Fahne zu erklären, werde ich dich blutig schlagen. Verstanden?«

»K-kkee, Zero.« Das Mädchen weinte leise und versuchte, nicht allzu laut zu schluchzen. Ihre Tränen glänzten bläulich im gedämpften Schein ihrer Waffen. Joe und Libby wechselten einen Blick. *Sie weiß, wer ich bin?*, fragte Joe in lautloser Lippensprache.

Libby zögerte keine Sekunde. »Du solltest lieber reden, bevor Zero noch wütender wird.«

Das Mädchen hätte nicht erschrockener reagieren können, wenn sie ihr gesagt hätte, dass sie sie zerreißen und ihr Fleisch essen wollten, um am Leben zu bleiben. Sie erzitterte und nickte hastig. Inzwischen tat sie Joe leid.

»Zuerst«, sagte Libby, »erzählst du uns, wie viele Verteidiger noch am Leben sind.«

»Fast das ganze Bataillon«, wimmerte das Mädchen. »Eure Leute kämpfen wie Takki.«

Als sie die finsteren Blicke sah, die Joe und sein Bodenteam ihr zuwarfen, errötete sie und wand sich.

»Sag uns, wo wir die Fahne finden«, forderte Libby sie auf. »Aus welchem Tunnel seid ihr gekommen?«

»Bitte, Kommandeur Lagrah wird mich bestrafen, wenn ich es euch verrate!«

»Lagrah wird dich noch viel schlimmer bestrafen, wenn er erfährt, dass du dich ergeben hast«, warnte Libby.

»Sag es uns!«, blaffte Joe, als das Mädchen immer noch zögerte.

Sie schluckte, und ihre blauen Augen blickten ihn voller Entsetzen an. »Der Tunnel, durch den wir gekommen sind, führt zu einer Kreuzung. Wir haben den richtigen Weg mit einem kleinen X am Boden markiert.«

»Wie viele Tunnel sind es bis zur Fahne?«, hakte Joe nach.

Sie sah ihn verwirrt an. »Nur einer.«

»Wie viele Leute verteidigen die Fahne?«, fragte Libby.

»Heißt das, ihr wusstet gar nicht, wo ihr hier …?«

»Halt die Klappe und beantworte die Frage!«, blaffte Libby.

»Fünf«, wimmerte das Mädchen. »Ein Kampfmeister und der Rest unseres Bodenteams.«

»Nur *fünf*?«, wunderte sich Joe.

Sie nickte. »Alle anderen sind an der Oberfläche. Wir dachten, ihr wärt alle tot.«

Wie versprochen schoss Libby dem Mädchen in die Brust. Als sie den Mund öffnete, um zu schreien, drückte Joe ihr wieder eine Hand aufs Gesicht. Nachdem die Zuckungen ihres Körpers aufgehört hatten, stand Joe auf und musterte seine Einheit. Insgesamt fast achtzig.

»Habt ihr das gehört?«, fragte er. Als alle nickten, sagte er: »Gut. Das Bodenteam an der Fahne könnte sich wundern, wo diese beiden abgeblieben sind. Also gehen wir jetzt los und holen sie uns. Das Mädchen sagte, es wäre ein Kampfmeister dabei, also müssen wir sehr schnell sein, falls er beschließt, Unterstützung anzufordern. Libby und ich gehen voraus. Alle anderen hinter uns sollten möglichst leise sein. Es wird uns nichts nützen, wenn die Hälfte des Zweiten Bataillons an der Fahne auf uns wartet, weil wir vorher zu viel Lärm gemacht haben.«

Nachdem er sich vergewissert hatte, dass alle ihn verstanden hatten, verdeckten Libby und er ihre Waffen und machten sich auf den Weg durch den Tunnel.

Sie krochen bis zur Kreuzung, die das Mädchen erwähnt hatte, und horchten. Als sie eine Minute lang nichts gehört hatten, nahm Joe lange genug die Hand vom Magazin, um das X zu suchen, das die Verteidiger in den Boden gekratzt hatten. Dann verdeckte er das Licht wieder und führte sie weiter.

Ein heller Schein am anderen Ende des Tunnels war das erste Anzeichen, dass das Mädchen die Wahrheit gesagt hatte. Joes Aufregung wuchs, und er kroch näher heran, bis er deutlich die fünf Verteidiger sehen konnte, die rund um eine schwarze Standarte mit acht Kreisen des Kongresses hockten. Zwei spielten Schere, Stein, Papier, und ein anderer sah aus, als würde er dösen.

»Jetzt!« Joe sprang auf und griff an, gefolgt vom Rest seiner Einheit. Er rammte den größten Jungen mit dem Kopf voran, sodass beide zu Boden stürzten. Die anderen folgten seinem Beispiel, und bald hatten sie alle fünf niedergerungen, ihnen die Helme abgenommen und die Gesichter in den Boden gedrückt. Libby ging herum und erschoss einen nach dem anderen. Als ihre Zuckungen aufgehört hatten, gehörte die Kammer ihnen. In der Mitte hing die Fahne bewegungslos von der Decke.

Scott ging näher heran und berührte die Fahne, glitt mit den Fingern über den glatten Stoff mit den roten und schwarzen Mustern. »Und was jetzt?«, fragte er fast ehrfürchtig.

Joe war sich nicht sicher. »Wahrscheinlich haben alle über Headcom gehört, wie der Kampfmeister geschrien hat. Sie wissen, dass irgendetwas nicht stimmt.« Er blickte sich um. Von der Kammer gingen vier Tunnel ab, was jedem Angreifer einen großen Vorteil verschaffte. »Wir müssen von hier verschwinden.«

»Ich dachte, die Jagd wäre zu Ende, wenn wir die Fahne haben«, sagte Maggie und ging zu Scott hinüber, um sie mit gerunzelter Stirn zu betrachten. »Wir haben doch die Fahne, oder?«

»Vielleicht müssen wir sie mitnehmen«, sagte Joe. »Nach oben. Mag, schnapp sie dir.«

Maggie zog die Fahne herunter, als Sasha danach griff und sie Maggie aus den Händen zerrte. Das reißende Geräusch ließ alle in der Kammer zusammenzucken.

Unbekümmert stopfte Sasha die Fahne in ihren Rucksack, als Joe ihren Arm festhielt. »Ich habe gesagt, dass Maggie sie nehmen soll.«

»Sie ist nicht groß genug, um sie zu verteidigen«, sagte Sasah und hob ihr Gewehr auf.

»Er hat gesagt, du sollst sie ihr geben«, sagte Mönch mit gefährlichem Blick.

Langsam und mit angewiderter Miene zog Sasha sie aus ihrem Rucksack und warf sie Maggie vor die Füße. »Na gut. Nimm sie. Ich will das blöde Ding sowieso nicht mit mir rumschleppen.«

Schniefend hob Maggie vorsichtig den zerrissenen schwarzen Stoff auf.

»Carl, Scott, bringt uns hier raus«, sagte Joe. »Alle anderen machen sich auf einen Kampf gefasst.«

Sie waren weitere zwei Stunden durch die Tunnel gelaufen, hatten sich teilweise kriechend vorangetastet, weil sie nicht wollten, dass die Verteidiger das Leuchten ihrer Gewehre sahen, als Joe schließlich alle anhalten ließ.

»Ich glaube, wir sind weit genug weg, um wieder etwas Licht machen zu können.« Joe zog den Lappen von seiner Waffe, und mehrere Rekruten atmeten erleichtert auf, als der blaue Schein den Tunnel erfüllte. Für Joe war es allerdings ein Problem, weil das Licht ihn an die Wände erinnerte, die ihn umschlossen. Er atmete tief ein und widerstand dem Drang, laut aufzuschreien. »Carl, du weißt nicht, wohin wir gehen, nicht wahr?«

Carl biss sich auf die zitternde Unterlippe und war den Tränen nahe. Es war ein irritierender Anblick, da er dem Anschein nach ein voll ausgewachsener Mann war.

»Mach dir deswegen keine Sorgen«, sagte Joe. »Wir haben die Fahne. Wir haben gewonnen.«

Libby sah ihn stirnrunzelnd im Zwielicht an. »Und warum haben sie dann noch nicht angegriffen?«

Die gleiche Frage hatte auch in Joes Hinterkopf herumgespukt. »Nebil hat gesagt, wenn wir die Fahne erobern, haben wir gewonnen. Mehr nicht.«

»Was ist, wenn alle Soldaten einer Armee tot sein müssen, bevor sie uns gehen lassen?«, fragte Libby.

»Dann gönnen wir uns etwas Schlaf«, sagte Joe. »Ich bin müde, nachdem wir die ganze Zeit nur im Kreis herumgerannt sind.«

Scott und Carl wandten den Blick ab, und im nächsten Moment tat ihm leid, was er gesagt hatte. »He, Jungs, das ist nicht eure Schuld«, erklärte er ihnen. »Es war dunkel, und ihr konntet nichts sehen.«

»Jetzt kann er etwas sehen, und er weiß immer noch nicht, wo wir sind«, murmelte Scott.

»Alle entspannen sich jetzt«, insistierte Joe. »Macht eine Pause oder ein Nickerchen, was ihr wollt. Wir warten einfach ab, bis die Jagd zu Ende ist.« Er setzte sich an eine Tunnelwand und zog vor Verzweiflung noch einmal seine PPE hervor. Er starrte auf den Bildschirm und versuchte, einen Sinn in den klotzigen Kongress-Schriftzeichen zu erkennen. Inzwischen konnte er ein paar Zahlen lesen, aber Zahlen allein ergaben für ihn keine Bedeutung.

»Du hast es schon mal versucht«, höhnte Sasha. »Und es hat auch beim letzten Mal nicht funktioniert, falls du dich erinnerst.«

Joe warf ihr einen finsteren Blick zu, steckte die PPE zurück in seine Jacke und verlegte sich aufs Warten.

Aber die Jagd wurde nicht beendet. Schließlich musste sich Joe eingestehen, dass sie nicht kamen. »Also gut, alle mal herhören. Wir gehen weiter. Carl, versuch einfach, so gut wie möglich zu raten. Diesmal kannst du so viel Licht haben, wie du brauchst. Hauptsache, du bringst uns an die Oberfläche zurück.« *Bevor ich hier unten noch durchdrehe.* Bis jetzt hatte er sich beherrschen und einen schweren Anfall vermeiden können, aber wenn er noch länger hier feststeckte, würde er irgendwann vor einer kompletten Einheit aus Kindern zusammenbrechen.

Libby ging durch das Lager und weckte die Schlafenden mit Fußtritten, wie es auch Nebil gern tat. Joe stupste Maggie behutsam mit der Stiefelspitze an, um ihr die rauere Behandlung zu ersparen. Sie schreckte aus dem Schlaf hoch und blinzelte ihn an wie eine Eule. »Ist die Jagd vorbei, Joe?«

»Wir versuchen immer noch herauszufinden, wo wir sind«, gestand Joe ein. »Hört zu! Alle halten Ausschau nach Markierungen, einem X oder anderen Zeichen, die ungewöhnlich aussehen. Ich will so viel Licht wie möglich, also lasst eure Magazine leuchten. Maggie, du entsicherst dein Gewehr. Abmarsch! Alle folgen Carl.«

»Als würde das irgendetwas nützen«, spöttelte Sasha. »Bisher hat er uns nur im Kreis herumgeführt.«

»Weiter, Carl«, sagte Joe. »Du machst das gut.«

Zögernd gehorchte Carl. Vier Kreuzungen später starrten sie auf einen deutlich erkennbaren Pfeil am Eingang eines Tunnels. Er zeigte hinein.

»Bedeutet ein Pfeil rein oder raus?«, fragte Libby.

»Sagen wir, er bedeutet raus«, schlug Joe vor. »Weiter jetzt. Wenn es die falsche Richtung ist, können wir immer noch umkehren und zurückgehen.«

Sie folgten dem Tunnel, bis sie unvermittelt in einer Sackgasse landeten, von der aus ein enger Durchgang, den immer nur einer benutzen konnte, in die Dunkelheit führte. Joe ging in die Knie und leuchtete mit einer Ersatzpatrone in das Loch. Es war so klein, dass er kriechen müsste, um hindurchzukommen … und ihm schlug eine stinkende Brise entgegen. Sofort wich er zurück, während sein Herz schneller schlug.

»Wie es scheint, geht es in der anderen Richtung nach draußen«, sagte er. »Lasst uns umkehren.«

»Moment mal«, sagte Libby und hockte sich vor den Durchgang. »Riechst du das?«

»Was? Ich rieche gar nichts«, log Joe. Er schluckte schwer. Seine Hände zitterten schon wieder.

»Die Luft«, sagte Libby und sah ihn stirnrunzelnd an. »Ich kann *ferlii* riechen. Hier geht es nach *draußen*, Joe.«

»Es ist zu eng«, platzte es aus Joe heraus. »Wir müssen zurückgehen.« Er drehte sich um.

Libby packte sein Handgelenk. Ihr Blick war hart, als sie zu ihm aufschaute. Sie war jetzt nur noch wenige Zentimeter kleiner als er, und sie hatte noch nicht aufgehört zu wachsen. »Joe.« Sie sprach seinen Namen aus wie einen Befehl. »Hier geht es nach draußen«, sagte sie so leise, dass nur er es hören konnte. »Möchtest du hier raus oder willst du weiter eingesperrt sein?«

Als Joe das Wort »eingesperrt« hörte, schluckte er krampfhaft. »Das Loch ist *winzig*, Lib. Wir wissen nicht mal, ob überhaupt jemand von uns hindurchpasst.«

»Ich passe hindurch«, rief Maggie und trat vor.

Er zuckte zusammen. Er hatte sie schon über das Schlachtfeld rennen lassen, und er würde es nicht ertragen, wenn sie hier in einem Tunnel feststeckte, sich nicht mehr befreien konnte und langsam erstickte. »Du nicht. Du musst die Fahne tragen. Du wirst als Letzte gehen. Scott?«

Scott rümpfte die Nase und blickte in das Loch. »Ich kann da drinnen Krallenspuren sehen. Muss ich wirklich?«

»Ich werde gehen!«, rief Maggie erneut. »Komm, Libby. Du nimmst die Fahne.« Begeistert drückte sie ihrer Kameradin das Tuch in die Hand.

Libby nahm die Fahne an und stopfte sie unter ihren Gürtel.

»Komm zurück, wenn du herausgefunden hast, was sich auf der anderen Seite befindet.«

Aufgeregt kroch Maggie in den dunklen Gang. Zehn Minuten später war sie zurück, vollkommen verdreckt und begeistert. »Ich habe es gefunden! Der Tunnel endet im Innern einer dieser Häuserruinen. Es gibt ein paar enge Stellen, aber ich glaube, dass sogar du hindurchpassen müsstest, Joe.«

»Du *glaubst*, Maggie?«, fragte er nach, strenger, als er beabsichtigt hatte.

»Ja«, sagte Maggie. »Für mich war es einfach, aber du bist etwas größer als ich, also musst du dich vielleicht hindurchzwängen.«

Er war nicht bereit, sein Überleben vom Urteil einer Fünfjährigen abhängig zu machen. Wie gut konnte Maggie wohl Proportionen einschätzen? Er erinnerte sich daran, wie ihm als Kind alles viel größer vorgekommen war. Was war, wenn sie sich irrte?

Dann wurde ihm bewusst, dass alle ihn anstarrten und auf irgendein Zeichen warteten.

Joe räusperte sich nervös. Er musste es tun. Er konnte hier nicht einfach nur herumstehen. Er durfte sie nicht im Stich lassen.

Trotzdem konnte er sich nicht dazu überwinden, sie durch den Tunnel zu führen. Lieber würde er hierbleiben und verhungern. Joe biss sich auf die Lippe und betrachtete den Tunneleingang. Er konnte spüren, dass Libby ihn beobachtete, seine Reaktion abschätzte. Widerstrebend sagte er: »Vielleicht solltet ihr zuerst gehen.«

»Vielleicht solltest *du* zuerst gehen«, konterte Libby und musterte ihn viel zu aufmerksam.

Joe bemerkte, dass er am ganzen Körper zitterte. Libby hatte recht, auch wenn er sie dafür hasste. Er konnte nicht darauf warten, dass die anderen gingen. Wenn er es tat und bis zuletzt wartete, würde er nie die Willenskraft aufbringen, von selbst in den Tunnel zu kriechen. »Dann sollte ich es wohl tun, wie?« Ein nervöses Lachen stieg in seiner Kehle auf, und er schluckte es wieder hinunter. *Du benimmst dich wie ein Baby. Nicht mal Sam hat sich so aufgeführt, als die Aliens ihn geschnappt haben, du Weichei.*

Joe spürte, wie die Blicke seiner Kameraden auf ihn gerichtet waren, während er widerwillig den Rucksack abnahm und ihn in den Eingang warf. Er zögerte, atmete einmal tief durch. Dann bemerkte er, dass Maggie ihn mit seltsamem Blick ansah, und zwang sich zu einem Lächeln. »Ich war nie ein großer Fan von engen Räumen«, sagte er. »Das gibt mir das Gefühl, sterben zu müssen.« *Sag es, du Feigling. Du hast Angst, da drinnen zu verbluten. In einem Tunnel. Wo die schärfsten Gegenstände kleine Steine sind. Du feuerliebender Furg.*

»Wir sind knapp hinter dir«, versicherte Libby ihm. Ihr Gesichtsausdruck war etwas sanfter geworden, und es schien, als hätte sie fast ein wenig Mitleid mit ihm. Hastig wandte Joe den Blick ab. Mitleid würde ihm nur einen Vorwand liefern, einen Rückzieher zu machen.

»Folgt mir nicht zu knapp«, sagte Joe, während er auf die finstere Öffnung des Tunnels starrte. »Wenn ich feststecke, muss ich wieder zurückrobben.«

»Reichen zehn Minuten?«, fragte Libby.

Joe schluckte schwer. Zehn Minuten. Allein. In einem engen Tunnel. »Ja. Das kann ich schaffen.« Er ging in die Knie und kroch los, schob seine Waffe und seinen Rucksack durch den Tunnel vor sich her. Schon im nächsten Moment spürte er, wie der kalte, leblose Stein ihn verschluckte. Er hatte den Eindruck, die Welt wäre plötzlich auf einen winzigen Punkt über und hinter seiner Schädeldecke geschrumpft. Sein Atem ging schneller, und auf der Stirn brach ihm der Schweiß aus, was die Wärme im Tunnel noch viel schlimmer und ihm das Atmen nahezu unmöglich machte. Auf einmal hatte er den Drang, aufzustehen und loszurennen, aber in dem engen Gang kam er kaum kriechend voran. Ein Stück voraus sah er sogar eine Stelle, wo er sich flach auf den Bauch legen musste.

Plötzlich hatte er eine Vision, wie der Boden des Tunnels voller Blut war, und er zuckte zurück und stieß sich den Kopf an der Decke. Der Schmerz verstärkte seine Panik noch, überzeugte ihn davon, dass irgendetwas seine Haut aufgerissen hatte. Hier unten in der Tiefe gab es keine Möglichkeit, ihn zu einem Arzt zu bringen. Dann drehte er plötzlich durch und fing hektisch an zu strampeln. Seine Beine wühlten den Tunnelboden auf, und noch mehr schwarzer Sand rieselte von der Decke, während er verzweifelt aufzustehen versuchte.

Ich werde sterben. Da ist Blut, und ich werde sterben. Er wich zurück, bis sich die Rückseite seines Hemds in der Tunneldecke verhakte und ihn festhielt. Panisch schob sich Joe voran und verkeilte sich in einer engen Stelle, und zwischen dem Hemd und der Enge konnte er sich plötzlich gar nicht mehr bewegen. Er schluckte einen Schrei hinunter, und seine Lunge saugte keuchend die abgestandene Luft des Tunnels ein.

Nach mehreren Minuten sinnloser Bemühungen brach die Stimme der Vernunft durch den Schrecken. *Beruhige dich! Das ist kein Blut. Das ist nur eine dunklere Stelle am Boden. Maggie muss die Decke gestreift haben, als sie hier durchgekrochen ist. Hör auf auszurasten!*

Joe blinzelte ein paarmal und konzentrierte sich auf den Gedanken, dass der Fleck am Boden kein Blut war. Aber es fiel ihm schwer. Er musste tatsächlich die Hand ausstrecken und den Boden berühren, die Finger durch die trockene Sandschicht ziehen, um die Vorstellung von roter Feuchtigkeit zu vertreiben. Er stieß ein verzweifeltes Lachen aus und ließ den Kopf in den Sand sinken, während sein ganzer Körper zitterte.

Nur Sand. Es ist nur Sand, Joe. Reiß dich zusammen, Mann. Mach weiter, los, Bewegung! Die anderen werden jeden Augenblick hinter dir sein.

Das war der falsche Gedanke. Joe atmete hektischer und stellte sich jetzt vor, wie er hier feststeckte, zwischen der engen Stelle und den Kindern hinter ihm. Er schluckte mehrere Male und starrte auf die fünfzig Zentimeter hohe Stelle vor ihm. Höhlenforscher hätten kein Problem, dort hindurchzukommen. Er hatte Dokumentationen gesehen, in denen die Leute kilometerweit durch Gänge gekrochen waren, die noch viel kleiner waren als die Stelle vor ihm.

Und sie drehen auch nie durch wie ein verdammtes Weichei.

Joe schloss die Augen und schob einen zitternden Arm vor. Sobald das erledigt war, zwang er sein Bein, das Gleiche zu tun. Wenig später lag er auf dem Bauch und starrte auf die enge Stelle vor ihm. Jedes Gelenk und jeder Muskel seines Körpers juckten und waren wie Gelatine, und seine Finger wollten einfach nicht aufhören zu zittern.

Er atmete ein paarmal keuchend ein, dann hob er den Kopf, um noch mal den Weg zu mustern, der vor ihm lag. Was war, wenn es zu eng wurde? Wenn er sich nicht hindurchzwängen konnte? Wenn er *stecken blieb*? Irgendwie fand Joe die Willenskraft, sich mit zitternden Gliedmaßen voranzuschieben. Als er die enge Stelle erreicht hatte, legte er sich widerstrebend auf den Bauch.

Du kannst es schaffen. Maggie hat es zweimal *getan. Wie fühlt sich das an, du Furg? Du hast weniger Mumm als ein fünfjähriges Mädchen. Das kannst du nach Hause schreiben. Hallo Dad, ich bin ein Soldat, der sich vor neunzig kleinen Kindern bepisst hat. Tolle Leistung, was? Schließ einfach die Augen und bring es hinter dich, du verdammtes Mädchen!*

Mit einem tiefen, unglücklichen Atemzug zwang Joe seinen zitternden Körper, sich vorwärtszubewegen. Sein Rücken streifte die Decke, und Joe keuchte und zitterte wieder.

Er schloss die Augen und schob sein Gewehr tiefer in den Tunnel, dann zog er sich hinterher. Er tat es wieder und wieder, die Augenlider fest zusammengepresst, zwang sich Zentimeter um Zentimeter weiter. Zehn Minuten später stolperte er aus der durchlöcherten Wand des schwarzen Turms und fiel keuchend auf die Knie. Die mit *ferlii*-Sporen geschwängerte Luft hatte noch nie so gut gerochen, und er konnte gar nicht genug davon bekommen. Immer wieder saugte er seine Lunge damit voll. Schließlich senkte er den Kopf und zwang sich, nicht mehr zu hyperventilieren.

Einer nach dem anderen kamen die Mitglieder seiner Einheit aus dem Loch. Vage spürte er, dass sie ihm erstaunte Blicke zuwarfen, aber er konnte sich nicht dazu bringen, wieder aufzustehen, so erleichtert war er, wieder im Freien zu sein.

»Joe?«, fragte Maggie und kam zu ihm. Sie hockte sich neben ihn und berührte seine Schulter, wo sie den Boden berührte. »Alles in Ordnung?«

»Ja«, log Joe in den Sand. Doch sein Körper verriet ihn. Er zitterte überall, seine Gliedmaßen waren schwach und leblos. Er wusste, dass sich die anderen Kinder über ihn wunderten, aber es war ihm egal. Er war so froh, aus dem Tunnel heraus zu sein, dass alles andere keine Rolle mehr spielte. In diesem Moment hätte ein Dhasha-Prinz vor ihn treten können, und Joe hätte es nicht bemerkt.

Nachdem er sich beruhigt hatte, setzte sich Joe widerstrebend auf, um seine Umgebung zu mustern. Seine gesamte Einheit hatte es sicher durch den Tunnel geschafft und scharte sich erwartungsvoll um ihn. Sie befanden sich auf der anderen Seite der Lichtung, berührten fast die riesigen, verbogenen Wurzelstöcke der ersten Reihe cremefarbener *ferlii*. Etwa in der Mitte der Lichtung sah er eine Gruppe von Lagrahs weiß gekleideten Verteidigern, die rund um eine Grube saßen und sich unterhielten. Sie schauten in die andere Richtung, aber Joe drängte seine Einheit, hinter den Steinen in Deckung zu gehen, falls sich jemand aus dem Zweiten Bataillon umblicken sollte.

»Sind alle da?«, fragte Joe leise. »Truppanführer, zählt eure Bodenkämpfer.«

Sie taten es, und alle waren vollzählig.

Plötzlich erschlafften Libbys Gesichtszüge. Sie zerrte an ihrem Gürtel und klopfte sich hektisch ab. Als sie aufblickte, war sie kreidebleich. »Joe. Die Fahne. Ich habe sie verloren.«

Joe fuhr herum. »Was?«

Libby klopfte auf ihren Bauch und schluckte mühsam. »Ich weiß nicht, wie das passiert ist.«

Joe starrte sie an. »Das kann nicht dein Ernst sein.« Er wollte gar nicht so barsch klingen, aber im Moment fühlte er sich nicht allzu nachsichtig. Die Fahne war das Einzige, was sie davor bewahren würde, sich abzurackern, bis sie selbst im Schlaf damit weitermachten. Außerdem sah es schon schlecht genug aus, dass sie die einzige Einheit ihres Bataillons waren, die noch nicht getötet worden war.

»Ich bin als Letzte rausgekommen«, erklärte Libby hastig. »Sie muss irgendwo im Tunnel sein, Joe. Mach dir keine Sorgen. Ich werde sie suchen.« Ohne ein weiteres Wort duckte sie sich wieder in das Loch in der Wand und verschwand.

Eine halbe Stunde verging, und Joe überlegte bereits, ob er Maggie hinterherschicken sollte, als Libby mit leeren Händen zurückkam.

»Ich bin zweimal hindurchgekrochen«, sagte sie mit bestürzter Miene. »Ich konnte sie nirgendwo finden.«

»Lass mich nachsehen«, sagte Maggie schnell. »Ich werde sie finden. Meine Mutter sagte immer, dass ich gut darin bin, Sachen wiederzufinden.« Sie kroch in den Tunnel, aber zwanzig Minuten später kehrte auch sie niedergeschlagen und mit leeren Händen zurück.

»Es ist ein *Tunnel*«, höhnte Sasha. »Wie kann man etwas in einem *Tunnel* verlieren?« Sie lachte und musterte Libby abschätzig von oben bis unten. »Ich wusste, dass wir einem Tollpatsch wie dir nicht vertrauen können.«

Libby hob ihr Gewehr und schoss Sasha ins Gesicht.

»Verdammt noch mal, Libby!«, rief Joe und ließ sich fallen, um Sasha mit ihrer Jacke den Mund zuzuhalten, als sie losschrie. »Sie war einer unserer besten Schützen!«

Libby zuckte mit den Schultern. »Sie hat es verdient.« Lässig warf sie ihr Gewehr über die Schulter. »Außerdem bin ich besser.«

Joe warf ihr einen verärgerten Blick zu und stand wieder auf. »Okay, das verdammte Ding muss doch irgendwo da hinten sein. Mönch, du bist die Kleinste, kannst du zurückgehen und noch mal schnell nachschauen?«

Mönch zog eine Grimasse, gehorchte aber. Sie kehrte völlig verdreckt zurück und schüttelte den Kopf. »Da ist nichts«, murmelte sie. »Irgendjemand muss sie sich gegriffen haben, nachdem wir rausgekommen sind. Sie werden uns nie glauben, dass wir sie hatten.« Ihr keckes Kinn zitterte vor Erschütterung.

Und als Joe in die Gesichter seiner Freunde blickte, spürte er ihre Enttäuschung wie ein Messer in seiner Brust. Nach allem, was sie durchgemacht hatten, war das Spiel für sie verloren. Das war einfach nicht fair!

»Hört zu. Wenn wir die Fahne nicht wiederfinden können, sollten wir auf jeden Fall so viele vom Zweiten Bataillon ausschalten wie möglich, bevor sie uns fertigmachen. Wir sollten es zu Ende bringen. Okay?«

Stirnrunzelnd sah Maggie ihn an. »Aber wir hatten die Fahne, Joe. Wir sollten nicht sterben müssen!«

Als Joe ihre flehenden Worte hörte, spürte er wieder einen schuldbewussten Stich. Fast wäre er selbst durch den Tunnel zurückgekrochen, um die Fahne zu suchen. Fast.

»Wir müssen so viele wie möglich töten«, murmelte Joe und ballte eine Hand zur Faust, damit seine Finger nicht zitterten, weil seine Gedanken wieder um den engen Gang kreisten. »Anders kommen wir nicht heil aus der Sache raus.«

Seine gesamte Einheit zog Grimassen. Carl ging los, um nach der Fahne zu suchen, aber auch er kehrte nach zwanzig Minuten erfolglos zurück.

»Das verstehe ich nicht«, murmelte Libby. »Ich *hatte* sie, Joe.« Frustriert warf sie einen Klumpen aus Diamant zur Seite und starrte finster auf den Tunnel.

Joe schüttelte den Kopf. »Wer weiß, was passiert ist, Lib? Wir vergeuden nur kostbares Tageslicht, wenn wir hier herumsitzen. Was meint ihr, sollen wir diese Trottel da drüben an der Grube überfallen? Damit wir noch ein paar Tote mehr auf der Liste haben, bevor sie uns erledigen?«

»Uh«, sagte Mönch und griff nach ihrem Gewehr.

»Ruß«, fügte Scott hinzu.

»Das ist Furgruß!«, rief Libby. »Wir hatten die Fahne! Wir sollten nicht sterben müssen.«

»Ja, aber Nebil wird uns lebend fressen, wenn es aussieht, als hätten wir uns den ganzen Tag versteckt«, gab Carl zu bedenken.

Damit hatte er offensichtlich recht. Joe verzog das Gesicht. »Na los, Leute. Schießt erst, wenn ich das Zeichen gebe.« Nach einem letzten Blick in die ernsten Gesichter seiner Bodenkämpfer führte er sie über die vernarbte Landschaft zu den Verteidigern, die um ihre Grube herum saßen und ihnen den Rücken zuwandten. Bevor sie richtig bereit waren, eröffnete Libby das Feuer. Sie warf zwei Feinde um und traf zwei weitere, bevor sie ihren Widerstand organisieren konnten. Mit einem Schrei sprang Libby auf und rannte zu ihnen, wild feuernd und Kong-Flüche brüllend.

Es war das erste Mal, dass Libby früher fiel als Joe. Er sah, wie sie zu Boden ging, und fühlte sich schuldig. Wenn er nicht so ein Takki gewesen wäre, hätte er die Fahne durch den Tunnel gebracht, und dann wäre sie nicht für den Verlust verantwortlich gewesen. Grimmig machte er sich daran, so viele Verteidiger wie möglich auszuschalten, bevor das Zweite Bataillon sie überwältigte.

Schließlich nahmen die Verteidiger sie in die Zange. Es dauerte nur ein paar Minuten, bis sich Joes gesamte Einheit zuckend am Boden wälzte. Joe bekam einen Treffer am Arm, und als die Krämpfe begannen, wurde er ein zweites Mal beschossen. Sein Herz mühte sich noch ein paar Sekunden lang ab, bis es schließlich aufgab.

»Ihr habt versagt.«

Joe öffnete die Augen und sah Kampfmeister Nebil über ihm stehen. Seine Sudah flatterten wütend.

»Ihr hattet die Fahne in euren nutzlosen Menschenhänden, und ihr habt trotzdem versagt!« Nebil machte den Eindruck, als würde er kurz davorstehen, Joe wegen dieser Beleidigung mit seiner Gerte zu bestrafen.

»Sie sollten froh sein, dass wir sie überhaupt erobert haben«, murmelte Joe.

»*Froh?*«, brüllte Nebil. »Ihr hattet die Tunnel ganz allein für euch und eine komplette Einheit Rekruten, um eure Stellung zu verteidigen, und trotzdem habt ihr die Fahne verloren. Ihr habt das Zweite Bataillon besiegt und dann verloren!«

»Es war ein dummer Zufall«, sagte Joe und setzte sich auf. Überall im Raum lagen Rekruten in Schwarz aufgereiht da und warteten darauf, wiederbelebt zu werden.

Kampfmeister Nebil packte ihn am Jackenkragen und riss ihn näher heran. Seine Gummibärchenaugen berührten fast Joes Gesicht. »Ein Zufall, Zero? Oder hattest du einen Nervenzusammenbruch?« Als Joe zusammenzuckte, kniff Nebil die Augen zusammen. »Ich habe während der gesamten Jagd deine Biowerte überwacht. Ich habe gesehen, was passiert ist, als du durch diesen Tunnel kriechen musstest. Kihgl ist ein verfluchter Furg. Doch du, bei den neunzig Jreet-Höllen, bist nur ein Takki-Feigling!«

»Aber wir hatten die Fahne!«, schrie Joe.

»Ihr habt sie *verloren*.« Nebil stand abrupt auf. »Ihr habt euch zur Lachnummer des gesamten Regiments gemacht. Meine Rekruten sind solche jreetküssenden Furglinge, dass sie nicht einmal eine Fahne festhalten können. Ich werde die Kantine nicht mehr betreten können, ohne mir diese Geschichte anhören zu müssen. Und Kommandeur Tril …« Nebils schlangenartige Pupillen verengten sich. »Kommandeur Tril solltest du lieber aus dem Weg gehen. Er hat bereits das Zweite Bataillon zusammengetrommelt, um damit zu prahlen, nachdem er erfahren hat, dass ihr die Fahne verloren habt.«

Das … war gar nicht gut. Nebil wandte sich angewidert ab.

»Dann erklären Sie mir, wie man dieses verdammte PPE benutzt!«, rief Joe und packte den Arm des Ooreiki. »Das alles wäre nicht passiert, wenn ich gewusst hätte, wo wir sind.«

Nebil schnaufte spöttisch, aber da war auch ein interessiertes Flackern in seinen feuchten, gummiartigen Augen.

Joe beugte sich vor. »Wenn Sie mir beibringen, wie man dieses Ding benutzt, werde ich Ihnen bei der nächsten Jagd die Fahne bringen.«

Kampfmeister Nebil starrte ihn lange Zeit an. »Wenn du wieder versagst, schwöre ich bei Poen, dass du dir wünschen wirst, niemals geboren zu sein. Verstanden, Mensch?«

Joe nickte, und sein Herz pochte mit neuer Hoffnung.

Der Kampfmeister nahm einen tiefen Atemzug durch seine Sudah, während er ihn immer noch finster anstarrte. »Ich habe dich für eine Phobie-Konditionierung angemeldet. Rede nicht darüber. Bis jetzt sind Lagrah und ich die Einzigen, die die Wahrheit über das wissen, was da unten mit dir passiert ist, und ich möchte, dass es so bleibt. Tril würde dich sofort zu den Dhasha schicken, wenn er wüsste, dass du Angst vor Tunneln hast.« Nebil schnaufte. »Das ist dasselbe wie ein Pilot, der Flugangst hat.«

Joe wurde eiskalt. »Lagrah weiß es?«

»Er ist von selbst darauf gekommen, der feuerliebende Bastard. Er musste sich gar nicht dein Hirnwellenmuster ansehen. Bete, dass Tril nicht so schlau ist.«

Vorsichtig fragte Joe: »Was ist eine … Phobie-Konditionierung?«

»Regulierte Überexposition. Aber das bleibt unter uns. Ich werde deine Abwesenheit damit begründen, dass du dir im Tunnel etwas gebrochen hast. Tril wird nichts davon erfahren, verstehst du? Selbst mit einer Behandlung ist die Gefahr hoch, dass es zu einem Rückfall kommt. Ein solches Risiko würde er nicht eingehen wollen.«

Joe schluckte schwer und hatte eine recht gute Vorstellung, was »regulierte Überexposition« bedeutete. »Können wir das irgendwie absagen?«

Nebil bedachte ihn mit einem amüsierten Blick. »Nachdem Lagrah bereits alle Vorkehrungen getroffen hat? Nein, vergiss es. Du wirst mir jede Krediteinheit zurückzahlen, die ich für dich ausgegeben habe, und wenn ich dich schlachten und deine Körperteile an Knaaren verkaufen muss.«

Joe musste schlucken, als er wieder an Lagrah dachte. »Und er wird es Tril nicht sagen? Selbst nach dem … was ich getan habe … zu Hause?«

Nebil schnaufte. »Der Takki ist mir noch einen Gefallen schuldig. Einen großen. Er beteiligt sich sogar an den Kosten der Konditionierung.«

»Sie könnten mir noch eine Rotation Zeit geben«, sagte Joe hastig. »Sie müssen mich nicht jetzt hinschicken. Ich kann daran arbeiten. Sie wissen schon, meditieren oder so was in der Art. Außerdem kann ich meine Zeit nutzen, mit der PPE zu üben, wenn Sie es mir erklärt haben. Sie könnten Lagrah sagen, dass ich es dazu benutzen werde …«

»Nein«, unterbrach ihn der Kampfmeister schroff. »Auch von der PPE wird niemand etwas erfahren, und erst recht nicht Lagrah. Es verstößt gegen die Vorschriften, Rekruten in der Benutzung hochentwickelter Kongress-Ausrüstung zu unterweisen, bevor sie zwei Umläufe lang ausgebildet wurden. Man glaubt, dass ihr bis dahin ausreichend indoktriniert seid, um nicht nach einer Möglichkeit zu suchen, einen Bauplan und eine Gebrauchsanweisung an euren Heimatplaneten zu schicken.«

Joe runzelte die Stirn. »Also werden Sie mir beibringen, wie man es benutzt?«

»Ja«, murmelte Nebil. »Später. Im Moment muss ich mich mit Tril auseinandersetzen und das Chaos aufräumen, das du hinterlassen hast. Ach ja, und ich muss den jreetsaugenden Irren davon überzeugen, nicht deine gesamte Einheit zu exekutieren. Lagrah wird bald zu dir kommen, um dich in die Klinik zu bringen. Die Ärzte wollen sofort mit dir loslegen, weil deine verbrannten Hirn-

378

wellen im Tunnel darauf hindeuten, dass du eine ziemlich harte *piji*-Nuss sein dürftest.«

Damit machte Kampfmeister Nebil auf dem Absatz kehrt und stürmte mit der Wucht eines Güterzugs nach draußen. Die Ärzte mit den kleinen goldenen Kreisen in der silbernen Umrandung traten zur Seite, um ihm Platz zu machen. Dann setzten sie ihre Arbeit fort, den Kindern das rote Zeug in die Arme zu injizieren. Widerstrebend kam Joe auf die Beine und blickte zum sich nähernden Haauk. Er spürte, wie ihm schon jetzt erneut der kalte Schweiß ausbrach.

Das war es doch, was er gewollt hatte, nicht wahr? Sein ganzes Leben lang, jedes Mal, wenn er zu einem schluchzenden Häufchen Elend zusammengebrochen war, weil ein Freund ihm seine Schneehöhle zeigen wollte oder sein Onkel ihn drängte, sich unter sein Auto zu legen, um einen Blick auf die Ölwanne zu werfen, hatte er es gewollt, nicht wahr?

Auf der Erde hatten seine Eltern es sich mit zwei Kindern und einer Hypothek nicht leisten können, ihn zu einem Seelenklempner zu schicken, damit er herausfand, was mit ihm nicht stimmte. Hier wollten sie es ihm kostenlos ermöglichen.

Und dieser Gedanke beruhigte ihn keineswegs.

Der Pilot des Gleiters hatte die bleiche, schlaffe Haut eines älteren Ooreiki. Als er nahe genug herangekommen war, konnte Joe die schwarzen Narben sehen, die sich kreuz und quer über seinen Körper zogen. Joe spannte sich an und fragte sich, ob Lagrah ihn von der Straße in San Diego wiedererkannte, während überall die farbenfrohen Explosionen hochgegangen waren. Joe wappnete sich und ging auf den Haauk zu.

Nachdem er gelandet war, musterte der Ooreiki-Pilot ihn mit undurchschaubarer Miene. »Bist du Zero?«

»Ja«, sagte Joe angespannt.

»Steig auf.« Lagrah schien ihn nicht wiedererkannt zu haben.

Joe tat wie befohlen, aber der Ooreiki ließ ihn keine Sekunde aus den Augen. Joes Haut kribbelte unter seinen Blicken. *Oh, bitte, er soll sich nicht an mich erinnern …*

Lagrah machte keine Anstalten, den Haauk vom Boden abheben

zu lassen, sondern musterte Joe gründlich von oben bis unten. »Du hast Angst vor Tunneln.«

Joe spürte, wie sich ihm die Kehle zuschnürte, und er rückte bis an den Rand des Haauk zurück. »Vielleicht ein bisschen.«

Lagrah schnaufte. »Ein bisschen.« Er starrte Joe weiter an und analysierte ihn mit blassbraunen Augen. Als Joe fast so weit war, über das Geländer zu springen und wegzurennen, sagte der alte Ooreiki: »Nebil hat den Verstand verloren.«

Ohne ein weiteres Wort wandte sich Lagrah wieder der Gleiterkonsole zu und hob mit dem Fahrzeug ab. Als sie in der Luft waren, entspannte sich Joe ein wenig. *Er erinnert sich nicht*, dachte er voller Erleichterung. Er ahnte nicht, dass es Joe gewesen war, der Sam und die mehreren hundert anderen Kinder gerettet hatte, die für das Ooreiki-Raumschiff bestimmt gewesen waren. *Hätte er sich erinnert, hätte er mich getötet.*

Erster Kommandeur Lagrah schwieg, während sie nach Alishai zurückflogen. »Gut gemacht, wie ihr die Fahne erobert habt. Dafür wird mein Bataillon Runden rennen. Hattest du bereits eine militärische Ausbildung, Junge?«

Joe sah den Ersten nervös an. »Mein Vater hat auf der Erde in der Armee gedient.«

Lagrah blickte sich zu ihm um. »Aha. Das klingt sinnig. Ein Soldat zeugt einen Soldaten.« Dann kümmerte er sich wieder darum, den Haauk zwischen den riesigen *ferlii*-Bäumen hindurchzusteuern.

Sinnig? Joe sah Lagrah stirnrunzelnd an und fragte sich, ob der Erste ihm irgendeine Art von Kompliment gemacht hatte, aber Lagrah äußerte sich nicht weiter dazu.

»Wir haben die Fahne immer noch nicht wiedergefunden«, sagte Lagrah. »Und unsere Takki haben jeden Quadratzentimeter des Bereiches durchkämmt, in dem ihr euch aufgehalten habt. Hast du vielleicht eine Idee?«

Joe erinnerte sich an den Diamantstaub in den engen Gängen. »Äh … vielleicht wurde sie verschüttet?«

»Nein.« Lagrah warf ihm einen seltsamen Blick zu. »Ihr habt sie nicht versteckt?«

Joe runzelte die Stirn. »*Versteckt?* Sind Sie verr…« Er riss sich zusammen. »Nein, Sir.«

Lagrah lachte schnaufend und sagte nichts mehr, bis sie den gepflegten Außenring von Alishai erreicht hatten. »Angeblich bist du verletzt«, rief er Joe in Erinnerung, als sie sich der Klinik näherten. »Damit du durch den Vordereingang kommst, ohne dass jemand Verdacht schöpft.«

Joe verstand den Hinweis und ließ sich an der Seite des Haauk zusammensacken.

Lagrah ließ den Haauk etwa dreißig Meter über der Klinik schweben. »Wir sind da«, sagte er.

Joe blickte nach unten. Auf dem Laufsteg unter ihnen standen mehrere Ärzte herum und unterhielten sich. Sie sahen aus wie braune Mäuse mit Tentakeln. Als Joe wieder aufschaute, erstarrte er, als er den Blick des Ersten bemerkte.

Die Augen des Ooreiki waren kalt und hart und erinnerten ihn an gefrorenen Lehm. »Dort, wo du hingehen wirst, kannst du keine Verletzungen vortäuschen.«

Joe erbleichte. »Oh, äh …« Er zog eine Grimasse. »Welchen Knochen werden Sie mir brechen?« Er wusste nur allzu gut, wie sehr ein Knochenbruch schmerzte, und freute sich keineswegs darauf, diese Erfahrung ein weiteres Mal zu machen.

»Wahrscheinlich die meisten«, sagte Lagrah.

Die … *meisten?* Während Joe noch damit beschäftigt war, diesen Gedanken zu verarbeiten, packte Lagrah ihn am Jackenkragen und hob ihn hoch. Dann sagte er Joe ins Gesicht: »Das ist dafür, dass du uns ein weiteres Bataillon abspenstig gemacht hast, du gerissener Jreet-Arsch.« Damit warf der Ooreiki ihn über das Geländer zu den wartenden Ärzten hinunter.

*

Benommen verließ Joe ein paar Tage später das Krankenhaus. Seine Knochenbrüche waren verheilt, aber sein Geist fühlte sich immer noch wund an. Er hatte keine Angst mehr vor Tunneln, aber er machte sich Sorgen, dass er vielleicht nie wieder Schlaf finden würde. Die »regulierte Überexposition« war genau das gewesen, was er sich darunter vorgestellt hatte. Man hatte ihn für endlose Stunden in einen Sarg gesperrt, während ein Ooreiki im Nebenraum seine Hirnwellenmuster überwachte und über den Intercom seine Empfindungen kommentierte. Seine Kehle war immer noch rau vom Schreien.

Er fand sein Bodenteam mit dem Rest der Vierten Einheit beim Essen in der Kantine. Als er sich näherte, sah er, dass Maggie nicht mehr die Einzige mit hochgerollten Ärmeln war. Nun war Libby die Einzige, die keine hatte. Selbst einige der anderen Rekruten in der Vierten hatten die Arme entblößt, einschließlich einiger Truppanführer. Joe war fassungslos. Er hatte erwartet, dass Maggie das Interesse verlieren würde, während er fast eine Woche lang fort war.

Er holte sich eine Mahlzeit und setzte sich neben Maggie, die den Blick nicht von ihrer Schleimsuppe hob. »Müde, Mag?«, fragte Joe sie.

Maggie zuckte zusammen und blickte freudig zu ihm auf. »Joe!«, quiekte sie. Dann sprang sie auf und umarmte ihn, schlang ihre gar nicht mehr so kurzen Arme um seinen Hals und berührte seine Brust mit etwas Weichem, von dem er sich ziemlich sicher war, dass es Brüste waren.

»Was ist passiert, während ich weg war?«, fragte Joe, damit sie sich von ihm löste.

Maggie ließ sich auf ihren Stuhl fallen und stocherte wieder in ihrer Schleimsuppe herum.

Als niemand antwortete, seufzte Scott und sagte: »Es hat nicht gezählt.«

»Kommandeur Tril stellt es so dar, dass wir die ganze Zeit weggelaufen sind«, schniefte Maggie. »Aber das haben wir nicht getan! Wir hatten die Fahne! Libby hat sie nur verloren.«

»Das ist nicht fair«, stimmte Mönch ihr zu. »Sie tun so, als hätten wir sie nie gehabt!«

»Niemand wollte uns glauben«, fuhr Maggie fort. »Sogar die Erste Kompanie hasst uns. Sie geben uns die Schuld, dass wir die Fahne verloren haben.«

Joe wusste nicht, was er dazu sagen sollte. Er räusperte sich und deutete mit einem Kopfnicken auf Maggies Ärmel. »Also lässt Nebil dich nicht mehr rennen?«

Maggie blickte stirnrunzelnd auf ihre Ärmel, die immer noch straff hochgekrempelt waren, seit Joe es für sie gemacht hatte. »Nein, er lässt uns rennen.«

»Uns?« Joe zog die Augenbrauen hoch und blickte zu den anderen, die mit hochgerollten Ärmeln am Tisch saßen. »Er lässt euch *alle* rennen?«

»Achtzehn Runden jeden Abend«, sagte Scott mit einem theatralischen Seufzer. Trotz seines Sarkasmus waren seine Ärmel genauso straff hochgekrempelt, wie Joe es für Maggie gemacht hatte. Er musste auch Mönch geholfen haben, denn ihre sahen genauso perfekt aus.

Dann blieb Joes Blick an Libby hängen. Er wollte sie nicht fragen, warum sie die Einzige war, die ihre Ärmel nicht hochgerollt hatte, aber er war neugierig. Sie schniefte und schaute weg, während sie mit ihrem Kampfmesser unter einem Fingernagel herumstocherte.

»Sasha sagt immer wieder, dass du Angst hattest, Joe«, berichtete Maggie. »Sie erzählt allen, dass du deswegen eine Woche lang weg warst. Sie hat …«

»Halt die Klappe, Maggie«, sagte Libby. »Wir alle wissen, dass er rußig vor Angst war.«

»Er hatte keine Angst!«, rief Maggie. »Er war nur …« Sie zögerte, während sie nach dem richtigen Wort suchte. »Er war nur erschöpft. Beim nächsten Mal wird er es besser machen.«

»Hör auf, ihn zu verteidigen!«, sagte Libby, schlug mit ihrer leeren Schüssel auf den Tisch und stand auf. »Joe weiß nicht alles. Er hatte da unten Angst, so sehr, dass er gezittert hat, und deshalb war er in der Klinik. Sie haben seinen Kopf aufgeschraubt, damit er uns alle in einem echten Kampf nicht tötet.« Sie blickte auf. »So ist es doch, Joe.«

Joe ließ den Kopf hängen und starrte auf seine Suppe.

»Haben sie es in Ordnung gebracht?«, wollte Libby wissen.

»Sie haben es in Ordnung gebracht«, flüsterte Joe.

»Ich hoffe sehr, dass sie es in Ordnung gebracht haben. Wenn du so was noch einmal tust, will ich dich nicht mehr als Kampfmeister haben. Du hast da unten nicht nachgedacht. Du hast dich überhaupt nicht um die Fahne bemüht. Es war, als wärst du völlig high gewesen, so wie meine …« Libby verstummte plötzlich. Dann nahm sie ohne weitere Erklärung ihre Schüssel und verließ den Tisch.

»Ich weiß nicht, warum *sie* sich aufregt«, sagte Mönch. »*Sie* war es doch, die die Fahne verloren hat.«

»Ja«, sagte Maggie. »Hör nicht auf sie, Joe. Wir wollen dich trotzdem als Kampfmeister behalten, auch wenn du wirklich Angst hattest. Ich habe Angst vor Gummibärchen. Ich hatte mal eins im Ohr, wo es feststeckte, weswegen ich ins Krankenhaus musste. Sie haben darin herumgestochert, und es hat wehgetan, und deshalb esse ich keine Gummibärchen mehr.«

»Au weia«, sagte Scott. »Hast du irgendwann mal daran gedacht, dass du sie dir vielleicht nicht ins Ohr stecken solltest?«

»Ich hätte jetzt sehr gern ein paar Gummibärchen«, sagte Mönch.

Plötzlich erinnerte sich Joe an das süße Sonnensystem, das Yuil ihm gegeben hatte. Er hatte es zusammen mit dem Akarit unter seiner Ausrüstung versteckt und seit Tagen nicht daran gedacht. Er beschloss, es an diesem Abend mit den anderen zu teilen.

Joe öffnete den Mund, um es zu verkünden, doch dann runzelte er die Stirn. »Was ist das?« Er zeigte auf das neue Abzeichen an Maggies Schulter, gegenüber dem Namen, knapp über den hochgerollten Ärmeln. Alle trugen so etwas. Ein blaues Kong-Symbol auf schwarzem Hintergrund, ein klotziger Schnörkel, der fast wie ein D mit einem Punkt aussah. Joe wusste, dass es die Zahl 6 darstellte. Als er nach seiner letzten Schreiorgie aufgewacht war, hatte er auch so etwas am Arm gehabt.

»Das steht für das Sechste Bataillon«, sagte Scott. »Ich glaube, es ist eine Beförderung. Kommandeur Tril sagte, wenn wir weiterhin so gut sind, dürfen wir bald auch das Symbol des Kongresses tragen.«

»Ich habe keine anderen Rekruten gesehen, die so etwas haben, als ich hier angekommen bin«, sagte Joe.

»Nur das Sechste und Zweite Bataillon haben es bekommen«, sagte Carl. »Sonst war niemand so nahe dran, die Fahne zu erobern.«

Joe starrte sie überrascht an.

»Zweiter Kommandeur Tril schickt uns noch mal auf eine Jagd gegen das Zweite Bataillon«, sagte Mönch und senkte den Blick. »Kampfmeister Nebil sagt, dass sie so viel besser sind als wir, dass wir es gar nicht verdienen, im selben Regiment zu sein.«

»Sie sind Anfänger, genauso wie wir«, sagte Joe.

»Aber hast du gesehen, wie sie *marschieren*?«, fragte Carl. »Sie sehen wie Maschinen aus.«

»Auch wir sehen dann wie Maschinen aus«, sagte Joe, aber ihm war klar, dass er sich etwas vormachte. Das Zweite sah viel besser aus als jedes andere Bataillon des Regiments. Wenn sie alle jetzt befördert wurden und das Zweite gegen das Sechste kämpfen sollte, würde das Sechste sofort panisch die Flucht ergreifen, sobald sie nur die marschierenden Stiefel des Zweiten hörten.

Sherri, eine andere Anführerin eines Bodenteams der Vierten Einheit, zog eine besorgte Miene. »Der Kampfmeister sagt, das Fünfte oder Dritte Bataillon sollte gegen das Zweite antreten und nicht wir. Er sagt, wir würden nicht mal unsere eigenen Ärsche finden, auch wenn wir wüssten, wie man eine PPE benutzt.«

»Das sagt er ständig«, bemerkte Joe mit einer wegwerfenden Geste.

»Was mir Angst macht«, sagte Scott, »ist, dass Tril den Anschein erweckt, wir wären allen anderen weit voraus, weil wir die Fahne hatten. Aber das sind wir nicht. Wir sind schlecht. Es war nur ein glücklicher Zufall. Was passiert beim nächsten Mal, wenn der Dhasha sieht, wie schlecht wir sind?«

»So schlecht sind wir gar nicht«, sagte Joe. Doch die schweigenden Mienen am Tisch verrieten ihm, dass sie anderer Meinung waren. Er löffelte sich etwas Schleim in den Mund und aß stumm.

»Wir sind wirklich froh, dass du wieder da bist«, sagte Maggie. »Wir brauchen dich. Bei unserer letzten Jagd hat das Zweite Bataillon uns richtig fertiggemacht.«

Joe wusste, dass sie beim ersten Mal Schwein gehabt hatten und man sie beim nächsten Mal einfach zertrampeln würde, ganz gleich, wer auf ihrer Seite stand. Er öffnete den Mund, um es zu sagen, wurde dann jedoch von Nebils Ruf vom Eingang zur Kantine unterbrochen.

»Zero!«, brüllte der Kampfmeister. »Trommle deine Einheit zusammen und bring sie zum Hindernisparcours! Keine Gewehre oder Ausrüstung, nur das, was ihr am Leib tragt. Ihr habt fünf Ticks!«

Als sie zum Parcours kamen, wartete dort bereits eine andere Einheit auf sie. Die Leute standen vor einer runden Fläche aus feinem schwarzen Sand, deren Rand mit großen schwarzen Felsblöcken markiert war. Eine Rekrutin mit strengem Blick führte die Einheit an, und keiner von ihnen blinzelte, als Joe seine Leute zur anderen Seite der Fläche führte und sie dort Aufstellung nehmen ließ. Die anderen sahen *gut* aus. Viel zu gut, um zum Sechsten Bataillon gehören zu können.

Ein kleiner Knoten der Furcht schnürte sich in Joes Bauch zusammen, als er seine Einheit neben Kampfmeister Nebil anhalten ließ.

»Also gut, ihr Takki-Bastarde«, brüllte Nebil. »Das Sechste wurde mit dem Zweiten zusammengetan, also seht ihr dort eure Trainingskohorte vor euch. Ich bin Kampfmeister Nebil, und das ist Kampfmeister Gokli. Vierte Einheit, macht euch mit der Vierten Einheit bekannt.«

»Wir werden von nun an zusammenarbeiten«, fuhr Kampfmeister Gokli fort. »Ihr werdet weiterhin mit anderen Bataillonen auf die Jagd gehen, aber bei der Kampfausbildung und beim Drill sind dies die Rekruten, die euch herausfordern werden.«

Joe hörte jemanden in der anderen Einheit kichern, worauf ihr Kampfmeister sofort zu ihm herumfuhr. Der Junge, der gelacht hatte, bekam einen heftigen Schlag ab. »Findest du das witzig, Rekrut? Steh auf! Nebil, wählen Sie Ihren besten Rekruten aus.«

Joe erstarrte erwartungsvoll, aber als sich Nebil seiner Einheit zuwandte, befahl er Libby, aus der Reihe zu treten.

Der Junge lachte erneut, als Libby mit ihm auf die Fläche trat, und Joe machte sich große Sorgen. Libbys Gegner war ein kräftiger

Junge, vielleicht ein paar Zentimeter größer als sie und bestimmt fünfzehn Kilo schwerer.

»Kampfmeister Nebil«, sagte Joe, »ich kann …«

»Halt die Klappe, Zero«, sagte Nebil, noch während sich Libby umdrehte und ihm einen giftigen Blick zuwarf. Unglücklich nahm Joe wieder die »Rühren«-Haltung ein. Er war sich nicht sicher, glaubte aber, dass mehrere Rekruten der anderen Einheit aufmerksam wurden, als sie seinen Namen hörten. Er konnte ihre Blicke körperlich spüren.

»Legt das hier an«, sagte Kampfmeister Gokli und warf gepolsterte Handschuhe in den Ring.

Libby und ihr Gegner taten wie befohlen und zogen sie straff, bevor sie sich wieder gegenseitig musterten.

»Heute«, erklärte Kampfmeister Nebil, »ist euer erster Tag des begrenzten Kampfunterrichts. Wie ihr während eurer Erfahrungen in den Tunneln vielleicht festgestellt habt, findet ihr euch manchmal in Situationen wieder, wo ihr mit euren eigenen Händen mehr ausrichten könnt als mit euren Gewehren. Sosehr wir eure Körper beim Drill und beim Rennen trainieren, im Nahkampf werden sie zu schwach sein, sofern ihr keine Gelegenheit zum Üben erhaltet. Soldaten des Kongresses sind ohne Waffen niemals vollständig, also habt ihr jetzt die Chance zu zeigen, wie eure Nahkampfausrüstung funktioniert. Rekruten, hebt die Hände.«

Libby und ihr Gegner gehorchten und reckten die Handschuhe in die Luft.

»Die Handschuhe sind mit Systemen ausgestattet, die den Nahkampf im Bioanzug gegen einen Feind ohne Anzug imitieren«, sagte Gokli. »Doch bevor wir euch aschigen Furgs Bioanzüge geben, werdet ihr lernen, wie man sie einsetzt. Die Wirkung hängt von der Haltung der Finger innerhalb des Handschuhs ab. Es würde viel zu lange dauern, die verschiedenen Kombinationen durchzugehen, und ihr Takki-Furglinge könntet es euch sowieso nicht merken, also werdet ihr einfach lernen, während ihr damit arbeitet. Rekruten, beginnt mit der Demonstration.«

Der große Junge schien nur darauf gewartet zu haben. Er griff Libby an und schlug zu, bevor sie die Gelegenheit hatte, in Abwehrhaltung zu gehen. Seine Wucht riss sie von den Beinen, und sie landete mit dem Rücken im Sand, während sich der Junge auf sie warf. Als sie aufzustehen versuchte, schlug er ihr eine Faust gegen die Kopfseite.

Libby zuckte, als hätte sie einen Treffer mit blauem Glibber erhalten. Sie lag gelähmt da, und der größere Junge lachte und stand auf. Dann musste Joe wütend zusehen, wie er auf sie spuckte.

»Wie ihr sehen könnt«, sagte Nebil, der tat, als würde er das Verhalten des Jungen nicht bemerken, »bewirkt ein Faustschlag eine vorübergehende Betäubung, was sehr nützlich sein kann, wenn ihr Gefangene machen wollt.«

Der Junge kehrte Libby den Rücken zu und lief zu seiner Einheit zurück.

Libby sprang unvermittelt auf, und in ihren Augen stand ein tödlicher Blick. Sie riss die Handschuhe herunter und warf sie in den Sand. Als sich ihr Gegner zu ihr umdrehte, nahm sie Anlauf, wirbelte herum und rammte ihm die Ferse gegen die Kopfseite. Als er stürzte, setzte sie nach und verpasste ihm mit der nackten Handkante einen Schlag ins Genick und einen weiteren unter die Rippen. Der Junge sackte wie eine Stoffpuppe in sich zusammen und blieb reglos liegen. Dann drehte sich Libby ganz ruhig um, hob die Handschuhe wieder auf und reichte sie Kampfmeister Nebil, während sie zu ihrem Platz in der Einheit zurückkehrte.

»Leider trifft es auf zahlreiche Furg zu«, erklärte Kampfmeister Gokli, »dass die Betäubung nur kurze Zeit anhält. Ratte, hol ihn da raus. Die Ärzte sollen ihn auf innere Blutungen überprüfen.«

Das Mädchen, das in der Position der Rekrutenkampfmeisterin vor Goklis Vierter Einheit stand, setzte sich plötzlich in Bewegung und wies zwei Bodenkämpfer an, den bewusstlosen Rekruten abzutransportieren.

Ratte?, dachte Joe. *Sie nennen sie Ratte? Und ich dachte,* Sasha *wäre schlimm.*

Einer nach dem anderen erhielten sie die Chance, im Ring zu kämpfen. Die Übungshandschuhe hatten verschiedene Wirkungen und konnten den Gegner nicht nur betäuben, sondern sogar drei Meter weit durch die Luft schleudern. Die Kampfmeister versuchten dankenswerterweise, die Paare nach Körpergröße zusammenzustellen, aber Mönch, die immer noch keine eins vierzig groß war, musste gegen jemanden kämpfen, der fast doppelt so viel wog wie sie. Und sie verlor.

Die Rekrutenkampfmeisterin, die Ratte genannt wurde, musste gegen Scott antreten, und zu Joes Bestürzung massakrierte sie ihn so schlimm, dass er vermutete, sie hatte bereits mit den Handschuhen üben können. Sie machte keine überflüssige Bewegung und verließ genau wie Libby einfach den Ring, nachdem Scott aufgegeben hatte.

Joe gehörte zu den Letzten, die aufgerufen wurden, und sein Gegner war der stärkste und größte Junge aus der anderen Einheit. Joe starrte zu ihm hinauf, als sie in den Ring traten, und fragte sich, ob den Aliens ein Versehen unterlaufen war und sie Bigfoot rekrutiert hatten.

»Ich bin Tank, und ich werde dir in den Arsch treten«, höhnte der Junge in eigenartigem Singsang. Wenn das tiefe Grollen in seiner Brust nicht gewesen wäre, hätte er wie ein Fünfjähriger geklungen.

»Ich bin Zero, und ich habe das Gefühl, dass jemand mir in den Arsch treten wird«, sagte Joe und blickte zu dem Jungen auf. Er schien über zwei Meter zehn groß zu sein.

Der Junge grinste wild und so breit, dass es sein gesamtes Gesicht auszufüllen schien.

»Fangt an«, sagte Nebil.

Tank zielte mit der Faust auf Joe – heute offenbar die beliebteste Angriffsmethode. Joe duckte sich mühelos weg und sprang zurück. Er beobachtete den größeren Jungen. Er hatte einen Vorteil über die anderen Kinder im Regiment, weil er im Gegensatz zu ihnen mehr Zeit gehabt hatte, zu seiner Größe auszuwachsen, womit er relativ beweglich geblieben war. Manchmal schlug er immer noch mit den Knien oder Ellbogen gegen Dinge, wenn er nicht aufpasste, aber wenigstens stieß er nirgendwo mit dem Kopf an.

Als Tank sah, wie Joe zur Seite sprang, verblasste sein Grinsen. Erneut griff er Joe an, und Joe wich aus, während er zu entscheiden versuchte, wie er diesen Kampf bestehen wollte. Er wollte dem

Jungen nicht wehtun, weil er ihn viel zu sehr an Maggie erinnerte. Er beschloss, sich treiben zu lassen und seine Faust zu benutzen, auch wenn er sehr gern die Technik ausprobiert hätte, die einen Gegner zurückkatapultierte, als wäre er von einer Abrissbirne getroffen worden.

Tank jedoch schien keine derartigen Bedenken zu haben. Als Joe ihm immer wieder tänzelnd aus dem Weg ging, stieß er ein frustriertes Gebrüll aus und sprang vor, während er beide Hände hochriss. Joe konnte nicht schnell genug ausweichen. Im nächsten Moment spürte er, wie seine Bauchregion zusammengedrückt wurde, als die Handschuhe ihre Kraft freisetzten. Ihm wurde der Atem aus der Lunge gedrückt, und Joe flog rückwärts durch die Luft, als würde sein Körper nicht mehr der Schwerkraft gehorchen.

Er krachte etwa fünf Meter entfernt auf den Boden, und sein ganzer Körper schien in Flammen zu stehen.

»Und das«, sagte Nebil, »nennen wir eine kompakte Kraftkomprimierung. Sehr gut gegen größere Gegner, besser ausgebildete Gegner oder mehrere Gegner. Der Nächste!«

Geschwächt und desorientiert bemühte sich Joe, wieder auf die Beine zu kommen. Als Tank sich herabbeugte und ihm eine Riesenhand anbot, war er verdutzt. Der Junge hatte tatsächlich einen reuevollen Gesichtsausdruck.

»Tut mir leid«, sagte er. »Ich wusste nicht, dass so etwas passieren würde.«

Trotz der Schmerzen in seinem Unterleib blickte Joe grinsend zu ihm auf. Es freute ihn, dass es nicht nur Ascher im Zweiten Bataillon gab. Nachdem Lagrah ihn vom Haauk geworfen und der andere Junge auf Libby gespuckt hatte, als sie am Boden lag, hatte er nicht mehr daran geglaubt.

»Kein Problem, Tank«, sagte er und stand auf. Er zuckte zusammen und hatte das Gefühl, irgendjemand hätte seine inneren Organe mit einem Vorschlaghammer bearbeitet.

Tank bedachte Joe mit einem langen Blick, während er immer noch seine Hand hielt. »Bist du wirklich Zero?«, fragte er und musterte ihn neugierig.

Joe runzelte die Stirn. »Äh, ja. Soweit ich mich erinnern kann.«

Tank betrachtete ihn weiterhin, als wäre er ein seltsames Insekt. »Hmm. Ich dachte, du wärst größer.« Damit drehte er sich um und kehrte zu Goklis Einheit zurück. Joe starrte dem über zwei Meter großen Monstrum mit offenem Mund hinterher.

Sein einziger Gedanke war: *Er dachte, ich wäre ... größer?*

*

Tril kochte, während er zusah, wie die Vierte Einheit vorbeimarschierte, angeführt von Kampfmeister Nebil. Zero ging voraus, und sein schlechter Einfluss war überall zu erkennen. Mehr als die Hälfte der Rekruten trugen ihre Uniformen in Zeros Stil. Ihre nackten weichen Arme schienen ihn zu verspotten.

Sie lieben ihn.

Der Gedanke machte Tril wütend. Er wusste, dass die Rekruten ihn hassten. Das war nur gerecht, denn auch er hatte den Kommandeur seines Bataillons während der Rekrutenausbildung gehasst. Aber dass die *Kampfmeister* Zero unterstützten, gegen seinen direkten Befehl ... Das war eindeutig *Verrat*, und niemand tat etwas dagegen. Er hatte es Lagrah gegenüber nur einmal erwähnt, worauf der Erste ihn lange angesehen und schließlich gesagt hatte: »Entschuldigen Sie bitte, aber möchten Sie sich offiziell darüber beschweren, dass Sie Ihr eigenes Bataillon nicht unter Kontrolle haben, Kommandeur Tril?«

Damit war das Thema erledigt gewesen, denn so dumm war Tril nicht, auch wenn die Idioten vom Gegenteil überzeugt waren. Also rebellierten seine Untergebenen gegen ihn, und nach dem Ende von Kihgl konnte er nichts mehr dagegen tun. Tril hatte mehrere offizielle Petitionen bei der Abteilung für interne Angelegenheiten eingereicht und sich gegen Absonderung und Kastenvorurteile gegen ihn beschwert, aber man hatte jedes Mal nur geantwortet, dass die Handlungsweise seiner Kameraden »nicht ungerecht« war.

Dieser verdammte Kihgl! Das alles war nicht *seine* Schuld. Es war *Knaaren* gewesen, der ihn gefressen hatte!

Als er die vorbeimarschierende Vierte Einheit betrachtete, packte Tril seinen Schreibstift fester und zerbrach ihn. Nachdem er sich so große Mühe gegeben hatte, das Sechste Bataillon bei den Jagden nach vorn zu bringen, nachdem er immer wieder überlegt hatte, ob er genug getan hatte und wie er sie vor Knaarens Klauen bewahren konnte, hatte Zero nicht mehr als ein paar Falten in seiner Uniform gebraucht, damit sie ihn liebten.

Eines Tages werden sie dich hassen, Zero.

Dafür würde er sorgen. Und wenn es so weit war, würde er lachen.

*

Wie sich herausstellte, hatte Joe den Kompressionsangriff von Tank nicht so gut überstanden, wie er zunächst gedacht hatte. Als er zwei Tage später Blut erbrach, schickte Nebil ihn in die Klinik. Dort fand man heraus, dass Tanks Handschuhhieb schwere Schäden an den inneren Organen angerichtet hatte, wodurch seine Dienstzeit um einen weiteren Umlauf verlängert werden musste, um ihn wieder zusammenzuflicken.

Sobald die Ooreiki-Ärzte mit ihm fertig waren, ließen sie ihn von zwei Takki zur Kaserne zurücktragen. Die purpurnen Echsen beförderten ihn schweigend, die Augen geradeaus gerichtet und in schlaffer Haltung. Anscheinend dachten sie an gar nichts. Joe, der immer noch von den Medikamenten benommen war, musterte die schuppigen Wesen von der Trage aus. Er fand, dass sie für ihren schlechten Ruf bei den Kongs bemerkenswert hübsch aussahen. Vor allem ihre Augen. Sie waren von einem tiefen, endlosen Azurblau, wie große eiförmige Saphire, die glattgeschliffen und seitlich in ihre Köpfe eingesetzt worden waren. Genauso wie bei den Dhasha konnte er darin keine Pupillen erkennen.

Dann lag Joe allein im Bett und wartete darauf, dass seine Kameraden zurückkehrten, damit er Yuils Kuchen mit ihnen teilen konnte, als Kampfmeister Nebil in den Schlafsaal gestapft kam. Er blieb vor dem Fußende von Joes Bett stehen und starrte ihn so lange finster an, dass Joe davon überzeugt war, eine weitere Bestrafung zu erhalten.

»Hier«, murmelte Nebil schließlich und warf Joe ein silbriges Pad zu. »Eine Einführungslektion in die Kong-Schrift. Sie läuft automatisch ab. Du hörst die Aussprache eines Lauts und siehst, wie das Symbol geschrieben wird, das du dann mit dem kleinen Stift an der Seite wiederholen musst. Bis dahin …« Nebil zog sein PPE hervor und zeigte ihm ein ungefähr quadratisches Symbol in der unteren linken Ecke. »Wenn du hier drückst, siehst du die weiteren Optionen. Wenn du irgendetwas nachschlagen willst, zieh einfach das Symbol auf das Lektionspad, das dir dann sagen wird, was es bedeutet.«

»Okay«, antwortete Joe leicht überwältigt. »Wie lange werde ich …?«

»Du hast drei Tage zum Lernen«, unterbrach Nebil ihn schroff. »Die Ärzte haben dir Revierdienst verordnet, bis wir wieder in Schwarz gegen Lagrah antreten müssen. Du kannst die Zeit dazu nutzen, dich mit der Benutzung deiner PPE vertraut zu machen.«

Joe fiel der Unterkiefer herunter. »Ich bin bei der morgigen Jagd nicht dabei?«

Nebils Sudah flatterten gefährlich. »Sie wollten dir für ganze zwei Wochen dienstfrei geben. Er hat *Brei* aus deinen Innereien gemacht, Zero. Und du feuerliebender Jreet hast einfach noch *anderthalb Tage* weitergemacht. Zwei der Ärzte sagten mir, dass du eigentlich daran hättest sterben müssen, du rußiger Jenfurgling. Ich handle gegen ihre Anweisungen, wenn ich dich in nächster Zeit überhaupt wieder kämpfen lasse.«

»Aber mein Bodenteam braucht mich!«, rief Joe und bemühte sich, aus dem Bett zu steigen. Er hatte gedacht, dass man ihm allerhöchstens einen Nachmittag lang frei geben würde.

Nebil hob einen Tentakel, um ihn zurückzuhalten. »Sie brauchen dich, um Lagrahs verbrannte Fahne zu erobern. Inzwischen hat Tril das Sechste Bataillon zur Lachnummer des Regiments gemacht. Knaaren wird das Sechste nur dann in Ruhe lassen, wenn wir uns gegen die Besten durchsetzen können. Aber das wird hart. Lagrah ist fast fünfhundert Umläufe alt – er sollte längst Korpsleiter sein. Das ist er nur noch nicht geworden, weil er seine Beförderungen ablehnt, damit er auf der Bataillonsstufe bleiben kann. Er ist einer der wenigen Kommandeure, denen es nicht um Ränge geht. Er ist seit Langem dafür bekannt, mit seinen Rekruten in die Schlacht zu ziehen, wenn ihre Ausbildung abgeschlossen ist, und dafür lieben sie ihn. Neben ihm hat Tril keine Chance. Er ist jung und unerfahren, und er drängt uns zu vehement in die falsche Richtung. Er ist eine verhätschelte *yeeri*-Ascheseele, die nicht versteht, dass das Militär der Ooreiki ganz anders ist als die Gesellschaft von Poen. Wir sind wie ein Rudel Jreet, Zero. Wenn wir bei einem unserer Kameraden eine Schwäche spüren, zerreißen wir ihn. Eine Einheit kann solche Übergriffe nur für gewisse Zeit ertragen, bis die Rekruten bei der Ausbildung versagen. Wenn du noch einmal Lagrahs Fahne eroberst, werden die anderen Bataillone uns ernst nehmen. Es interessiert mich nicht mehr als ein feuerliebender Aschehaufen, was Tril vor der Formation auswürgt, denn wir können mit dem Sechsten Bataillon nur dann vorankommen, wenn wir die anderen Bataillone davon überzeugen, dass wir besser sind als sie. Wir müssen sichtbarer werden, gefährlicher, arroganter. Das brauchen wir, um zu überleben, Zero. Das wird euch vor Knaarens Sklavenlager bewahren. Und deshalb wirst du die nächsten drei Tage damit verbringen, dich mit dieser PPE vertraut zu machen.«

Joe starrte den Kampfmeister an, während sich ein tiefes Unbehagen in seinen Eingeweiden ausbreitete. Er hatte bereits Elfe im Stich gelassen. Sie *mussten* bei der Ausbildung gut abschneiden. Er musste verhindern, dass Mönch und Maggie dieser Kreatur in die Hände fielen.

Nebils Sudah flatterten immer noch, als er den Kopf abwandte. »Hör zu, Zero. Ich glaube, du bist unsere beste Möglichkeit. Als du in die Klinik eingeliefert wurdest, hätte deine Einheit beinahe den Rekruten getötet, der dich verwundet hat. Es waren sechs Kampfmeister nötig, um sie daran zu hindern.« Nebil schnaufte. »Deine Rekruten respektieren dich, Zero. Deshalb gebe ich dir das Lesegerät. Wenn die Ausbildungskommission herausfindet, dass ich das getan habe, degradieren sie mich und schicken mich nach Neskfaat, um dort Dhasha-Rekruten zu inspizieren.« Nebil hielt inne, während er zur niedrigen Decke und dann wieder zu Joe blickte. »Das Sechste steckt in ernsthaften Schwierigkeiten. Tril sieht es nicht, aber ich. Die Kampfmeister und Kommandeure wenden sich bereits gegen uns. Sie haben unsere Standarten vor Tril versteckt, als wir sie holen wollten. Sie geben uns den schlechtesten Zeitplan zum Essen – morgens als Erste und abends als Letzte. Reparaturanweisungen und Ausrüstungsbestellungen werden nicht weitergeleitet. Wir haben die schlechtesten Haauks im Regiment, und irgendwann werden wir alle unsere Rekruten dicht gepackt auf wenigen Fahrzeugen zur Jagd bringen müssen, weil die Hälfte von ihnen die meiste Zeit kaputt ist.«

Nebil machte einen erschöpften Eindruck. »Ich habe genau das Gleiche vor zwanzig Umläufen erlebt. Ein Bataillon meines Regiments war mit einer Mission gescheitert, bei der es darum ging, eine Gruppe von Gefangenen aus der Gewalt der feindlichen Huouyt zu befreien. Es war nicht ihre Schuld, dass sie gescheitert sind. Der für die Mission verantwortliche Aufseher hatte dem Bataillon eine schlechte Landestelle zugewiesen – sie wurden massakriert, bevor sie überhaupt die Truppentransporter verlassen konnten. Trotzdem haben die anderen Ooreiki im Regiment ihren Rückzug persönlich genommen. Es fing mit Beleidigungen an. Aus Worten wurden schnell Taten, und acht Rotationen lang hackten die anderen auf ihnen herum. Sie gaben ihnen miserable Aufträge und hielten Ausrüstung zurück, bis auch der letzte Soldat dieses Bataillons entweder gestorben oder versetzt war. Und nachdem es keine Soldaten mehr gab, nummerierte man die Bataillone neu durch und tat, als hätte dieses eine niemals existiert.« Nebil beugte sich eindringlich vor. »Und nun passiert es wieder. Eine vereinzelte Bemerkung hier, ein veränderter Schlüsselcode dort ... Tril glaubt nicht daran, aber wenn wir es jetzt nicht aufhalten, wird es noch viel schlimmer werden. Trotz all ihrer wunderbaren Schöpfungen können die Ooreiki manchmal sehr ... finstere Wesen sein, Zero. Wir müssen dieser Entwicklung jetzt ein Ende setzen, wenn wir die Menschen aus der Schusslinie heraushalten wollen.«

»Waren Sie einer von denen, die versetzt wurden?«, fragte Joe.

Nebils Pupillen verengten sich. »Nein. Ich war der Erste Kommandeur dieses Regiments. Sie stuften mich um vier Ränge herunter, als ich die Takki-Ascheseelen in Schande verließ.«

Joe starrte ihn an. Nebil war ein Erster Kommandeur gewesen?

»Seitdem misstraue ich der Natur der Ooreiki. Insbesondere,

wenn es um Kommandeure geht. Sie streben ständig danach, Prestige zu gewinnen, sie wollen den einen mutigen Schritt unternehmen, der die Aufmerksamkeit ihrer Vorgesetzten auf sie lenkt, damit sie zum Aufseher befördert werden. Lagrah ist die einzige Ausnahme, und das macht den aschigen Glutofen nur umso schlimmer, weil Tril neben ihm wie eine *janja*-Schnecke aussieht.«

Joe blickte auf das silbrige Pad, das Nebil ihm gegeben hatte. »Ich werde versuchen, seine Fahne zu holen.«

»Du musst mehr tun, als es nur zu versuchen, Zero.« Nebil sah ihn lange schweigend an, dann wandte er sich ab und ließ ihn allein in der Kaserne zurück.

Joe verbrachte die nächsten vier Stunden damit, mit Hilfe von Nebils Lektionspad die Symbole auf der PPE zu entziffern. Er machte tatsächlich gute Fortschritte, als er Stimmen auf dem Balkon vor der Tür hörte. Rasch versteckte er das Gerät unter seinem Kopfkissen. Die Rekruten waren verschwitzt und mit schwarzem Staub verdreckt.

»Joe!«, rief Maggie und rannte los. Sie schien überrascht zu sein, dass er am Leben war. Alle reagierten so.

Stirnrunzelnd fragte Joe: »Wo wart ihr?«

Maggie verzog das Gesicht. »Nebil hat der gesamten Einheit befohlen, den Platz zu harken, weil wir mit der anderen Einheit in Streit geraten sind.«

Joe warf einen Blick zu Libby, weil er instinktiv wusste, dass sie den Streit angefangen hatte. »Du hast diesem Jungen doch nicht wehgetan, oder?«

Libby schaute weg und bestätigte damit seinen Verdacht. Joe verspürte Stolz – und gleichzeitig Scham –, weil er der Grund dafür gewesen war. »Libby«, begann er, »du weißt, dass es nicht cool ist, wenn du …«

»Er hat es verdient«, unterbrach sie ihn. »Tank hat geschummelt.«

»Er hat nicht geschummelt«, sagte Joe. »Ich war zu blöd. Ich bin ihm nicht schnell genug ausgewichen.«

Libby zuckte mit den Schultern, und ihm war klar, dass sie nicht mehr zu diesem Thema sagen würde. »Sie haben deine Organe wieder in Ordnung gebracht?«, fragte sie mit einem zweifelnden Blick.

»Tril sagte, du wärst *tot*«, fügte Mönch mit weit aufgerissenen Augen hinzu.

Joe seufzte und klopfte sich sanft auf den Bauch. »Die verbrannten Ärzte sagten, sie könnten nicht alles heilen, ohne meine Dienstzeit um sechs Umläufe zu verlängern. Also sagte ich ihnen, dass sie sich selbst verbrennen sollen. Schließlich berechneten sie mir nur einen Umlauf.«

»Wirst du morgen bei uns sein?«, fragte sie vorsichtig.

Joe zuckte innerlich zusammen und hielt seine PPE hoch. »Leute, schaut euch das hier an. Kampfmeister Nebil hat mir erklärt, was einige dieser Symbole bedeuten.« Libbys Blick wurde strenger, aber Joe plapperte einfach weiter. »Das hier bedeutet ›Erfassung‹. Damit wird ein Signal gesendet und die Umgebung kartiert. Das hier ist der ›Zoom‹, mit dem man so weit raufgehen kann, dass der gesamte Planet sichtbar wird. Das ist das Symbol für ›Orientierung‹, das die Karte dreht, sodass sie in die tatsächliche Richtung zeigt …«

»Jemand hat gesagt, das Zweite Bataillon würde bei den Jagden wirklich Gegner töten«, sagte Maggie. Sie hatte ihm gar nicht zugehört. Keiner von ihnen.

Widerstrebend legte Joe die PPE weg. »Nein.«

»Doch. Und sie sind größer als wir«, sagte Mönch.

»Wir essen die gleiche grüne Scheiße wie sie«, sagte Joe.

»Ja, aber …« Wieder warf Libby einen Blick auf seinen lädierten Oberkörper. »Wenn du nicht dabei bist … könnte es richtig schlimm werden. Das Sechste Bataillon schaut zu dir auf.«

Joe schnaufte. »Du hast selbst gesagt, dass ich mich fast bepisst hätte, als ich durch einen Tunnel kriechen sollte. Niemand schaut zu mir auf.«

Libby sah ihn verdutzt an. »Aber sicher. Du bist älter als sie.«

»Niemand im Regiment ist besser als du, Lib.«

»Ja, aber dich lieben sie, Joe. Dich«, beharrte Libby.

»Haltet das Zweite Bataillon morgen einfach nur davon ab, eure Fahne zu erobern«, sagte Joe. »Beim nächsten Mal werde ich euch wieder helfen können. Versprochen.«

Seine Freunde zogen Grimassen und murmelten, aber schließlich konnte er sie davon überzeugen, dass es sich lohnen würde. Allein, um die entsetzten Gesichter des Zweiten Bataillons zu sehen, wenn sie ihnen die Fahne vor der Nase wegschnappten und sie aussehen ließen wie hilflose Takki. Das schien seine Freunde glücklich zu machen. Grinsend gingen sie ins Bett und sahen den Ausgang der Jagd in ihren Träumen.

24 *Schmuggelware*

Joe verbrachte den nächsten Tag im Bett und starrte auf die kleinen Symbole, die das Lesegerät ihm zeigte. Ein Takki brachte ihm eine Mahlzeit und Wasser, und Joe aß, während er weiterarbeitete. Er war so sehr darauf konzentriert, dass seine Freunde ihn überraschten, als sie zurückkehrten.

»Wir konnten uns halten«, sagte Mönch und sprang neben Joe aufs Bett, ohne zu bemerken, dass er hastig das Lesegerät versteckte. »Sie haben unsere Fahne nicht bekommen!«

»Seht ihr?«, sagte Joe. »Eure Sorgen waren völlig unbegründet.« Danach entspannten sich alle.

»Sie haben Kommandoposten eingerichtet«, berichtete Libby. »Sie waren gut organisiert. Sie haben von einer Seite angegriffen, und als wir uns verteidigt haben, griffen sie von der anderen an. Sie sind richtig gut, Joe. Besser als wir. Sie konnten die Fahne nur deshalb nicht holen, weil sie nicht wussten, wo sie war. Sie haben drei der fünf tiefen Höhlenkammern erobert. Wir hatten einfach nur Glück, dass sie nicht in der waren, wo wir die Fahne aufbewahrt haben.«

Joe verzog das Gesicht. »Wie spät ist es?«

»Schon längst Schlafenszeit«, sagte Libby. »Wir haben den ganzen Tag lang gekämpft. Wir haben nur einmal etwas gegessen, weil es so lange gedauert hat, sie alle zu töten.«

»Wir sind müde«, fügte Maggie hinzu. »Und hungrig.«

»Sie haben euch nichts zu essen gegeben?« Joe blickte zu den anderen Bodenteams, die in die Kaserne strömten. Alle sahen aus wie wandelnde Tote.

»Kommandeur Tril war sauer«, sagte Scott. »Er meinte, Verlierer müssten nicht essen.«

»Ihr habt nicht verloren«, sagte Joe mit tiefen Falten in der Stirn. »Ihr habt eure Fahne verteidigt.«

Libby zuckte mit den Schultern und machte sich daran, ihre Ausrüstung abzulegen. Joe, der von Tag zu Tag mehr ihre schlanken, weiblichen Kurven bemerkt hatte, beschloss eilig, dass er noch ein paar weitere Stunden mit der PPE zubringen sollte. Er sammelte hastig seine Geräte ein und verließ das Bett. »Ich werde mich um die PPE kümmern. Wenn ihr Hunger habt, findet ihr etwas Essbares in meinem Schrank.« Bevor Libby ihr Hemd aufknöpfen konnte, hatte er den Schlafsaal schon verlassen.

Draußen stieg er vorsichtig die Treppe hinunter, da sein Bauch nach der Behandlung durch die Ooreiki-Ärzte immer noch etwas empfindlich war. Er kam an zwei Rekruten vorbei. Im Gegensatz zum klobigen D des Sechsten Bataillons war ihr Abzeichen ein Karo mit eingeschlossenem Punkt und Halbkreis. Bislang waren nur dem Zweiten und Sechsten Abzeichen verliehen worden.

Anscheinend war den Rekruten dasselbe aufgefallen.

»He!«, rief einer von ihnen. »Du bist doch einer von diesen verkohlten Weicheiern, die wir heute auf der Jagd fertiggemacht haben! Was ist es für ein Gefühl, ein Verlierer zu sein, Rußer? Rennst du nach Hause zu deiner Mami, um es ihr zu erzählen? Wie schlimm wir euch Rußsäcken den Arsch versohlt haben?«

Schnell versteckte Joe das Lesegerät, bevor er sich den zwei Rekruten zuwandte. Er hatte sie sofort wiedererkannt. Der Sprecher war der Junge, der Libby gelähmt hatte, und neben ihm stand Tank. Der grinsende Fünfjährige starrte Joe aus einem Gesicht voller Schürfwunden an und hatte die schinkengroßen Hände wütend zu Fäusten geballt. Joe hatte ein schlechtes Gewissen. Er hatte nicht vorgehabt, dem Jungen wehzutun.

»Schau mal, wer das ist!«, höhnte der Kleinere, den Libby mit einem Tritt gegen den Kopf zu Fall gebracht hatte. »Du bist der Typ, dem Tank es zu verdanken hat, dass er zusammengeschlagen wurde, weil er dich fertiggemacht hat.« Er trat auf Joe zu. »Was ist los, Zero? Brauchst du andere Leute, die für dich die Schmutzarbeit erledigen? Weil du Weichei es lieber nicht selbst machen möchtest?«

»Bailey!«, brüllte jemand. Im ersten Moment dachte Joe, es wäre ein Kampfmeister, doch dann sah er die Rekrutin, die das Abzeichen des Zweiten Bataillons trug – und den vierstrahligen Stern eines Rekrutenkampfmeisters. Er brauchte ein paar Sekunden, um zu erkennen, dass es das Mädchen war, das Kampfmeister Gokli Ratte genannt hatte. Obwohl sie voll ausgewachsen war, war ihre Brust flach wie ein Bügeleisen, und sie hatte die Arme eines Ringkämpfers. Selbst ihre Stimme klang männlich.

»Beweg deinen Arsch zurück in die Kaserne, Bailey! Du hast dir schon genug Ruß mit Gokli eingehandelt, weil du auf dieses Mädchen gespuckt hast. Wenn du auch noch Tank in Schwierigkeiten bringst, werde ich dir das Leben zur Jreet-Hölle machen.« Sie hielt inne, und für einen Moment trafen sich ihre Blicke. Ihre grauen Augen wirkten im rötlichen Licht fast violett. »Hör auf, Stress zu machen. Zero hat seine Sachen zu erledigen, genauso wie du.«

Der Junge schnaufte. »Soweit ich gesehen habe, hat er nicht mehr getan, als nach seiner Mami zu schreien.«

»Zu schade, dass sie nicht aufgekreuzt ist, weil sie dir schon den Arsch versohlt hätte«, gab Ratte zurück und blickte dann zu Baileys Begleiter. »Tank, bring Bailey zurück in die Kaserne. Ich will ihn heute Abend nicht mehr hier draußen sehen. Wenn er versucht wegzulaufen, schlägst du ihm sein Jenfurgling-Gesicht ein. Verstanden?«

Tank nickte und trottete über die Treppe zurück, während er den kleineren Rekruten hinter sich her zerrte.

Das Mädchen bedachte Joe mit einem letzten prüfenden Blick und schien ihn für mangelhaft zu befinden. Dann drehte sie sich um und ließ ihn zurück.

Aha, dachte Joe, *darum geht es also bei diesem Wettkampf.* Der Gang des Mädchens erinnerte ihn an Libby, und diese Verbindung machte ihm Sorgen.

Nachdem sie fort war, fand Joe eine stille Ecke auf der Treppe, wo er sich setzen und weiter mit den Symbolen auf seiner PPE beschäftigen konnte. Er konzentrierte sich ganz darauf, sich den Unterschied zwischen Scrollen (es sah aus wie eine Schachtel mit Flügeln) und Modus (eine Schachtel mit angezogenen Armen) einzuprägen, als er bemerkte, dass jemand ihn beobachtete.

Joe steckte schnell das Lektionspad weg und blickte auf.

Es war der alte Kommandeur des Zweiten Bataillons mit den blassen Augen.

Verbrannt!

Joe erstarrte genauso wie beim ersten Mal, als er diesem kalten, undurchschaubaren Blick ausgesetzt gewesen war. Er hatte vom Boden aus hinaufgestarrt, wo zwei Kongs sein Gesicht in den Beton gedrückt hatten, die Waffen auf seinen Kopf gerichtet, während sie auf Lagrahs Befehl gewartet hatten, ihn leben oder sterben zu lassen.

»Woher hast du das, Junge?«, fragte Lagrah. Er blickte zu der Stelle, wo Joe das Lektionspad von Nebil versteckt hatte.

»Ich habe es gestohlen«, sagte Joe. »Ich wollte es gegen etwas Essbares verkaufen, das nicht wie Ruß schmeckt.«

»Tatsächlich?« Der Erste Kommandeur streckte eine Hand aus. »Gib es mir. Ich will die Registrierung überprüfen, um zu sehen, wer es zuletzt gehabt hat.«

Joes Herz pochte heftig. Er wollte Nebil nicht in Schwierigkeiten bringen. Nebil hatte Trils Zorn aushalten müssen, weil er Joe schützen wollte, nachdem sie die Fahne verloren hatten. Wenn die anderen erfuhren, dass er versucht hatte, seinem Bataillon mit einem Betrug zu helfen …

»Nein.« Joe schob das Lektionspad hinter sich, in eine Ritze zwischen der Treppe und dem Gebäude.

»Nein.« Der schlaffe Arm des Ooreiki zuckte nicht einmal. »Ist dir klar, was ich dir antun könnte, wenn du mir nicht gehorchst, Mensch?«

»Wahrscheinlich irgendetwas sehr Mieses«, murmelte Joe. Es sah nicht gut für ihn aus. Gar nicht gut.

Mit der Schnelligkeit einer zuschnappenden Kobra schlang Lagrah einen stechenden Tentakel um Joes Hals. Obwohl Lagrah uralt wirkte, war sein Griff genauso kräftig wie der jedes anderen Ooreiki, den Joe bislang verärgert hatte. Er zog Joe zur Seite, während er nach dem Lektionspad griff.

Dann erinnerte sich Joe daran, was Lagrah über die Registrierung des Geräts gesagt hatte. Wenn Lagrah nachschaute, würde Nebil seinen Posten verlieren. Und dann war niemand mehr übrig, der den Mut hatte, sich gegen Tril zu stellen – und bis zum Ende des Jahres hätte man das Sechste Bataillon restlos an die Dhasha verkauft.

Ich muss ihn aufhalten, schrie es panisch in Joes Kopf.

Joe ließ seine Beine erschlaffen und hing noch fester im Würgegriff, während er den Arm nach unten streckte, um nach dem Lektionspad zu greifen. Sobald er es in den Fingern hatte, schlug er es mit aller Kraft gegen die Mauer des Gebäudes. Noch während sein Blickfeld an den Rändern dunkler wurde, erkannte Joe bestürzt, dass das Gerät durch diese grobe Behandlung nicht den leichtesten Schaden davontrug.

Kurz bevor er in Ohnmacht gefallen wäre, zog Lagrah den Arm zurück. »Interessant. Wie ist dein Name, Mensch?«

Joe wich keuchend zurück. Die Unterseite des Ooreiki-Arms hatte mit den winzigen Saugnäpfen seine Haut aufgerissen, sodass er nun einen brennenden roten Streifen rund um den Hals hatte. Er berührte vorsichtig die Stelle und war überrascht, dass er nicht verblutete. »Zero.«

»Dein richtiger Name.«

Joe erstarrte. War das irgendein Trick?

Lagrah wartete.

»Joe«, sagte er schnell. Es war das erste Mal, dass ein Befehlshaber ihn danach fragte.

»Du bist der aus der Gasse.« Es war keine Frage. »Der Sohn dieses Rebellen.«

Joe biss sich auf die Unterlippe und nickte.

Lagrahs Blick fiel auf Joes Brust. »Und jetzt bist du Rekrutenkampfmeister.«

Joe nickte noch mal.

»Vielleicht ist Tril doch nicht so dumm, wie ich dachte.« Damit wandte sich der alte Ooreiki ab, sodass Joe ihm nur wie ein Idiot hinterherstarren konnte, während er immer noch mit einem Fuß auf dem Lektionspad herumtrampelte.

Vorsichtig bückte sich Joe und hob das Pad auf. Abgesehen von ein paar kosmetischen Kratzern war es noch immer in genau demselben Zustand, in dem Nebil ihm das Gerät gegeben hatte.

Joe stieg die Treppe hinauf und kehrte in die Kaserne zurück.

Er zuckte zusammen, als eine Stimme über ihm sagte: »Tscho!«

Joe blickte auf. Yuil stand mit besorgt flatternden Sudah auf ihrem Haauk.

»Tscho! Hat er dir wehgetan?«

»Nein, alles in Ordnung. Wie geht es dir, Yuil?«

Die junge Ooreiki zerknautschte angewidert das Gesicht. »Aus deinem Mund klingt mein Name wie etwas, das ein Jreet essen würde.« Sie blickte auf die Treppe über ihm. »Bist du beschäftigt, Tscho? Willst du meinen Haauk steuern? Ich habe ihn gerade nachrüsten lassen. Ich habe hier auf Kophat eine Anstellung gefunden, sodass ich nicht nach Poen zurückgehen muss, um *oorei* zu pflegen.«

Joe hatte gegenüber seiner Einheit die Verpflichtung, sich mit der PPE vertraut zu machen, aber die Vorstellung zu lernen, wie man die schwebenden Plattformen flog, war zu verlockend, um ihr widerstehen zu können. Joe stieg auf und ging unbeholfen die Schritte durch, wie man einen Haauk bediente, während Yuil amüsiert krächzte.

Doch er lernte sehr schnell und glitt bald über die verknäuelten roten Baumwipfel, die wie eine einzige Masse aus fasrigen Muskeln aussahen, als Yuil plötzlich die Steuerung von ihm übernahm und den Gleiter zu den Bäumen hinuntersinken ließ. Dann hockte Joe zum ersten Mal zwischen den monströsen Ästen, in der Höhe einer Straßenüberführung auf der Erde.

Yuil schaltete den Haauk aus und trat auf einen Baumast. »Von hier aus müssen wir zu Fuß gehen.«

Joe wurde plötzlich bewusst, wie verletzlich er hier draußen war, so weit von der Stadt entfernt, und sah sie stirnrunzelnd an. »Warum? Wo sind wir?«

»Nirgendwo«, sagte Yuil. »Zumindest wirst du es auf keiner Karte von Kophat finden.«

»Was meinst du damit?«, fragte Joe mit zunehmendem Misstrauen.

Yuils Augen leuchteten vor Aufregung. »Es ist ein geheimes Lager. Jeder auf Kophat weiß, dass es hier ist, aber die Regierung tut so, als würde es niemand wissen.«

»Ein Lager für was?« Joe blieb in der Nähe des Haauk.

»Waffen«, flüsterte Yuil mit erweiterten Pupillen. »Schreckliche Waffen. Waffen, die das Ende des Kongresses bedeuten würden, wenn man sie auf Koliinaat zum Einsatz bringen würde.«

Joe spürte ein nervöses Kribbeln an der Wirbelsäule. Yuils Aufregung kam ihm seltsam vor, irgendwie abwegig. War das eine Art Test? Sollte er ihr jetzt sagen, dass er nichts mit dem Ende des Kongresses zu tun haben wollte, und verlangen, dass sie ihn zurückbrachte?

»Komm mit«, drängte Yuil und wickelte behutsam ihre mit Metallkappen besetzten Finger um seinen Arm. »Ich werde es dir zeigen.«

»Hier kann einfach jeder hineinspazieren?«, fragte Joe ungläubig. Auch wenn Kophat ein Ausbildungsplanet war, bezweifelte er, dass der Kongress ein solches Waffenlager nicht bewachen ließ.

Yuil tippte auf den kleinen goldenen Reifen, den sie jetzt an einem Finger trug, genau über der Metallverkleidung in der Form von keltischen Knoten. Ein weiterer Akarit.

»An der *yeeri*-Akademie lernt man, dass ein Akarit nicht nur dazu gut ist, sich Privatsphäre zu verschaffen.« Yuil beugte sich verschwörerisch vor. »Der Kongress hat keine Kreativität. Alle Regierungsgebäude lassen sich mit Codes öffnen, die etwas mit ihrem Zweck zu tun haben. Mein Freund und ich haben nur achtzehn Ticks gebraucht, um herauszufinden, dass der Code die Initialen des Ersten Aufsehers von Kophat sind. Der Akarit hält das Schloss davon ab, die Friedensstifter auf unsere Versuche aufmerksam zu machen.«

Joe spürte, wie ein kaltes Kribbeln seinen Rücken hinaufkroch. Wenn die Sicherheit des Kongresses so lax war, dass jugendliche Ooreiki sie knacken konnten, was hielt dann die Rebellen davon ab, die Einrichtung zu stürmen und die Waffen gegen den Kongress zu verwenden?

Andererseits war Yuil vielleicht gar nicht so jugendlich. Selbst auf der Erde gab es Geeks, die mit einem Mausklick ein halbes Land ins Chaos stürzen konnten. Wie Sam. Wer wusste, ob nicht auch Yuil so etwas wie ein Wunderkind war, das eine Sicherheitslücke im System entdeckt hatte?

»Eines Tages musst du mir zeigen, wie du das machst«, sagte Joe.

Aber wenn es auch nur annähernd so kompliziert war wie das, was Sam ihm auf der Erde gezeigt hatte, war es mindestens eine Nummer zu groß für ihn.

Doch Yuil nickte nur. »Folge mir.«

Yuil führte ihn über die Äste, sprang hinunter und wechselte die *ferlii*, wie es ihr beliebte. Hin und wieder sah Joe durch die Äste ein Stück Boden, und seine Muskeln spannten sich unter dem Schwindelgefühl an, das jedes Mal darauf folgte.

Schließlich erreichten sie eine unscheinbare Tür im Stamm eines *ferlii*. Verdutzt starrte Joe auf den simplen Zugang. Dahinter sollte sich ein Waffenlager verbergen, mit dem sich der Kongress vernichten ließ?

Yuil trat vor die Schalttafel der Tür, und Joe blickte sich nervös um.

Zu seinem Erstaunen öffnete sich die Tür tropfend, sobald Yuil den Code eingegeben hatte. Keine Sirene, kein Alarm, keine Bomben, die hochgingen. Nur ein klaffendes Loch im Stamm des *ferlii* und eine Reihe von rot leuchtenden Lampen, die nach drinnen führten.

Joe starrte mit offenem Mund darauf. Wenn man so einfach in eine streng geheime Einrichtung der Regierung einbrechen konnte, konnte er vielleicht doch wieder Hoffnung schöpfen, eines Tages nach Hause zu gelangen. Aufgeregt folgte er Yuil nach drinnen und war nur ein wenig besorgt, als sich die Tür hinter ihnen wieder schloss.

»Was hältst du davon?«, fragte Yuil. Ihre Augen waren wegen der erweiterten Pupillen fast völlig schwarz.

»Das ist echt cool«, sagte Joe. Seine Stimme hallte durch den leeren Korridor. »Bist du dir sicher, dass niemand hier ist?«, fragte er nervös.

»Hier ist nie irgendjemand«, sagte Yuil. »Ein Zehntel der Armee des Kongresses schwebt im Orbit um Kophat. Sie müssen hier nichts bewachen.«

»Ich weiß nicht …«, begann Joe.

»Mach dir keine Sorgen. Wir sind hier in Sicherheit.« Yuil deutete in den Korridor. »Wohin möchtest du zuerst gehen?«

»Wie meinst du das?«, fragte Joe.

»Es gibt Räume voller Bomben, Räume voller Gewehre, Räume voller Panzer, Artillerie … Hier ist sogar ein *ekhta*. Die Kronen der *ferlii* haben sich darübergelegt, sodass es zum Einsatz gebracht werden kann.«

»Ek-ta?«

»Ein Planetenkiller. Visier damit eine Spezies an, mit der du ein Problem hast, und *Bumm*. Problem aus der Welt geschafft.«

Joe biss sich auf die Lippe und musterte die Reihe Türen. Das Ganze machte ihn nervös. Er konnte einfach nicht fassen, dass der Kongress hier Waffen einlagerte und sich anschließend nicht mehr darum kümmerte. »Ich glaube, wir sollten zurückfliegen.«

Yuil warf ihm einen strengen Blick zu. »Warum?«

»Ich glaube, es ist keine gute Idee, dass wir hier sind«, sagte Joe. »Ich meine, wer kommt auf die idiotische Idee, all diese Waffen hierherzubringen, ohne sie zu bewachen?«

»Der Kongress«, sagte Yuil nüchtern. »Die Politiker werden alt und dumm. Die gesamte Regentschaft ist viel zu sehr von sich selbst eingenommen. Kophat liegt im Alten Territorium, also gehen sie automatisch davon aus, dass ihnen hier niemand etwas anhaben kann. Komm weiter.« Yuil zog Joe tiefer in den Korridor. »Ich werde dir die Gewehre zeigen.«

Joe folgte ihr ein kleines Stück, dann blieb er wieder stehen und blickte auf den Boden. Genau unter ihm war die Oberfläche dunkler als sonst. Er berührte den Boden und spürte eine hellbraune Flüssigkeit an den Fingern. Hastig wischte er sie am Hosenbein ab und fragte sich, ob sie aus einem Giftkanister ausgelaufen war. »Was ist das?«

Yuil betrachtete stirnrunzelnd den Fleck. »Nichts. Irgendein Leck.«

»Was für ein Leck?«, wollte Joe wissen. Der Korridor erinnerte ihn immer mehr an die Takki-Tunnel. Ein paar Meter vom Fleck entfernt lag eine Militärtaschenlampe der Ooreiki vergessen vor der Wand. Joe rieb sich über die Gänsehaut auf seinen Armen, während er sie betrachtete. »Hör mal, ich finde wirklich, dass wir gehen sollten. Auf meinem Planeten würden wir richtig großen

Ärger bekommen, wenn wir uns in eine solche Anlage einschlei-chen. Dann würden wir für die nächsten fünfzig Jahre kein Tages-licht mehr sehen oder so. Ich will mir gar nicht vorstellen, was die Friedensstifter mit uns anstellen würden.«

»Den Friedensstiftern wäre es egal«, tat Yuil seine Besorgnis ab und lief weiter den Korridor entlang. »Wir sind doch nur Kinder.«

Trotzdem sträubten sich Joes Nackenhaare, seit er hier war, und er weigerte sich, Yuil zu folgen. »Ich möchte jetzt einfach nur zu-rück, okay? Ich muss noch einige Sachen für die nächste Jagd ler-nen.«

Yuil sah ihn irritiert an, gab aber nach. Doch als sie den Haauk erreicht hatten, hatte sich ihre Laune wieder gebessert. Sie ließ ihn sogar fliegen.

Joe ließ den Haauk durch die scharlachroten *ferlii*-Äste aufstei-gen und schwebte dann unsicher über den hausgroßen Büscheln aus Sporen. »Wie kommen wir von hier nach Hause?«

»Die Stadt liegt genau im Westen«, sagte Yuil und deutete auf eine Anzeige in der Konsole des Gleiters. »Sie ist neunzig *ferlii*-Längen entfernt. Siehst du die Einschnitte in den Baumkronen zu beiden Seiten? Alle Hochwege führen nach Alishai. Folge ihnen einfach.«

Joe tat wie geheißen, und schon bald hatten sie die Kaserne erreicht.

»Vielen Dank, Yuil«, sagte Joe. Er war mit Adrenalin aufgeputscht, nachdem Yuil ihm unterwegs gezeigt hatte, wie man eine Rolle machte und wie die Schwerkraft des Haauk dafür sorgte, dass ihre Füße auch dann am Boden blieben, wenn sie kopfüber schwebten.

»Beim nächsten Mal werde ich dir zeigen, wie man die Haauks eurer Kommandeure aktiviert«, sagte Yuil mit einem breiten Ooreiki-Lächeln im Gesicht. »Das funktioniert ähnlich wie mit den Türen.«

Joe blickte ihr nach, als sie davonflog, und hatte das Gefühl, dass irgendetwas nicht stimmte. Er war davon überzeugt, dass Yuil ihm nicht die ganze Wahrheit gesagt hatte. Sein Bauch sagte ihm, dass es viel zu einfach gewesen war, in die Regierungseinrichtung ein-zudringen. Außerdem konnte er einfach nicht glauben, dass sie die ganze Zeit unbewacht war. Wenn er danach ging, was sie ihm erzählt hatte, war ein *ekhta* nur wenige Minuten von Alishai entfernt im Prinzip genauso, als würde man eine Atombombe mitten in Washington, D. C., herumliegen lassen. Mit diesen Gedanken kehrte er in die Kaserne zurück.

Er stieß gegen Libby, die den Eingang versperrte. Sie hatte schon vorher hinter ihm gestanden, mit verschränkten Armen. Sie trug nur ihre Unterwäsche und starrte ihn finster an.

»Hallo«, sagte Joe mit deutlichem Unbehagen. Die Tür hinter ihr stand offen. Libby musste sie selbst geöffnet haben.

»Sie sagten, Feinde des Kongresses könnten versuchen, unsere Loyalität zu gewinnen.«

Joe wurde plötzlich kalt. »Niemand hat so etwas mit mir versucht.«

Ihr Blick verriet ihm, dass er niemanden zum Narren halten konnte. »Woher hast du diesen Kuchen, Joe?«

Joe schluckte schwer. »Gute Nacht, Lib.«

25 *Kriegsvorbereitungen*

»Woher hast du diesen Ausschlag, Zero?«

Joe blinzelte, da er nicht genau wusste, was Kampfmeister Nebil meinte. Den ganzen Vormittag über hatte er sich nur damit beschäftigt, dass das kleine silbrige Lektionspad – das er morgen bei der Jagd benutzen wollte – verschwunden war. Dann wurde ihm bewusst, dass Nebil auf die Verletzung starrte, die Lagrah ihm mit seinem Tentakel am Hals zugefügt hatte. Reflexhaft hob er eine Hand, um sie zu verdecken.

»Ich hatte ein Problem mit einem Ooreiki, Sir.«

»Mit Kommandeur Tril?«

»Nein, Sir.« Joe spannte sich an, aus Furcht vor der nächsten Frage des Kampfmeisters.

»Mit wem?«

Joe verzog das Gesicht. »Mit Lagrah, Sir.«

Kampfmeister Nebil grunzte, dann wandte er sich von ihm ab, um die übrigen Rekruten zu mustern. Er hob die Stimme und rief: »Morgen ist die Jagd, und ich will verdammt sein, wenn Tril euch wieder hungern lässt. Holt euer Kochgeschirr und füllt es in der Kantine mit Essen. Es ist mir egal, ob ihr alle während des ersten Ticks der Jagd sterbt, aber die Vierte Einheit bekommt auf jeden Fall etwas zu essen.«

Kampfmeister Nebil bewachte das Ende der Schlange, während das gesamte Bataillon die Essensbehälter mit grünem Schleim füllte und jedem Ooreiki finstere Blicke zuwarf, der es wagte, die Rekruten verwundert anzusehen. Dann befahl er ihnen, sich einen Nachschlag von der Morgenmahlzeit zu holen, und platzierte sie mitten in der Kantine, als würde sie ihnen gehören, obwohl sie das Zeitfenster des Fünften Bataillons benutzten.

Als sich das Fünfte Bataillon an die Tische drängte, die noch frei waren, holte sich Nebil selbst eine Schüssel und eine Portion von der Teichgrütze. Dann setzte er sich zu seiner Einheit an den Tisch und machte sich schweigend daran, sich das Zeug einzuverleiben. Es war das erste Mal, dass Joe einem Ooreiki beim Essen zusah, und es war kein angenehmer Anblick. Das Gesicht des Aliens verzerrte und streckte sich, bis es den Tentakel wie ein Ballon umschloss und er damit den Schleim aufsaugte. Dann wiederholte er das Ganze.

Alle in der Kantine starrten ihn genauso wie Joe an, die Augen fasziniert aufgerissen. Selbst das Fünfte Bataillon verfolgte gebannt das Geschehen. Mehrere Minuten lang sagte niemand etwas. Alle lauschten nur auf die seltsamen Sauggeräusche, die der Ooreiki beim Essen machte.

Schließlich schob Kampfmeister Nebil die halb geleerte Schüssel von sich und stand auf. »Du hast recht, Zero. Das Essen hier schmeckt wie Takki-Asche. Wenn ihr morgen die Fahne holt, werde ich euch richtiges Essen besorgen.«

Alle Kinder in der Kantine setzten sich auf.

»Und noch etwas«, sagte Nebil so leise, dass nur seine Einheit ihn hören konnte. »Diese Ascheseelen in den anderen Bataillonen … In den vergangenen zwei Tagen wurden drei meiner Rekruten verschleppt und zusammengeschlagen. Wenn wir dem Zweiten bei der Jagd nicht den Ruß auswringen, wird es bald noch schlimmer sein. Ich möchte nicht, dass irgendjemand von euch allein in der Stadt herumläuft. Von nun an geht ihr nur noch in Gruppen hinaus. Ich ordne hiermit die Dreierregel an. Immer wenn ihr euch mehr als drei Meter vom Rest des Bataillons entfernt, sollt ihr euch zu Dreiergruppen zusammentun. Ich will nicht, dass irgendeiner von euch rußfressenden Furgs noch einmal allein erwischt wird. Wenn es doch passiert, werde ich dafür sorgen, dass ihr es bereut.«

Er wartete, dass die Rekruten laut seine Anweisung bestätigten.

»Und wer auch immer gestern den Ruß aus diesem Idioten vom Zweiten Bataillon geprügelt hat …« Der Kampfmeister musterte ihre Gesichter, bis sein Blick an Joe hängen blieb. »Macht damit weiter. Gute Arbeit! Zeigt diesen aschigen Furgs, dass wir es ernst meinen. Jedes Mal, wenn *ihr* draußen unterwegs seid und einen von ihnen allein erwischt, sollt ihr ihn verbrannt zurücklassen. Habt ihr verstanden? Setzt so viele von diesen *janja*-Scheißhaufen außer Gefecht, wie ihr könnt. Mal sehen, wie gut Lagrah bei der Jagd ist, wenn die Hälfte seiner Truppe in die Klinik eingewiesen wurde. Jetzt esst auf und trefft euch in achtzehn Ticks mit mir auf dem Platz.« Nebil gab Maggie die halb geleerte Schüssel und ging.

Joes Blick fiel sofort auf Libby. »Warst du das?«

Libby zuckte nur mit den Schultern.

»Wen hast du zusammengeschlagen, Libby?«

Wieder nur ein Schulterzucken.

»Sorg dafür, dass wir anderen beim nächsten Mal dabei sind, okay?«

Ein langsames Grinsen breitete sich auf ihrem Gesicht aus. »Wie wäre es mit heute Abend oder nach der Jagd?«

Joe schnaufte. »Wir werden den Kampf nicht suchen.«

»Aber sie machen es mit uns«, sagte Mönch mit kühler Logik. »Du hast Nebils Worte gehört. Sie werden nicht damit aufhören, wenn wir nicht dafür sorgen, dass sie es tun.«

Joe packte ihren Arm. »Hör mir zu. Das ist kein Spiel, Mönch. Irgendwann wird dabei jemand sterben, und das lässt sich nicht wieder in Ordnung bringen. Wir sollten sie einfach ignorieren. Irgendwann werden sie die Lust verlieren, uns zu schikanieren.«

»Nein, das werden sie nicht«, sagte Libby. »Du liegst falsch. Der Rest des Regiments versucht uns zu mobben. Was macht man mit Leuten, die so etwas tun? Man drückt ihre Nasen in den Dreck und sorgt dafür, dass sie schreiend nach Hause rennen.«

»Sie werden nicht nach Hause rennen«, sagte Joe frustriert. »Sie werden zu ihrem Bataillon rennen und mit mehr Leuten zurückkommen. Glaub mir, es ist kein Spaß, wenn so etwas ins Rollen kommt. Dabei wird es Verletzte geben.«

Zu seinem Bedauern zuckte Scott mit den Schultern und sagte: »Wir werden entweder hier verletzt oder wir werden auf irgendeinem anderen Planeten verletzt, wo wir gegen Aliens kämpfen, von denen wir noch nie zuvor gehört haben. Also können wir genauso gut noch etwas Spaß haben, bevor sie uns in den Krieg

schicken. Mein Großvater war im Krieg. Ich bin eine Nacht lang
aufgeblieben, um zuzuhören, wie er meinem Vater von all den Sachen erzählte, die er erlebt hat. Wenn ich schon sterbe, dann sterbe
ich lieber hier als …«

»*Niemand wird sterben!*«, rief Joe und erhob sich. Er schlug die
Hände auf den Tisch, worauf alle in der Kantine zusammenzuckten.
»Ihr vier solltet lieber nicht versuchen, irgendetwas gegen die an-
deren Bataillone zu unternehmen. Das ist ein Befehl von eurem
Kampfmeister. Habt ihr verstanden?«

Libby zog eine Grimasse und senkte den Kopf, bis sie direkt in
ihre Suppe starrte. Scott und Maggie schauten betrübt drein, doch
Mönch wandte einfach den Blick ab.

»Mönch …«, warnte Joe sie.

»Gut!«, sagte sie. »Ich werde bei dir bleiben und ich werde keinen Spaß haben!«

»Dann wirst du auch keine Schmerzen haben.«

Mönch schmollte.

»Wenn ich Kampfmeisterin wäre, würde ich sie mit euch allen in
einen Hinterhalt locken«, sagte Sasha laut.

Joe drehte sich mit strenger Miene zu ihr um. »Das hier ist keine
verbrannte demokratische Abstimmung, Sasha.«

»Hätte ich das Kommando gehabt, hätten wir die Fahne nicht
verloren.«

»Du hättest die Fahne niemals erobert«, sagte Joe. »Sherri, sorg
dafür, dass sie einhundert Liegestütze macht, bevor sie heute Nacht
schlafen geht. Ich werde meine Ärmel-Runden rennen.« *Oder es
zumindest versuchen.* Er konnte höchstens um die Kaserne hum-
peln, während seine Eingeweide gegen seine Wirbelsäule und seinen Brustkorb schlugen.

»Ich hätte mir nicht mitten in irgendeinem Tunnel in die Hose
gemacht«, fuhr Sasha fort.

Joe packte wütend mit beiden Händen die Tischkante. »Zweihundert Liegestütze.«

Sie hob den Kopf und grinste höhnisch. »Mach dir keine Sorgen.
Wenn ich Kampfmeisterin bin, werde ich dich nicht rennen lassen,
obwohl du es verdient hättest.«

»Dreihundert.«

»Du wirst wieder ein einfacher Bodenkämpfer sein, und ich werde Libby das Kommando über dein Team geben. Weil sie viel besser ist als du.«

»*Vier*hundert«, blaffte Joe. »Oder willst du noch mehr?«

Sasha bedachte ihn mit einem selbstgefälligen Blick. »Egal. Ich mache sie sowieso nicht.«

Joe kniff die Augen zusammen. »Doch. Du wirst sie machen.«

Und sie machte sie. Obwohl er die halbe Nacht aufbleiben musste, bis sie damit fertig war, konnte Joe Nebil überzeugen, die Tür zum Schlafsaal offen zu lassen, während er unten auf dem Platz jeden Liegestütz zählte und sie wieder hinunterstieß, wenn sie aufstehen wollte. Sasha hatte schon keine Tränen mehr übrig, als sie schließlich in den Schlafsaal taumelte.

Als Joe zu seinem Bett ging, bemerkte er, dass sein Bodenteam nicht da war. Zumindest die meisten. Mönch lag unter der Decke und sah ihn an.

»Wo sind die anderen?«, wollte Joe wissen.

»Libby ist mit ihnen losgezogen, um die anderen Bataillone zu jagen, während du mit Sasha beschäftigt warst.«

Joe spürte, dass er einen Wutanfall bekam. »Wohin sind sie gegangen?«

»Ich weiß nicht. Ich bin nicht mitgegangen.«

Joe atmete tief und langsam ein. »Steh auf.«

Mönch warf ihm einen misstrauischen Blick zu. »Warum?«

»Wir müssen sie suchen.«

»Ich bin müde, und morgen ist unsere Jagd.«

»Daran hättest du denken sollen, bevor du entschieden hast, nicht zu mir zu kommen, während sich die anderen weggeschlichen haben.«

»Ich sagte, dass ich nicht mitgegangen bin«, gab Mönch zurück. »Ich habe nicht gesagt, dass ich sie verpetzen wollte.«

»Zieh dich an«, knurrte Joe. »Sofort.«

»Aber mir bleiben nur noch wenige Stunden Schlaf«, wimmerte Mönch.

»Jetzt nicht mehr.«

»Wir haben morgen eine Jagd!«, beklagte sich Mönch. »Gegen das Zweite Bataillon! Wir werden nicht besonders gut sein, wenn wir alle todmüde sind.«

»Wir werden auch nicht besonders gut sein, wenn die Hälfte unserer Einheit tot ist«, konterte Joe.

»Sie werden nicht sterben«, schnaufte Mönch. »*Libby* führt sie an.« Als wäre damit alles in Ordnung.

»Steh sofort auf!«, brüllte Joe und weckte damit die andere Hälfte der Einheit.

»Du klingst wie Kampfmeister Nebil«, murmelte Mönch und kroch aus dem Bett.

»Gut!«, sagte Joe. »Denn ihr Rußköpfe braucht dringend ein wenig mehr Disziplin.«

»Verdammter Ruß«, sagte Mönch und zog sich an. »Wenn ich gewusst hätte, dass du deswegen so eine Asche machst, wäre ich ihnen gefolgt.«

Joe ging nicht darauf ein. »Ich warte draußen auf dich.«

An der Tür zeigte Mönch auf die anderen Betten. »Schau dir das an, Joe. Die Hälfte der Betten ist leer. Du bist der einzige Nazi, der sein Bodenteam davon abhält, etwas Spaß zu haben. Du solltest sie einfach machen lassen.«

»Nein«, sagte Joe. Er zitterte vor Wut und Angst. Er machte sich Sorgen um Maggie. Die meisten anderen Kinder im Regiment waren muskulöse, ausgewachsene Monster, einige genauso groß wie Joe. Maggie war zierlich und klein und hatte dünne Knochen. Und sie war erst *fünf*. »Sie haben sich meinen Befehlen widersetzt. Und sie werden sich wünschen, sie hätten es nicht getan.«

»Du klingst wie Sasha«, murmelte Mönch.

Joe spürte, wie in ihm etwas schmerzhaft zerriss. Er musste den Blick abwenden, um sie nicht anzubrüllen. Leise sagte er: »Zeig mir einfach, wohin sie gegangen sind.«

»Weißt du, in einem Punkt hatte Sasha recht«, sagte Mönch, während sie die Treppe hinunterstieg.

»Ich will es nicht hören, Mönch.«

»Libby ist eine bessere Anführerin als du.«

Dieser Satz schmerzte mehr als alles andere, da er von ihr kam.

415

Müde und benommen vom Schlafmangel blieb Joe auf der Treppe stehen. »Warum?«

»Weil sie heute Nacht mit ihnen rausgegangen ist.«

Joe öffnete den Mund, um ihr zu widersprechen, doch dann schloss er ihn wieder. »Lass uns zurückgehen«, sagte er schließlich. »Sollen sie heute weniger Schlaf bekommen, wenn sie unbedingt wollen. Ich werde später mit ihnen reden.«

Mönch schnaufte angewidert und ging zurück. Joe wäre ihr fast gefolgt, doch dann setzte er sich auf die Treppe, um zu warten. Irgendwann schlief er ein und wachte erst auf, als er ein lautes Lachen hörte.

Es war Maggie.

»… ihn einfach so gefesselt«, sagte sie gerade.

»Wenn wir doch nur Joe davon erzählen könnten«, beklagte sich Scott.

»Joe wird es morgen erfahren, wenn sie herauszufinden versuchen, wer es getan hat«, entgegnete Libby.

»Joe wird es schon jetzt erfahren«, sagte Joe und erhob sich aus dem Schatten. »Eine schöne Nacht für einen Spaziergang, was?«

Alle drei blieben schlagartig stehen, wenige Schritte von ihm entfernt. Es war Libby, die als Erste die Fassung wiedererlangte. »Hallo.«

»Libby.« Joe blickte zu den anderen beiden. »Scott. Maggie. Ich hoffe, ihr habt euren kleinen Ausflug genossen.«

»Das haben wir«, sagte Libby.

Wenn sie aufgerichtet dastand, war sie fast so groß wie Joe. Er hatte das unangenehme Gefühl, dass sie noch weiter wachsen würde. »Gut«, sagte er. »Aber warnt mich vor, wenn ihr das nächste Mal loszieht.«

»Warum?«, gab sie zurück. »Damit du uns zu Liegestützen zwingen kannst?«

»Damit Mönch und ich euch begleiten können.«

»Oh«, sagte Libby blinzelnd.

»Du willst mitkommen?«, kreischte Maggie. »Joe, es war so cool! Wir haben gesehen, wie drei Jungs vom Dritten herumspaziert sind. Also hat Libby gesagt, dass wir uns verstecken sollen, und dann haben wir alle …«

»Erzähl es mir später«, unterbrach Joe sie. »Scott und Maggie, ihr geht schlafen. Ich möchte mich noch ein paar Minuten mit Libby unterhalten.«

Maggies Gesicht verlor den überschwänglichen Ausdruck und zeigte nun ein besorgtes Stirnrunzeln. »Sie bekommt doch keine Schwierigkeiten, oder?«

»Nein«, versicherte Joe ihr. »Geht nach oben. Wir kommen bald nach.«

Scott musterte Joe mit nachdenklicher Miene, dann seufzte er. »Komm, Maggie. Wir haben morgen eine Jagd.« Damit drehte er sich um und machte sich mit ihr auf den Weg zur Kaserne.

Nachdem sie gegangen waren, wappnete sich Libby mit grimmigem Gesichtsausdruck.

»Libby …«, begann er.

»Wir werden nicht damit aufhören«, platzte es aus ihr heraus. »Nebil hat es uns befohlen, Joe! Er sagte, dass wir uns wehren müssen. Wir dürfen uns nicht mobben lassen. Wir müssen ihnen so lange in den Arsch treten, bis sie damit aufhören.«

»… möchtest du Kampfmeisterin sein?«, beendete Joe den angefangenen Satz.

Libby zuckte zusammen. »Was?«

»Du hast gehört, was ich gesagt habe«, erwiderte Joe. »Willst du den Posten? Wenn ja, gehört er dir. Sasha hat recht. Du bist darin viel besser als ich.«

»Nein …« Libby wich einen Schritt zurück, als hätte er eine ansteckende Krankheit. »Joe, das tut mir leid. Ich wollte nicht, dass du sauer wirst.« Sie sah ihn mit ängstlicher Miene an.

»Ich bin nicht sauer«, beruhigte Joe sie. »Ich bin nur ein wenig frustriert und sehr müde, aber ich bin nicht sauer. Sei ehrlich, Libby. Du hast gesehen, wie ich im Tunnel zusammengeklappt bin. Wenn ich nicht gewesen wäre, hätten wir die Fahne nicht verloren.«

»Aber jetzt hast du dieses Übersetzungsgerät für die PPE«, sagte Libby hastig. »Das wird nicht wieder passieren.«

Joe atmete tief durch. »Ich habe es verloren.«

»Was?«

Verzweifelt stieß er den Atem aus. »Es war heute früh nicht mehr bei meinen Sachen. Lagrah hat es gesehen. Ich glaube, er hat es genommen, oder vielleicht ein Takki, der meine Kleidung ausgewechselt hat.«

Er sah Enttäuschung über ihr Gesicht flackern. »Aber du kennst doch schon die meisten Symbole, oder? Du weißt, wie du die Karte positionieren musst. Das reicht, um uns nach draußen zu bringen, wenn wir das nächste Mal die Fahne haben.«

»Ich werde mit Nebil darüber reden, dich zur Kampfmeisterin zu machen«, sagte Joe. »Mönch hat recht. Du hast es viel mehr verdient als ich.«

Libby griff nach seinem Arm. »Das ist *Furgruß*! Jeder Rekrut da draußen weiß, wer du bist. Du hättest uns fast mit einer *Fahne* rausgebracht. Wir alle blicken zu dir auf. Du bist ein Held.«

Joe schnaufte. »Ein Held, der wie ein kleines Baby losheult, wenn er durch ein Loch kriechen soll.« Joe riss ihr den Arm aus der Hand und sah sie mit zusammengekniffenen Augen an. »Wenn du nicht Kampfmeisterin sein möchtest, ist das in Ordnung«, erklärte er leise. »Aber dann hör auf, mich von oben herab zu behandeln.« Damit stürmte er die Treppe hinauf. Er war wütend, dass sie immer wieder versuchte, ihn auf diese Weise zu beeinflussen.

Joe spürte, dass Libby auf der Treppe zurückblieb und ihm hinterherblickte.

Als der Kampfmeister die Rekruten am nächsten Morgen weckte, war Libby weg.

26 *Die Bestrafung*

»Wo in allen Jreet-Höllen ist deine Kameradin, Zero?«, wollte Nebil wissen.

»Ich habe keine Ahnung.« Joe blinzelte, als er die entsetzten Blicke sah, die Maggie und Scott ihm zuwarfen. *Sie glauben, ich hätte ihr etwas angetan,* wurde ihm verdutzt klar. »Leute, ich habe nichts …«

Kampfmeister Nebil riss sein Gesicht wieder zu ihm herum. »Kennst du die Strafe für Deserteure?«

»Sie ist nicht desertiert«, sagte Joe schnell. *Sie würde niemals desertieren. Das hier ist ihr Leben.*

»Wo ist sie also?«

»Ich weiß es nicht.«

»Ein Kampfmeister ist für seine gesamte Einheit und jedes Mitglied verantwortlich. Wenn du deine Rekruten nicht im Griff hast, Zero, werde ich jemanden damit beauftragen, der dazu in der Lage ist.«

»Ich habe gesehen, wie sie zum östlichen Rand der Stadt gerannt ist«, meldete sich Sasha zu Wort. »Sie hatte kurz vorher einen Streit mit Zero, und sie war ganz allein.«

Joe sah Sasha mit zusammengekniffenen Augen an, sagte aber nichts.

»Findet sie!«, bellte Nebil. »Ihr habt eine Stunde, während wir uns für die Jagd bereitmachen. Ich will, dass sie wieder hier ist, bevor Tril herausfindet, dass sie fehlt. Habt ihr verstanden?«

Joe trommelte seine Leute zusammen und rannte mit ihnen los.

Sie fanden Libby, wie sie blutig geschlagen an einer Wand kauerte.

Sie blickte auf, beide Augen geschwollen, die Lippe aufgeplatzt und blutend. Maggie und Scott sahen sie mit stiller Besorgnis an, während Joe vor ihr in die Knie ging. »Libby? Kannst du laufen?«

Langsam wiegte sie den Kopf vor und zurück. Dann bemerkte Joe, dass ihre Beine in merkwürdigen Winkeln abstanden. Nicht weit entfernt lag das Tatwerkzeug, eine Metallstange, an der geronnenes Blut klebte. Das Ding sah fast aus wie eine Brechstange, nur dass sie nicht schwarz, sondern blau war. In der Nähe waren überall Blutspritzer auf dem Boden.

Joe spürte, wie seine Wut immer heftiger in ihm brannte. »Wer hat das getan?«

Libby gab einen seltsam erstickten Laut von sich.

»Libby?«

Blut lief aus ihrem Mundwinkel.

Joe schluckte einen entsetzten Schrei hinunter. »Warte. Ich nehme dich auf den Rücken.«

Libby drückte ihn von sich weg und schloss die Augen, während sie wieder das kehlige Schnaufen von sich gab. Noch mehr Blut lief über ihren Oberkörper. Joes Sorge wurde immer drückender, als er begriff, dass das gesamte Blut im Diamantsand ihres war.

»Ich nehme sie an den Schultern. Maggie, Scott, ihr haltet ihre Beine. Wir müssen sie tragen.«

An die Wand gelehnt, warf Libby den Kopf vor und zurück. Sie stieß einen weiteren unheimlichen, fast tierischen Laut aus. Maggie und Scott starrten sie mit aufgerissenen Augen an, während Joe zögerte.

»Was haben sie mit dir gemacht?«, fragte Joe und zog vorsichtig ihre Jacke von ihrem Oberkörper. Die Haut darunter war unversehrt. Er beugte sie vor, bis sie ein schmerzhaftes Stöhnen von sich gab, dann untersuchte er ihren Rücken. Nichts. Nicht die kleinste Schramme.

»Ich glaube, mit ihrem Mund stimmt was nicht«, sagte Maggie leise.

An der Wand stieß Libby ein elendes, hoffnungsloses Schnaufen aus.

»Lib, mach den Mund auf.«

Sie weigerte sich.

»Verbrannt! Joe, ist das ihre Zunge?« Scott zeigte auf einen blutigen Klumpen im Sand.

Joes Eingeweide verkrampften sich vor Entsetzen und brachten ein völlig neues und gefährliches Gefühl hervor. Er ging neben dem Stück Fleisch in die Hocke und hob es vorsichtig auf, während Mönch und Maggie zurückschreckten. Es war eine Zunge. Er konnte sogar die Geschmacksknospen auf der blassen, leblosen Haut erkennen.

»Ihr bleibt hier bei ihr«, sagte Joe und stand auf. »Ich hole Hilfe.«

»Aber die Dreierregel …«, begann Maggie.

»Verbrenn die Dreierregel. Bleibt bei ihr. Jeder, der mich aufzuhalten versucht, wird sich anschließend wünschen, niemals geboren zu sein.« Damit rannte Joe in vollem Tempo zur Klinik. Er führte die Ärzte zu Libby und konnte nur hilflos zusehen, wie sie ihr die silbrige Lösung injizierten und sie dann wegbrachten.

Joe kehrte voller Wut zur Kaserne zurück. Er konnte sich nicht einmal erinnern, wie er seine Ausrüstung geholt hatte und zum Platz gegangen war. Als der Kampfmeister ihn anbrüllte und wissen wollte, wo Libby war, rastete Joe aus.

»Sie ist im Krankenhaus«, knurrte Joe ihn an. »Man hat ihr die Beine gebrochen und ihr die verbrannte Zunge herausgeschnitten, weil *Sie* uns gesagt haben, dass wir den Kampf gegen das Zweite suchen sollen.«

Kampfmeister Nebil starrte Joe eine Weile an, bevor er sagte: »Bleibt hier, ihr aschigen Takki-Furgs.« Und während die übrigen Rekruten des Sechsten Bataillons den Angriffsgleiter bestiegen, eilte er in seinem watschelnden Alien-Gang davon. Joe schloss die Augen und spürte, wie das volle Gewicht seiner Verantwortung auf ihn drückte.

Es ist meine Schuld, dass sie davongerannt ist.

Als Kampfmeister Nebil zurückkehrte, wirkte er ungewöhnlich verhalten. »Sie wird wieder gesund werden. Die Ärzte können ihre Beine in Ordnung bringen. Eine neue Zunge muss sie sich erst verdienen. Sie wird sie später bekommen, nachdem sie ein paar Jahre lang für den Kongress gearbeitet hat.«

Sie muss sich … ihre Zunge verdienen? Joe war fassungslos. »Sie wird nicht mehr sprechen können?«

Kommandeur Tril beantwortete die Frage. »Rekruten müssen nicht sprechen. Sie müssen Befehlen gehorchen. Sie bekommt einen

Headcom, der Gehirnwellen liest, sodass sie im Kampfeinsatz Bericht erstatten kann.«

»Und was ist mit der übrigen Zeit?«, fragte Joe wütend nach.

Kommandeur Tril ging nicht darauf ein. »Nebil, verfrachten Sie die Rekruten auf den Haauk. Wir verlieren immer mehr Zeit.«

Joe spürte, wie seine Wut ihn durch ihren ersten Kampf gegen das Zweite Bataillon trieb, aber es war trotzdem nicht genug. Das Zweite war besser als das Sechste – in allem. Es gelang ihm, ein paar weiß gekleidete Verteidiger zu erledigen, aber ohne Libby konnten sie nur wenig gegen Lagrahs Rekruten ausrichten, und innerhalb weniger Minuten war der größte Teil seiner Einheit ausgeschaltet.

Kommandeur Tril war äußerst unzufrieden mit den Ereignissen des Tages.

»Das war unsere Chance!«, schrie er die Formation an, nachdem die Ärzte alle wiederbelebt hatten. »Das war unsere große Chance, und was ist passiert? Stattdessen greift das Sechste Bataillon *uns* an. Sie haben ihre verbrannten Tunnel verlassen, um *uns* anzugreifen!« Tril schritt auf und ab, und seine fremdartigen Gesichtszüge waren wütend verzerrt. »Alle, die in der ersten Stunde gestorben sind, vortreten!«

Zwei Drittel des Bataillons traten aus der Formation und bauten sich vor Tril zu einer nervösen Reihe auf, darunter auch Joe.

Kommandeur Tril zog das schwarze Gerät aus seiner Jacke und hielt es hoch. »Ich habe es auf die zweite Stufe eingestellt. Alle ausziehen! Sofort!«

Kampfmeister Nebil trat vor. »Kommandeur, das war erst ihr zweiter Versuch …«

»Seien Sie still, oder ich werde auch Sie hiermit bestrafen!«

Die Pupillen des Kampfmeisters verengten sich, und er trat in die Reihe seiner Rekruten.

»Dann soll es so sein«, sagte Tril und warf Nebil einen finsteren Blick zu.

Der harte Knoten der Wut, der sich seit Libbys Züchtigung in Joes Bauch gebildet hatte, wurde immer größer. Langsam zog er seine Jacke aus und legte sie weit genug hinter sich ab. Dann machte er mit seinem Hemd, den Stiefeln und der Hose weiter. Mit kühler Bedächtigkeit legte er auch seine Unterwäsche ab. Dann stand er wartend da, während sich in der kalten Brise sein Sack zusammenzog. Er sah den Zweiten Kommandeur nicht einmal an, hörte nicht mal den Rest seiner Ansprache. Er spürte nur eine tiefe, animalische Wut, einen Hass auf den Kongress und alles, was diese Leute ihm angetan hatten. Nicht einmal die Geste des Kampfmeisters konnte den Zorn in seiner Seele lindern.

Als der Schmerz kam, sog Joe abrupt den Atem ein. Die sporengeschwängerte Luft in seiner Lunge war seine letzte sinnvolle Empfindung. Dann war alles nur noch ein Chaos aus Todesqualen. Seine Welt schrumpfte auf den sengenden, geistlosen Schmerz zusammen. Ein endloser Schmerz, vor dem es kein Entrinnen gab, raste durch seinen Körper, fand jeden Winkel. Joe konnte an nichts anderes mehr denken, nur daran, wie schlimm es schmerzte, wie sehr er sich wünschte zu sterben …

Als die Qualen endlich vorbei waren, stand Joe nicht mehr auf den Beinen. Er lag auf der Seite, unter seinem Gesicht eine Pfütze aus grünlichem Erbrochenen. Sein Herz schlug hüpfend, als hätte er einen Infarkt. Seine Gliedmaßen gehorchten ihm nicht mehr. Er konnte nur daliegen und auf den Boden unter seinem Gesicht starren, ohne zu denken.

Neben ihm stand Kampfmeister Nebil auf und zog sich wieder seine schwarze Kong-Uniform über die blassbraune Haut. Sein Gesicht war ausdruckslos.

»Stellt sie auf die Beine!«, hörte er Tril rufen.

Nach einer Weile griffen Ooreiki-Arme unter seine Schulter und hoben ihn auf. Doch Joe konnte sich nicht auf den Beinen halten und stürzte sofort wieder zu Boden. Er glaubte, dass er auf etwas fiel, das wie Scheiße aussah, war sich aber nicht sicher.

»Jetzt versteht jeder die Konsequenzen des Versagens!«, schrie Tril, nachdem die Kampfmeister alle Rekruten wieder aufgestellt hatten. »Glaubt irgendjemand von euch, dass ich unfair gehandelt habe? Dass ich als euer Kommandeur nicht das Recht dazu hatte? Wenn ja, tretet vor und sagt es. Ich werde euch zeigen, was es bedeutet, Schmerzen zu spüren.«

Kampfmeister Nebil trat vor. Kommandeur Tril sah ihn an, doch dann wandte er sich wieder seinen Rekruten zu. Alle blieben, wo sie waren. Joe ballte die Hände zu Fäusten und wünschte sich, er könnte sie benutzen. *Nebil sollte nicht allein dort stehen.*

»Ihr verbrannten Takki-Rußsäcke«, schimpfte Tril weiter. »Ihr solltet lieber bleiben, wo ihr seid. Damit ihr beim nächsten Mal die *verbrannte* Fahne des Zweiten erobert. Ihr habt mich erneut gedemütigt, und ich werde diesen Ascher auf Stufe neun stellen und zusehen, wie ihr alle schmort.«

Joe wurde bewusst, dass er einen Schritt vortrat. Und noch einen. Eine unvernünftige Wut trieb ihn jetzt an, bewegte seinen Körper wie eine Marionette. Er ging durch die letzten Reihen der Rekruten und trat neben Kampfmeister Nebil, um Tril mit kaltem, wortlosem Zorn anzustarren.

Nebil wickelte einen Tentakel um seinen Arm. »Geh zurück, Zero«, sagte er. »Ich werde das übernehmen.«

Aber Tril hatte ihn bereits gesehen. »Kampfmeister, treten Sie von diesem Rekruten zurück.«

Nebil blieb, wo er war.

»Hast du etwas zu sagen, Rekrut?«

Joe zwang seinen betäubten Mund auf und sagte langsam: »Wenn wir unsere erste Fahne erobern, werden Sie und Ihr kleiner schwarzer Kasten nichts damit zu tun haben. Sie sind nur ein tanzender Affe, der glaubt, ein Erster zu sein. Sie haben Kihgl töten lassen, damit Sie seinen Platz einnehmen können. Das ist der Grund, warum alle Sie hassen.«

Nach seiner letzten Erfahrung mit dem schwarzen Gerät sprach er immer noch mit schwerer Zunge, aber trotzdem senkte sich kollektives Schweigen über die Reihen, und selbst die Kampfmeister hielten den Atem an. Neben Joe peitschten Kampfmeister Nebils Sudah durch die Luft, aber auch er wandte den Blick keine Sekunde lang von Tril ab.

»Pass gut auf«, sagte Tril in liebenswürdigem Ton. Langsam, fast lässig drehte er an der Kontrolle des schwarzen Geräts. Dann hielt er es Joe hin, damit er es betrachten konnte. »Siehst du das? Das ist die neunte Stufe. Sobald ich auf diesen Knopf drücke, wirst du eine Woche lang nicht mehr funktionieren.«

Joe blickte ihn unverwandt an. »Tun Sie es doch einfach, Ascher.«

Trils geschlitzte Augen glitzerten bösartig, doch bevor er auf den Knopf drücken konnte, schlug Kampfmeister Nebil einen zusammengeballten Tentakel in Joes Solarplexus. »Du giftspritzender Jreet!«, schrie Nebil. »Wie kannst du es wagen, mich so vor meinem Zweiten Kommandeur zu demütigen?« Er knallte einen schweren Tentakel gegen Joes Kopf, und Joes Gesicht explodierte in knirschenden Schmerzen. Blut rann aus seiner Nase und tropfte auf seine Brust.

»Komm her!«, rief Nebil und riss Joe vom Boden hoch. Dann zerrte er ihn durch den stinkenden Sand, auf dem die anderen nackten Rekruten standen.

»Kampfmeister Nebil«, sagte Tril. »Wohin gehen Sie?«

»Dieser Kerl hat von Anfang an nur Ärger gemacht«, blaffte Nebil. »Ich bringe ihn zu Knaaren, um ihn gegen einen der anderen Rekruten einzutauschen, die er vor zwei Wochen mitgenommen hat.«

Tril verzog das Gesicht. »Das dürften keine guten Soldaten sein.«

»Sie sind auf jeden Fall besser als dieser großmäulige Jenfurgling.«

Tril musterte den Kampfmeister eine Weile und nickte dann. »Wenn er Glück hat, wird er ihn essen.«

Ohne ein weiteres Wort schleifte Kampfmeister Nebil Joe fort von der Formation und auf seinen Haauk. »Du dummer Rußsack-Furg«, sagte Nebil, als er den Gleiter aufsteigen ließ. »Ich kann nicht fassen, dass du das getan hast.«

»Sie haben es auch getan«, sagte Joe.

»Ich habe keinen jungen, unsicheren Zweiten Kommandeur dazu gezwungen, vor dem gesamten Bataillon seine Macht über seine Rekruten zu beweisen.«

»Bringen Sie mich nicht zu Knaaren«, sagte Joe. »Lassen Sie mich von Tril bestrafen. Damit komme ich klar.«

»Du bist ein rußfressender Furg!«, blaffte Nebil. »Tril hatte dieses Ding auf Stufe neun eingestellt. Das hätte deine Nerven durchbrennen lassen, bis deine Muskeln aufgegeben hätten und du gestorben wärst. Tril hat nur die Gebrauchsanweisung gelesen. Er hat es nie in Aktion beobachtet. Aber ich. Mit Stufe neun hätte er dich getötet.«

»Also bringen Sie mich stattdessen zum Dhasha?«, rief Joe. »Warum können Sie ihm nicht einfach sagen, dass er mich damit töten würde?«

»Weil er bereits sauer auf mich ist«, entgegnete Nebil. »Hätte ich vorhin irgendetwas anderes gesagt, hätte er das Gerät eingeschaltet, und dann wärst du jetzt nicht mehr hier.«

Verzweifelt griff Joe nach Nebils Arm. »Dann soll er es tun. Ich wäre lieber tot.«

»Halt den Blick gesenkt und den Mund geschlossen«, befahl Nebil. »Tu nur das, was dir gesagt wird, und dann kommst du vielleicht lebend aus der Sache raus.«

Joes Wut verschwand plötzlich und wurde durch kalte, nackte Furcht ersetzt. »Bitte, ich möchte nicht zum Dhasha gehen.«

»Du hast keine andere Wahl.«

Joe geriet in Panik, als sie sich Knaarens Turm näherten. »Dann lassen Sie mich von ihm töten!«

»Das kann ich nicht zulassen.« Der Kampfmeister landete mit dem Haauk vor dem Turm. »Obwohl du unglaublich dumm bist, würde Kihgl mich in meinen Träumen verfolgen, wenn du sterben würdest. So hast du wenigstens eine gewisse Überlebenschance.« Er stieß Joe in Richtung Turm. »Geh zum Lift. Sofort.« Hinter Nebil wurde der Rest des Sechsten Bataillons auf Fahrzeuge verladen, und Joe sah, dass seine Kameraden ihn mit besorgten Mienen beobachteten.

Joe schluckte schwer und war entschlossen, vor ihnen stark zu bleiben.

Er trat in den Lift.

Kampfmeister Nebil folgte ihm, und der Takki-Kontrolleur schloss das Tor. Im nächsten Moment raste die Maschine nach oben, zu Knaarens Penthouse an der Spitze des Turms. Joe blickte mehrere Male über das Geländer, während sie aufstiegen, und fragte sich, ob die Kongress-Medikamente wirksam genug waren, um ihn ins Leben zurückzuholen, wenn er sprang.

»Tut mir leid«, sagte Joe und bemühte sich, seine Stimme nicht zittern zu lassen.

»Halt die Klappe, Zero.«

»Das war dumm von mir.«

»Es reicht jetzt. Mit deinen Bitten wirst du nichts mehr ändern können.«

»Geben Sie mir eine zweite Chance.«

»Zu spät.«

Joe geriet immer mehr in Panik. »Lassen Sie mich mit Tril reden. Ich werde mich entschuldigen. Ich bin einer der besten Läufer im Regiment. Ich kann mehr Ausrüstung tragen als die meisten. Ich bin der Anführer der einzigen Einheit, die jemals eine Fahne in den Händen hatte. Ich werde ihn überzeugen.«

»Willst du den ganzen Weg nach oben herumwinseln?«

Joe ließ sich am Geländer zu Boden sacken. Plötzlich hatte er jeden Kampfgeist verloren. Er sah einen Ausdruck der amüsierten Befriedigung auf dem Reptilgesicht des Takki, bevor er sich umdrehte und auf die riesige Wendeltreppe starrte, die sich um den durchlöcherten Turm wand.

Der Lift kam an mehreren schlimm vernarbten Takki auf den gegenläufigen Treppen vorbei, alle mit ausdruckslosen Saphir-Augen. Sie blickten nie von ihrer Arbeit auf. Die Menschen sahen noch schlechter aus. Alle hatten tote Augen, und ihre Körper waren mit halb verheilten Furchen überzogen, die ihre Haut zu faltigen Tälern aus Narben aufwölbten. Nur ihre Hände waren unvernarbt – sie sahen sogar schön aus, arbeitende Hände ohne einen einzigen Kratzer.

Joe blickte über das Geländer nach unten. Sie waren mindestens dreihundert Meter über dem Boden. Niemand konnte einen so tiefen Sturz überleben.

Kurz dachte Joe an die Fallschirmspringer, von denen er gelesen hatte, deren Schirme sich nie geöffnet hatten. Sie waren auf irgendeinem Parkplatz gelandet und hatten überlebt, und nur ein paar Knochenbrüche zeugten von ihrem kilometertiefen Fall. Ihm wurde übel, als er daran dachte. Wenn er vielleicht mit dem Kopf voran sprang …

Kampfmeister Nebil schlang einen Tentakel um Joes Hals und zog ihn vom Rand des Lifts zurück. »Daran solltest du nicht einmal denken.«

Joe musste den schmerzhaften Griff des Ooreiki für den Rest der Fahrt ertragen. Als der Lift anhielt, schleifte Nebil ihn auf das Dach und in eine panzergroße Öffnung, die in den schwarzen Stein geschnitten war.

Dahinter führte der Gang auf einen Balkon über einem riesigen Amphitheater. Im Zentrum scharten sich eine Handvoll Menschen um Lord Knaaren, dessen irisierender Körper im Rhythmus seines schläfrigen Stöhnens zuckte. Die Menschen hebelten die Schuppen des Dhasha hoch und benutzten blaue Metallstäbe, um große Hautflocken darunter hervorzuholen. Diese legten sie in Körbe, die ein Takki einsammelte.

»Bleib hier.« Ohne ein weiteres Wort stieg Nebil zur Wohnung des Dhasha hinunter. Alle Kinder blickten auf, als er eintrat, und dann zu Joe hinauf, als er zu ihnen sprach. Langsam und zögernd entfernte sich ein Junge von den anderen. Erschrocken erkannte Joe Elfe wieder.

Der Ooreiki führte Elfe über die Treppe nach oben, wo der Kampfmeister für einen Moment innehielt, um Joe von oben bis unten zu mustern. Schließlich sagte er: »Viel Glück, Zero.« Damit drehte sich Nebil um und ging zur Tür hinaus, während er Elfe winkte, ihm zu folgen. Elfe blieb noch ein paar Herzschläge lang und sah Joe mit einem gequälten Blick an, in dem sich Mitleid und Erleichterung mischten. Dann, als würde er befürchten, er könnte diese Gelegenheit verlieren, wandte sich Elfe ab, eilte dem Ooreiki hinterher und ließ Joe allein zurück.

Wenigstens habe ich Elfe gerettet. Joe spürte, wie ein irres Lachen in seiner Brust aufstieg. Er drehte sich um und starrte auf die armseligen Gestalten hinab, die den Dreck unten den Schuppen des Dhasha hervorkratzten. Er beobachtete die unterwürfigen, umherwuselnden Sklaven noch eine Weile, bis aus dem Nichts ein Takki kam, ihn grob an der Schulter packte und herumriss. Wenn ein Ooreiki aus soliden Muskeln bestand, bestand ein Takki aus solidem Stahl. Mühelos, als würde er eine Puppe aufheben, warf der Takki Joe gegen die steinerne Brüstung über dem schlafenden Dhasha. Seine sechs gepanzerten Finger waren mit stumpf gemachten purpurnen Krallen besetzt, die sich in Joes Haut gruben.

»Warum stehst du hier herum?«, wollte der Takki wissen. »Menschen ist es nicht erlaubt, sich über der Wohnung aufzuhalten.« Er zerrte Joe die Treppe hinunter, bis er nur noch wenige Meter vom zuckenden Dhasha entfernt war. Dort drückte er Joe einen blauen Kratzstock in die Hand und stieß ihn dann in Knaarens Richtung. Als Joe nicht sofort in die Hocke ging und sich wie die anderen an die Arbeit machte, zog der Takki ihm lässig die purpurnen Krallen über den Rücken, wodurch er ihm die Haut aufriss, und stieß ihn auf die Knie.

Joe starrte auf den Korb mit stinkenden Hautflocken neben ihm. Er sah kleine rote Insekten, die darin herumkrochen und die abgestorbene Haut mit vier Mandibelpaaren packten, jedes Tier so groß wie ein ausgewachsener Wasserkäfer. Sie schnappten nach den Fingern der Menschen, wenn sie zu nahe kamen. Er sah einen Jungen zusammenzucken, als er von einem Insekt gebissen wurde und sich eine blutende Wunde am Handgelenk zuzog. Dann packte der Takki rabiat Joes Hinterkopf und drückte sein Gesicht mit stählernen Armen zum schlafenden Körper des Dhasha.

Joe wirbelte herum und schlug mit dem Metallstab auf die glänzende purpurne Schnauze des Takki.

Das schmerzhafte Geheul des Takki weckte Knaaren. Der Dhasha war sofort auf den Beinen und warf seine Diener zur Seite, während er nach dem Ursprung des Lärms suchte. Sobald sein Blick den wimmernden Takki fand, stieß er das Wesen zu Boden und riss ihm den Kopf ab. Dann wandte er sich Joe zu.

Joe ließ die Metallstange fallen.

27 *Ärger mit den Takki*

»Ich erkenne dich wieder«, sagte Knaaren. Zwischen seinen schwarzen Zähnen steckten purpurne Schuppen. »Du bist der Große, der behauptet hat, keinen Ärger machen zu wollen.« Der Erste Kommandeur blickte zum Balkon hinauf, von dem Nebil verschwunden war. »Wie es scheint, hast du gelogen, oder?«

Joe traf eine schnelle Entscheidung. Als er vor dem Monster stand, hatten sich all seine selbstgerechten Gedanken verflüchtigt, lieber tot als ein Sklave sein zu wollen, und in diesem Moment, wo er sich den Kiefern voller scharfer Zähne gegenübersah, wollte er nur noch leben. Er senkte den Kopf und wartete.

Knaaren knirschte mit den Zähnen und zermahlte Stücke aus purpurnem Fleisch und Schuppen. *Er kaut*, dachte Joe angewidert. Er hörte das Knacken der Schädelknochen. Dann schluckte Knaaren und sagte: »Warum bist du hier?«

Joe spürte, wie jeder Mut aus ihm herausfloss. »Ich habe Kommandeur Tril vor seinem Bataillon widersprochen«, stieß er mühsam hervor.

Der Dhasha schnaufte, und ein Schwall aus üblem Atem breitete sich im Raum aus. »Wirklich? Das überrascht mich nicht. Was hast du gesagt?«

»Ich glaube, ich habe gesagt, er sei ein tanzender Affe, der es nicht verdient, das Sechste zu führen«, antwortete Joe.

Lord Knaaren bleckte die regenbogenfarbenen Lippen und schlug klackend die tintenschwarzen Zähne zusammen. Dann griff er nach dem Rest des toten Takki und verschlang ihn. Joe ertrug mehrere Minuten lang das abscheuliche Knacken von Knochen nur wenige Handbreit von seinem Hals entfernt, bevor der Dhasha zu seinem Platz zwischen den farbenfrohen Kissen zurückkehrte. Anscheinend war er doch nicht in Stimmung, Joe zu töten. »Erzähl mir von weiblichen Menschen. Wie bringt man sie am besten zur Fortpflanzung?«

Joe starrte ihn an. »Was?«

Knaaren beobachtete seine Reaktion wie eine hungrige Katze. »Alle Menschen, die ich bisher danach gefragt habe, schienen keine Ahnung zu haben, wovon ich rede. Irgendwie dachte ich mir, du könntest vielleicht mehr darüber wissen.«

Joe räusperte sich und spürte, dass er errötete. »Hm, na ja, ich habe gehört, dass sie Blumen mögen. Kerzen und ein Abendessen und einen Film. Mein Freund erzählte mir, dass es bei ihm mit einem Gedicht geklappt hat.«

»Abendessen?« Knaarens Diener traten vor und machten sich daran, purpurnes Fleisch und Schuppen zwischen seinen Zähnen hervorzukratzen. »Ich habe ihnen keine Nahrung vorenthalten.«

»Sie … äh …« Joe wusste nicht, wie er es sagen sollte, ohne den Zorn des Dhasha anzustacheln. »Ich glaube, die Ooreiki haben sie alle sowieso sterilisiert.«

»Hältst du mich für dumm?«, knurrte der Dhasha. »Natürlich benutze ich keine ehemaligen Rekruten. Diese nutzlosen Kreaturen habe ich sofort gegessen.«

Joe warf einen Blick zu den anderen menschlichen Sklaven. Zum ersten Mal bemerkte er, dass es ausschließlich Jungen waren. Er spürte, wie sich seine Eingeweide furchtsam verkrampften. *Er hat alle Mädchen gegessen.*

»Ich habe für eine Lieferung von der Erde bezahlt«, fuhr Knaaren fort. »Neun Weibchen. Ich habe versucht, die Farben zu variieren, um interessantere Zuchtergebnisse zu erzielen, aber die meisten haben euer übliches stumpfes Rosa.«

Joe hatte ein übles Gefühl im Magen.

Knaaren lehnte sich auf den Kissen zurück, ohne Joe aus den Augen zu lassen. »Der Rekrut, den ich in ihr Gehege gesteckt habe, hat nicht mehr getan, als zu essen und zu schlafen.«

Joe verstand das Problem sofort. Die meisten Rekruten waren noch viel zu unreif, um irgendetwas über Sex zu wissen. Wen auch immer Knaaren auserwählt hatte, der Junge war vermutlich mehr an Gutenachtgeschichten als an Fortpflanzung interessiert.

»Was muss ich also tun?«, bohrte Knaaren weiter. »Muss ich

diese Dinge kaufen, von denen du sprichst, und sie hierherbringen, damit das Männchen sie benutzen kann?«

»Ja, wahrscheinlich«, sagte Joe.

Der Dhasha schnaufte. »Nutzlose Kreaturen. Wie konnte eure Spezies überleben, wenn die Männchen die Weibchen nicht ohne Hilfe befruchten können?«

»Weil wir das alles schon immer hatten, denke ich«, sagte Joe errötend.

»Das bedeutet zwei weitere Rotationen, bevor ich mit der Zucht beginnen kann, selbst wenn ich mein schnellstes Schiff losschicke«, knurrte Knaaren. »Ihr Menschen scheint mehr Schwierigkeiten zu machen, als die Sache wert ist.«

Joe schwieg, da er sich nicht sicher war, was der Dhasha von ihm hören wollte.

»Aber ihr schmeckt gut«, fuhr der Dhasha fort. »Überhaupt keine Schuppen. Sehr zartes Fleisch. Sogar noch viel besser als gezüchtete Takki. Auf den Farmen werden sie entschuppt, und man hält sie auf engem Raum, bis ihre Muskeln weich werden und sie sich nicht mehr aufrecht halten können, aber selbst dann sind sie immer noch zäher als ein Mensch. Menschen sind viel schmackhafter, selbst mit ihrem bitteren Nachgeschmack. Deshalb habe ich diese neun von der Erde gekauft. Ich will meine eigene Farm begründen.« Er bedachte Joe mit einem abschätzenden Blick. »Du bist größer als die meisten Menschen, nicht wahr?«

Joe wurde übel. »Nein«, log er. »Ich bin ziemlich durchschnittlich.«

»Schade. Ich brauche einen guten Zuchthengst. Mein bisheriger ist nutzlos.«

Joe hielt den Mund.

Der Dhasha schloss die Augen mit den doppelten Lidern. Joe wartete ab, ob er noch etwas sagte, aber kurz darauf war der Erste Kommandeur eingeschlafen.

Als sich Knaaren nicht mehr für ihn interessierte, kamen mehrere Takki zu Joe und zerrten ihn fort, um ihm seine erste Tracht Prügel zu verpassen, seit er im Sklavenlager eingetroffen war. Schnell wurde ihm klar, dass die furchteinflößende Kraft eines zor-

432

nigen Ooreiki nichts im Vergleich zur grausamen Effizienz eines Takki-Sklaven war.

*

»Nebil, warum erlauben Sie Ihren Rekruten weiterhin, ihre Uniformen zu verunstalten? Zero ist fort, und Ihre gesamte Einheit scheint kurz davorzustehen, in seine Fußstapfen zu treten.«

Kampfmeister Nebil hatte kaum ein Wort zu Tril gesagt, seit der ihn in die perzeptuelle Bestrafung eingeschlossen hatte. Also sagte er knapp: »Kommandeur, meine Einheit ist meine Angelegenheit. Solange sie sich bei den Jagden gut schlägt, erwarte ich, dass Sie die Rekruten in Ruhe lassen.«

Tril spürte, wie seine Sudah bei »erwarte ich« kurz flatterten. Bislang hatte es niemand, der seinem Kommando unterstand, gewagt, so zu ihm zu sprechen. Verschiedene Möglichkeiten der Bestrafung Nebils gingen ihm durch den Kopf, wobei die sofortige Degradierung und Versetzung ganz oben auf der Liste standen. Nebils Einheit überflügelte alle anderen, was Effizienz und Kampffähigkeit bei der Jagd betraf. Tril gab es nicht gern zu, aber Nebil war einer der besten Kampfmeister, die er je erlebt hatte, und ihm war klar, dass Nebils Einheit den Angriff anführen würde, wenn es dem Sechsten Bataillon irgendwann gelang, das Zweite in seine Schranken zu weisen.

Trotzdem musste er etwas wegen Nebils Respektlosigkeit unternehmen. Mit aller Würde, die er aufbringen konnte, sagte Tril: »Bislang habe ich Ihren Ungehorsam ignoriert, Kampfmeister, und jeden Tag sehe ich mehr von Ihren Rekruten, die ihre Arme entblößt haben. Das allein macht mir keine allzu großen Sorgen. Wenn Sie Ihre Einheit in einem freundschaftlichen Wettbewerb kennzeichnen möchten, habe ich damit kein Problem. Doch an diesem Vormittag habe ich drei Rekruten aus einer anderen Einheit gesehen, die ihre Arme auf die gleiche Weise entblößt hatten.«

Nebil sah ihn amüsiert an. »Vielleicht sollten Sie sie in die Vierte versetzen.«

»Ich haben ihren Kampfmeister angewiesen, ihnen wegen des Regelverstoßes vier Tage lang das Essen zu entziehen.«

Nebils Miene verhärtete sich.

»Erzählen Sie mir, Kampfmeister, wie ich das Sechste Bataillon führen sollte. Sie sind nur einer von zehn Kampfmeistern, mit denen ich mich jeden Tag auseinandersetzen muss, von denen jeder etwas anderes für seine Einheit haben möchte. Wenn ich der Vierten Einheit ihre eigene Kleiderordnung erlaubte, was sollte ich dann den anderen neun Einheiten meines Bataillons zum Ausgleich gestatten? Sollte ich der Zweiten erlauben, ihre Jacken rot anzumalen? Sollte ich die Siebte ohne Stiefel marschieren lassen?«

»Tun Sie, was Sie möchten«, sagte Nebil kühl. »Ich weiß nur, dass sich alle Blicke der Vierten zuwenden, wenn sie über den Platz marschiert. Wenn wir bei der Jagd mit einer anderen Einheit zu tun haben, wissen diese Rekruten, wer wir sind. Die Vierte ist die einzige Einheit im Regiment, die in der Kantine ihren eigenen Tisch hat. Wenn sie zum Essen hereinkommen, machen alle anderen ihnen Platz.«

Trils Sudah peitschten gereizt. »Davon habe ich gehört, Nebil. Sie ignorieren den Zeitplan für die Vierte Einheit und gehen jetzt in die Kantine, wenn Ihnen danach ist. Die anderen Kommandeure sind empört.«

Kampfmeister Nebil wirkte völlig unerschüttert. »Diese Takki-Schwächlinge wollen damit erreichen, dass sich das Sechste zwischen Essen oder Schlafen entscheiden muss. So kann ein Bataillon nicht allzu lange funktionieren, ohne zu zerbrechen. Ich lasse meine Rekruten nicht von ihnen herumschubsen. Und Sie sollten das auch nicht tun.«

Damit drehte sich Nebil um und ging ohne ein weiteres Wort.

*

Seit dem ersten Moment im Sklavenlager bemühten sich die Takki systematisch, Joes Würde zu zerstören. Immer wieder musste er sich daran erinnern, dass er ein menschliches Wesen war. In den ersten paar Tagen weigerten sie sich, ihn anzukleiden, bis Knaaren deswegen eine Bemerkung machte. Sie gaben ihm nervenaufreibende Aufgaben – zwangen ihn, Fleischstückchen zwischen den

Zähnen des Dhasha herauszupicken – und sorgten dafür, dass er wie ein Hund zwischen dem Dhasha und dem Abfallhaufen mit der verwesten Haut und den Parasiten hin und her kroch. Wenn er zu langsam war, zeichneten sie seine Haut rücksichtslos mit ihren Klauen.

Joe verließ Knaarens Lager nur wenige Male, aber bei jedem Ausflug erkannte er frustriert, wie hoffnungslos seine Situation war. Die Einheiten wurden weiter gedrillt, und die Bataillone gingen weiter auf die Jagd, und sie funktionierten trotz des fehlenden Rekruten namens Zero sehr gut. Im Gegensatz zu den anderen Menschen, die auf ein Wunder hofften, wenn sie ihre alten Kameraden wiedersahen, entschied sich Joe jedes Mal, sich zurückzuhalten, wenn er die Möglichkeit dazu hatte. Er wollte nicht, dass Libby und die anderen ihn so sahen – als Sklaven, der mit gebeugtem Rücken die Zähne eines Monstrums putzte.

Doch Knaaren ließ ihm keine andere Wahl. Der Erste Kommandeur verhielt sich immer seltsamer – manchmal brüllte er ins Leere, als würde jemand vor ihm stehen und zurückbrüllen. Auch die Träume des Dhasha wurden unruhiger. Wenn Knaaren die Augen schloss, begann er meist im nächsten Moment zu zittern und schlug mit seinen riesigen Klauen durch die Luft. Dadurch wurde die Körperpflege des Ersten Kommandeurs zur gefährlichsten Aufgabe für die Sklaven, vor allem, wenn er schlief.

Bei einer der seltenen Gelegenheiten, als Knaaren beschloss, dass bestimmte Sklaven ihn auf den Drillplatz begleiten sollten, genügte schon die leiseste Andeutung von Joe, dass er lieber zurückbleiben wollte, um den Dhasha zu veranlassen, seinen Takki zu befehlen, ihm Schmerzen zuzufügen.

Knaaren selbst konnte die Menschen nicht berühren, ohne dauerhaften Schaden anzurichten. Wie Kommandeur Linin demonstriert hatte, waren seine Krallen keilförmig und rasiermesserscharf. Anders als die Krallen von irdischen Tieren zerrissen sie Fleisch nicht, sondern zerschnitten es. Und bei den menschlichen Sklaven, die nicht mehr als leichte purpurne Gewänder trugen, genügte selbst ein leichter Schlag des Dhasha, um sie in zwei Hälften zu zerteilen. Deshalb beauftragte er die Takki mit dieser

Schmutzarbeit, und bei dieser Aufgabe übertrafen sie sich selbst. Sie verpassten Joe bei jeder sich bietenden Gelegenheit eine neue Narbe, und bei den zwei Malen, als Joe es wagte, sich zu wehren, zeigten sie ihm, wie schwach er in Wirklichkeit war. Es kostete die Takki nicht die geringste Mühe, ihn bewusstlos zu prügeln. Im Gegensatz zu den Ooreiki mussten die Echsenwesen dazu nicht einmal besonders viel Kraft aufwenden. Sie mussten ihn nur einmal schlagen, und Joe fühlte sich, als wäre er von einem Sattelschlepper erfasst worden.

Irgendwann stellte Joe fest, dass er keineswegs ungewöhnlich grob behandelt wurde. Die Takki bedachten alle anderen Menschen mit dem gleichen Ausmaß an Grausamkeit. Für die Takki waren sämtliche Sklaven, die als Zeichen ihrer Knechtschaft purpurne Gewänder tragen mussten, Wesen von geringerem Wert als sie, die seit Jahrtausenden die loyalen Genossen der Dhasha waren. Joe erkannte schnell, dass die Takki *stolz* auf ihre Stellung waren. Sie ärgerten sich sogar darüber, dass Knaaren beschlossen hatte, Menschen zu Nahrungszwecken zu züchten. Sie fanden, dass *ihnen* diese Ehre zustand, die die Menschen ihnen abspenstig zu machen versuchten.

Es war Wahnsinn. Joe stellte fest, dass sie keinerlei Selbstwertgefühl hatten. Der Sinn ihres Lebens bestand darin, für die Dhasha zu leben und zu sterben. Er hörte nie, wie einer von ihnen das Wort »ich« benutzte. Soweit er es verstanden hatte, betrachteten sie sich als Einzelwesen, das verschiedene Aufgaben zu erledigen hatte. Wenn einer von ihnen seine Pflichten vernachlässigte, wurde er von der Gesamtheit ausgegrenzt, bis der Stress zu groß wurde und das Opfer vor seinem Herrn einen fatalen Fehler beging. Durch diesen Mangel an Mitgefühl fiel es ihnen leicht, andere Sklaven zu verpetzen, ganz gleich, ob es sich um Menschen oder Takki handelte. Und als Joe beobachtete, wie Knaaren seelenruhig einen Takki vor den Augen seines klaglosen Lebensgefährten aufaß, war ihm klar, dass sie kein bisschen Mut hatten.

Joe hasste die Dhasha, aber die Takki hasste er noch viel mehr. Knaaren war rücksichtslos und brutal, aber das war nichts im Vergleich zur kalten, systematischen Grausamkeit der Takki. Je länger er mit ihnen als Sklave diente, desto deutlicher wurde ihm bewusst, dass sich die Dhasha ohne die Takki niemals über die Stufe stinkender, geistloser Raubtiere hinausentwickelt hätten. Es waren die Takki, die Knaaren die Fähigkeit verliehen, seinen Untergebenen Befehle zukommen zu lassen. Es waren die Takki, die dafür sorgten, dass seine abgestorbene Haut nicht die Schuppen verfaulen ließ und ihm nicht die Zähne ausfielen. Es waren die Takki, die mit Dingen hantierten und empfindliche Instrumente trugen. Es waren die Takki, die Türen öffneten und Haauks steuerten.

Knaaren setzte das alles als selbstverständlich voraus. Mehrere Male blickte Joe zur Tür hinauf, die ihnen den Weg aus dem Sklavenlager versperrte, und fragte sich, was mit Knaaren geschehen würde, wenn er plötzlich einen Wutanfall bekommen und alle seine Sklaven töten sollte. Seine mächtigen vorderen Gliedmaßen waren zu stämmig, um ihn weiter aufzurichten, als es zum Rennen nötig war, und seine Tatzen waren zu starr, um einzelne Knöpfe drücken zu können. Sein haiartiges Gesicht war zu breit, um damit etwas anderes zu machen, als eine Tastatur zu zertrümmern, und sein Schwanz war zu klein und starr, um ihn als zusätzliche Gliedmaße benutzen zu können. Kurz gesagt, für ihn gab es keine Möglichkeit, seine Wohnung zu verlassen, sollten die Takki ihn dort einsperren.

Dennoch taten sie so etwas nie.

Sie sind Feiglinge, dachte Joe voller Hass auf sie. *Sie hätten die ganze Zeit frei sein können, ohne dass die Dhasha sie daran hindern könnten, aber sie haben es nie auch nur versucht.*

Was seinen Hass auf sie noch verstärkte, war die Tatsache, dass die Takki sogar noch schlechter behandelt wurden als die Menschen und sie trotzdem nichts taten, um sich selbst zu helfen. Knaaren schlug sie täglich und riss oft tiefe Furchen in ihre Schuppen, die manchmal bis unter die Haut gingen. Er aß viele von ihnen, schon für ein kleines Vergehen. Alle, die er verzehrte, wurden zügig ersetzt. Ihre frischen Schuppen und hellen Augen deuteten darauf hin, dass sie von irgendeiner Sklavenkolonie der Dhasha herbeigeschafft wurden. Diese waren für gewöhnlich die Ersten, die Fehler begingen und auf der Speisekarte landeten. Die Älteren, die die meisten Narben von Knaarens Wutanfällen am Körper trugen, hatten sich irgendwie zur Spitze der Takki-Hierarchie hinaufgearbeitet und hielten sich die ganze Zeit außerhalb der Wohnung auf, um die Angelegenheiten ihres Herrn zu verwalten.

Nachdem Knaaren gesäubert war, schien ihn nichts mehr zu interessieren, als Joe und die anderen Menschen herumzukommandieren, wobei er ihre Bewegungen interessiert beobachtete. Joe erschauderte unwillkürlich, wenn sich der Blick der grünen, eiförmigen Augen auf ihn richtete und er sich wie eine Maus fühlte, die von einer Katze in die Enge getrieben wurde.

Knaaren machte es großen Spaß, einen Menschen auszuwählen und ihn zu zwingen, sich in seinen Rachen zu beugen, um einen hartnäckigen Nahrungsrest zu entfernen, der zwischen seinen Haizähnen feststeckte. Wenn es erledigt war, beharrte er darauf, dass sie nicht das richtige Stück Fleisch erwischt hatten. Dann beschimpfte er sie als nutzlos und befahl ihnen, die Prozedur zu wiederholen. Wenn sie noch zu sehr unter Schock standen, um es ein zweites Mal tun zu können, ließ er sie durch seine Takki bestrafen. Wenn sie erwiderten, dass da nichts mehr zwischen seinen Zähnen sei, ließ er sie durch seine Takki bestrafen. Wenn sie wimmerten und weinten und flehten, ließ er sie ebenfalls durch seine Takki bestrafen. Dann suchte er sich den nächsten Menschen aus und begann wieder von vorn.

Knaaren war in genau dieser Stimmung, als ein Ooreiki-Bote ihn zum Drillplatz bestellte, um die Bestrafung eines Entflohenen zu überwachen. Knaaren wählte Joe als Begleiter aus, der soeben mit der nervenaufreibenden Prozedur begonnen hatte, in den Rachen des Löwen zu kriechen.

Draußen auf dem Platz wandte Joe den Blick von den Reihen der schwarz gekleideten Rekruten ab und starrte auf den Boden. Er wollte auf gar keinen Fall jemanden sehen, den er kannte. Gebeugt stand er da, um sich möglichst klein zu machen, und achtete darauf, dass der Dhasha zwischen ihm und dem Regiment war.

Trotzdem erkannte er sofort, welches das Sechste war, weil es immer noch das einzige Bataillon ohne Fahne mit dem Symbol des Kongresses war. Sosehr Knaaren die Psycho-Spielchen mit seinen

Sklaven genoss, mit seinen Untergebenen machte ihm so etwas noch viel mehr Spaß. Tril würde seine Standarten wahrscheinlich nicht vor dem Tag erhalten, wenn seine Rekruten ihre Ausbildung abgeschlossen hatten.

»Trag das«, befahl ein älterer Takki und drückte ihm ein Alien-Notepad in die Hand. »Der Meister wird es brauchen, um die angemessene Disziplinarstrafe in die Akte des Entflohenen einzutragen.« Joe erkannte einige der Zeichen, senkte aber sofort wieder den Blick. Der Takki würde später zu ihm zurückkommen, wenn Knaaren das Gerät brauchte.

Das bedauernswerte Kind, das den Fluchtversuch unternommen hatte, stand bleich und mit großen Augen in Habachtstellung vor dem Sechsten Bataillon. Im Gegensatz zu allen anderen auf dem Platz trug es Weiß. Joe atmete erleichtert aus, als er den Jungen nicht wiedererkannte, aber er wusste, dass ein weiterer Fleck auf der Weste des Sechsten Bataillons stets gefährliche Aufmerksamkeit auf sich zog.

Als Joe den Jungen betrachtete, erkannte er, dass die Wachstumshormone bei einigen mehr Wirkung zeigten als bei anderen. Der Junge war so groß wie Joe und bullig wie ein Stier, mit Oberarmen vom Umfang kleiner Truthähne. Als er ihn sah, konnte er sich mühelos vorstellen, dass die Menschen mit Affen verwandt waren. Wenn die Medikamente sie nicht völlig enthaart hätten, wäre dem Jungen ein Pelz gewachsen, der vom Bauchnabel bis zum Brustbein reichte.

Dritter Kommandeur Tril trat vor, steif wie immer. »Mylord, diesem Rekruten wird die Missachtung seiner Pflichten vorgeworfen, weiterhin die Weigerung, auf seinen Posten zurückzukehren, sowie ein Angriff auf die Soldaten, die ihn zurückbrachten.«

Joe brauchte einen Moment, um zu erkennen, dass der mexikanische Junge blaue Flecken im Gesicht und eine aufgeplatzte Lippe hatte. Außerdem zitterte er unkontrolliert unter Knaarens starrem Blick, aber wenigstens war er so vernünftig, nicht wegzurennen. Er tat Joe leid, aber welche Strafe ihn auch erwartete, sie würde irgendwann enden. Er konnte sich Knaarens Griff nur entziehen, indem er einen Fehler beging und vom Dhasha gefressen wurde.

»Für Deserteure ist die sechste Stufe der perzeptuellen Bestrafung üblich«, sagte der Dhasha. »Warum vergeuden Sie meine Zeit?«

»Wir haben ihn bereits bestraft, Sir. Danach lief er ein zweites Mal weg. Dabei griff er zwei Soldaten an, die losgeschickt wurden, um ihn zu ergreifen.«

»Er hat einen Ooreiki angegriffen?«, fragte Knaaren. Der Erste Kommandeur war gut gelaunt – er hatte an diesem Morgen einen Takki gegessen und daher einen vollen Bauch. Joe war überrascht, dass er überhaupt wach geblieben war, um sich um diese Angelegenheit zu kümmern.

»Sogar zwei, Mylord.«

Knaaren schnaufte. »Wir beide wissen, dass ein Mensch einem Ooreiki nichts anhaben kann.«

»Dieser schon«, sagte Tril. »Eine Nano-Verjüngung war nötig, um beiden das Leben zu retten.«

»Was hat er als Waffe benutzt?«

»Seine Hände und einen Stein.«

Der Dhasha blickte zu den Ooreiki hinüber, die neben dem Bataillon Aufstellung bezogen hatten. »Das hört sich für mich eher danach an, dass Ihre Befehlsempfänger inkompetent sind, Kommandeur.«

»Der Junge benutzte Taktiken, die er bei den Jagden lernte, um sie aus ihrem Versteck zu locken, sie zu trennen und ihnen eine Falle zu stellen.«

»Wie mir scheint, sollten Sie ihn befördern und nicht bestrafen.«

»Er ist unkontrollierbar. Er tötete einen Kameraden und verletzte eine zweite, bevor wir ihn nach dem zweiten Vorfall ergriffen. Das Mädchen ist weiterhin wegen eines Mentaltraumas in Behandlung.«

»Welche Art von Mentaltrauma?«

»Er benutzte gegen ihren Willen ihre reproduktiven Organe.«

Lord Knaaren, der gelangweilt den Blick über das Regiment hatte schweifen lassen, fuhr herum. »Tatsächlich?«

Joe erstarrte und blickte wieder zu Boden. *Lass nicht zu, dass er es tut.*

»Das ist ein schweres Verbrechen gegen Menschen. Sie sind mental nicht in der Lage, mit ungewollten Partnern zurechtzukommen. Sie sind lediglich zu einer Geburt pro Jahr imstande, also liegt es in ihrem Interesse, sich nur mit akzeptablen Partnern fortzupflanzen. Ein evolutionärer Nebeneffekt, Sir.«

Die Augen des Dhasha waren starr auf den mexikanischen Jungen gerichtet. »Ich will ihn haben.«

Kommandeur Trils Sudah flatterten überrascht. »Dies ist lediglich eine Routinebestrafung, Sir. Meine Rekruten haben sich ihr erstes Abzeichen verdient. Sie haben nicht mehr das Recht, sie uns wegzunehmen.«

»Was wollen Sie für ihn haben?«

»Er soll hier bestraft und nicht verkauft werden.«

»Und ich werde dafür sorgen, dass er seine Strafe erhält«, gab Knaaren zurück. »Was wollen Sie für ihn haben?«

Trils Sudah wurden fast unsichtbar, so schnell bewegten sie sich. »Um weitere psychische Schäden zu vermeiden, finde ich, dass wir ein paar Regeln aufstellen sollten, bevor die Dinge außer Kontrolle geraten.«

Knaaren schnaufte. »Wohl kaum.«

»Mehrere andere Regimenter hatten mit dem gleichen Problem zu tun«, insistierte Tril. »Um die Rekruten zu stabilisieren, wurden verschiedene Gesetze notiert. Es wäre hilfreich, wenn Sie sie lesen würden, um einen generellen Entwurf …«

»Ich bin nicht für Fragen der Viehhaltung zuständig«, bellte Knaaren. »Wenn Sie wirklich glauben, dass er Unrecht getan hat, geben Sie ihn mir, und die Sache ist erledigt. Ich kann jederzeit weitere Sklaven gebrauchen.«

»Dieser Rekrut ist eins der jüngeren Kinder, Sir.«

»Und?«

»Die Reifung dieser Menschen läuft nicht auf die übliche Weise ab. Er ist immer noch ein Kind mit dem Körper eines Erwachsenen, und er ist einem Ansturm von neuen Hormonen ausgesetzt. Er ist mental noch nicht weit genug entwickelt, um die seelischen Folgen seiner Handlungen zu verstehen.«

»*Ich will ihn haben*«, brüllte Knaaren.

Tril schreckte zurück. »Der Junge hat es nicht verstanden. Selbst frisch geschlüpfte Dhasha werden nachsichtig behandelt, wenn sie ihre Kameraden ermorden …«

Knaaren bleckte die Zähne. »Natürlich behandelt man sie mit Nachsicht. Sie haben natürliche Bedürfnisse. Es ist nicht ihre Schuld, dass Blut eine große Anziehungskraft auf sie ausübt.«

Joe starrte den Hinterkopf des Dhasha an. *Du bist auf jeden Fall ein ziemlich dummer Drecksack, wusstest du das?*

Tril richtete sich auf, als ihm klar wurde, dass er so nicht weiterkam. »Ich kann Ihnen den Rekruten nicht geben, Mylord. Wir liegen bereits deutlich unterhalb der akzeptablen Bataillonsstärke. Das Zweite Bataillon hat ganze achtundfünfzig Rekruten mehr als wir. Fast eine komplette Einheit. Ich kann es mir nicht leisten, noch mehr zu verlieren. Welche Bestrafung der Rekrut auch erhalten mag, ich muss darauf bestehen, dass sie nicht tödlich ist und ihn nicht an der Ausübung seiner Pflichten hindert.«

Der Dhasha fuhr herum und starrte Joe an. »Wie wäre es mit einem Tauschhandel?«

»Wie bitte?«

»Ein Tauschhandel«, sagte der Dhasha. »Dieser hier hinter mir gegen Ihren da. Beide sind groß und muskulös. Beide würden gute Soldaten abgeben. Auf diese Weise erhält Ihr Rekrut nur seine Strafe, und mein Sklave gleicht Ihren Verlust aus.«

Zum ersten Mal sah Tril Joe an. Seine Sudah zitterten verärgert. »Er war ein Rekrut, der mehr Probleme gemacht hat als dieser hier.«

Für Joe war es, als hätte man ihm ein Messer in den Körper gestoßen. Er machte mehr Probleme als ein Vergewaltiger und Mörder? Diese Ungerechtigkeit weckte in ihm den Drang, auf etwas einzuschlagen, aber er blieb ruhig und hielt den Kopf gesenkt.

»Er wurde geläutert«, sagte Knaaren. »Schauen Sie ihn sich an. Er hat jeden Widerstandsgeist verloren.«

»Und wenn Sie sich irren, wird das Sechste unter der Belastung eines nutzlosen Rekruten leiden. Ich möchte etwas anderes. Ein besseres Angebot.«

Knaaren ging auf den Dritten Kommandeur zu, bis er auf ihn

herabstarrte. »Wagen Sie es nicht, mir zu sagen, was ich tun soll, Kommandeur.« Rötlicher Speichel tröpfelte zwischen seinen Zähnen hervor. »Ihr Bataillon ist nicht mehr als ein Mischmasch aus dem, was Kihgl übrig gelassen hat. Es wird niemals kampfbereit sein. Sie können sich glücklich schätzen, dass ich es noch nicht ausgemustert habe.«

Tril richtete sich auf. »Wir haben unter allen Bataillonen die höchste Erfolgsquote bei Angriffen, und in der Gesamtwertung stehen wir an zweiter Stelle gleich hinter dem Zweiten Bataillon.«

Knaaren lachte. »Sie sind stolz auf Ihre armseligen kleinen Takki, nicht wahr? Dabei haben Sie nicht einmal eigene Standarten!«

»Das ist Ihre Schuld, Mylord.«

Joe blickte verdutzt auf. *Wo hat er plötzlich den Mut her?*

Der Dhasha öffnete leicht den Mund und starrte eine Weile auf Tril herab. Dann sagte er: »Es ist Ihre Schuld, dass Sie sich noch keine verdient haben. Ihr Bataillon hat von allen die höchste Quote an Unruhestiftern und Befehlsverweigerern. Und Sie selbst sind noch neu auf diesem Posten. Ich würde keinen einzigen Takki darauf verwetten, dass Sie und Ihre Soldaten eine echte Schlacht überleben werden.«

»Die Zeit wird das Gegenteil beweisen, Mylord.«

Knaaren hielt inne, und das einzige Geräusch kam von der Luft, die rauschend in seine riesige Lunge eindrang … und dem Tröpfeln seines Speichels auf den Platz. Nach langer Überlegung sagte er: »Nun gut. Ihre Standarten gegen den Menschen.«

»Damit hätte ich immer noch einen Rekruten zu wenig, Mylord.«

»Also die Standarten *und* meinen Sklaven gegen den Menschen.«

Joe stockte das Herz, und in dem angespannten Schweigen, das darauf folgte, konnte er nicht mehr atmen.

Während dieser Ewigkeit blickte Tril Joe in die Augen. Sein Gesicht zeigte Abscheu. Nach einigen Wochen mit den Takki senkte Joe automatisch den Kopf.

Lord Knaaren gab ein gutturales Bellen von sich und würgte eine schleimige Fleischmasse hoch, die über seine innerste Zahnreihe schwappte. »Ich habe genug gefeilscht.« Er wandte sich ab und lief zu seinem Turm zurück.

»Sie können ihn haben«, sagte Tril plötzlich. »Für die Standarten und den Sklaven.«

Knaaren drehte sich wieder um und zog die regenbogenfarbenen Lippen zurück. »Dann tun Sie es. Verzichten Sie auf ihn. Geben Sie eine offizielle Erklärung ab.«

»Das dürfte nicht notwendig …«, begann Tril.

»Ich möchte nicht, dass die Ausbildungskommission behauptet, ich hätte einen Ihrer Rekruten gestohlen. Ich will, dass er mir gehört. Nicht nur ein Sklave des Kongresses, der mir dient, sondern *mein* Sklave. Ich will ihn nicht an den nächsten Dhasha-Kommandeur abgeben, der diesen Posten übernimmt.«

Auf dem ganzen Platz flatterten wild die Sudah der Ooreiki, und einige der Kampfmeister reagierten mit unverhohlener Wut.

Tril stammelte: »Es verstößt gegen die Vorschriften, einen Sklaven für private Zwecke …«

»Erzählen Sie mir nichts von Vorschriften. Entweder Sie tun es oder Sie bekommen Ihre Standarten nie zu sehen. Ich werde sie persönlich vernichten.«

Von seinem Platz vor dem Zweiten Bataillon trat Kommandeur Lagrah vor. »Kommandeur Tril, ich werde Ihnen meine eigenen Standarten geben, bevor Sie die Schande ertragen müssen …«

»Ruhe!«, blaffte Knaaren und fuhr herum. »Kehren Sie in die Formation zurück, Lagrah, oder ich werde Ihr *oorei* zerquetschen, wie ich es mit dem von Kihgl getan habe.«

Lagrahs schlaffes Gesicht zerknautschte sich zu einem Alien-Lächeln. »Dann wird es mir eine besondere Freude sein, Sie zusammen mit ihm heimzusuchen. Genießen Sie die Geisterkrankheit, Knaaren? Sie sehen nicht sehr gesund aus. Finden Sie nicht genügend Schlaf?«

Knaarens gesamter Körper erstarrte, und er antwortete nicht darauf.

Lagrah wandte sich wieder an Tril. »Kommandeur, Sie brauchen keine Standarten, um auf dem Schlachtfeld als ehrenhafter Gegner aufzutreten.«

Tril stand steif da, während seine Sudah schwirrten wie die Flügel von Kolibris. »Hiermit gebe ich allen Versammelten bekannt, dass ich als Wächter dieses Rekruten …«

Lagrah stieß einen angewiderten Laut aus und ging. Zusammen mit seinem Bataillon verließ er den Platz.

»Fahren Sie fort!«, blaffte Knaaren.

»Als Wächter dieses Rekruten habe ich entschieden, dass er für die Armee nicht mehr von Nutzen ist. Ich erkläre den offiziellen Verzicht des Kongresses auf ihn.« Vor dem versammelten Bataillon brach der mexikanische Junge in Tränen aus.

»Gut!« Der Dhasha trat auf den Jungen zu. »Mensch, ich stelle fest, dass du kein Angehöriger des Kongresses bist und nicht mehr von seinen Gesetzen geschützt wirst. Hiermit beanspruche ich dich als meinen persönlichen Sklaven. Diene mir oder stirb.«

Der Junge machte sich in die Hose, aber Joe sah sich außerstande, Mitleid für ihn aufzubringen. Nicht nachdem er wusste, was Knaaren für ihn geplant hatte. Wahrscheinlich dachte der Junge, dass Knaaren ihm irgendeine Art Belohnung geben würde. Er wünschte, er könnte ihn aufhalten, irgendetwas tun … aber welche Möglichkeit er sich auch überlegte, sie endete immer mit Joes Tod. Und danach würde Knaaren ohnehin tun, was er wollte.

»Folge mir.« Lord Knaaren drehte sich um und führte sein Gefolge zu seiner Wohnung.

»Was ist jetzt mit meinen Standarten?«, wollte Tril wissen.

Der Dhasha sah sich noch einmal um und entblößte Reihen glänzend schwarzer Zähne. »Sie haben meinen Sklaven. Seien Sie damit zufrieden.«

Der Takki nahm Joe das Notepad ab und stieß ihn in Richtung Bataillon.

»Aber …«

»Wenn Sie sich ärgern, beschweren Sie sich bei der Ausbildungskommission, dass ich Ihnen ihre Standarten nicht im Austausch gegen einen Ihrer Rekruten gegeben habe. Vielleicht werden Sie in Zukunft meine Angebote schneller annehmen.« Damit ging er, gefolgt von dem völlig verängstigten mexikanischen Jungen.

Joe blickte dem Dhasha noch mehrere Minuten nach, ohne sich

von der Stelle zu rühren. Dann hallte Sashas Stimme wie ein Gewehrschuss über den Platz.

»Geh in die Formation, Zero! Du hast später noch genug Zeit, um dumm aus der Wäsche zu gucken.«

Sasha stand in einem Meer aus nackten Armen, obwohl sie selbst ihre Ärmel lang trug. Sie und Libby waren die Einzigen.

»*Sofort*, Zero!«

Irgendwie schaffte Joe es, seine Füße dazu zu bringen, sich in Bewegung zu setzen, obwohl er immer noch nicht fassen konnte, was geschehen war. Er blickte geradeaus, als er sich in die Reihe stellte, denn er wollte nicht, dass seine Kameraden sahen, wie sehr die Takki ihn gebrochen hatten.

Andere Formationen lösten sich nach und nach auf, aber Tril stand immer noch da und starrte schweigend auf Knaarens aufsteigenden Lift. Als er sich umdrehte, flatterten seine Sudah wütend. »Kampfmeister Nebil«, sagte Tril mit kalter Stimme, »sorgen Sie dafür, dass Ihr neuester Rekrut heute ordentlich trainiert.«

Joe sah tatsächlich Hass in Trils Augen.

»Schauen Sie ihn sich an«, höhnte der Kommandeur. »Er hat zu viel Zeit mit den Takki verbracht. Sie müssen ihn wieder an unsere Routine gewöhnen, ihm die Sklavenfaulheit austreiben. Es ist nicht nötig, dass er sich umzieht. Er kann in diesem Gewand laufen. Wenn er nicht durchhält, bekommt er nichts zu essen. Ich brauche keine schwachen Rekruten.«

»Kkee, Kommandeur«, sagte Nebil gepresst. »Ich werde dafür sorgen, dass er durchhält.«

Tril bedachte Joe mit einem eiskalten Blick. »Du kannst jetzt anfangen.«

446

28 *Die Fahne wird gefunden*

Kommandeur Tril ließ Joe die nächsten sieben Stunden lang von Nebil drillen, und das in seinem Takki-Gewand, damit jeder in der Stadt wusste, dass er soeben von der Aufgabe zurückgekehrt war, verfaulte Haut unter den Schuppen des Dhasha hervorzuklauben. Als ihm schließlich langweilig wurde und er die Einheit wieder Nebil übertrug, war Joes Gewand schweißgetränkt, und seine Knie und Handgelenke waren blutig, weil er immer wieder gestürzt war.

Als Nebil wieder das Kommando hatte, entließ er unverzüglich die Rekruten. »Alle bis auf Zero verschwinden von hier. *Sofort!*«

Voller Scham blieb Joe stehen und starrte auf seine Füße. Er spürte, wie seine Bodenteamkameraden ihm unglückliche Blicke zuwarfen, während die anderen Rekruten im schnellen Lauf zur Kaserne zurückkehrten.

Als sich Nebil ihm näherte, zitterte Joes Körper von der Demütigung. Er konnte seinem Kampfmeister nicht in die Augen blicken. Er konnte nicht mal die Rühren-Haltung annehmen. Seine Finger waren zu Fäusten geballt, und seine Arme hingen zitternd herab.

»Wie ich sehe, hast du überlebt«, sagte Nebil sanft.

Joe konnte nicht sprechen. Er drehte den Kopf weg, um auf den Schotterboden des Platzes zu starren.

»Vielleicht geht es dir besser, wenn ich dir sage, dass sich meine Zweifel, ob es richtig von Kihgl war, dich zu retten, nun restlos verflüchtigt haben.«

Joe runzelte die Stirn, unwillkürlich blickte er auf.

Nebil betrachtete ihn mit einem Ausdruck, der große Ähnlichkeit mit Respekt hatte. »Niemand kommt lebend aus dem Sklavenlager eines Dhasha heraus, Zero. Die Vorfahren scheinen dich zu lieben, du gerissener Jreet-Bastard.«

In Takki-Kleidung, blutend und mit mehreren Wochen Angstschweiß auf der Haut, konnte Joe nicht mehr tun, als wieder den Blick zu senken.

»Geh schlafen«, sagte Nebil und deutete mit einem Nicken zur Kaserne. »Ich werde dafür sorgen, dass die Köche dir morgen eine doppelte Ration geben.«

Joe nickte schweigend, dankbar für Nebils Freundlichkeit, und wandte sich zum Gehen.

Nebil griff nach seinem Arm und zog ihn näher heran. »Ich kann dich nicht wieder zum Kampfmeister machen«, warnte er ihn.

Joe starrte auf seine Füße. Er hatte nichts anderes erwartet.

»Aber ich kann dich zum Truppanführer machen, du verbrannter Glückspilz.«

Mit einem weiteren wortlosen Nicken wartete Joe darauf, dass Nebil ihn losließ, dann folgte er schweigend seinem Bodenteam. Er stieg die sechs Treppenfluchten hinauf und trat mit dem Gefühl alter Vertrautheit in den Schlafsaal des Sechsten Bataillons.

Sein Bodenteam hatte sich an der Tür versammelt, um auf ihn zu warten.

Maggie war zuerst bei ihm und schlang die Arme um ihn, obwohl er stank und schweißgebadet war. Mönch umarmte ihn ebenfalls, aber die anderen drei hielten sich zurück, um abzuwarten, bis die jüngeren Mädchen mit ihm fertig waren.

»Hallo Leute«, sagte Joe. Er konnte nur mit Mühe verhindern, dass seine Stimme brach. Sein Blick fiel auf den Jüngsten in der Runde. »Hallo Elfe«, fügte er hinzu, leiser, als er beabsichtigt hatte.

Elfe senkte den Blick. Alle anderen verfielen in unbehagliches Schweigen. Die jüngsten Kinder wurden nervös. Elfe wollte ihm nicht in die Augen schauen.

»War es schlimm?«, fragte Scott schließlich.

»Ja.« Joe schluckte und spürte, wie ihm die Tränen kamen. Er blickte in eine andere Richtung. »Jetzt ist es vorbei. Wie ist es bei euch gelaufen?«

Aber Scott war noch nicht fertig. »Du bist völlig vernarbt. Ich hätte dich gar nicht wiedererkannt, wenn Maggie nicht auf dich gezeigt hätte. Was haben sie mit dir gemacht?«

»Ich kann euch nichts erzählen, was ihr nicht schon von Elfe gehört habt.«

»Er spricht nicht darüber«, sagte Maggie und warf Elfe einen vorwurfsvollen Blick zu. »Er will über gar nichts sprechen.«

Schweigend wandte sich Elfe ab und ging zum Bett, ohne sich noch mal umzuschauen.

»Er muss es nicht tun, wenn er nicht will«, sagte Joe, während er ihn beobachtete. Elfes Körper sah schlimmer aus als seiner. Die Krallenspuren der Takki überzogen die gesamte Haut, überall runzlige, rosafarbene Furchen, nur nicht an den Händen. Elfe hob seine Stiefel auf und machte sich daran, sie zu putzen, wobei er kein einziges Mal aufblickte.

Joe wandte sich Libby zu, da sie die Einzige war, die ihn nicht wie ein Gespenst anstarrte. Er räusperte sich und setzte noch einmal zu reden an. »Was ist also passiert, während ich fort war?«

Zu spät erinnerte er sich an den leblosen Fleischklumpen, der neben ihr im Dreck gelegen hatte. Als sie einfach nur den Kopf schüttelte, biss er sich auf die Lippe.

»Sie kann nur über Headcom sprechen«, sagte Maggie.

»Ich werde dich bei den Kosten für die Operation unterstützen«, sagte Joe. »Sobald wir hier raus sind.«

»Ich auch!«, sagte Maggie.

»Und ich«, sagte Scott.

»Wie viel wird es kosten?«, fragte Mönch.

»Spielt das eine Rolle?«, rief Maggie.

»Ja«, gab Mönch zurück.

Während sie sich stritten, zog Joe sein schweißgetränktes purpurrotes Gewand aus und warf es in eine Ecke des Schlafsaals. Kurz fragte er sich, ob es in seiner Kong-Ausrüstung auch irgendwo ein Feuerzeug gab. Das Gewand hatte es genauso wie alles, das mit den Takki zu tun hatte, verdient, verbrannt zu werden.

»Weiß irgendwer, wo ich Streichhölzer bekomme?«, fragte Joe.

Erst in diesem Moment wurde ihm bewusst, dass es im Schlafsaal totenstill geworden war. Als er sich umdrehte, starrten alle mit einer Mischung aus Entsetzen und Mitleid auf seine Narben. Joe schluckte und zog sich schnell ein schwarzes Kong-

Hemd über. »Das ist nichts«, sagte er. »Macht euch deswegen keine Sorgen.«

»Das hat der *Dhasha* dir angetan?«, flüsterte Maggie.

»Nein, das waren die Takki«, brachte Joe mühsam heraus. »Knaaren kann uns nicht berühren, ohne uns zu töten, also überlässt er es den Echsen.«

»Hat man dir keine Nanos gegeben?«, wollte Mönch wissen.

Joe verzog das Gesicht. »Knaaren mag es nicht, wie Nanos den Geschmack verändern.«

Scott sprach als Erster. »Wir werden dafür sorgen, dass du nicht zurückkehren musst.«

Joe empfand gleichzeitig Verlegenheit und Dankbarkeit. Er nickte nur.

»Du siehst aus, als hätte ein Tiger auf deinem Rücken getanzt«, sagte Maggie.

»Mit ausgefahrenen Krallen«, fügte Mönch hinzu. »Tiger können ihre Krallen einziehen.«

»Halt die Klappe, Mönch. Das können sie nicht.«

»Können sie *doch*!«

Libby gab Scott einen Ellbogenstoß. Er räusperte sich. »Joe, es ist richtig schlecht gelaufen, während du weg warst. Tril hat Sasha wieder das Kommando gegeben. Knaaren benimmt sich sehr seltsam – vor ein paar Tagen hat er wieder einen Ooreiki gegessen. Deswegen sind alle Kongs richtig sauer, und die Kampfmeister verhalten sich ziemlich aschig zu allen.«

»Erzähl ihm von den Jungen«, sagte Mönch.

Scott starrte verlegen auf seine Füße. »Nachts sammeln sich einige der Jungs aus den anderen Bataillonen und suchen nach Mädchen. Die Jüngsten sind am krassesten.« Scott stieß den Atem durch die Zähne aus. »Das ist unheimlich, Joe.«

»Wegen der Medikamente sind ihre Körper zu groß und ihre Gehirne zu klein«, erklärte Mönch. »Du hast Escobar gesehen. Er ist fünfeinhalb und hat eben erst mitbekommen, dass er einen Schwanz hat. Es sind Jungs wie er, die nachts herumlaufen, und wer von ihnen erwischt wird, bekommt Stress.«

Maggie nickte mit verängstigtem Gesichtsausdruck.

Joe fand es traurig, dass sie gezwungen wurden, so schnell erwachsen zu werden. »Also wird niemand mehr die Kaserne verlassen, nachdem das Licht gelöscht wurde. Habt ihr irgendeine Idee, wer ihr Anführer ist?«

»Klar«, sagte Mönch. Dann beschrieb sie Bailey in allen Einzelheiten, bis zur Kinnspalte. Währenddessen beobachtete Libby Mönch mit einem leichten Stirnrunzeln.

»Ich werde mich darum kümmern«, sagte Joe. »Bis dahin versucht ihr, noch etwas zu schlafen.« Er führte sie zu dem großen, kreisrunden Bett.

Doch dann hielt Libby seinen Arm fest. Joe blickte auf – irritiert von der Tatsache, dass sie fast auf gleicher Augenhöhe waren. Libby umarmte ihn. Als sie sich zurückzog, versprach ihr Blick, dass sie später miteinander reden würden. Dann, ohne seinen plötzlichen, steinharten Ständer zu beachten, stieg sie zu den anderen ins Bett.

Als Joe sich dem Bad zuwandte, rief Maggie: »Joe, ich dachte, du wolltest dich schlafen legen!«

»Ich brauche dringend eine Dusche«, sagte Joe, was sogar der Wahrheit entsprach. Die nächsten zwanzig Sekunden verbrachte er damit, sich in der zweifelhaften Privatsphäre hinter der Tür einen runterzuholen. Er konnte sie nicht ganz schließen, weil Kampfmeister Nebil schreckliche Konsequenzen angedroht hatte, falls jemand bei geschlossener Tür im Bad erwischt wurde. In der folgenden halben Stunde wusch er sich und rieb sich die abgelagerten Dreckschichten von der Haut, bis der Alkohol brannte und ihm die Augen tränten.

Als er schließlich zurückkehrte, war seine Haut wund und rot, und er roch wie ein Sterilisierungstupfer, aber wenigstens fühlte er sich sauber. Als er sich dem Bett des Bodenteams näherte, sah er, dass bereits alle schliefen. Erleichtert zog er sein Hemd aus.

»Nett«, sagte eine Stimme neben ihm.

Joe zuckte zusammen und drehte sich um. Sasha saß auf der Kante ihres Bettes und hielt etwas Silbriges in der Hand. Sie grinste ihn voller Verachtung an.

»Meinen Glückwunsch, dass du wieder Kampfmeisterin bist«, sagte Joe steif.

»Ohne dich hätte ich es nicht geschafft.« Sie hielt das Lektionspad hoch, das Nebil ihm gegeben hatte.

Wut stieg in Joe auf, als er begriff, warum er es nicht wiedergefunden hatte. »*Du* hast es genommen?«

»Jetzt ist es meins.« Sie schob es unter ein Bein. »*Ich* bin die Kampfmeisterin. *Ich* bin diejenige, die es braucht.«

Joe ging ein paar Schritte auf sie zu. Er wollte ihr leise erklären, was er über sie dachte, damit niemand von den anderen Rekruten aufwachte, aber Sasha griff sofort nach etwas, das sie unter einer Decke versteckt hatte. Joe erstarrte und beobachtete sie.

Sasha hielt inne, die Hand auf dem, was auch immer sich unter der Decke befand. Als er nicht näher kam, grinste sie wieder boshaft und zog das Messer hervor, das der Kongress ihr zugeteilt hatte. »Hast du Angst, ich könnte deine hübsche Sammlung um eine weitere Narbe erweitern, Zero?«

»Das wolltest du also tun, nicht wahr?« Misstrauisch blieb Joe auf Abstand. »Warum schläfst du mit diesem Ding? Nebil hat die Tür zugesperrt. Das Zweite kommt hier nicht rein.«

Sasha schnaufte. »Wegen ihnen mache ich mir keine Sorgen. Sondern wegen denen, die schon hier drin sind.«

»Du meinst das Sechste?«, fragte Joe verdutzt. »Niemand wird ...«

»Mario hat es getan«, platzte es aus ihr hervor. »Er hat Katie aus dem Bett gezerrt und sie in der Dusche vergewaltigt, während alle anderen geschlafen haben.«

Joe spürte, wie ihm die Galle hochkam. »Es wird nicht geschehen, während ich hier bin.«

Sasha lächelte boshaft. »Ich habe gesehen, wie hart du geworden bist, als Libby dich umarmt hat. Weiß sie, dass du sie kräftig durchvögeln willst? Vielleicht sollte ich es ihr sagen.«

Joes Miene verdüsterte sich. »So etwas würde ich nie tun.« *Miststück.* »Niemals.«

Sasha zuckte sorglos mit den Schultern. »Vielleicht. Aber du hast deinen Schwanz nicht unter Kontrolle, und ich werde dafür sorgen, dass du kastriert wirst.«

Sie ist noch ein Kind, dachte Joe. *Sie weiß gar nicht, was sie sagt.* Er wandte ihr den Rücken zu.

»Ich könnte dir diese Klinge genau zwischen die Schulterblätter rammen«, sagte Sasha. »Genau in deine Wirbelsäule. Dann können dir auch die Kongs nicht mehr helfen.«

»Tu das«, sagte Joe und ging zu seinem Bett zurück. »Kommandeur Tril wird dir dafür wahrscheinlich einen Orden verleihen.« Ohne ein weiteres Wort kroch er zu seinen Bodenteamkameraden unter die Decken, so weit wie möglich von Sasha entfernt.

Der Schlaf kam nur langsam. Sein Körper war immer noch im ständigen Alarmzustand, aus Angst vor den Takki. Nach Trils Vorführung auf dem Platz brauchte er Stunden, um runterzukommen, Stunden, in denen er die Decke anstarrte und beim leisesten Geräusch zusammenzuckte.

Die meisten Geräusche kamen von Elfe. Selbst im Schlaf zeigte sein vernarbtes Gesicht ein angestrengtes Stirnrunzeln. Immer wieder zuckte sein Körper, und leise Laute kamen ihm über die Lippen.

Er war länger bei Knaaren als ich, begriff Joe und spürte einen Stich des Mitgefühls für seinen Freund. *Aber er wird nicht zurückkehren. Er hat noch sein ganzes Leben, um seine Wunden heilen zu lassen.*

*

Während der nächsten paar Wochen kehrte Joe allmählich in das Leben eines Rekruten zurück. Irgendwann ertappte er sich sogar dabei, dass er den Mund öffnete, um seiner Einheit einen Befehl zu erteilen, worauf er ihn gleich wieder schloss, als ihm bewusst wurde, dass Sasha erneut das Kommando hatte. Es irritierte ihn, innerhalb der Formation zu marschieren, nachdem er sie von außen geführt hatte. Noch viel schlimmer war es, wenn er Sasha beobachtete, wie sie schlechte Befehle gab. Vor allen auf den Jagden. Sicher, manchmal benutzte sie neue und interessante Möglichkeiten, den Feind zu überlisten, aber nur weil jemand es ihr ins Ohr geflüstert hatte. Und für gewöhnlich kam so etwas von Libby oder Joe, die auf Sashas permanenter schwarzer Liste standen und ihre Ideen über Maggie oder Scott weiterleiten mussten, bevor Sasha sie ernst nahm.

Joe war frustriert und tat häufig Dinge, für die Sasha ihn bestrafen konnte. Also verbrachte er seine gesamte Freizeit mit Aufgaben, die Sasha ihm zugewiesen hatte.

Genauso war es auch an diesem Nachmittag. Während sich der Rest der Einheit nach einer erfolgreichen Inspektion durch Lord Knaaren erholte, hatte Sasha Joe und Libby befohlen, im Schlafsaal aufzuräumen, bis alles tadellos war, jeder Gegenstand an seinem Platz lag, jede Falte gerade und jede Decke glatt war. Libby war in der Nähe von Sashas Spind beschäftigt, und Joe ordnete auf der anderen Seite des Raums die Gewehre an, als Libby einen erstickten Laut von sich gab und eine Fahne hochhielt.

Joe sah sie stirnrunzelnd an, und sein erster Gedanke war, dass man sie beschuldigen würde, bei den Jagden geschummelt zu haben, wenn ein Ooreiki hereinkommen sollte und die Fahne sah. Doch als er näher herankam, erkannte er, dass sie dem Zweiten Bataillon gehörte. Eine solche Fahne hatte er nicht mehr gesehen, seit sie eine in den Tunneln verloren hatten.

»Woher hast du die?«, fragte Joe.

Libbys Miene zeigte tiefe Bestürzung, während sie auf Sashas Spind deutete.

»Woher hat sie die?«, fragte Joe. »Wir hatten keine Fahne mehr in den Händen, seit …« Er kam noch näher heran, um sich die Sache genauer anzusehen. Der kleine Riss, den sie erlitten hatte, als Sasha und Maggie daran gezerrt hatten, war immer noch im Stoff sichtbar, genauso wie eine dicke Schicht Tunnelstaub.

Libby nickte, die Lippen wütend zusammengepresst.

»Moment mal«, sagte Joe, nahm Libby die Fahne ab und hielt sie hoch. »Wir wissen nicht, woher sie die hat.«

Doch, wir wissen es. Sie hat sie gestohlen. Genauso wie sie mein Lesegerät gestohlen hat.

Anscheinend dachte Libby dasselbe, weil sie ihren Putzlappen hinwarf und aus dem Raum stürmte. Joe zögerte und starrte auf das Tuch in seinen Händen.

Alles wäre anders gelaufen, wenn sie sie nicht genommen hätte. Heiße Wut brannte in seinen Eingeweiden. Wer konnte nur auf die Idee kommen, etwas zu stehlen, das eine Belohnung für alle bedeutet hätte? Etwas, ohne das eine gesamte Einheit in Schwierigkeiten geraten würde?

Nur ein psychopathisches Miststück. Joes Finger verkrallten sich in die Fahne, und er ging hinaus, um Libby zu suchen, bevor sie Sasha tötete.

Als sich die Einheit an diesem Abend zum Geschichtenerzählen versammelte, trat Joe zusammen mit seinem Bodenteam vor Sashas Bett und warf ihr die Fahne vor die Füße

»Wie konntest du nur so verbrannt dumm sein?«

Sashas Augen leuchteten vor Wut. »Du darfst deine Kampfmeisterin nicht als dumm bezeichnen.«

»Du bist nicht meine Kampfmeisterin.«

Sasha zog ihr Messer und hielt es hoch.

Mit einer mühelosen Bewegung entwaffnete Libby sie und stieß sie zu Boden. Sie fasste das Messer an der Klinge und hob es, als wollte sie es werfen.

»Libby, nein!«, rief Joe.

Angewidert schnaufend schleuderte sie das Messer quer durch den Raum. Sasha lag weinend am Boden und hielt sich das Handgelenk. Niemand machte Anstalten, ihr zu helfen.

»Jetzt kannst du von niemandem mehr Unterstützung erwarten, du Miststück«, sagte Mönch.

Und so war es.

Alle Rekruten schauten mit ernsten Mienen zu, wie sich Sasha aufrappelte und ihr Gesichtsausdruck von Furcht zu Wut wechselte. Zum Glück vergeudete sie ihren Atem nicht damit, sie alle zu Liegestützen zu zwingen. Sie bedachte sie lediglich mit einem verbitterten Blick und kehrte zu ihrem Bodenteam zurück.

Joe schaute zu, wie sie davonhumpelte. *Damit hat sie bei allen jeglichen Respekt verloren*, dachte er. Ihr Bodenteam wandte sich von ihr ab und verteilte sich im Schlafsaal, bis sie ganz allein war.

Joe riss den Blick von der einsamen Gestalt auf dem Bett los. *Nicht dass sie ihn jemals gehabt hätte.*

*

Am nächsten Tag hetzte Kampfmeister Nebil sie durch mehrere Trainingsstunden, nach denen alle nach Luft schnappten und Klumpen mit roten *ferlii*-Sporen aushusteten, die sich in ihren Lungen festgesetzt hatten. Morgen sollte die nächste Offensive gegen das Zweite Bataillon stattfinden, und Kommandeur Tril hatte seinen Kampfmeistern befohlen, die Rekruten zur Vorbereitung härter trainieren zu lassen. Joe fand es grotesk, weil es zur Folge hätte, dass sie müde und geschwächt waren, wenn die tatsächliche Jagd begann. Aber er wagte es nicht, sich ein zweites Mal Trils Zorn auszusetzen, indem er diesen Umstand erwähnte.

Nachdem Nebil sie entlassen hatte, gab Sasha allen Bodenteams Aufgaben, die sie erledigen mussten, bevor sie zum Abendessen in die Kantine zurückkehren durften. Joes Teamkameraden waren dafür verantwortlich, den gesamten Boden ihres Schlafsaals zu wischen, bevor sie essen gehen konnten. Während die anderen rund um die Betten mit der Arbeit begannen, widmete sich Joe dem Badezimmer. Das war der unangenehmste Teil, da er an den Alkoholdämpfen fast erstickte und ihm die Augen brannten.

Als er Sashas Stimme von draußen hörte, blickte er überrascht auf. »Achte darauf, auch in der Ecke hinter der Tür sauber zu machen. Da landet so viel …« Sie zögerte und richtete den Blick auf seinen Schritt. »… *ekliges* Zeugs.«

Joe drückte den Putzlappen in seiner Faust zusammen und starrte auf das Messer in ihrer Hand. In seinen Adern spürte er das vertraute Kribbeln eines Adrenalinstoßes.

Als sie seine Nervosität bemerkte, grinste Sasha ihn an. »Ich habe die anderen zum Futtern geschickt. Also können wir reden.«

Joe hatte eine recht deutliche Ahnung, was sie sich unter einem solchen Gespräch vorstellte. Verstohlen wickelte er sich den Lappen um die Faust, falls er nach dem Messer greifen musste.

Sasha blieb zwei Meter vor ihm stehen. »War es ein gutes Gefühl, allen von der Fahne zu erzählen, Zero?«

Joe wartete ab. Sie würde ihn auch nicht mit einem Messer überwältigen können. Trotzdem wollte er nach Möglichkeit vermeiden, sich eine Stichverletzung zuzuziehen. Weil so etwas wehtat.

»Du hältst dich für großartig«, fuhr Sasha fort. »Viel größer und stärker als ich … Du hast mir den Posten der Kampfmeisterin weggenommen, und dann hast du es witzig gefunden, mich so viele Liegestütze machen zu lassen. Aber jetzt bin ich wieder die Kampfmeisterin. Fang mit den Liegestützen an.«

Joe behielt das Messer im Auge. »Nein.«

Sasha griff die Waffe fester und sah ihn gleichzeitig mit Verärgerung und freudiger Erregung an, weil er ihr nicht gehorcht hatte. »Du musst es tun. Ich bin deine Kampfmeisterin.«

»Ich habe nichts Falsches getan.«

»O doch. Du hast mir heute vor Kampfmeister Nebil den Gehorsam verweigert.«

»Und den Preis dafür bezahle ich jetzt.« Joe kehrte ihr den Rücken zu und putzte weiter.

»Ich werde dem Kampfmeister sagen, dass du keine Liegestütze machen wolltest«, sagte sie wenig überzeugend.

Joe seufzte schwer. »Ich würde es vielleicht tun, wenn ich nicht befürchten würde, von dir abgestochen zu werden, sobald ich am Boden liege.« Als sie zusammenzuckte, wurde ihm klar, dass sie genau das beabsichtigt hatte. Er verzog das Gesicht. »Such dir einfach jemand anderen, den du fertigmachen kannst, ja? Ich bin jetzt zu müde für deinen armseligen Furgruß.« Joe setzte seine Arbeit fort.

Längere Zeit sagte Sasha gar nichts. Dann: »Du bist echt ein Ascher.«

»Ja.« Er hörte gar nicht mehr richtig zu.

»Ich habe dir dein Messer wiedergegeben und dich um Hilfe gebeten, aber ich war nur ein kleines Mädchen, und du warst ein großer, böser, vierzehnjähriger Junge, der allen im Raumschiff in den Arsch treten konnte. Ich dachte, wir würden verhungern, weil ich nur einen Jungen in meinem Team hatte und es dir egal war.«

Joe errötete und drehte sich wieder zu ihr um. »Hätte ich gewusst, dass ihr ein Problem habt, hätte ich ausgeholfen.«

»Aber nicht, wenn ich einfach nur darum bitte, nicht wahr?«, erwiderte Sasha mit funkelnden Augen. »Du wartest lieber ab, bis du den Helden spielen kannst. Dafür hältst du dich. Für einen Helden.«

Joe ballte die Hand mit dem Lappen zur Faust. »In diesem Punkt irrst du dich.« Er zog sein Hemd hoch, um ihr seine Narben zu zeigen. »Würde ein Held so etwas haben? Würde er sich von einem Dhasha zum Sklaven machen lassen, Sasha? Nein. Ein Held hätte gekämpft. Er wäre lieber gestorben, als tote Haut unter den Schuppen dieses Monsters hervorzukratzen. Sasha, wenn ich ein Held sein wollte, hätte ich nicht zwei Wochen damit zugebracht, auf den Boden zu starren und zu hoffen, dass sie mich nicht töten.«

Sashas Blick wanderte über die tiefen Narben, die seine Brust kreuz und quer überzogen, dann schaute sie weg.

Joe zog das Hemd wieder herunter. »Mit uns allen passieren schlimme Dinge. Ich habe es nicht verdient, zu Knaaren gehen zu müssen, und du hast es nicht verdient, ignoriert zu werden, als du am meisten Angst hattest. Aber glaub mir, wenn du Leuten Dinge klaust und sie mit einem Messer bedrohst, wirst du damit keine Probleme lösen.«

Sasha wollte ihm nicht in die Augen blicken.

»Ich bin für dich da, wenn du einen Freund brauchst«, sagte Joe. »Das ist es doch, was du willst.«

Ihr Kopf kam plötzlich hoch, und ihre Augen leuchteten. Ihr Blick war beinahe … hoffnungsvoll. Und verzweifelt. Sie öffnete den Mund, und einen Sekundenbruchteil lang dachte Joe, sie würde »Ja« sagen. Doch dann verfinsterte sich ihre Miene. »Halt dich einfach von mir fern«, sagte sie. »Sonst werde ich dir deinen verbrannten Schwanz abschneiden, wie du es verdient hast.« Sie wirbelte herum und ließ ihn wieder allein.

Als er ihr nachschaute, spürte Joe, wie etwas an seiner Seele zerrte.

Er war fast fertig, als sein Bodenteam zurückkehrte. Joe spürte tiefe Dankbarkeit, als alle sich einen Lappen schnappten, um ihm zu helfen. Schließlich war das Badezimmer sauber, und Maggie holte Joes Helm. Joe starrte verständnislos darauf.

»Damit wir *reden* können«, sagte Maggie und zeigte auf Libby. Die anderen hatten ihre bereits aufgesetzt.

»Oh …« Joe brauchte einen Moment, um die Riemen über seinen Ohren festzuzurren. Dann räusperte er sich. »Kannst du mich hören?«

»*Laut und deutlich.*« Joe erkannte Libbys Stimme wieder und wandte sich ihr verblüfft zu. Sie lächelte, aber ihre Lippen bewegten sich nicht.

»Nebil hat ihr einen besorgt, der *Gedanken lesen* kann«, sagte Maggie voller Ehrfurcht. »Ist das nicht cool, Joe?«

Joe musste sich erneut bei ihrem Kampfmeister bedanken. »Also nehmen diese Dinger jetzt sämtliche Frequenzen auf?«, fragte er zaghaft.

»Ja«, antwortete Scott. »Nach den ersten paar Jagden haben sie die Helme aller Bodenteamanführer aktiviert und einige Zeit später die von allen. Es ist viel besser, wenn alle allen erklären können, was los ist.«

»*Das kann aber auch ziemlich nervig sein*«, sagte Libby. »*Nicht jeder versteht, wann er einfach mal die Klappe halten sollte. Diese Frequenz ist oft mit rußigem Blödsinn verstopft. Manchmal möchte ich einigen Leuten an die Gurgel gehen.*«

Joe lächelte. »Also freut ihr euch auf die Jagd morgen?«

»*Tril wird es wieder vermasseln*«, erwiderte Libby mit säuerlicher Miene. »*Das tut er jedes Mal.*«

»Letztes Mal hat er sich sechzig Rekruten zur Brust genommen«, sagte Maggie. »Sie haben nicht bemerkt, dass sich ein Trupp des Zweiten Bataillons in den Tunnel einschleichen konnte, den sie bewacht haben. Wenn Libby nicht gewesen wäre, hätten wir unsere Fahne verloren, aber dann hat Tril auch sie bestraft.«

»Wirklich?« Joe sah Libby an. »Und du hast die Fahne gerettet?«

Libby zuckte mit den Schultern, aber Joe sah Verärgerung in ihrer Miene. »*Sah Gruppe neben Lichtung in Loch einsteigen. Hab zuerst nicht gehört, dachte, gehen in Tunnel weiter. Nahm Bodenteam, ging zum nächsten, versteckte anderswo in Tunnel. Tauchten Minuten später auf, in tiefem Tunnel. Haben uns eingekesselt. Dann kam Verstärkung.*«

»Sie spricht so, weil es schwer für sie ist, sich zu konzentrieren, wenn sie wütend ist«, erklärte Maggie. »Das klappt mit einem Headcom nicht so gut. Wenn du sie nicht verstehst, sag ihr, dass sie langsamer und konzentrierter denken soll.«

»*Danke, Maggie*«, sagte Libby. »*Erinnere mich daran, dass du das gesagt hast, wenn dir das nächste Mal die Zunge abgeschnitten wird.*«

»Siehst du?«, fragte Maggie. »Das klang schon viel besser.«

Auf der anderen Seite des Raums stieß Libby einen angewiderten Laut aus, aber Joe war beunruhigt. Vorsichtig sagte er: »Libby, wer hat dir das angetan?«

Sofort verdüsterte sich die Stimmung im Raum.

Libby zog eine Grimasse. »*Niemand, Joe. Mach dir deswegen keinen Kopf.*«

»War es das Zweite Bataillon?«

»*Ist doch egal. Es ist vorbei. Meine Beine sind verheilt, und ich kann wieder ganz normal laufen. In ein paar Jahren werde ich mir eine neue Zunge kaufen. Manchmal ist das Leben verrußt.*«

»Nicht für mein Bodenteam«, sagte Joe. »Nicht so verrußt.« Er fragte sich, ob an jenem Tag noch etwas anderes mit ihr geschehen war, ob ihr Peiniger ihr die Zunge herausgeschnitten hatte, damit sie nicht darüber sprechen konnte. Er spürte, wie sich ein Knoten aus Abscheu und Wut in seinem Bauch bildete. *Eines Tages werde ich den Drecksack finden und ihn töten.*

Libby schnaufte. »*Wir ziehen in den Krieg, Joe. Komm darüber hinweg.*« Damit nahm sie den Helm vom Kopf und verließ den Raum.

»Hat sie euch irgendwas erzählt?«, fragte Joe, als sie weg war.

»Nein«, sagte Maggie.

»Ich frage mich, warum sie es verschweigt«, sagte Joe und blickte stirnrunzelnd in die Richtung, in die sie verschwunden war.

Plötzlich warf Elfe seinen Headcom aufs Bett und folgte Libby nach draußen.

»Elfe!«, rief Joe, doch Elfe hörte nicht auf ihn.

»Er hat zu niemandem mehr als vier Worte gesagt, seit Kampfmeister Nebil ihn von Knaaren zurückgebracht hat«, sagte Scott gereizt. »Zu Anfang war er etwas durchgedreht, Joe. Ich habe ihn ein paarmal erwischt, wie er sich in einer Ecke versteckte und immer wieder etwas von einem Schiff murmelte.«

»Auch in seinen Träumen spricht er von Raumschiffen«, sagte Mönch. »Hat Knaaren dich in ein Schiff gebracht, Joe?«

»Nein«, sagte Joe stirnrunzelnd. »Ich habe den Turm fast nie verlassen.«

»Aber *irgendetwas* muss geschehen sein«, sagte Scott. »Er hat sich sehr seltsam aufgeführt. Ich habe ihn schon dreimal dabei beobachtet, wie er sich Schleimsuppe in seine Jackentaschen gelöffelt hat, zu all den anderen Sachen, die er in den Taschen hatte. Er sagte, dass er es sich für später aufheben will.«

»Vielleicht hat er nicht genug zu essen bekommen«, sagte Maggie.

Joe erinnerte sich an die neun Frauen, die Knaaren von der Erde geholt hatte, und fragte sich, ob Elfe gesehen hatte, wie sie das Schiff verlassen hatten. Vielleicht hatte Knaaren sogar versucht, Elfe mit ihnen zusammenzubringen. Alles Mögliche konnte während der Zeit geschehen sein, bevor Elfe und Joe die Plätze getauscht hatten.

Joe grübelte darüber nach, während er und die anderen weiter das Bad putzten.

Als sie in den Schlafsaal zurückkehrten und Joe sich ausziehen wollte, bevor er zu Bett ging, hielt er inne. Sasha war nicht da, und sie hatte mehrere Kameraden ihres Bodenteams mitgenommen. Joe hoffte, dass man auf sie aufmerksam wurde, bevor Nebil kam, um die Tür zuzusperren.

»Wir müssen sie dazu bringen, damit aufzuhören«, sagte Joe. »Dadurch wird alles nur noch schlimmer.«

»Ich hasse sie«, murmelte Mönch. »Hoffen wir einfach, dass jemand sie erwischt und so kräftig durchvögelt, dass du morgen wieder die Einheit übernehmen kannst.«

»He!«, fuhr Joe Mönch entsetzt an. »Sie ist deine Kampfmeisterin! Zeig etwas mehr Respekt!«

»Warum?«, fragte Mönch verdutzt. »Du tust es doch auch nicht.« Die anderen sahen ihn an und dachten offensichtlich dasselbe.

»Sie ist noch ein Kind«, sagte Joe. »So etwas hat sie nicht verdient.«

»Doch, hat sie«, sagte Mönch. »Sie bettelt jedes Mal darum, wenn sie nachts nach draußen geht.«

»Sie braucht einfach noch ein paar Jahre, um erwachsen zu werden«, sagte Joe.

»Sie braucht jemanden, der sie tötet«, sagte Mönch. »Das würde ihr helfen.«

Joe seufzte. Es hatte keinen Sinn, sich mit einer Sechsjährigen zu streiten. Er zog sein Hemd aus und stieg auf das Bett. Wieder starrte Libby seine Narben an, bevor er sie unter der Decke versteckte. Er räusperte sich. »Mach dir deswegen keinen Kopf, ja?«, sagte er leise.

Libbys braune Augen lösten sich von seiner Brust und schauten ihn finster an.

Joe verzog den Mund zu einem matten Lächeln. »Manchmal ist das Leben verrußt.«

Libbys Mundwinkel zuckten, dann nickte sie.

*

»Schaut mal, da ist die Elfe.«

»Nenn mich nicht so.«

»Warum nicht? Magst du das nicht? Zu schade, denn du siehst wirklich so aus, als wärst du gerade unter einem Pilzhut hervorgekrochen. Wo ist dein Feenstaub, Elfe? Hast du immer noch keinen? Dann werden wir uns wohl deine Rollups nehmen müssen.« Greg griff nach der Papiertüte und riss sie Eric aus den Händen. Er blickte hinein. »Wieder ein Erdnussbutter-Sandwich? Liebt deine Mutter dich nicht mehr, Elfe?«

»Sie liebt mich sogar sehr!«, rief Eric und wollte nach der Tüte greifen. Die anderen Jungen johlten, und Greg hielt sie so hoch, dass Eric nicht mehr herankam.

»Und wieso dann Erdnussbutter und Bananen? Bist du ein Elefant oder so was?«

»Elefanten essen Heu«, erklärte Eric. »Keine Erdnussbutter.«

»Ach ja, richtig. Deine Mutter arbeitet im *Zoo* und macht die Scheiße von den Tieren weg. Eigentlich sollte sie wissen, womit sie dich füttern muss. Was meint ihr, was er ist, Jungs? Ein Affe? Ja, Affen essen Bananen. Benimm dich wie ein Affe, Elfe, und ich gebe dir den Rest deines Mittagessens zurück.«

Eric biss sich auf die Lippe und schielte zu Greg hinauf. Der ältere Junge hatte Sommersprossen, aber nicht das fröhliche Gesicht, das Eric normalerweise mit Sommersprossen assoziierte. Seit dem

Tag, als er Greg Riley zum ersten Mal begegnet war, hatten Sommersprossen für ihn immer etwas Negatives, in Verbindung mit kalten blauen Augen und einem grausamen Grinsen.

»Du wirst heute kein Mittagessen bekommen, wenn du es nicht tust«, warnte Greg ihn.

Eric beachtete ihn nicht weiter und wandte sich ab.

»Na gut«, sagte Greg. Er warf die Papiertüte zu Boden und zerstampfte sie mit dem Fuß.

»Lass ihn in Ruhe, du kleines Arschloch.« Es war die Stimme eines Mädchens, das deutlich älter war. Eric blickte auf. Sie überragte sowohl ihn als auch Greg und sah aus, als könnte sie jeden der Jungen mühelos zusammenschlagen. Ehrfürchtig starrte Eric zu ihr auf.

»Wir haben nur ein wenig Spaß«, murmelte Greg. »Später, Elfe.«

»Ich heiße *Eric*!«, schrie er ihnen hinterher. Sie lachten und gingen weiter. Mit zitternden Gliedmaßen bückte sich Eric und hob die Tüte auf. Sie war feucht, wo drinnen die Banane zerquetscht worden war. Das Sandwich sah nicht besser aus. Es hatte in der Mitte einen großen Schuhabdruck, wo Greg draufgetreten war.

»Weißt du, wenn du dich nicht ärgern lässt, würden sie damit aufhören.«

Eric blickte wieder zu dem Mädchen auf. Sie beobachtete ihn mit einer Mischung aus Mitleid und Besorgnis. Er schnupperte an seinem zermatschten Mittagessen und tat es zurück in die Tüte.

»Ich finde, Elfe ist ein cooler Name. Hast du noch nie daran gedacht, dir einen Spitznamen zuzulegen?«

Eric starrte sie an. »So nennen mich alle, die mich schikanieren.«

»Na und? In den Märchen haben Elfen magische Kräfte. Wenn du eine echte Elfe wärst, könntest du Greg mit einem Zauberspruch ein drittes Bein wachsen lassen.«

»Ich würde es ihm mitten im Gesicht wachsen lassen, wo seine Nase ist.«

Das Mädchen lächelte und zerzauste sein Haar. »Na bitte! Denk jedes Mal daran, wenn er dich Elfe nennt. In Wirklichkeit hat er dir ein Kompliment gemacht. Er glaubt, du könntest magische Fähigkeiten haben.«

Eric bemerkte, dass er die Augen aufriss. Wenn sie nicht arbeitete, las seine Mutter ihm Geschichten über magische Türme und Ritter vor, die hübsche Prinzessinnen retteten, über Drachen und Hexen und gute Zauberer und verwunschene Königreiche. Er spürte, wie er stärker wurde, fast als könnte er doppelt so viel heben wie zuvor. Er blickte auf die zermatschten Reste seines Mittagessens hinab und lächelte trotzdem. *Elfe. Ich könnte eine Elfe sein. Wie in Mamis Märchen.*

Eines Tages, wenn er älter war, würde er vielleicht sogar Drachen sehen.

29 *Nächtliche Schrecken*

Die Jagd am nächsten Tag endete mit einer schmachvollen Niederlage. Das Sechste Bataillon war viel zu erschöpft von Trils Drill am Vortag, um einen sinnvollen Angriff organisieren zu können, und das Zweite war hellwach und konnte mühelos die Gegner abwehren. Zweifellos hatten sie sich zuvor ausgiebig ausruhen können.

Wie erwartet pickte sich Tril einen großen Teil der Rekruten heraus, um sie wegen tatsächlicher oder erfundener Vergehen vor dem Bataillon zu bestrafen. Dann schickte er alle ohne Abendmahlzeit in die Kaserne zurück.

In dieser Nacht war die Stimmung im Schlafsaal miserabel.

»Wir werden nicht genug Kraft haben, um durch die Tunnel zu rennen, wenn er uns nicht mal zu essen gibt!«, sagte Carl. »Was erwartet er von uns? Dass wir hungern *und* eine Jagd gewinnen?«

»Das Zweite Bataillon hatte es leicht«, sagte Scott. »Sie mussten sich nur in den Türmen verschanzen und uns abknallen. Wie konnten wir wissen, dass sie diesmal Scharfschützen hatten?«

»Das konnten wir nicht«, murmelte Joe. »Lagrah hat die ganze Zeit geplant, uns in einen Hinterhalt zu locken.«

»Ich habe gehört, das Zweite bekommt doppelte Rationen und zwei Stunden Freizeit für jeden Sieg über uns«, sagte Carl. »Und was bekommen wir? Noch mehr Liegestütze.«

»Sie essen unser Essen?«, wimmerte Maggie. »Das ist nicht fair.«

Joe stimmte den anderen zu, die im Kreis auf dem Bett hockten. Es war zu einer Art Rebellennest geworden, nachdem in den vergangenen drei Stunden mindestens dreißig Rekruten ihre Empörung über ihren Kommandeur und die Weicheier vom Zweiten Bataillon im Allgemeinen geäußert hatten. Abgesehen von Sasha, die in ihrem eigenen Bett schmollte, waren sich alle darin einig, dass das Sechste das bessere Bataillon war, dass sie aber zu hart rangenommen wurden, um es beweisen zu können.

»Dann könnten wir es ihnen doch einfach *zeigen*«, schlug Maggie vor. »Du kannst die Tür öffnen, Joe. Ich habe gesehen, wie du es getan hast.«

»Ja!«, rief Scott. »Vielleicht haben sich nicht alle in die Schlafsäle einsperren lassen. Wir könnten sie aus dem Hinterhalt angreifen!«

»Wer sagt, dass wir nicht einfach ihre Schlafsäle überfallen können?«, fragte Joe. »Wir sollten es richtig machen, statt dilettantisch herumzuschleichen.« Als sie ihn nur anstarrten, fuhr er fort: »Na los, Leute, denkt darüber nach. Warum sollten wir uns irgendwo hinhocken und *hoffen*, vielleicht einen oder zwei zu erwischen, wenn wir eine komplette *Einheit* erledigen könnten?«

Alle Kinder im Raum verstummten und starrten ihn mit offenen Mündern an.

»Ihre Kampfmeister schlafen auf einer anderen Etage«, fuhr Joe fort. »Ich kann uns reinbringen. Wir hätten die gesamte Kaserne für uns.«

»Die *Kaserne*?«, fragte Maggie mit großen Augen. Sie war die Erste, die sich wieder gefasst hatte. »Aber wenn wir im falschen Schlafsaal erwischt werden, lassen sie uns rennen …«

»Wir rennen sowieso schon«, gab Scott zu bedenken. »Mehr, als wir sollten. Ich habe gehört, wie einer der Ärzte zu Nebil sagte, er solle darauf achten, dass keiner von uns an Herzversagen stirbt.«

Herzversagen?, dachte Joe verwundert. Welcher Kommandeur, der noch halbwegs bei Verstand war, würde sie Strapazen aussetzen, die zu Herzversagen führen konnten? Und keiner von ihnen war über fünfzehn!

»Sie nennen uns das Krankenbataillon, weil wir ständig Sporen aushusten«, fuhr Scott fort. »Sie würden nicht mehr über uns lachen, wenn wir eine Einheit von ihnen gefangen nehmen.«

»Wenn wir es tun«, sagte Joe, »müsste es nicht bei nur einer Einheit bleiben. Wenn wir in einen Schlafsaal reinkommen, kommen wir in alle rein.«

»Du willst, dass alle vom Sechsten mitmachen?«, fragte Scott aufgeregt.

»Nein«, sagte Joe. »Wir ziehen es allein durch. Nur die Vierte Einheit. Wir überfallen ihre Schlafsäle einen nach dem anderen. Wir fesseln sie im Schlaf, malen ihnen ein großes X auf die Stirn, ziehen ihnen vielleicht die Kleidung aus. Um ihnen zu zeigen, mit wem sie es zu tun haben.«

»Kein X«, rief Maggie begeistert. »Es sollte eine Null sein, für Zero!«

Joe zuckte zusammen, als er sich die Nullen auf den Stirnen der Rekruten vorstellte. Dann wäre klar, wer dafür Runden rennen würde. Ein X dagegen konnte alles Mögliche bedeuten …

»Das *gesamte Regiment*?«, flüsterte Mönch.

»Nein«, entschied Joe. »Das würde zu lange dauern. Nur das Zweite Bataillon. Sie sind viel zu stolz auf sich.«

»Also machst du mit, Joe?«, fragte Maggie aufgeregt.

»Nach dem heutigen Debakel? Na klar!«, sagte Joe, der immer noch vor Wut kochte, weil Tril ihnen das Abendessen verweigert hatte. »Diese Arschlöcher haben es verdient, dass wir ihnen einen Dämpfer verpassen.«

»Was ist mit Kommandeur Tril?«, fragte Mönch. »Er wird stink-sauer sein.«

»Ich bin müde und habe Hunger, und Kommandeur Tril kann mich mal am Arsch lecken«, erwiderte Joe.

»Ich werde es ihm sagen, wenn ihr rausgeht«, erklärte Sasha mit lauter und deutlicher Stimme. Als sie sich umdrehten, warf sie ihnen von ihrem Bett aus ein süßes Lächeln zu. »Wir sollen die Schlafsäle nicht verlassen, wie du dich vielleicht erinnerst, Zero.«

Libby und Joe sahen sich an.

Joe räusperte sich. »Aber es könnte tatsächlich funktionieren, Sasha.«

Sasha seufzte und reinigte ihre Fingernägel mit ihrem Messer. »Du kennst die Regeln, Joe. Ich bin eure Kampfmeisterin. Wenn ich sage, dass ihr hierbleibt, bleibt ihr hier.«

Joe sah Scott und Libby an. »Bei dieser Sache könnten wir deine Hilfe sehr gut gebrauchen«, sagte er zu Sasha.

»Ich habe nein gesagt«, erwiderte Sasha. »Wenn du weiter bet-telst, werde ich sofort zu ihm gehen und ihn informieren. Tril würde dich tagelang rennen lassen, wenn er herausfindet, dass du …« Sie stieß einen spitzen Schrei aus, als Libby vorsprang und ihre Messerhand packte. Mit einer schnellen Bewegung entwaffnete sie Sasha und steckte sich das Messer unter den Gürtel.

»Also gut«, sagte Joe, der sich über Sashas erschrockenen Gesichtsausdruck amüsierte. »Wenn du nicht für uns bist, bist du gegen uns. Vielleicht kannst du uns beim Üben helfen.«

Sashas große Augen blickten zu ihm, dann zurück zu Libby. »Gib es mir wieder.«

Libby zuckte mit den Schultern und wandte sich ab. Sasha versuchte, sich auf sie zu stürzen, aber dann war Joe zwischen ihnen. Im nächsten Moment hatten Mönch und Maggie sie gepackt, und während sich Sasha wehrte, fesselten sie ihre Hände und Füße, knebelten sie und deckten sie zu. Als sie fertig waren, schaute nur noch ihr Kopf unter der Decke hervor, und ihre Augen sprühten vor Mordlust.

»He«, sagte Mönch. »Wisst ihr was? Sie ist eigentlich richtig nett, wenn sie nicht gerade rumzickt.« Sie beugte sich vor und kniff Sasha in die Nase.

Alle lachten.

»Lasst sie in Ruhe«, sagte Joe. »Wir haben schon genug Ärger.«

»Also …«, begann Mönch. »Wenn wir sowieso schon Ärger haben …« Sie zog einen unlöschbaren schwarzen Filzstift aus ihrer Jacke und beugte sich vor, bis sie ihrer kampfunfähigen Kampfmeisterin einen Schnurrbart aufgemalt hatte. Während sich Sasha sinnlos wehrte, brach der gesamte Schlafsaal in lautes Gelächter aus.

»Still!«, befahl Joe. »Wollt ihr, dass Nebil uns hört? Mönch, hör auf damit. Spar dir den Stift für das Zweite Bataillon auf.«

Mönch steckte den Filzstift zurück in ihre Jacke und bewunderte ihr Werk, anscheinend ohne den hasserfüllten Blick zu beachten, den Sasha ihr zuwarf.

»Lasst uns gehen«, sagte Joe. Die Art, wie Sasha Mönch anstarrte, machte ihm Gänsehaut. »Wir haben nur noch sechs Stunden bis zum Wecken.«

Joe öffnete ihnen die Tür, dann schlichen sie sich lautlos aus dem Schlafsaal und die Treppe hinunter. Sie traten vorsichtig auf, um die Takki nicht zu wecken, die innerhalb der Nischen des Gebäudes schliefen. Auf dem zweiten Stockwerk der Kaserne hielten sie an und gingen auf dem umlaufenden Balkon um das Gebäude herum, bis sie den Schlafsaal der Ersten Einheit des Zweiten Bataillons erreicht hatten. Die anderen Kinder warteten nervös, als Joe den Code eingab: 1-1-2. Erste Einheit, Erste Kompanie, Zweites Bataillon. Dann betraten sie ungehindert den Schlafsaal der Einheit. Alle schliefen. Sie hatten sich nicht einmal die Mühe gemacht, eine Wache zu postieren.

Nicht dass wir jemals eine Wache postiert hätten, dachte Joe. Darüber würden sie nachdenken müssen, wenn dieser Streich vorbei war, für den Fall, dass sich das Zweite Bataillon rächen wollte.

Sie außer Gefecht zu setzen war fast zu einfach. Während alle Rekruten des Zweiten Bataillons schliefen, gingen Joes Leute von Bett zu Bett, erstickten die Rufe ihrer Opfer, indem sie ihnen den Mund zuhielten, während sie sie knebelten und fesselten. Mönch und Maggie hatten die Ehre, jedem Rekruten, den sie überwältigt hatten, eine große »0« auf die Stirn zu zeichnen. Als er auf die Reihen der »toten« Rekruten blickte, wurde Joe klar, dass seine Einheit am nächsten Morgen eine Menge Ärger bekommen würde. Doch im Moment war es ihm egal. Dazu machte es viel zu viel Spaß.

Wie Geister verließ die Vierte Einheit den Schlafsaal und trat auf den Balkon. Dort warfen sie alle Kleidungsstücke und Stiefel, die sie ihren Opfern abgenommen hatten, hinunter und hinterließen einen schwarzen Haufen, den ein paar aus ihrer Gruppe fortschafften.

»Gut, jetzt zu den nächsten«, flüsterte Joe, nachdem sie den Schlafsaal geplündert hatten.

Auch die Zweite Einheit konnte ohne Schwierigkeiten überwältigt werden. Und die Dritte. Und die Vierte.

Als sie sich auf den Rückweg machten, hatten sie erfolgreich alle zehn Einheiten des Zweiten Bataillons besucht, und es waren nur noch wenige Minuten, bis Kampfmeister Nebil kommen würde, um sie zu wecken. Joe führte die anderen Rekruten zu ihrem eigenen Schlafsaal zurück. Er war immer noch aufgeputscht vom Adrenalin und fühlte sich, als hätte er die ganze Nacht durchgeschlafen. Er verspürte tatsächlich Stolz, als die Nachzügler der Vierten Einheit die letzten Packen mit gestohlener Kleidung im Bad abluden und ins Bett krochen. Alle grinsten und plapperten aufgeregt, erzählten sich Geschichten und kicherten. Heute würde niemand mehr schlafen. Er blieb vor Sashas Bett stehen.

»Ich werde dich jetzt losbinden«, sagte Joe.

Sashas Augen glühten voller Boshaftigkeit.

»Aber«, sagte Joe, »ich möchte, dass du sehr gründlich darüber nachdenkst, ob du Kampfmeister Nebil von dieser Sache erzählen willst. Möchtest du wirklich zugeben, dass deine gesamte Einheit – sogar dein eigenes Bodenteam – dich gefesselt hat, bevor sie loszog, um das Zweite Bataillon zu besuchen?«

Mönch trat neben ihn und blickte grinsend auf Sasha herab. »Falls du zu blöd bist, um es zu kapieren: Das möchtest du nicht, denn wenn er herausfindet, was für eine miserable Anführerin du bist, wird er wieder Joe das Kommando übertragen.«

Sasha wurde tiefrot, dann wandte sie den Blick ab. Joe zerschnitt ihre Fesseln und gab ihr das Messer zurück, mit dem Griff voran. Sie nahm es vorsichtig an, und eine Sekunde lang dachte Joe, sie könnte versuchen, es gegen ihn zu benutzen. Doch dann schob sie es wieder unter ihr Kopfkissen. Anschließend bedachte sie ihn mit einem Blick voller Verachtung und Hass. »Das wird euch allen leidtun.«

»Netter Schnurrbart«, sagte Mönch.

»Geh zu Bett, Mönch«, sagte Joe. »Sie wird uns nicht verraten.« Dann kroch auch er unter die Decke und wartete darauf, dass Nebil kam. Trotz der schlaflosen Nacht konnte er nicht still liegen, und er sah, dass die anderen Rekruten das gleiche Problem hatten. Alle grinsten und lachten über das nächtliche Abenteuer. Die Einheit war in ganz anderer Stimmung als noch vor acht Stunden. Während er ihnen zuhörte, verspürte Joe Stolz, weil es ihm gelungen war, ihnen neuen Mut zu geben.

Als Nebil eintraf, sprangen alle sofort aus ihren Betten, vollständig angekleidet und hellwach.

Der Kampfmeister blieb misstrauisch im Türrahmen stehen. »Was ist hier los? Warum seid ihr alle wach?«

»Wir freuen uns nur, Sie zu sehen«, sagte Joe grinsend. Zum ersten Mal, seit er Knaarens Sklavenlager verlassen hatte, fühlte er sich wieder wie er selbst.

Nebil musterte die anderen Rekruten, dann kehrte sein Blick zu Joe zurück. »Furgruß. Was habt ihr Ascher getan?«

Er fand es schon bald heraus. Ein wütender Kommandeur Gokli kam während eines Drills zu ihnen und fragte, ob Nebil irgendwo überzählige Uniformen herumliegen gesehen hatte.

»Uniformen?«, fragte Nebil und bedachte seinen Kollegen mit einem verdutzten Blick.

»Letzte Nacht waren Diebe in den Schlafsälen und haben uns Ausrüstung gestohlen«, erklärte Gokli. »Nur eine kleine Unannehmlichkeit, mehr nicht.«

»Sie waren in Ihren Schlafsälen?«, fragte Nebil. »Sie haben sie nicht abgeschlossen?«

»Die Diebe konnten irgendwie die Türen öffnen«, sagte Gokli knapp.

»Um Ausrüstung zu stehlen?«

»Sie haben auch ein paar Rekruten gefesselt«, gab Gokli zu. »Und Graffiti auf Kongress-Eigentum hinterlassen … keine große Sache.«

»Was für Graffiti?«

Goklis Sudah machten den Eindruck, als könnten sie jeden Moment davonfliegen. »Sie haben etwas auf die Gesichter unserer Rekruten gezeichnet. Mit unlöschbaren Stiften. Wie wir sie benutzen, wenn wir unter widrigen klimatischen Bedingungen Landkarten beschriften.«

»Wirklich?«, fragte Nebil ruhig. »Wie viele Rekruten?«

»Wir vermuten, dass eine komplette Einheit für die Verbrechen der vergangenen Nacht verantwortlich ist«, knurrte Kampfmeister Gokli.

»Nein«, korrigierte Nebil. »Wie viele Rekruten wurden mit Graffiti versehen?«

Gokli gab ein grunzendes Geräusch von sich. »Wenn Sie irgendwo Ausrüstung herumliegen sehen, sagen Sie uns Bescheid. Im Augenblick tragen unsere Rekruten die weiße Kleidung der Verteidiger.«

»Wie schrecklich.«

»Ja. Äh … Ihnen ist heute früh nicht zufällig irgendetwas Selt-

471

sames an Ihren Rekruten aufgefallen? Meine waren sich darin einig, dass die Angreifer ihre Uniformen auf … einzigartige Weise trugen.« Er deutete auf die hochgerollten Ärmel der Vierten Einheit.

Kampfmeister Nebil antwortete mit völlig ausdrucksloser Miene, dass er an diesem Morgen absolut nichts Ungewöhnliches bemerkt hatte. Vielleicht hatte eine andere Einheit ihre Eigenart imitiert, um die Vierte in Schwierigkeiten zu bringen.

Sobald Kampfmeister Gokli gegangen war, wandte sich Nebil wutschnaubend den Rekruten zu. »Ihr dummen armseligen Furgs! War es das gesamte Bataillon oder nur ihr Rußsäcke?«

»Nur wir, Kampfmeister«, sagte Joe.

Nebils geschlitzte Augen richteten sich sofort auf ihn. »Du. Zero. Du Rußsack. Was habt ihr getan?«

»Wir haben die Schlafsäle des Feinds überfallen und sie zum Zweck der Befragung festgenommen«, antwortete Joe, dem es schwerfiel, eine ernste Miene zu wahren.

Der Kampfmeister sah ihn ausdruckslos an. »Ihr habt was?«

»Wir haben sie gefesselt und ihre Gesichter verziert.«

»Wie vielen?«, wollte Nebil wissen.

»Allen, Sir.« Mehrere Rekruten kicherten.

Einen Moment lang starrte Nebil ihn an, als hätte er seine Antwort nicht gehört. Dann sagte er langsam: »Wo ist ihre Kleidung?«

»Eingetaucht in die Badewannen in unserer Kaserne, Sir«, sagte Joe.

Nebil warf einen Blick in den Himmel. Eine ganze Weile beobachtete er nur die rötlichen Wolken, und es sah aus, als würde er sie zählen. Dann richtete er wieder den Blick auf sie und sagte: »Ihr Furgs solltet beten, dass sie zu dumm sind, um dort nachzusehen. Wenn sie euch nicht vor heute Abend erwischen, will ich, dass ihr die Kleidung in die Kantine bringt und dort herumliegen lasst. Wenn irgendwer euch sieht, werde ich euch die feuerliebenden Häute abziehen. Bis dahin habt ihr euch eine zusätzliche Stunde Freizeit verdient. Verschwindet von hier.«

*

472

Nach ihrem Überfall auf das Zweite Bataillon unternahm Joe weitere nächtliche Angriffe und verschonte keinen ihrer Feinde. Jeden Morgen gab es ein paar mehr Einheiten mit einer »0« auf der Stirn. Solange Joe und die anderen zum Wecken wieder in ihren Betten lagen, duldete Nebil ihre nächtlichen Ausflüge stillschweigend. Er besorgte ihnen sogar neue Filzstifte, als ihre alten aufgebraucht waren.

Nach dieser ersten Nacht waren Joe und Sasha zu einer Art Übereinkunft gelangt. Solange Joe während der Jagd ihre Befehle befolgte, hielt sie die Klappe und begleitete sie sogar einige Male bei den Überfällen. Wenn das geschah, weigerten sich die anderen Mitglieder von Joes Bodenteam – insbesondere Libby und Mönch –, mit ihm zu reden, weil sie der Meinung waren, dass Sasha nicht mitkommen sollte. Doch Joe war fest entschlossen, ihr Zerwürfnis zu flicken und Sasha mitzunehmen.

Joe hatte mehr Spaß als je zuvor in seinem Leben. Die Vierte Einheit folgte ihm wie einem religiösen Anführer, selbst tagsüber baten die Kampfmeister aus anderen Einheiten ihn um strategischen Rat. Und zum ersten Mal, seit er nach Kophat gekommen war, hatte Joe das Gefühl, dass sein Leben einen Sinn hatte.

Andere zu *führen*.

Er war sehr gut darin. Die Art, wie die Kinder ihm folgten, ließ Joes Brust vor Stolz anschwellen. Jede Nacht nahm er sie auf einen Raubzug mit und stellte sich vor, er würde sie in die tiefsten, finstersten Dhasha-Tunnel führen, um einen Rebellenprinzen aufzuspüren und den Krieg zu gewinnen. Selbst der Gedanke an enge Räume konnte diese Fantasien nicht trüben.

Zum ersten Mal erkannte Joe, dass er ein Soldat sein *wollte*. Er *wollte* einen Trupp auf irgendeinem Rebellenplaneten anführen. Er *wollte* den Sieg erringen, der im Krieg die Wende brachte.

Er wollte ein Held sein.

Tril musste ein Kichern unterdrücken, als er Lagrahs Assistentin sah. Das Mädchen gehörte offenbar zu einer Einheit, die von Nebils Soldaten überfallen worden war. Eine verblassende »0« stand in krakeliger Kinderschrift auf ihrer Stirn.

Unter Trils starrem Blick wurde Lagrahs Rekrutin knallrot, obwohl sie ihm weiterhin die Nachricht hinhielt, die sie überbringen sollte. Wie erwartet handelte es sich um eine weitere Einladung zu einer Jagd. Lagrahs Stolz war verletzt worden, und nur Blut konnte seinen Zorn beschwichtigen.

Ausgezeichnet.

Tril nickte der Rekrutenkampfmeisterin zu, die daraufhin eilig den Raum verließ.

»Es fällt verbrannt schwer, es zu übersehen«, stellte Kommandeur Linin fest. »Was glauben Sie, wer sie anführt?«

»Zero«, sagte Tril widerstrebend.

»Mein Gedanke«, nickte Kommandeur Linin. »Überall, wo die Vierte auftaucht, richten sich alle Blicke auf sie. Es ist, als würde sich jedes andere Bataillon in Takki-Schwächlinge verwandeln, wenn sie vorbeigehen. Sie fallen auf wie ein Jreet-Kampftrupp.«

Tril spürte, wie seine Sudah aufgeregt flatterten. »Wirklich?«

Kommandeur Linin grunzte bestätigend. »Das macht mich brennend stolz, das kann ich Ihnen sagen.«

Als Tril beobachtete, wie die Rekrutenkampfmeisterin davoneilte, kam ihm eine Idee …

*

Joe lehnte sich mit dem Rücken gegen eine glänzende schwarze Wand und genoss einen der ersten Momente wahrer Freizeit, die er seit Beginn der Jagden gegen das Zweite Bataillon hatte. Er war damit fertig, einen Haauk voller Pakete mit Schleimsuppe zu entladen, und gönnte sich diesen Moment, um die Augen zu schließen und seinem schmerzenden Rücken eine Pause zu gönnen.

An diesen Morgen hatte Kommandeur Tril bekanntgegeben, dass nun das gesamte Sechste Bataillon die Ärmel ihrer Jacken hochrollen sollte. Die Vierte Einheit, Joe eingeschlossen, fand, dass *sie* sich die Ärmel verdient hatte, nicht das übrige Bataillon. Die Beschwerden, die daraufhin kamen, hatten ihnen jede Menge Extraaufgaben eingebracht, ohne dass ein Ende in Sicht war.

Außerdem hatte Trils verstärktes Trainingspensum seinen Tribut gefordert. Trotz des grünen Schleims, mit dem der Kongress sie fütterte, spürte Joe nun eine ständige unterschwellige Erschöpfung bei allem, was er tat. Er hatte sogar die Häufigkeit der nächtlichen Überfälle reduzieren müssen, damit sie mehr Schlaf fanden.

Alle im Sechsten waren fast am Ende ihrer Reserven, sogar die Kampfmeister. Joe wusste nicht, wie viel Training sie vertrugen.

Joe machte gerade ein wohltuendes spontanes Nickerchen, als er Elfe flüstern hörte. Joe fuhr hoch und schaute sich um, ob ihn jemand beim Schlafen ertappt hatte.

»Joe.« Elfe kauerte unter einer Steintreppe, und sein vernarbtes Gesicht war verzogen und im Schatten fast nicht wiederzuerkennen. Ein Ooreiki-Ausschlag zog sich über seinen halben Kopf, wo jemand ihn grob angefasst hatte. Sein robustes Kong-Hemd war am Kragen aufgerissen, und er blutete aus mehreren Schnitten an Kinn und Hals.

Es war Elfes Furcht, die Joes Aufmerksamkeit erregte. Er hatte Angst um sein Leben. Joe erkannte den Blick aus seiner Zeit mit Knaaren wieder. Elfe war derangiert, Wahnsinn schimmerte in seinen Augen. Er war ein völlig anderer Mensch, als Joe ihn an diesem Morgen erlebt hatte, bevor Sasha ihn und Maggie losgeschickt hatte, um weiter weg in der eigentlichen Stadt Schotter zu harken.

»Was ist los?«, fragte Joe und kam auf die Beine.

Elfe leckte sich über die Lippen. Sein Blick huschte zur Seite, dann sagte er: »Erinnerst du dich, wie du gesagt hast, du würdest mich nach Hause bringen, wenn ich dir ein Schiff besorge?«

Joe starrte ihn verständnislos an. »Was?«

»Ein Raumschiff«, sagte Elfe. »Ich sollte dir ein Raumschiff besorgen.«

»Was soll das heißen?«, fragte Joe. »Hast du Maggie allein gelassen?«

»Ich habe eins gefunden«, sagte Elfe.

»Elfe, warum bist du nicht bei …?«

»Ich habe sie getötet«, fiel Elfe ihm ins Wort.

Joe spürte einen besorgten Stich. »Was?«

»Ich habe sie getötet. Sie hatte diesen Eikokon auf dem Rücken. Wie eine verbrannte Spinne. Ich konnte sehen, wie sie darin herumwimmelten und raus wollten.« Elfes Augen blickten wild und flehten Joe an, ihn zu verstehen. »Ich habe sie gesehen und bin durchgedreht. Ich habe es nicht mehr ausgehalten. Du weißt, was die Takki dir angetan haben. Sie sind Aliens, Joe. *Aliens.* Der Kongress braucht nicht noch mehr von ihnen. Wir sind die Guten, Joe. Nicht sie. Sie haben es nicht verdient zu leben.«

Joe sprach jetzt sehr langsam. »Elfe, hast du gerade gesagt, dass du Maggie getötet hast?«

Elfes Blick wurde verzweifelt. »Nein, die *Pilotin.* Ich habe sie und die Wache davor getötet. Hab ihnen mein Messer in den Hals gerammt und mit der Harke alle wimmelnden Maden totgehauen. Jetzt können wir nach Hause zurückkehren.«

Joe starrte ihn entsetzt an. »Du hast Ooreiki getötet?«

»Jede Menge«, sagte Elfe und nickte glücklich. »Jetzt können wir alle nach Hause gehen, wie du gesagt hast. Wir haben ein Schiff.«

»Ein Schiff? Was soll das heißen, verbrannt noch mal?«

»Damals, als wir uns zum ersten Mal begegnet sind. Du hast gesagt, du würdest mich wieder nach Hause bringen, wenn ich dir ein Schiff besorge.«

Joe wusste nicht, was er sagen sollte. Er öffnete mehrere Male den Mund, fand aber nie die richtigen Worte, weil er wusste, dass er zu jemandem sprach, der bereits tot war. Schließlich sagte er: »Ich weiß nicht, wie ich ein Schiff steuern soll, Elfe. Niemand von uns kann das. Das weißt du genauso gut wie ich.«

Elfe nickte lächelnd.

»*Elfe*«, sagte Joe in scharfem Ton, »verschwinde von hier. Versteck dich im Wald. Okay? Ich werde versuchen, Yuil ausfindig zu machen. Vielleicht kann sie dir helfen.«

Elfes Blick verdüsterte sich. »Nein.«

»Elfe …«, begann Joe und ging auf ihn zu.

»Nein«, sagte Elfe und wich vor ihm zurück. »Ich werde mit dem Schiff abhauen. Ich brauche dich, damit du es steuerst, wie du versprochen hast.«

Joe starrte Elfe hilflos an und fragte sich, wie viel Verstand hinter seinem wilden Blick noch übrig war. Langsam sagte er: »Ich kann kein Schiff steuern, Elfe. Nur die Aliens wissen, wie man das macht.«

Elfe zuckte zusammen, und seine Miene zeigte Fassungslosigkeit. »Aber du hast doch gesagt …«

»Ich habe es nie so *gemeint*«, gab Joe zurück, von Verzweiflung und Furcht getrieben. »Ich habe nie angenommen, dass du es tatsächlich versuchen würdest! Elfe, du musst dich verstecken!«

Plötzlich sprang Elfe aus dem Schatten hervor. Seine aufgerissene Lippe zitterte. »*Du bist es, der sich um uns kümmern sollte!*«

Joe schaute sich um, ob irgendjemand sie bemerkt hatte. »Elfe, hör mir zu. Ich werde dich zum Rand der Stadt bringen. Dann kannst du dich im Wald verstecken …«

»Nein! Hilf mir, Joe!«, rief Elfe. »Du hast gesagt, du würdest das Schiff fliegen, wenn ich eins für dich finde. Jetzt habe ich eins gefunden, und sie werden mich schnappen, wenn wir nicht sofort verschwinden! Wir müssen uns beeilen!« Elfe griff nach seinem Arm. »Maggie ist weggelaufen, aber du kannst noch mitkommen.«

»Du bist verrückt!«, rief Joe. »Ich kann dir nicht helfen.«

»Bitte bring mich von diesem Planeten weg, Joe«, sagte Elfe. Der Wahnsinn in seinen Augen mischte sich mit Angst. »Sie werden mich töten.«

»Du musst dich verstecken, Elfe.« Joe spürte ein Brennen in seiner Brust. »Ich kann kein Schiff fliegen.«

Elfe starrte auf den Boden. »Ich weiß.« Er sagte es so leise, dass es kaum zu hören war. »Ich wusste es, als ich sie getötet habe. Aber ich konnte einfach nicht mehr aufhören. Ich dachte …« Er blickte auf, und seine haselnussbraunen Augen waren blutunterlaufen. »Ich dachte, dass du mir vielleicht helfen kannst.«

»Das kann ich nicht«, sagte Joe. »Ich konnte es nie.«

»Ja«, sagte Elfe leise und wischte sich Tränen aus den Augen. »Das habe ich erfahren, als Lord Knaaren mich geholt hat. Niemand hat versucht, mir zu helfen. Alle hatten viel zu viel Angst.« Er zögerte. »Ich weiß nicht, warum ich sie getötet habe. Ich habe einfach …« Seine Stimme brach, und er senkte wieder den Blick. »Ich werde jetzt gehen. Ich möchte nicht, dass auch du Schwierigkeiten bekommst.« Er drehte sich um.

»Elfe.«

Sein Bodenteamkamerad sah ihn über die Schulter an, mit dem hoffnungsvollen Ausdruck eines kleinen Jungen.

»Ich möchte dir helfen, dich zu verstecken, Elfe.«

Das Gesicht seines Freunds fiel in sich zusammen, und er nickte.

Erst als er Elfe im verlassenen Gebäude am Stadtrand zurückließ, wurde Joe bewusst, dass er zitterte. Er hatte keine Ahnung, wie er Kontakt zu Yuil aufnehmen konnte.

*

An diesem Abend kehrte Elfe nicht mit Maggie zurück, und Sasha wurde dafür bestraft. Sie wiederum gab Joe die Schuld daran und ließ ihn Liegestütze machen, die er schweigend und ohne Klage absolvierte.

In dieser Nacht fand Joe keinen Schlaf. Nachdem er Elfe geholfen hatte, sich am Rand von Alishai zu verstecken, hatte er die Nachtstunden damit verbracht, außerhalb der Kaserne herumzustreifen und alles zu tun, womit er hoffte, Yuils Aufmerksamkeit zu erregen. Doch Yuil war nicht gekommen.

Am nächsten Morgen erklärte Kampfmeister Nebil, dass sie nicht wie geplant zur Jagd gehen würden, sondern dass sie ihre Waffen zurücklassen sollten.

»Kinn! Lass sie draußen Aufstellung beziehen und zum Platz marschieren. Erster Kommandeur Knaaren wird in einer Stunde dort sein, um euch zu inspizieren. Er hat allen Ooreiki befohlen, sich zurückzuhalten, also betet zu euren heidnischen Menschengöttern, dass ihr nicht seine Aufmerksamkeit auf euch lenkt.« Bei seinen letzten Worten blickte er Joe an.

Mönch zerrte an Joes Hemd und sah ihn mit ängstlicher Miene an. »Glaubst du, dass Elfe …?«

»Vierte Einheit!«, rief Sasha und warf Mönch einen finsteren Blick zu. »Über die Treppe nach unten, ihr unwissenden Furgs!«

Während Sasha sie zum Platz führte, gingen Joe die schrecklichsten Möglichkeiten durch den Kopf. Jeder Mensch auf diesem Planeten war entweder Sklave oder Rekrut, und jeder, der sich versteckte, wurde bestraft. Trotzdem hatte Joe Elfe den Akarit gegeben, und solange er sich ruhig verhielt, müsste er zumindest so lange überleben, bis Joe Yuil gefunden hatte.

Das Zweite Bataillon wartete bereits. Die Rekruten sahen sauber und professionell aus – solange man den verblassenden Nullen auf ihren Stirnen nicht allzu viel Beachtung schenkte. Sasha führte die Vierte Einheit zu ihrem Platz innerhalb des Sechsten Bataillons und überzeugte sich demonstrativ davon, dass bei all ihren Schützlingen die Kleidung richtig saß und die Haltung stimmte. Dann stellte sie sich vor ihrer Einheit auf und wartete ab, dass sich der Rest des Sechsten Bataillons versammelte. Alle trugen die Ärmel ordentlich hochgekrempelt. Ohne Fahnen, aber mit hochgerollten Ärmeln stach das Sechste Bataillon aus allen anderen heraus und erweckte den Eindruck, dass es sich nicht an die Regeln hielt. Joe bemerkte, wie mehrere Rekruten aus anderen Bataillonen sie anstarrten, während sie sich formierten.

Lord Knaaren erschien deutlich später als angekündigt. Er war zwei Stunden überfällig, als er zu den Bataillonen trottete, während seine Klauen Diamantsand aufwirbelten. Er hielt ein dünnes Kong-Seil zwischen den Zähnen und schleifte etwas hinter sich her.

Joe brauchte einen Moment, um zu erkennen, dass das Bündel am Ende des Seils Elfe war.

Lord Knaaren ließ das Seil fallen. Zwei Takki stellten Elfe auf die Füße. Sein ganzer Körper war mit Striemen und Grind überzogen, und er hatte ein Ohr sowie einen großen Teil seiner linken Wange durch Alien-Krallen verloren. Beide Augen verschwanden unter geschwollenem, wundem Fleisch, und seine Finger waren dunkel, wo die Knoten an seinen Handgelenken die Blutzirkulation unterbrochen hatten. Joe fiel das Atmen schwer.

»Ich wusste, dass Kihgls Fluch weiterbesteht«, sagte Knaaren. »Dieser menschliche Abschaum hat eine schwangere Ooreiki getötet, die auf dem Weg nach Poen war, um dort zu gebären. Dann verbarg er sich unter Benutzung eines äußerst seltenen, höchst illegalen Geräts, während wir nach ihm gesucht haben. Doch obwohl er einen Akarit höchsten Kalibers bei sich hatte, war er so dumm, ihn zurückzulassen, als er sich auf die Suche nach Essen und Wasser machte. Die Regierung von Kophat will ihn für den Mord an der *yeeri* zur Rechenschaft ziehen. Die Friedensstifter wollen ihn wegen des Akarit haben. Aber das alles interessiert mich nicht. Er ist mein Rekrut. Sie können ihre schwachen, zahnlosen Drohungen nehmen und an meine Takki verfüttern. Der Junge wird nicht bestraft.«

Er lässt ihn frei? Joe spürte ein kurzes Aufflackern der Hoffnung.

Knaarens regenbogenfarbene Lippen zogen sich von den dreieckigen schwarzen Zähnen zurück, als er das Sechste Bataillon musterte. »Ihr alle werdet bestraft. Nachdem ihr zugesehen habt, wie er stirbt, wird das gesamte Regiment den Schwarzen Schmerz des Sechsten Grades erleben … es sei denn, jemand von euch tritt vor und gibt mir eine sinnvolle Erklärung. Warum hat dieser Rekrut die *yeeri* getötet? Woher hat er den Akarit?«

Aus Joes Hoffnung wurde Verzweiflung, als der smaragdgrüne Blick des Dhasha über das Regiment schweifte.

»Lasst ihn frei«, sagte Knaaren.

Die Takki zogen sich von Elfe zurück, der ohne ihre Unterstützung schwankend auf den Beinen stand. Knaaren ging zu ihm und blickte mit kalten Augen auf ihn herab. »Hast du irgendetwas zu deiner Verteidigung zu sagen?«

»Ich wollte nur ein Schiff«, wimmerte Elfe. Seine Lider hingen tief in den Augenhöhlen, obwohl sein Gesicht aufgedunsen war.

Joe kam die Galle hoch, als er es sah. Sie hatten ihm die Augen herausgeschnitten.

Knaaren gab Elfe einen Stoß. Nur leicht, aber Knaarens schwarze

Klauen rissen Elfes Schulter auf, und sein linker Arm fiel in den Diamantsand. Durch den Strick, mit dem er gefesselt war, hing er noch an seinem anderen Handgelenk. Elfes Mund öffnete sich, und er stand für einen Moment reglos da, als hätte er noch gar nicht bemerkt, was geschehen war. Dann schrie er und schlug sich die Hand auf die Schulter, während er vor der Gliedmaße zurückschreckte, die an seinem Handgelenk hing. Die Verletzung war zu schwer. Elfe versuchte sich zu retten, doch seine Haut wurde bereits totenblass. Er glitt zu Boden und hielt immer noch den blutenden Stumpf mit starren weißen Fingern.

»Bringt es in Ordnung«, sagte Knaaren.

Ein Takki eilte herbei und stieß Elfe eine Nadel in die Brust, um ihm die silbrige Substanz zu injizieren. Schon im nächsten Moment wurde die Blutung gestillt. Elfe lag nach Luft schnappend am Boden.

»Wollte … nur ein … Schiff. Nur ein Schiff.«

»Ich will wissen, wer sonst noch an dieser Verschwörung beteiligt ist«, sagte Knaaren. »Es ist unmöglich, dass du ohne Unterstützung an einen Akarit gekommen bist. Du hast nicht die Mittel, um einen zu bezahlen, ganz zu schweigen von Verbindungen, über die du dir so etwas besorgen könntest. Wer hat ihn dir gegeben?«

Elfe versuchte aufzustehen, aber Knaaren trat einfach auf ihn. Seine Fußklauen gruben sich in Elfes Brust wie in warme Butter.

»Antworte mir«, sagte Knaaren. »Wer hat dir geholfen?«

»Niemand«, wimmerte Elfe, während sein erhobener Arm neben Knaarens gewaltigem Bein winzig wirkte.

Fast zärtlich biss Lord Knaaren ihm die noch vorhandene Hand ab.

Knaaren ließ Elfe eine Weile schreien, bis er sagte: »Bringt es in Ordnung.«

Ein Takki kam, um ihm eine weitere Dosis Nanos zu geben.

»Ich werde dich nicht sterben lassen, bevor du es mir gesagt hast«, knurrte Knaaren. Seine haiähnlichen Zähne hingen nur wenige Zentimeter über Elfes verunstaltetem Gesicht.

»Bitte. Er hat mir nicht geholfen.«

»Also gab es doch jemanden!«, brüllte Knaaren. »Wer war es? *Wer*?«

»Ich will zu meiner Mutter!«, schluchzte Elfe.

»Antworte mir, du elende Missgeburt! Wer hat dir geholfen?«

»Niemand hat mir geholfen«, sagte Elfe. »Niemand.«

Joe spürte einen qualvollen Stich in der Brust. Er konnte nicht mehr zuschauen, aber er konnte auch nicht den Blick abwenden. Ein Teil von ihm wollte aufschreien und alles gestehen. Ein anderer Teil fürchtete sich vor dem, was Elfe sagen würde.

»Sklave, bestrafe ihn.«

Ein Takki bediente ein schwarzes Gerät, das dem von Tril ähnelte. Elfe schrie vor Schmerzen.

»Halt.«

Schluchzend wälzte sich Elfe am Boden und rief nach seiner Mutter.

»Sag mir, wer dir geholfen hat«, forderte Knaaren ihn erneut auf. »Es hört erst auf, wenn du es getan hast.«

»*Niemand hat mir geholfen!*«, kreischte Elfe.

»Bestrafe ihn. Höhere Stufe.«

Joe erschauderte, als er seinen Freund schreien hörte. *Ich habe ihm den Akarit gegeben.* Seine Fingernägel bissen in seine Handfläche, und seine Kiefer schmerzten. Seine Brust war eine pulsierende Masse aus Qual. Er trat einen Schritt vor.

Libby griff nach seinem Arm. Sie schüttelte leicht den Kopf und sah ihn mit harten Augen an.

Joe erzitterte und schloss die Augen, während Knaaren mit dem Wahnsinn weitermachte.

»Bist du bereit zu reden? Nein? Bestraf ihn. Halt. Bestraf ihn. Halt. Das wird so lange so weitergehen, wie es nötig ist. *Wer hat dir geholfen?* Bestraf ihn. Höhere Stufe.«

»Aufhören«, wimmerte Maggie. »Jemand soll ihn aufhalten.«

Der Dhasha schritt um Elfe herum, während sein Takki ihm Schmerzen zufügte. Speichel schäumte zwischen seinen Zähnen auf und fiel in orangefarbenen Klecksen auf den Boden. Seine Muskeln zuckten, als er auf und ab stapfte, die wahnsinnigen smaragdgrünen Augen auf Elfe gerichtet. So ging es fast eine halbe Stunde lang weiter, bis Kommandeur Lagrah über den Platz kam und in die Formation trat.

482

»Es genügt, Knaaren«, sagte Lagrah. »Selbst wenn er es wüsste, könnte er Ihnen jetzt nicht mehr antworten.«

Inzwischen war aus Elfes Flehen ein unverständliches, tierisches Gebrabbel geworden.

Knaaren fuhr herum und stürmte auf den Ooreiki zu, wobei er schwarzen Staub über den Platz schleuderte.

Lagrah blieb völlig reglos. Furchtlos starrte er in das offene Maul des Dhasha, ohne dass seine Sudah auch nur zuckten. Nachdem der Ooreiki Knaarens wahnsinnigem Blick mehrere Herzschläge lang standgehalten hatte, sagte er: »Er wird Sie bis zu Ihrem Tod heimsuchen, Knaaren.«

Der Dhasha lachte mit einem bellenden Krächzen. »Menschen haben keine Seele. Sie können mich nicht heimsuchen.«

»Ich meine nicht ihn. Ich meine Kihgl.«

Der Dhasha wich einen Schritt zurück und bleckte die Zähne.

Lagrah fuhr unbeirrt fort: »Sie sehen ihn, nicht wahr? Wo ist er gerade? Blickt er Ihnen über die Schulter? Oder über meine? Hören Sie ihn flüstern, wenn sie versuchen einzuschlafen? Was sagt er zu Ihnen?« Der Ooreiki ging einen Schritt auf den Dhasha zu. »Denn er wird *niemals* verschwinden. Er hat alle Zeit der Welt, um an Ihrer Seele zu kratzen.«

Für einen Sekundenbruchteil dachte Joe, der Dhasha würde Lagrah fressen. Doch stattdessen stürzte sich Knaaren mit kalter, gnadenloser Wut auf Elfe und zerriss ihn, bis nur noch Streifen aus zuckendem Fleisch und zersplitterten Knochen übrig waren. Dann wandte er sich von der Leiche ab und kehrte zu seinem Turm zurück, gefolgt von seinen Takki.

Ich habe ihn im Stich gelassen, dachte Joe und beobachtete, wie die regenbogenfarbene Gestalt im Aufzug zum höchsten Stockwerk hinauffuhr. *Ich sollte ihn beschützen, aber ich habe zugelassen, dass das Monster ihn frisst.* Joe stand immer noch unter Schock.

»Wegtreten!«, brüllte Kommandeur Lagrah das Regiment an. »Kehrt in eure Schlafsäle zurück. Eure Kampfmeister werden euch dort erwarten. Alle Jagden sind für heute abgesagt.«

Joe musste den Blick von der Stelle an der Spitze des Turms losreißen, wo der Dhasha verschwunden war. Als er sich umdrehte, sah er, dass Libby ihn angespannt beobachtete. Joe schaute schnell weg. Sein Blick kehrte zum Platz hinter ihnen zurück, wo die Ärzte Elfes Überreste aus dem Diamantsand auflasen.

Ich habe ihn im Stich gelassen. Dieser eine mächtige Gedanke überwältigte alles andere. Maggie und Mönch weinten, aber Joe blieb stumm.

Er hatte es nicht verdient zu weinen.

Für ihn gab es keinen Zweifel, dass er für Elfes Tod verantwortlich war.

31 Trauer

An diesem Abend versammelte Joe seine Rekruten um sich, damit sie ein kleines Gebet für Elfe sprachen. »Ich bin eigentlich nie in die Kirche gegangen«, sagte er und räusperte sich. »Aber wir sprechen jeden Abend das Gebet des Bodenteams, und er war einer unserer Kameraden, also dachte ich mir, dass es wohl nicht richtig wäre, nichts über ihn zu sagen …« Es war ihm so unangenehm, dass er sich erneut räuspern musste.

Maggie kam ihm zu Hilfe. »Lieber Gott, bitte nimm unseren Freund Elfe in deine Obhut. Ich weiß, dass du es nicht gut findest, was er in letzter Zeit getan hat, aber bitte bring ihn trotzdem in den Himmel. Elfe war ein guter Junge, der von Aliens gefangen genommen wurde. Er mochte Spielzeugsoldaten und Erdnussbuttersandwiches, und er hasste Gummibärchen, also kann er gar nicht so schlecht gewesen sein. Amen.«

»Amen«, stimmten alle zu. Libby nickte.

Als Joe in dieser Nacht nicht schlafen konnte, verließ er irgendwann das Bett und machte sich daran, sein Messer zu schärfen. Er wusste, dass es ziemlich idiotisch war, weil die Hälfte der Aliens im Kongress nicht einmal blinzeln würden, wenn er ihnen die Klinge bis zum Heft in den Körper rammte, aber er fühlte sich dabei besser. Er wünschte sich nichts mehr, als mit der Waffe in Knaarens großes, perfektes Auge zu stechen.

So saß er schon mehrere Minuten da, als er bemerkte, dass Libby ihn beobachtete.

»Schlaf jetzt«, sagte Joe. »Ich bin einfach noch nicht müde.«

Libby stieg vom Bett und legte eine Hand auf seine Schulter.

»Heute Nacht habe ich keine Lust auf Raubzüge.« Irgendwann hielt Joe ihren starrenden Blick nicht mehr aus und stand auf, um ins Bad zu gehen, wo er sich neben einen Bottich voll stinkendem Alkohol setzte.

Ich habe ihn im Stich gelassen, dachte er. *Er hat mir vertraut, und ich habe sein Vertrauen enttäuscht.*

Wie hatte er sich nur einbilden können, Führungsqualitäten zu haben? Wie konnte er *Spaß* daran haben? Seinetwegen war jemand *gestorben!* Ein Freund. Jemand, der ihm vertraut hatte. Jemand, der ihm gefolgt war. Jemand, der ihn *gebraucht* hatte. Und jetzt war er *tot.* *Und es ist meine Schuld.*

Libby kam ins Badezimmer und setzte sich neben ihn. Sie berührte seinen Arm, und bevor Joe begriff, was sie beabsichtigte, beugte sie sich vor und küsste ihn auf die Lippen.

Joe wurde so hart, dass es wehtat. Jeder Gedanke an Elfe verflüchtigte sich und wurde durch Panik ersetzt. Hastig zog er sich zurück. »Was willst du?«

Libby sah ihn mit dem Ausdruck tiefster Bestürzung an. Er konnte fast ihre Gedanken lesen. *Was glaubst du wohl, was ich will, du Furg?*

Joe räusperte sich. »Ich … äh … ich wollte nur mein Messer schärfen.« *Großartig. Du 1A-Furg, das war genau das, was sie hören wollte. Joe Sexgott Dobbs. Zum allerersten Mal zeigt irgendein weibliches Wesen auch nur das leiseste Interesse an deiner armseligen Gestalt, und du erklärst ihr, dass du lieber Klingen polierst. Sie wird dich auf ewig hassen. Aber du kannst es noch retten. Sag einfach …*

Aber Libby war bereits aufgestanden und verließ eilig mit anmutigen Beinen das Bad. Joe blickte ihr verzweifelt hinterher.

*

»Ich habe gehört, was geschehen ist, Tscho. Das tut mir leid.«

Joe weigerte sich, zum Haauk aufzublicken, der neben ihm über dem Platz schwebte.

»Es ist immer schwer, einen Freund zu verlieren.«

»Geh weg«, sagte Joe leise. »Ich weiß, was los ist. Du bist eine Rebellin. Du willst aus mir einen Spion machen.«

Yuil blinzelte nicht mal. »Und? Willst du wirklich, dass der Kongress überlebt? Er hat deinen Freund getötet.«

»*Knaaren* hat meinen Freund getötet«, erwiderte Joe. »Der Kongress wusste nicht mal, dass er überhaupt existiert.«

»Genau«, gab Yuil zurück. »Wir alle sind für den Kongress völlig unbedeutend, Joe. Wir alle sind nur Spielfiguren, die tun sollen, was man ihnen sagt. Wir haben nicht einmal die Freiheit, uns für die Mitgliedschaft zu entscheiden. Sie zwingen uns, Tribut zu zahlen, schicken unsere Kinder zum Sterben auf fremde Planeten und lassen von den Friedensstiftern jeden töten, der widerspricht. Wir müssen dieses System vernichten, Tscho.«

Joe warf Yuil einen gereizten Blick zu. »Was zum Teufel kann ich schon tun? Ich bin doch nur ein Kind.«

»Ich weiß es auch noch nicht genau«, gestand Yuil. »Aber Kihgl sagte mir, dass ich dir helfen soll.«

Joe versteifte sich. »Wirklich?«

»Kkee. Nimm das.« Yuil hielt ihm einen neuen Akarit hin, komplett mit schwarzem Abschirmungskasten.

Joe zögerte, dann nahm er ihn widerstrebend aus den mit Metallkappen besetzten Tentakeln der Ooreiki entgegen.

Yuil machte einen zufriedenen Eindruck. »Wenn du das nächste Mal in Schwierigkeiten bist, komm zum verlassenen *ferlii*, den ich dir gezeigt habe. Nimm die erste Treppe, die du siehst, bis ins dritte Stockwerk, und geh dann um das Gebäude herum, bis du den Eingang zu einem Tunnel findest, der runder ist als die anderen. Drinnen wirst du eine in den Boden geritzte Raute sehen – das ist das Symbol des Widerstands. Durch diesen Tunnel wirst du in einen Raum gelangen, der mit Waffen und Kommunikationsgeräten ausgestattet ist. Sag irgendetwas in diesem Raum, und ich werde dich hören. Aber sei vorsichtig. Dort lagern genügend Sprengsätze, um halb Alishai auszuradieren, sollte der Kongress je davon erfahren.«

Joe verstaute den Akarit unter seiner Jacke. »Das wird er nicht. Nicht von mir.«

Yuils Gesicht wurde von einem Ooreiki-Lächeln zerknautscht. »Kihgl sagte, dass wir dir vertrauen können.«

*

»He, Erdmännchen. Kannst du mir die Ratsche geben?«

»Klar, Papi. Welches ist die Ratsche?«

Ihr Vater lachte. »Das Ding mit der Ratsche.«

Carol blickte stirnrunzelnd auf das Werkzeugset, bis sie ihm eins reichte, das am ehesten nach einer Ratsche aussah.

»Das ist ein Schraubenzieher.« Ihr Vater seufzte und kam unter dem Auto hervor. Seine großen Hände legten den Schraubenzieher zurück an seinen Platz und griffen nach einem anderen Werkzeug. »Siehst du? Hör zu.« Er drehte am Knopf, der ein knarrendes Geräusch machte. »Das ist eine Ratsche. Mit diesem kleinen Hebel hier kann man die Richtung ändern. Siehst du?«

Carol nickte, obwohl sie eigentlich gar nichts sah. »Wie kann es die Richtung ändern, Papi? Es geht doch nirgendwohin.«

Ihr Vater lachte – ein volles, glückliches Lachen, das Carols Herz jedes Mal mit Freude erfüllte, wenn sie es hörte. »Komm unter das Auto, meine kleine Mönch. Ich will dir was zeigen.«

Carol warf einen Blick auf die schmierige Unterseite des Autos und dann auf ihre neue pinkfarbene Hose. »Mum hat gesagt, dass ich das nicht machen soll.«

»Mum will auch nicht, dass ich dir eine Latzhose kaufe. Komm jetzt. Ich kläre das mit Mum.«

Carol wand sich vor Freude und schob sich unter das Auto, wo sie zum Gewimmel aus dreckigen Sachen hinaufstarrte, das für ihren Vater Sinn zu ergeben schien.

»Schau auf diese Schraube hier«, sagte ihr Vater. Er drückte die offene Seite der Ratsche darauf und bewegte den Griff hin und her. Ein schnelles, zielstrebiges Knarren hallte durch die Werkstatt. Dann nahm er die Hand weg. »Siehst du sie jetzt?«

»Sie ist herausgekommen«, sagte Carol fasziniert.

»Richtig«, bestätigte ihr Vater. »Und jetzt schau zu, was passiert, wenn ich den Rückwärtsgang einlege.« Er drehte an der Ratsche und bewegte wieder knarrend den Hebel. Als er diesmal das Werkzeug wegnahm, war die Schraube wieder fest angezogen.

»Wow!«, rief Carol. »Echt cool, Papi.«

»Eins der vielen Wunder der modernen Technik. Wenn wir heute Abend Zeit haben, zeige ich dir den neuen Druckluftkompressor, den ich neulich …«

»James.«

Carol und ihr Vater zuckten gleichermaßen zusammen, als sie den strengen Tonfall ihrer Mutter hörten. Carol kroch hastig unter dem Auto hervor und bemühte sich, den Dreck von ihren Sachen zu klopfen. Ihre Hände, die ölverschmiert waren, weil sie die Unterseite des Toyota angefasst hatte, hinterließen schwarze Streifen auf ihrer Hose. Sie biss sich auf die Unterlippe und beobachtete ihren Vater. Sie hoffte, dass er keine Schwierigkeiten bekam. Sie mochte es, wenn er sie an einem Auto mitarbeiten ließ.

»Ich muss mit dir reden, James. Über unsere Besucher.«

Carol runzelte die Stirn. Sie hatte keine Besucher gesehen, aber ihre Eltern redeten ständig über sie. Wahrscheinlich schliefen sie im Hobbyraum vor dem Fernseher. Seit Tagen hatten sie Carol nicht mehr erlaubt fernzusehen, und sie vermisste schon die *Sesamstraße*.

»Sofort, James.«

»Gut, Kate.« Ihr Vater sprach mit ruhiger Stimme, wie immer, wenn Carol bemerkte, dass er verärgert war. Er hob einen dreckigen blauen Lappen vom Boden auf und wischte sich damit die Hände ab.

»Du bleibst hier, Mönch.« Er zwinkerte Carol noch einmal zu, dann folgte er ihrer Mutter ins Haus.

*

Als sie zwei Wochen später nach dem täglichen Drill den Platz wieder in Ordnung brachten, ging Maggie zu Joe und riss ihm die Harke aus der Hand. »Was ist mit dir los, Joe?«

Joe starrte auf seine Harke. Er war in Gedanken versunken gewesen und hatte sich daran erinnert, was er von Yuil und ihren Gefährten in der vergangenen Nacht über Bioanzüge gelernt hatte. Yuil hatte ihn anderen Rebellen vorgestellt, und als Joe immer mehr von ihrer Vereinigung akzeptiert worden war, hatten sie ihm Dinge über den Kampf gegen die Kongs beigebracht, die Kampfmeister Nebil niemals angesprochen hatte. Zum Beispiel, wie man einen Kong aus seinem Bioanzug herausholte, um ihn verhören zu können.

»Was meinst du damit?«, fragte er.

»Das!«, rief Maggie. »Du sagst kein Wort und lässt dich von Sasha schikanieren. Du hast seit Wochen keinen Überfall mehr angeführt.«

»Ich möchte nicht darüber reden«, sagte Joe und nahm ihr seine Harke wieder ab.

Wenige Meter entfernt beobachtete Libby ihn. Nachdem sie sich einige Zeit ein Kopf-an-Kopf-Rennen geliefert hatten, war das Mädchen irgendwann nicht mehr weitergewachsen. Jetzt war sie einen Meter neunzig groß und schien nur noch aus Beinen und Hüfte zu bestehen. Auf der Erde hätte sie Model werden können. Hier allerdings verließ sie die Kaserne nie ohne ihre schwarze Allzweckjacke, die schweren Kong-Stiefel und ihr Gewehr. Doch trotz all der Ausrüstung sah sie stets so sexy aus wie ein Model aus dem Playboy.

Joe beachtete die beiden nicht weiter und machte sich wieder daran, schweigend den Platz zu harken.

Obwohl Maggie zierlich zwar, schmerzte es, als sie ihn an den Schultern packte und herumriss. »Was ist *los* mit dir? Sasha hat uns alle bei den Jagden sterben lassen. Schon bald werden sie uns in irgendein anderes Bataillon stecken, weil das Zweite uns immer wieder fertigmacht. Warum *sagst* du nichts dazu?«

»Lass mich einfach in Ruhe, okay?«

»Ist es wegen Elfe?«

Jetzt sahen alle Rekruten seiner Einheit ihn an. Joe starrte auf die Zinken seiner Harke. Selbst eine *Harke* wirkte hier irgendwie außerirdisch. Nur drei Zinken, die wie dicke Finger aussahen, leicht gekrümmt und schwarz wie Kohle. Das Ganze erinnerte ihn an das Instrument, das die Rebellen ihm gezeigt hatten und mit dem man den Bioanzug eines Kong aufbrechen konnte.

»Klar!«, rief Maggie. »Es ist wegen Elfe!«

»Mag, lass mich in Ruhe, okay?«

»Ich bin es, die ihn nicht davon abhalten konnte, diese Ooreiki zu töten. Wenn ich es geschafft hätte, wäre er noch hier.«

Joe schüttelte nur den Kopf.

»Es ist nicht deine Schuld, Joe!«, rief Maggie. »Warum siehst du das nicht ein?«

»Aber so ist es.« Joe nahm einen tiefen Atemzug. »Ich bin dafür verantwortlich, dass er das Schiff kapern wollte. Ich hatte ihm gesagt, ich würde ihn nach Hause fliegen, wenn er mir ein Raumschiff besorgt. Das habe ich wirklich gesagt. Und jetzt ist er tot. Weil er mir vertraut hat.«

Libby wandte sich abrupt ab und stapfte zurück zur Kantine. Joe spürte einen Stich in der Brust, als er ihr nachblickte. Sie würde ihn hassen, wenn sie wüsste, wer Yuil war. Sie liebte alles, was mit der Armee zu tun hatte. Wenn sie herausfand, dass Joe Kontakt zu Rebellen hatte, würde sie ihn vielleicht sogar selbst töten.

Maggie war noch nicht fertig. »Elfe war verrückt, Joe. Du hast es nicht getan. Knaaren hat es getan. Es ist ein Wunder, dass du nicht genauso verrückt geworden bist wie Elfe.«

»Vielleicht bin ich das«, entgegnete Joe und dachte an seine Ausflüge mit Yuil. Er harkte weiter, aber Maggie trat mit dem Fuß auf den Holm.

»Wir brauchen dich, Joe. Mit Sasha werden wir unsere Fahne verlieren, und dann sind wir alle am Arsch. Wir brauchen dich. Du musst uns führen.«

Joe schnaufte. »Wer interessiert sich einen Aschehaufen für den Kongress und seine Spiele?«

Maggie stieß ein angewidertes Geräusch aus und ließ seine Harke los. Während sie ihn wütend anstarrte, sagte sie zu den anderen: »Kommt, Leute. Gehen wir Mittag essen.« Sie und Scott folgten Libby über den Platz.

Mönch schaute ihnen hinterher. Als sie außer Hörweite waren, drehte sie sich zu Joe um. »Du solltest endlich aufhören, ein Takki zu sein.«

Joe verdrehte die Augen. »So etwas kann ich jetzt wirklich nicht gebrauchen. Maggie hat mir schon …«

»Es ist nicht fair, Libby betteln zu lassen«, fuhr Mönch fort. »Sie hatte schon einen handfesten Streit darum, wer dich entjungfern darf. Komm schon, Joe. Du musst sie nur anschauen, und schon kriegst du einen Ständer.«

Joe schnappte nach Luft, sein Gesicht stand in Flammen. »Woher hast du …« Dann riss er sich zusammen. Er wollte gar nicht wissen, woher sie das wusste. Er zog es immer noch vor, sich die anderen als kleine Kinder vorzustellen, weil sie trotz ihrer erwachsenen Körper genau das waren.

Welche Rolle spielte es überhaupt, wenn Mönch sich mit Sex auskannte? Schließlich war es nicht so, dass irgendein Rußer sie schwängern und ihr Leben ruinieren konnte. Verdammt, ein kleiner freundlicher Fick würde für die Moral vermutlich Wunder wirken. Zu schade, dass er viel zu sehr ein tollpatschiger Furg war, um darauf hoffen zu können.

»Du solltest es einfach mal hinter dich bringen«, fuhr Mönch fort. »Wenn Sex ihr die schlechte Laune austreiben würde, wäre ich bereit, dich jede Nacht dafür zu bezahlen. In letzter Zeit war sie eine unerträgliche Z…«

Sie verstummte, als plötzlich eine Gruppe schwarz gekleideter Ooreiki an ihnen vorbeiwatschelte. Inzwischen war es den Rekruten verboten, Englisch zu sprechen. Wenn sie von den Kampfmeistern dabei erwischt wurden, gaben sie ihnen neue abscheuliche Strafen. Der Letzte hatte die Aufgabe bekommen, das Ostfenster eines zivilen Turms zu putzen, während er ein paar hundert Meter über dem Boden an einem Seil hing.

Als die Ooreiki weitergegangen waren, sprach Maggie auf Kong weiter. »Wirklich, Joe. Du musst die richtigen Prioritäten setzen. Elfe ist tot, und Libby ist verdammt geil. Sie würde es mit einer Straßenlaterne machen, wenn sie deine Kleidung tragen würde.« Damit drehte sie sich um und ging, während er ihr mit offenem Mund nachschaute.

Bevor Joe ihr folgen konnte, hallte ein Hornsignal über Alishai – das Zeichen für die sofortige Formation des Regiments. Seufzend legte Joe die Harke weg und ging zurück, um sich auf dem Platz neben den anderen aufzureihen.

Mehrere Minuten vergingen, ohne dass irgendein Geräusch außer dem trägen Flattern der Fahnen im sporengeschwängerten Wind zu hören war – der Fahnen aller Bataillone außer dem Sechsten, denn Lord Knaaren hatte sie Tril immer noch nicht gegeben. Zum Ausgleich trugen sämtliche Rekruten des Sechsten Bataillons – und sogar Libby und Sasha – die Ärmel bis zum Oberarm hochgerollt. Für

Joe sah das noch viel besser aus als irgendwelche Fahnen. Es erfüllte ihn mit einem gewissen Stolz, dass sie das einzige Bataillon waren, dem man es erlaubt hatte.

Dann erinnerte er sich daran, wofür er kämpfen würde, und rief sich ins Gedächtnis, dass die Kongress-Armee Ärmel, Fahnen, Jagden und Formationen dazu benutzte, sie unter Kontrolle zu halten, sie für ihre Ziele zu verpflichten. Man ermutigte die Rekruten dazu, viel Zeit mit Wettstreiten und Wettkämpfen zu verbringen, damit sie den wahren Zweck ihres Hierseins aus den Augen verloren. Die Kongs waren der Feind, und Joe würde alles tun, um zu verhindern, einer von ihnen zu werden.

Ein regenbogenfarbener Blitz sauste vor ihnen über den Platz – der angreifende Dhasha. Doch schon im nächsten Moment war er wieder verschwunden.

Als ihr Erster Kommandeur auch nach einer halben Stunde nicht wieder aufgetaucht war, wurden sogar die Kampfmeister ungeduldig. Joe hörte, wie zwei Kommandeure des Bataillons neben seinem darüber diskutieren, ob sie bleiben oder gehen sollten.

Fast eine Stunde danach kam ein einsamer Takki aus dem Turm des Dhasha gewatschelt und überreichte dem nächsten Dritten Kommandeur ein Kommunikationspad, bevor er wieder davoneilte. Der Ooreiki trat vor und aktivierte es.

Dann dröhnte die Stimme des Ersten Kommandeurs Knaaren laut über den Platz, obwohl sein Tonfall gedämpft und berechnend klang. »... *sie beim Training beobachtet. Sie können mich nicht zum Narren halten. Sie bemühen sich, ihn zu verstecken, aber ich sehe seinen Fluch. Ich sehe alles. Sie verfaulen innerlich, genauso wie der Kongress. Ich muss dieses Übel ausmerzen.*«

Der Dritte Kommandeur des Ersten Bataillons hielt das Gerät noch weitere zwei Minuten lang hoch, bis offenkundig war, dass nichts mehr kommen würde. Er ließ es mit verwirrter Grimasse sinken.

»Er hat den Verstand verloren«, murmelte Nebil.

»Die Geisterkrankheit«, pflichtete Erster Kommandeur Lagrah ihm bei.

In diesem Moment kam Knaaren von der Basis seines Turms

herangestürmt. Das Haimaul war weit aufgerissen, und der Kopf schwang in alle Richtungen hin und her. Ohne Vorwarnung machte er einen Satz und zerbiss einen der Kampfmeister des Dritten Bataillons. Braune Flüssigkeit lief über die regenbogenfarbenen Lippen und sammelte sich zu einer Pfütze im Diamantsand. Knaaren schüttelte den Ooreiki brutal zwischen den mächtigen Kiefern, bis die untere Hälfte des Körpers mitten in das Dritte Bataillon geschleudert wurde. Dann spuckte Knaaren den Rest der halb gefressenen Leiche aus und starrte blind auf die Reihen.

»Wer noch?«, brüllte Knaaren auf Kong. »Wer sonst noch trägt das Zeichen des Fluchs?«

Der Blick des Dhasha fiel plötzlich auf einen Rekruten im Ersten Bataillon. Die nächsten drei Minuten starrte er den Jungen völlig bewegungslos an. Dann warf er sich zurück, landete auf dem Boden und heulte wie ein Besessener. Der Rekrut, den er angestarrt hatte, stieß ein armseliges, verwirrtes Wimmern aus.

»Ich sehe ihn!«, schrie Knaaren und rappelte sich hektisch wieder auf, wobei er Diamantsplitter in alle Richtungen davonfliegen ließ. »Ich kann in eure Köpfe blicken! Von euch allen! Er ist in euch! Ich kann seinen verderblichen Einfluss sehen! Ich weiß, dass er …« Der Dhasha erschauderte und wich drei Schritte zurück. »Du!«

Er starrte nach oben.

»Lass mich in Ruhe!«, brüllte Knaaren. »Nein! *Nein* …« Das letzte Wort ging in einen fremdartigen Schrei über, während er mit den Klauen durch die Luft schlug und schließlich zu einem keuchenden, zuckenden Haufen vor ihnen auf dem Platz zusammenbrach. Seine Takki-Sklaven gingen seelenruhig in die Knie und begannen mit der Körperpflege, als wäre es das Natürlichste der Welt, dass ihr Meister einen Tobsuchtsanfall bekam und vor seinem ganzen Regiment zusammenklappte.

»Schaffen Sie die Rekruten fort«, sagte Lagrah, ohne den Dhasha aus den Augen zu lassen. »Es ist die *oorei*-Krankheit. Von nun an kann es nur schlimmer werden.«

Nebil und die anderen Kampfmeister kamen dem Befehl eilig nach. Joe und die übrigen Rekruten verbrachten die nächsten fünf Stunden damit, auf der anderen Seite der Stadt mit ihren Waffen zu exerzieren, während Knaaren den Platz terrorisierte, hin und her stapfte und mit der leeren Luft sprach. Die Kampfmeister erlaubten ihnen erst, zum Schlafen in die Kaserne zurückzukehren, als ein schwarz gekleideter Kong die Nachricht überbrachte, dass Lord Knaaren sich wieder in seinem Turm befand.

Während der nächsten Tage sperrte Nebil sie in der Kaserne ein und ließ ihnen zu den angemessenen Zeiten von Takki Essen bringen. Bei den kurzen Besuchen ihres Kampfmeisters erfuhr Joe, dass Knaaren sich derzeit durch seine Sklaven fraß – alle. Die Ausbildungskommission hatte für sämtliche Ooreiki und Menschen eine Ausgangssperre angeordnet, bis man einen Ersatz geschickt hatte. Aus diesem Grund hatten die Rekruten auf einmal jede Menge Freizeit, die die meisten kichernd unter den Decken verbrachten.

Joe jedoch setzte sich neben die Nachttöpfe, wo er so tat, als würde er sein Gewehr reinigen, bis sich Libby schlafen legte. Erst dann ging er zu Bett.

Als er begann, sich auszuziehen, grinste Mönch ihn an und flüsterte: »Takki.«

Verärgert blieb Joe angekleidet und zog sich ins Bad zurück.

»Wichsen wird dir auch nicht helfen!«, rief Mönch ihm hinterher.

Joes Ohren brannten. Hinter ihm lachten mehrere Rekruten.

Langsam und steif kehrte er zum Bett zurück und packte Mönchs Handgelenk. Obwohl sie die Augen aufriss und versuchte, Widerstand zu leisten, zerrte er sie aus dem Bett und ins Bad. Drinnen schlug er die Tür zu und lehnte sich dagegen, um ihr den Weg zu versperren.

Mönch kicherte nervös und sah ihn mit besorgter Miene an.

»Das«, sagte Joe, »muss endlich aufhören.«

Hinter ihm hämmerte Sasha gegen die Tür. »Zero? Mach sofort auf! Ich bin deine Kampfmeisterin, und Nebil sagte, dass die Tür nicht geschlossen werden darf! Lass sie in Ruhe und öffne die Tür. Sofort!«

Joe verschränkte die Arme und ließ Mönch nicht aus den Augen.

»Komm schon, Joe«, sagte sie. »Jeder weiß, dass ihr scharf aufeinander seid. Libby hat irgendein Mädchen bewusstlos geschlagen, als sie gesagt hat, du hättest einen hübschen Rücken.«

Joes Arme lösten sich verdutzt voneinander. »Wirklich?« Auf der anderen Seite der Tür wurden Sashas Aufforderungen immer zorniger und das Pochen immer heftiger.

»Ihr seid die zwei besten Soldaten im Sechsten«, sagte Mönch. »Ihr passt wunderbar zusammen. Das ist allen klar.«

»Sie ist *acht*, um Himmels willen!«, erwiderte Joe. »Und wie alt bist du? *Sechs*?«

»Ich bin genauso groß wie meine Eltern«, sagte Mönch.

Bevor sie zurückzucken konnte, tippte er ihr auf den kahlen Schädel. »Aber da drinnen bist du immer noch ein Kind. Nur weil du mit Waffen schießt und fluchst, bist du noch lange nicht erwachsen.«

Mönch zog einen Schmollmund. »Du glaubst, wir alle wären noch Babys, aber das sind wir nicht. Wir haben Dinge gesehen, bei denen sich unsere Eltern in die Hose machen würden, und wir sind immer noch da.«

Damit hatte sie nicht ganz unrecht. Joe seufzte. »Also gut. Wie du meinst. Was muss passieren, damit ihr aufhört zu drängeln?«

Mönch zuckte mit den Schultern. »Mach irgendwas mit ihr«, sagte sie. »Gestern hat sie Nebil gebeten, sie in eine andere Einheit zu versetzen.«

Joe fiel vor Schreck der Unterkiefer herunter.

»Nebil sagte ihr, sie soll sich selbst um ihre verbrannten Probleme kümmern«, erzählte Mönch weiter. »Aber sie meint es wirklich ernst, Joe. Ich kann mir vorstellen, dass sie damit sogar zu Kommandeur Tril geht.« Sie hielt inne und musterte ihn mit zusammengekniffenen Augen. »Hast du irgendwas zu ihr gesagt?«

Joe errötete und stammelte: »Sie hat versucht, mich zu küssen. Ich habe ihr gesagt, dass ich mein Messer schärfen will.«

Mönch schürzte die Lippen. »Wow! Und ich dachte schon, keiner von euch hätte den Mut, den ersten Schritt zu machen … Kein Wunder, dass sie dich hasst. Sie muss geglaubt haben, dass du sie nicht küssen wolltest, weil sie keine Zunge hat.«

Verdammter Ruß. Joe schluckte schwer.

»Jetzt musst du es tun«, sagte Mönch.

»Was?« Außer seinem pochenden Herzen konnte er fast nichts mehr hören.

»Jetzt musst du den ersten Schritt machen. Nur so kannst du verhindern, dass sie dich weiterhin hasst.«

»Mönch«, brachte Joe mühsam heraus, »es tut mir leid, dass ich das sage, aber ich brauche keine Beziehungsberatung von einer Sechsjährigen. Außerdem habe ich nie gesagt, dass ich überhaupt eine Beziehung will.«

»Doch, das willst du. Weil du sonst nicht deine gesamte Freizeit damit verbringen würdest, sie anzustarren.«

Joes Gesicht wurde noch heißer. »Ich starre sie nicht an.«

»Aber klar«, erwiderte Mönch. »Du glotzt sie an wie das Centerfold in einem Sexmagazin.«

Joes Stirn legte sich in Falten. »Weißt du überhaupt, was das ist?«

Mönch zuckte mit den Schultern. »Scott hat es mir erklärt. Er hat es als Erster so formuliert.«

Joe stöhnte. »Also gut. Ich werde mich bei ihr entschuldigen. Wirst du mich dann in Ruhe lassen?«

»Klar«, sagte Mönch. »Aber jetzt solltest du vielleicht die Tür öffnen. Ich glaube, Sasha ist zum Kampfmeister gegangen.«

Die Vorstellung, dass Nebil sie hinter der verschlossenen Tür erwischte, veranlasste Joe, sie sofort aufzureißen. Draußen stand Sasha, eine Faust erhoben, in der anderen ihr Messer. Sie bedachte Joe mit einem Blick, der Stein versengt hätte, dann schaute sie an ihm vorbei zu Mönch, die grinste und fröhlich winkte.

»Einhundert Liegestütze«, befahl Sasha. »Für euch beide.«

»Verbrenn dich«, sagte Mönch und schob sich an Joe vorbei. »Mach deine verrußten Liegestütze selber!«

Sashas Gesicht wurde rot. »Ich werde dem Kampfmeister sagen, dass du mir nicht gehorcht hast.«

»Gut. Wenn er mitbekommt, dass du dich ständig wie ein verwöhntes Gör über alles Mögliche beschwerst, wird er vielleicht wieder Joe den Posten geben.« Mönch kehrte zu ihrem Bett zurück und beachtete Sasha überhaupt nicht mehr.

Sasha zitterte, als sie sich wieder Joe zuwandte. Unverhohlener Hass glühte in ihren Augen. »Los, mach deine Liegestütze. Fünfhundert.«

Joe schnaufte. »Wohl kaum.«

»Also dreihundert.« Sasha machte fast einen verzweifelten Eindruck, und schnell verstand Joe, warum. Inzwischen waren alle im Schlafsaal von dem Tumult aufgewacht, sodass sie nun Publikum hatte. Die gesamte Einheit schaute zu. Wenn sie es nicht schaffte, ihnen zumindest irgendeine Strafe aufzudrücken, würde sie einen inkompetenten Eindruck hinterlassen.

Als Joe sich nicht rührte, wandte sich Sasha zwei anderen Teamanführern zu. »Packt sie. Helft mir, sie zu bestrafen.«

Carl und Sherri zögerten.

Mönch lachte. Vom Bett aus rief sie: »Die einzige Person, auf die sie hören werden, ist Joe. Du bist nur eine hysterische Zicke mit einem Messer.«

In diesem Moment stürzte sich Sasha auf Mönch, die unter der Bettdecke gefangen war. Dann, fast wie im Traum, zog sie ihr Messer über Mönchs Kehle. Die Klinge öffnete einen tiefen Schnitt. Noch während Mönch die Augen zu einem Schrei aufriss, floss Blut über das Metall und auf die silbrige Bettdecke, mehr Blut, als Joe jemals für möglich gehalten hätte.

Libby riss Sasha sofort von Mönch herunter, aber es war zu spät. Mönchs Augen trübten sich bereits, während sich ihr Leben auf das Bett ergoss.

Libby riss den Blick von Mönch los und wandte sich Sasha zu, deren Gesicht plötzlich Furcht zeigte. Mit drei zielstrebigen Schritten war Libby bei Sasha, riss ihr das Messer aus der Hand und stach es ihr in den Hals. Mit einem erstickten Röcheln brach Sasha zusammen.

Dann stand sie da und starrte ohne Mitleid in Sashas weißes Gesicht.

Alles war innerhalb weniger Sekunden geschehen.

»Scott!«, brüllte Joe, der plötzlich aus seiner Lähmung erwachte. »Hol die Ärzte! Maggie, versuch, Mönchs Blutung zu stillen! Carl, hol Nebil! Hat hier irgendjemand Nanos?«

In dieser Nacht stellten sie fest, dass der Kongress trotz hoch entwickelter Technik keine Toten wiederbeleben konnte.

32 *Das* ka-par

Für ihre Schuld an Sashas Tod bekam Libby die achte Stufe. Kommandeur Tril hatte eigentlich den Neunten Grad befohlen, aber als Kampfmeister Nebil zu seiner Einheit zurückkehrte, um die Strafe zu vollstrecken, sah Joe, dass er die Einstellung um eine Stufe heruntergedreht hatte.

Nicht dass es für Libby einen großen Unterschied gemacht hätte.

Diesmal konnte Joe nicht verhindern, dass ihm die Tränen kamen, als ihre leise, wortlose Wehklage den Schlafsaal erfüllte. Alle standen aufgereiht hinter den Betten ihrer Bodenteams, während sich Libbys nackte Gestalt auf dem Boden vor ihnen gegen unsichtbare Todesqualen wehrte.

Als es vorbei war, steckte Nebil das schwarze Gerät weg und stand einige Minuten lang schweigend und mit flatternden Sudah da. Schließlich sagte er: »Zero, kümmere dich um deine Kameradin. Sie könnte noch eine Woche lang benommen sein. Es dürfte ihr schwerfallen, etwas zu essen.«

»Sollten wir sie nicht lieber in die Klinik bringen?«, fragte Joe.

Nebil blickte weiter auf Libbys Körper. »Die perzeptuelle Bestrafung ist keine Krankheit, die von Kongress-Ärzten behandelt werden darf. Wenn sie es täten, wäre es keine Bestrafung.« Nebil wandte sich zum Gehen, dann hielt er inne. »Zero, bring deine Einheit unter Kontrolle. Für alles, was von nun an geschieht, werde ich dich verantwortlich machen.«

»Ich dachte, Sie können mich nicht mehr zum Kampfmeister machen«, sagte Joe steif.

»Als du das Kommando hattest, gab es keine solchen aschigen Vorfälle«, bellte Nebil. »Du bist der Rekrutenkampfmeister. Tril kann sich bei der Ausbildungskommission beschweren, wenn es ihm nicht gefällt.«

»Ich möchte den Posten nicht haben.«

Nebils schlangenartige Pupillen verengten sich. »Was?«

»Ich möchte den Posten nicht haben«, wiederholte Joe. »Ich will kein Bodenteam anführen, ich will keine Einheit anführen, ich will gar nichts mit Ihrer verbrannten Armee zu tun haben. Meine Freunde sind *tot*!« Die letzten Worte schrie er.

»Du hast keine andere Wahl.« Nebils Stimme war fast ein Flüstern. »Keiner von uns hat sie.« Er verließ den Raum und ließ sie mit Libbys bewusstlosem Körper zurück.

Joe knirschte so fest mit den Zähnen, dass es wehtat. Sehr langsam drehte er sich zu den anderen Rekruten um. »Was steht ihr hier herum, verbrannt noch mal! Ihr habt gehört, was er gesagt hat. Holt Lappen und macht sie sauber. Ich will, dass der Gestank nach Scheiße hier innerhalb der nächsten dreißig Sekunden verschwunden ist, oder ich lasse euch alle auf der Stelle hüpfen, bis ihr kotzt.«

Joe ging zur gegenüberliegenden Wand und setzte sich hin, um schweigend zu grübeln. Sobald Libby sauber war, hüllten Scott und Maggie sie in eine Decke und trugen sie zum Bett – dem Bett, das immer noch mit Mönchs getrocknetem Blut getränkt war. Er richtete den Blick wieder auf die Stelle, wo Libby noch kurz zuvor machtlos gegen die Schmerzen gekämpft hatte. Er starrte immer noch darauf, als sich Maggie neben ihn setzte.

Keiner von ihnen sagte ein Wort.

So saßen sie die nächsten Stunden da, bis Maggie schließlich aufstand und zu Scott und Libby ins Bett kroch. Keiner von ihnen schlief.

Am nächsten Morgen kehrte Nebil früher als sonst zurück. »Nehmt eure Sachen und geht auf den Platz. Wir werden inspiziert. Unser neuer Erster möchte euch sehen.«

Gleichgültig suchte Joe seine Sachen zusammen und marschierte dann mit den anderen zum Platz, wo bereits ein riesiger Dhasha hockte, der bestimmt zweimal so groß wie Knaaren war. Joes Bauch verkrampfte sich reflexhaft, und er schluckte seine instinktive Furcht hinunter. Auf der anderen Seite der Freifläche standen zwanzig kleinere Dhasha inmitten einer Horde Takki und beobachteten das Geschehen mit aufmerksamen smaragdgrünen

Augen. Neben ihnen befand sich ein hoher Stapel aus schwarzen Ziegeln.

»Augen geradeaus!«, befahl Nebil.

Nachdem sie alle in Formation waren, wurde es völlig still auf dem Platz, abgesehen vom Flattern der Standarten, die die anderen Bataillone trugen. Wenig später hörte Joe das klirrende Scharren von Dhasha-Klauen auf Diamantsand. Bald tauchte am Rand seines Blickfelds ein verwaschener Farbfleck auf, und er spürte, wie Wut in ihm aufstieg.

»Kommandeur«, sagte der gewaltige Dhasha auf Kong, präzise ausgesprochen, aber mit schwerem Akzent. »Warum trägt Ihr Bataillon keine eigenen Standarten?«

»Lord Knaaren hat sie uns vorenthalten, Prinz Bagkhal.«

»Aha? Warum?«

»Er war der Ansicht, dass wir ihrer nicht würdig sind.«

»Dann war er ein Furg.« Er wandte sich an einen Kampfmeister des Sechsten. »Holen Sie sie aus dem Arsenal. Falls sich die Angestellten weigern, sagen Sie ihnen, dass ich sie dann persönlich holen werde.« Nachdem sich der Ooreiki verbeugt hatte und davongeeilt war, hielt der Dhasha inne und musterte mit großen, eiförmigen, smaragdgrünen Augen die versammelten Rekruten des Sechsten Bataillons. »Hat Knaaren sie auch gezwungen, ihre Uniformen anders zu tragen?«

»Das war unsere Entscheidung, Mylord«, sagte Tril mit einer tiefen Verbeugung.

»Ich verstehe. Wurde Ihnen sonst noch etwas vorenthalten?«, fragte Prinz Bagkhal, während er auf und ab ging. Ohne ein Gefolge aus Sklaven wirkte er beinahe nackt, doch abgesehen von der Gruppe, die die jüngeren Dhasha ein Stück weiter hinten pflegte, konnte Joe keine weiteren Takki sehen.

»Die Bioanzüge«, sagte Lagrah. »Eigentlich sollten sie sie bekommen, wenn sie die erste Rotation ihrer Ausbildung abgeschlossen haben.«

»Wie Sie sehen, habe ich in diesem Punkt bereits Abhilfe geschaffen«, sagte der Dhasha und deutete mit dem riesigen Kopf auf den schwarzen Ziegelhaufen. »Was sonst noch?«

Tril trat vor. »Er hat sich siebenundvierzig meiner Rekruten als Sklaven genommen. Mehrere von ihnen waren Anführer von Einheiten.«

»Daran lässt sich nichts ändern.«

»Einige müssen noch am Leben sein.«

»Nein, das sind sie nicht.«

»Dann wären Sie vielleicht bereit, mir ein paar Rekruten aus einem anderen Bataillon zu geben«, schlug Tril vor. »Wir sind unterbesetzt.«

»Nein, Kommandeur.«

Tril ließ zustimmend die Anhängsel sinken.

Klackend schlug Prinz Bagkhal die Zähne zusammen und ging zum nächsten Bataillon weiter. Er umkreiste den Platz und blieb vor jedem Bataillon stehen, um mit dem Kommandeur zu sprechen, bis er wieder zum Sechsten zurückkehrte.

»Kommandeur Tril, ich benötige einen persönlichen Assistenten. Ich wurde zu kurzfristig herbeigerufen, um einen eigenen mitbringen zu können. Sie sind nicht dazu verpflichtet, aber ich dachte mir, ich erweise Ihnen die Ehre, bevor ich es jemand anderem anbiete.«

Trils Sudah flatterten wieder. »Die … Ehre, Sir?« Alle Ooreiki in der Nähe versteiften sich, als hätte Bagkhal sie zutiefst beleidigt.

»Nicht Sie«, schnaufte Bagkhal. »Einer Ihrer Rekruten. Lagrah sagte mir, Sie hätten mehrere, die recht talentiert sind.«

Tril entspannte sich. »Wir hatte eine, aber gestern tötete sie bei einem Streit eine andere Rekrutin. Ich habe sie mit dem Neunten Grad bestraft.«

Prinz Bagkhal fuhr herum. »Sie haben einen *Rekruten* getötet?«

Tril sah ihn verdutzt an. »Nein. Ich habe sie lediglich mit dem Neunten …«

»Sie dumme Ascheseele!«, tobte Bagkhal. »Wie haben Sie es geschafft, zum Zweiten Kommandeur befördert zu werden?«

Das gesamte Regiment war so still, dass man den Wind in den *ferlii*-Ästen hören konnte. Trils Sudah flatterten hektisch. »Sie hat es überlebt. Zumindest hat es mir mein Kampfmeister heute früh gemeldet.«

502

»Aber nur, weil ich statt des Neunten den Achten Grad benutzt habe«, sagte Nebil.

Sowohl Tril als auch Prinz Bagkhal drehten sich zu Nebil um.

»Wie lautet Ihr Name, Kampfmeister?«, fragte der große Dhasha.

»Nebil, Mylord.«

»Sie haben einen Befehl von Ihrem Zweiten Kommandeur missachtet?«

»Ich war nicht bereit, meine beste Rekrutin zu töten, weil sie Rache für ihre Kameradin genommen hat«, erwiderte Nebil ruhig.

Der Dhasha zog sich zurück und ging wieder auf und ab. Sein Körpergewicht ließ den Diamantsand knirschen. »Das alles gefällt mir nicht, Kommandeur Tril. Wenn Sie nicht den uneingeschränkten Respekt Ihrer Kampfmeister haben, warum sollten Ihre Rekruten dann die Ausbildung ernst nehmen?«

»Sie tun es«, sagte Tril hastig. »Auch wenn fast ein Zehntel der Rekruten fehlt, hat sich mein Bataillon im Training gegen das Zweite Bataillon behaupten können. Eine meiner Einheiten konnte die Fahne erobern.«

Prinz Bagkhal drehte sich um. »Wirklich? Wer war der Kampfmeister dieser Einheit?«

Tril zuckte zusammen, als hätte man ihn geschlagen. »Nebil, Mylord.«

»Derselbe, der sich Ihrem Befehl widersetzte, eine Rekrutin zu töten.«

»Ich habe ihm nicht befohlen, sie zu töten …«

»Kampfmeister Nebil, Sie haben von nun an das Kommando über das Sechste Bataillon.«

Tril trat bestürzt einen Schritt vor. »Aber er ist doch nur ein Kampfmeister! Die Ausbildungskommission …«

»Wie mir zugetragen wurde«, unterbrach Bagkhal ihn, »gehen hier viele Dinge vor sich, die die Ausbildungskommission nicht gutheißt.« Als Tril zurückzuckte, fuhr er fort: »Ich habe bereits alles für Ihre Abreise vorbereitet, Kommandeur Tril. Gehen Sie und packen Sie Ihre Sachen.«

Eine ganze Weile rührte sich der Ooreiki nicht. Prinz Bagkhal neigte den riesigen haiartigen Kopf zur Seite und beobachtete ihn. Dann drehte sich Tril steif um.

»Bevor Sie gehen«, rief Bagkhal ihm zu, »möchte ich Ihr Bestrafungsgerät haben.«

Tril zog langsam den schwarzen Kasten unter seiner Jacke hervor, während seine Sudah wie verrückt flatterten.

Bagkhal schnaufte amüsiert. »Ich werde es nicht gegen Sie benutzen, Furg. Legen Sie es auf den Boden und verschwinden Sie von hier.«

Tril warf das Gerät zu Boden und machte sich wie benommen auf den Weg.

Der riesige Dhasha stieß das Gerät mit einer regenbogenfarbenen Fußkralle an. »Wollen Sie es haben?«

Nebil warf nicht einmal einen Blick darauf. »Nein.«

»Gut.« Bagkhal trat mit dem Fuß darauf und zerschnitt es mit der Kralle. Joe stieß den angehaltenen Atem aus. Er konnte immer noch nicht fassen, was er sah.

»Bedauerlicherweise«, sagte der Dhasha, nachdem das Gerät vollständig zerstört war, »hat Tril recht. Die Ausbildungskommission wird Anstoß daran nehmen, dass ein Bataillon von einem Kampfmeister befehligt wird. Also befördere ich Sie hiermit …«

»Sollen sie sich dran verbrennen«, sagte Nebil.

Der Dhasha zögerte. »Wie bitte?«

»Sollen sie sich dran verbrennen«, wiederholte Nebil. »Ich nehme keinen weiteren Zacken an. Hatte ich schon dreimal. Nie wieder.«

Der Dhasha musterte Nebil mehrere Atemzüge lang und sagte dann: »Nun gut. Die Kommission soll sich mit eventuellen Beschwerden an mich wenden.« Er drehte sich um und überblickte Nebils Rekruten. »Also. Wenn Sie diese Rekrutin wirklich mit dem Achten Grad bestraft haben, wird sie mindestens eine Woche lang nicht zu gebrauchen sein. Haben Sie irgendeinen anderen Rekruten, der in der Lage wäre, mir zu assistieren?«

»Zero«, sagte Nebil.

Joe fühlte sich, als hätte man ihm eine Faust in den Magen gerammt. Nebil bot ihn einem Dhasha als *Sklaven* an?

Prinz Bagkhal fuhr mit dem Kopf herum. »Zero? Ist das der Name eines Rekruten?«

»Kkee«, bestätigte Nebil. »Er ist derjenige, der die Offensive anführte, bei der die Fahne erobert wurde.«

Nein, dachte Joe, während sein gesamter Körper erstarrte. Seine Hände hatten sich zu Fäusten verkrampft. *Nein. Ich werde es nicht tun. Nicht noch mal.*

Der Dhasha neigte den riesigen Haikopf. »Ich dachte bislang, die Nummerierung der Rekruten würde mit Eins beginnen.«

»So ist es«, sagte Nebil. »Er war ein Unbeanspruchter, weshalb Kihgl ihn als Zero hinzufügte.«

Prinz Bagkhal klackte mit den Zähnen. »Nun gut. Bringen Sie ihn zu mir.«

Kampfmeister Nebil wandte sich Joe zu. »Zero, tritt aus der Formation.«

Joe fühlte sich verraten und konnte sich vor Entsetzen nicht von der Stelle rühren.

Nebil starrte Joe eine Zeit lang an, und Joe ignorierte ihn einfach, indem er reglos wie ein Statue geradeaus blickte. Dann trat der Ooreiki vor, packte ihn mit einem brennenden Tentakel und warf ihn dem Dhasha vor die Füße.

»Nein!«, schrie Joe und sprang zurück. »Ich will es nicht noch mal erleben! Töten Sie mich lieber gleich, Sie brennender Ascher!«

»Das ließe sich machen«, sagte Nebil kühl.

Prinz Bagkhal beobachtete den Wortwechsel mit fragendem Ausdruck. »Was meint er mit ›noch mal‹?«

Joe drehte sich herum und starrte dem Dhasha genau in die Augen. Er hoffte, dass er allein deswegen getötet wurde. Er würde auf gar keinen Fall zurückgehen!

Der Dhasha grunzte und zuckte leicht zusammen, als müsste er einen plötzlichen Impuls unterdrücken. Doch dann starrte er einfach nur zurück und wirkte dabei fast … neugierig.

»Ich habe Zero Lord Knaaren überlassen, um zu verhindern, dass Tril ihn mit dem Neunten Grad bestraft«, knurrte Nebil. »Dieser undankbare Furg.«

Der Dhasha zuckte zusammen. »Er war sein *Sklave*?«

»Zwei Wochen lang. Knaaren hat ihn schließlich gegen einen anderen Rekruten getauscht.«

Joe blickte immer noch dem Dhasha in die Augen und entschied, es genauso wie Kihgl zu machen und sich fressen zu lassen. Er wollte nie wieder Sklave sein. *Niemals.*

Klackend schlug Prinz Bagkhal die Reihen der schwarzen Zähne zusammen und sagte: »Mir scheint, er hat keine Manieren gelernt, während er sich in Knaarens Obhut befand. Es sei denn, er versucht absichtlich, mich zu provozieren.« Der Dhasha beugte sich tiefer zu Joe herab und füllte sein Blickfeld mit einem einzigen smaragdgrünen Auge aus. »Versuchst du, mich zu provozieren?«

»Ich bin kein Sklave«, stieß Joe zwischen den Zähnen hervor. »Lieber würde ich sterben.«

Der Dhasha schien einen Moment zu brauchen, um das zu verdauen. »Zieh dein Hemd aus, Mensch.«

Joe weigerte sich und kehrte zu seinem Bodenteam zurück.

»Du jreetliebender Rußsack, tu es!«, brüllte Nebil und riss ihn zurück.

»Ich werde nie wieder dieses verbrannte Gewand tragen«, fuhr Joe ihn an. »Versengen Sie sich selbst.« Joe drehte sich um und stapfte davon.

»Kampfmeister, ergreifen Sie ihn«, sagte der Dhasha. Drei Ooreiki umzingelten Joe und schleiften ihn zurück vor die Füße des Dhasha. Sie drückten sein Gesicht in den Sand, bis Bagkhal den Befehl gab, ihn loszulassen. Langsam und mit brennender Wut im Bauch richtete sich Joe auf.

»Ich wiederhole es noch einmal, Mensch. Zieh dein Hemd aus«, sagte der Dhasha. »Es würde dir nicht gefallen, wenn ich es tue.«

Joe wich einen Schritt vor dem Dhasha zurück, damit er ihm in die Augen blicken konnte, und sagte: »Und ich wiederhole: Versengen Sie sich selbst, Ascher!«

Der Dhasha ließ erneut die Zähne klacken. »Kampfmeister, ziehen Sie ihm das Hemd aus.«

»Lassen Sie mich los!«, rief Joe und versuchte, sich aus dem brennenden Griff der Ooreiki zu befreien. Als er sich weigerte, die Arme zu heben, rissen sie ihm einfach das Hemd vom Körper. Als sie ihn wieder losließen, hob Joe einen Diamantbrocken vom Boden auf und machte sich bereit, damit zuzuschlagen.

»Zero!«, bellte Nebil. »Leg das weg, du rußfressender Furg! Er will dich nicht zum Sklaven machen!«

Joe zögerte verunsichert. »Was?«

»Das werde ich dokumentieren müssen«, sagte Prinz Bagkhal.

Joe erkannte, dass der Dhasha auf seine Brust starrte.

»Ist er der einzige Überlebende?«

»Soweit es mir bekannt ist«, antwortete Nebil.

»Und er stand immer noch unter dem Schutz des Kongresses?«

»Kkee.«

»Beschädigung von Kongress-Eigentum. Schicken Sie Aufnahmen davon an die Kommission, die für das Verfahren gegen Knaaren zuständig ist. Sie sollen sehen, was er seinen Sklaven angetan hat, wenn er sie nicht gefressen hat.«

Joe ließ verwirrt den Stein fallen.

Prinz Bagkhal klackte amüsiert mit den Zähnen. »Ich würde dir gern sagen, dass du dein Hemd wieder anziehen kannst, aber wie es scheint, wärst du dazu nicht in der Lage.« Er wandte sich an Nebil. »Kampfmeister, sind Sie sicher, dass ich diesen Rekruten haben kann?«

Joe versteifte sich wieder. »Ich gehe nirgendwo mit Ihnen hin.«

Der Dhasha starrte auf ihn herab, und sein schuppiges Alien-Gesicht zeigte Belustigung. »Also stecken wir in einer Sackgasse fest, denn ich werde nicht gehen, ohne dass du mitkommst.«

Joe lachte. »Was soll dieser Furgruß?«

Der Dhasha wartete.

Joes Lachen erstarb in seiner Kehle. »Sie wollen einfach da stehen bleiben?«

Der Dhasha sagte nichts.

»Ich gehe nirgendwo mit Ihnen hin«, wiederholte Joe verunsichert.

»Zero, ich werde dich schlagen, bis du eine blutige ...«, setzte Nebil an.

»Geben Sie sich keine Mühe, Kampfmeister«, unterbrach Bagkhal ihn. »Meine Söhne und ich hatten einen interessanten Kampf gegen Knaaren, und heute habe ich nichts weiter vor. Sie können mit Ihren Bataillonen abtreten und sich mit den Bioanzügen vertraut machen.«

»Vielleicht hätte ich das Bestrafungsgerät doch annehmen sollen«, sagte Nebil, und seine finstere Miene schien zu bedeuten, dass er Joe am liebsten gewürgt hätte. »Er ist ein ziemlich störrischer Rußer.«

»Das bin ich ebenfalls«, sagte der Dhasha und starrte Joe an wie eine Katze, die eine Maus beobachtete.

»Sie erklären ein *ka-par*?«, fragte Lagrah aus einigen Metern Entfernung. Seine blassbraunen Augen wechselten von Joe zum Dhasha und zurück. »Mit einem *Rekruten*?« Er klang schockiert.

»Ich ziehe es in Erwägung«, sagte Prinz Bagkhal, ohne Joe aus den Augen zu lassen. »Dieser Mensch fasziniert mich.«

»Sie müssen Ihre Zeit nicht vergeuden, Mylord«, knurrte Nebil und griff nach Joes Hals. »Ich werde mich um den feuerliebenden Jreet kümmern.«

»Kümmern Sie sich um Ihr Bataillon, Kampfmeister«, befahl Bagkhal in einem Ton, der keinen Widerspruch zuließ. »Ich komme schon mit ihm zurecht.«

Kampfmeister Nebil sah Joe mit einem Blick an, in dem das Versprechen von tausend Runden um die Kaserne stand, dann wandte er sich ab und kehrte zum Sechsten Bataillon zurück, um Joe mit dem riesigen Dhasha allein zu lassen.

Als die sporengeschwängerte Brise über den Platz wehte und die Diamantsplitter klirren ließ, die Bagkhals Fußkrallen aufgeworfen hatten, stellte Joe verblüfft fest, dass der Dhasha niemandem befohlen hatte, ihm zu helfen, Joe zu seiner Wohnung zu schleifen. Und dass er ihn noch nicht zerfleischt hatte, war ohnehin ein Wunder.

Doch er wusste, dass es trotzdem ein Trick sein konnte, eine List, wie eine Katze mit einer Maus spielte … Er würde auf gar keinen Fall in das Sklavenlager eines Dhasha zurückkehren. Sobald er dort war, konnte Bagkhal alles mit ihm machen, was er wollte, ohne jede Einschränkung, und der Kongress würde einfach den Blick abwenden.

»Wenn du irgendwann bereit bist, mir in mein Quartier zu folgen«, sagte Bagkhal ruhig in die Stille, »sag mir Bescheid.«

»Ich werde Ihnen *niemals* dienen«, knurrte Joe. Er wich zurück.

»Ich habe dich noch nicht wegtreten lassen«, rief Bagkhal ihm ins Gedächtnis.

Joe wurde zornig. »Als würde es mich einen Aschehaufen interessieren.« Er kehrte dem Dhasha den Rücken zu und war bereit, lieber gefressen zu werden, als sich erneut von einem Dhasha versklaven zu lassen.

»Was du da tust, ist Befehlsverweigerung«, erklärte der Dhasha völlig ruhig.

»Ja, genau, das ist es«, sagte Joe und ging in Richtung Kaserne weiter.

»Du hast keine Angst vor mir«, bemerkte Bagkhal.

»Ich weiß, dass ich sowieso sterben werde«, gab Joe zurück, ohne sich umzudrehen. »Also ist mir jetzt alles ziemlich egal.« Er ging weiter und wartete darauf, dass die Kiefer nach ihm schnappten.

»Weißt du, was ein *ka-par* ist, Zero?«, grollte Prinz Bagkhal hinter ihm.

Joe zögerte. Er konnte spüren, dass der riesige Prädator ihn beobachtete. Stirnrunzelnd drehte er sich um. »Lassen Sie mich raten«, erwiderte er mit viel mehr Verachtung, als er beabsichtigt hatte. »Irgendeine obskure neue Methode, um jemanden zu versklaven?«

»Es ist ein uraltes Ritual unter den Ältesten meines Volks«, erklärte Bagkhal ruhig. »Eine Methode, um Meinungsverschiedenheiten beizulegen und den besseren von zwei Kriegern zu ermitteln, ohne sich auf unangenehme Weise zu zerfleischen. Obwohl es bei geringeren Spezies häufig eine Methode für einen Dhasha ist, auf legitime Weise die Dominanz zu beanspruchen. Wenn ein *ka-par* erklärt wird, erkennt sogar der Kongress das Ergebnis an, und andere Dhasha werden es entsprechend unterstützen, weshalb es nicht sehr häufig angeboten wird.«

Joe schnaufte. »Verbrannter Mist.« Er wandte sich wieder zum Gehen.

»Ich habe dich noch nicht wegtreten lassen«, wiederholte Bagkhal, immer noch völlig ruhig.

»Dann fressen Sie mich doch«, sagte Joe und ging weiter.

»Das könnte ich tun«, sagte Bagkhal. »Aber ich bin viel mehr daran interessiert, das Chaos in Ordnung zu bringen, das mein ignoranter Vorgänger mir hinterlassen hat. Deshalb möchte ich dir gern das *ka-par* anbieten.«

Joe hielt inne, als er das Wort »anbieten« hörte. Er stand eine Weile da, starrte zur Kaserne hinauf und spürte, wie sich der grüne Blick des Dhasha in seinen Rücken bohrte.

Knaaren hatte ihm niemals etwas *angeboten*.

Der Gedanke ließ ihn nicht mehr los, bis sich Joe langsam wieder umdrehte. Dennoch lastete das Misstrauen schwer auf ihm. »Was soll das heißen?«, murmelte er.

»Das *ka-par*«, sagte Bagkhal und neigte den riesigen Kopf, »ist ein Wettstreit des Willens. Statt Zähne oder Klauen einzusetzen, was sehr schnell eine Dhasha-Streitmacht dezimieren würde, duellieren sich die zwei Krieger mit ihren Blicken, bis einer von ihnen zurückweicht. Der Erste, der nachgibt, unterwirft sich uneingeschränkt dem Sieger. Das *ka-par* ist viel bedeutender als ein körperlicher Kampf. Auf diese Weise werden Prinzen gemacht.«

Joe kniff leicht die Augen zusammen und verspürte immer noch das starke Bedürfnis, einfach wegzugehen. »Und wenn ich verliere?«

»Wirst du alles tun, was ich dir sage, ohne Frage, von nun an, bis deine Ausbildung abgeschlossen ist«, erklärte Prinz Bagkhal ihm.

Und genau das würde niemals geschehen. Trotzdem war Joe neugierig. »Und was ist, wenn ich gewinne?«

»Wie ich bereits sagte.« Prinz Bagkhal neigte den haiartigen Kopf. »Der Kongress erkennt das Ergebnis eines *ka-par* an. Wenn du gewinnst, hättest du das Kommando über das Siebenundachtzigste Regiment der Vierzehnten Menschen-Bodenstreitmacht, und ich würde dir dienen, wenn das dein Wunsch wäre.«

Joes Herz stockte. Misstrauisch musterte er den Dhasha von oben bis unten, weil er immer noch glaubte, dass das Ganze nur irgendein Trick sein konnte. »Ein Anstarr-Wettbewerb.«

»Ein *ka-par*«, bekräftigte Bagkhal.

»Sie wollen, dass ich Sie im *Anstarren* schlage?«

»Ich *will* keineswegs von dir besiegt werden«, sagte Bagkhal und klackte amüsiert mit den Zähnen. »Letztlich will ich, dass du mir dienst.«

Joes Pulsschlag hämmerte laut in seinen Ohren. »Sie meinen es wirklich ernst, nicht wahr? Ich würde das *Regiment* befehligen?«

»Wenn du mein *ka-par* akzeptierst und gewinnst, hättest du das Kommando über das Regiment, ja.«

Joe leckte sich über die Lippen. »Wie?«

»Du beobachtest deinen Gegner mit der Intensität eines Jägers. Du darfst nicht zurückweichen oder den Blick senken. Das Ziel ist es, ihn so nervös zu machen, dass seine Konzentration nachlässt und er zurückweicht. Es ist die Prüfung eines Kriegers.«

»Und was dann?«, knurrte Joe misstrauisch. »Werden Sie sich dann auf mich stürzen? Mich anknurren? Mich umstoßen? Was?«

»Ich werde warten«, sagte Bagkhal. »Und beobachten. Es geht nicht um plötzliche Bewegungen oder Ablenkungen. Es geht um Kampfgeist. Ein Mensch hat die Fähigkeit, in diesem Wettkampf zu siegen. Deshalb ist es ein Duell und kein Gemetzel.«

Joe konnte es nicht fassen. *Ein verbrannter Anstarr-Wettkampf. Er will sich mit mir duellieren, indem wir uns gegenseitig anstarren.* Nervös blickte er zur Kaserne hinauf und fragte sich, ob seine Kameraden zuschauten. Er drehte sich wieder um und blickte den Dhasha finster an. »Ich werde niemals Ihr verbrannter Sklave sein.«

»Also«, sagte Bagkhal und legte den großen Kopf schief, »*ka-par*?«

Joe kniff die Augen zusammen. Sein störrischer Teil schrie ihn an, entweder zur Kaserne zurückzustapfen oder wegen Befehlsverweigerung gefressen zu werden, doch es war der tollkühne Teil von ihm, der dafür gesorgt hatte, dass er sich von Aliens hatte gefangen nehmen lassen. Und der sagte: »Es gilt.«

Bagkhal stieß ein zufriedenes Grunzen aus, und Joe verspürte einen leichten Anflug von Panik, als ihm bewusst wurde, dass er es jetzt nicht mehr zurücknehmen konnte. »*Ka-par rak'tal.* Ich nehme an.« Unverzüglich ging der Dhasha-Prinz drei Schritte auf ihn zu, bis sie nur noch etwas mehr als eine Armlänge voneinander entfernt waren. Dann ließ er sich in einer bequemen Position nieder, sah ihn mit einem smaragdgrünen Blick an, der bis ins Mark ging, und konzentrierte sich mit der Intensität eines Raubtiers auf Joe. »Mahid ka-par«, sagte Prinz Bagkhal. »Möge es beginnen.«

Nachdem die erste Stunde vergangen war, wurde Joe klar, dass Bagkhal es vollkommen ernst meinte. Der Dhasha zuckte mit keinem Muskel, und sein Blick blieb die ganze Zeit beharrlich auf Joe gerichtet. Joe jedoch wurde immer unbehaglicher zumute. Er stand mit nackter Brust vor einer gigantischen Killermaschine, die nur etwas mehr als einen Meter vor ihm erstarrt war und ihn nicht aus den Augen ließ.

Nach zwei Stunden wurde den kleineren Dhasha und ihren Takki-Betreuern langweilig, und sie kehrten zum Turm des Ersten Kommandeurs zurück. Alle anderen hatten den Platz längst verlassen, sodass jetzt nur noch Joe und der Dhasha übrig waren. Und sich anstarrten.

Joe, du Idiot, schimpfte der vernünftige Teil von Joes Gehirn. *Du hast dich gerade auf einen Anstarr-Wettbewerb gegen ein Wesen eingelassen, das niemals blinzelt!*

Tatsächlich zeigte sich in den harten, grünen, kristallinen Augen weder eine Pupille noch irgendeine Bewegung. Joe war sich nicht mal sicher, ob sie sich überhaupt bewegen *konnten*. Sie sahen eher aus wie ein fester Teil des Dhasha-Schädels.

Einige Zeit später formierten sich mehrere Bataillone auf dem Platz und begannen mit ihren Übungen. Sie marschierten um Joe und seinen Gegner herum, als wären sie nicht mehr als irgendwelche Hindernisse im Gelände. Als sie vorbeikamen, bemerkte Joe mehrere neugierige Blicke sowohl von Rekruten als auch von Ooreiki.

Prinz Bagkhals vollkommene Konzentration ließ niemals nach, sodass Joe das unangenehme Gefühl hatte, ein Kaninchen zu sein, das die ungeteilte Aufmerksamkeit eines Tigers hatte.

Irgendwann drehte Joe den Kopf, um ein Bataillon zu beobachten, das zum Abendessen in die Kantine ging, und er spürte seinen Hunger wie einen schmerzhaften Stich in den Eingeweiden.

»Den Blick abzuwenden ist normalerweise ein Zeichen der Unterwerfung, Mensch«, sagte Bagkhal. »Unterwirfst du dich?«

Joe wandte seine Aufmerksamkeit sofort wieder dem Dhasha zu. »Nein«, beeilte er sich zu antworten, während sich sein Gesicht vor Furcht und Scham rötete.

»Also *ka-par*«, erklärte Prinz Bagkhal so reglos wie eine Sphinx.

Eine weitere Stunde verging. Das unbehagliche Gefühl, im Mittelpunkt des Interesses eines tödlichen Prädators zu stehen, machte ihm immer mehr zu schaffen. Joe musste sich auf die Schuppen auf der Nase des Dhasha konzentrieren, um nicht auf die endlosen Reihen der dreieckigen schwarzen Zähne zu starren. Seine Füße schmerzten. Seine Beine zuckten unter dem Drang, sich zu bewegen. Er hatte Hunger. Er konnte die Kühle spüren, die von den Schuppen des Dhasha ausging, nur einen guten Meter von ihm entfernt. Ohne Hemd bekam er von den Sporen im Wind Gänsehaut. Sein Rücken kribbelte. Seine Akne war schlimmer geworden, und selbst jetzt machte sie sich an seinem ganzen Körper bemerkbar.

Die bedauernswerte Einheit, der die Aufgabe zugefallen war, an diesem Abend den Platz zu harken, näherte sich ihnen mit sichtlichem Misstrauen. Ihre neugierigen Blicke ließen Joes Schulterblätter jucken, während sie vorsichtig um sie herum harkten und einen fünf Meter breiten Halbkreis um den Dhasha freiließen. Joe musste sich mächtig zusammenreißen, um sich nicht zu ihnen umzudrehen.

Prinz Bagkhal jedoch war vollkommen bewegungslos geblieben, seit ihr Wettkampf begonnen hatte.

Das könnte er den ganzen Tag lang machen, wurde Joe voller Schreck bewusst. *Ich bin verbrannt. Ich werde verlieren.*

Und dann: *Ich werde niemals zurückgehen. Niemals. Vorher lasse ich mich von ihm töten.*

»Ich bin nicht Ihr Sklave«, knurrte Joe.

»Dann wäre es in deinem Interesse, das *ka-par* nicht zu verlieren«, entgegnete Prinz Bagkhal. Während er sprach, rührte er keinen Muskel. Er … starrte Joe einfach nur an.

Nach zwölf Stunden, als alle anderen schliefen, drohte Joe immer wieder im Stehen einzunicken, aber er zwang sich, standhaft zu bleiben und in die kalten grünen Augen des Dhasha zu starren. Joe erinnerte sich, wie Knaaren den mexikanischen Jungen für sich beansprucht hatte und wie er ihn vom Platz geführt hatte. Seine Nackenhaare sträubten sich. Das würde mit ihm nicht geschehen.

»Ich werde auf gar keinen Fall Ihr Sklave sein, Sie störrischer Ascher«, knurrte er und blickte wieder zur Bestie auf.

Was in den Augen seines Gegners aufblitzte, konnte bestenfalls Belustigung sein. »Es ist üblich, während eines *ka-par* nicht zu sprechen«, sagte Bagkhal. »Sprechen ist ein Anzeichen von Furcht. Nur Takki und Kinder versuchen, sich mit Worten durch ein *ka-par* zu mogeln, nachdem es begonnen hat.«

»Ich versuche nicht zu mogeln«, gab Joe indigniert zurück. »Ich stelle nur eine Tatsache fest.«

»Dann verlier nicht«, erwiderte Prinz Bagkhal völlig reglos.

Joes Hunger wurde zu einem dumpfen Schmerz in seinem Bauch. Ihm wurde schwindlig vor Erschöpfung. Unter dem raubtierhaften Starren des Dhasha musste er sich zusammenreißen, um nicht plötzlich herumzuzappeln. Die Sache wurde immer unangenehmer, und es fühlte sich an, als würden all seine Schwächen an die Oberfläche dringen, um von einer Kreatur bewertet und analysiert zu werden, die ihn mit einer lässigen Bewegung töten konnte.

Ich darf nicht verlieren, dachte er verzweifelt. *Ich darf nicht verlieren …*

Joe musste sich von dem unbehaglichen Jucken ablenken, das Bagkhals Aufmerksamkeit ihm bereitete. Die Schuppen des Dhasha schienen eine silbrige Grundfarbe zu haben, bemerkte er, während die seltsamen, schimmernden Farben wie Motoröl auf Wasser über seinen Körper flossen. Obwohl er sie nun ausgiebig betrachten konnte, war er sich immer noch nicht sicher, ob es winzige Bewegungen des Dhasha waren, die die Farben schillern ließen, oder ob sie sich von selbst veränderten.

Während die Stunden vergingen, fiel Joe auf, dass der Dhasha-Prinz nicht stank. Nicht wie Knaaren. Joe nahm im Wind gelegentlich den Geruch von alter Haut wahr – eher wie eine Mischung aus Schweißfüßen und getragener Unterwäsche –, doch Bagkhal roch keineswegs durchdringend nach vergammeltem Fleisch.

Und als Joe genauer hinschaute, sah er keine Leichenteile zwischen den Zahnreihen.

Was ist, wenn Dhasha gar nicht essen müssen?, dachte Joe mit einem Anflug von Panik. Wie lange konnte er selbst hier ohne Nahrung stehen? Wie lange kam er ohne Schlaf aus? Joe schwankte bereits leicht, und ihm war schwindlig vor Erschöpfung. Er konnte kaum noch den Kopf hochhalten, während sich an Prinz Bagkhals Positur nicht das Geringste verändert hatte.

Und nachdem Joe darüber nachgedacht hatte, fragte er sich, ob er tatsächlich erwarten konnte, dass ein Dhasha-Prinz ihm diente, wo er ihn doch mühelos mit einem Hieb halbieren konnte.

Ich kann nicht gewinnen, dachte Joe. *Ruß Ruß Ruß. Diesen Kampf kann ich nicht gewinnen …*

Bei diesem Gedanken wurden Joes Handflächen feucht, und sein Herz pochte schneller. Alle seine Instinkte schrien ihn an, vor dem Monster zurückzuweichen, sich außer Reichweite seiner Klauen zu bringen. Und in diesem Moment erkannte Joe, dass er kurz vor dem Zusammenbruch stand.

»Ich bin nicht Ihr Sklave«, stieß Joe schwitzend hervor. Was würde Bagkhal mit ihm tun, wenn er gewann? Ihn essen? Ihn als Zuchthengst benutzen?

Ich darf nicht verlieren, dachte Joe. *Ich darf nicht …*

Prinz Bagkhal sagte nichts und war unbeweglich wie eine Statue.

Die Frühstückszeit kam und ging, und Joe zitterten die Knie von der Anstrengung, seinen Körper aufrecht zu halten. Bataillone ordneten sich zur morgendlichen Formation auf dem Platz an, und Joe musste sich zusammenreißen, um die neugierigen Blicke der Rekruten nicht zu erwidern.

Nicht dein Sklave, dachte Joe, reckte das Kinn empor und erwiderte stur den Blick der Kreatur. *Nicht dein Sklave, verdammt noch mal!*

Der Dhasha blieb absolut ruhig und wartete ab.

Als die Kampfmeister schließlich ihre Einheiten zum Mittagessen in die Kantine führten, konnte Joe nicht mehr. Er biss sich auf die Lippe und wandte den Blick vom Monster ab, während er versuchte, seine Beschämung zu unterdrücken. »Gut. Wie auch immer. Ich werde mir später überlegen, wie ich mich selbst töten kann.«

»Ausgezeichnet«, sagte Bagkhal. Sein riesiger Körper erwachte plötzlich wieder zum Leben. »Nach den Regeln des *ka-par* akzeptiere ich deine Unterwerfung. Folge mir.« Er drehte sich um und stapfte über den Platz, als wäre nichts Besonderes geschehen.

Widerstrebend tat Joe wie befohlen. Der Ooreiki hatte kaum den Lift in Bewegung gesetzt, als die Kommandeure der Bataillone unten auf dem Platz Befehle brüllten und die Inspektion organisierten. Joe ärgerte sich, als er es beobachtete. Eigentlich hätte *er* dort unten die Befehle geben sollen. Aber Nebil hatte ihn ausgeliefert. Er hatte ihn dem Dhasha überlassen. Als *Sklave*.

»Du wirst zu deinem Bataillon zurückkehren, sobald ich mit dir besprochen habe, welche neuen Aufgaben dich erwarten«, sagte Bagkhal. Da er mindestens doppelt so groß wie Knaaren war, beanspruchte er so viel Raum in der Aufzugkabine, dass sein Unterkiefer Joe streifte, wenn er sprach. Joe zuckte zurück. Seine Abscheu ließ Galle in seiner Kehle aufsteigen.

Erst dann wurde ihm klar, was der Dhasha gesagt hatte, und er blickte auf. »Moment mal … *wirklich*?«

»Natürlich. Im Gegensatz zu Knaarens Überzeugung gibt ihm die Tatsache, dass ihr Menschen gute Haustiere abgebt, nicht das Recht, euch als Sklaven zu beanspruchen. Ihr müsst ihm diese Indiskretion verzeihen. So etwas geschieht immer, wenn eine Spezies zum ersten Mal rekrutiert wird, vor allem, wenn die Spezies so geschickt ist wie eure. Deshalb werde ich dir zum Ausgleich für das Unrecht, das du unter Knaaren erlitten hast, zwölf Umläufe von deiner Dienstverpflichtung abziehen. Wenn du dich entscheidest, zusätzlich zu deiner Ausbildung für die nächsten drei Umläufe als Assistent für mich tätig zu sein, werde ich weitere sechs abziehen.«

Joe sah ihn blinzelnd an. Mehr als ein »Aber … Sie haben gewonnen!« brachte er nicht heraus.

»Der Sieg beim *ka-par* bedeutet nur, dass ich entscheiden kann, was ich mit dir mache. In diesem Sinne entscheide ich, dir zwölf Umläufe von deiner Dienstzeit abzuziehen und dir eine Stelle als mein Assistent anzubieten.«

Für einen Moment empfand Joe tiefe Dankbarkeit, die er jedoch schnell wieder unterdrückte. »Sie lügen.«

»Ich werde es tun, sobald ich Zugang zu einem Terminal habe.«

Joe wollte ihm glauben, doch er schüttelte den Kopf und blickte über den Platz. *Ich werde niemals einem Dhasha vertrauen.*

»Du glaubst mir nicht«, stellte Bagkhal fest, doch es klang nicht überrascht. Nur … neugierig.

Joe ging nicht darauf ein.

Schließlich brach der Dhasha das Schweigen. »Du bist nicht zufällig älter als die übrigen Rekruten, Zero?«

Sein Kopf fuhr wieder zum Dhasha herum. Er war misstrauisch. »Vielleicht.«

Die Augen des Dhasha funkelten. »Das dachte ich mir. Da du mir freundlicherweise die Gelegenheit gegeben hast, dich zu studieren, ist mir dein Hautausschlag aufgefallen. Ein klassisches Beispiel für einen postpubertären Hormonkonflikt. Wie alt warst du, als du rekrutiert wurdest, Zero?«

»Vierzehn«, flüsterte Joe. Sein Herz schlug wieder so heftig, dass er es in den Ohren hörte.

»Ich werde veranlassen, eure Rationen zu ändern. Tril ist ein Jenfurgling, wenn er nicht zulässt, dass Nebil eure Ernährung anpasst. Ich habe gesehen, dass er mehrere Anträge eingereicht hat, aber bis jetzt war mir nicht klar, warum er das getan hat. Wenn ihr das nächste Mal in der Kantine esst, müsste das Problem behoben sein. Wenn nicht, komm zu mir und sag es mir.«

»Sollten Sie mir nicht anbieten, mich nach Hause zu schicken?«, wollte Joe wissen. »Schließlich haben Sie mich illegal von meinem Planeten geholt.«

»Falsch«, sagte der Dhasha und ließ die Zähne klacken. »Auf der Erde hast du ein Ooreiki-Bodenteam angegriffen. Sie verloren alle Rekruten, die sie transportiert haben. Allein aus diesem Grund war es legal, dich zu rekrutieren. Außerdem hast du Lagrah blamiert, weil wir durch dich ein komplettes Bataillon verloren haben. Es wäre völlig rechtmäßig gewesen, dich als Unbeanspruchten zu verwenden. Dass sie es nicht getan haben, erstaunt mich bis heute. *Vkala* sind normalerweise nicht so freundlich.«

Joe verzog das Gesicht und wandte den Blick ab.

»Warum hast du Lagrahs Sammeltrupp überhaupt angegriffen, Zero?«

»Er hatte meinen Bruder«, stieß Joe hervor.

»Ach so.« Bagkhal schwieg für einen Moment. »Ist er jetzt hier? Vielleicht in einem der anderen Bataillone?«

»Er konnte entkommen«, sagte Joe, während er spürte, wie sich seine Kehle zusammenzog. »Ich habe sie abgelenkt, damit er weglaufen konnte.«

»Also hast du seinen Platz eingenommen«, sagte Prinz Bagkhal nachdenklich.

Er hatte tatsächlich Sams Platz eingenommen, und nun war er wieder ein Sklave und hasste seinen Bruder dafür. Joe schluckte schwer und nickte.

»Manchmal«, sagte Prinz Bagkhal, »wenn die Mütter das Schicksal weben, ersetzen die Bedürfnisse der Vielen die Bedürfnisse des Einen.«

»Oder manchmal sind sie auch einfach nur dumm«, murmelte Joe.

Sie setzten ihren Aufstieg schweigend fort, während Joe auf die Stadt hinausstarrte und sich fragte, wie es wäre, über die Balkonbrüstung zu springen und einfach in den Tod zu stürzen. Der Dhasha sagte nichts mehr.

Sobald der Aufzug zum Stillstand kam, trat Bagkhal auf das Dach und ging zu einem kastenförmigen Gegenstand, der unter einem breiten Sims in die Wand eingebaut war.

Zum Kasten sagte er: »Zugang zur Akte von Rekrut Zero, Sechstes Bataillon, Zweite Brigade, Siebenundachtzigstes Regiment, Vierzehnte Menschen-Bodenstreitmacht.«

Unmittelbar darauf antwortete eine Ooreiki-Stimme: *»Zugang erteilt, Prinz Bagkhal.«* Es war die gleiche computergenerierte Stimme, die Joe immer dann gehört hatte, wenn Tril ihn zu einem Terminal mitgenommen hatte, um zu beobachten, wie er Joes Dienstzeit verlängerte. Joe spannte sich an, als ihm klar wurde, dass Bagkhal ihn hier komplett aus dem System löschen würde, damit er seine Strafe als Sklave des Dhasha ableisten konnte.

»Reduziere Zeros derzeitige Dienstzeit um zwölf Umläufe.«

»Dienstzeit um zwölf Umläufe reduziert, Prinz Bagkhal. Aktuelle Dienstzeit beträgt achtundfünfzig Umläufe.«

Prinz Bagkhal grunzte überrascht und blickte über die Schulter zu Joe. »Bei den Jreet-Göttern, Junge ... Unter wessen Schuppen bist du gekrochen? Die reguläre Dienstzeit beginnt mit dreiunddreißig Umläufen!« Er wandte sich wieder dem Kasten zu. »Aus welchem Grund wurde die Dienstzeit des Rekruten Zero verlängert?«

»*Die Dienstzeit des Rekruten Zero wurde mehrmals verlängert, um sechzehn Umläufe wegen Ungehorsams gegenüber vorgesetzten Offizieren, einundzwanzig wegen Respektlosigkeit gegenüber vorgesetzten Offizieren, sieben wegen schwerer Verletzungen, achtzehn wegen geringfügigen Verletzungen, zwölf wegen ...*«

»Reduziere um weitere zwanzig Umläufe.«

»*Dienstzeit um zwanzig Umläufe reduziert, Prinz Bagkhal. Aktuelle Dienstzeit beträgt nun achtunddreißig Umläufe.*«

»Das klingt schon vernünftiger«, sagte der Dhasha. »Versiegeln und mit einer Sperre versehen. Änderungen nur durch Aufseher oder höhere Ränge möglich.«

»*Die Akte des Rekruten Zero wurde versiegelt und mit einer Sperre versehen, Prinz Bagkhal*«, sagte der Ooreiki-Computer in freundlichem Ton. »*Weitere Änderungen benötigen die Genehmigung eines Aufsehers oder höherer Ränge.*«

Prinz Bagkhal schaute wieder über die Schulter. »Glaubst du mir jetzt, Zero?«

Joes Herz pochte wie ein Presslufthammer. Während der vergangenen Wochen hatte er die Verlängerungen seiner Dienstzeit verzweifelt im Kopf addiert, und ihm war bewusst gewesen, dass er die Armee niemals würde verlassen können, wenn es so weiterging.

Ohne ein weiteres Wort wandte sich Bagkhal ab und verschwand in der offenen Tür in der Wand.

Er hat gerade meine Dienstzeit verkürzt, dachte Joe benommen.

Trotzdem zögerte er, gequält von einem schmerzhaften Gefühl der Beklemmung, denn ihm fiel ein, wie er das letzte Mal durch diese Tür geschritten war und beinahe nicht mehr herausgekommen wäre. Vielleicht wollte Bagkhal ihn nur in Sicherheit wiegen ... damit er ihn später essen konnte.

»Der Aufzug wird nur auf meine Anweisung wieder nach unten

fahren«, rief Bagkhal von drinnen. »Also kannst du genauso gut hereinkommen, Zero.«

»Ich könnte springen«, sagte Joe. »Und irgendwo tief unten auf den Boden klatschen. Die Ärzte könnten mich auf keinen Fall wiederbeleben.«

»Das ist wohl wahr«, stimmte Bagkhal ihm zu. Dann ließ er Joe mit dem verdutzten Ooreiki allein, der den Lift bediente.

Obwohl er sich schwor, dass er dem Dhasha nicht folgen würde, schluckte Joe mehrere Minuten später seinen Stolz hinunter und trat in die Höhle des Monsters. Sogleich fiel ihm auf, dass die üppigen Kissen, die Knaaren in den Räumen verstreut hatte, entfernt worden waren. Jetzt war nur noch schlichter, nackter Stein übrig. In einer Ecke stand ein einzelner Metallschreibtisch vor einem zweckmäßigen Ooreiki-Stuhl. Prinz Bagkhal setzte sich daneben und beobachtete ihn. Kein einziger Sklave war zu sehen.

Joe zögerte am oberen Ende der Treppe, die in die Wohnung hinunterführte. »Was soll diese ganze aschige Warterei? Wollen Sie mir den Kopf verrußen oder was?«

»Der Gehorsam wurde verweigert, weil das Vertrauen gebrochen wurde«, sagte der Dhasha. »Ich versuche, das Vertrauen wiederherzustellen. Funktioniert es?«

Joe räusperte sich verlegen. »Vielleicht.«

»Gut. Hast du vor, die ganz Nacht dort oben zu bleiben?«

Joe lugte unsicher über das Geländer. Nur ein leerer Raum und ein richtig großer verbrannter Dhasha. Angespannt stieg er die Stufen hinunter, um auf der Hälfte der Treppe anzuhalten, bereit, beim ersten Anzeichen von Aggression sofort zum Lift zurückzurennen. »Was wollen Sie?«

»Komm her und setz dich«, sagte Bagkhal und deutete mit den scharfen Klauen auf den schaufelförmigen Stuhl.

Joe beäugte ihn, dann den Dhasha. Bagkhal wartete einfach nur schweigend ab. Misstrauisch stieg Joe den Rest der Treppe hinunter, trat in die Höhle des Löwen und nahm auf der angebotenen Sitzgelegenheit Platz.

»Wie du weißt, war die Zivilisation der Dhasha schon immer in hohem Grad von den Händen unserer Sklaven abhängig«, sagte

Bagkhal. »Wir besitzen nicht das nötige Geschick, mit kleinen Gegenständen zu hantieren.« Bagkhal hob eine starre, klauenbesetzte Tatze vom Boden, um seine Worte zu veranschaulichen. »Aus diesem Grund nehmen sich die meisten Dhasha Sklaven. Ich gehöre zu den wenigen, die das nicht tun. Mir ist es lieber, wenn mir stattdessen ein Freund behilflich ist.«

Joe schürzte die Lippen. »Ich bin nicht Ihr Freund.«

»Noch nicht.«

Joe sprang vom Stuhl auf, dessen Beine mit einem metallischen Kreischen über den Diamantboden scharrten. »Ich werde auf keinen Fall Ihre verbrannten Schuppen pflegen.«

»Darum habe ich dich auch nicht gebeten.«

Joe starrte ihn längere Zeit an, bis er widerstrebend wieder Platz nahm. »Was wollen Sie also wirklich?«

»Deine Hände«, sagte Bagkhal nur. »Verwalte meine Dateien, bediene Geräte, öffne Türen, trage Dinge … Alles, was für dich selbstverständlich ist. Als Gegenleistung werde ich deine Dienstzeit um weitere sechs Umläufe reduzieren.«

»Sie wollen einen Sekretär.«

»Kkee.«

Das musste Joe einen Moment lang verdauen. »Sie bringen mich nicht von meinem Bataillon weg? Von den Jagden?«

»Du wirst weiterhin alle deine Verpflichtungen als Rekrutenkampfmeister wahrnehmen. Du wirst deine Ausbildung fortsetzen und an allen Übungen teilnehmen. Statt bei deinen Kameraden zu schlafen, wirst du einfach hierherkommen, um mir zu helfen.«

»Moment. Ich werde keinen Schlaf mehr bekommen?«

»Ich werde dir Mittel zur Verfügung stellen, die dich wach halten.«

Joe bemerkte, dass er den Dhasha anstarrte, während sein Herz heftig pochte. Meinte Bagkhal es tatsächlich ernst? Eine Verkürzung seiner Vertragszeit um weitere sechs Jahre?

»Okay«, stimmte Joe zu. »Aber ich will es schriftlich.«

Prinz Bagkhals haiartiges Gesicht nahm einen ironischen Ausdruck an. »Dhasha treffen keine schriftlichen Vereinbarungen. Sie sind für uns bedeutungslos, weil wir sie niemals selbst niederschreiben könnten. Aber ich werde dir mein Wort geben.«

»Das Wort eines Dhasha ist für mich Ruß.«

Prinz Bagkhal sprang auf und entblößte Reihen aus schwarzen dreieckigen Zähnen. »Was hast du gesagt?«

Joe stellte sich dem Dhasha. »Na los, fressen Sie mich. Zeigen Sie allen Ihren Kommandeuren da draußen, wie viel Ihr verbranntes Wort wert ist.«

Für einen Sekundenbruchteil spannte sich Prinz Bagkhal an, und Joe blickte dem Tod in die Augen. Dann entspannte sich der Dhasha ohne erkennbaren Grund. »Wenn du dich in Knaarens Beisein so verhalten hast, ist es erstaunlich, dass er dir nicht mehr als ein paar Narben verpasst hat.«

»Damals war ich noch zu sehr Feigling, um mich ihm zu widersetzen.«

»Oder vielleicht spürst du, dass ich dich nicht fressen werde«, sagte Prinz Bagkhal nachdenklich. »Aber ich habe jetzt genug Ungehorsam von dir erlebt. Mach es noch einmal, und ich werde mir jemand anderen suchen.«

Joe blickte auf den Schreibtisch und fühlte sich seltsamerweise beschämt.

Bagkhal setzte sich wieder. »Deine erste Aufgabe als mein Assistent wird es sein, die Liste der Regeln, die vor dir liegt, allen Kampfmeistern des Regiments auszuhändigen. Kehr hierher zurück, sobald Nebil dich für die Nacht freigestellt hat.«

»Liste der Regeln?« Joe betrachtete das elektronische Gerät vor ihm. Die Symbole auf dem Bildschirm waren viel komplexer als die vereinfachten Zeichen auf der PPE. »Was besagen sie?«

Der Dhasha sah ihn mit schiefgelegtem Kopf an. »Willst du es dir zur Gewohnheit machen, alle meine Anweisungen zu hinterfragen?«

»Möglicherweise.«

»Dann solltest du es dir außerdem zur Gewohnheit machen, mit Enttäuschungen zurechtzukommen. Geh und tu, was ich dir aufgetragen habe, Zero. Komm zurück, wenn Nebil mit dir fertig ist.«

Joe hob das Gerät auf und ging zur Treppe. Dann hielt er inne und drehte sich noch einmal um.

»Kkee?«, fragte Bagkhal.

»Ich habe eine Freundin«, sagte Joe. »Die, die Tril mit dem perzeptuellen Apparat zu töten versucht hat.«

»Ich warne dich. Wenn du mich bitten willst, sie zur Erde zurückzuschicken …«

»Nein«, sagte Joe hastig. »Es gefällt ihr hier. Ich glaube, es gefällt ihr hier sogar viel besser als zu Hause.« Er zögerte. »Jemand hat ihr die Zunge herausgeschnitten. Die Ärzte haben ihre Knochenbrüche geheilt, aber man hat ihr keine neue Zunge gegeben.«

Prinz Bagkhal bedachte ihn mit einem nachdenklichen Blick. »Streng genommen ist eine Zunge nicht nötig, damit ein Rekrut funktioniert.«

»Sie sagten, Sie würden meine Dienstzeit um sechs Jahre verkürzen, wenn ich Ihnen helfe«, bohrte Joe weiter. »Könnten Sie ihr stattdessen eine neue Zunge geben?«

»Sofort?«

Joe nickte.

Der Dhasha musterte ihn. »Du bittest mich, dich für eine Arbeit zu belohnen, die du noch gar nicht geleistet hast.«

Joe errötete. Der Dhasha stellte seine Ehre in Frage, genauso wie Joe es wenige Augenblicke zuvor mit ihm gemacht hatte. Beschämt senkte er den Kopf.

»Also gut. Sag Nebil, dass er sie in die Klinik schicken soll. Dann können sie sie auch gleich von den Nachwirkungen der Achten Stufe heilen. Es wäre eine Verschwendung, eine wertvolle Rekrutin eine Woche ihrer Ausbildung im Koma liegen zu lassen.«

Joe riss den Kopf hoch, und diesmal konnte er die überwältigende Dankbarkeit gegenüber dem Alien nicht unterdrücken, durchmischt mit widerstrebendem Respekt. »Sie bringen sie wieder in Ordnung«, sagte Joe leise, »und ich tue so viel für Sie, wie Sie wollen.«

»Danke«, sagte Prinz Bagkhal mit aufrichtiger Erleichterung. »Ohne einen Assistenten bin ich hilflos.« Als Joe ihn überrascht ansah, seufzte er. »Ich mache mir keine Illusionen, Zero. Ich bin alt. Ich habe genug von dieser Welt gesehen, um zu wissen, dass mein Volk aus eigener Kraft nicht überleben kann. In einem normalen evolutionären Prozess hätten wir als Reittiere der Takki geendet, vielleicht auch als ihre Soldaten. Eigentlich hätten uns die Takki schon vor langer Zeit ausrotten müssen. Sie könnten es sogar jetzt noch tun, in kürzester Zeit.« Er schüttelte den riesigen Kopf. »Doch an irgendeinem Punkt versagte die natürliche Evolution, und so ist es anders gekommen.« Er drehte sich um, und seine smaragdgrünen Augen starrten in die von Joe. »Und wenn ich in die Augen von Menschen blicke, sehe ich darin irgendwie unsere Zukunft.«

Joe sträubte sich instinktiv. *Was will er damit sagen?*

Bagkhal schlug klackend die Zähne zusammen. »Nein, ich will damit nicht sagen, dass die Menschen die Takki ersetzen werden. Solange dein Volk keine unglaubliche Dummheit begeht, wird der Kongress nicht zulassen, dass die Dhasha euren Planeten übernehmen. Ich will damit lediglich sagen, dass trotz unserer großen Stärke etwas in euch Menschen ist, das mich noch viel nervöser macht als die Takki. Etwas, bei dem sich mir die Frage aufdrängt, warum der Kongress die Erde nicht unverzüglich nach der Entdeckung vernichtet hat.«

Joe spürte, dass er Gänsehaut bekam. »Wie meinen Sie das?«

Bagkhal schien sich zu schütteln. »Schon gut«, sagte er unvermittelt. »Nach meinem Kampf gegen Knaaren bin ich erschöpft und unkonzentriert. Geh jetzt und widme dich deinen Aufgaben. Ich werde einen Ooreiki schicken, der sich um deine Freundin kümmert.«

Joe zögerte. »Danke. Und … ich möchte mich entschuldigen. Ich hätte Sie nicht beleidigen dürfen.«

»Du hast recht«, sagte Bagkhal amüsiert. »Aber ich nehme deine Entschuldigung an.«

*

Bagkhal stand zu seinem Wort.

Am nächsten Tag saß Libby mit Scott und Maggie in der Kantine und löffelte sich vorsichtig grünen Schleim in den Mund, wo sie ihn mit ihrer neuen Zunge hin und her schob. Nachdem sie gerade aus der Klinik zurückgekommen war, trug sie als Einzige in der gesamten Cafeteria keine weiße Kleidung wie die anderen nach der letzten Jagd gegen das Zweite Bataillon. Joe, der kurz zuvor mit der

Niederschrift und Auslieferung des Jagdberichts für Prinz Bagkhal fertig geworden war, schnappte sich eine Mahlzeit und setzte sich ihr gegenüber.

»Wie fühlt es sich an?«, fragte er.

»Noch etwaf wund«, räumte sie ein.

»Du klingst, als wärst du gerade vom Zahnarzt zurückgekommen«, sagte Joe lachend. »Mein Vater hat genauso gesprochen, nachdem er eine Wurzelbehandlung bekommen hatte.«

»Du solltest mal hören, wie sie ›veraschter Rußer‹ sagt«, warf Maggie kichernd ein.

»Halt'f Maul!«

»Erzähl ihm, wie du gekaut hast und dachtest, du hättest den Mund geschlossen, obwohl es nicht so war. Siehst du ihre Jacke?«

»Ich werde dich bewufftlof flagen.«

»Wie lange dauert es, bis du wieder normal sprechen kannst?«, fragte Joe.

»Der Arpft fprach von drei oder vier Tagen.« Sie zögerte. »Danke, Pfo.«

Er wurde rot und blickte auf sein Essen. Es sah aus wie Babydurchfall. »Keine Ursache.«

»Maggie fagt, daff du für diefen Dhaffa arbeiteft. Daff du ef damit bepfahlft.«

Joe warf Maggie einen verärgerten Blick zu und zuckte dann mit den Schultern. »Mach dir darüber keine Gedanken. Ich habe gesagt, ich würde dir helfen, und so habe ich es auch gemeint.«

Libby blickte sich am Tisch um. Ihre Wangen röteten sich. Dann brach sie zu seiner Überraschung plötzlich in Tränen aus. Ohne ein weiteres Wort stand sie auf und ging.

»Was habe ich getan?«, fragte Joe und sah Maggie und Scott an.

Scott zuckte mit den Schultern, aber Maggie blickte Libby hinterher. Seufzend widmete sich Joe wieder seiner Mahlzeit. Nach einer Weile drehte sich Maggie wieder zu ihm um. »Magst du sie, Joe?«

Die Frage erwischte ihn in einem ungünstigen Moment, sodass er grünen Brei über den Tisch verspritzte. »Was? Was ist das für eine Frage? Ich mag euch alle. Ihr seid meine Freunde.« Er spürte, dass er so heftig errötete, dass es sich anfühlte, als könnte sein Kopf jeden Augenblick platzen.

»Du weißt schon«, sagte Maggie. »Ob du sie gern als deine Freundin hättest. Du findest sie sexy, nicht wahr? Weißt du nicht, dass sie mit dir ins Bett gehen will?«

Am Tisch waren sämtliche anderen Gespräche verstummt, und Joe spürte die Aufmerksamkeit von hundert Rekruten, die auf seine Antwort warteten. Joe öffnete und schloss den Mund, ohne dass etwas herauskam. Seine Kehle gab einen leisen erstickten Laut von sich. Schließlich stöhnte er, stand auf und sagte: »Ich muss ins Bad.«

»Da warst du doch gerade«, gab Maggie zu bedenken.

»Ich glaube, mit dem Essen stimmt was nicht.«

»Es ist das gleiche Zeug, das auch wir essen.«

»Ich muss gehen.«

»Beantworte einfach die Frage, Joe. Warum ist es so schwierig? Du bist hier der Älteste, und du benimmst dich wie ein schüchterner kleiner Junge. Wenn du sie poppen willst, sag es doch einfach.«

»*Das geht euch einen Scheißdreck an!*« Als es plötzlich totenstill im Saal wurde, erkannte Joe, dass er so laut gebrüllt hatte, dass man es auf der Erde gehört haben musste. Alle Blicke waren auf ihn gerichtet, und er hörte einige Kinder kichern. Joe hatte das Gefühl, sich übergeben zu müssen, und ging.

Bereits nach dem dritten Schritt rannte er. Hinter ihm brach die Hälfte der Kantine in lautes Gelächter aus. Er stürmte in vollem Tempo zur Tür, wo er einen Ooreiki-Kampfmeister rammte, der gerade eintreten wollte. Der Ooreiki wurde völlig überrumpelt, und gemeinsam stürzten sie zu Boden, was noch mehr Gelächter auslöste.

Joes Wangen waren knallrot, und er war davon überzeugt, dass er gleich sterben würde.

Dann sah er den Ausdruck in Kampfmeister Nebils Gesicht.

»Zero, was zur brennenden Asche war das? Und worüber lacht ihr verkohlten Jenfurglinge? Haltet ihr das für rußkomisch? Setzt eure Furgling-Ärsche in Bewegung! Alle! Ihr brennenden kichernden Takki-Aschehaufen! Liegestütze! Dreihundert! Na los! Auch du, Zero, du Rußkopf. Alle! Eins! Zwei! *Hebt die Bäuche vom Boden!* Drei …«

Immer mehr Kinder lachten, und als Nebil mit ihnen fertig war, wollte Joe nur noch sterben. Hastig flüchtete er zu Bagkhals Turm, um weitere »Assistenzaufgaben« für ihn zu übernehmen. Doch dann hockte er sich vor die Eingangstür zur Wohnung des Dhasha und dachte über sein verrußtes Takki-Leben nach.

Ein Geräusch aus dem Gebäude erschreckte ihn. »Zero«, brummte Bagkhal. »Dachte ich mir doch, dass ich dich gerochen habe. Was zum Teufel machst du da draußen? Ich hatte dich für den Rest des Tages entlassen.«

Joe schluckte schwer. Ihm war immer noch übel vor Beschämung. »Mädchen«, stieß er mühsam hervor.

Bagkhal lachte klackend. »Komm rein. Lass uns reden.«

33 *Neue Regeln*

»Regel eins«, sagte Kampfmeister Nebil, während er das elektronische Gerät hochhielt, das Joe ihm gegeben hatte. »Ihr armseligen Furgs solltet lieber eure brennenden Schwänze in euren Hosen zurückhalten, denn falls irgendein Mädchen auch nur die Andeutung einer Vergewaltigung flüstert, wird Bagkhal sie euch abschneiden. Verstanden?«

Mehrere Jungen wurden plötzlich blass.

»Regel zwei«, fuhr der Kampfmeister fort. »Mit einer Untersuchung kann in der Klinik geklärt werden, mit wem ein Weibchen kopuliert hat, wie viele Male und wann … und ob sie darunter gelitten hat oder nicht. Bagkhal hat angeordnet, dass jede falsche Anklage damit bestraft wird, dass die Anklägerin einen Tag lang mit dem Angeklagten in ein Zimmer gesperrt wird, in dem die normalen Regeln nicht mehr gültig sind. Habt auch *ihr* das verstanden?«

Diesmal waren es die Mädchen, die kreidebleich wurden.

»Regel drei«, sagte der Kampfmeister. »Eine, mit der ihr bereits vertraut seid. *Niemand* wird getötet. Der Kongress braucht euch als Kämpfer, nicht als Leichen. Jeder Mörder wird einen Tag mit Prinz Bagkhal verbringen. Mehrfachtäter werden exekutiert.«

»Und was ist, wenn jemand zwei Morde gleichzeitig begeht?«, fragte ein Junge idiotischerweise. Er wich vor dem geschlitzten Blick des Kampfmeisters zurück.

»Regel vier«, sagte Nebil mit Nachdruck. »Zwischen den Bataillonen werden keine Kämpfe mehr stattfinden. Das gilt vor allem für *dich*, Zero. Bagkhals Söhne werden jede Nacht durch die Stadt patrouillieren. Jeder, den sie nach der Sperrstunde außerhalb der Kaserne antreffen, wird als Unruhestifter betrachtet und bestraft – da ihnen die Nachtruhe anscheinend nicht so wichtig ist, können sie die folgende Woche mit Rennen statt Schlafen zubringen.«

»Das ist unmöglich«, schnaufte jemand.

Kampfmeister Nebil bedachte den Jungen mit einem langen, strengen Blick.

Der Junge schluckte mühsam.

»Regel fünf«, fuhr Nebil fort. »Keine Lügen mehr. Lügen scheint eine unangenehme Eigenschaft zu sein, die ihr Menschen mit den Huouyt gemeinsam habt. Für jeden Verstoß werdet ihr einen Tag lang Nachttöpfe leeren und Bäder schrubben.«

Der Kampfmeister hielt kurz inne. »Regel sechs. Kein Diebstahl. Eine weitere Eigenschaft, die ihr mit den Huouyt gemeinsam habt. Wenn das nächste Mal jemand von euch erwischt wird, wie er sich etwas nimmt, das ihm nicht gehört, muss er eine Woche lang nackt vor dem gesamten Bataillon marschieren.«

Zu diesem Punkt gab es keine Kommentare.

»Das wäre vorläufig alles«, sagte Nebil. »Kampfmeister, setzen Sie das Bioanzug-Training fort.«

Aneeir, der neue Kampfmeister der Vierten Einheit, trat vor. Er sah viel jünger und nervöser aus als alle anderen. Sogar seine Stimme klang zittrig. »Vierte Einheit! Holt eure Bioanzüge und tretet dann wieder hier an!«

Während die anderen Rekruten ihre Bioanzüge bereits aus den schwarzen ziegelsteinähnlichen Verpackungen genommen hatten, in denen sie angeliefert worden waren, musste Joe bei null anfangen. Er mühte sich mit dem ungewöhnlichen Verschluss ab, der den Deckel des leichten Kastens öffnete, dann zog er ungeschickt das schwere schwarze Bündel heraus.

Es war nicht ein Stück wie ein Tauchanzug, sondern der Bioanzug bestand aus zwei Teilen: einer für die vordere Körperhälfte, einer für die hintere. Joe starrte nur verständnislos auf das Ding.

»Du musst zuerst deine Sachen ausziehen«, sagte Maggie. »Der Anzug versiegelt sich nicht, wenn du darunter noch etwas anderes trägst.«

Joe seufzte. Er dachte sich, dass es eigentlich nichts Besonderes mehr war, nackt zu sein. Die Aliens schienen keinen großen Wert auf Sittsamkeit zu legen. Er zog sich aus.

»Jetzt zieh es so an«, erklärte Maggie. Sie breitete eine Hälfte ihres Anzugs auf dem Boden aus und legte sich darauf. Sie begann mit den Füßen und legte die Ränder beider Hälften zusammen, die sofort miteinander verschmolzen. Das Ganze schloss sich fest um ihren Körper wie lebendes Elasthan. Sobald die Füße versiegelt waren, folgte der Rest des Anzugs in einer wellenförmigen Bewegung, wie ein Weichtier, das sich zusammenzog. Maggie musste nicht mal die Arme ordentlich anlegen, weil der Anzug auch sie ergriff und in einem Stück verschluckte. Der Anzug spannte sich über ihre Haut wie glänzender blauer Klebstoff. Darunter konnte Joe die Formen ihres Körpers so deutlich sehen, als würde sie gar nichts tragen. Joe zuckte zusammen und versuchte, nicht darauf zu achten, wie gut sie aussah. Dann fragte er sich, was mit ihm geschehen würde, wenn er dasselbe tat. Es hatte nicht sehr sanft ausgesehen, wie der Anzug den Körper umschloss.

»Und wie zieht man ihn wieder aus?«, fragte Joe und tippte Maggie auf die Schulter. Als sein Finger auf steinharten Widerstand traf, riss er die Hand zurück. Vorsichtig berührte er sie noch einmal und spürte etwas, das sich wie Stein anfühlte. Wie kalter Stein.

»Du kannst dich immer noch bewegen?«, fragte Joe und bestaunte den Anzug. »Es fühlt sich an, als hättest du dich in eine Statue verwandelt.«

Maggie kicherte. »Ist das nicht cool?« Sie drehte sich um und zeigte ihm ihren Rücken. Eine handgelenkdicke Wölbung folgte der Einkerbung ihrer Wirbelsäule vom Po bis zum Schädelansatz. Zwei weitere verliefen an den Außenseiten beider Beine, und als er genauer hinschaute, auch seitlich an den Armen.

»Jetzt kannst du es versuchen«, wies Maggie ihn an.

Joe zögerte und warf einen nervösen Blick auf die zwei Hälften seines Anzugs. »Wie kommt man da wieder raus?«

»Du musst nur wollen, dass er sich von dir löst.« Als Maggie seinen Gesichtsausdruck sah, lachte sie. »Mach dir keine Sorgen, Joe. Es fühlt sich toll an. Ich wette, man könnte in diesem Ding schlafen.«

»Wahrscheinlich werden wir genau das tun müssen«, murmelte Joe. Seufzend folgte er ihrem Beispiel. Entscheidend war, wie er feststellte, dass der Saum an den Zehen richtig anlag. Sobald Joe seine Füße verpackt hatte, zog sich der gesamte Anzug um ihn zusammen, obwohl er immer noch halb am Boden hockte. Er zerdrückte auch nicht seine Eier, wie er insgeheim befürchtet hatte, aber er erlebte trotzdem einen kurzen Moment der Panik, vor allem, als er sich um Mund und Nase schloss. Noch während Joe die Hände hob, um nach seinem Gesicht zu greifen, öffneten sich dort Zugänge, und er sog überrascht einen Atemzug ein. Er berührte sein Gesicht und war erstaunt über das metallische Klacken, als der Anzug mit sich selbst in Kontakt kam. Auch das Blinzeln fühlte sich seltsam an – eine Schicht des Anzugs war tatsächlich mit der Oberfläche seiner Augenlider verschmolzen.

Dennoch war das Ding erstaunlich bequem. Es war schwer, und er musste seine Bewegungen übertreiben, aber als Ganzes fühlte es sich tatsächlich wie ein Teil seines Körpers an. Außerdem hatte es die ideale Temperatur … zumindest innen. Die Außenseite machte den Eindruck, aus tiefgefrorenem Stahl zu bestehen. Als Joe auf seine Hände blickte, stellte er fest, dass auch seine Finger von einer dünnen Schicht der schwarzen Substanz überzogen waren, aber er konnte trotzdem alles spüren, womit seine Hände Kontakt hatten. Sein ganzer Körper hatte normale Berührungsempfindungen. Er spürte den scharfen Schotter unter den Füßen, obwohl der Anzug auch an den Sohlen steinhart war.

Joe wurde klar, dass der Anzug dem Träger normale Empfindungen übermittelte, aber ohne die normalen Konsequenzen. Als er dort stand und die Luft um sich herum spürte und doch nicht spürte, hatte er große Ehrfurcht, aber auch ein wenig Angst vor der Technologie des Kongresses.

»Dies ist die Menschen-Bioverkleidung vom Typ I«, erklärte ihr neuer Kampfmeister Aneeir ihnen, nachdem alle ausgerüstet waren und wie schlanke schwarze Ameisen wieder in Formation standen. »Da es sich um das erste Modell handelt, wird es immer wieder Anpassungen geben, wenn die Ingenieure des Kongresses eure Körperstruktur besser verstanden haben. Bis dahin müsst ihr mit dem zurechtkommen, was ihr habt. In diesen Dingern könnt ihr essen, schlafen, pissen und scheißen. Einige von euch Furgs werden wahrscheinlich sogar versuchen, sich damit zu paaren.«

Joe zuckte bei dieser Vorstellung zusammen, aber einige andere Rekruten sahen den Kampfmeister fasziniert an.

»Der Anzug fühlt sich für euch schwer an, aber er ist es nicht. Ihr werdet sogar feststellen, dass ihr damit etwa einundachtzig Prozent stärker seid. Der Anzug fühlt sich plump an, weil er immer noch dabei ist, sich an euren Körper anzupassen. Nachdem ihr drei Tage darin verbracht habt, dürften sich die Biomechanismen auf euch eingestellt haben. Dann ist euer Anzug genauso wie eure Helme so perfekt an euren Körper angepasst, dass nur noch ihr selbst ihn tragen könnt.«

Kampfmeister Aneeir hielt für einen Moment inne. »Wie ihr vermutlich ahnt, sind diese Anzüge sehr komplex. Was ihr *nicht* wissen könnt, ist, wie komplex sie wirklich sind. Wenn ihr zum Beispiel den Boden unter den Füßen nicht mehr spüren wollt, müsst ihr nur entscheiden, dass ihr die Steinchen nicht mehr spüren wollt. Der Anzug nimmt eure Gedanken auf und folgt euren Wünschen. Versucht es jetzt mal.«

Joe tat es. Er dachte daran, wie negativ die Empfindung für ihn war, und sofort hörte die Empfindung auf.

»Cool!«, rief Scott.

»Diese Anzüge sind dazu gedacht, euch als Bodenkämpfer in vielerlei Hinsicht das Leben zu retten. Es ist ein Druck von mehr als sechzehntausend Pfund nötig, um die Hülle zu durchbrechen. Das Material selbst wehrt kurze Laserangriffe ab, Projektile, eine gewisse Menge Plasma und sogar Elektrizität. Wenn euch jedoch ein Dhasha angreift, gibt es natürlich keine Garantie mehr.«

»Also können sie mit ihren Klauen dieses Zeug aufreißen?«, fragte Joe überrascht. Der Anzug fühlte sich härter an als alles, was er bislang erlebt hatte.

»Als würdet ihr überhaupt nichts am Körper tragen«, antwortete Kampfmeister Aneeir. »Doch wenn ein Angriff hindurchgeht und euch nicht sofort tötet, kann der Anzug euch auf unterschiedliche Weise das Leben retten. Zunächst wird er sich über der Wunde versiegeln. Das hilft nicht unbedingt bei einem Plasmatreffer, aber bei den meisten anderen Verletzungen. Wenn euch etwas mit mehr als sechzehntausend Pfund trifft und ein Bein zertrümmert, wird euch der Anzug so weit unterstützen, dass ihr laufen könnt, auch wenn es vermutlich höllisch wehtut. Wenn ihr eine tödliche Verletzung erlitten habt, wird der Anzug dichtmachen und euch in künstlichen Tiefschlaf versetzen, damit ihr in eine Klinik gebracht werden könnt. Der Anzug schützt euch vor allen möglichen chemischen Angriffen, aber wenn irgendetwas sehr Unangenehmes durch die Barriere dringt, werdet ihr sofort außer Gefecht gesetzt, bis eure Situation von medizinischem Personal eingeschätzt werden kann.«

»Das klingt nicht besonders klug«, sagte Joe. »Warum werden wir mitten in einer Schlacht ausgeschaltet? Was passiert, wenn wir immer noch kämpfen könnten, auch wenn wir nur noch eine Lunge voll Atemluft haben?«

Aneeir warf ihm einen ironischen Blick zu. »Glaub mir, Mensch. Wenn du etwas von dem, was die Feinde des Kongresses in ihren Arsenalen haben, in der Lunge hast, wirst du nicht atmen und erst recht nicht mehr kämpfen können.«

»Oh.«

»Und nun zur Versorgung eurer Anzüge«, fuhr Aneeir fort. »Der Kongress stellt seinen Bodensoldaten zwei Typen von Nahrung zur Verfügung. Wenn ihr eure Anzüge nicht tragt, ist es das grüne Zeug, das ihr bereits kennt, auch als RMN I oder Rudimentäre Menschliche Nahrung, Klasse I, bezeichnet. Wenn ihr eure Anzüge benutzt, bekommt ihr MBN II oder Menschliche Bioanzug-Nahrung, Klasse II, kurz *janja*-Scheiße genannt. *Janja*-Scheiße ist von leicht gelblicher Färbung und hat einen metallischen Beigeschmack. Wenn ihr im Einsatz seid, solltet ihr pro Tag wenigstens eine Mahlzeit der Klasse II zu euch nehmen. Sie enthält die Substanzen, die euer Anzug zum Überleben braucht.«

Zum Überleben? Joe blickte nervös auf das Ding hinunter, das seinen Körper umschloss. *Was zum Teufel soll das heißen?*

»Dazu ist natürlich nötig, dass ihr eure körperlichen Abfallprodukte innerhalb des Anzugs ausscheidet. Das mag sich unangenehm anfühlen, aber glaubt mir, ihr möchtet nicht mit nacktem Arsch hinter einem Stein hockend vom Feind erwischt werden.«

Joe zog eine Grimasse, als er sich die Situation vorstellte, weil er nur zu genau wusste, wie so etwas enden konnte.

Aneeir blieb stehen und musterte seine neue Einheit. »Noch irgendwelche Fragen?« Wieder flatterten seine Sudah nervös.

Joe vermutete, dass dies sein erster Auftritt als Kampfmeister war. Wahrscheinlich war er erst kurz vorher befördert worden.

»Also wird die Munition, die wir bei den Jagden verwenden, uns nichts mehr anhaben können?«, wollte Maggie wissen.

Aneeir bedachte sie mit einem amüsierten Blick. »Doch. Das hier sind nur Trainingsanzüge. Nur die echten sind immun gegen das Gift in den verwendeten Projektilen. Keine weiteren Fragen? Dann kehren jetzt alle in die Kaserne zurück. Ihr müsst eure Anzüge während der nächsten drei Tage ununterbrochen tragen, auch während des Schlafens. Zero, du kannst jetzt mit deiner Arbeit für Prinz Bagkhal beginnen. *Haagi.*«

Joe schaute an sich hinab und sah, dass er wie eine Statue aus Onyx aussah. Eine *gut geformte* Statue. Gerippte Bauchmuskeln, ausgeprägte Brustmuskeln, Bizepse groß wie Grapefruits … Diese Erkenntnis gab ihm eine gewisse Befriedigung. Wenn der Kongress irgendetwas Gutes für ihn getan hatte, dann war es das: Er hatte ihm auf jeden Fall ein gutes Aussehen verpasst. Als er aufblickte, bemerkte er, dass es auch einigen Mädchen in der Nähe aufgefallen war. Eine starrte sogar mit unverhohlenem Interesse auf seinen Schritt.

Joe errötete und räusperte sich, während er seine Leistengegend verdeckte. »Hallo«, murmelte er und tastete mit einer Hand nach seiner Kleidung. »Nett, euch kennenzulernen.«

Sie kicherten und entfernten sich.

Weißt du, dass du ein gottverdammter Furg bist?

Während er seine Hose anzog, bemerkte er, dass Maggie den drei Mädchen mit tödlichem Blick hinterherstarrte. Als sie sich wieder umdrehte, bedachte sie ihn mit einem vorwurfsvollen Blick.

»Mach dir keine Sorgen«, sagte er grinsend. »Sie wollen nur meinen Körper.«

*

Joe war auf dem Weg zu seinem ersten Treffen mit Bagkhal, als er Libby allein im Schatten hinter der Kantine hocken und ins Leere starren sah.

»Lib?«

Libby zuckte zusammen und sprang sofort auf. Sie trug nichts

534

über ihrem Bioanzug, und Joe spürte, dass er knallrot wurde. Ihr langer, schlanker Körper hatte vollendete weibliche Formen, bis zu den kleinen, kecken Brüsten und den feinen Linien, die zwischen ihren Schenkeln zusammenliefen.

Er riss den Blick von ihr los.

»Wie kommst du mit deiner neuen Zunge zurecht?«, fragte er, während er auf seine Füße starrte.

Sexmeister Dobbs hat wieder gesprochen! O Gott! Töte mich auf der Stelle! »*Wie kommst du mit deiner neuen Zunge zurecht?*« *Warum fragst du sie nicht, ob ihr Gewehr in letzter Zeit gut funktioniert hat? Oder ob ihre Stiefel immer noch gut passen. Wie hat Dad es gemacht? Mum muss irgendwann Mitleid mit ihm gehabt haben. Das ist die einzige Möglichkeit, wie ein männliches Mitglied meiner Familie jemals …*

»Ich könnte es dir zeigen«, sagte Libby vorsichtig.

Joe blickte ihr wieder ins Gesicht. Dann: *Das hat sie nicht gemeint, du Furg. Das würde dir gefallen, was? Sie will nur …*

Libbys Bioanzug löste sich plötzlich von ihr und fiel zu Boden. *Oh.*

*

»*Das ist einfach nur blöd, Joe.*«

»*Halt die Klappe und schau zu, okay? Da unten ist auch deine Schwester.*«

»*Ja, aber … Joe, sie haben Waffen. Sie haben deinen Vater getö…*«

»*Hör auf, rumzuheulen, Eric. Du hast dir auch nicht in die Hose gemacht, als wir in deinem Wohnzimmer den Plan ausgeheckt haben.*«

»*Das habe ich doch nicht ernst gemeint, Joe.*«

»*Aber ich. Ich hole sie zurück. Wenn du mir nicht helfen willst, sage ich Katie, wenn ich sie wiedersehe, dass du fandest, sie wäre es nicht wert.*«

»*Das ist nicht fair! Sie haben Waffen, Joe! Dein blöder Plan kann nicht funktionieren.*«

»*Doch. Pass auf.*«

»*Aber dann will ich es anzünden. Du kannst gern da runtergehen und dich töten lassen.*«

»*Gut. Aber dann sorg dafür, dass du nicht alle gleichzeitig anzündest.*«

»*Mein Vater war Pyrotechniker, Joe, nicht deiner.*«

»Tu es einfach. Wenn ich mit dem Truck komme, will ich, dass sie nach oben schauen und nicht auf mich.«

»Das ist eine richtig blöde Idee. Wie kommst du darauf, dass sie sich für ein Feuerwerk interessieren könnten?«

»Glaubst du, dass ein Feuerwerk für die Aliens nichts Besonderes ist?«

»Ich weiß nicht.«

»Wollen wir hoffen, dass sie noch nie eins gesehen haben.«

»Du gehst jetzt?«

»Ja. Muss mit den Jungs in den Trucks reden, bevor die Aliens hierherkommen.«

»Viel Glück, Joe.«

»Mach dich bereit, ganz schnell wegzurennen. Sobald ihnen klar wird, was los ist, werden sie hinter dir her sein.«

»Hol meine Schwester zurück. Das ist mir am wichtigsten.«

»Ich werde es tun. Versprochen.«

»Joe?«

Joe öffnete die Augen. Er hatte eine Gänsehaut, wo sein Körper ungeschützt der Luft ausgesetzt war, aber der Boden unter ihm war durch seinen Bioanzug gepolstert. Libby lag neben ihm. Ihr anmutiger Körper war teilweise von einer Hälfte ihres Anzugs verdeckt, und ihr Kopf lag an seiner Schulter. Joe nahm einen langsamen Atemzug und betete, dass er das alles nicht nur geträumt hatte.

»Joe?« Libby streichelte seine Brust.

Ich bin im Paradies, dachte Joe erschaudernd.

»Solltest du nicht zu Bagkhal gehen, Joe?«

»Oh, Asche!« Joe sprang so plötzlich auf, dass Libby aus seinen Armen auf den Boden purzelte. Er erstarrte entsetzt.

Doch sie überzog ihn nicht mit Flüchen, sondern kicherte leise. »Geh schon. Du solltest ihn nicht verärgern.«

Joe half ihr auf und umarmte sie zärtlich. »Danke, Libby.« Er zögerte und blickte ihr in die sanften braunen Augen. *Was willst du sonst noch sagen? Dass wir es irgendwann wieder tun sollten? Du Furg!*

Beschämt küsste er sie und stieg dann in seinen Anzug.

*

»Du kommst spät.«

Joe wand sich unter Bagkhals vorwurfsvollem Blick. Er räusperte sich verlegen. »Ich habe mit einem Mitglied meines Bodenteams ein Problem gelöst.«

»Du stinkst nach Hormonen, Mensch«, knurrte Bagkhal. »Lüg mich nicht an.«

Joe errötete und biss sich auf die Lippe. »Ich habe nicht gelogen.«

Prinz Bagkhal stieß ein beeindrucktes Schnaufen aus. »Ach, *das* Problem?«

Beschämt schaute sich Joe die Klauenspuren auf dem Boden genauer an. Er nickte.

»Das ist gut für dich.« Bagkhal ging zum Tisch und deutete auf das Fläschchen mit einer rötlich-braunen Flüssigkeit, das dort stand. »Dein Medikament ist gekommen. Trink das.«

Dankbar für die Ablenkung musterte Joe das Fläschchen. »Sieht aus wie abgestandener Kaffee«, bemerkte er.

Der große Dhasha kehrte zu seiner Gelmatte zurück. Die klaffenden »Wunden«, die seine pechschwarzen Klauen darin hinterließen, hatten sich nach wenigen Sekunden wieder geschlossen. »Das ist ein sehr wirksames mentales Stimulans, das auf dem freien Markt zu völlig überzogenen Preisen von Politikern und Geschäftsleuten im gesamten Kongress erworben wird. Wir müssen deinen Konsum überwachen und darauf achten, dass du keine Abhängigkeit entwickelst.«

»Also doch Kaffee.« Joe öffnete die Flasche und schnupperte daran. Sofort zuckte er zurück. »Das riecht wie Schweinekotze!«

»Dann sollte der Kongress vielleicht in ein paar Schweine investieren«, sagte Bagkhal trocken. »Dieses Zeug kostet dreitausend Krediteinheiten pro Packung. Trink.«

Joe schnupperte noch einmal und rümpfte die Nase. »Muss ich das jeden Abend tun?«

»Nur jeden sechsten oder so. Du wirst merken, wenn es Zeit wird – wenn du im Stehen einschläfst.«

Joe zog eine Grimasse. »Also löst dieses Zeug Narkolepsie aus?«

»Nur wenn du nicht schnell genug eine neue Dosis nimmst.«

Skeptisch musterte Joe das Fläschchen. *Ich kann mich nicht weigern, es zu trinken. Nicht, nachdem er Libby bereits geholfen hat.* Er schloss die Augen, setzte die Flasche an die Lippen und kippte den Inhalt hinunter.

Es brannte in der Speiseröhre, aber ansonsten fühlte er sich gut.

Dann fühlte er sich noch viel besser, und plötzlich wurde alles viel klarer. Die anhaltende Erschöpfung von seinen ständigen Runden hatte ihn schlagartig verlassen. Er hatte sich noch nie so hellwach gefühlt, und ihm war kein bisschen schummrig.

»Ich glaube, es wirkt«, sagte Joe und blickte erstaunt auf das Fläschchen. »Mann. Hätte ich dieses Zeug in der Schule gehabt, hätte ich es vielleicht geschafft, Shakespeare zu lesen, ohne dabei einzuschlafen.«

»Ausgezeichnet. Aber zur Sicherheit solltest du diesen Ring nehmen und auf einen Finger stecken. Die Ärzte würden gern in den nächsten paar Tagen deine Biowerte überwachen, da du die erste menschliche Versuchsperson bist.«

Das klang nicht so gut.

Nervös ging Joe zum Tisch und schob sich einen gummiartigen, orangefarbenen Ring über einen glänzend schwarzen Finger. Das erinnerte ihn an den Akarit, und er hatte ein schlechtes Gewissen, weil er gelogen hatte. Irgendwie mochte er den Dhasha.

Prinz Bagkhal beobachtete ihn. Etwas im Blick des Dhasha ließ Joe erröten und auf den Boden starren. »Und wie gefällt dir dein neuer Anzug?«, fragte Bagkhal.

»Ganz gut«, sagte Joe. »Es nervt nur ein bisschen, dass wir ihn drei Tage lang tragen sollen.«

»Wie ich sehe, habt ihr schon jetzt Probleme damit.« Der Dhasha rückte sich zurecht und lehnte sich mit einer Schulter gegen die Wand. »Und was denken die Rekruten über meine neuen Regeln?«

»Ehrlich gesagt hätten wir die schon vor längerer Zeit gebraucht«, antwortete Joe.

»Gut.«

Joe blickte sich vorsichtig um. Er konnte keine Sklaven oder Brechstangen oder hakenförmige Zahnstocher sehen. »Und welche Aufgaben soll ich am heutigen Tag übernehmen? Äh ... oder am heutigen Abend? Verdammt, hier gibt es sowieso keine Tag-und-Nacht-Zyklen. Wie soll ich die Nacht vom Tag unterscheiden, wenn ich nicht mehr schlafen kann?«

»Behalt einfach die Uhrzeit im Auge«, sagte Bagkhal. »Und was deine Arbeit betrifft, sollst du einen Botengang für mich übernehmen. Ich würde gern ein Treffen zwischen mir und dem Repräsentanten der Huouyt arrangieren. Er hält sich schon viel zu lange auf diesem Planeten auf, und das kommt mir verdächtig vor. Das Erste, was ein kluger Soldat lernt, ist, dass man niemals einem Huouyt vertrauen sollte. Das Zweite ist, dass man niemals einem Huouyt auf einem Planeten mit einem *ekhta* vertrauen sollte. Sie sind Spione, Assassinen, Saboteure, Diebe und sehr, sehr gute Lügner. Ihre gesamte Spezies sollte ausgelöscht werden.«

Wenn ein Dhasha so etwas sagte, wollte das etwas heißen.

Dann wurde Joe klar, was Bagkhal gesagt hatte, und er spürte, dass er totenbleich wurde. »Heißt das, Na'leen ist immer noch hier?«

Zu spät wurde Joe bewusst, dass ein Rekrut nichts über die Angelegenheiten eines Repräsentanten wissen sollte. Das wäre so, als wüsste eine Amöbe, womit ein Adler seinen Tag verbrachte. Anscheinend erkannte es auch Bagkhal, denn er legte den Kopf schief und schwieg viel zu lange. »Woher weißt du vom Repräsentanten Na'leen, Zero?« Seine Frage klang entschieden zu beiläufig.

Joe schluckte schwer und wand sich unter dem Raubtierblick. »Er … wollte mich … ausfragen … über Kihgl.«

Der Dhasha sah ihn weiter mit diesem durchdringenden Blick an. »Und woher weißt du irgendwas über Kommandeur Kihgl?«

»Ähmmm.« Mehr brachte Joe nicht heraus.

Bagkhal erhob sich von der Matte und kam einen Schritt auf Joe zu. Er senkte den Kopf, sodass ihre Augen fast auf gleicher Höhe waren. »Ich habe dieses Regiment ausgewählt, weil ich davon hörte, was Knaaren meinem alten Freund angetan hat. Ich bin hierhergekommen, so schnell ich konnte. Knaaren wurde ohne seine Klauen und Schuppen nach Levren geschafft. Ich habe sie persönlich entfernt. Verstehst du, was das für einen Dhasha bedeutet?«

Joe konnte es sich vorstellen. Er schluckte schwer.

»Warum«, grollte Bagkhal und senkte den Kopf noch tiefer, bis seine Lippen fast Joes Bauch berührten und sie auf gleicher Augenhöhe waren, »sollte Repräsentant Na'leen den Wunsch verspüren, dich über Kihgl auszufragen?« Sein Blick hatte wieder die Intensität des *ka-par*.

Joe wand sich. »Er gab mir seine *kasja*. Bevor er … starb.«

Bagkhal zuckte. Er schien Joe eine halbe Ewigkeit anzustarren. Dann sagte Bagkhal sehr langsam: »Du bist der Grund, warum er tot ist.« In seinen Worten lag keine Boshaftigkeit, aber Joes Eingeweide verkrampften sich dennoch vor Furcht.

Bagkhal musterte ihn noch einen Moment lang, dann drehte er sich, um zur Treppe am Ausgang des Raums aufzublicken. Kurz darauf bannte er Joe erneut mit seinem Blick. »Na'leen hat sich an dich gewandt. Wann?«

Obwohl er wusste, dass sein Leben von seinen nächsten Worten abhing, war es Joe unmöglich, den Dhasha anzulügen. »Am Abend nach der Inspektion durch das Tribunal.«

Bagkhals starrender Blick wurde noch intensiver. »Was wollte er von dir?«

Joe bemühte sich, nicht zu zittern, und sagte: »Er wollte wissen, ob Kihgl mir irgendetwas über die Vierfältige Prophezeiung erzählt hatte.«

»*Und?* Hat er?«, bellte Bagkhal.

Obwohl seine Instinkte ihn zu einer Lüge drängten, flüsterte Joe: »Ja.«

Bagkhal sah ihn mit einem langen durchdringenden Blick an, dann fuhr er herum und stapfte durch den Raum. Mehrere Minuten lang ging er auf und ab, und es waren nur die knirschenden und klirrenden Geräusche zu hören, mit denen sich seine Klauen in den Boden gruben und kleine Steinsplitter losrissen.

Schließlich drehte sich Bagkhal wieder zu Joe herum und sagte: »Es war nicht deine Zeugenaussage, die zu seiner Verurteilung führte. In den Akten der Friedensstifter wird dein Name nicht einmal erwähnt. Wie viel hast du Na'leen erzählt?«

Als sich Joe an Kampfmeister Aneeirs Warnung erinnerte, dass Dhasha-Klauen einen Bioanzug aufschlitzen konnten, schluckte er.

»Ich habe ihm gesagt, dass Kihgl zu mir sagte, niemand würde die Vierfältige Prophezeiung mehr als einmal erzählen.«

Bagkhal erstarrte und sah ihn scharf an. »Das war alles?«

Joe nickte.

»War er damit zufrieden?«

Joe erinnerte sich, wie kalt der Repräsentant gewesen war, als er ihn entlassen hatte, und schüttelte den Kopf.

Bagkhal fauchte ihn an: »Hat Kihgl dir noch *mehr* erzählt, Junge?«

»Er sagte …« Joe hatte so große Angst, dass er zitterte.

»*Sag* es mir!«, bellte Bagkhal.

»Dass es um mein Leben oder sein *oorei* geht«, wimmerte Joe. Der Dhasha-Prinz hatte etwas an sich, das keine ausweichenden Antworten oder Halbwahrheiten zuließ.

»Und er hat sich für dein Leben entschieden. Warum?«

»Er sagte, dass er hofft, die Trith hätten recht«, flüsterte Joe. »Irgendetwas mit dem Untergang des Kongresses.«

Bagkhal starrte ihn wieder durchdringend an. »Gut, wenigstens bist du kein absoluter Furg.« Er stieß einen schweren Seufzer aus und ließ den Kopf angewidert zwischen seine Vorderbeine sinken. »Verdammt.«

»Was bedeutet das?«, fragte Joe. Es gefiel ihm nicht, wie seine Stimme brach.

Bagkhal schnaufte. »Das bedeutet gar nichts. Die Trith lassen alle anderen wie Marionetten nach ihren Launen tanzen. Sie haben nie die gesamte Prophezeiung offenbart, und ihre Aussagen sind selbsterfüllend.« Er sah Joe wieder lange und streng an. »Hast du sonst jemandem erzählt, was du gerade mir erzählt hast?«

»Nicht unbedingt.«

»Nicht *unbedingt*?«, grollte Bagkhal.

»Ich glaube, Nebil weiß davon«, rief Joe. »Irgendwann hat er mich unter vier Augen gefragt, ob Kihgl mit mir über die Trith gesprochen hat.«

»*Wann genau?*«, wollte Bagkhal wissen. »Wie lange liegt es zurück. Und *wo*?«

»Im Schiff«, wimmerte Joe.

Bagkhal schien zu zögern. »Welches Schiff?«

»Auf dem Flug von der Erde hierher«, stieß Joe hervor. »Bitte, es tut mir leid.«

»Im Truppentransportschiff«, stellte Bagkhal klar. »*Bevor* du Na'leen begegnet bist.«

»Ja«, sagte Joe leise. Die Härte des Dhasha weckte wieder seine instinktive Furcht, die Knaaren ihm eingeprägt hatte.

Bagkhal schien sich völlig zu entspannen. Er sah Joe eine Weile schweigend an, dann sagte er gütig: »Beruhige dich, Mensch. Ich werde dir nicht wehtun.« Es klang fast, als wollte er … sich entschuldigen.

Joe stieß einen Seufzer der Erleichterung aus und hielt sich am Tisch fest, da ihm die Knie weich wurden. Er konnte nur noch dankbar nicken.

»Setz dich«, wies der Dhasha-Prinz ihn leise an. Er stapfte zur Wand und setzte sich, Joe zugewandt. »Ich werde Abstand zu dir halten. Erzähl mir den Rest.«

Joe ließ sich dankbar auf den Stuhl sinken. »Es war wegen eines blöden Zeichens auf meinem Arm. Einer meiner Kameradinnen war langweilig, und so malte sie mit einem Filzstift auf mir herum. Es sah dem Bild sehr ähnlich, das Kihgl von den Trith bekommen hatte.«

»*Ähnlich* oder *genauso*?«

Joe schluckte mühsam, als er sich erinnerte. »Genauso«, gestand er furchtsam ein.

Bagkhal grollte. »Was noch?«

Viel mehr gab es nicht zu erzählen. Zittrig berichtete Joe, was er sonst noch wusste. »… als wir nach Kophat kamen, holte Kihgl mich aus den Trainingsquartieren, um mich zu töten. Doch dann beschloss er, es nicht zu tun. Er gab mir die *kasja*, um Nebil zu zeigen, wie er sich entschieden hatte. Stattdessen drängte Nebil mich, sie zu tragen.«

»Und wo ist die *kasja* jetzt?«, wollte Bagkhal wissen.

»Nebil hat sie«, sagte Joe. »Tril hat mich gezwungen, sie abzunehmen.«

»Was völlig richtig war«, knurrte Bagkhal. »Du hast sie nicht verdient.«

»Nebil hat mich dazu gedrängt«, plapperte Joe, während er im Bioanzug ins Schwitzen geriet. »Ich wollte sie nicht, aber er wollte …«

»… dass du Kihgls Opfer anerkennst«, unterbrach Bagkhal ihn. »Ich verstehe.« Er schnaubte heftig und starrte an die Wand, anscheinend in Gedanken verloren. Schließlich wandte er sich wieder Joe zu und sagte: »Ist dir bewusst, dass es meine Pflicht ist, dich zu töten, Zero?«

Joe schluckte krampfhaft. »Warum?«

»Weil«, grollte Bagkhal, »anscheinend die Trith an dir interessiert sind. Wenn sie dich mit dem Untergang des Kongresses in Verbindung gebracht haben, ist das schlecht. Ein Trith kann nicht lügen – aufgrund ihres Wesens würde es sie vernichten.« Er seufzte und harkte mit seinen Klauen Steinsplitter auf. »Aber sie müssen nicht die ganze Prophezeiung offenbaren. Wodurch es ihnen möglich ist, die Zukunft zu beeinflussen, weil sich Idioten wie Na'leen hineinziehen und wie ein angeschirrter Takki an der Schnauze herumführen lassen.«

Joe ließ den Kopf sinken. Er spürte die feuchte Wärme seines Schweißes unter dem Bioanzug.

»Mach dir keine Sorgen«, sagte Bagkhal. »Kihgl wurde nach dem Besuch der Trith ein wenig verrückt, und ich habe beschlossen, selbst ein paar Nachforschungen anzustellen. Denn wer kann schon einem Dhasha-Prinzen sagen, was er tun und lassen soll.«

Nicht viele, dachte Joe. Er hatte immer noch das Gefühl, sich in die Hose machen zu müssen, nur weil das Alien ihm so nahe war, auch wenn es sich auf der anderen Seite des Raums befand.

»Wie sich herausgestellt hat«, fuhr Bagkhal mit einem Grunzen fort, »ist die Zukunft kein starres Bild, im Gegensatz zu dem, was die meisten vermuten. Es geht nur um Wahrscheinlichkeiten. Computer könnten die Zukunft mit äußerst hoher Genauigkeit bestimmen, wenn wir jemals so leistungsfähige Maschinen bauen können. Doch jedes intelligente Geschöpf, das unser Schöpfer auf diesen Spielplatz gebracht hat, den wir als Leben bezeichnen, hat einen freien Willen. Jeder von uns hat die Wahl. Selbst ein verdammter Takki hat einen freien Willen. Sie haben sich einfach nur entschieden, ihn nicht zu benutzen.« Er riss weiter Steinchen aus dem Boden. »Aber die Zukunft ist genau das – *Wahrscheinlichkeiten*. Sie kann sich *ändern*. Dass die Trith dich mit dem Untergang des Kongresses in Verbindung gebracht haben, heißt lediglich, dass eine gewisse *Wahrscheinlichkeit* besteht, dass du etwas damit zu tun haben wirst. Was bedeutet, dass es während deiner Lebenszeit geschehen wird.«

Schließlich hielt Bagkhal inne und erhob sich wieder. »Die Trith werden dich besuchen, Joe. Wenn sie es tun, tu mir einen Gefallen und verpass ihnen einen Schlag ins Gesicht.« Er schnaufte gereizt. »Bis dahin vereinbarst du in meinem Namen einen Termin für das Treffen mit Na'leen. Seine Anwesenheit ist ein Ärgernis.«

Joe zuckte zusammen. »Ich weiß nicht, ob ich das tun sollte …« *Was wird er machen, wenn er erfährt, wie Na'leen versucht hat, mich zu beanspruchen?*

»Schon an deinem ersten Arbeitstag sagst du mir, dass ich jemand anderen damit beauftragen soll?«, fragte Prinz Bagkhal mit hörbarer Verärgerung nach.

»Ich werde es tun«, sagte Joe hastig.

Bagkhal grunzte. »Wenn du sowieso zu ihm gehst«, fuhr er fort, »sag ihm, dass ich weiß, warum er sich mit Angehörigen der Ausbildungskommission anfreundet. Jetzt geh. Das Reden über die Trith und die Huouyt macht mich wütend.«

Tatsächlich waren Tropfen aus orange leuchtendem Speichel auf den ebenholzschwarzen Boden gespritzt.

Während er zum Turm des Repräsentanten unterwegs war, überlegte Joe die ganze Zeit, was Bagkhal mit ihm tun würde, wenn er von Kihgl und Yuils Rebellen erfuhr. Der große Dhasha hatte behauptet, ein Freund von Kihgl gewesen zu sein, doch irgendetwas überzeugte Joe davon, dass Bagkhal ihn, Yuil und alle anderen Rebellen unverzüglich massakrieren würde, wenn er herausfand, was Joe in seiner freien Zeit getan hatte. Diese Vorstellung ließ wieder seine Handflächen schwitzen, als er sich Na'leens Turm näherte.

Am Fuß des Gebäudes stand ein einzelner Huouyt und bewachte den einzigen Aufzug. Als Joe näher kam, erweckte er nicht einmal den Anschein, an ihm interessiert zu sein.

»Ich habe eine Botschaft für Repräsentant Na'leen«, sagte Joe, sobald er in Hörweite war.

Der Huouyt musterte ihn von oben bis unten. »Von wem?« Die Stimme des Aliens troff vor Verachtung.

»Von Prinz Bagkhal«, sagte Joe.

Das Alien zeigte überhaupt keine Reaktion. Die flauschigen weißen Cilien, die seinen Körper überzogen, blieben totenstarr. Eine ganze Weile sagte der Huouyt gar nichts. Dann: »Steig ein.« Er zog sich in die Liftkabine zurück, damit Joe ihm nach drinnen folgen konnte.

Joe trat auf die Plattform, und der Huouyt drückte auf einen Knopf. Es schien fast dreißig Minuten zu dauern, vom Boden bis zum Penthouse im obersten Stockwerk hinaufzufahren, und die ganze Zeit musste er den ausdruckslos starrenden Blick des Huouyt ertragen. Oben wurden sie von zwei weiteren Huouyt empfangen, die Joe in den Raum mit der angenehm frischen Luft hinter den schweren Türen begleiteten. Die Unmengen an Schätzen waren weggeschafft worden, und die Reste hatte man benutzt, um das Vorzimmer geschmackvoll zu dekorieren. Nur die goldene Statue des Repräsentanten hatte man stehen lassen.

Dann wurde Joe von unsichtbaren Händen am Hemdkragen gepackt und durch die üppig ausgestatteten Korridore gezerrt, zurück in das Zimmer mit dem Pool.

»Sprich«, sagte Repräsentant Na'leen, sobald Joe von den groben Händen eines Jreet in seinem Zimmer abgesetzt worden war. Er saß wieder in der Badewanne, und unter der Wasseroberfläche blühte der Kranz aus wurmartigen roten Fortsätzen.

»Prinz Bagkhal möchte sich mit Ihnen treffen«, sagte Joe.

»Möchte er das«, sagte Repräsentant Na'leen, als wäre es völlig belanglos. »Wie interessant. Sag ihm, dass ich beschäftigt bin.« Er nahm sich wieder eine gallertartige Scheibe aus der Schale und verfütterte sie an die sich windenden Würmer, die aus seinem Kopf ragten. »Bringt ihn bitte wieder hinaus.«

Im nächsten Moment packten ihn erneut unsichtbare Jreet-Hände und zogen ihn vom Pool weg. Die Unterhaltung hatte nicht länger als fünfzehn Sekunden gedauert.

»Er weiß, warum Sie sich mit Angehörigen der Ausbildungskommission anfreunden!«, rief Joe, der sich Sorgen machte, dass sein allererster Auftrag in Bagkhals Diensten mit einem totalen Fehlschlag endete.

»Es ist die Aufgabe eines Politikers, Freundschaften zu schließen.« Während der Jreet zögerte, erhob sich der Huouyt aus dem Bad und starrte Joe mit seinen riesigen, unheimlichen, stahlblauen Augen an. Die Wurmfortsätze zogen sich schnell in seine Stirn zurück. »Sag ihm das. Und sag ihm auch, dass sich ein Mitglied des Tribunals nicht von einem bloßen Zweiten Aufseher und seinem menschlichen Haustier herumkommandieren lässt.«

Joe starrte den Huouyt an. *Bagkhal ist ein Aufseher?*

»Warum ist er immer noch hier?«, fragte Na'leen verärgert. »Schafft ihn hinaus.«

Joe biss sich auf die Lippe. Bagkhal würde nicht gefallen, was er ihm zu berichten hatte. Als der Jreet ihn weiterzerrte, sagte der Huouyt: »Warte. Du bist der Rekrut, den man Zero nennt, nicht wahr?«

Joe zog eine Grimasse und nickte.

»Hast du dich erinnert, was Kihgl sonst noch zu den Prophezeiungen gesagt hat, Junge?«

Joe schluckte mühsam. »Nein, Sir. Ich habe Ihnen alles gesagt, was er mir gesagt hat.«

Der Huouyt starrte ihn ausdruckslos an. »Wenn ich es mir genau überlege, kannst du deinem Prinzen sagen, dass ich mich mit ihm treffen werde.« Der Repräsentant stand im Pool, und von seiner metallischen Kleidung tropfte es ins Wasser. »Wie ich höre, ist Bagkhal ein ziemlicher Loyalist. Er hat höchstpersönlich den letzten Verräter hingerichtet, den er in seinen Reihen entdeckt hat. Ihn und alle seine Freunde.« Er zeigte mit einem feuchten, paddelförmigen Tentakel auf Joe. »Aber in den nächsten ein oder zwei Wochen habe ich keine Zeit. Ich werde irgendwann morgen einen meiner Assistenten zu ihm schicken, der ihm das Datum und die Zeit nennen wird.«

Joe zwang sich zu einem Lächeln. »Es wird ihn freuen, das zu hören.«

Er zitterte, während er mit dem Lift nach unten fuhr und zu

Bagkhals Turm zurücklief. Wie viel wusste Na'leen? Hatte er die ganze Zeit Erkundigungen eingezogen? Hatte er Joe von einem seiner Assassinen verfolgen lassen, als er mit Yuil unterwegs gewesen war? War das der Grund, warum er Joe noch nicht hatte töten lassen? Weil er ihn tiefer in die Organisation seiner Feinde führte?

Als er schließlich zu Bagkhal zurückkehrte, war ihm der kalte Schweiß ausgebrochen.

»Und? Was hatte der *vaghi* Huouyt zu sagen?«

»Er will sich mit Ihnen treffen«, sagte Joe. »Er wird morgen einen Assistenten schicken, um ein Datum auszumachen.«

»Einen Assistenten!« Bagkhal schnaufte. »Du musst noch sehr viel lernen, Zero.« Er deutete mit einer Kopfbewegung zum Tisch. »Jetzt nimmst dir das Infopad und setz dich. Ich muss dir ein paar Sachen diktieren.«

Joe verbrachte den Rest der Nacht damit, Bagkhal zu helfen, Mitteilungen des Regiments durchzusehen und Trainingsanforderungen zu notieren. Diese lieferte er an die Bataillonskommandeure aus, die genauso hellwach wie er in ihren Wohnungen saßen und auf kleinen Pads Berichte schrieben. Als Bagkhal mit ihm fertig war, wollte Joe zu Yuils Treffpunkt gehen, um ihr zu sagen, dass sie vorsichtig sein musste. Aber nach den Ereignissen des Tages war ihm klar, dass er sie dadurch nur in noch größere Gefahr bringen würde.

Joes Herz pochte heftig, als er auf das leere Gebäude am Rand von Alishai blickte. Wenn sie Yuil auf die Schliche kamen, würden sie auch Joe verhaften. Sofern sie ihn nicht für etwas Größeres benutzten. Für wen arbeitete Yuil? Bislang hatte die Ooreiki nichts dazu gesagt.

»Ich wünschte, ich könnte dir helfen«, sagte Joe in die leere Luft hinein. Wenn Yuil erwischt wurde, wäre es Joes Schuld. Joe hatte Na'leen zu den Ooreiki geführt. Genauso wie Elfe.

Die einzige Antwort, die Joe erhielt, war das unheimliche Heulen des sporengeschwängerten Winds an den Gebäuden, die ihn umgaben. Joe kehrte zur Kaserne zurück.

*

Es war eine Pattsituation.

Unter Joes Führung konnte sich das Sechste Bataillon endlich behaupten. Aber das Gleiche galt für Ratte. Kein angreifendes Bataillon schaffte es, an den Tunneleingängen vorbeizukommen.

Alle waren frustriert.

Joe saß draußen vor der Kaserne und spielte mit seinem Headcom, während er darauf wartete, dass Kampfmeister Aneeir sein Bodenteam zum Frühstück herunterbrachte, als Nebil neben ihn trat.

»Was tust du hier, Zero?«

»Bagkhal ist für heute mit mir fertig«, sagte Joe. »Ich warte darauf, dass Aneeir die Einheit weckt und wir mit der heutigen Jagd beginnen können.«

»Ich meine deinen Headcom.«

Joe blickte auf das Ding in seinen Händen und zuckte zusammen. Während er untätig herumgesessen hatte, hatte er geistesabwesend die innere Polsterung abgezogen. Hastig drückte er sie wieder fest. »Nichts, Sir.«

Nebil wandte sich zum Gehen.

Der Gedanke, der ihn schon seit Tagen verfolgte, drang wieder an die Oberfläche, und Joe räusperte sich. »Kampfmeister.«

Nebil drehte sich wieder zu ihm um. »Was?«

»Gibt es eine Möglichkeit, mit einem Headcom Kontakt zu jemandem aufzunehmen, der nicht zu meinem Team gehört?«

Sofort verengten sich die gummiartigen Augen des Ooreiki. »Mit wem zum Beispiel?«

Joe biss sich auf die Lippe. »Mit dem Zweiten Bataillon?«

Der Kampfmeister sah ihn mit hartem Blick an. »Warum zur aschigen Hölle willst du mit dem Feind sprechen, Zero?«

»Ich will gar nicht mit ihm sprechen«, sagte Joe. »Ich will nur, dass er *mich* sprechen hört.«

Eine ganze Weile starrte Kampfmeister Nebil ihn nur an, und Joe ahnte, dass er wieder Prügel beziehen würde. Dann marschierte Nebil einfach ohne ein weiteres Wort davon.

Als sie an diesem Nachmittag in Formation auf dem Platz standen, überraschte Nebil sie mit der Erklärung, dass von nun an die

Rekruten ihre Rekrutenkampfmeister wählen würden. Die Zeremonie erwies sich als relativ simpel, außer in den Momenten, wenn die Kinder vergaßen, wer zu ihrer Einheit gehörte.

»Ich werde jedem, der noch einmal ›Zero‹ sagt, den lebenden Ruß ausquetschen!«, brüllte Nebil. »Sucht euch jemanden aus eurer *eigenen* Einheit aus, ihr Takki-Bastarde!«

Maggie grinste, als Nebil zu ihr stürmte. »Du! *Amüsiert* dich das, Rekrutin? Ist an dieser Situation irgendetwas *witzig*, das mir vielleicht entgangen ist?«

»Nein, Kampfmeister!«, antwortete sie kichernd.

»Wirklich? Denn ich dachte, ich hätte dich mit einem großen blöden Grinsen im Gesicht gesehen. Hat deine Kameradin ein großes blödes Grinsen im Gesicht, Zero?«

»Ich habe keins gesehen, Kampfmeister!«

»Das würde jedoch bedeuten, dass du ein Lügner bist, nicht wahr, Zero? Sofern ich meine Lektionen in menschlicher Anatomie nicht komplett missverstanden habe, bedeutet ein großes blödes Grinsen im Gesicht, dass sie irgendetwas witzig findet.«

»Dann haben Sie Ihre Lektionen wohl missverstanden, Sir«, erwiderte Joe mit todernster Miene.

Nebils Pupillen verengten sich zu Schlitzen. »Es scheint dir Spaß zu machen, Nachttöpfe zu leeren.«

Joe zuckte zusammen. Er war sich ziemlich sicher, dass die Technologie des Kongresses Möglichkeiten entwickelt hatte, körperliche Ausscheidungen zu entsorgen, aber hier wurden sie nicht eingesetzt. Die Ooreiki nutzten diese Angelegenheit zur Bestrafung.

Nebil machte damit weiter, den Einheiten Vorträge zu halten, wie sie ihre Anführer wählen sollten. Als sie an der Reihe waren, stimmte jeder Rekrut in Joes Einheit für ihn. Als er benommen dastand, erkannte er, dass Libby und alle seine Bodenteamkameraden grinsten.

Als die Zeremonie vorbei war, kehrte Nebil an seinen Platz vor dem Bataillon zurück. »Morgen gehen wir wieder auf die Jagd! Das Zweite Bataillon verteidigt, also werdet ihr Takki Schwarz tragen. Bagkhal wird wieder zuschauen, also bemüht euch, einen guten Eindruck zu machen! Für den Rest des Tages sollt ihr euch für die

Jagd ausruhen. Wir wollen unserem neuen Kommandeur zeigen, was wir können! Wegtreten! Alle außer Zero. Du bleibst hier.«

Joe verzog das Gesicht, während er darauf wartete, dass der Rest des Bataillons abmarschierte, und fragte sich, welche Aufgaben ihn am heutigen Abend erwarteten.

»Morgen«, sagte Nebil und hielt ihm einen Headcom hin, »wirst du etwas ganz anderes mit diesem feuerliebenden Jreet Lagrah ausprobieren. Wir erhöhen den Einsatz, Junge.«

Inzwischen hatte Joe erfahren, dass sowohl Nebil als auch Lagrah ehemalige Veteranen der Planetaren Spezialabteilung waren, die sich seit Kurzem ein Ehrenduell lieferten. Das bedeutete, dass das Zweite und das Sechste Bataillon zu Spielfiguren in einem erbitterten Zweikampf zweier hochgestellter Offiziere geworden waren.

»Wir … tun was?«, fragte Joe und nahm zögernd den Headcom an.

»Das ist etwas, das ich bei der Planetaren Spezialabteilung gelernt habe«, sagte Nebil. »Alle Headcoms besitzen die Fähigkeit, auf allen Frequenzen zu senden. Eine interne Blockierung und die Batterien schränken die Kapazität ein. Deine PPE dagegen …« Kampfmeister Nebil zog eine völlig demolierte PPE hervor und reichte sie ihm, »… ist mit einer Batterie ausgestattet, die einen Schlachtkreuzer antreiben könnte.«

Als Joe darauf starrte, erkannte er, dass es *seine* PPE und *sein* Headcom waren. Ihm wurde kalt vor Schreck.

»Lagrah hat bei unserer letzten Jagd die Haauks manipuliert, damit sie ausfallen und wir zu weit vom Zielgebiet entfernt abgesetzt werden. So hatten wir nicht genug Zeit, uns gründlich zu verschanzen, bevor das Zweite eintraf.«

Joe runzelte die Stirn. Er hatte sich schon gefragt, warum der Ooreiki angeordnet hatte, dass sie alle zu Fuß zu den Tunneln weitermarschierten.

»Wenn er mit schmutzigen Tricks arbeiten will«, fuhr Nebil fort, »ist er nicht der Einzige, der dieses Spiel beherrscht. Alles, was du von nun an sagst, wird sowohl vom Sechsten als auch vom Zweiten Bataillon gehört. Falls jemand dich fragt, sagst du, dass deine PPE *versehentlich* zertrümmert wurde und dass gewisse Teile *versehentlich* in deinem Headcom gelandet sind.« Damit wandte er sich zum Gehen.

»Warten Sie!«, rief Joe. Er starrte auf den Headcom in seinen Händen und hatte plötzlich das Gefühl, es wäre eine giftige, feuerspuckende Schlange. »Sie können mich *hören*? *Alles*? Ist das nicht etwas Schlechtes?« Er wollte auf keinen Fall, dass das Zweite *alle* seine Kommandos mithören konnte. »Ich meinte eher etwas, das ich ein- und ausschalten kann, verstehen Sie?«

Nebil bedachte ihn mit einem langen ausdruckslosen Blick.

»Was soll ich jetzt damit machen?«, wollte Joe wissen. »Wie soll ich das Bataillon anführen, wenn sie alles mithören können?«

»Überleg dir etwas«, sagte Nebil. »Ich stelle dir einen Störfall zur Verfügung. Keinen Ersatz für ein kleines Primatengehirn.« Dann ging er und ließ Joe allein zurück, der beunruhigt auf seine demontierte Ausrüstung starrte.

Nachdem Aneeir an diesem Abend den Schlafsaal zugesperrt hatte, zog Joe seinen Headcom hervor und zeigte ihn seinen Freunden. »Nebil sagte, morgen kann das Zweite alles mithören, was ich sage«, erklärte Joe, nachdem sie bestürzt den Schaden begutachtet hatten. »Vielleicht können wir das irgendwie ausnutzen.«

Libby warf einen zweifelnden Blick auf den Headcom. »Du *willst*, dass sie hören, wie du während der Jagd deine Befehle gibst?«

»Keine Ahnung«, sagte Joe, der immer noch nicht fassen konnte, wie gründlich Nebil seinen Helm ruiniert hatte. »Vielleicht könntest du diese Jagd anführen, Libby. Ich wäre dann nur ein Köder. Und bringe sie auf völlig falsche Ideen.«

Libby schnaufte. »Ratte ist nicht blöd. Sie wird merken, dass niemand auf dich hört.«

»Hast du eine bessere Idee?«, wollte Joe wissen. »Ich würde es gern ausnutzen, weil ich glaube, dass sie mir den Headcom wegnehmen, sobald sie merken, was Nebil damit gemacht hat, und Aneeir wird mich wegen der PPE fertigmachen. Schaut sie euch an. Nebil hat sie einfach auseinandergerissen.«

Als Joe die kaputte PPE hervorholte, verfiel Libby in trauriges

Schweigen. »Verdammt«, murmelte sie. »Wie sollen wir auf diese Weise kämpfen? Wir brauchen dich, Joe!«

Es war Scott, der sagte: »Verrußt noch mal, ich habe eine Idee, Joe.« Er starrte immer noch stirnrunzelnd auf Joes Headcom. »Warum benutzen wir nicht das gesamte *Bataillon* als Köder?«

*

Der Platz dröhnte von den Unterhaltungen der gelangweilten Rekruten. Das Sechste Bataillon trug Schwarz, und in der Nähe wartete das in Weiß gekleidete Zweite darauf, abgeholt zu werden.

»Bist du bereit, Joe?«, flüsterte Scott.

Joe nickte. Er zog sich den Headcom über den Kopf und sagte: »... ja klar, aber Mädchen wissen einfach nicht, was ein Kerl im Bett mag. Ich würde jederzeit einen Kerl einem Mädchen vorziehen.«

Auf dem Platz wurde es plötzlich still.

Joe plapperte weiter. »Außerdem sind Kerle ganz klar geiler. Dieser Tank zum Beispiel. Er ist ein verbrannter Hengst. Hast du diese Brustmuskeln gesehen? Zu wem würdest du lieber aufblicken, ich meine, wirklich?«

»Ich weiß nicht«, sagte Libby. »Mir gefällt Ratte ganz gut.«

Joe erstarrte und überlegte, ob sie es ernst meinte. Libby zwinkerte.

Joe räusperte sich und sagte: »Ja, sie scheint ganz okay zu sein. Aber wir werden ihr heute in den Arsch treten. Ich habe alles gründlich geplant. Sie werden auf gar keinen Fall ... verdammt, von diesem Ding kriege ich Kopfschmerzen, seit Maggie es vom Balkon geworfen hat. Asche. Besten Dank, Mag.« Er riss den Headkom vom Schädel und starrte finster auf das Ding. Hinter ihm stand das Zweite Bataillon wie angewurzelt da und blickte in seine Richtung. Ratte hatte sich leicht vorgebeugt und wartete, dass er noch mehr sagte. Joe setzte sich auf den Boden und legte den Headcom auf einem Knie ab.

»Ich glaube, es funktioniert«, sagte Scott grinsend, als er sich neben ihn hockte. »Alle starren nur auf dich, Joe.«

»Ja.« Joe konnte die Blicke spüren. »Davon tut mir schon der Rücken weh.«

Die Verteidiger brachen als Erste auf, um die Tunnel gegen die Angreifer zu sichern.

Als Aneeir kam, um die Einheit mit dem Haauk der Angreifer abzuholen, blieben Joe und Libby hinter den anderen zurück, damit sie als Letzte aufsteigen konnten. Dann startete Aneeir, und sie glitten über die Straße auf das Jagdgebiet zu. Scott und Carl standen genau hinter Aneeir. Als sie sich plötzlich gegenseitig schubsten, hätten sie den Kampfmeister fast von der Plattform geworfen.

»Was bei den Jreet-Höllen!«, fuhr Aneeir zu ihnen herum. »Was macht ihr Rußer da?«

Scotts Gesicht war erstaunlich überzeugend gerötet, wenn man bedachte, dass sie das alles am Vorabend geplant hatten. »Ich will in einen anderen Trupp«, sagte Scott. »Ich halte es nicht mehr aus, ständig diesen aschigen Hinterwäldler ertragen zu müssen. Neulich habe ich gesehen, wie er einen Takki gefickt hat, genauso wie er es in Alabama mit seinem Hund gemacht hat.«

Carl riss seinen Headcom herunter, und dann lieferten sich die beiden eine handfeste Rauferei, unterstützt von der Hälfte der Einheit. Aneeir steckte mittendrin und sah nicht, wie sich Libby auf den Bauch fallen ließ. Dann sah sie Joe grinsend an, rollte unter dem Geländer hindurch und sprang vom Haauk. Als der Ooreiki die Plattform schließlich wieder in Bewegung gesetzt hatte, war er wütend und verfluchte sie alle mit fantasievollen Kong-Ausdrücken, die sogar Linin beeindruckt hätten.

»*Hauptstreitmacht folgt im Laufschritt*«, meldete Libby, sobald sie außer Sichtweite waren.

»Alles klar«, sagte Joe. »Alle gehen plangemäß vor. Der Köder wird versuchen, ihre Aufmerksamkeit auf sich zu lenken, während die Hauptstreitmacht in einen Tunnel eindringt. Aber der Köder muss es echt aussehen lassen, also macht keine Dummheiten. Verstanden?«

Alle Kinder auf dem Haauk nickten, während Aneeir ahnungslos weiterflog.

»Okay«, sagte Joe, als er sah, dass sie sich der Lichtung näherten. »Wir werden gleich abgesetzt. Alle machen sich bereit. Der Köder zieht weiter sein Ding durch.«

Als Aneeir mit dem Gleiter aufsetzte, sprangen alle über das Geländer des Haauk, nachdem sie gelernt hatten, dass sie den Scharfschützen des Zweiten Bataillons zum Opfer fallen würden, wenn sie abwarteten, bis sie am Heck aussteigen konnten. Während Joe und der Rest des Sechsten Bataillons einen Winkel des Schlachtfelds sicherten, krochen Scott, Carl, Maggie und vier weitere Mitglieder ihres Trupps über das Gelände, tief geduckt, damit sie nicht gesehen wurden. Als sie in Position waren, sagte Scott: »Bereit.«

»Wie sieht es aus?«, fragte Joe.

»*Hauptstreitmacht hat einen Tunnel ausgesucht*«, sagte Libby. »*Wartet auf Köder.*«

»Los, Scott«, sagte Joe. »Die Hauptstreitmacht wartet auf euch.«

Kurz darauf hörte Joe das saugende Klatschen von Schüssen. Er wartete mehrere Minuten ab, dann sagte er: »Hauptstreitmacht, los!« Er sprang auf, rannte über das Schlachtfeld, sprang in einen tiefen Tunnel und eröffnete das Feuer auf die Verteidiger, die sich drinnen verschanzt hatten. Der Rest des Sechsten Bataillons folgte, und sie drangen immer tiefer vor, um dem Zweiten Bataillon die Möglichkeit zu geben, sie von hinten einzuschließen.

»Sie haben uns umzingelt«, sagte Joe. »Alle graben sich ein. Die Hauptstreitmacht hat immer noch eine Chance.«

»*Bestätigt*«, meldete Libby. »*Sie haben mich noch nicht gesehen.*«

Joe wies den Rest des Sechsten Bataillons an, mit ihren Körpern eine Mauer zu bilden, die beide Enden des Tunnels blockierte. Dann hockten sie sich dazwischen auf den Boden. Mehrere Stunden vergingen.

»Wirklich genialer Plan, Zero«, rief Ratte von irgendwo tiefer im Tunnel. »Ein brennender Frontalangriff. Wie blöd kann man eigentlich sein? Dein Köder ist tot, und deine Hauptstreitmacht ist eingekesselt. Du könntest jetzt genauso gut kapitulieren.«

»*Hauptstreitmacht benötigt eine Ablenkung*«, sagte Libby. »*Sehe jetzt die Fahne und zwei Verteidiger. Der Rest des Bodenteams wurde zurückgerufen. Ratte wird euch gründlich fertigmachen.*«

Joe, der vor der Mauer aus Körpern kauerte, nickte dem Rest des Sechsten Bataillons zu. »Okay, Hauptstreitmacht, es geht los.« Er sprang auf und führte sein Bataillon in einem Sturmangriff in den tiefen Tunnel, während er sämtliche Befehle brüllte, die er kannte.

Trotz der Verwirrung, die Joe über seinen Headcom sendete, wurde intensiv gekämpft. Überall um ihn herum gingen seine Kameraden zu Boden, und Joe machte sich bereits Sorgen, ob er den Angriff zu früh gestartet hatte. Die Angreifer wurden immer weniger, während Weiß sie aus beiden Richtungen beschoss.

Dann standen sich Joe und Ratte von Angesicht zu Angesicht gegenüber. Ratte grinste. Sie hob ihr Gewehr. Joe musste sich gegen einen anderen Verteidiger wehren und konnte seine Waffe nicht benutzen. »Du bist einfach nur ein blöder Furg, Zero«, rief Ratte lachend. »Nächstes Mal solltest du deine Windeln mitbringen.«

Dann sagte Libby: »*Hauptstreitmacht ist an der Oberfläche. Halte die Fahne in den Händen.*«

Als Ratte ihm ins Gesicht schoss, grinste Joe.

*

Nachdem die Ärzte sie wiederbelebt hatten, gab Nebil dem gesamten Bataillon ab sofort zwei Tage Urlaub. Als sie während des zweiten Tages in die Kantine traten, standen auf ihren Tischen Tabletts mit Rinderbraten und Truthahn, die noch dampften, und daneben Kübel, die randvoll mit Kartoffelbrei und Soße gefüllt waren. Dahinter häuften sich Makkaroni und Käse, außerdem Milch und Apfelsaft und mehr Alkohol und Süßigkeiten, als Joe in seinem gesamten Leben gesehen hatte.

Bevor er ihnen erlaubte, sich zu setzen, ließ Kampfmeister Nebil sie das Gebet des Bodenteams sprechen. Alle hielten sich an den Händen und sagten es gemeinsam auf. Joes Augen waren genauso groß wie die aller anderen, während sie auf das Festmahl starrten.

Ich bin ein Bodenkämpfer. Dies sind meine Bodenteamkameraden. Voneinander getrennt sind wir nichts. Gemeinsam sind wir ein Bodenteam. Ich werde niemals mein Bodenteam im Stich lassen, und mein Bodenteam wird mich nie im Stich lassen. Ich werde mit meinen Bodenteamkameraden leben und mit ihnen kämpfen, und wenn ich sterbe, wird meine Essenz in meinen überlebenden Bodenteamkameraden weiter-

leben. Ich werde den Befehlen meines Bodenteamanführers bedingungs-
los gehorchen. Ich bin ein Bodenkämpfer.«

»Genießt es, ihr Takki-Bastarde«, sagte Nebil. »Prinz Bagkhal fand, dass ihr eine Belohnung für den Sieg über das Zweite verdient habt. Aber es war verbrannt schwierig, das alles zu besorgen. Die Ausbildungskommission wollte es nicht finanzieren, also hat euer Aufseher es aus eigener Tasche bezahlt. Ich werde gar nicht erst versuchen, euch zu erklären, wie viel das gekostet hat.«

Kampfmeister Nebil wandte sich zum Gehen, doch dann drehte er sich noch mal zu ihnen um und warf einen skeptischen Blick auf den Wodka und den Whisky. »Ach ja, passt auf, wie viel von dem Zeug ihr trinkt. Es heißt, dass Menschen so etwas zum Feiern benutzen, aber wie ich gelesen habe, hat es einige äußerst unerwünschte Nachwirkungen. Also nehmt eure Belohnung in Maßen zu euch. Ich lasse euch morgen wieder schuften, ob ihr nun Kopfschmerzen habt oder nicht. Verstanden?«

Neunhundert Kinder riefen: »Kkee, Kampfmeister!«

»Pass auf sie auf, Zero«, blaffte Nebil.

»Kkee, Kampfmeister«, antwortete Joe.

Brummend bedachte Nebil sie alle mit einem letzten eindringlichen Blick, dann ging er.

Am nächsten Morgen konnte Joe sich kaum bewegen, ohne sich übergeben zu müssen. Er hatte zum ersten Mal Alkohol probiert, und wie jedes andere Kind hatte er sich sinnlos besoffen, bevor ihm klar geworden war, was er getan hatte. Vor der Kantine hatte er einen kleinen Umweg genommen, um ungestört kotzen zu können, als ein Schatten ihn vom Diamantsand aufblicken ließ. Joe schluckte Galle hinunter und hoffte, dass es kein Kampfmeister war.

Es war keiner. Das Wesen hatte zierliche Gliedmaßen, und die Beine waren so spindeldürr, dass Joe sich nicht vorstellen konnte, wie sie den Rest des Körpers tragen konnten. Die Haut war blassgrau, der Kopf außergewöhnlich groß und eiförmig, der Mund ein winziger Knopf in einem unsichtbaren Kinn. Doch es waren die Augen, die Joe atemlos machten. Sie waren vollkommen schwarz und ohne jeden feuchten Glanz. Es war, als würde Joe in einen sternenlosen Nachthimmel blicken, in dem nur noch Leere war.

Das ist ein Trith. Ihm wurde eiskalt, und er bekam Gänsehaut. Joe krabbelte auf den Händen zurück, während er voller Entsetzen zu dem Wesen aufblickte.

Der Trith kam einen Schritt auf ihn zu und konzentrierte sich auf sein Gesicht. *Joe Dobbs. Sohn des Harold, Bruder des Sam. So wie alle Geschöpfe an den Fäden des Schicksals tanzen, wirst du es auch tun.*

Joes Unterkiefer klappte herunter. Die Gedanken waren nicht seine eigenen gewesen.

Deine Zukunft steht geschrieben. Die Mitternachtsaugen des Trith hielten weiter seinen Blick, zogen ihn an wie schwarze Schwerkraftsenken. *Dein Leben wird dem vorbestimmten Weg folgen.* Joe spürte, wie er sein Ich-Gefühl verlor, wie er zu einem Teil des Wesens vor ihm wurde, und er konnte nichts dagegen tun. *Irgendwann musst du dich deinem Schicksal stellen.* Die Schwerkraftsenken der Trith-Augen zogen ihn tiefer hinein, umschlossen und erdrückten ihn von allen Seiten, ließen ihn zu einem stecknadelkopfgroßen Lichtpunkt inmitten undurchdringlicher Schwärze schrumpfen. *Denn das Schicksal hat entschieden, dass du den Kongress zerschlagen wirst, Joe.*

Als die unendliche schwarze Tiefe der Augen des Trith zu Joes ganzer Welt wurde, kam ihm die erniedrigende Erkenntnis, dass er nur ein winziges Staubkorn im Universum war. Im Angesicht des großen Ganzen war sein Leben völlig bedeutungslos. *Das Schicksal hat entschieden, dass du den Kongress zerschlagen wirst, Joe,* wiederholte der Trith, wie ein Gong, der in der Ewigkeit ertönte. Joe spürte, wie sich die Leere um ihn schloss und ihn von allen Seiten bedrängte. Die Unermesslichkeit drohte das winzige Staubkorn auszulöschen, das Joe war.

Nach den letzten Worten des Trith wurde alles von erdrückender Stille beherrscht. Joe geriet in Panik, verloren in den unnachgiebigen tintenschwarzen Tiefen, die ihn umgaben. Eine ganze Weile spürte Joe gar nichts, sah nichts, empfand nichts außer seinem Entsetzen. Dann sprach der Trith erneut in die Finsternis.

Du wirst versuchen, dich dagegen zu wehren, aber dein Weg wird unweigerlich ans gleiche Ziel führen.

Dann löste sich Joes Lähmung, und der Trith war verschwunden.

34 Trith-Visionen

Wochen später, als er zu Prinz Bagkhals Quartier unterwegs war, blickte Joe zu den farbenfroh gekleideten Ooreiki auf, die in den *ferlii*-Türmen ihren Angelegenheiten nachgingen. Kein einziger trug Schwarz. Stattdessen hatten sie sich mit Dhasha-Schuppen geschmückt, mit langen Ketten aus glitzernden Perlen, fließenden roten, gelben und pinkfarbenen Tüchern, elegant gefransten Schals und Schärpen, dekorativen Kopfbedeckungen, stacheligen blauen Federn, Knochen mit Schriftzeichen, seidigem Flor, Kristallen, wertvollen Metallen und sogar Pfauenfedern.

Ich wette, sie haben Toilettenspülungen, dachte Joe angewidert, während er weiterging. *Diese verhätschelten Drecksäcke.*

Als er sie beobachtete, wurde Joe klar, dass Yuil kein bisschen anders war. *Sie hat keine Ahnung, was wir durchmachen müssen. Sie hat ihre hübsche Wohnung, eine schicke Einrichtung und bequeme Kleidung … Sie weiß nicht, wie es ist, Diamantstaub einzuatmen, während man sich bemüht, nicht erschossen zu werden, oder wie es ist, jeden Tag sterben zu können, nur um wieder zum Leben erweckt zu werden, damit wir es beim nächsten Mal erneut tun können. Sie ist genauso wie alle anderen – sie ist verweichlicht.*

Dann rief ihm eine leise Stimme der Vernunft ins Gedächtnis: *Ja, aber sie ist die Einzige, die dir helfen will, von hier wegzukommen.*

Erst an diesem Nachmittag hatte Yuil ihren Plan erklärt, wie sie Joe von Kophat wegbringen wollte. In drei Rotationen würde sie sich mit ihren Gefährten im verlassenen *ferlii* treffen. Yuil hatte gesagt, dass Joe sein Bodenteam mitbringen konnte, aber in diesem Punkt war er sich noch nicht ganz sicher. Maggie schien ihr neues Leben zu gefallen, vor allem jetzt, da Nebil das Sagen hatte. Scott war jemand, der überall glücklich sein konnte, ob er nun bei einem Empfang in einem Luxushotel auf großem Fuß lebte oder sich nach einer Jagd den Dreck unter den Fingernägeln hervorkratzte.

Libby war das eigentliche Problem. Er wusste, dass nichts sie dazu bringen würde, mit ihm wegzugehen, und er hatte den Verdacht, dass sie ihn trotz ihrer beginnenden Beziehung sofort an Nebil ausliefern würde, sobald sie mitbekam, was er wirklich aushecke.

Prinz Bagkhal war schlecht gelaunt, als Joe sein Quartier betrat. Inzwischen konnte Joe die Körpersprache des Dhasha deuten, und er zuckte vor Furcht zusammen. Genauso hatte Knaaren ausgesehen, bevor er sich darangemacht hatte, seine Sklaven zu essen.

»Komm herein«, bellte Bagkhal. »Setz dich.«

Joe schluckte schwer und gehorchte. Dann erstarrte er, als er sich erinnerte. Der Prinz hatte sich an diesem Vormittag mit Repräsentant Na'leen getroffen. Was hatte Na'leen ihm über Kihgl erzählt? Wusste Bagkhal von Joes Verbindung zu Yuil? Bagkhal sagte nichts dazu, sondern schäumte vor Wut und marschierte auf und ab, während er diktierte. Seine Klauen schnitten in den Steinboden, als wäre er aus feuchtem Lehm gemacht. Sein Zorn hing spürbar in der Luft, und Joe wurde davon übel vor Angst, während er hier in der Falle saß. Obwohl er seinen Bioanzug trug, zitterten seine Hände.

Plötzlich blieb Prinz Bagkhal stehen und richtete den kalten smaragdgrünen Blick auf Joe. Zum ersten Mal, seit er mit dem Dhasha zusammen war, schaute Joe weg.

Bagkhal entspannte sich schlagartig. »Entschuldigung. Mir war nicht bewusst, dass ich dir Angst mache.«

Joe sagte nichts und fragte sich, ob es ein Trick war. Der Raum vibrierte immer noch vom Zorn des Dhasha, und Joe wagte es nicht, den Blick zu heben.

Bagkhal sah ihn lange an, dann stieß er einen explosiven Seufzer aus. Anders als bei Knaaren stank sein Atem nicht nach verwesendem Fleisch. Als Joe danach gefragt hatte, wobei er sich eine halbe Stunde lang um die Sache herumgedrückt hatte, bevor er es endlich geschafft hatte, seine Frage taktvoll und klar zu formulieren, hatte Bagkhal nur gelacht. »Ich esse Nahrungskonzentrate. Das ist nicht so eine Sauerei.« Damals hatte Joe es nicht glauben können. Er konnte sich keinen Dhasha vorstellen, der etwas anderes als atmende Lebewesen aß, die wenigstens noch schrien, bevor er sie zerriss. Nun jedoch …

»Die Ausbildungskommission hält unser Regiment trotz unserer jüngsten Erfolge unter Beobachtung«, sagte Bagkhal mit frustriertem Knurren. »Sollte noch irgendetwas schiefgehen, werden sie ein Auktionshaus der Jahul beauftragen, das komplette Regiment zu verkaufen.«

Während Joe ihn anstarrte, ging der Dhasha wieder auf und ab.

»Außerdem scheint diese Ooreiki-Ascheseele, die ich deportieren ließ, irgendwie einen Korpsleiter zu kennen. Er wurde als Ersatz für Prinz Rethavn eingesetzt.«

»Prinz Rethavn?«, fragte Joe. »Knaarens Vater?«

Bagkhal grunzte. »Die Friedensstifter von Kophat haben schließlich ihre Zähne wiedergefunden und Rethavns Behausung durchsucht. Sie transportieren ihn nach Levren, um ihn dort zu befragen – sie glauben, der Furg wäre an einer aufständischen Bewegung hier auf Kophat beteiligt gewesen. Angeblich sollen die Rebellen in unserer Armee aktiv um Mitglieder werben.«

Joe spürte, wie sein Gesicht unter dem Bioanzug schuldbewusst errötete.

Prinz Bagkhal stieß erneut einen schweren Seufzer aus. »Wenn ich gewusst hätte, dass Knaaren der Sohn dieses Schleimklumpens ist, hätte ich ihn sofort getötet, statt meine Zeit damit zu vergeuden, ihn von hier in eine Arrestzelle zu schleifen. Verräter zeugen Verräter. So etwas liegt im Blut.«

Verräter zeugen Verräter. Joe blickte auf seine Hände und erinnerte sich an aufwirbelnden Rauch und Dunkelheit, den Knall eines Gewehrschusses. *Mein Vater war kein Verräter.*

Nachdem er sich wieder beruhigt hatte, diktierte Bagkhal weitere Berichte an die Ausbildungskommission und den Menschen-Aufseher von Kophat, der nun jener Kommandeur Tril war, der zuvor das Sechste Bataillon angeführt hatte. Bagkhal sagte nichts über sein Treffen mit Na'leen, sodass Joe allmählich den Verdacht hatte, der Repräsentant könnte ihm tatsächlich etwas Belastendes verraten haben. Diese Besorgnis nagte an ihm, bis er sich nicht mehr zurückhalten konnte und sich erkundigte, wie das Treffen verlaufen war.

»Repräsentant Na'leen?«, fragte Bagkhal und warf Joe einen verwunderten Blick zu. »Warum interessiert dich das?«

»Reine Neugier«, sagte Joe hastig. »Ich halte ihn für einen ziemlichen Ascher.«

Prinz Bagkhal klackte amüsiert mit den Zähnen. »Das ist er. Es lief gar nicht gut.« Der Dhasha machte ein grunzendes Geräusch. »Der Furg versuchte mich mit seinen Jreet-Haustieren zu beeindrucken, und ich musste ihm demonstrieren, dass ich nicht Knaaren bin.« Bagkhal schnaufte. »Er hat die Ausbildungskommission davon überzeugt, eine Pflichtversammlung aller Kongress-Mitarbeiter anzuberaumen, die mit Menschen zusammenarbeiten, damit wir unsere Erfahrungen austauschen und Ratschläge erteilen können.«

»Klingt nach einer guten Idee«, sagte Joe.

Wieder schnaufte Prinz Bagkhal verächtlich. »Das ist typische bürokratische Asche. Sie meinen ständig, ihre Klauen in alle möglichen Dinge stecken zu müssen, um sich einzumischen, wo sie nichts zu suchen haben. Die Kongress-Armee funktioniert nun schon seit über zwei Millionen Umläufen ohne Probleme. Es gibt nichts, womit ein wichtigtuerischer Politiker kommen könnte, das wir nicht längst bedacht haben. Nicht nur, dass ich ohnehin täglich mit den anderen Kommandeuren korrespondiere, außerdem tauschen wir alle statistischen Daten zur Ausbildung der Menschen aus und haben eine Datenbank angelegt, in der Trainingsmethoden mit Ergebnissen abgeglichen werden. Aber die Ausbildungskommission von Kophat ist total fasziniert davon, dass ein Mitglied des Tribunals tatsächlich Interesse gezeigt hat, sodass sie nun bereit ist, alles für ihn zu tun.« Bagkhal schnaufte. »Er will, dass wir uns miteinander treffen! Um was zu tun? Niemand wird irgendetwas Sinnvolles beitragen können, weil es viel zu viele sind. Wo fangen wir an? Werden sie uns nach Spezies aufteilen? Wenn nicht, wird die eine Hälfte der Versammlung schließlich die andere Hälfte massakrieren. Wie ich höre, hat ein Jreet-Kontingent ein Menschenregiment trainiert, während die Huouyt ein anderes übernommen haben. Das kann nur in einem riesigen Blutbad enden.«

Joe machte mit den Diktaten weiter, während sich in seiner Bauchgegend ein immer stärkerer Knoten der Furcht zusammenballte. Er dachte an die Prophezeiung des Trith. Ihm war klar, dass

Bagkhal ihn töten würde, sollte er jemals herausfinden, dass Joe dazu bestimmt war, den Kongress zu zerschlagen.

Ein Trith offenbart niemals die ganze Prophezeiung, kamen ihm Kihgls Worte wieder in den Sinn. Vielleicht war es eine List. Vielleicht eine Lüge, eine Halbwahrheit ...

Nein, dachte Joe, als er wieder an Elfe dachte, an Mönch, an die Millionen Kinder, die entführt worden waren, um zu Sklaven der Aliens zu werden ... Er spürte heiße Wut in sich aufsteigen. Er würde es auf jeden Fall beenden. Und Yuil würde ihm dabei helfen.

Joe war in Gedanken verloren, als Scott ihn auf dem Rückweg zur Kaserne abfing. »He, ich habe nach dir gesucht.«

»Hast du irgendwelche Schwierigkeiten?«, fragte Joe, der besorgt Scotts blasses Gesicht bemerkte.

»Nein, ich ...« Scott biss sich auf die Lippe und lachte nervös. »Ich weiß, dass es richtig idiotisch klingt, Joe, aber ich glaube, ich hatte Besuch von einem Trith.«

Joe wurde eiskalt.

»Ja«, sagte Scott und rieb sich nervös mit einer Hand über den kahlen Schädel. »Ganz schön unheimlich. Und was er gesagt hat, war noch viel unheimlicher. Zumindest glaube ich, dass er es gesagt hat. Verbrannt, es ist absolut verrückt. Als würde ich im All schweben ...« Er verstummte und sah Joe mit verunsichertem Ausdruck an.

»Erzähl es mir«, sagte Joe.

In Scotts Augen stand große Angst. »Er sagte, dass du den Kongress vernichten wirst, Joe.«

35   *Es liegt im Blut*

Einen Tag, bevor Joe sich mit Yuil treffen sollte, fiel es ihm sehr schwer, sich auf irgendetwas zu konzentrieren. Er verpatzte seine Befehle während des Drills und war schließlich so verwirrt, dass Kampfmeister Aneeir ihn in die Klinik schickte, damit er sich eine weitere Dosis von Bagkhals Mittel abholte und für den Rest des Tages freinahm.

Joe verbrachte die nächsten drei Stunden im Bett und starrte an die Decke. Er war überhaupt nicht müde, aber manchmal fand er es schade, dass er nicht mehr die Augen schließen und einschlafen konnte. Trotzdem machte ihm die Arbeit bei Prinz Bagkhal Spaß, vor allem wenn der Dhasha Geschichten aus seinem langen Leben beim Militär erzählte.

Bagkhals Gesellschaft gefiel ihm so gut, dass er es bereits bereute, Yuil sagen zu müssen, dass er sie verlassen würde. Er lernte so viel – der Dhasha eröffnete ihm ganz neue Welten, wenn sie stundenlang über Politik redeten, über Wissenschaft, Geschichte, Kriegskunst, Philosophie …

Und es gab noch so viel zu lernen. Bagkhal hatte ganze neunhundertsechzig Umläufe gelebt, womit er auch für einen Dhasha uralt war. Obwohl sie genauso wie die Jreet unbegrenzt weiterwuchsen, neigte Bagkhals Spezies dazu, sich gegenseitig umzubringen, bevor sie dieses Potenzial ausleben konnten – ebenfalls genauso wie die Jreet. Dass Bagkhal fast ein Jahrtausend lang gelebt hatte, war … faszinierend. Noch unheimlicher war die Tatsache, dass er sich mit über fünftausend würdigen Gegnern ein *ka-par* geliefert hatte, und er hatte jedes Mal gewonnen, und jeder bezwungene Gegner war ihm bis heute zu Diensten, was ihn zu einem der mächtigsten Dhasha-Prinzen im Kongress machte. Darüber hinaus hatte er mitgeholfen, sechs Dhasha-Rebellionen niederzuschlagen, und weitere Widerstandsnester in allen Winkeln des bekannten Universums ausgeräuchert. Bagkhals Kriegsgeschichten waren genauso gut wie die von Joes Vater.

Doch gerade die Berichte über die Dhasha-Aufstände hinterließen in Joe ein ängstliches Gefühl. Laut Bagkhals Beschreibungen waren es schreckliche Ereignisse, gründliche Gemetzel, die beiden Seiten schwere Verluste zufügten und große Bereiche der Galaxis auslöschten, ganze Planeten voller Wohlstand und Hightech für Jahrhunderte in ein dunkles Zeitalter zurückwarfen. Ein Dhasha-Prinz ließ von seinen Takki eine Höhle in einen Planeten graben, und von diesem Stützpunkt aus machten sich der Prinz und seine Söhne dann daran, innerhalb weniger Wochen jeden Widerstand auf dieser Welt zu ersticken.

»Bald wird es eine neue geben«, sagte Bagkhal eines Abends, während Joe mit dem Kopieren von Notizen beschäftigt war.

Joe blickte auf. »Was wird es geben, Sir?«

»Eine Rebellion.« Bagkhal stieß einen schweren Seufzer aus. »Das Problem ist eine Prophezeiung, Joe.«

Joe spürte, wie sein Herz einen Schlag aussetzte, und schluckte. »Sir?«

Bagkhal seufzte wieder. »Unter den Dhasha gibt es eine Legende, schon seit vielen hunderttausend Jahren.« Er drehte sich herum, um Joe einen langen Blick zuzuwerfen. »Es handelt sich um die Prophezeiung eines großen Anführers, der die Dhasha einigen und befreien wird. Der Vahlin.«

Joes Herz pochte heftig, aber es gelang ihm zu nicken.

»Es wird vorhergesagt, dass der Vahlin die Dhasha von ihrer Unterwerfung unter ein tyrannisches, archaisches System befreien wird«, grollte Bagkhal. »Es heißt, Er wird das größte Genie sein, das die Dhasha jemals gesehen haben, und Er wird unser Volk in den größten Krieg führen, den das Universum jemals erleiden musste, worauf Er uns den größten Frieden schenken wird, den sich unsere Welt vorstellen kann.«

Joes Herz hämmerte, als er die Parallelen zwischen Bagkhals Worten und dem erkannte, was der Trith ihm erzählt hatte. War es *ihm* bestimmt … die Dhasha anzuführen? Wäre das nicht so, als würde ein Kaninchen ein Rudel Wölfe anführen?

Inzwischen ging Prinz Bagkhal unruhig auf und ab. »Das Problem ist, dass die Prophezeiung keinen Clannamen nennt, keinen Geburtsort. Es heißt nur, dass Er von dunkler Farbe sein wird. Und allein. Und vergessen.«

Joe musste nicht auf seinen Bioanzug hinabblicken, um zu wissen, dass er im Moment ziemlich dunkel war. Er schluckte schwer.

Bagkhal jedoch fuhr fort, als würde er Joes schwarzen Bioanzug gar nicht sehen. »Die Legende des Vahlin hat unsere Gesellschaft seit Äonen auseinandergerissen. Rethavn ist nicht der einzige ehrgeizige Dhasha. Ich kann nur beten, dass sich der nächste in der Umgebung der Äußeren Grenze erhebt. Wenn Kophat rebelliert hätte …« Er schlug mit den scharfen schwarzen Klauen durch die leere Luft. »Hier gibt es über zweitausend tiefe Höhlen, die zu Ausbildungszwecken angelegt wurden. Koliinaat wäre gezwungen, den gesamten Planeten zu vernichten. Dreißig Milliarden Ooreiki, neun Milliarden Ueshi, zwei Milliarden Jahul … alle tot, weil irgendein takkifickender Furg entschieden hat, dass er mit seinen Schutzgebühren nicht genug einnimmt.«

Bagkhal ließ sich mit metallisch klirrenden Schuppen zu Boden sinken. »Manchmal schäme ich mich für meine Artgenossen.«

»Würde man wirklich den gesamten Planeten vernichten?«, fragte Joe.

Bagkhal richtete seinen undurchschaubaren smaragdgrünen Blick auf Joe, der ein Jucken in seiner Wirbelsäule spürte. »Ich weiß nicht, ob man es dir bereits gesagt hat, Zero, aber Kophat ist ein zentrales Lager für Waffen, die für den Kampf gegen jede Spezies entwickelt wurden, die dem Kongress bekannt ist. Es ist einer von sechs solchen Planeten, und falls irgendeiner dieser anderen Planeten jemals in feindliche Hände fällt, hat die Armee laut Vorschriften drei Tage Zeit, um ihn wieder unter die Kontrolle des Kongresses zu bringen. Wenn das nicht gelingt, wird er vernichtet, mit allem und jedem, der sich dort aufhält.«

Joe spürte, wie ihm ein kalter Schauer den Rücken hinablief. »Ein kompletter Planet?«

»Die Alternative wäre viel schlimmer. Mit den Waffen, die der

Kongress in diesen Depots lagert, könnten Rebellen eintausend Planeten auslöschen. Und sie würden es tun. Die meisten Rebellen sind hirnlose Fanatiker, die einfach nur so viel Schaden wie möglich anrichten wollen, bevor sie gestellt und getötet werden. Sie erkennen nicht, dass der Kongress der Klebstoff ist, der das Universum zusammenhält. Sie wollen nur zerstören.«

Als er sich an sein Treffen mit Yuil erinnerte – und wie begeistert Yuil davon gesprochen hatte, genau dies zu tun –, starrte Joe auf seine Hände.

»Es ist noch nicht zu spät, es dir anders zu überlegen, Joe.«

Als Joe die ruhige, nüchterne Feststellung des Dhasha hörte, ruckte sein Kopf hoch. »Es mir …« Und als er in diesem Moment in Bagkhals smaragdgrüne Augen blickte, wurde Joe klar, dass Bagkhal von Yuil wusste. Ihm stockte der Atem, und erschrocken rötete sich sein Gesicht. Es war ihm unmöglich, es abzustreiten, obwohl ihm tausend Ausreden einfielen. Doch er ließ nur den Kopf sinken und wartete darauf, dass der Dhasha ihm den Rest gab.

Statt ihn zu verdammen, beugte sich Prinz Bagkhal vor und sagte: »Du bist einer der talentiertesten Krieger, denen ich je begegnet bin. Du führst deine Rekruten, als wärst du dazu geboren, und wenn ich einigen meiner Kameraden glauben kann, wurdest du das auch.«

Joe schüttelte nur den Kopf.

»Es ist wahr. Deshalb wollen die Rebellen dich haben.«

Joe spürte einen Druck auf der Brust und kauerte sich weiter zusammen. Die Worte hingen über ihm wie die Axt eines Henkers.

»Ich weiß, dass es eine schwierige Entscheidung ist«, sagte Bagkhal. »Als ich seinerzeit rekrutiert wurde, hasste ich den Kongress. Hätte jemand mir einen Knopf gezeigt, mit dem ich alles vernichten kann, hätte ich ihn sofort gedrückt. Doch dann wurde es leichter. Einige Umläufe nach dem Abschluss meiner Ausbildung erkannte ich, dass unsere Aufgabe die wichtigste im Universum ist. Das Universum ist höchst instabil – ein empfindliches Ökosystem, das sich ständig am Rand des Zusammenbruchs bewegt. Die Armee ist das Netz, das den Kongress zusammenhält. Sollten wir unsere Pflichten vernachlässigen, würde alles mit solcher Wucht zusammenkrachen, dass nichts mehr übrig wäre, wenn sich der Staub verzogen hat.«

Joe sackte noch tiefer in sich zusammen, überwältigt von tiefer Erschütterung. »Tut mir leid«, flüsterte er.

Bagkhal schnaufte. »Morgen muss ich mich mit den Launen von Politikern auseinandersetzen. Die Ausbildungskommission von Kophat tanzt nach Na'leens Forderungen wie eine Aezi-Marionette. Ich werde zwei Tage lang fort sein. Wenn du nach meiner Rückkehr immer noch hier bist, werde ich dich bitten, uns zu helfen, das Rebellennest auszuheben, das dich und fünfzig weitere Rekruten unseres Regiments umworben hat. Wenn du fort bist, werde ich deinen Namen auf die Liste der bekannten Verräter setzen und all deine Freunde nach Levren schicken, damit sie dort verhört werden. Aber du, Zero …« Bagkhal hielt inne und wartete, dass Joe aufblickte. »Du wirst hier sein, wenn ich zurückkehre.«

Joe schämte sich so sehr dafür, Bagkhal verraten zu haben, dass er kaum noch atmen konnte. Dass der Prinz nicht den leisesten Zorn zeigte, machte es umso schlimmer.

»Möchtest du wissen, warum?«, fragte Bagkhal.

Joe konnte den Blick nicht vom Boden losreißen.

»Du wirst bleiben, weil Knaaren nur einer von Billionen war«, sagte Bagkhal. »Jeder von ihnen würde gern einen eigenen Planeten besitzen und ihn mit Sklaven bevölkern. Als die Friedensstifter Rethavn festsetzten, mussten dreitausend Leben von Ooreiki geopfert werden, um diesen einen Dhasha-Prinzen und seine drei jüngsten Kinder aus einem Turm zu holen – nicht einmal aus einer tiefen Höhle. Während des Kampfs wurden neuntausend weitere Ooreiki schwer verletzt.« Der Dhasha verstummte für einen Moment und blickte Joe nachdenklich an. »Du wirst bleiben, weil ein armseliger, bunt zusammengewürfelter Haufen von jugendlichen Ooreiki vielleicht große Pläne für ein Universum ohne den Kongress haben mag, sie aber die Dhasha vergessen.«

Joe schluckte mühsam.

»Nur Dhasha können Dhasha im Zaum halten, Zero«, erklärte Bagkhal ihm. »Und dazu brauchen wir den Kongress.«

Joe nickte nur.

Bagkhal ließ ihm einen Moment Zeit, um das zu verdauen. Schließlich fuhr er fort: »Ich kann den Charakter jedes Soldaten einschätzen. Ich schaue mir Tril an und sehe einen irregeleiteten Idealisten, aber einen mit guten Absichten. In zwanzig oder dreißig Umläufen wird er zu einem guten Anführer geworden sein, sobald er erkannt hat, dass es einen Unterschied zwischen dem Leben und einem Klassenzimmer gibt. Nebil ist zu ehrenhaft, um erneut nach dem Posten des Ersten zu streben, ganz gleich, wie gut er für die Armee sein mag, wenn er es tun würde. Er ist ein ausgezeichneter Soldat, aber aufgrund seiner Unnachgiebigkeit wäre er für alles ungeeignet, was unterhalb eines Bataillonskommandeurs steht. Weißt du, was ich sehe, wenn ich dich anschaue, Zero?«

Einen Verräter. Joe starrte beschämt auf seine Hände.

»Ich schaue dich an und sehe mich selbst vor achthundert Umläufen«, sagte Bagkhal. »Du bist ein Kong, Zero. Ich hoffe, du erkennst es, bevor sie dich zu einer Entscheidung zwingen.«

Joe bekam immer noch kein Wort heraus, so tief war seine Schmach.

Bagkhal erhob sich und machte sich auf den Weg zum Ausgang. Am Fuß der Treppe blieb er stehen und drehte sich noch mal um. »Ich hege keinen Zweifel, dass es einen Vahlin der Dhasha geben wird«, sagte er. »Doch bis sich der wahre Vahlin uns offenbart, ist es unsere Pflicht, Seine Usurpatoren daran zu hindern, das Universum zu zerstören, das rechtmäßig Ihm gehört.«

Mit einem letzten Blick zu Joe stieg Bagkhal dann die Treppe hinauf und ließ ihn dort zurück, wo er immer noch zu Boden starrte.

*

An diesem Nachmittag nahm Bagkhal ein Shuttle, das ihn zur Pflichtversammlung der Ausbilder bringen sollte, begleitet von allen hochrangigen Kommandeuren und Kampfmeistern der Ooreiki. Von den Offizieren des Sechsten Bataillons blieb nur Kampfmeister Aneeir zurück. Aneeir verordnete ihnen keinen Drill, sondern gab jeder Einheit eine andere Aufgabe und im Anschluss daran Freizeit.

Joe verbrachte die erste Hälfte des Tages damit, gemeinsam mit seinen Freunden den Platz zu harken, und danach suchte er sich eine ruhige Stelle, wo er sitzen und nachdenken konnte.

Yuil erwartete ihn an diesem Abend.

Das war seine Chance. Bagkhal hatte gesagt, dass die Trith nicht lügen konnten. Wenn Joe den Rebellen half, konnte er den Rekrutierungen ein Ende setzen. Und dann konnte er heimkehren.

Doch Bagkhals Worte verfolgten ihn. Was wollten sie wegen der Dhasha unternehmen? Bei der bloßen Vorstellung, gegen Bagkhal zu kämpfen, bekam Joe eine Gänsehaut. Er wollte seinen Freund nicht verraten. Gab es da draußen wirklich Billionen von Dhasha? Hatten Yuil und ihre Freunde daran gedacht?

Je länger Joe grübelte, desto klarer wurde ihm, dass Bagkhal recht hatte. Trotz ihres erstaunlichen Wissens über militärische Angelegenheiten und Taktik war Yuil nur eine Außenseiterin. Gegen eine organisierte Streitmacht wie die Kongress-Armee hätten ihre Rebellen nicht die geringste Chance.

Dad würde wollen, dass ich kämpfe.

Dieser Gedanke genügte, um alles, was Joe dachte, schlagartig zum Stillstand zu bringen. In diesem Moment kamen ihm die Worte seines Vaters wieder in den Sinn, wie er am Bügelbrett stand und mit langsamen, bedächtigen Bewegungen seine Ärmel glättete. *Manchmal muss man einfach aufstehen und sich widersetzen, selbst wenn man weiß, dass man keine Chance hat.*

Ich muss irgendetwas tun, wurde Joe klar. *Der Kongress gibt sich nicht genug Mühe, um Dhasha wie Knaaren daran zu hindern, Leuten wehzutun. Es muss einen besseren Weg geben.*

Und es gab einen. Mit Yuil. Die Zerschlagung des Kongresses, wie der Trith es vorhergesagt hatte.

… nicht wahr?

Was würde geschehen, wenn es ihnen gelang, den Kongress zu zerschlagen? Diese Frage beunruhigte ihn. Bagkhal hatte *Jahrhunderte* erlebt. Er hatte auf Dutzenden von Planeten gekämpft. Wenn *er* nicht glaubte, dass es eine andere Möglichkeit gab, die Dhasha unter Kontrolle zu halten, was konnten sich Yuil und ihre Freunde dann realistisch betrachtet erhoffen?

Aber wie soll ich es wissen, wenn wir es nicht versuchen?

Vielleicht war es genau diese Mentalität, die dafür sorgte, dass die Dhasha sicher auf ihrem Sockel standen. Vielleicht hatten alle anderen einfach nur zu viel *Angst* …

Es war die Erinnerung an Elfes Schrei, als Knaaren ihn zerfleischte, die den Ausschlag gab.

Joe überlegte gerade, wie er Libby zum Mitmachen bewegen wollte, als Scott ihn vor dem Haauk-Depot hocken sah.

»Irgendwie unheimlich, wenn die Kampfmeister nicht hier sind, nicht wahr?«, fragte Scott. Er grinste. »Maggie und Carl denken daran, ein Dankesschreiben an diesen Typen vom Tribunal zu schicken. So viel Freizeit hatten wir noch nie, seit wir die Fahne des Zweiten erobert haben.« Scott zögerte, und sein Lächeln verblasste, als sein Blick auf Joes Gesicht fiel. »Was ist los?«

Joe atmete tief durch. »Kampfmeister Aneeir plant für heute Abend einen nächtlichen Überfall auf das Zweite Bataillon. Nur mit einem Bodenteam. Wir wollen ihren Kampfmeister gefangen nehmen und hierherbringen.«

Scott runzelte die Stirn. »Welchen? Dieses Rattenmädchen?«

Joe schüttelte den Kopf. »Nein. Ihren *Kampfmeister*. Gokli.«

Scotts Augen wurden riesengroß. »Gokli? Er würde uns alle töten!«

»Die Kampfmeister scheinen irgendeine Wette abgeschlossen zu haben«, sagte Joe mit einem Schulterzucken. »Aber so schwer kann es nicht sein. Er wird ganz allein außerhalb der Stadt unterwegs sein.«

Scott blickte sich in alle Richtungen um und hockte sich dann vor ihn. »Ist das dein *Ernst*? Was machen wir mit ihm, wenn wir ihn haben?«

»Keine Ahnung. Wahrscheinlich wird Aneeir ihn fertigmachen.«

»Wow«, sagte Scott und schüttelte den Kopf. »Wow.« Neugierig sah er Joe an. »Heißt das, wir sollen dabei unsere Bioanzüge tragen?«

»Verdammt, ja!«, sagte Joe erleichtert, weil Scott ihm die Geschichte abkaufte. »Glaubst du, ich würde euch ohne sie in den Kampf gegen einen Ooreiki schicken?«

Scott rieb sich den Nacken und schüttelte wieder den Kopf. »Ich weiß nicht recht, Joe. Das klingt verdammt idiotisch. Steht Gokli nicht so weit über Aneeir, dass er ihn mit einem Furz töten könnte?«

»Wenn du nicht mitmachen willst, suche ich mir jemand anderen«, sagte Joe.

»Nein, ich bin dabei«, sagte Scott hastig. »Ich finde es nur ein bisschen verrückt, mehr nicht.«

»Deshalb will er, dass wir es machen«, sagte Joe.

»Klar«, sagte Scott, während sich sein Gesicht wieder zu einem breiten Grinsen streckte. »Klingt vernünftig.«

»Triff dich nach dem Essen draußen vor der Kaserne mit mir«, sagte Joe. »Und erzähl es niemandem! Ich will nicht, dass Gokli Wind davon bekommt.«

»Klar«, sagte Scott. »Ich werde da sein.«

*

»Sie erlauben uns, einen Haauk zu benutzen?«, flüsterte Maggie, die Augen vor Ehrfurcht weit aufgerissen. »Ich wusste gar nicht, dass sie dir beigebracht haben, wie man einen fliegt, Joe.«

»Bagkhal hat es mir gezeigt, damit ich schneller Nachrichten überbringen kann«, log Joe. Er schloss den Haauk kurz und stieß einen leisen Seufzer der Erleichterung aus, als das Fluggefährt vom Boden abhob. Nervös hob Joe eine Hand, um sich den Schweiß von der Stirn zu wischen. Als er bemerkte, dass Libby ihn beobachtete, erstarrte er. Sie hatte den ganzen Abend kein einziges Wort gesprochen.

»So«, sagte Joe und räusperte sich. »Es geht los.« Joe ließ den Haauk aufsteigen, und Maggie stieß einen Freudenschrei aus.

»*Leise*, Mag«, ermahnte Joe sie und blickte sich besorgt zur Kaserne um. »Das hier ist eine *Geheim*aktion!«

»'tschuldigung«, flüsterte Maggie, die aussah, als hätte er ihr eine Ohrfeige verpasst.

Nach wenigen Minuten schwebten sie über die geaderte rote Masse aus *ferlii*-Ästen hinweg und bogen zur Straße ab, wo Joe sich mit Yuils Gefährten treffen sollte. Durch die verflochtenen Äste hindurch sah Joe einen Haauk auf der Straße stehen, daneben den Piloten. Joe landete auf einem *ferlii*-Ast. Er zog sein Teleskop hervor und richtete es auf den Ooreiki.

»Ist er das?«, fragte Maggie aufgeregt.

»Nein.« Es war das erste Mal, dass Libby etwas sagte, seit Joe ihnen vom geplanten Überfall erzählt hatte. Sie wandte den Blick vom Piloten ab und starrte wieder Joe mit harten braunen Augen an.

Joe ließ das Spektiv sinken und bemühte sich, ruhig zu bleiben. Wo war der Begleiter des Piloten? Yuil hatte ihm erzählt, dass mindestens zwei Rebellen ihn auf der Straße empfangen würden. Joe wollte sich der Kontaktperson nicht nähern, ohne dass mindestens zwei Ooreiki anwesend waren, die ihm halfen, Libby zu überwältigen. Er war sich ziemlich sicher, dass Maggie und Scott tun würden, was er von ihnen verlangte, aber Libby würde sich wehren. Davon war er überzeugt, und dafür liebte er sie. Er würde sie zurücklassen müssen, aber er wusste, dass Bagkhal sie den Friedensstiftern übergeben würde, wenn er es tat.

»Worauf warten wir, Joe?«, wollte Libby wissen. Ihre braunen Augen blickten ihn durchdringend an, als wüsste sie von seinen wahren Absichten und würde nur darauf warten, dass er es bestätigte.

Joe vertrieb den Argwohn aus seinen Gedanken. »Hier sieht es nach einer guten Stelle aus, um Gokli aus dem Hinterhalt anzugreifen. Ich frage mich nur, warum dieser Ooreiki ganz allein da unten steht.«

»Er sieht nicht wie ein Zivilist aus«, sagte Scott. »Er trägt Schwarz. Was ist, wenn er weiß, dass wir uns nicht außerhalb der Kaserne aufhalten sollten, und uns in Schwierigkeiten bringt?«

»Er hat recht«, sagte Libby. »Das ist eine schlechte Stelle. Er sieht aus, als wollte er die Stadt verlassen. Also sollten wir näher an Alishai heranfliegen.«

»Wir bleiben noch ein bisschen«, sagte Joe. »Vielleicht fliegt er bald wieder ab.« In Wirklichkeit hoffte er darauf, dass ein weiterer Rebell auftauchte, der ihm half, Libby daran zu hindern, sie alle zu töten. Aber das konnte er ihnen nicht sagen.

Zwei Stunden vergingen, ohne dass sich eine weitere Person

zeigte, und Joe erkannte, dass der Ooreiki am Boden allmählich nervös wurde. Scott und Maggie zogen sich auf einen *ferlii*-Ast zurück, um etwas Schlaf nachzuholen, aber Libby blieb wach, um die Straße zu beobachten.

»Er rührt sich nicht von der Stelle, Joe«, sagte Libby. »Vielleicht weiß er, dass wir es auf Gokli abgesehen haben. Was ist, wenn er ein Friedensstifter ist?«

Zum ersten Mal seit einer Ewigkeit hörte Joe die Andeutung von Furcht in ihrer Stimme. Stirnrunzelnd sah er sie an, dann blickte er wieder auf den Ooreiki-Rebellen hinunter. »Er ist kein Friedensstifter. Er ist nur irgendjemand, dessen Haauk eine Panne hat.«

»Er wartet auf etwas«, erklärte Libby. »Schau dir an, wie er dasteht. Wenn sein Haauk eine Panne hätte, hätte er Hilfe herbeigerufen. Er beobachtet die Straße. Was ist, wenn Aneeir uns reingelegt hat? Was ist, wenn er ein Friedensstifter ist?«

»Warum sollte er ein Friedensstifter sein?«, fragte Joe. »Das ergibt keinen Sinn.«

»O doch«, flüsterte Libby. Jetzt stand echte Furcht in ihren Augen. »Ein Trith hat mich in der Nacht besucht, nachdem Bagkhal uns das Festmahl spendiert hatte.«

Joe hielt den Atem an.

Libby blickte ihm in die Augen. Tränen liefen ihr über die Wangen, aber sie sah ihn unbeirrt an. »Er sagte …« Sie schüttelte den Kopf und schaute weg.

Joe griff nach ihrem Arm, während das Blut laut in seinen Ohren rauschte. »Was hat er gesagt?«

Libbys schmerzvoller Ausdruck genügte, um ihn die Wahrheit erkennen zu lassen. »Ich kann es nicht sagen, Joe. Ich kann es nicht glauben.«

Er hat ihr gesagt, dass ich den Kongress zerschlagen werde. Sie hält mich für einen Verräter. Joe blickte auf den Ooreiki auf der Straße hinab. *Aber das bist du doch, nicht wahr?*

Mein Vater war kein Verräter. Diese klare Erkenntnis ließ seine Eingeweide verkrampfen. Er wusste nicht mehr, wem seine Loyalität gelten sollte. Der Erde, die ihre Kinder kampflos ausgeliefert hatte? Oder dem Kongress, der zwischen der Erde und den Dhasha stand? Oder den Aliens in der Armee, die ihm halfen, die ihn am Leben erhielten, die ihm Anleitung gaben? Aliens wie Nebil, Kihgl und Bagkhal? Wenn es die Aliens waren, sollte er bei Nebil und Bagkhal bleiben, die zu glauben schienen, dass ihre Armee die einzige Möglichkeit war, die Dhasha in Schach zu halten. Oder sollte er zu Yuil gehen, der Kihgl sein Vertrauen geschenkt hatte, bevor er gestorben war?

Joes Blick fiel wieder auf Libby.

Oder sollte seine Loyalität einer ganz anderen Person gelten?

Leise sagte Libby: »Ich dachte, ich hätte es geträumt, aber auch Maggie hat ihn gesehen.«

»Wirklich?«, krächzte Joe. *Nein, nicht auch Maggie.*

»Ist dir nicht aufgefallen, wie merkwürdig sie sich in letzter Zeit verhalten hat? Sie hat dieses Mädchen vom Balkon im zweiten Stock geworfen, weil sie ihr in die Quere gekommen ist.«

Darüber hatte sich Joe bereits gewundert. »Was hat der Trith zu ihr gesagt?«, fragte er leise.

»Sie wollte es mir nicht verraten«, antwortete Libby und sah ihn an. »Hat er irgendetwas zu *dir* gesagt, Joe?«

Das Schicksal hat entschieden, dass du den Kongress zerschlagen wirst, Joe.

»Nein«, sagte Joe. Er wandte sich ab und beobachtete wieder den Ooreiki-Rebellen auf der Straße.

Du wirst versuchen, dich dagegen zu wehren, aber dein Weg wird unweigerlich ans gleiche Ziel führen.

Joe sah, dass der Ooreiki immer nervöser wurde. Der Haauk war da, das Angebot stand. Er konnte jederzeit gehen. Er konnte frei sein. Er konnte zur Erde zurückkehren und seine Familie wiedersehen. Dazu musste er sich nur zeigen.

»Ich werde mit Maggie reden. Behalt du für einen Moment die Straße im Auge.« Joe stand auf und ging zu Maggie und Scott hinüber, die nebeneinandersaßen und sich bemühten, wach zu bleiben.

»Ist Gokli gekommen?«, fragte Maggie.

»Noch nicht.« Joe hockte sich neben sie und nahm einen tiefen Atemzug. Sehr leise, sodass Libby es nicht mithören konnte, sagte er: »Leute, wenn ihr die Chance hättet, nach Hause zurückzukehren, würdet ihr sie nutzen?« Er starrte auf das Schweizer Armeemesser seines Vaters. Er hatte es unbewusst aus seiner Jacke gezogen und rieb daran.

»Du meinst, zurück zur Kaserne?«, fragte Maggie.

»Nein«, sagte Scott gähnend. »Ich glaube, er meint, zurück zur Erde.«

Joe nickte.

Maggie lachte. »Wir werden nicht zurückkehren, Joe.«

»Aber wenn du zurückkehren *könntest* … würdest du es tun?«

Maggies amüsierter Gesichtsausdruck verblasste. »Du meinst, weg von der Armee?«

»Ja.«

Maggie starrte ihn finster an und sagte nichts.

»Und? Würdest du gehen?«

»Klar«, sagte Scott.

Joe entspannte sich ein wenig.

»… aber nur, wenn du mir meinen alten Körper wiedergeben könntest. Meine Freunde zu Hause sind keine Erwachsenen, und meine Eltern würden mich so gar nicht mehr wiedererkennen.«

Joe war überrascht. »Deswegen würdest du hierbleiben?«

Scott zuckte mit den Schultern. »Sie würden erwarten, dass ich wieder ein Kind bin. Aber das bin ich nicht.«

Joe verstand, dass Scott es ernst meinte, und spürte einen schuldbewussten Stich. Er war einfach davon ausgegangen, dass Scott zurückkehren würde. Die Trith hatten ihm gesagt, dass er den Kongress zerschmettern würde, aber sie hatten nicht gesagt, dass seine Freunde ihm dabei helfen mussten. Er konnte Scott einfach mit Libby nach Alishai zurückschicken und Maggie mitnehmen.

»Was ist mit dir, Maggie?«

»Hier sind meine Freunde«, sagte Maggie. »Ich kann mich gar nicht mehr erinnern, wie meine Mutter aussieht.«

Wir sind alles, was sie hat. Joe schloss eine Faust um das Messer seines Vaters.

Die verbrannten Trith. Sie wissen nicht alles.

»Gehen wir«, sagte Joe laut und stand auf. »Du hast recht. Gokli wird nicht mehr kommen.«

36 *Krieg gegen die Huouyt*

Joe lag im Bett und konnte wegen Bagkhals Stimulans nicht schlafen, als plötzlich außerhalb der Kaserne ein Hornsignal ertönte, laut genug, um den Stein vibrieren zu lassen.

»Was ist *das*?«, fragte Scott und setzte sich im Bett auf.

»Keine Ahnung«, sagte Joe. »So was habe ich noch nie gehört.«

»Klingt wie der Aufruf, mit dem Regiment in Formation zu gehen«, sagte Libby. »Nur dass er nicht aufhört.«

»Alle Ooreiki sind fort, und unsere Schlafsäle sind abgeschlossen«, bemerkte Joe. »Wie sollten wir da in Formation gehen?«

»Vielleicht glauben sie, dass inzwischen alle wissen, wie man die Türen öffnet«, sagte Maggie.

Das Signal verstummte schlagartig. Ein Raunen ging durch den gesamten Schlafsaal.

Draußen ertönte eine Explosion, die die Gewehre in den Schränken rasseln ließ. Zwei weitere folgten unmittelbar nacheinander.

»Was ist das?«, flüsterte Maggie.

»Ich weiß nicht«, sagte Joe. »Aber alle sollten ihre Bioanzüge anlegen. Sofort.«

Sie hörten keine weiteren Erschütterungen, während sie sich anzogen. Doch als sie ihre Ausrüstung zusammensuchten, gab es wieder eine Explosion, die sie von den Beinen riss. Es folgte ein tiefes, mächtiges Rumpeln. Joes Herz setzte einen Schlag aus. Er hatte so etwas schon einmal gehört, in der Schule. Sein Lehrer hatte mit ihnen eine Woche lang die Anden durchgenommen und ihnen einen Film über die Gefahren des Bergsteigens gezeigt. Das Geräusch, das von draußen kam, war das einer Lawine.

Joe rannte zur Tür und tippte den Öffnungscode ein. Dann trat er auf den Balkon und erstarrte.

Die Hälfte der Kaserne fehlte. Gleich neben Joes Hälfte gab es nur noch einen riesigen schwarzen Trümmerhaufen. Als er über die gezackte Bruchkante des Balkons blickte, konnte Joe einen Arm erkennen, der aus dem Schutt ragte.

»Alle nach draußen!«, schrie Joe. »Sofort die Treppe runter! *Bewegt euch!*« Er rannte zurück nach drinnen und schnappte sich Gewehr und Ausrüstung. Während Libby hinauslief und sich die Sache ansah, ging er zur nächsten Kasernentür, hinter der die Neunte Einheit untergebracht war, und öffnete sie.

Die Kinder lagen immer noch in ihren großen runden Betten und versuchten zu schlafen.

»Legt eure Bioanzüge an und verschwindet von hier!«, brüllte Joe. »Die Kaserne stürzt ein!« Er lief weiter um die noch stehende Hälfte der Kaserne herum und öffnete die Türen auf seinem Stockwerk. Einige der Kinder waren bereit und warteten darauf, dass jemand sie herausließ, doch die meisten hatten sich einfach wieder schlafen gelegt. Joe weckte alle und trieb sie über die Treppe nach unten, und er hielt erst an, als er auf der anderen Seite die Abbruchkante erreichte. Die Vierte bis Achte Einheit waren durch die Explosion verschüttet worden, genauso wie etliche weitere aus anderen Bataillonen.

»Zero! Hol die Rekruten vom siebten Stock herunter!«, rief eine vertraute Ooreiki-Stimme hinter ihm. »Ich kümmere mich um den achten!«

Joe konnte noch einen kurzen Blick auf Kommandeur Lagrah werfen, bevor er im schnellen Lauf über die Treppe verschwand. Unter ihm hörte er das feuchte Klatschen von Gewehrschüssen und zögerte.

Libby kann sich darum kümmern.

Er hatte es kaum zu Ende gedacht, als er auch schon die Treppe zum nächsten Bataillon hinaufstürmte. Hier waren mehr wach, einige sogar schon in voller Montur. Joe drängte sie die Treppe hinunter und lief weiter.

»Es stürzt ein!«, schrie Lagrah ihm zu und riss ihn von einer weiteren Tür zurück. »Zero, die Treppe hinunter!«

Als Joe zögerte, packte Lagrah ihn und zerrte ihn über die Zickzack-Treppe hinunter. Gleich darauf schlugen hinter ihren Köpfen feuchte Plasmageschosse in die Steinwand. Joe zuckte zusammen und blickte sich um.

Statt einfach nur einen glühenden blauen Fleck zu hinterlassen, wie es die Rekrutenmunition tat, löste sich die gesamte Wand unter dem Plasmatreffer auf. Sie verschwand, als hätte sie nie existiert. Lagrah packte Joe am Arm und zerrte ihn hinter einen Trümmerhaufen.

»Das ist scharfe Munition«, rief Joe, der es immer noch nicht fassen konnte.

»Es ist Krieg, Zero. Sobald sich die Kommandeure versammelt hatten, sprengten die Huouyt die Raumstation mitsamt allen, die sich darin befanden. Nebil und Bagkhal sind tot, und dieser jreet-liebende Na'leen hat die Waffenlager in seine Gewalt gebracht.«

Joes erste Reaktion war Wut. *Sie waren meine Freunde.* Dann ballte sich ein kühler, schwelender Zorn in seinem Bauch zusammen. »Was soll ich tun?«

»Ich weiß, dass du Kontakt zu den Rebellen hast, Zero. Wo sind sie?« Lagrahs blassbraune Augen waren gefährlich schmale Schlitze, als er Joes Jacke packte. »Sag es mir, oder ich töte dich auf der Stelle, ganz gleich, was Kihgl gesagt hat.«

Was Kihgl gesagt hat?

»Im verlassenen *ferlii* am Rand der Stadt«, flüsterte Joe.

»Sie würden ihren Kommandoposten nie so nahe bei Alishai einrichten«, blaffte Lagrah. »Wo sonst noch?«

Joe dachte an das geheime Waffenlager, das Yuil ihm hatte zeigen wollen. Er erinnerte sich an den feuchten Fleck am Boden, die Ooreiki-Taschenlampe. »Es gibt ein Depot im Wald. Eine kleine schwarze Tür im Stamm eines *ferlii*.«

Lagrah ließ ihn plötzlich los. »Hast du gesehen, wie sie dort hineingegangen sind, Zero?«

Joe nickte.

Lagrahs Sudah vibrierten. »Und du hast niemandem davon erzählt?«

Er schüttelte den Kopf.

»Zumindest wissen wir jetzt, woher sie die Waffen haben. Trommel deine Einheit zusammen. Nehmt euch einen Haauk und holt euch alles, was ihr braucht, aus der Waffenkammer. Dort ist Gokli. Sag ihm, dass du Jreet-Giftgeschosse und *fahjli*-Granaten brauchst.

Such nach dieser Tür, Zero. Geh hinein, was es auch kostet. Dieser Kampf ist *echt*, verstehst du? Bagkhal hat sich geirrt. Es sind nicht nur ein paar verrußte Teenager. Die eine, die du als Yuil kennst, war Na'leens Assassine Zol'jib. Sie sind *Huouyt*, Zero. Jeder von ihnen. Sie wollen diesen Raumsektor in ihre Gewalt bekommen. Na'leen hat es seit vielen Umläufen geplant.«

Joe nickte und empfand gleichzeitig Scham und Wut.

»Geh!«, schrie Lagrah und schubste ihn. »Wenn du auch nur annähernd das bist, was Kihgl in dir gesehen hat, wirst du einen Weg in dieses Depot finden. Du musst schnell sein, solange sie mit der Machtübernahme beschäftigt sind. Ich werde mir Leute suchen und dir folgen.«

Joe zog den Kopf ein und rannte zwischen den Trümmerhaufen hindurch. Er versuchte, nicht auf die verschütteten Leichen zu achten. Er fand Libby mit dem Rest ihrer Einheit hinter einer freistehenden Mauer aus halb eingestürztem Diamant, wo sie sich mit ihrer Rekrutenmunition verteidigten, während die Rebellen mit echtem Plasma feuerten und langsam ihre Deckung auflösten.

»Hast du Lagrah gesehen?«, rief Libby.

Hinter ihnen gab es eine weitere Explosion in der Kaserne, worauf der Rest einstürzte und eine schwarze Staubwolke aufwirbelte, die ihnen die Sicht auf den Feind nahm.

»Er sagte mir, dass ich euch suchen soll«, erklärte Joe. »Wir sollen ihren Stützpunkt angreifen.«

»Wer sind diese Leute?«, rief Maggie. Sie hielt ihr Gewehr fest umklammert und kauerte mit erschrocken aufgerissenen Augen hinter einem Steinbrocken.

»Ist das eine Übung?«, fragte Scott durch den schwarzen Staub. »Oder ist das echtes Plasma?«

»Es ist echt«, sagte Joe. »Lass dich nicht davon treffen.«

»Warum sollen *wir* den Stützpunkt angreifen?«, rief Maggie. »Joe, ich habe Angst.«

»Es wird genauso sein wie bei einer Jagd, Mag«, sagte Joe. »Jetzt wollen wir uns einen Haauk holen, bevor sich der Staub legt.«

Maggie wimmerte, aber sie folgte ihm und Libby, als sie durch den Rauch zum Haauk-Depot vorstießen. Im Staub hinter ihnen stieß ein Junge einen überraschten Schrei aus, der in ein endloses, qualvolles Kreischen überging.

Er stirbt, dachte Joe, während ihm das Blut in den Adern gefror. *Das ist echtes Plasma, und er stirbt wirklich.*

Joe suchte sich einen Haauk aus, der groß genug für die gesamte Einheit war, eine gepanzerte Maschine, mit der bei einer Jagd Angreifer abgesetzt wurden, und ließ alle aufsteigen.

An der Waffenkammer wehrten Kampfmeister Gokli und seine Einheit eine Angreifergruppe ab. Ratte feuerte vom Dach und erledigte die Feinde mit einem Lasergewehr, während Tank und Bailey am Boden gegen sie kämpften. Sobald Joe gelandet war, trieb er seine Gruppe nach drinnen.

»Zero! Wirf dieses Rekrutenspielzeug weg und besetzt die Mauern. Schick deine besten Scharfschützen zu Ratte aufs Dach und deine Kämpfer nach draußen.«

»Ich werde nicht hierbleiben«, sagte Joe.

»Furgruß! Dies ist ein echtes Feuergefecht, und du wirst …«

»Kommandeur Lagrah sagte, dass wir *fahjli*-Granaten und Jreet-Giftgeschosse brauchen«, unterbrach Joe ihn. »Wir sollen ihren Stützpunkt angreifen.«

Kampfmeister Gokli sah ihn mit zusammengekniffenen Augen an. »Wo ist dieser Bastard? Ich dachte, er wäre zusammen mit den anderen in die Luft gejagt worden.«

»Er befehligt die überlebenden Einheiten am Boden«, sagte Joe. »Sie kämpfen drüben bei der Kaserne gegen die Rebellen.«

»Dann wird er bald hier sein, sodass ich es von ihm hören kann«, sagte Gokli. »Bis dahin geht ihr in Stellung, um die Waffenkammer zu verteidigen.«

»Wir müssen sofort aufbrechen«, drängte Joe. »Ich weiß, wo wir Na'leen finden können.«

»Ihr seid Rekruten«, gab Gokli zurück. »Es wäre Wahnsinn, wenn Lagrah euch ganz allein losschickt.«

»Meine Einheit hat bei den Jagden die besten Wertungen erzielt«, sagte Joe hartnäckig.

Gokli bedachte ihn mit einem langen, durchdringenden Blick.

»Dir ist klar, dass dies kein Spiel ist, nicht wahr, Zero? Sie werden dich und alle deine Freunde ohne das geringste Zögern töten.«

»Das ist mir klar«, sagte Joe.

Gokli drehte sich um und führte ihn tiefer in die Waffenkammer. »*Fahjli*-Granaten«, brummte er und belud seine Arme mit kleinen schwarzen Scheiben, die an Kronkorken erinnerten. »Dreh die zwei Hälften in verschiedene Richtungen und wirf sie auf die feuerliebenden Huouyt. Das betäubt sie wie eine Blendgranate, nur dass sie ausschließlich bei Huouyt funktioniert.«

Joe reichte die Granaten an die anderen Mitglieder seiner Einheit weiter, dann folgte er Gokli tiefer ins Lager mit den endlosen Regalen voller Waffen.

»Jreet-Geschosse«, sagte Gokli und gab ihm Pakete mit hellroten Behältern. »Benutzt sie wie euer falsches Plasma, nur dass dieses Zeug wirklich tötet. Es ist das einzige Gift, das ein Huouyt-Bastard nicht mit einer Gestaltwandlung neutralisieren kann.« Er nahm die Pakete vom Regal und verteilte sie an Joe und seine Kameraden. »Wir hatten eigentlich nicht mit einem Kampf gegen die Huouyt gerechnet, also ist unser Vorrat begrenzt. Aber das Gute ist, dass man nur eine Patrone braucht, um einen zu töten. Selbst ein Spritzer davon genügt.«

Als er fertig war, zögerte Gokli und starrte Joe mit finsterer Miene an. Schließlich sagte er: »Nimm Ratte und ihren Trupp mit. Ich kann die Rebellen mit dem Rest abwehren.«

»Ich glaube nicht …«, begann Joe.

»Tu es, Zero. Du wirst die Hilfe brauchen.«

Joe holte die anderen und teilte die neue Munition an Ratte und ihre Freunde aus. Joe bemerkte Libbys kalten Blick, als sie Bailey seinen Anteil reichte, und vor seinem geistigen Auge sah Joe wieder das Bild, wie Libby in ihrer eigenen Blutlache lag, neben ihr ein Klumpen Fleisch im Dreck. Bailey dagegen sah sie mit besorgtem Blick an, als er den Verschluss seines Gewehrs über den neuen Patronen einrasten ließ.

Er hat es getan, dachte Joe voller Wut. *Er war es.*

»Verschwindet von hier«, rief Gokli. »Bevor die Huouyt euren Haauk in die Luft jagen!«

Joe und die anderen bestiegen den Gleiter, während die Reste des Zweiten Bataillons ihren Rückzug deckten. Dann startete Joe den Haauk, und bald schwebten sie über dem Chaos, rasten nach Osten, um nach einer Nadel im Heuhaufen zu suchen.

Drei Stunden später hatten sie die Tür immer noch nicht gefunden. Inzwischen hatte sich Stille über Alishai gelegt. In den letzten Stunden hatten sie besorgt auf die Kampfgeräusche gehorcht und waren bei jeder Explosion zusammengezuckt. Nun war es die Stille, die bedrohlich wirkte. Lagrah war noch nicht mit der versprochenen Unterstützung eingetroffen.

»Wo ist es denn nun?«, wollte Ratte wissen. Sie war wütend gewesen, dass Gokli sie gezwungen hatte, das Kampfgebiet zu verlassen, und nun war sie noch wütender, weil Joe nicht wusste, wie sie ihr Ziel finden sollten.

»Es ist hier irgendwo in der Nähe«, sagte Libby. »Also halt die Klappe.«

»Ich bin eine verbrannte Kampfmeisterin. Wenn ich wissen will, warum wir mit diesem Verlierer herumirren, während meine Freunde sterben, werde ich es herausfinden.« Sie richtete ihren harten Blick auf Joe. »Woher weißt du überhaupt, wo dieses Lager sein soll?«

»Lagrah hat es mir einmal gezeigt.«

Ratte sah Joe skeptisch an. »Gut. Dann finde diese Tür, oder ich fliege zurück.«

»Das wird nicht so einfach sein, weil Joe hier der Einzige ist, der weiß, wie man einen Haauk steuert«, sagte Maggie. Ihr Blick fügte ein *blöde Ziege* hinzu.

»Hört zu«, rief Joe. »Es ist hier irgendwo. Einen Streit zwischen euch kann ich jetzt am wenigsten gebrauchen. Ratte, wenn du umkehren willst, setze ich dich auf dem Boden ab, aber ich werde uns nicht zurückfliegen. Kommandeur Lagrah hat mir aufgetragen, dieses Depot zu suchen, und genau das werde ich tun.«

Als Joe den Ersten Kommandeur erwähnte, zog Ratte eine säuerliche Miene. »Dann beeil dich wenigstens.«

Zwanzig Minuten später hatten sie den Eingang gefunden. Die Tür stand weit offen. Drei Dutzend tote Ooreiki lagen davor auf dem *ferlii*-Ast, die braunen Gesichter in schmerzhaftem Ausdruck verzerrt.

»Ruß, Joe«, flüsterte Scott ihm zu. »Ich glaube, da unten bewegt sich etwas Großes.«

Joe ging näher heran und blickte stirnrunzelnd auf die blauen Uniformen der Friedensstifter hinunter. Einer von ihnen hielt einen beschuppten, cremefarbenen Klumpen Fleisch im festen Griff eines Tentakels. Neben ihm lag ein kleiner Jreet mit aufgerissener cremefarbener Kehle auf einem Ast, von dem er fast herunterfiel, und die zahnähnliche Gliedmaße in der Brust war ausgefahren.

Joe starrte noch auf den toten Jreet, als plötzlich ein Rekrut hinter ihm aufschrie und zuckend zusammenbrach. Im gleichen Moment versiegelte sein Bioanzug eine Wunde in seinem Brustkorb.

»*Jreet!*«, rief Joe. »Achtet auf Jreet!«

Ratte ließ sich auf ein Knie fallen und hob ihr Gewehr, während Libby im selben Moment zusammenzuckte, sich herumwarf und mit einem Stiefel in die leere Luft trat. Um sie herum vibrierten die *ferlii* plötzlich mit dem ohrenbetäubenden *Schieh-Wump* eines durchgehenden Flugzeugtriebwerks. Eine riesige rötliche Gestalt flimmerte vor ihr, die im nächsten Moment das zahnbewehrte Anhängsel mit aller Kraft in ihr Bein stieß. Joes Herz setzte aus.

Libbys Bioanzug lenkte die Gliedmaße ab, rötliches Gift spritzte auf ihr Bein und tröpfelte auf den Ast unter ihnen. Unbeeindruckt durch die haarscharfe Begegnung mit dem Tod schlug Libby den Kolben ihres Gewehrs in den rautenförmigen Kopf des Jreet.

Der Jreet fuhr wie eine Peitsche herum und rammte Libby mit dem Oberkörper, wodurch er sie vom *ferlii*-Ast warf. Joe hörte einen überraschten Schrei, als sie in die Tiefe stürzte. Der Jreet stieß einen weiteren Kampfschrei aus und suchte sich ein neues Ziel.

Überall rannten Rekruten vor dem Monster in ihrer Mitte davon. Der Jreet war fast halb so lang wie ein Schulbus und war wie ein massiver Python mit einem annähernd humanoiden Torso gebaut. Er schlug erneut zu, trieb die speerartige Gliedmaße in den Rücken einer anderen Rekrutin. Sie stürzte, rollte sich zusammen und gab keinen Ton mehr von sich.

Ratte hatte sich fünf Meter weit zurückgezogen und auf ein Knie gestützt, während sie auf den flimmernden Kopf des Jreet zielte. Er verschwand wieder, bevor sie feuern konnte.

Joe wich zurück. Das Blut rauschte in seinen Ohren, und er wusste, dass er ihn erst wieder sehen würde, wenn er erneut zuschlug. »Alle halten die Augen offen!«, rief er und hoffte, dass sein Befehl die Aufmerksamkeit des Jreet auf sich lenken würde.

»Er ist genau hier!«, schrie Scott und zeigte ins Leere.

Ein Junge, der im Eingang in Deckung gegangen war, brach plötzlich lautlos zusammen, und eine rote Gestalt verschwand genauso schnell, wie sie aufgetaucht war.

»Es sind zwei!«, rief Ratte ihm zu.

»Ja«, krächzte Scott. »Zwei!« Sein Kopf drehte sich hin und her, als würde er zwei verschiedene Sensenmänner beobachten, die auf ihn zustapften. Er hob sein Gewehr und feuerte, und rotes Jreet-Gift verteilte sich auf etwas Unsichtbarem.

Joe war damit beschäftigt, an der *fahjli*-Granate zu drehen, um sie zu aktivieren. Er warf sie zu der Stelle, wo der Jreet verschwunden war. Sie traf mitten im Flug auf etwas und fiel zu Boden, näher bei Joe, als ihm lieb gewesen wäre. Er zuckte zusammen und duckte sich.

Es gab einen kurzen blauen Blitz, dann nichts mehr.

»Sie funktionieren nicht!«, rief Joe.

»Gewehrpatronen funktionieren auch nicht!«, rief Ratte zurück. »Ich habe den Ascher zweimal getroffen, und er rückt immer noch vor!«

»Sind Jreet immun gegen Jreet-Gift?«, fragte Joe.

»Woher soll ich das wissen?«

Joe biss sich auf die Lippe, als eine weitere Rekrutin zusammenbrach. Ihr Bioanzug hatte eine Stichwunde von der mächtigen Gliedmaße eines Jreet. »Halt dein Gewehr auf ihn gerichtet, Scott!«, rief er und rannte zum Haauk zurück.

»Wohin gehst du, verrußt noch mal?«, wollte Ratte wissen.

»Ich will sie erledigen!« Joe bestieg den Haauk, ließ ihn vom Ast aufsteigen und drehte ihn zu der Stelle herum, wo ein Jreet auf die Rekruten einstach. Einige wurden schreiend in die Tiefe geschleudert.

Scott richtete sein Gewehr weiterhin auf den Jreet, obwohl er langsam zurückwich. »Er kommt auf mich zu, Joe!«

»Halt aus!«, rief Joe, schätzte die Richtung ein, in die Scott zielte, und beschleunigte.

Der Haauk rammte frontal etwas Unsichtbares, und ein Jreet wurde undeutlich erkennbar. Er schnappte mit dem Fangzahn nach der Panzerung des Fahrzeugs. Er taumelte ein paar Meter weit zurück, und sein purpurner und cremefarbener Körper wand sich wie ein wütender Regenwurm. Joe ließ nicht locker und rammte ihn erneut mit aller Kraft, die der Haauk aufbrachte.

Der Gleiter und der Jreet rutschten über den *ferlii*-Ast und hinterließen einen blauen Streifen aus Jreet-Blut. Der Jreet stieß seinen *Schieh-Wump*-Schrei aus und schlang sich um den Bug des Haauk. Blaue Flüssigkeit tropfte auf die *ferlii*-Äste unter ihnen. Joe manövrierte den Haauk und sein Opfer über den Rand des Asts, als etwas mit der Wucht eines Hammerschlags seinen Rücken traf.

Der zweite Jreet hatte ihn gefunden.

Der Jreet packte Joe am Kopf und warf ihn aus dem Haauk. Joe landete und rollte über den Ast, während die Kante schnell näher kam.

Jemand griff nach ihm und stellte ihn auf die Beine.

»Alles okay?«, fragte Maggie. »Ich habe gesehen, wie er dich mit dem Fangzahn getroffen hat.«

Joe betastete seinen Rücken. »Alles in Ordnung. Wo ist Ratte?«

Maggie zeigte auf den Haauk. Darin kämpfte Ratte mit dem Jreet und rammte ihm immer wieder ihr Messer in die Kehle. Der Jreet hatte längst aufgehört, sich zu wehren. Der andere Jreet, der unter dem Bug des Haauk festklemmte, wurde auf ähnliche Weise von Carl und dem Rest der Vierten Einheit fertiggemacht.

Joe lief zu Ratte hinüber und half ihr, unter der Leiche des Aliens hervorzukriechen. »Alles in Ordnung mit dir?«

»Mir geht's bestens«, blaffte Ratte. Sie musterte ihn verächtlich von oben bis unten. »Und dir?« Die alte Rivalität war wieder da.

»O Mann!«, stieß Carl atemlos hervor. »Leute, ich glaube, wir haben gerade *zwei Jreet* getötet.«

»Es waren nur kleine«, brummte Ratte abschätzig, und gleichzeitig sagte Joe: »Werdet nicht übermütig, das waren Babys.« Er wandte sich dem Haauk zu. »Helft mir damit. Wir müssen die Tür blockieren.«

Mit Rattes Hilfe warf er die toten Jreet über das gepanzerte Geländer und bewegte den Haauk zum Eingang. Nachdem sie sich vergewissert hatten, dass sich keine weiteren Jreet anschleichen würden, nahm sich Joe einen Moment, um die Verwüstung zu begutachten. Nicht weniger als zwanzig Kinder lagen tot auf den *ferlii*-Ästen, und ein Dutzend weitere wurden vermisst.

»Was jetzt?«, fragte Ratte und betrachtete den Haauk. »Wie kommen wir jetzt nach Hause?«

»Gar nicht. Lagrah hat gesagt, dass wir reingehen sollen.«

»Einen Ruß werde ich tun«, spuckte Ratte aus. »Bist du völlig verrückt geworden? Wir werden alle sterben.«

»Wenn Zero sagt, dass wir reingehen, gehen wir rein.«

Joe drehte sich um, als er Libbys Stimme hörte, und konnte es kaum fassen. Sie war am Leben und stand über der zerschundenen Leiche des Jreet. »Libby, wie …?«

»Ich bin etwas weiter unten auf einem Ast gelandet.« Sie erhob sich und schulterte das Gewehr eines toten Rekruten. »Danach musste ich nur wieder hinaufklettern.«

Selbst Ratte schien beeindruckt zu sein.

Libby blickte sich um, und plötzlich verschwand ihr zuversichtliches Lächeln. »O nein.«

Joes Blick fiel auf Maggie, die neben einer Leiche kauerte. Sie hatte die Knie bis ans Kinn angezogen und schaukelte vor und zurück. »Maggie, komm rüber.«

Maggie schüttelte den Kopf und wiegte sich weiter.

Trotzdem brauchte Joe einen Moment, um zu erkennen, dass es Scotts Leiche war.

»Nein, Joe, *bitte*. Zwing uns nicht, da reinzugehen.« Maggie umarmte ihn schluchzend. »Was ist, wenn auch du und Libby sterbt? Dann wäre ich ganz allein, Joe.«

»Werd erwachsen, Mag«, sagte Libby. Nach dem ersten Schock hatte sich ihre Miene verhärtet, und jetzt sah sie nur noch wütend aus. »Wir werden nicht sterben.«

»Joe«, schniefte Maggie, ohne auf Libby einzugehen. »Bitte. Ich habe Angst.«

Joe zuckte zusammen. Erst Elfe, dann Mönch und nun Scott. Maggie erlebte, dass die Mitglieder der einzigen Familie, die sie je gekannt hatte, starben wie die Fliegen. »Wir müssen es tun, Mag. Lagrah wird mit Verstärkung kommen.«

Maggie blickte zu Libby auf, dann zerrte sie an Joes Arm, um ihn von den anderen wegzuholen. Joe spannte sich an, weil er dachte, sie würde versuchen, auf kleines Mädchen zu machen, um sich vor dem Kampf zu drücken, aber sobald sie allein waren, starrte sie ihn nur an. »Wirst du wirklich den Kongress zerschlagen, Joe?«, fragte sie dann. »Ist das der Grund, warum wir kämpfen?«

Joe hatte plötzlich das Gefühl, nicht mehr atmen zu können. Er blickte zur Tür und musterte all die toten Rekruten, die toten Jreet und die toten Ooreiki-Friedensstifter.

»Nein«, sagte Joe und holte tief Luft. Es zu sagen schmerzte und erleichterte ihn gleichzeitig. Er wusste, was er zu tun hatte, aber er wusste auch, dass es bedeuten würde, seine Hoffnung auf eine Heimkehr aufzugeben. »Ich werde es nicht tun. *Das* ist der Grund, warum wir hier sind. Wir wollen Na'leen aufhalten.«

»Aber der Trith sagte …«

»Vergiss den Trith!«, entgegnete Joe. »Ich kämpfe für den Kongress.«

»Nein«, jammerte Maggie. »Du lügst.«

Joe starrte sie an. Sie war seine Kameradin, und sie glaubte ihm nicht?

Maggie klammerte sich an ihn. »Geh da nicht rein, Joe. *Bitte.*«

Sie zog eine Show ab, und Joe war klar, dass er sie beenden musste, bevor ihre Angst auf die anderen Rekruten übersprang. »Libby hat recht«, sagte er schroff. »Werd erwachsen. Du bist eine Soldatin und kein Baby. Hör auf, dich so aufzuführen. Wir machen, was ich gesagt habe. Wenn es dir nicht gefällt, kannst du dich hier hinsetzen und heulen. Alle anderen gehen rein.« Damit riss er ihre Arme von sich los und stapfte zum Haauk hinüber.

Davor gingen Libby, Bailey und Ratte in die Hocke und machten sich bereit, auf den Eingang zu feuern. Joe bestieg den Haauk, und nachdem er sich vergewissert hatte, dass die anderen bereit waren, manövrierte er den Gleiter von der Tür weg. Im nächsten Moment warf Libby eine Rauchgranate hinein. Dann warteten sie.

»Nichts«, sagte Libby, während rötlicher Rauch aus dem Loch quoll. »Oder wenn sich doch jemand darin befindet, bewegt er sich nicht.«

»Also gut, alle bereitmachen!«

»Joe …«, flüsterte Maggie. Unter ihrem Bioanzug hatte sie die Augen weit aufgerissen.

»Hör auf zu wimmern, Rekrutin!«, blaffte Joe sie an. Er bemühte sich, sie nicht anzusehen, weil er wusste, wie sehr seine Worte sie schmerzen mussten. Für ihn selbst waren sie schmerzhaft genug. »Los geht's!«

*

Joe blieb an der Kreuzung stehen. Alle seine Muskeln waren angespannt und vibrierten vor Adrenalin. Hinter ihm kamen seine Kameraden zögernd zum Stehen. Die kleine Gruppe atmete schwer, immer noch nervös vom letzten Jreet-Angriff.

»Das ist keine gute Idee«, sagte Libby und blickte im matten roten Licht auf die Verbindung vierer Korridore. »Wir sollten zurückgehen und auf Lagrah warten.«

Die Gruppe kauerte sich an der Kreuzung zusammen, und ihre Gewehre ruckten hin und her, während sie unruhig die Tunnel vor ihnen beobachteten. Sie waren zwei weiteren Jreet und sieben Huouyt begegnet. Nur ein Drittel ihrer ursprünglichen Truppe hatte überlebt. Sie benutzten jetzt Plasmapistolen, die sie den Huouyt abgenommen hatten. Es hatte sich bestätigt, dass die Jreet-Geschosse gegen Jreet unwirksam waren.

»Wir müssen auch ohne ihn unser Bestes geben«, sagte Joe.

»Alle sterben!«, sagte Bailey. Er, Tank und Ratte waren die einzigen drei Rekruten von denen, die Gokli ihnen mitgegeben und die überlebt hatten. Alle ihre Freunde waren gefallen. »Sie hat recht, Zero. Wir sollten zurückgehen.«

»Hast du *Angst*, Bailey?«

Bailey sah Libby mit finsterer Miene an. »Ich hatte keine Angst, als ich mit Ratte durch die Kanalisation von San Diego gekrochen bin, und ich habe auch jetzt keine Angst. Hast *du* Angst, Schlampe?«

Joe rammte die Mündung seiner Plasmapistole zwischen Baileys Augen und drückte ihn gegen die Wand. Dann brüllte er ihm ins Gesicht: »Du hältst verbrannt noch mal die Klappe, oder ich werde *dir* die Zunge herausschneiden, du verfluchte Ascheseele!«

Bailey riss die Augen auf.

Leiser fügte Joe hinzu: »Wenn du noch mal einen von meinen Freunden berührst, wirst du deine eigenen Eingeweide auskotzen. Für das, was du getan hast, sollte ich dich auf der Stelle töten, vor allen anderen.«

»Sie hat angefangen«, flüsterte Bailey.

»Furgruß!«, brüllte Joe und stieß die Pistole tiefer in Baileys Gesicht.

»Hör auf, meinen Rekruten zu bedrohen«, blaffte Ratte. »Er hat recht. Das ist idiotisch. Was zum Teufel sollen wir hier unten eigentlich tun, Zero?«

Joe ließ die Pistole sinken, ohne Bailey aus den Augen zu lassen. »Lagrah hat es mir befohlen.« *Aber sie haben recht. Es ist verrückt. Wir sind nur Rekruten. Wir sollten eigentlich nicht hier sein.*

»Lagrah ist ein verrußter Furg«, sagte Libby.

»Ist er nicht!«, gab Ratte zurück. Sie schien bereit zu sein, ihr Gewehr wegzuwerfen und sich mit Libby zu raufen, weil sie ihren

Ersten beleidigt hatte. »Wenn er es befohlen hat, muss er einen guten Grund gehabt haben.« Trotzdem wirkte sie verunsichert, als sie in die vier langen Korridore blickte.

»Welchen zum Beispiel?«, wollte Libby wissen. »Wir haben es gerade mit einer planetenweiten Rebellion zu tun. Welche Bedeutung kann ein kleines Versteck …?«

Der Plasmaschuss traf ihr Gewehr und spritzte auf die zwei Rekruten, die ihr am nächsten waren. Libby ließ die Waffe fallen und blickte erschrocken an sich hinab. Irgendwie war sie selbst nicht vom Plasma getroffen worden.

»Zieht eure Bioanzüge aus!«, rief Joe den zwei in Panik geratenen Rekruten zu.

Libby hob eins ihrer Gewehre auf und verteilte Jreet-Gift im Korridor. Neben etwa hundert sich bewegenden Gestalten weiter hinten sahen sie raubtierhafte Aliens auf sechs Beinen und mit viel zu vielen Zähnen. Mehrere Kinder wimmerten leise und weinten, während sie mit ihren Gewehren das Feuer eröffneten.

»Vorsicht!«, rief Joe. »Wenigstens sind es keine Jreet. Wir können sie töten!« Er warf eine *fahjli*-Granate in den Korridor und beobachtete, wie sich die monströsen Huouyt zerstreuten. Mehrere wurden vom blauen Blitz getroffen, und ihre Körper verwandelten sich unter farbenfrohem Schillern in ihre tintenfischähnliche Gestalt zurück. Sie stürzten zu Boden und blieben reglos liegen, während die Kinder in Joes Nähe Jreet-Gift auf ihre Körper regnen ließen.

Dann sahen sie einen echten Jreet. Er trug den Kopf fast fünf Meter über dem Boden und ging gebückt durch den niedrigen Korridor wie ein Monster in einem Kerker. Ihnen blieb kaum Zeit zu erschrecken, bevor das gewaltige Ding bei ihnen war und sie umwarf, als wären sie Pappfiguren. Es erwischte Bailey und nagelte ihn mit einer riesigen spitzen Gliedmaße an den Boden, und nur sein Bioanzug verhinderte, dass ihm die Brust durchbohrt wurde. Der Fangzahn mit der Giftspitze zog sich zurück, dann bäumte sich das Wesen auf, um ihn Bailey in den Körper zu rammen.

Libby hob das Plasmagewehr eines anderen Rekruten auf und feuerte damit direkt auf den Oberkörper des Jreet. Der Jreet ließ von Bailey ab. Er gab ein schrilles *Schieh-Wump* von sich, als er herumfuhr und seinen Fangzahn in die Rekrutin stach, die neben Libby stand.

Das Mädchen brach sofort zusammen, und das Plasmagewehr fiel ihr aus den Händen. Joe duckte sich unter dem Jreet weg und hob es auf. Dann stolperte er zur Seite, während sich der Jreet auf einen anderen Rekruten stürzte und wieder verschwand. Joes Blick fiel auf Bailey.

Auf Baileys Bioanzug lastete immer noch das Gewicht des Jreet. Joe hob sein Gewehr, und Bailey riss erschrocken die Augen auf. »Ich werde dich später töten«, versprach er ihm. Während Bailey ihn entsetzt anstarrte, schoss Joe genau auf seine Brust.

Der Jreet wurde sichtbar und rammte seine untere Körperhälfte gegen Joe, sodass er zu Boden geworfen wurde. Joe tastete nach seinem Gewehr und feuerte dann auf die Kehle des Wesens. Der riesige Jreet stieß einen weiteren trotzigen Kampfschrei aus und tötete weiter, bis das Plasma die untere Hälfte seines Torsos aufgelöst hatte und der Kopf vom Hals fiel. Er starb, während sein Fangzahn tief im Bioanzug eines Jungen steckte, umgeben von einem Haufen toter Rekruten.

Jetzt waren sie nur noch acht.

Libby und Ratte führten die anderen an. Sie schossen in den Korridor und versuchten, die Huouyt zu treffen, die hinter den Türen in Deckung gegangen waren. Joe stieß zu ihnen.

Aus dem Augenwinkel sah Joe, wie Tanks Brust von einer Plasmaladung getroffen wurde. Tank riss die Augen weit auf und ließ vor Schreck sein Gewehr fallen.

»*Runter mit deinem Anzug!*«, schrie Ratte.

Tank hörte nicht auf sie und griff unter seinen Gürtel. Er zog eine *fahjli*-Granate hervor und aktivierte sie. Sein Gesicht war bereits schmerzverzerrt. Als er sie warf, wurde seine Brust zu einer offenen roten Wunde, wo sein Bioanzug hätte sein sollen. Doch die Granate flog nicht in den Korridor, sondern prallte an einer Wand ab und wurde zu ihnen zurückgeworfen. Libby bückte sich und hob sie auf, um die zwei Hälften geschickt zurückzudrehen und sich das Ding in den Stiefel zu stecken. Tank war bereits tot.

»Es sind zu viele, Joe«, sagte Maggie. »Bring uns zurück!«

»Damit sie uns nach draußen folgen können?«, erwiderte Joe. »Nein. Alle folgen mir. Wir nehmen einen anderen Korridor.«

»Du willst noch *tiefer* hineingehen?«, fragte Bailey.

»Entweder das, oder wir lassen uns erschießen!«, rief Joe. »Wir haben hier keine Deckung, im Gegensatz zu ihnen. Alle rennen jetzt los!«

Sie fanden einen Korridor, der rechtwinklig von diesem abzweigte, und nahmen ihn, wagten sich immer weiter in das feindliche Labyrinth hinein. Als sie sich in den Gang zurückzogen, runzelte Libby die Stirn. »Mir scheint fast, dass sie uns vor sich hertreiben. Diese Huouyt schießen mehr auf die Wände als auf irgendetwas anderes.«

»Das bedeutet vielleicht, dass wir fast unten sind«, sagte Joe. »Sie könnten schlechte Schützen sein, weil sie Sekretäre des Repräsentanten Na'leen und keine Krieger sind.«

Libby warf ihm einen skeptischen Blick zu. »Der Repräsentant hat *Assassinen*, Joe. Und Jreet können *Dhasha* töten. Das gefällt mir nicht. Wir sollten uns nach draußen vorkämpfen und auf Lagrah warten.«

Joe blickte auf die endlosen Reihen der roten Lichter, die die Korridore erhellten, und musste ihr recht geben. Er empfand Verzweiflung. Nachdem nur noch so wenige von ihnen übrig waren – jetzt waren es sieben –, würden sie auf jeden Fall schnell getötet, ob sie sich nun zurückzogen oder blieben.

»Wir können nicht umkehren«, sagte Joe. »Wir müssen weitermachen und hoffen, dass Lagrah mit Verstärkung kommt.«

»Vielleicht sollten wir uns ergeben, Joe.«

Libby fuhr zu Maggie herum und schlug sie, wodurch das kleinere Mädchen zu Boden geworfen wurde. Im nächsten Moment stand sie über Maggie, zielte mit dem Gewehr auf ihr Gesicht, den Finger am Abzug.

»Nein!«, schrie Joe.

Libby zog eine finstere Miene, aber dann wandte sie sich ab.

Als Maggie aufstand, trat Joe vor sie, um sie vor dem Rest der Einheit abzuschirmen. Er sah, wie Hoffnung in ihren grauen Augen aufleuchtete, und sagte leise: »Mag, wenn du noch mal so etwas sagst, werde ich dich töten.«

»Aber …« Sie sah ihn überrascht und enttäuscht an.

»Mach einfach weiter, Mag«, sagte Joe.

Er führte sie durch den Korridor. Das einzige Geräusch waren die Schritte ihrer Stiefel auf dem harten schwarzen Diamant. Jedes Gesicht der Gruppe war während der letzten zwei Stunden älter geworden, und sogar Ratte hatte aufgehört, seine Anweisungen in Frage zu stellen. Anscheinend hatte sie sich in ihr Schicksal gefügt. Hinter ihnen waren immer wieder mechanisch klingende *Schieh-Wump*-Schreie zu hören, die sie zum Weiterrennen antrieben.

Wir sind tot, dachte Joe. *Ich hätte uns niemals allein hierherbringen dürfen. Ich hätte auf Lagrah warten sollen.* Sämtliche Freunde von Joe würden sterben, weil er versucht hatte zu beweisen, dass die Trith unrecht hatten. Er zögerte und fragte sich, ob es nicht vielleicht doch noch eine Möglichkeit gab, sie zu retten.

»Da drüben ist eine offene Tür!«, rief Ratte. »Zero, eine Tür!«

Joe lief mit Libby los, um sich die Sache anzusehen. Die Öffnung war schmal, aber weit genug für eine Person, und an der Rückseite des Raums gab es einen Ausgang.

»Sieht wie eine Krypta aus«, murmelte Libby.

»Sollten wir also weitergehen?«, fragte Joe.

Hinter ihnen kamen die Jreet näher. Sie konnten hören, wie ihre Schuppen über den Boden schleiften.

»Es könnte eine gute Stelle für ein letztes Gefecht sein«, sagte sie schulterzuckend.

»Vergiss es«, blaffte Joe zurück. Doch als er in den geraden, endlosen Tunnel blickte, der vor ihnen lag, sagte er: »Alle rein hier.« Er rannte geduckt unter dem Türrahmen hindurch. »Libby, du hältst hier Wache.«

Er lief weiter zur Rückseite des Raums, um zu sehen, wohin die Tür führte, als sie sich plötzlich tröpfelnd schloss. Ein schwarz gekleideter Ooreiki stand auf der anderen Seite, und seine Tentakel lagen immer noch an der Schalttafel.

»Nein, warten Sie!«, rief Joe, als er die Kong-Uniform erkannte.

Die Tür schloss sich ganz und blieb geschlossen.

Er machte auf dem Absatz kehrt. »Alle raus hier! Sie schließen uns ein!«

»Aber …«, begann Maggie.

»Asche!«, rief Bailey. »Libby hat mich zurückgestoßen und ist rausgerannt.«

Joe hatte ein flirrendes Angstgefühl im Bauch. Was war, wenn Libby die ganze Zeit für die andere Seite gekämpft hatte? Dann erkannte er, dass sie den Sturz vom *ferlii* eigentlich nicht hätte überleben können. Vielleicht hatte ein Huouyt ihre Gestalt angenommen, um an ihre Stelle zu treten.

Joe spürte Galle in seiner Kehle aufsteigen, als er daran dachte, dass sie wahrscheinlich tot war. *Nein*, dachte er wild. *Sie war es wirklich. Einen Betrüger würde ich erkennen.* Warum also hatte sie die anderen im Stich gelassen?

Violetter Rauch strömte aus der Decke, und Joe zuckte zusammen. *Unsere eigenen Leute vergasen uns.* »Schießt auf die Türen!«, rief Joe. »Bedeckt eure Gesichter!«

Der spärliche Rest ihrer Gruppe kauerte sich an den Wänden zusammen und feuerte auf die zwei verschlossenen Ausgänge. Plasma zerfraß das stabile Material der Tür, aber viel zu langsam. Joe hatte sich sein Hemd um eine Hand gewickelt und drückte es sich aufs Gesicht, während er sich mit der Schalttafel neben der Tür beschäftigte. Doch nichts tat sich. Was Yuil über einfache Schlösser und simple Codes erzählt hatte, konnte nicht weiter von der Wirklichkeit entfernt sein. Jede Tür benötigte eine achtzehnstellige Geheimzahl und einen Scan des Rangabzeichens eines Aufsehers oder höher.

Um ihn herum sackten seine Rekruten zusammen, entweder tot oder bewusstlos.

Nachdem die Schalttafel ihm mehrmals den Zugang verweigert hatte, riss sich Joe das Hemd vom Gesicht und schlug mit der Faust gegen die Kontrollen. »*Wir stehen auf Ihrer Seite, Sie Volltrottel!*«

Bevor er zusammenbrach, glaubte Joe, Orangen zu riechen.

»Wie viele sind es?«

»Ich sehe nur den einen.«

»Und wo sind dann die anderen?«

»Ist jemand verletzt?«

»Hört auf, in den Himmel zu starren, ihr Furgs!«

»Womit feuern sie auf uns? Giftgas?«

»Die Anzüge registrieren nichts. Entweder ist er ein Kamikaze-Kämpfer, oder alles ist nur Schall und Rauch.«

»Es kommt von diesem Dach da drüben. Schicken Sie jemanden, der nachsieht. Alle anderen treiben so viele von den Rekruten zusammen, wie sie finden können.«

»Was machen wir mit dem hier, Sir?«

Stechende Pythonglieder schoben sich durch das zertrümmerte Fenster, zogen Joe aus der eingedellten Fahrertür des Ford-Pickups und warfen ihn vor einem der Aliens auf das Straßenpflaster. Joe, der immer noch vom Zusammenstoß mit einer Gebäudewand ohne Airbag betäubt war, knallte auf den Beton und starrte benommen auf einen schwarz glänzenden Stiefel des Wesens. Er spürte, dass das befehlshabende Alien auf ihn hinunterblickte, spürte, wie die Waffe des anderen Aliens seinen Hinterkopf streifte. Er wartete nur darauf, ihm den Rest zu geben.

»Kommandeur Lagrah?«

»Was glauben Sie, wie alt dieser hier ist?«

»Sechzehn, laut Datenabgleich, Kommandeur Lagrah«, sagte eines der Aliens in den schwarz glänzenden Anzügen. *»Vielleicht vierzehn, bei irregulärem Wachstum.«*

Ein grausamer Ausdruck stand in den blassbraunen Augen des Aliens, als es sagte: *»Verzeihung, Gokli. Was sagten Sie, wie alt er ist?«*

Es folgte eine längere Pause. *»Zwölf, Sir.«*

»*Finden Sie seine Freunde. Ich will sie alle haben.*«

»*Ja, Sir.*«

»Nein«, stöhnte Joe. Er versuchte aufzustehen, doch das Alien stieß ihm einen Fuß in den Rücken und warf ihn wieder zu Boden. Es starrte durch den obsidianschwarzen Anzug auf Joe und sah aus wie eine kalte, berechnende Wespe.

Joe ächzte und schloss die Augen.

»*Sir? Er hat keine Komplizen außer dem einen auf dem Dach. Wir suchen immer noch nach ihm, aber die Bewohner dieser Siedlung sind nicht kooperativ.*«

»*Er konnte entkommen?*«

»*Ja, Sir.*«

»*Sie* alle *konnten entkommen? Alle neunhundert?*«

»*Ja, Sir. Sie hatten Fortbewegungsmittel bereitgestellt. Mehrere hundert. Sie haben sich in alle Richtungen zerstreut. Mit hoher Geschwindigkeit.*«

Joe verspürte tiefe Erleichterung, dass seine Highschool-Kumpel es zu Ende gebracht hatten, und drückte das Gesicht wieder in den Beton. Es war ihm egal, dass das befehlshabende Alien auf ihn herabstarrte und die Waffe über seinem Kopf zitterte. Sam war in Sicherheit.

»*Nehmen Sie ihn.*«

»*Soll ich ihn töten, Sir?*«

»*Nehmen Sie ihn mit ins Schiff.*«

»*Um ihn als Unbeanspruchten zu benutzen?*«

»*Wir werden sehen.*«

»Warum nehmen Sie nicht beide, Mylord?« Die neue Stimme war hell und musikalisch. Ganz anders als die nackte Wut in Lagrahs Stimme, als er Gokli befohlen hatte, ihn wegzubringen. Joe stöhnte und öffnete die Augen.

Repräsentant Na'leen stand über ihm, doch er blickte zu etwas auf der anderen Seite des Zimmers. Sein Umhang aus goldenem Stoff war immer noch in tadellosem Zustand, mitsamt den aufgestickten acht Kreisen des Kongresses aus wertvollen Metallen auf der Brust.

»Nur *einer* hat eine Bestimmung zu erfüllen, Zol'jib. Nur *einer* wird mich begleiten. Ich werde nicht den Rest meines Lebens damit zubringen, mich zu fragen, welcher es ist.«

»Das wird kein langer Zeitraum sein, Verräter.«

Joe zuckte zusammen und drehte sich um. Kampfmeister Nebil hing mit einem Dutzend weiterer Ooreiki an der Wand. Sein Kopf war in sich zusammengesackt und nur noch eine formlose braune Masse, die seine Augen schützte. Scharfe Haken waren durch seine Tentakel getrieben worden und hielten ihn davon ab, den Boden zu erreichen. Die feinen Spitzen, mit denen die Ooreiki Dinge ergreifen und bewegen konnten, waren abgeschnitten worden. Der vierstrahlige silberne Stern eines Kampfmeisters hob sich deutlich von der zerfetzten schwarzen Uniform ab. Seine Stiefel fehlten, sodass Joe zum ersten Mal die unförmigen Fleischklumpen sah, die die Ooreiki als Füße benutzten. Aus zahlreichen Schnitten in der blassen Haut tröpfelte bräunliche Flüssigkeit. Der verantwortliche Jreet stand nicht weit entfernt. Er hatte seinen Unterkörper zusammengerollt und starrte mit gnadenlosen gelben Augen auf Nebil.

»Ihr störrisches Draufgängertum geht mir allmählich auf die Nerven, Soldat«, blaffte Repräsentant Na'leen. »Helfen Sie uns, sonst werden Sie hier sterben.«

»Ich würde lieber mein *oorei* verlieren, als einem Huouyt zu helfen, Wasser zu finden.«

»Das lässt sich einrichten, Sie dummes Geschöpf.«

Repräsentant Na'leen starrte Nebil finster an. Mehrere Huouyt umstanden ihn. Einer von ihnen hielt Libby fest. Genauso wie Joe hatte man auch ihr den Bioanzug abgenommen. Sie wirkte halbtot und geschunden und war von Kopf bis Fuß blutüberströmt. Hätten ihre Bewacher sie nicht festgehalten, wäre sie zu Boden gestürzt. Joe spürte, wie sich seine Kehle zusammenschnürte, als er sie schlaff und hilflos in ihren Armen sah. Dann erkannte er, dass sie ein Auge leicht geöffnet hatte. Sie *beobachtete* ihn!

»Dann richten Sie es ein und hören Sie auf, meine Zeit zu vergeuden.«

Auf Nebils abschlägige Antwort holte der Jreet lässig aus und schlug mit einer klauenbewehrten Tatze über seine Brust. Der vierstrahlige Stern eines Kampfmeisters fiel zusammen mit einem Stück Stoff zu Boden. Nebil erschauderte, sagte aber nichts.

»Denken Sie sehr gründlich nach, Kampfmeister«, sagte Na'leen. »Einer von diesen beiden wird uns unterstützen. Einer von ihnen ist entbehrlich.«

»Die Frau ist die bessere Kämpferin«, sagte einer der Ooreiki, die ebenfalls an der Wand hingen. Seine Stimme klang vertraut, weil Joe sie schon tausendmal bei langen, idiotischen Ansprachen gehört hatte. Er konnte es nicht fassen. Kommandeur Tril.

»Möglicherweise«, sagte einer von Na'leens Assistenten. »Sechs meiner Leute waren nötig, um sie lebend hierherzuschaffen. Sie hat tatsächlich einen Jreet getötet, der sich bemühte, nicht getötet zu werden.«

»Also nehmen Sie sie und gehen Sie«, erwiderte Tril. »Wir stehen auf Ihrer Seite. Wir hassen den Kongress genauso leidenschaftlich wie Sie.«

»Tril, sie feuerliebender Tak…« Nebils Worte wurden abgeschnitten, als der Jreet erneut nach ihm schlug und ihm weitere Wunden zufügte. Von allen Ooreiki an der Wand sah er am schlimmsten aus, doch irgendwie brachte er immer noch genug Kraft auf, um seinen Peiniger zu beleidigen. Durch Joes Herz ging ein besorgter Stich.

Repräsentant Na'leen deutete auf den Raum. »Was sind Sie dem Kongress schuldig? Wurden Sie nicht genauso wie alle anderen von Ihrer Heimatwelt geraubt? Wollen nicht auch Sie, dass der Kongress untergeht?«

»Und was soll danach kommen? Die Oberherrschaft der Huouyt?« Nebil stieß ein kehliges, quäkendes Lachen aus. »Ich war dreiundvierzig Umläufe lang Erster Kommandeur. Zu den ersten Dingen, die ich gelernt habe, gehörte, dass man niemals einem Huouyt vertrauen darf. Sie haben genauso viel Gewissen, wie die Takki Mut haben.«

Repräsentant Na'leens stahlblaue Augen waren ausdruckslos, aber Joe sah das unbeherrschte Flirren seiner schneeweißen Cilien. »Wir wollen eine neue Gesellschaft begründen«, sagte Na'leen.

»Sie wollen eine neue Gesellschaft *beherrschen*«, gab Nebil zurück. »Wie viele von uns werden Ihnen am Herzen liegen, wenn Sie schließlich Ihre Ziele erreicht haben? Null. Es stimmt nicht. Was auch immer zu einem gesagt wurde, ein Trith offenbart niemals die ganze Prophezeiung.«

Joe sah Nebil stirnrunzelnd an. Es schien fast so, als hätte er zu ihm gesprochen.

Na'leens flauschige weiße Cilien bewegten sich in Wellenmustern auf seiner schwarzen Haut. »Wer herumsitzt und darauf wartet, dass der Kongress auseinanderbricht, wird es nie erleben. Wir selbst bestimmen unsere Zukunft, und ich asche auf die Trith. Wir haben so viel Zeit damit verbracht, auf die Erfüllung ihrer Prophezeiungen zu warten, haben kleine Botengänge für sie übernommen, haben gebetet, dass sie uns aus der Schlinge befreien, die wir uns selbst um den Hals gelegt haben, dass wir niemals auf die Idee gekommen sind, selbst den Knoten zu lösen.«

»Und was dann?«, fragte Nebil. »Glauben Sie, die Jreet werden Ihnen für immer folgen? Glauben Sie, die Dhasha werden Sie herrschen lassen?«

»Die Dhasha sind einfach gestrickt«, erwiderte Na'leen. »Wir werden ihre Planeten mit dem *ekhta* vernichten.« Er blickte zum Jreet-Krieger, der neben Nebil stand. »Und die Jreet werden jedem folgen, der den Mut hat, sie zum Sieg zu führen.«

»Sie werden Ihnen folgen, bis Sie gewonnen haben, und danach werden sie sich von Ihnen abwenden und wieder ihre alten Kriege ausfechten. Die Jreet brauchen Sie nicht, Na'leen. Sie brauchen gar nichts außer dem Blut ihrer Feinde.«

»Und das werde ich ihnen geben, in rauen Mengen.«

»Und wenn Sie zu ihren Feinden werden?«

Na'leens Schweigen breitete sich wie ein Schwall kühler Luft im Raum aus.

»Dieser hier wird uns nicht helfen«, sagte einer der Huouyt. »Töten Sie ihn.«

Joe erkannte ihn wieder. Er war der Huouyt, der versucht hatte, ihn in der Kaserne für Na'leen zu beanspruchen. Seine kalten, weiß-blauen Augen waren auf Nebil gerichtet.

»Nein, Zol'jib.« Repräsentant Na'leen erwiderte den starrenden Blick Nebils. »Das ist genau das, was er will. Aber er hat Pech, dass ich nicht Knaaren bin. Ich habe nicht die Absicht, einen neuen Kihgl zu erleben. Wir haben genug Nanos, um ihn am Leben zu erhalten, ganz gleich, wie lange wir ihn foltern müssen. Sie können ihn knebeln, wenn seine Geräusche Sie stören.«

Joes Herz pochte heftig, als er beobachtete, wie sich Nebil anspannte.

Er beschützt mich. Joe verspürte Dankbarkeit und Beschämung. *Er beschützt mich, und ich sitze hier nur herum.* Vor Furcht bekam er Bauchschmerzen. Hatte der Trith ihn nicht davor gewarnt, sich gegen seine Bestimmung zu wehren? War das nicht der Grund, warum Scott tot war? Weil er nicht mit dem Rebellen auf der Straße gesprochen hatte, wie er es hätte tun sollen? Hatte das Schicksal die Dinge nicht einfach verschoben, damit er genau hier war, wo er auch gewesen wäre, *wenn* er das Schiff bestiegen hätte, nur dass jetzt der größte Teil seiner Einheit tot war? Welche Wahl hatte er überhaupt, wenn alles, was er tat, zum gleichen Resultat führte? Er *musste* Na'leen helfen, damit nicht noch mehr von seinen Freunden starben.

»Ich bin es. Der Trith hat es gesagt.« Sobald er diese Worte ausgesprochen hatte, war Joe klar, dass er sie nie mehr zurücknehmen konnte. Er wich dem sengenden Blick Nebils aus und wandte sich Na'leen zu.

»Aha.« Repräsentant Na'leen bedachte ihn mit einem abschätzenden Blick. »Vielleicht hat er sich jetzt doch an seine Unterhaltungen mit Kihgl erinnert.«

»Ein Trith hat mich besucht. Er sagte zu mir, ich würde den Kongress zerschlagen.«

Alle Aliens im Raum spannten sich an, die Huouyt genauso wie die Ooreiki.

»Und was«, sagte Repräsentant Na'leen sehr vorsichtig, »hat der Trith dir sonst noch erzählt? Wie lauteten deine vier Prophezeiungen?«

Joe runzelte die Stirn. »Er gab mir nur eine.«

Mehrere Huouyt wurden sehr still und warfen sich Blicke zu, und die Sudah der Ooreiki flatterten hektisch an ihren runzligen braunen Hälsen. Niemand sagte etwas.

»Aber das spielt keine Rolle, weil Bagkhal und Kommandeur Lagrah Sie alle in der Luft zerreißen werden«, fügte Joe hinzu.

»Bagkhal und Lagrah sind tot«, sagte der Huouyt, der Libby festhielt. »Bagkhal ist ein hübscher neuer Komet, und ich selbst habe Lagrah getötet, bevor er auch nur die Chance hatte, das Shuttle zu besteigen. Ich habe die Leiche in einem Luftschacht zurückgelassen. Man wird sie in ein paar Tagen finden, wenn sie zu stinken anfängt. Nicht dass es irgendeinen Unterschied machen würde. Bis dahin werden wir Kophat unter Kontrolle haben.« Während Zol'jib den letzten Satz sagte, berührte er den roten Wurmfortsatz in seinem Gesicht mit etwas, worauf sein Körper dunkler wurde und sich veränderte. Die Cilien wurden eingezogen, und er wurde stämmiger und kompakter.

Einen Moment später stand Kommandeur Lagrah an der Stelle, wo zuvor der Assassine gewesen war. An seinem vernarbten Oberkörper hing immer noch die silberne Kleidung, die Na'leens Leute trugen. Joe sah dasselbe Wesen, das ihn gedrängt hatte, mit seinen Freunden in dieses Labyrinth vorzudringen.

Für Joe war es wie ein Schlag ins Gesicht. »Sie haben die Einheiten im achten Stock gar nicht befreit, nicht wahr?«, fragte er leise.

»Natürlich nicht«, sagte der Assassine in Lagrahs Körper. »Sie waren weiterhin loyal gegenüber dem Kongress. So hätten wir sie später töten müssen.«

Als er sah, wie perfekt er Lagrah imitierte, bis zum schleppenden ooreilianischen Akzent, wurde Joe plötzlich einiges klar. Er spürte eine Kälte in seinen Eingeweiden, als er sich erinnerte, dass Na'leen ihn schon am ersten Tag, als er Joe in sein üppig ausgestattetes Quartier hoch über der Stadt Alishai gerufen hatte, zur Kooperation hatte überreden wollen. Und Joe hatte sich geweigert. Er schluckte und flüsterte: »Waren Sie auch Yuil?«

Der Huouyt grinste und deutete eine Verbeugung an, während sich sein Ooreiki-Gesicht zufrieden runzelte. »Es gibt mehr als ein Werkzeug, um einem Dhasha die Krallen zu stutzen«, sagte der Assassine. »Vor allem, wenn man es mit …« Er musterte Joe voller Verachtung. »… einem so schlichten Gemüt zu tun hat.«

»Negieren Sie das Muster«, befahl Na'leen. »Es ist nicht unser Ziel, ihn gegen uns aufzubringen.«

Sofort verneigte sich Zol'jib und ging zu einer gefüllten Wanne in einer Ecke des Raums, um darin unterzutauchen. Als er wieder aufstand und das Wasser an seiner metallischen Kleidung herablief, hatte er erneut die Gestalt eines Huouyt angenommen, die Haut von wimmelnden weißen Cilien übersät.

Joe spürte heißen Zorn in sich, als er die Verwandlung beobachtete. *Beim ersten Mal haben sie mich nicht bekommen, also haben sie mich dazu gebracht, dass ich zu ihnen komme. Deshalb ist Scott jetzt tot.*

»Ignoriere ihn.« Na'leen machte eine wegwerfende Geste in Richtung seines Assassinen. »Würdest du nicht gern zur Erde zurückkehren, Zero? Vermisst du nicht deine Familie?«

Ihr habt meine Familie in eurer Gewalt. Joe schaute zu Libby. Sie täuschte immer noch Schwäche vor. *Sie glaubt, ich würde sie abzulenken versuchen, damit sie sie angreifen kann.* Er spürte tiefe Zuneigung zu ihr, doch ohne Waffen oder einen Bioanzug hätte Libby gegen einen Jreet und fast ein Dutzend Huouyt nicht die geringste Chance. Er blickte sich um und fand Maggie in der Gruppe von Kindern, die vor der Wand kauerten. Alle trugen noch ihre Bioanzüge, obwohl die Huouyt ihnen die Ausrüstung abgenommen und vor der Wand zu einem Haufen angeordnet hatten. Daneben hingen die Ooreiki mit zerfetzten Kongress-Uniformen und schlaffen und besiegten Körpern. Er nahm einen tiefen Atemzug. »Sie lassen sie frei, und ich werde …«

»Kihgl hat dir seine *kasja* nicht wegen einer Trith-Prophezeiung gegeben, Joe.«

Joe fuhr zu Kampfmeister Nebil herum. Er hatte die ganze Zeit geschwiegen und ihn beobachtet. *Er hat meinen echten Namen benutzt,* wurde ihm voller Entsetzen klar.

Kampfmeister Nebil erwiderte seinen Blick. »Er hat sie dir gegeben, weil er wusste, dass du ein verbrannt guter Kong sein wirst.«

Joe empfand große Dankbarkeit gegenüber dem Kampfmeister. Er sehnte sich danach, Nebil von seinen Problemen zu erzählen, und wünschte sich, er hätte es früher getan. Als er dem alten Ooreiki in die Augen blickte, wusste er, dass Nebil ihm helfen konnte. *Ich weiß nicht, was ich tun soll. Der Trith sagte …*

»*Jetzt* können Sie ihn töten«, sagte Na'leen. »Wir haben, was wir brauchen.«

Ein Feuerspeer schoss durch Joe hindurch, als der Jreet seinen Kampfmeister mit dem ausgefahrenen Fangzahn schlug. »Nein!« Noch während er losstürmte, flatterten Nebils Sudah kurz über der Stelle, wo der Stachel des Jreet in seine Brust eingedrungen war, dann erschlaffte er, und sein zerrissener Körper hing wie ein Stück Fleisch an den Haken in der Wand.

Tiefer, brennender Hass zerfraß Joes Lunge und bereitete ihm Schmerzen, wenn er atmete. In diesem Moment wusste er, was er zu tun hatte. Sein Vater hatte für Sam gekämpft. Joe würde für seine Freunde kämpfen.

Sofort hatte er wieder die Worte des Trith im Kopf. *Du wirst versuchen, dich dagegen zu wehren, aber dein Weg wird unweigerlich ans gleiche Ziel führen.* Joe nahm einen tiefen Atemzug und verdrängte sie aus seinem Bewusstsein.

Bitte lass es die richtige Entscheidung sein.

»Libby, erinnerst du dich an Sasha?«

Na'leen blickte sich verwundert zu ihr um, als Libby etwas murmelte. »Was hat sie gesagt?«

»Erinnerst du dich, wie Sasha gestorben ist?«, fragte Joe.

»Wie könnte ich das vergessen?« Plötzlich war Libbys erschöpfter Gesichtsausdruck verschwunden, und sie rammte eine Faust in Zol'jibs Kehle. Seine weiß-blauen Augen blickten überrascht, als sie herumwirbelte, ihm einen Fuß gegen den Kopf knallte und von ihm wegsprang, als er zu Boden ging. Sie wich Na'leen aus, duckte sich unter dem Arm eines Huouyt weg, der nach ihr greifen wollte, und riss ihm die Plasmapistole aus dem Gürtel. Dann feuerte sie auf die Huouyt, die erschrocken aufschrien und versuchten, den Repräsentanten zu schützen.

Joes Wächter umklammerte Joes Bizeps fester mit einem paddelähnlichen Arm. Joe schlug ihm den anderen Ellbogen ins Gesicht, drehte sich und stieß ihn um, als er schützend die Gliedmaßen vor die Augen hob. Dann eilte er Libby zu Hilfe. Aus dem Augenwinkel sah er, wie Zol'jib etwas in der Größe eines Kugelschreibers aus der Tasche zog. Joe stürzte sich auf Zol'jib und riss ihn zu Boden, während ein Jreet hinter Libby sichtbar wurde.

»Jreet hinter dir!«, rief Joe.

Libby fuhr herum und feuerte dem Jreet eine Plasmaladung in die Kehle, worauf er um sich schlug und mit dem Schwanz mehrere Huouyt umwarf. Die Huouyt schrien, als sie von Plasmaspritzern getroffen wurden. Na'leen wurde von seinen Assistenten aus dem Raum gedrängt, und mehrere Huouyt blieben als Kämpfer zurück.

»Lass mich los!«, rief Zol'jib und bemühte sich, seine feuchten Arme aus Joes Griff zu befreien.

»Keine Chance, Ascher.« Joe ließ nicht locker und presste die glitschigen, paddelähnlichen Arme fest an seinen Körper, sodass er nur noch die Spitzen bewegen konnte.

Die stahlblauen Augen des Huouyt verstrahlten puren Hass. »Wie du meinst.« Joe spürte einen Stich an der Seite, wo er den Huouyt berührte, wie von einer Biene. Dann erschlaffte plötzlich seine gesamte Muskulatur. Joe konnte noch alles spüren, aber nichts mehr tun. Nur seine Stimme funktionierte noch.

Eine Verhörwaffe, wurde ihm klar. Sie hatte ihn in den erschreckendsten Lähmungszustand versetzt, den er jemals erlebt hatte. Er konnte nur hilflos zuhören, wie sich seine Kameradin hinter ihm abmühte. »Pass auf, Libby! Sie benutzen Gift!«, schrie er.

Zol'jib stieß Joe von sich herunter und stand auf. »Libby! Hinter d…« Joes Worte endeten in einem Ächzen, als das kräftige Bein des Huouyt ihm die Luft aus der Lunge trieb.

Während Joe nach Atem rang, stapfte Zol'jib zu Libby. Bevor er sie erreicht hatte, packte ein anderer Huouyt sie von hinten und schlug ihr die Beine unter dem Körper weg. Ohne den Schutz ihres Bioanzugs brach sie zusammen. Dann riss der Huouyt ihr mit einem paddelförmigen Tentakel die gestohlene Waffe aus den weißen Fingerknöcheln, während er den anderen Arm um ihren Hals schlang. Joe konnte nicht den Kopf heben und nachschauen, aber er hörte ihr Röcheln, als der Huouyt sie würgte.

»Tun Sie ihr nicht weh!«, sagte Joe verzweifelt zum Boden. »Sie brauchen mich als Freund, nicht als Feind.«

Anscheinend wurde sie daraufhin losgelassen, weil das Röcheln verstummte.

»Mein Stiefel, Joe!«, rief Libby.

Ihr Stiefel?

Joe warf einen Blick nach links. Libbys Ausrüstung lag vor ihm auf einem Haufen. Daneben standen ihre Stiefel. Nur ihr Gewehr fehlte. Plötzlich erinnerte er sich, wie Libby die *fahjli*-Granate von Tank entschärft und unter die Schnürsenkel geschoben hatte. Dann sah er die mattblaue Oberfläche der Granate an ihrem linken Stiefel.

»Mein *Stiefel*, Joe!«

Ist ihr nicht klar, dass ich mich nicht bewegen kann?

»Libby, ich kann mich nicht …« Weiter kam er nicht, weil Zol'jib ihn in diesem Moment auf die Beine stellte.

Libby bedachte Joe mit einem Blick, der tief in seine Seele stach. Verbittert zog sie die Knie bis an die Brust und schlang ihre langen Arme um die Beine. Sie hatte Schürfwunden am Hals und an den Armen, wo der Huouyt sie gepackt hatte. Joe wollte ihr helfen, sie in den Armen halten, aber er konnte nicht mal mit dem kleinen Finger wackeln.

»Wir werden beide mitnehmen«, sagte Na'leen vom Eingang. »Selbst wenn sie nicht die ist, die wir brauchen, wird sie in unserer Armee sehr nützlich sein.«

»Ich werde niemals für Sie kämpfen«, sagte Libby, den Blick auf Joe gerichtet. »Ich bin keine Verräterin.«

Joe spürte einen besorgten Stich, als ihm klar wurde, dass sie es missverstanden hatte. Sie glaubte, er hätte aufgegeben! »Libby, ich …«

»Mund halten!«, blaffte Zol'jib ihn an. »Kein Austausch mehr.« Der flauschige Tentakel des Huouyt streifte seinen Hals.

Joe spürte einen weiteren Einstich, und nun konnte er auch nicht mehr sprechen.

Repräsentant Na'leen hatte Libbys finstere Miene bemerkt. »Du hast keine Ahnung, wer er ist, nicht wahr, Mädchen?«

Nur widerstrebend löste sich Libbys Blick von Joes Gesicht. Zu Na'leen sagte sie: »Wer soll wer sein?«

»Dein Freund. Zero. Er ist jener, auf den jeder Bürger des Kongresses gewartet hat, seit unsere Gesellschaft begründet wurde. Er ist jener, von dem die Trith prophezeit haben, dass er den Kongress vernichten wird.«

Nein!

Libby zuckte zusammen, als hätte man sie geschlagen, und warf Joe einen verletzten Blick zu. »Wirst du das tun?«

Nein, nein, nein! Es fühlte sich an, als würde sein Geist außerhalb seines Körpers schweben und ihn aus der Ferne beobachten, ohne irgendeinen Einfluss auf ihn zu haben.

»Der Trith ist an jenem Tag auch zu dir gekommen, nicht wahr, Joe?«

Nach zahllosen Stunden in den Tunneln wusste Joe, dass sie genauso gut in seinen Augen lesen konnte wie er in ihren. Sie erkannte, dass Na'leen die Wahrheit sagte, genauso wie Joe erkannte, dass sie ihn dafür hasste. Verzweifelt schloss er die Augen, während er sich wünschte, er könnte alles erklären.

»Und er sagte, dass du den Kongress vernichten wirst?«

Joe konnte nur zuhören, ohne in der Lage zu sein, auch nur andeutungsweise den Kopf zu schütteln.

»Bist du ein Rebell, Joe?«

Nein! Ich stehe neben einem verbrannten Assassinen und bin völlig gelähmt, kannst du das nicht sehen?

Libbys Miene wurde hart. »Weißt du auch, was der Trith zu mir gesagt hat, Joe?«

Er hat gesagt, ich wäre ein Verräter. Aber das bin ich nicht. Ich habe das Gift eines Assassinen im Blut, und ich kann mich nicht bewegen, verbrannt noch mal!

Wie ein Panther, der sich nach einem Nickerchen erhob, stand Libby auf, den Blick auf Joe gerichtet. »Er sagte, ich müsse dich töten, um den Kongress zu retten.«

Joe riss die Augen auf. Gleichzeitig warf Libby ein Messer auf ihn.

Die Klinge traf ins Ziel. Als das Messer wie ein Speer aus nassem Feuer in seine Brust schlug, spürte Joe, wie die Luft aus ihm herausströmte. Er wankte, taumelte rückwärts. Er hörte einen Tumult, den

Schrei eines Huouyt, das feuchte Rülpsen eines Plasmagewehrs. Dann nichts mehr.

Joe lag auf dem Rücken und starrte zur Decke hinauf, während sein Sichtfeld zu rotem Dunst verblasste. Sein Herz hämmerte in seiner Brust, schnitt sich an der Klinge auf, trieb die Todesqualen tiefer in seinen Körper hinein. Er wurde schwächer und konnte nicht mal mehr um Hilfe rufen.

Sie hat mich ins Herz getroffen, dachte Joe. Sein Geist war so klar wie immer. *Ich sterbe. Nicht mal Nanos können schnell genug arbeiten, um mich jetzt noch zu retten.*

Eigentlich sollte er sich verletzt und verraten fühlen, aber er empfand nur Frust. Alles war nur ein Missverständnis. Libby hasste ihn in Wirklichkeit gar nicht. Sie hatte getan, was sie glaubte, tun zu müssen. Wenn er es ihr doch nur erklären könnte! Als sein Sichtfeld genauso wie seine Gedanken immer mehr verblasste, sah er, wie eine schlanke schwarze Gestalt zu Boden stürzte. Etwas an der Art, wie sie fiel, jagte einen weiteren Adrenalinstoß durch die zerfetzten Adern.

O Gott! Libby!

»*Dad ist gestern Nacht nicht nach Hause gekommen, Joe.*«

»*Was? Woher weißt du das?*«

»*Ich lag auf dem Sofa wach, um auf ihn zu warten. Und heute früh habe ich gehört, wie Mum im Krankenhaus angerufen hat.*«

»*Warum sollte sie im Krankenhaus anrufen? Wo ist Dad?*«

»*Ich weiß es nicht, Joe, aber die Aliens sagen, dass sie gestern Nacht mehrere Marines getötet haben. Ich habe ihre Übertragungen gehackt. Sie haben ihnen eine Falle gestellt.*«

»*Halt die Klappe, Sam. Du lügst.*«

»*Ich lüge nicht, Joe! Steh endlich auf! Mum will mit dir reden.*«

»*Wir müssen ihn suchen.*«

»*Dad? Mum sagte mir, dass ich das Haus nicht verlassen soll. Sie will mit dir reden.*«

»*Dann verschwinden wir durchs Fenster, okay?*«

»*Klar, okay. Du weißt, wo er ist, Joe?*«

»*Wahrscheinlich sitzt er irgendwo fest. Weißt du, wo sie diese Falle gestellt haben?*«

»*Am Fluss. Sie haben sie ins Wasser gedrängt. Es war in den Nachrichten, Joe.*«

»*Ich glaube, Mum hat uns gehört. Deine Tür wurde gerade zugeschlagen.*«

»*Was?*«

»*Lauf, Sam! Wir müssen am Fluss nachsehen.*«

»*Aber Mum wird …*«

»*Lauf einfach, Sam!*«

»*Joe, was ist das da oben? Warum sind all die Kinder …?*«

»*Scheiße, Sam, versteck dich!*«

»*Sie sind auch hinter uns her. Joe, sie haben mich gesehen.*«

»*Lasst meinen Bruder in Ruhe, ihr Arschlöcher!*«

»*Joe! Hilfe! Joe!*«

»Er atmet.«

»Das ist eine Verbesserung. Hirnschäden?«

»Möglicherweise.«

»Wird das seine Funktionen beeinträchtigen?«

»Ich habe hier nicht die richtige Ausrüstung zur Verfügung. Also ist alles in der Schwebe. Ihre Dosis war das Beste, was der Kongress aufzubieten hat, aber er hat mehrere Minuten lang nicht geatmet. Ich glaube, das Mittel, das ich ihm gegeben habe, hat ihn ausreichend sediert, um allzu große Schäden zu verhindern, aber ich bin mir immer noch nicht sicher, ob er völlig stabil ist. Das Gegenmittel hat überhaupt keine Wirkung gezeigt.«

»Er darf nicht sterben. Der Trith sagte mir, dass er derjenige ist.«

»Das wissen wir nicht. Er könnte gelogen haben.«

»Deswegen hat das Mädchen versucht, ihn zu töten. Ihn vielleicht sogar tatsächlich getötet.«

»Was sollten wir also tun? Wir verlieren zu viel Zeit.«

»Können Sie ihn bewegen?«

»Ich bin mir nicht sicher. Menschen sind so empfindlich.«

»Repräsentant, Kommandeur Pur'wei hat im dritten Ring von Alishai Schwierigkeiten bekommen, nicht weit vom Shuttle-Startplatz. Er will mit Ihnen reden.«

»Wenn es nicht wichtig ist, werde ich ihm höchstpersönlich die *breja* herausreißen.«

»*Repräsentant Na'leen?*«

»Ja, Kommandeur. Was gibt es?«

»*Sie sollten doch sämtliche Dhasha töten, Sir.*«

»Wie bitte?«

»*Hier draußen ist ein Dhasha, der mein Regiment in der Luft zerreißt. Der größte, den ich jemals gesehen habe. Er greift unsere Stellungen mit einem kleinen Ooreiki-Kontingent an. Wir können ihn nicht aufhalten. Er kämpft sich durch Alishai vor, genau in Ihre Richtung.*«

»Ich verfluche ihn in die neunzig Jreet-Höllen! Also gut. Wir rücken vor. Zerstören Sie alle Haauks, die Sie finden können, und zwingen Sie ihn, so weit wie möglich zu Fuß zu gehen. Bei den Jreet-Höllen! Ich wüsste gern, wie diese *janja*-Schnecke den Weltraum überlebt hat. Zol'jib, ist er schon wach?«

»Nein, Ko-Na'leen.«

»Dann bleiben Sie hier bei ihm. Treffen Sie sich mit mir am Hauptkontrollknoten, sobald er aufgewacht ist.«

»Sie feuern den *ekhta* ab?«

»Bagkhal lässt mir keine andere Wahl. Wenn er einen benutzbaren Haauk findet, bleiben uns nur noch achtzehn Ticks, bis er die Tür aufreißt und hier hereinstürmt.«

»*Was hast du getan, Joe?*«

»*Es tut mir leid, Mum.*«

»*Was hast du getan? Wo ist dein Bruder?*«

»*Er ist … Er …*«

»*Die Aliens haben ihn geholt, nicht wahr? Du hast zugelassen, dass die Aliens deinen Bruder holen, nicht wahr? Antworte mir, Joe!*«

»*Ich werde Dad helfen, ihn zurückzuholen. Ich werde heute Nacht mit ihnen gehen und ihn zurückholen.*«

»*Dein Vater ist tot, Joe. Alle seine Freunde sind tot. Jetzt ist niemand mehr da, der deinem Bruder helfen könnte. Beide sind verloren. Ich habe dir doch gesagt, dass du ihn nicht aus dem Haus gehen lassen sollst, und du bist trotzdem mit ihm gegangen, und jetzt ist er fort!*«

»*Ich könnte mich auf die Suche nach Dad machen, Mum. Wir könnten Sam gemeinsam zurückholen.*«

»*Du bist nur ein dummer Junge, Joe. Ein dummer Junge, der seinen Bruder an die Aliens ausgeliefert hat.*«

»*Ich werde Sam finden, Mum. Ich werde ihn zurückholen, ich schwöre es!*«

»*Ach, geh einfach zum Teufel, Joe.*«

»He, Ascher. Ich möchte mich bei dir bedanken, dass meine Einheit jetzt tot ist. Ich wusste, dass Lagrah uns niemals auf eine so idiotische Mission schicken würde. Libby hatte die richtige Idee, als sie versucht hat, dich zu erledigen. Zu schade, dass sie sie getötet haben.«

Joe riss die Augen auf. Ratte stand neben ihm und blickte verächtlich auf ihn herab.

»Halt den Mund, Mädchen.« Ein Huouyt schob sie zur Seite und sah ihn strahlend an. Joe erkannte Zol'jib und spürte Galle in seiner Kehle brennen.

»Sie haben Libby getötet?«

»Sie brachte eine weitere Plasmawaffe an sich und wollte sie gegen dich einsetzen.«

Nein. Joe ließ den Kopf zur Seite fallen, um Ratte und den Huouyt nicht sehen zu müssen. Dann bemerkte er, dass er auf Libbys leeren Stiefel starrte.

Du wirst versuchen, dich dagegen zu wehren, aber dein Weg wird unweigerlich ans gleiche Ziel führen.

Was wäre, wenn Nebil sich geirrt hatte? Wenn er Na'leen helfen musste? Was wäre, wenn alles, was er tat, nur das Unvermeidliche hinauszögerte? Wenn er soeben dafür gesorgt hatte, dass Libby getötet wurde?

Nein. Die Stimme in ihm brannte sich wie Feuer durch seine Adern.

Der Trith hat nichts darüber gesagt, wie *ich den Kongress zerschlagen werde.* Diese Wahrheit hallte laut in ihm nach und löschte seine Zweifel aus. *Ich bin ein Kong. Bagkhal hatte recht. Ich muss ihnen nicht helfen.*

Joe ballte eine Hand zur Faust und genoss die Kraft, die er darin spürte.

Zol'jib bemerkte seine Bewegung. »Er ist schwach. Hol die anderen Menschen. Sie sollen ihn tragen.«

»Den Teufel werde ich tun.« Ratte spuckte auf Joe und wich zurück, schüttelte den Griff des Huouyt ab.

»Ratte«, sagte Joe. Sie zögerte und blickte stirnrunzelnd auf ihn herab. »Ich brauche deine Hilfe.«

»Ich werde dir nie wieder helfen, Verräter«, sagte Ratte.

»Ich bin kein Verräter«, sagte Joe, während sein Blick erneut auf Libbys Stiefel fiel. Er glaubte, dahinter eine nackte menschliche Gestalt zu erkennen, die auf dem Boden lag, aber er konnte seinen Blick nicht darauf konzentrieren. *Das war ich nie.*

Du wirst versuchen, dich dagegen zu wehren, aber dein Weg wird unweigerlich ans gleiche Ziel führen.

Joe setzte sich auf und riss die *fahjli*-Granate aus Libbys Stiefel. Der Huouyt sah mit überraschten weiß-blauen Augen zu, wie er die Granate drehte und dann zwischen ihnen auf den Boden legte.

»Übernimm die an der Wand«, sagte Joe zu Ratte. »Ich kümmere mich um diese hier.«

Als sich Zol'jib bückte, um die Granate aufzuheben, griff Joe nach dem Messer, das Libby nach ihm geworfen hatte, und rammte es in den röhrenförmigen, flauschigen weißen Oberkörper des Wesens. Überrascht taumelte es zurück und vergaß die Granate. Statt das Messer herauszureißen, drehte Joe es hin und her und dann mit einem Ruck nach unten, wodurch er den Huouyt vom Hals bis zu den Beinen ausweidete. Mehrere eiförmige orangefarbene Klumpen fielen in einem Schwall aus klarem Schleim aus der Wunde. Zol'jib stieß ein erschrockenes, musikalisches Heulen aus, dann stieß Joe ihn mit einem Fußtritt vom Messer weg.

Als der blaue Blitz der *fahjli* zündete, stürzte sich Joe auf die anderen. Die überrumpelten Huouyt konnten nur entsetzt zusehen, wie er sie abschlachtete. Joe hatte fünf getötet, bevor der Blitz nachließ und sie nach ihren Waffen griffen.

»Leg das weg, Zero!«, bellte einer der Huouyt, dessen spiegelnde Augen ihn voller kalter Verachtung anblickten. »Wir sind in der Überzahl. Es ist mir egal, was Na'leen gesagt hat. Kämpfe gegen uns, und du wirst hier nicht mehr lebend herauskommen.«

Joe blickte sich zu Ratte um, die eine Plasmapistole in der Hand hielt. Eine Gruppe verängstigter Rekruten kauerte hinter ihr und beobachtete erschrocken die Huouyt. Genauso wie Joe waren alle nackt, ihre Körper schutzlos den Waffen ausgeliefert, die auf sie gerichtet waren.

Manchmal muss man einfach aufstehen und sich widersetzen, selbst wenn man weiß, dass man keine Chance hat.

Jetzt wusste er, was sein Vater damit gemeint hatte.

Der Jreet war riesig, mindestens zehn Meter, einer aus Na'leens Leibwache. Er umkreiste Joe, glitt zwischen den Leichen der Huouyt hindurch. Er zögerte, sein Gift einzusetzen.

Er glaubt immer noch, dass ich ihnen helfen werde, erkannte Joe.

»Joe, aus dem Weg!«, rief Ratte hinter ihm. »Ich habe kein freies Schussfeld!«

Doch etwas hatte von Joes Seele Besitz ergriffen. Er trat vor, so weit, dass er fast die Spitze des Fangzahns berührte, der aus der

Brust des Jreet ragte. Sie hing über seiner Stirn, die dunkle Spitze glänzte rötlich im matten Licht. Nicht mehr als eine Zuckung des Jreet wäre nötig, um Joes Leben hier und jetzt zu beenden. Der Krieger vor ihm war gewaltig und uralt, und dennoch schlug er nicht zu. Als Joe nach oben blickte, sah er die Unentschlossenheit in den winzigen goldenen Augen des Jreet. Und in diesem Moment der Klarheit verstand Joe.

Töte mich, und ich werde die Prophezeiung nicht erfüllen, dachte er, während er dem Jreet ins Gesicht starrte. *Und du willst nicht versagen.* Er verstand jetzt sein Dilemma und respektierte es auf einer tieferen Ebene.

Joe hob das Messer, und der Jreet wich gleitend zurück, von ihm fort. Er ließ die Spitze des durchsichtigen Speers zwischen ihnen zu Boden sinken und hielt ihn misstrauisch auf Abstand.

»Du wirst mich töten müssen.« Joe sprach weder Kong noch Englisch. Er war sich nicht sicher, woher er die Worte kannte, aber er kannte sie. »Mein Blut oder deins, Bruder.«

Der Jreet sah ihn verblüfft an, und die Spitze seines Fangzahns schwankte leicht hin und her.

Joe trat vor, bis seine Brust den Speer berührte. Er spürte, wie die Spitze in seine Haut stach, ein Stück oberhalb von Libbys Narbe, bevor sich der Jreet zurückzog und verhinderte, dass sich Joe selbst aufspießte. Warmes Blut lief ihm über die Haut, als er weiterging, und tropfte auf den Boden zwischen ihnen. Joes Blick blieb die ganze Zeit auf den Jreet gerichtet.

Der Jreet senkte vorsichtig den Speer.

Joe rammte das Messer in die lebenswichtige Stelle in der Kehle des Jreet, genau über dem giftigen Fangzahn. Der Fangzahn zuckte einmal, hielt nur eine Haaresbreite über Joes Haut inne, bevor er sich zurückzog. Der riesige Jreet ließ den Speer sinken und glitt in eine Ecke des Raums, wo er zusammenbrach.

Als keine Feinde mehr übrig waren, trieb Joes Zorn ihn zu Zol'jibs Leiche zurück. Der Huouyt, der Lagrahs Gestalt angenommen hatte. Na'leens Assassine, der ihn vergiftet hatte, damit Libby glaubte, er hätte sie verraten. Derselbe Huouyt, der sich als Yuil ausgegeben hatte, um ihn zu verleiten, seine Freunde zu verraten.

Joe stieß das Messer in die Leiche, zerschnitt sie Stück für Stück, stach die verhassten blau-weißen Augen aus.

»Er ist tot, Zero.«

Trils Stimme schnitt durch den Dunst. Joe blickte auf. Der Aufseher beobachtete ihn von der Wand aus, zusammen mit den übrigen Ooreiki, die überlebt hatten. Die anderen Kinder im Raum starrten ihn mit unverhohlener Furcht an. Ratte sah erschrocken aus, ihre Lippen waren leicht geöffnet, und die Plasmawaffe hing in ihrer schlaffen Hand. Joe bemerkte, dass er voller klebrigem Huouyt-Blut war. Der transparente Schleim glänzte auf seinem ganzen Körper.

Joes Blick fand Maggie. Sie stand neben Libbys Leiche, und ihr ansonsten bewundernder Blick enthielt etwas, das Joe noch nie zuvor gesehen hatte. Er bekam eine Gänsehaut.

»Also war alles nur ein Trick?«, wollte Ratte wissen. »Diese Sache mit Libby und dem Trith … alles nur ein *Trick*?«

Maggie ließ ihn keinen Moment lang aus den Augen, und Joe erkannte, dass sie zur genau entgegengesetzten Schlussfolgerung gelangt war.

»Sehr clever.« Tril wand sich an den Haken. »Wo hast du Voran Jreet gelernt, Zero? Das ist ein sehr seltener Dialekt.«

Joe ließ das Messer fallen und stand auf. Plötzlich fühlte sich jeder Spritzer Alien-Blut auf seiner Haut wie Säure an. Er starrte auf seine Hände. »Nirgendwo.«

Tril sah ihn eine Weile erstaunt an, dann sagte er: »Ich wusste, dass ihr Menschen eine Begabung für Sprachen habt. Du hast die Arbeit einer voll ausgebildeten Truppe der Planetaren Spezialabteilung geleistet. Der Kongress wird dich dafür gut belohnen. Jetzt beeil dich und lass uns frei. Dieses Gebäude ist als Bunker eines Aufsehers eingerichtet. Hier in der Nähe müsste es irgendwo ein Kommandozentrum geben, von wo aus ich Hilfe anfordern kann.«

Joe ging nicht auf den Ooreiki ein und erhob sich. »Komm her, Mag.« Er streckte seine blutigen Arme aus.

Maggie ignorierte die Geste und blickte ihn starr an. »Du bist ein Verräter. Deshalb hast du Libby nicht geholfen.«

Joe ließ die Arme sinken. »Mag, ich konnte nicht …«

»*Sofort*, Zero!«, bellte Kommandeur Tril. »Willst du, dass Na'leen

614

mit mehr von seinen Jreet zurückkehrt? Der gleiche Trick wird nicht zweimal funktionieren.«

Joe zögerte. Er sah, dass Maggie ein Dementi von ihm brauchte. Er musste ihr versichern, dass es ihm nicht möglich gewesen war, ihre gemeinsame Freundin zu retten. Aber später wäre immer noch genug Zeit für Erklärungen, und wenn er nicht wollte, dass auch Maggie starb, würden seine tröstenden Worte warten müssen. Er setzte sich in Bewegung, um Tril zu helfen, ohne Maggies sengenden Blick zu beachten.

»Mag, hilf mir«, sagte Joe, als er Tril anhob. »Nimm die Haken aus seinen Armen.«

Maggie setzte sich neben Libby auf den Boden und rieb sich summend die Arme.

»Bailey«, rief Joe. »Hilf mir.«

Der Junge zuckte zusammen. Er riss den Blick von Libbys Leiche los und beeilte sich, die Haken aus Trils Tentakeln zu ziehen. Sobald Tril wieder auf den Beinen stand, verließ er eilig den Raum und stellte ihnen frei, ob sie ihm folgen oder hier auf die Jreet warten wollten. Ratte lief ihm hinterher. Joe blickte zu den anderen Ooreiki, die noch an der Wand hingen. In einem Kampf wären sie nutzlos, aber er konnte sie auch nicht einfach zurücklassen.

»Bailey, hilf mir mit den anderen.« Als Bailey zögerte und den Eindruck machte, dass er Ratte folgen wollte, schrie Joe: »*Sofort! Oder ich schwöre bei Gott, dass ich blutige Rache für das nehmen werde, was du Libby angetan hast!*«

Bailey zuckte zusammen und riss die Augen auf. »Joe, ich habe Libby nicht die Zunge herausgeschnitten. Ich habe ihr auch nicht die Beine gebrochen. Das waren die Takki.«

Joe runzelte die Stirn. »Die Takki?«

»Ja. Sechs von ihnen liefen über den Platz, und Libby hat sie beleidigt. Aus heiterem Himmel. Als wollte sie einen Kampf mit ihnen provozieren. Als das nicht funktioniert hat, beleidigte sie Knaaren. Dann haben sie angegriffen. Libby wehrte sich, so gut sie konnte – hat sogar einige getötet, glaube ich. Ich habe sie mit Steinen beworfen und nach Ratte gerufen. Das hat sie abgeschreckt. Zu diesem Zeitpunkt war Libby bereits schlimm verletzt.

Einer von ihnen hatte ihre Zunge gepackt und sie herausgeschnitten. Er sagte, sie hätte sie nicht verdient.«

Joe starrte Bailey verständnislos an. Er erinnerte sich an die brechstangenähnliche Waffe, die neben Libby im Dreck gelegen hatte, und zuckte zusammen, als er die Verbindung erkannte. »Die Takki waren es?«

»Ja. Ich dachte, sie hätte es dir gesagt.«

Natürlich hat sie das nicht getan. Von Takki verprügelt. Mein Gott, Libby, es tut mir so leid. Joe verspürte einen ermüdeten Anflug von Verzweiflung.

»Ja. Ich hätte ihr früher geholfen, aber sie …«

»Hilf mir einfach«, sagte Joe tief erschöpft. »Den Rest kannst du mir später erzählen.« Sie schoben sich an Maggie vorbei und ließen die sechs anderen Ooreiki frei. Sie gratulierten ihm freudestrahlend, was Joes Unbehagen noch verstärkte. Er war nicht der Held. Libby war es. Wenn sie nicht das Messer geworfen und sie damit gezwungen hätte, ihm das Gegenmittel von dem zu geben, was Zol'jib ihm verabreicht hatte, damit er nicht verblutete, hätte er die Granate nie aktivieren können.

Dann lief ihm ein kalter Schauer durch das Rückenmark. Was war, wenn die Trith das wussten? Was wäre, wenn das der Grund war, warum der Trith zu Libby gesagt hatte, dass sie ihn töten musste? Damit sie es wirklich tat? Damit sie ihr Leben gegen seins einhandelte?

»Hier, Zero.« Bailey drückte eine Waffe in Joes leblose Hände. »Wir müssen gehen. Die Huouyt kommen zurück. Ratte wartet draußen im Korridor auf uns.«

Joe starrte Bailey sprachlos an.

»Lass uns gehen, Zero!«

Benommen folgte Joe den überlebenden Ooreiki in den Korridor.

Libby ist wegen mir gestorben. Wegen diesem Trith. Er spürte, wie sich brennender Hass in seinen Eingeweiden ausbreitete.

Maggie hörte nicht auf Baileys Befehl, ihnen zu folgen, sodass er sie mit körperlicher Gewalt von Libbys Leiche wegzerren musste. Joe sah ernst und schweigend zu, wie sie sich wehrte und schrie.

Schließlich verlor Bailey die Geduld. Er zog sie nahe an sich heran und brüllte ihr ins Gesicht: »Libby ist *tot*! Willst auch du sterben?«

Maggie ignorierte Bailey völlig. Ihr Blick war auf Joe gerichtet. »Warum hast du ihr nicht geholfen, Joe?«

»Ich konnte nicht, Mag«, flüsterte er. »Ich wollte es so gern.«

»Aber du hast es nicht getan«, spuckte Maggie aus. »Es ist deine Schuld, dass sie tot ist.« Sie sagte es mit der Endgültigkeit eines Gerichtsurteils.

»Ich weiß, Mag.«

»He.« Bailey drückte einen Finger in Maggies Schulter. »Er ist ein Held. Er hat ganz allein nur mit einem Messer einen Jreet getötet. Ich habe nicht gesehen, dass du irgendetwas getan hast, um Libby zu retten. Du bist nicht mehr als eine feige Heulsuse, weißt du das?«

Maggie wurde von einem Schluchzer geschüttelt. Wimmernd wirbelte Maggie herum und flüchtete in die entgegengesetzte Richtung in den Korridor.

»Maggie!«, rief Joe.

Die Plasmaladung traf Maggie am Hals und Oberkörper und riss sie von den Beinen. Zwei riesige Jreet kamen neben ihr um die Ecke. Ihr *Schieh-Wump*-Kampfruf hallte durch den Korridor. Als sie Joe und Bailey sahen, machten sie sich unsichtbar. Joe konnte das schnelle Scharren ihrer Körper auf dem Boden hören, als sie auf sie zuglitten. Hinter den Jreet kam ein Dutzend bewaffneter Huouyt zum Vorschein. Ihre kräftigen Tentakelbeine bewegten sich seltsam ungeschickt, während sie rannten.

Joe starrte auf Maggies Leiche. Sein Atem brannte in seiner Lunge. Er spürte einen Schluchzer in seiner Brust aufsteigen.

Ich kann mich nicht dagegen wehren. Der Trith hatte recht. Ich habe mich wieder gewehrt, und dafür musste Maggie sterben.

»Raus hier, Bailey!« Joe hob sein Gewehr und zielte auf den nächsten Huouyt. Jetzt hatte er niemanden mehr, den er noch verlieren konnte, außer sich selbst.

»Joe, komm *hierher*!« Bailey schlang einen Arm um Joes Kehle und schleifte ihn rückwärts durch den Korridor. Joe versuchte sich zu befreien, aber Bailey hatte seinen Bioanzug angelegt. Es war, als würde er gegen eine Statue kämpfen. Fluchend warf Bailey ihn in einen Kontrollraum voller verstümmelter Ooreiki, dann folgte er ihm hinein und versperrte ihm den Fluchtweg.

Sobald sie drinnen waren, drückte Ratte auf die Schalttafel neben dem Eingang, worauf sich die Tür fließend schloss. Joe starrte darauf und fragte sich, warum er nicht auf der anderen Seite war, um zu kämpfen.

»Ist er hier?«, wollte Tril wissen.

»Hier, Sir.« Gokli stieß Joe in Trils Richtung.

»Zero, du hast das Stimulans des Aufsehers bekommen, nicht wahr?«

Joe runzelte die Stirn.

»Und Nebil hat dir verbotenerweise das Lesen beigebracht?«, fragte Tril weiter.

… das Lesen *beigebracht*? Joe nickte, immer noch irritiert, weil er nicht verstand, warum er nicht kämpfte.

»Komm hierher«, wies Tril ihn an. »Du musst ein paar Knöpfe für mich drücken. Wir müssen diese Sektion des Gebäudes abschotten, bevor Na'leen den Hauptkontrollknoten erreicht und einen *ekhta* auf Koliinaat abfeuert.«

Joe starrte auf die leuchtende, mehrschichtige, dreidimensionale Darstellung des Bunkers, die über dem Tisch im Zentrum des Raums schwebte. Na'leen und seine Begleiter waren hellrote Punkte, die sich über eine Treppe in ihrer Nähe nach unten bewegten. Gokli, Tril und all die anderen Ooreiki standen neben dem Plan und warteten auf ihn. Ihre Tentakel waren nur noch gestutzte, nutzlose Stümpfe.

Als Joe erkannte, was sie von ihm erwarteten, zögerte er.

Maggie war tot. Libby war tot. Scott war tot. Nebil und Lagrah waren tot. Was wäre, wenn der Trith recht hatte?

Würden noch mehr sterben, wenn er sich gegen sein Schicksal wehrte?

Und waren sie alle gestorben, weil der Trith es so gewollt hatte? Tischten die Trith ihnen Lügen auf, damit sie letztlich so handelten, wie die Trith es wollten? Um ein gewünschtes Resultat zu erzielen?

Andererseits hatte das unheimliche Starren des Trith in ihm den unbestreitbaren Eindruck erweckt, dass die Prophezeiung eines Trith mehr als nur Schall und Rauch war.

Was soll ich also tun?

Zum ersten Mal bemerkte Joe, dass die anderen Rekruten ihn beobachteten. Er wusste, dass Na'leen kein zweites Mal den Fehler begehen wurde, Ratte und die anderen leben zu lassen.

Das Schicksal hat entschieden, dass du den Kongress zerschlagen wirst, Joe.

»Verbranntes Schicksal.« Joe trat an die Projektion und versuchte, dem Repräsentanten Na'leen den Weg abzuschneiden, indem er die Rolle von Trils Händen übernahm. Jedes Mal, wenn sie Na'leen und seine Leute in einer Sektion des Bunkers eingeschlossen hatten, fand der Repräsentant irgendwie eine Möglichkeit, auf einem anderen Weg weiterzugehen und mit jeder Minute tiefer in den *ferlii* vorzudringen, wobei er dem Innersten und dem *ekhta* immer näher kam.

»Er hat einen höheren Rang als ich«, rief Tril frustriert. »Er hebt meine Befehle einfach wieder auf.«

»Lassen Sie es mich versuchen«, sagte Gokli. »Zero, fang damit an, diese Schaltungen zu aktivieren.« Er zeigte mit einem Tentakelstumpf auf die roten Selbstvernichtungstasten, die über den gesamten Plan verteilt waren.

Tril stieß Joes Hand von der Projektion weg und warf Gokli einen finsteren Blick zu. »Dieses Gebäude ist so angelegt, dass es in einer Notsituation gesprengt wird. Er könnte eine Kettenreaktion auslösen und uns alle töten.«

Gokli sah Tril völlig ruhig an. »Und?«

Mit flatternden Sudah nahm Tril einen tiefen Atemzug und nickte. »Gut. Versuch, die Tunnel um ihn herum zum Einsturz zu bringen. Aber drück auf keinen Fall diese Taste, die den anderen viel zu nahe ist.«

»Er wird erkennen, was wir tun, sobald wir damit beginnen«, sagte Gokli. »Wir müssen schnell vorgehen, sonst wird er diese Korridore vermeiden.«

»Schnell, aber vorsichtig«, fügte Tril hinzu.

Joe spürte Schweiß auf der Stirn, als er sich an die Arbeit machte.

Er war ganz auf die kleinen roten Punkte konzentriert, die Na'leen und seine Gefährten darstellten. *Du entkommst mir nicht.* Der *ferlii* schüttelte sich jedes Mal unter den aufeinanderfolgenden Explosionen, wenn er die entsprechenden Schaltflächen berührte. Alle Anwesenden erstarrten, den Blick auf die zitternden schwarzen Wände gerichtet.

Joe bemerkte es kaum, so intensiv war seine Konzentration. *Für all meine Freunde, für alles, was du getan hast, und alle, die gestorben sind. Ich werde dich aufhalten.*

Mit Goklis Hilfe trieb Joe den Repräsentanten in einer Sektion des *ferlii* in die Enge, wo es keine Ausgänge gab, die er durch Vorrangschaltungen öffnen konnte, keine Treppen, keinen anderen Fluchtweg als den Korridor, den Joe hinter ihm einstürzen ließ. Joe trat von den Kontrollen zurück, und Tril stellte eine Kommunikationsverbindung zwischen ihm und dem Repräsentanten her. Na'leens stahlblaue Augen glühten, als er auf dem Bildschirm sichtbar wurde.

»Wie es scheint, haben Sie die falsche Person getötet, Na'leen«, spottete Tril. »Sie Idiot.«

Joe sah, wie sich die Augen des Huouyt über Trils Schulter hinweg auf ihn konzentrierten. »Es scheint tatsächlich so. Wie ärgerlich.«

»›Ärgerlich‹ ist wohl kaum eine angemessene Beschreibung Ihrer Situation, Na'leen. Die Friedensstifter werden Sie für Ihre Verbrechen viele Umläufe lang auf Levren singen lassen.«

Na'leen blickte immer noch auf Joe. »Meine Geheimnisse werden mit mir sterben, Tril.«

»Für Sie *Aufseher*, Gefangener.« Tril schnaufte. »So viel zur angeblichen Fähigkeit der Huouyt, eine Lüge zu bemerken. Sie haben Zero in die Augen geblickt, als er Ihnen vom Besuch eines Trith erzählte.«

»Habe ich das?« Na'leen musterte Joe nachdenklich. »Wie seltsam. Ich war in der Tat davon überzeugt, dass ein Huouyt eine Unwahrheit durchschauen kann.«

Joes Nackenhärchen richteten sich auf, doch dann unterdrückte er seine unbewusste Reaktion. *Nein. Der Trith hat sich geirrt. Ich bin kei-*

ner von ihnen. Sie haben meine Freunde getötet. Sie haben Libby und Scott und Maggie getötet. Ich bin ein Kong. Ich werde niemals für sie kämpfen.

Joe erwiderte Na'leens Blick. »Ich stehe auf der Seite des Kongresses. Ich schwöre es.« *Ich schwöre es für Libby. Und für Scott. Und für Maggie. Ich werde meine Kameraden nie wieder im Stich lassen. Nie wieder.*

Na'leens stahlblaue Augen blinzelten überrascht. »Du sagst die Wahrheit.«

Tril lachte auf die krötenähnliche krächzende Art der Ooreiki. »Also nur ein Mythos, genauso wie Ihre Position als Regent. Nicht in einer Million Jahre wird der Kongress einen Huouyt auch nur in die Nähe des Tribunals lassen.«

»Der Kongress wird keine Million Jahre mehr existieren«, sagte Na'leen, den Blick immer noch auf Joe gerichtet. Joe wandte sich ab. Auf dem Bildschirm hinter ihm stieß Na'leen einen langen Atemzug aus, der wie das Klirren eines Windspiels klang. »Ich war mir so sicher, dass es der richtige Zeitpunkt war.«

»Das glauben sie alle«, sagte Tril. »Der Kongress kann nicht besiegt werden, Na'leen. Nach Ihrer langen Zeit im Tribunal hätten Sie eigentlich wissen müssen, dass wir Sie zerschmettern werden.«

Er ist nicht unbesiegbar, dachte Joe und drehte sich wieder zu Tril um. *Dazu müsste ich nur zu Ende bringen, was die Jreet begonnen haben, du dummer Sack.*

Anscheinend verfolgte Na'leen den gleichen Gedanken. »Irgendwie zweifle ich an der Richtigkeit Ihrer Behauptung. Heute ist der Kongress nur um Haaresbreite dem Zusammenbruch entgangen. Sie können sich bei Ihrem Rekruten bedanken, dass er noch existiert, auch wenn ich mich frage, für wie lange noch.« Repräsentant Na'leen vollführte mit den paddelähnlichen Armen eine förmliche Geste in Joes Richtung. »Ich wünsche dir viel Glück für die Zukunft, Joe Dobbs. Bei *all* deinen Unternehmungen.«

Während sie zuschauten, zog er eine zylindrische Kapsel unter dem goldenen Stoff seines Umhangs hervor und hielt sie hoch. Joe hätte schwören können, dass der Huouyt ihn ansah, als er die zischenden Dämpfe einatmete. Na'leen brach zusammen, und sein Gesicht verschwand von der weiterlaufenden Bildübertragung.

Joe empfand tiefe Erleichterung. *Ich habe gesiegt. Ich habe gegen die Prophezeiung gesiegt.*

»Verbrannt«, sagte Tril. »Die Friedensstifter hätten ihre *oorei* verkauft, um ihn lebend nach Levren schaffen zu können.« Er schlug mit dem gekappten Tentakel gegen den Bildschirm und unterbrach damit die Verbindung. »Raus hier, Zero. Such ein paar Waffen für uns zusammen. Und besorg dir Kleidung – Bagkhal wird bald hier sein. Nimm dir einen Bioanzug von einem der toten Rekruten, wenn du deinen nicht finden kannst. Und bei allem, was farbenfroh ist, säubere dich bitte. Ich möchte nicht, dass du wie ein inkompetenter Takki aussiehst, wenn sie kommen und uns abholen.«

Joe kniff die Augen zusammen und machte sich an die Arbeit.

40 *Loyalitäten*

»Erzähl deine Geschichte noch mal, damit der Aufseher sie hören kann.«

Tril beobachtete, wie die Rekrutin angewidert das Gesicht verzog.

»Joe hat sich mit Rebellen getroffen«, sagte sie. »Jeden Abend, sobald er nach seiner Arbeit für Bagkhal Zeit dafür hatte.«

»Wie konnte er die Kaserne verlassen?«, wollte Tril wissen. »Wir haben die Codes der Schlösser geändert.«

»Mönch hat ihm geholfen, sie zu knacken.«

»Die Rebellen haben ihm das Lesen beigebracht«, fügte der Friedensstifter hinzu.

Die Rekrutin runzelte die Stirn. »Nein, Kampfmeister Nebil hat ihm ein Lektionspad gegeben.«

»Unmöglich. Es verstößt gegen die Vorschriften, einem Rekruten während des ersten Umlaufs ein hochentwickeltes …«

»Kampfmeister Nebil ist tot«, unterbrach Tril ihn. »Es wäre sinnlos, sich mit dem einzigen überlebenden Zeugen zu streiten.«

»Erzähl ihm vom Akarit«, drängte der Friedensstifter und warf Tril einen verärgerten Blick zu.

»Am ersten Tag bekam Joe von Yuil eine Süßigkeit und einen kleinen schwarzen Kasten, den er unter seiner Ausrüstung versteckt hat. Er hat nie darüber gesprochen, aber ich habe nachgeschaut. Darin befand sich ein kleiner goldener Ring.«

»Wir haben den Akarit gefunden«, sagte der Friedensstifter. »Genau dort, wo er nach ihren Angaben sein sollte.«

Tril ärgerte sich immer mehr über diese Rekrutin, die keinerlei Probleme damit hatte, ihren Kameraden zu verraten. »Warum wendest du dich jetzt gegen ihn?«

»Sie hätte es fast nicht geschafft. Wir mussten sie reanimieren, als wir das Depot stürmten. Sie wurde einem anderen Bodenteam zugewiesen. Zero weiß nicht mal, dass sie überlebt hat.«

Tril blickte der Rekrutin in die Augen. »Warum verrätst du ihn also?«

Kalt erwiderte sie seinen Blick. »Er ist schuld, dass alle meine Freunde in Leichensäcken zur Erde zurückgekehrt sind.«

»Außerdem hatte Zero das hier«, sagte der Friedensstifter und hielt Tril einen kleinen roten Gegenstand hin. »Von der Erde eingeschmuggelt. Vermutlich ein Symbol seiner wahren Neigungen.«

Tril nahm das Messer entgegen und erinnerte sich, wie wütend Kommandeur Linin gewesen war, als sie es nach seinem Brüllduell mit Zero nicht in seiner Ausrüstung hatten finden können. Er fragte sich für einen Moment, wie es ihm gelungen war, es die ganze Zeit zu verstecken.

»Es ist ein Symbol für gar nichts«, sagte Tril. »Ein Andenken, mehr nicht.«

»Trotzdem ist es verboten«, insistierte der Friedensstifter. »In einem Verfahren könnten wir es ihm zur Last legen. Seinerzeit hatten wir seinen Kampfmeister aufgefordert, ihm zur Strafe für den Besitz einen Umlauf lang Extraarbeiten zuzuweisen. Wir haben ihm auch gesagt, dass er dafür sorgen soll, dass Zero seine Uniform von nun an korrekt trägt.«

Tril brummte gleichmütig.

»Aufseher, diese Angelegenheit erfordert eine offizielle Untersuchung. Normalerweise würde ich es einfach mit seinen Vorgesetzten besprechen, ohne Sie damit zu behelligen, aber mir ist die Brisanz dieses speziellen Falls bewusst, zumal es Zero war, der Sie gerettet hat, als Sie …«

»Niemand hat mich gerettet«, schnaufte Tril.

Der Friedensstifter verbeugte sich. »Dann werde ich mich selbst um diese Angelegenheit kümmern, Sir.« Er wandte sich zum Gehen.

»Halt«, befahl Tril. »Was genau beabsichtigen Sie zu tun?«

Der Friedensstifter zögerte. In diesem Moment wusste Tril, dass es nur eine Frage der Zeit war, bis Zero schließlich in einer Zelle auf Levren landete.

»Nun?«

»Wir müssen seine Loyalität überprüfen, Sir.«

»Er hat mitgeholfen, die Rebellion niederzuschlagen«, entgegnete Tril. »Er zog mit *untrainierten* Rekruten in den Kampf gegen Jreet und in Va'ga ausgebildete Huouyt und errang einen Sieg, der normalerweise nur der Planetaren Spezialabteilung zustehen würde. Welche weiteren Beweise für seine Loyalität brauchen Sie noch?«

»Er hatte einen Akarit«, sagte der Friedensstifter. »Ich bin mir sicher, dass er die Geschichte seiner Kameradin bestätigen wird, wenn wir beginnen, ihn angemessen zu befragen.«

»Nein.«

»Sir, er wusste genau, wo Repräsentant Na'leen und die anderen Anführer der Rebellen zu finden waren. Wenn das kein Beweis seiner Schuld ist, habe ich den falschen Beruf gewählt. Ich *weiß*, dass ich ihn nur testen muss, damit alle Lügen in sich zusammenfallen.«

»Nein«, hörte Tril sich erneut sagen. »Testen Sie ihn, aber tun Sie es hier in meinem Büro, während ich zusehe. Ich werde nicht zulassen, dass Sie einen Helden des Kongresses misshandeln, nur damit Sie ein falsches Geständnis aus ihm herausquetschen können.«

Der Friedensstifter sah ihn zornig an. »Sir, unter solchen Bedingungen kann ich nicht arbeiten.«

»Ihnen bleibt keine andere Wahl«, sagte Tril. »Sonst würde ich einige Briefe aufsetzen, in denen ich andeute, dass die Friedensstifter von Kophat ihre Zeit damit vergeuden, Phantome zu jagen, was der Grund war, warum Na'leen genau vor Ihrer Nase eine Rebellion vorbereiten konnte.«

Die unheimlichen stahlblauen Augen des Huouyt fixierten ihn. »Und wenn ich beweise, dass dieser Zero kein loyaler und williger Soldat der Kongress-Armee ist?«

»Dann können Sie ihn haben.«

Der Friedensstifter nickte Tril verbittert zu und ging. Die Rekrutin nahm er mit.

Tril wandte sich dem Artefakt von der Erde zu, das in seinen empfindlichen, nachgewachsenen Fingern lag. Die Oberfläche war an einigen Stellen glänzend und glatt, und das weiße Kreuz war fast völlig abgerieben worden. Herabstürzende Trümmer hatten tiefe Scharten an den Seiten des Gegenstands hinterlassen und den Korkenzieher leicht verbogen.

Tril legte das Artefakt weg. *Etwas hat dich in Na'leens Höhle geführt, Zero. Bete, dass es dein Wunsch war, etwas für die Rettung des Kongresses zu tun, und nicht der, ihn zu vernichten.*

*

»Nein.«

»Zero, du hast einen halben Tick Zeit, sie herunterzunehmen, bevor ich es für dich tue.«

»Sie können es gern versuchen«, knurrte Joe und legte die Finger in festem Griff an einen Ärmel. »Mein letzter Kampfmeister hat erlaubt, dass ich sie so trage.«

»Ich bin nicht Nebil«, sagte Kampfmeister Gokli mit eiskalter Stimme. »Zwing mich nicht, es dir zu beweisen.«

Joe blickte von Kampfmeister Gokli zu den anderen drei Ooreiki, die er an diesem Morgen in die Kaserne mitgebracht hatte. Hinter ihm wartete seine Einheit. Sie waren jetzt etwas länger als einen Umlauf zusammen und erzielten die höchsten Trefferquoten des Regiments. Joe wollte gerade mit seinen Kameraden zum Frühstück gehen, als Gokli kam und verlangte, dass sie ihre Ärmel herunterrollten. Kein Mitglied seiner Einheit hatte die Anweisung befolgt.

Gokli war stinksauer.

»Wer hat das befohlen?«, wollte Joe wissen. »War es Tril? Dann können Sie diesem *vaghi* sagen, dass er sich selbst verbrennen soll.«

»*Aufseher* Tril hat damit nichts zu tun«, sagt Gokli. »Zero, du hast meine Geduld erschöpft.« Der Kampfmeister nickte den anderen Ooreiki zu, die sich ihm näherten.

Ohne seinen Bioanzug hatte Joe nicht die geringste Chance gegen drei Ooreiki. Trotzdem konnte er sich nicht dazu überwinden, dem Befehl zu gehorchen. Für ihn wäre es wie ein Verrat gewesen.

»Treten Sie zurück«, warnte Joe sie. »Ich werde es nicht tun.« Er hob eine Kleidertruhe auf und machte sich bereit, sie auf den ersten Ooreiki zu werfen, der ihm zu nahe kam.

Gokli stutzte und starrte auf die Kiste. »Für Ungehorsam kann ein Soldat mit dem Tod bestraft werden, Zero.«

»Dann töten Sie mich«, gab Joe zurück. »Und hören Sie auf, meine Zeit zu vergeuden.«

Die vier Ooreiki umstellten ihn. Joe warf die Kiste, die einen Ooreiki zu Boden riss, aber die anderen drei packten seine Arme, bevor er ihnen ausweichen konnte. Joe wehrte sich, und Gokli griff fester zu, bis er schrie. Dann zerrte ein anderer Joes Tarnjacke herunter. Joe rammte seine Ferse in den Unterleib des dritten Ooreiki, ein junger Kampfmeister, der ihn an Aneeir erinnerte. Der Ooreiki taumelte zurück und hielt sich die empfindliche Stelle, die sein *oorei* schützte. Joe trat noch mal nach ihm, diesmal gegen seinen Kopf.

Der Ooreiki kippte um.

»Zero!« Gokli schlang ihm einen stechenden Tentakel um den Hals und riss ihn zurück, bis er fast zusammenklappte. »Das war dein letzter Fehler, Rekrut. Du hast mir mehr Ärger bereitet als eine komplette Einheit. Die Friedensstifter können sich mit dir beschäftigen.«

Joe rang nach Atem, sein Sichtfeld wurde an den Rändern dunkel, und sein Herzschlag dröhnte wie Donner in seinen Ohren.

Doch nicht einmal das Rauschen seines Bluts konnte übertönen, wie seine Kameraden sich auf die Ooreiki stürzten. Panisch versuchte Joe sie zurückzurufen, aber er bekam nicht mehr als ein ersticktes Ächzen heraus. Sein letzter Gedanke, bevor er das Bewusstsein verlor, war: *Verbrannter Ruß! Sie werden uns alle töten.*

*

Joe trat in das kühle, aufgeräumte Ooreiki-Büro und hatte sofort einen bitteren Geschmack im Mund, als er Aufseher Tril hinter dem Schreibtisch sitzen sah. »Was wollen Sie?«

Im nächsten Moment kam ein farbenfroh gekleideter Ooreiki quer durch das Zimmer auf ihn zu. »Bist du der Rekrutenkampfmeister, der seine untrainierte Einheit in Na'leens Versteck führte, um Kophat wieder unter die Kontrolle des Kongresses zu bringen? Der Rekrut namens Zero?«

»Ich heiße Joe.«

Joe bemerkte einen flüchtigen Blick zwischen dem Zivilisten und Tril. Er spannte sich an.

»Warst du der Kamerad einer Rekrutin Eins? Ich glaube, sie war zusammen mit dir in Kihgls Bataillon.«

»Sie ist tot.«

»Sie lebt«, stellte der Ooreiki richtig. »Doch unglücklicherweise wurde sie dauerhaft verkrüppelt, obwohl wir uns alle Mühe gegeben, sie zu rekonstruieren. Wir haben ihre Wunden so gut wie möglich in Ordnung gebracht und sie mit unserem schnellsten Schiff zur Erde zurückgebracht. Sie bezieht eine volle Pension und führt ein gutes Leben, wie es einer Heldin des Kongresses zusteht.«

Joes Herz klopfte schneller. »Sie haben Libby nach Hause geschickt?«

Der Ooreiki lächelte. »Es ist wesentlich vorteilhafter für uns, wenn wir unsere Helden auf ihre Heimatplaneten zurückschicken, damit sie als Vorbild dienen und weitere Rekruten aus ihrer Spezies für unsere Armee werben können. Deshalb bieten wir dir an, dich zu ihr zurückzuschicken.«

Ich kann nach Hause. Joe fiel das Atmen schwer. *Sie bieten mir an, mich nach Hause zu bringen.*

»Und was ist mit den anderen?«, hörte er sich fragen. »Haben Sie noch jemanden retten können?«

Der Ooreiki sah ihn bedauernd an. »Ihre Wirbelsäule wurde durch das *ovi* eines Jreet durchtrennt, was wir rechtzeitig operieren konnten. Doch sie war die Einzige. Nichts im Universum kann Plasma oder Jreet-Gift aufhalten, wenn es einmal sein Ziel erreicht hat.«

Joe atmete zitternd ein. Er hatte gehofft, dass irgendwer überlebt hatte, aber nie damit gerechnet, dass es Libby sein würde. Er war gleichzeitig erleichtert und traurig. »Ist sie glücklich auf der Erde? Sie war wirklich sehr gern Soldatin.«

»Das sagen alle Rekruten, aber kaum jemand meint es wirklich so«, erwiderte der Ooreiki. »Ich kann Ihnen versichern, dass sie erleichtert ist, wieder zu Hause zu sein.«

Joe schluckte mühsam. »Und jetzt wollen Sie auch mich nach Hause schicken.«

»Mit voller Pension und Zusatzleistungen«, bestätigte der Ooreiki. »Da sich die Wirtschaftskraft der Erde noch nicht an die Standards des Kongresses angepasst hat, ist eine Krediteinheit des Kongresses viel mehr wert als Ruvmestin. In Anbetracht Ihrer Leistungen … würden Sie dort wie ein König leben, Zero.«

»Joe.«

Das Lächeln des Zivilisten wich kurz einem verärgerten Ausdruck, den er jedoch schnell wieder unterdrückte. »Joe. Was sagen Sie dazu? Sie können die Armee für immer verlassen, müssen in Ihrem Leben nie wieder eine Waffe in die Hand nehmen. Natürlich liegt die Entscheidung ganz bei Ihnen, aber es wäre nur in Ihrem eigenen Interesse, wenn Sie auf der Erde gut versorgt wären.« Er legte den Kopf schief und bedachte Joe mit der Ooreiki-Entsprechung eines Augenzwinkerns. »Sie wissen schon, für die gute PR.«

Joe hörte ihm kaum noch zu. »Sie bringen mich zu Libby?« Joes Herz sehnte sich danach, ihr alles zu erklären, sich zu entschuldigen.

Das Gesicht des Ooreiki runzelte sich zu einem breiten Lächeln. »Aber sicher.«

Joes Pulsschlag pochte in seinen Ohren. Jetzt konnte er es deutlich vor sich sehen. Seine Rückkehr, wie seine Mutter weinte, wie Sam jubelte. Sie konnten frisches Brot und Obst und Lasagne essen, all die guten Sachen, auf die er während des vergangenen Jahres hatte verzichten müssen. Vielleicht gelang es ihm sogar, Libby zu überzeugen, ihn nicht mehr zu hassen. Vielleicht würde sie ihn sogar wieder gernhaben. Nach allem, was sie durchgemacht hatten, bezweifelte er, dass irgendein anderes Mädchen ihn verstehen würde.

Joes Blick fiel auf das kleine rote Ding auf Kommandeur Trils Schreibtisch. Er erinnerte sich an seinen Vater, wie er in die Dunkelheit hinausgetreten war.

Dann dachte er an Kampfmeister Nebil, den man wie ein Stück Fleisch am Haken in einem Fleischerladen aufgehängt hatte. Er dachte an Elfe und Scott und Maggie und Mönch. Er dachte an Prinz Bagkhal, der keine Takki besaß, der ihn mit seinen eigenen Klauen aus den Trümmern des *ekhta*-Turms gegraben hatte.

»Nein.«

Die Sudah des Ooreiki-Zivilisten flatterten. »Wie bitte?«

»Nein«, sagte Joe und drehte sich zur Tür um. »Ich bleibe hier.«

»Warte«, rief der Zivilist. »Ich habe bereits ein Schiff geordert. Auf deinem Konto ist bereits die erste Pensionszahlung eingegangen. Deine Familie erwartet dich. Hier.« Der Zivilist steckte einen kleinen Chip in den Bildschirm in Trils Schreibtisch. Im nächsten Moment wurde das strahlende Gesicht seiner Mutter sichtbar. Sie hatte eine neue Dauerwelle, und die Tränensäcke unter ihren Augen waren verschwunden.

»Joe!«, sagte sie und errötete verlegen. »Sie haben mir gesagt, dass du dies sehen wirst, aber ich komme mir ein wenig blöd vor, zu einem kleinen Kasten zu sprechen. Er ist vielleicht fünf Zentimeter groß, Joe. Es fällt mir schwer, es zu glauben – aber kommst du wirklich nach Hause, Joe? Sie sagen, dass du ein Held bist. Sam kann es gar nicht abwarten, dich wiederzusehen. Wir haben einen neuen Hund. Einen Labrador. Ein süßes kleines schokoladenbraunes Ding. Wir haben ihn Harry genannt, nach Dad. Ach Joe, ich bin so aufgeregt, dass du nach Hause kommst! Ich wünschte, dein Vater könnte hier sein, um es zu sehen. Wir hatten einen Gottesdienst für ihn, eine Woche nach deiner Abreise. Deswegen kam Mum mit Tante Caroline her. Sie haben eine sehr nette Collage mit Sachen aus seiner Zeit bei den Marines gemacht. Sam …«

»Ich habe nein gesagt«, stieß Joe hervor und schaltete die Videoaufzeichnung aus.

Der Zivilist schien erstaunt zu sein, dass er wusste, wie man es machte, aber er erholte sich schnell von seiner Überraschung.

»Wir haben alles arrangiert, Zero. Du musst nur noch an Bord gehen. Du bist ein Held des Kongresses, und wir behandeln unsere Helden wie Könige.«

Joe starrte immer noch mit finsterer Miene auf den Bildschirm. »Können Sie eine Botschaft von mir übermitteln, wie die von meiner Mutter?«

Der Zivilist sah ihn blinzelnd an, und es war Tril, der sagte: »Natürlich.«

»Gut. Ich möchte Libby sagen, dass es mir leidtut. Ich habe sie enttäuscht. Meinetwegen wäre sie fast gestorben. Wahrscheinlich ist sie zur Erde zurückgekehrt, weil sie mich hasst. Weil sie nicht mehr in meiner Nähe sein wollte. Ich kann es ihr nicht übel nehmen, aber es gab da ein Missverständnis. Sie hat etwas nicht verstanden. Sagen Sie ihr, dass ich bewegungsunfähig war.«

»Wie bitte?«

»Sagen Sie ihr, dass ich keinen Finger rühren konnte. Als ich neben Zol'jib stand, stand ich unter dem Einfluss irgendeiner Droge, die er mir verabreicht hatte. Er hatte mich gelähmt. Sie wird es verstehen.«

Der Zivilist warf einen Blick zu Tril, der mit einem Nicken antwortete.

»Ich dachte immer, Libby wäre die Letzte von uns, die freiwillig zurückgehen würde.« Joe starrte auf seine Füße und fragte sich, warum es sich so entwickelte, warum er sich nicht einfach von ihnen nach Hause bringen lassen konnte. Er suchte nach dem Bedürfnis, dem Ooreiki zu sagen, dass er es sich anders überlegt hatte, aber es kam nicht. »Aber wenn sie verkrüppelt ist …« Er warf dem Ooreiki einen besorgten Blick zu. »War es schlimm?«

»Sie kann ihre Beine nicht mehr benutzen.«

»Oh«, flüsterte Joe. Er wusste nicht, was er dazu sagen sollte. Er nahm einen tiefen Atemzug, stieß ihn durch die Zähne wieder aus und versuchte sich vorzustellen, dass Libby niemandem mehr gegen den Kopf treten konnte, wenn sie komisch angeschaut wurde. Bei diesem Gedanken kamen ihm die Tränen, die er hastig wegwischte. »Sagen Sie ihr, dass es eigentlich mich hätte treffen sollen, okay? Und dass sie ein viel besserer Kong war.«

Der Blick des Zivilisten wurde streng. »Was meinst du damit?«

»Nichts«, sagte Joe leise. »Nur dass sie recht hatte. Ich habe mir nicht genug Mühe gegeben, und deshalb wurden alle getötet. Ich hätte im Unterricht besser aufpassen müssen, genauer zuhören müssen …« Zitternd atmete er ein und wandte den Blick ab, bevor dieser Gedankengang ihn in die schrecklich einsamen Wochen zurückwerfen konnte, nachdem Bagkhal ihn aus Na'leens Kommandozentrum ausgegraben hatte. Er hatte fast neun Rotationen gebraucht, um wieder in der Lage zu sein, beim bloßen Gedanken daran, alles verloren zu haben, nicht zu einem heulenden Häufchen Elend zu werden. Er räusperte sich. »Können Sie meiner Mutter sagen, dass es mir leidtut? Sie wird es nicht verstehen, aber ich kann nicht zurückkehren. Ich kann die Armee nicht verlassen. Ich bin jetzt ein Kong. Ich wünschte …« Joe atmete tief durch und schloss die Augen. »Ist da noch viel mehr auf dem Chip?«

»Kkee«, bestätigte der Zivilist. »Mindestens sechsunddreißig Ticks.«

»Kann ich die Aufzeichnung haben?«

Der Ooreiki nickte, obwohl er etwas verblüfft wirkte.

»Danke.« Als Joe den Chip hatte, wandte er sich zum Gehen.

»Zero. Bleib noch einen Moment.«

Joe drehte sich zum Aufseher Tril um. Der Zivilist bedachte ihn mit einem langen Blick, dann schob er sich an ihm vorbei und ging hinaus.

»Hier«, sagte Tril und hielt ihm einen Gegenstand hin.

Joe nahm ihn entgegen und starrte verständnislos auf die rote Oberfläche. Seine Finger erkannten schneller als seine Augen, was es war, und er keuchte überrascht. »Dads Messer.« Es war vom Einsturz der Kaserne zerkratzt und verbogen, aber es funktionierte noch. Automatisch fanden seine Fingerspitzen die Stellen, die er in langen Nächten voller Heimweh glattgerieben hatte, und er empfand eine so starke Erleichterung, dass ihm davon schwindlig wurde. »Ich dachte, ich hätte es verloren.«

»Die Friedensstifter haben es gefunden und als Artefakt von der Erde erkannt. Sie wollten es vernichten lassen, aber ich dachte mir, dass es für dich vielleicht noch von Nutzen ist.«

Joe nickte, sprachlos vor Dankbarkeit.

»Und hier.« Tril reichte Joe die *kasja*, die Kihgl ihm gegeben hatte. Die goldenen Verzierungen schimmerten in keltischer Schönheit. Als er Joes verdutzten Blick bemerkte, sagte er: »Wenn jemand fragt, ist es Nebils, nicht Kihgls. Beide haben Ubashin überlebt. Aber selbst wenn es Nebils wäre, hätte er nichts dagegen. Nebil hat dich für seinen besten Schüler gehalten.«

Joe nahm Kihgls *kasja* vorsichtig an. »Wirklich?« Seine Kehle war wie zugeschnürt, und sein Sichtfeld verschwamm. Joe wischte sich heftig über die Augen.

»Er wollte von Anfang an dich als Kampfmeister haben. Ich war dagegen. Trotzdem hat er dir den Posten gegeben. Zweimal. Er war früher einmal Erster, weißt du. Sobald man diesen achten Punkt bekommt, gibt es kein Zurück mehr. Es war die Hölle, ihn als Untergebenen zu haben.«

Joe starrte auf die *kasja* und nickte überwältigt.

Trils Blick fiel auf Joes Ärmel, die nun vollständig bis zu den Manschetten heruntergerollt waren. Wegen dieser Episode hatte Joe seinen Posten als Kampfmeister verloren. Mehr als einmal.

»Ich werde deinem Kommandeur mitteilen, dass du von nun an deine Uniform so tragen kannst, wie du möchtest. Der Kongress hält große Stücke auf seine Helden, Zero.«

Joe war sprachlos.

Sie schwiegen längere Zeit, dann sagte Tril: »Du hast die richtige Entscheidung getroffen.«

»Ich weiß«, flüsterte Joe.

Trils Sudah flatterten überrascht. »Wirklich?«

Joe nickte und fand irgendwie seine Stimme wieder. »Ich bin wie mein Vater. Er war ein Marine, bevor er … starb.« Wieder verschwamm sein Blickfeld, doch diesmal tat er nichts dagegen. »Ich habe ein neues Bodenteam. Es ist nicht wie mein altes, aber sie haben den Krieg überlebt, und sie sind ziemlich gut. Und sie brauchen mich. Die meisten haben alle ihre Freunde verloren, als die Huouyt die Kaserne sprengten. Ich kann sie nicht im Stich lassen. Ich kann die Armee nicht im Stich lassen.«

Joe blickte auf sein Messer und zwang sich zu einem Lachen. »Außerdem will ich diesen ganzen verbrannten Ruß nicht mitgemacht haben, ohne meine Ausbildung abzuschließen.«

»Du wirst sie abschließen«, versicherte Tril ihm. »Die Armee hat zu viele Soldaten verloren. Sie wird auch ihren … schwierigsten Rekruten nicht den Abschluss verweigern.«

»Danke«, sagte Joe. »Für alles.«

Tril nickte knapp. »Viel Glück, Zero.«

41 *Der Kong*

Joe machte seinen Abschluss, wie Tril vorhergesagt hatte. Zur Zeremonie war das gesamte Regiment angetreten, und die Kampfmeister gingen durch die Reihen der Formation, um jedem Rekruten einen Kreis zu verleihen und ihm oder ihr persönlich zu gratulieren. Außerdem wurden sie von den Aliens zum ersten Mal seit der Rekrutierung mit ihren richtigen Namen angesprochen.

Joe war einer der neunzig Rekrutenkampfmeister, denen der Rang vom Ersten Kommandeur persönlich verliehen wurde. Mit ihren Kreisen erhielten diese neuen Soldaten Ermahnungen, die sich darauf bezogen, wie sie während der letzten zwei Umläufe mit ihren Rekruten zurechtgekommen waren. »Der Kampf ist kein Spiel, mit dem man prahlt, Pete«, sagte der Erste zum Jungen, der drei Reihen von Joe entfernt stand. »Du bist immer noch zu weich. Das wirst du merken, wenn du es zum ersten Mal mit einem wirklichen Feind zu tun hast.« Erst danach drückte er das Gerät zur Rangverleihung an die Brust des Rekruten. Als er den nächsten erreichte, sagte er das Gleiche. »Deine Ausbildung ist noch nicht vorbei, Jessica. Ihr seid jetzt Soldaten, aber ihr seid erst dann Kongs, wenn unter eurem Kommando Freunde von euch gestorben sind.«

Das Mädchen neben Joe bekam eine ähnliche Warnung zu hören. »Du solltest mehr Zeit damit verbringen, mit deiner Einheit zu reden. Lerne sie kennen. Manchmal ist es wichtiger, Leben zu retten, als eine Strategie zu verfolgen. Wenn du von hier fortgehst, werden die Toten für immer auf deinem Gewissen lasten.«

Das angesprochene Mädchen errötete und blickte auf ihre Füße, denn sie hatte absichtlich ihre gesamte Einheit in den Tod geschickt, um die letzte Fahne zu erobern.

Als Erster Kommandeur Weriik vor Joe stehen blieb, atmete der Ooreiki mit der schlaffen Haut tief ein und sagte: »Joe, niemand hat so oft den Posten des Kampfmeisters verloren, um ihn nur wenige

Wochen später wiederzubekommen. Du bist der enttäuschendste und gleichzeitig talentierteste Rekrut, den ich je erlebt habe. Manchmal glaube ich, du hättest schon vor einem Umlauf befördert werden sollen, und in anderen Momenten denke ich, dass selbst hundert Umläufe zu wenig für dich sind. Du …«

Die tiefe, grollende Stimme eines Dhasha unterbrach den Ooreiki. »Ich werde diesen Rekruten graduieren, wenn es Ihnen nichts ausmacht, Kommandeur.«

Joe stockte der Atem. Prinz Bagkhal war auf den Platz getreten und kam auf sie zu. Er war der erste Dhasha, den sie sahen, seit die Ausbildungskommission ihn nach Koliinaat bestellt hatte, um als Zeuge gegen die Huouyt auszusagen. Durch diese Zeugenaussage hatten die Huouyt offiziell ihren Sitz im Tribunal verloren, womit das 1293. Zeitalter der Huouyt endete.

… und das 215. Zeitalter der Dhasha begann.

Während deines Aufenthalts auf Kophat wirst du den Kongress in ein neues Zeitalter führen …

Joe versuchte eine Gänsehaut zu unterdrücken und zwang sich, geradeaus zu blicken.

Erster Kommandeur Weriik verbeugte sich tief und trat zur Seite, sodass Bagkhal vor Joe treten konnte. Er zog sich aus Höflichkeit ein Stück zurück, damit Joe nicht auf die endlosen Reihen dreieckiger schwarzer Zähne starren musste. »Wie ich sehe, hast du es geschafft.« Seine Stimme war wie ein flüssiges Grollen, das den Sand unter Joes Füßen zittern ließ. »Du kannst dir nicht vorstellen, wie sehr mich das freut. Meinen Glückwunsch, Joe. Es tut mir leid, dass ich nicht hier war, um dein Training zu beobachten. Ich bin mir sicher, dass ich sehr viel verpasst habe. Sie dürfen ihn nun befördern.«

Joe spürte, wie die Menschen und die Ooreiki um ihn herum offen starrten. Erster Kommandeur Weriik trat zwischen sie und drückte sein Gerät an Joes Brust. Als er es wegnahm, bildete sich ein silberner Kreis um den vierzackigen Stern auf Joes Jacke.

»Das wird dir niemand mehr wegnehmen«, sagte Bagkhal. »Du hast dir diesen Rang verdient. Mehr, als irgendjemand ahnt.« Dann nickte er dem Ersten Kommandeur zu, dass er weitermachen sollte, und zog sich an den Rand des Platzes zurück, um den weiteren Ablauf der Zeremonie zu beobachten. Joe spürte die ganze Zeit seinen Blick, obwohl es ihm gelang, nicht zu ihm hinüberzuschauen. Er konnte es kaum abwarten, mit ihm zu sprechen – in seinem Kopf wimmelte es vor unbeantworteten Fragen.

»Ihr alle seid nun vollwertige Soldaten in der Armee des Kongresses«, sagte Erster Kommandeur Weriik, nachdem er auch den letzten Rekrutenkampfmeister befördert hatte und wieder vor das Regiment getreten war. »Ab morgen habt ihr dreiunddreißig Tage Freizeit und eine Soldzahlung im Gegenwert von drei Umläufen auf eurem Konto. Eure Kampfmeister werden euch genauere Anweisungen geben, wie ihr auf eure Krediteinheiten zugreifen könnt, nachdem diese Zeremonie vorbei ist. Kommandeure, Sie können jetzt Ihre Bataillone wegtreten lassen.«

Bevor sie das taten, hielten die Bataillonskommandeure lange Ansprachen, wie stolz sie darauf waren, diesen Tag erleben zu dürfen, und dann gaben sie jedem Kampfmeister die Gelegenheit, dasselbe zu tun. Joe wartete ungeduldig und wünschte sich, sie würden sich beeilen, damit er endlich mit Bagkhal reden konnte. Doch als es endlich vorbei war und Joe sich umdrehte, um zu ihm zu gehen, war der Dhasha fort.

»Er ist gekommen, um deine Beförderung mitzuerleben«, sagte Gokli, als er Joes suchenden Blick bemerkte. »Nach seiner Zeugenaussage wurde er von Koliinaat zum Patrouillendienst nach Eeloir geschickt. Er musste schnellstmöglich zurückkehren. Nachdem die Dhasha den Tribunalsitz der Huouyt übernommen haben, ist eine fast offene Rebellion ausgebrochen.«

Joe nickte benommen, doch er überblickte weiter die Menge und hoffte darauf, wenigstens für einen Moment das regenbogenfarbene Schillern des Dhasha zu sehen. Ihm hätte klar sein sollen, dass Bagkhal andere Dinge zu tun hatte.

Obwohl seine gesamte Einheit ihm anbot, ihn zu einer Mahlzeit mit Lebensmitteln von der Erde einzuladen, nahm Joe nicht an der anschließenden Feier teil. Er dachte an Libby und seine toten Kameraden und suchte sich ein kleines Alien-Restaurant aus, das sich auf exotische Gerichte spezialisiert hatte. Dort gab er einige der Krediteinheiten aus, die er sich während der vergangenen drei Umläufe verdient hatte, um sechs irdische Gerichte zu ordern. Der Kellner sah ihn verwundert an, nahm seine Bestellung aber trotzdem entgegen. Bald saß Joe an einem Tisch, auf dem sechs dampfende Mahlzeiten standen. Der vierzackige Stern des Kampfmeisters fühlte sich kalt auf seiner Brust an.

Um ihn herum saßen überall soeben beförderte Bodenkämpfer in Gruppen zusammen, in denen gelacht und gegessen wurde.

»Ich wünschte, ihr könntet hier sein«, flüsterte er und blickte nacheinander auf die fünf leeren Stühle. Er hatte dieses Essen seit Wochen geplant und sich alle Mühe gegeben, ihre Lieblingsgerichte zusammenzustellen, auch wenn es ihm schwergefallen war, sich daran zu erinnern. Das war das Schlimmste daran, weil es bedeutete, dass sie ihm allmählich entglitten.

Ich würde alles tun, um euch zurückzuholen, dachte er mit Tränen in den Augen. *Es tut mir so unendlich leid, Leute.*

»Sir?«

Joe blickte auf. Der Ooreiki-Kellner, der ihn die ganze Zeit beobachtet hatte, stand mit einem Zettel in der Hand neben ihm.

»Ein Kong bat mich, Ihnen dies zu geben. Sagte, es würde von einem Dhasha kommen.« Der Kellner ließ die dünne Folie in Joes Hand fallen, als würde sie brennen. »Und das hier ebenfalls.« Der Kellner zog einen kleinen schwarzen Kasten unter den Falten seines fließenden, farbenfrohen Gewands hervor. Joe nickte zum Dank und stellte den Kasten vor sich auf den Tisch. Er wandte seine Aufmerksamkeit wieder den unangerührten Tellern zu und saß schweigend da, während das Essen um ihn herum kalt wurde. *Mein erstes Bodenteam, und ich habe sie alle verloren.*

Nachdem die Soße auf Maggies Steak geronnen war, faltete er die Folie auseinander.

Darauf stand in ordentlicher Handschrift: *Ich habe dich richtig eingeschätzt, Joe.*

Joe faltete die Nachricht wieder zusammen und nahm den Deckel vom Kasten. Es war eine einfache Konstruktion, wenn auch kunstvoller ausgeführt, als er es gewohnt war. Obwohl sie im Schwarz des Kongresses gehalten war, wanden sich geflochtene Bänder aus schwarzem Metall um die Ränder und Seiten, wodurch es etwas Irisches an sich hatte. Darauf lag eine zweite Notiz.

Die Politiker sagten, dass du dies erst nach deiner Beförderung bekommen darfst. Wie ich sehe, trägst du immer noch die von Kihgl. Es wäre gut für dich, eine eigene zu haben.

Joe schluckte und lugte in den Kasten. Sein Atem stockte. Eine *kasja* lag auf einem Samtkissen, an der Außenseite mit goldenen Bändern verziert. Vorsichtig nahm er sie heraus.

Für Tapferkeit und Mut allen Widrigkeiten zum Trotz. Joe Dobbs. Huouyt-Rebellion. Kophat.

Joe spürte einen Stich in der Brust, als er die *kasja* in den Kasten zurücklegte. Ihm kamen die Tränen, und er konnte sie nicht zurückhalten. Sie flossen mehrere Minuten lang, bis er sich wieder unter Kontrolle hatte. Er beruhigte sich mit einem tiefen Atemzug, schloss den Deckel und starrte noch eine ganze Weile auf den Kasten, bis ihn eine Bewegung neben ihm daran erinnerte, dass der Kellner immer noch da war.

Der Ooreiki sah ihn erstaunt an. »Sie sind Zero? Der Kämpfer, der Na'leen aufgehalten hat?«

»Nein«, sagte Joe und schenkte den ungegessenen Mahlzeiten einen letzten Blick, bis er bei der von Libby verharrte. »Das ist jemand anderer.«

Er schob den Kasten über den Tisch und ließ ihn zwischen den Tellern seiner Freunde stehen. »Das ist für euch.«

Dann bezahlte er den verdutzten Ooreiki und machte sich auf die Suche nach einem ruhigen Plätzchen, wo er das Ende der Feierlichkeiten abwarten wollte.

Eine Rotation später, nachdem die anderen Beförderten ihren Urlaub und ihre Krediteinheiten aufgebraucht hatten, bestieg Joe das Shuttle, das ihn in den Weltraum brachte, wo er seiner neuen Truppe zugeteilt werden sollte. Er wurde in der Kampfmeistersektion der neuen Station untergebracht, wo Organisatoren ihren Weiterflug in alle möglichen Regionen des Kongresses koordinierten.

Joe gehörte zu den wenigen, die nach Torat geschickt wurden, um dort für die Planetare Spezialabteilung ausgebildet zu werden. Ihn erwarteten weitere zwei Jahre, in denen er durch den Dreck kriechen, sich die Haut abschürfen und von wütenden, gnadenlosen Jreet anbrüllen lassen würde, aber danach wäre er in der Lage, eine Spezialeinheit durch die schlimmste Hölle des ganzen Kongresses zu führen, ohne mit der Wimper zu zucken.

Joe freute sich darauf.

Und da die Huouyt ein gutes Gedächtnis hatten und immer noch wegen des Todes ihres einflussreichen Repräsentanten verärgert waren, rechnete die Armee in nächster Zukunft mit einem weiteren Krieg. Nach seiner Extra-Ausbildung würde er an vorderster Front kämpfen und Elite-Bodenteams in Einsätze führen, bei denen es um Leben oder Tod ging, in Regionen des Universums, von denen er bisher nur geträumt hatte.

Leider entfernte er sich dadurch noch weiter von Libby.

Torat war einer der ersten Planeten gewesen, die der Union beigetreten waren. Er lag genau im Zentrum des Kongresses, tief im Alten Territorium. Die Erde, die erst vor Kurzem im Zuge der Expansion der Äußeren Grenze entdeckt worden war, lag viele Wochen in der entgegengesetzten Richtung.

Das enttäuschte Joe. Von allen, die er kannte, würde ihn nur Ratte begleiten. Wieder einmal verlor er sein Bodenteam. Er wünschte sich, er hätte Libby wenigstens einmal wiedersehen können, bevor er aufbrach.

Joe bestärkte sich selbst in seiner Entschlossenheit. Libby würde es verstehen. Sie würde sich auf jeden Fall wünschen, dass er in der Armee blieb.

Joe trug seine Taschen über der Schulter und schlenderte durch die überfüllte Station, während er auf seinen Flug wartete, als er glaubte, in der Menge ein vertrautes Gesicht zu erkennen.

»Maggie?« Er schob sich zwischen den anderen Bodenkämpfern hindurch. »Mag? Bist du das?«

Die Soldatin drehte sich zögernd um.

Joes Herz machte einen Satz. »Mag! Mein Gott, du bist es! Mag, wie bist du … Wo warst du? Mag, ich habe gesehen, wie du getötet wurdest!«

»Hallo Joe.«

»Wie …«

Sie bedachte ihn mit einem kalten Blick, der ihm eine ausgewachsene Gänsehaut bereitete. »Die Huouyt haben sich versehentlich ein Rekrutengewehr gegriffen. Also wurde ich nur von einer Übungspatrone getroffen.«

Joe fiel der Unterkiefer herunter. Er konnte seine Freude kaum zügeln. »Wie ist es dir ergangen?«

»Gut.«

»Du bist jetzt Kampfmeisterin!«, rief Joe und rieb sich die Gänsehaut weg. »Das ist großartig, Mag!«

»Ja.« Sie blickte zu ihm auf. Ihre einstmals unschuldigen Augen waren düster.

»Mag, wusstest du, dass auch Libby überlebt hat? Sie ist wieder auf der Erde und wirbt um weitere Rekruten für die Armee. Sie haben auch mir angeboten, zur Erde zurückzukehren, aber ich habe ihnen gesagt, dass ich bleiben will.«

»Du hättest gehen sollen.«

»Ich gehörte nicht mehr dorthin. Ich bin doch hier aufgewachsen. Ich wüsste gar nicht, was ich auf der Erde tun sollte. Ich meine, kannst du dir vorstellen, dass wir irgendetwas anderes tun? Schau uns an. Man würde uns wahrscheinlich wie Aliens behandeln. Mann, es ist echt schwer zu fassen, dass Libby sich entschieden hat, nach Hause zurückzukehren. Ich dachte, sie würde bleiben wollen.«

»Sie ist nicht zurückgekehrt. Sie ist tot.«

»Nein, ich habe mit jemandem von der PR-Abteilung gesprochen. Er sagte, dass sie wieder auf der Erde ist. Sie haben sie wiederbelebt.«

»Nein, das stimmt nicht. Sie haben mich wiederbelebt, nachdem du zugelassen hast, dass die Huouyt mich töten.«

Joe blinzelte. Ihre Worte waren so kalt, so hart – wie Eiszapfen, mit denen sie auf seine Seele zielte. Libby war tot? Er hatte ihr Briefe und ein Video geschickt … Nachdem er wieder zu Atem gekommen war, flüsterte er: »Mag, es tut mir so leid. Ich wusste nicht …«

Maggie wischte seine Bemerkung mit einer ungeduldigen Handbewegung weg. »Wie ich hörte, hast du die beste Rekruteneinheit der Armee befehligt. Jetzt schicken sie dich zur Planetaren Spezialabteilung. Das ist doch toll, Joe.«

»Danke«, entgegnete Joe mit leichter Skepsis. Etwas stimmte an Maggies Verhalten nicht. »Und was ist mit dir?«

»Ich gehe nach Eeloir. Dort machen die Huouyt jetzt Ärger, nachdem die Dhasha ihren Sitz im Tribunal übernommen haben.«

»Eeloir. Dort ist auch Bagkhal.« Er spürte einen neidischen Stich.

Maggie hörte ihm gar nicht zu. Sie musterte ihn von oben bis unten. »Hatte der Trith recht, Joe?«

Joes Herz hämmerte krampfhaft. »Was?«

Aufgeregte, lachende Rekruten schoben sich an ihnen vorbei, und Maggie senkte die Stimme, bis nur noch er sie hören konnte. Sie kam Joe so nahe, dass er ihr Parfum riechen konnte. Es war ein Rosenduft, aber in ihrer Miene lag etwas Grausames.

»Weil ich nachgedacht habe«, sagte sie leise. »Die Planetare Spezialabteilung ist die *letzte* Abteilung, in die ich jemanden wie dich schicken würde, wenn ich der Kongress wäre.« Sie lächelte, aber ihre Augen blickten scharf wie Messerklingen. »Glaube nicht, dass ich es ihnen nicht sagen werde, Joe. Glaube nicht, dass Bagkhal nicht zurückkommt, um dich zu töten, wenn er herausgefunden hat, dass du Libby ermordet hast. Genauso wie du Scott ermordet hast und mich zu ermorden versucht hast.«

Er starrte sie verwirrt und verletzt an. »Ich habe sie nicht ermordet.«

»Doch, hast du.« In Maggies Augen brannte Hass. Sie glaubte wirklich, dass er ihre Freunde getötet hatte.

Bestürzt flüsterte Joe: »Mag, ich habe die Prophezeiung widerlegt. Ich weiß nicht, was der Trith dir erzählt hat, aber er lag falsch.«

Sie sah ihn mit zusammengekniffenen Augen an. »Ein Trith liegt niemals falsch, Joe. Das solltest du inzwischen verstanden haben.« Dann kehrte sie ihm den Rücken zu und ließ ihn allein zurück, während sie sich durch die Menge schwarz gekleideter Bodenkämpfer weiter nach vorn arbeitete.

Aber ich habe die Prophezeiung widerlegt, wollte Joe ihrem Rücken zurufen. *Es ist vorbei.*

Dennoch hallte erneut die Warnung des Trith in seinem Kopf

nach. *Du wirst versuchen, dich dagegen zu wehren, aber dein Weg wird unweigerlich ans gleiche Ziel führen.*

Wortlos stand Joe schwitzend im dicht bevölkerten Terminal und sah zu, wie Maggie fortging.

Erst als der letzte Aufruf für seinen Flug kam, machte er sich auf die Suche nach seinem Gate.

Zwei Stunden später saß er im Shuttle nach Torat, wo es in den nächsten drei Wochen nichts anderes für ihn zu tun gab, als in seinem Quartier auf und ab zu gehen, Kampfsimulationen durchzuspielen und nach seinen Nachrichten zu sehen. Innerhalb der ersten zwei Stunden bekam Joe eine Mitteilung von seinem ehemaligen Bodenteam, das einen neuen Anführer bekommen hatte und nach Eeloir transportiert wurde, um dort gegen die Huouyt zu kämpfen. Sie wollten wissen, wie es mit seiner Ausbildung bei der Planetaren Spezialabteilung lief – als wäre Joe nach so kurzer Zeit bereits auf Torat eingetroffen. Er antwortete ihnen, dass es ihm gutging, und wünschte ihnen allen viel Glück.

Die nächsten drei Nachrichten waren ähnlich – alte Freunde, die aufgeregt von ihren neuen Posten berichteten. Sie waren genauso gelangweilt wie Joe und versuchten, miteinander in Verbindung zu bleiben. Joe antwortete ihnen genau so, wie er es bei der ersten Nachricht getan hatte, und diktierte seine Floskeln, während er unruhig auf und ab lief.

Die fünfte Nachricht ließ ihn überrascht innehalten.

Sie war von Sam.

Auf einem gesicherten Kong-Kommunikationskanal.

»Hallo, äh, Joe.« Sam räusperte sich und lachte nervös. Er war jetzt fast sechzehn. Älter als Joe, als Joe seinen Platz übernommen hatte. »Ich, äh, ich wette, du wunderst dich, wie ich ins System gekommen bin. Jetzt raste bitte nicht aus oder so. Ich habe mich nicht rekrutieren lassen – ich habe mich nur hineingehackt, mehr nicht. Anders lassen sie mich nicht mit dir reden. Mutter bemüht sich tatsächlich, so zu tun, als wärst du gestorben. Als sie die letzte Nachricht von dir bekommen hat, ist sie fast zusammengebrochen. Sie versucht, sich der Wahrheit zu verweigern. Inzwischen spricht sie so, als hätte ich nie einen Bruder gehabt …« Sam verstummte und räusperte sich mit jugendlicher Verlegenheit. »Also wollte ich es herausfinden, klar? Ich muss Gewissheit haben, weil es da etwas gibt, das ich dir dringend erzählen muss. Es gab da diesen Typ namens Zero, der auf dem Planeten, zu dem du geflogen bist, mehreren Leuten das Leben gerettet hat. Ko-fat oder so ähnlich. Sehr gerissen, hat etliche Vorgesetzte verärgert, bekam ständig Dienstzeitverlängerungen, weil er so ein Idiot war. Und das alles klingt sehr nach dir.«

Joe starrte Sams Bild mit pochendem Herzen an. Wenn man sie nebeneinandergestellt hätte, wäre niemand darauf gekommen, dass sie Brüder waren. Sam war inzwischen größer als Joe, vielleicht eins achtundneunzig, aber er hatte nicht die extremen Muskeln eines Kong. Außerdem waren Sams Augen blau und nicht braun, und sein Haar war fast schwarz und zerzaust, während Joe völlig kahl war.

Doch als er in seinem Batik-T-Shirt und den Khaki-Shorts dastand, sah Sam ihrem Vater unglaublich ähnlich. Joe bemerkte, dass er seinen Stuhl so fest umklammert hatte, dass ihm die Fingerknöchel schmerzten.

»Was ich dir sagen wollte: Ich werde dich nicht vergessen, Joe«, fuhr Sam fort. »Ich weiß, was du für mich getan hast. Und ich wollte dir dafür danken.« Wieder räusperte sich Sam und blickte nervös auf seine Hände. »So, das ist eigentlich alles, was ich sagen wollte. Das und dass ich jetzt im zweiten Jahr am College bin. Das MIT bezahlt mir die Ausbildung. Es interessiert sie gar nicht, ob ich einen Highschool-Abschluss habe. Komisch, was? Aber ich will nicht prahlen. Auf gar keinen Fall. Ich wäre längst tot, wenn du nicht meinen Platz übernommen hättest. Ich bin ein totaler Feigling, wenn es um Waffen geht … ich bin ganz anders als du oder Vater.« Wieder räusperte er sich. »Wie auch immer, lass mich wissen, ob ich den richtigen Joe Dobbs gefunden habe. Wenn du mir eine Nachricht schicken willst, ich habe mich unter dem Namen Slade Galvin Gardner in der Kong-Datenbank registriert. Ich schaue etwa einmal pro Woche rein. Ach, und ich glaube, ich könnte dir helfen, vom Kong-Radar zu verschwinden, wenn du irgendwann nach Hause kommen willst. Das war's. Bis später.«

Joe zitterte, als die Nachricht zu Ende war.

Als er seinen betäubten Geist endlich dazu bringen konnte, lange genug nachzudenken, um eine Antwort zu formulieren, sagte er: »Hallo Sam. MIT? Mann! Das ist echt toll. Kannst ein paar Roboter für mich bauen. Nein, ich will nicht verschwinden. Ich weiß, dass es blöd klingt, Sam, aber ich glaube, das hier ist genau das, was ich mit meinem Leben anfangen soll.«

Während der folgenden Woche fügte Joe dem Brief immer mehr Kleinigkeiten hinzu und führte all die interessanten Einzelheiten aus, die er während der sechs Jahre erlebt hatte, seit er unter dem funkelnden Glanz eines professionellen Feuerwerks gekidnappt worden war. Er erzählte von all seinen Freunden, all den Toten, all den Übungen.

Doch als der Brief endlich fertig war, zögerte Joe, ihn abzuschicken.

Sam ging mit fünfzehn an das MIT. Ihn erwartete eine große Zukunft. Er konnte alles tun, was er wollte. Er musste sich nicht von Schuldgefühlen wegen irgendeines Kong-Bodenkämpfers niederdrücken lassen, der nie mehr zur Erde zurückkehren würde.

Mutter hat recht, dachte Joe. *Er muss es nicht wissen.*

Joe öffnete den Brief, hielt den Atem an und drückte LÖSCHEN. Er war jetzt ein Kong.

Mini-Glossar
Die knappe Damit-Sie-nicht-verrückt-werden-Version

Dhasha-Begriffe

Ka-par – Ein Wettstreit des Willens, den ältere Dhasha mit würdigen Geschöpfen oder anderen alten Dhasha ausfechten. Ein Anstarr-Wettbewerb, bis einer der Wettkämpfer sich unterwirft.

Ka-par inalt – »Ich unterwerfe mich.«

Ka-par rak'tal – »Duell angenommen.« (Das ' kennzeichnet einen gutturalen Laut, wie ein leichtes Husten.)

Mahid ka-par – »Möge es beginnen.«

Vahlin – Der legendäre Anführer der Dhasha, der laut Prophezeiung von »dunklem Körper« sein wird und sie aus der Tyrannei in die Unabhängigkeit führt.

Huouyt-Begriffe

Breja – Die einen halben Zentimeter langen, flauschigen weißen Cilien, die den ganzen Körper eines Huouyt überziehen. Extrem schmerzempfindlich, da es sich im Prinzip um bloßliegende Nervenenden handelt.

Zora – Das rote Körperanhängsel aus zahlreichen wurmartigen Tentakeln, das an der Stirn eines Huouyt austritt. Erinnert im ausgestreckten Zustand an eine fleischige Koralle. Mit der *zora* kann ein Huouyt Nahrung verdauen und genetisches Material analysieren, um eine neue Gestalt anzunehmen.

Ooreiki-Begriffe

Adpi – Drei Zierkappen aus Ruvmestin an den Fingerspitzen der rechten Hand eines Ooreiki, die ihn als Angehörigen der *yeeri*-Kaste kennzeichnen. Aus silbrigem Metall mit Knoten im keltischen Stil. Muss entfernt werden, wenn ein *yeeri* den Militärdienst antritt.

Asche/Ruß – Eine widerliche, unsaubere Substanz.

Ascher – Ähnlich wie »Arschloch«, mit sehr aggressivem Beiklang.

Ascheseele – Die stärkste Beleidigung in der Ooreiki-Sprache. Kann auch mit »Verlorener« übersetzt werden.

Aschig – Beschissen, ekelhaft, widerwärtig, scheußlich.

Brennend/verbrannt – Wird ähnlich wie das menschliche »verdammt« benutzt.

Furgruß – Blödsinn, Quatsch, Scheiße, ja, genau.

Hoga – Eine von vier Ooreiki-Kasten – den *yeeri*, *wriit*, *hoga* und *vkala*. Die *hoga* sind die obere Mittelklasse, die Gelehrten und Wissenschaftler. Die Intellektuellen und Erfinder, die nur unter den *yeeri* stehen.

Niish – Die Kinder der Ooreiki, auch die Beschreibung einer Art von Larve.

Niish Ahymar – Eine Zeremonie der Ooreiki zur Bestimmung der Kaste, bei der ein rotglühendes Brandmal in die Haut eines Kindes gedrückt wird. Die *vkala* werden nicht verbrannt, worauf sie dann den *onen* vorgeworfen werden. Der traditionelle Initiationsritus der Ooreiki.

Oorei – Der Ooreiki-Begriff für »Seele«. Die Bezeichnung für die kristalline Kugel im Körper jedes Ooreiki, die nach dem Tod durch einen *yeeri*-Priester von Poen entfernt wird. Emotionale und psychische Erfahrungen während des Lebens beeinflussen die Farbe des Kristalls. Die Schädigung eines *oorei* gilt als schlimmstes Verbrechen in der Ooreiki-Gesellschaft.

Rußer – Eine widerwärtige, schmutzige Person, ähnlich wie »Drecksack« oder »Blödmann«, weniger aggressiv als »Ascher«, obwohl ähnlich verwendet.

Rußkopf – abwertende, respektlose Bezeichnung für eine nutzlose Person.

Rußsack – Eine widerwärtige, unfähige, tollpatschige Person.

Shenaal – Das »Zeichen der Reinen«. Das Brandmal, mit dem die *niish* der Ooreiki während des Niish Ahymar geprüft werden.

Verkohlt – Dumm, schmutzig.

Vkala – Die Feuergötter, die unterste Kaste der Ooreiki. Werden als unsauber betrachtet und normalerweise vor dem Eintritt ins

Erwachsenenalter während des Niish Ahymar getötet. Einige *vkala*-Kinder überleben die Auseinandersetzung mit den *onen*, jedoch nie ohne zahlreiche Narben, was sie für immer als Angehörige der untersten Ooreiki-Kaste kennzeichnet. Der schlechte Ruf der *vkala* geht auf die Gründung des Kongresses auf Vora zurück, als die Ooreiki-Delegierten genetisch modifiziert wurden, um Feuer standhalten zu können, damit sie an den Friedensverhandlungen auf dem oftmals feurigen Heimatplaneten der Jreet teilnehmen konnten. Alle *vkala* sind direkte Nachfahren der ursprünglichen Ooreiki-Delegation. Zunächst wurden sie als Helden gefeiert und erhielten viele Möglichkeiten zur Fortpflanzung. Doch die friedensliebenden Ooreiki, die von der Gründung des Kongresses ein dauerhaftes Ende aller Kriege erwartet hatten, reagierten entsetzt, als ihre neue Nation erstmals auf heftigen Widerstand stieß und die ersten Rekruten einziehen musste. Die ehemaligen Helden mit der genetischen Modifikation, die sie vor Feuer schützt, werden nun wegen ihrer Vorfahren verachtet, die Verrat am Volk der Ooreiki begingen.

Wriit – Eine von vier Ooreiki-Kasten – den *yeeri*, *wriit*, *hoga* und *vkala*. Die *wriit* sind die Mittelklasse, die Handwerker, Arbeiter und Kunsthandwerker der Ooreiki.

Yeeri – Eine von vier Ooreiki-Kasten – den *yeeri*, *wriit*, *hoga* und *vkala*. Die *yeeri* sind die Künstler und Priester der Ooreiki und im gesamten Kongress als Schöpfer der großartigsten Kunstwerke des Universums berühmt. Die höchste Kaste der Ooreiki, zugleich gebildet und verhätschelt. Zu den *yeeri* gehören auch die Priester, die sich in den Tempeln auf Poen um die *oorei* kümmern.

Universelle Begriffe

Akarit – Kostspieliges Gerät in Form eines goldenen Rings, das Störsignale aussendet, von Rebellen und Assassinen benutzt.

Ekhta – Planetenkiller. Die destruktivste Bombe im Arsenal des Kongresses, eine der vielen Erfindungen der Geuji während des Zeitalters der Expansion. Wie bei aller Geuji-Technologie ist die Herstellung so komplex, dass sie von keiner anderen Spezies verstanden wird, sodass der Kongress einfach nur der Bauanleitung der Geuji folgen kann.

Ferlii – Die riesigen pilzartigen Gewächse auf den Ooreiki-Planeten, deren rötliche Sporen dem Himmel eine purpurne Färbung verleihen. Auch als Maßeinheit benutzt: Eine *ferlii*-Länge entspricht ungefähr einer irdischen Meile.

Friedensstifter – Die semi-militärische Regierungstruppe, die autonom die Bevölkerung überwacht, verurteilt und polizeilich gegen sie vorgeht. Ihre Hauptaufgabe besteht darin, dafür zu sorgen, dass niemand aufrührerische Gedanken hegt. Ihr Symbol ist ein achtstrahliger Stern, auf dessen Spitzen ein Planet balanciert. Ihr Stützpunktplanet ist Levren, aber sie verwalten auch das Allerheiligste auf Koliinaat, der einzige Ort auf dem Planeten, der für den Wächter nicht zugänglich ist.

Furg – Ein kleines, gedrungenes, sehr haariges Alien, das genauso hässlich wie dumm ist. Benutzt Werkzeuge, ist aber zu primitiv, um mehr als steinzeitliche Techniken zu beherrschen. Man stelle sich einen stämmigen, 75 Zentimeter großen Neandertaler vor, der sich schnell genug vermehrt, um Bevölkerungsverluste durch Dummheit auszugleichen. Die Darwin'schen Gesetze gelten nicht für sie.

Furgling – Eine jüngere Version eines Furg. Kleiner, haariger und noch dümmer als die Eltern.

Haauk – Gleiter, schwebende Plattformen, die auf Planeten zum Personentransport eingesetzt werden.

Heiliger Umlauf – Zeitperiode, 666 Umläufe.

Jenfurgling – Die vielleicht allerdümmsten Wesen im Kongress. Ein evolutionärer Nebenzweig der Furg, die auf einer Insel strandeten, wo es keine Raubtiere gab, weshalb sie in einen genetischen Flaschenhals gerieten. Sie haben Spaß daran, ihre haarigen Gesichter auf den Boden zu schlagen und mit ihren eigenen Exkrementen zu spielen.

Kasja – Höchster Kriegsorden des Kongresses, der nur sehr wenigen, sehr hoch geschätzten Personen verliehen wird.

Kkee – »Ja«

Neunzig Jreet-Höllen – Die neunzig Ebenen des Schmerzes und

der Unannehmlichkeiten, durch die ein Jreet-Krieger nach dem Tod gehen muss, um ins jenseitige Leben zu gelangen.

Nkjan – »Krieg«, auch »böse«, »übel«.

Nkjanii – »Übeltäter«, Kampfmeister.

Oonai – »Hallo«.

Oora – »Beseelter«, »Sir«.

Otwa – Eine Paradewaffe, mit der die Ooreiki vor der Gründung des Kongresses die ersten Jreet-Invasionen zurückschlugen. Für die Ooreiki symbolisiert die Waffe eine Zeit, in der sie ihre Ideale aufgaben, um zu überleben. Heute wird sie nur zu zeremoniellen Anlässen verwendet, bei bedeutenden Versammlungen, Präsentationen und Paraden.

Planetare Spezialeinheiten – Ihr Symbol ist ein Kreis, dessen eine Hälfte rot und die andere blau ist. Das Tattoo stellt einen grünen Planeten mit Mond und einen Headcom, eine PPE und ein Spezies-typisches Plasmagewehr dar, das an den Trümmerring gelehnt ist. Das Tattoo leuchtet schwach durch eine genetische Modifikation der einzelnen Zellen, die der tätowierten Haut Biolumineszenz verleiht.

Ruvmestin – Ein weißliches, äußerst hartes Metall mit einer höheren Dichte als Gold. Das wertvollste Metall im Kongress. Es wird für Geuji-Technik verwendet, vor allem für Naniten, zum Beispiel in Bioanzügen und Raumschiffen. Oxidiert nicht an der Luft. Wird auf den Regierungsplaneten Grakkas, Yeejor und Pelipe gefördert. Sobald Ruvmestin auf einem Planeten entdeckt wird, beansprucht der Kongress diesen Planeten unverzüglich für das Allgemeinwohl und streicht ihn von der Liste der Kommission für beanspruchte Planeten.

Tribunal – Die drei Mitglieder der Regentschaft, die auserwählt wurden, den Kongress zu repräsentieren und in seinem Namen Urteile zu fällen. Das Tribunal besteht aus den Macht-Mitgliedern der Regentschaft, die für gewöhnlich von Angehörigen der Großen Sechs gestellt werden. Aliphei ist der Erste Bürger und hat seit der gesamten Dauer des Kongresses einen Sitz im Tribunal beibehalten. Das Symbol des Tribunals besteht aus drei roten Kreisen innerhalb eines silbernen Rings, umgeben von

acht blauen Kreisen, die zu beiden Seiten des Kreises angeordnet sind.

Zahali – »Tut mir leid«, »Entschuldigung«.

Spezies

Dhasha – Ein Volk der Großen Sechs. Sehr gefährliche, gewalttätige
Monstren mit unzerstörbaren metallischen Schuppen, die iri-
sierend in ständiger Veränderung schimmern. Große, kristalline,
ovale grüne Augen, lange schwarze Klauen, stämmige Körper,
haiähnliche Köpfe mit dreieckigen schwarzen Zähnen. Die Na-
senlöcher sitzen neben den Augen. Die Weibchen sind golden
statt regenbogenfarben, die Männchen haben zwei Schichten
aus Schuppen, die oberen metallisch und unzerstörbar, die unteren golden. Gutturale, knurrende Stimme. Sie lachen, indem
sie ihre Zähne zusammenklacken lassen. Ihre Körper wachsen
während ihrer Lebensdauer kontinuierlich weiter.

Huouyt – Ein Volk der Großen Sechs. Dreibeinige Nachfahren von
Wasserbewohnern und Gestaltwandler. Ihr Blut hat die Konsistenz von farblosem Schleim. Die Körper sind mit *breja* bedeckt,
einem weißen Flaum. Tentakelbeine und paddelähnliche Arme.
Zylindrischer Torso, riesige stahlblaue Augen und ein dreieckiger, tintenfischähnlicher Kopf. Die *zora* besteht aus roten, wurmartigen Kiemen mitten in der oberen Kopfhälfte; damit können sie das genetische Muster anderer Lebewesen übernehmen.
Die Huouyt haben im Kongress einen schlechten Ruf. Sie sind
listig, heimtückisch, anpassungsfähig und ausgezeichnete Imi-
tatoren. Für die meisten Spezies des Kongresses gelten sie als
Psychopathen.

Jahul – Ein Volk der Großen Sechs. Sechsbeinige Empathen mit
grünlicher Haut und einem chemischen Abwehrsystem, das ihre
Körperausscheidungen über die Haut abgibt.

Jreet – Ein Volk der Großen Sechs. Rote, graue oder cremefarbene
schlangenähnliche Krieger, die dem Ersten Bürger und dem Tribunal als Leibwächter dienen. Besitzen die Fähigkeit, das Ener-
gieniveau ihrer Schuppen zu erhöhen und aus dem sichtbaren Spektrum zu verschwinden. Glauben, dass Feiglinge durch

neunzig Höllen gehen und dass sich jede Seele in neunzig verschiedene Teile aufspaltet, damit sie alle neunzig Höllen gleichzeitig erleben können. Das *rravut* in ihren *teks* ist das stärkste Gift, das dem Kongress bekannt ist. Bläuliches Blut. Kurzer, maschinenhaft klingender *Schieh-Wump*-Kampfruf. Cremefarbener Bauch. Rautenförmiger Kopf. Das *tek* ist der Stachel, der aus ihrem Brustkorb ragt.

Ooreiki – Ein Volk der Großen Sechs. Schwergewichtige Aliens, die entfernt an knochenlose Gorillas erinnern, mit einem durchschnittlichen Gewicht von 250 Kilogramm. Vier Tentakelfinger an jedem Arm. Straußeneigroße braune Schlangenaugen, braune Beine. Die Haut wird fleckig, wenn sie Angst haben. Großer Mund. Zum Lächeln runzeln sie ihr großes Gesicht. Grunzende, rasselnde Sprache. Im Durchschnitt einen Meter fünfzig groß. Lachen, indem sie tief im Hals einen gutturalen Laut erzeugen, der wie eine krächzende Kröte klingt. Durchschnittliche Lebenserwartung 400 Jahre. Gegenüber den Menschen um das Tausendfache in der Überzahl. Nur die Bevölkerung der Ueshi ist größer.

Shadyi – Die Spezies des Ersten Bürgers Aliphei, dem einzigen überlebenden Mitglied dieser Spezies. Zottiges blaues Wesen, das auf vier Beinen geht, elefantengroß, schwarze Stoßzähne, rote Augen.

Takki – Seit Urzeiten die Diener der Dhasha. Im gesamten Kongress als Feiglinge und Verräter geschmäht. Purpurne Schuppen, sehr dichte Körper, aufrecht gehende humanoide Echsen. Kristalline blaue ovale Augen.

Ueshi – Ein Volk der Großen Sechs. Kleine blaue oder blaugrüne Aliens mit ausgezeichneten Reflexen und gummiartiger Haut. Nachfahren von Wasserbewohnern mit Kamm auf dem Kopf.

Maße

Standard-Umlauf = 9 Standard-Rotationen (1,23 Erdjahre = 448,875 Erdtage)

Standard-Rotation = 36 Standard-Tage (49,875 Erdtage)

Standard-Tag = 36 Standard-Stunden (33,25 Erdstunden)

Standard-Stunde = 72 Standard-Ticks (55,42 Erdminuten)
Standard-Tick (0,7698 Erdminuten)

Standard-Stoß = ca. 30 cm
Standard-Stab = ca. 2,70 m
Standard-Länge = ca. 1200 m
Standard-Marsch = 9999 Stäbe = ca. 27 km
Standard-Lappen = ca. 1,25 kg

Dienstränge
Galaktisches Vielzweck-Korps – Erster Korpsleiter
Galaktisches Korps (18 Divisionen) – Zweiter Korpsleiter
Galaktisches Korps (3 Divisionen) – Dritter Korpsleiter
(Spezies)-Sektorkorps – (Spezies)-Korpsleiter – achtstrahliger
   Stern in Silber mit schwarzem Zentrum
Sektor-Division – Erster Aufseher – achtstrahliger Stern in Silber
   mit vier Kreisen im Zentrum
Solar-Division – Zweiter Aufseher – achtstrahliger Stern in Silber
   mit drei Kreisen im Zentrum
Planetare Division = Dritter Aufseher
Streitmacht – Kleiner Aufseher
Regiment (8100 Soldaten) – Erster Kommandeur – achtstrahliger
   Stern
Brigade (1800) – Zweiter Kommandeur – siebenstrahliger Stern
Bataillon (900) – Dritter Kommandeur oder Zweiter Komman-
   deur – sechsstrahliger Stern oder siebenstrahliger Stern
Kompanie (450) – Kleinkommandeur – fünfstrahliger Stern
Einheit (90) – Kampfmeister – vierstrahliger Stern
Trupp (18) – Truppanführer – Dreieck
Bodenteam (6) – Bodenteamanführer – Linie
Bodenkämpfer – Punkt

Danksagung

Dies sind die Menschen, die am meisten Verantwortung für »Zero –
Kadett der Sterne« tragen:

Tom Brion: Er hat mich zum ersten Mal mit dem Geschichtenerzählen bekannt gemacht. Zu meinem Glück durfte ich von einem
der Besten lernen.

Chancey King: Seine Gabe zum Brainstorming war entschei-
dend für die Erschaffung so vieler Aspekte dieser Welt, und sein
Genie wird nur durch seine Bescheidenheit übertroffen. Danke,
Bruder.

Logan Brutsche: Der durchtriebene Kopf hinter Forgotten.

Kyle Brutsche: Es fing alles mit Hausaufgaben an.

Stephen Buchanan: Wenn »moralische Unterstützung« eine Be-
rufsbezeichnung wäre, hätte Stephen darin den Doktortitel.

Sarah Liu: Meine über die Maßen talentierte Lektorin bei diesen Büchern. Sie hat die Augen eines Ueshi und das Gehirn eines
Geuji. (Nun ja, zumindest eines kleinen Geuji.)

Patricia Brion: Sie hat mir das Lesen beigebracht. Das schlägt so
ziemlich alles andere.

SPACE ACTION

»Dan Abnett lässt den Krieg so real werden, dass man instinktiv in Deckung geht.« *SciFi.com*

Journalist Lex Falk würde für eine gute Story einfach alles tun. Als er die Gelegenheit bekommt, sich durch einen Computerchip mit dem Gehirn eines Frontsoldaten zu verbinden, ist er sich sicher, den ganz großen Coup gelandet zu haben. Doch dann wird der Soldat getötet und Lex muss sich in Sicherheit bringen ...

978-3-453-52913-7

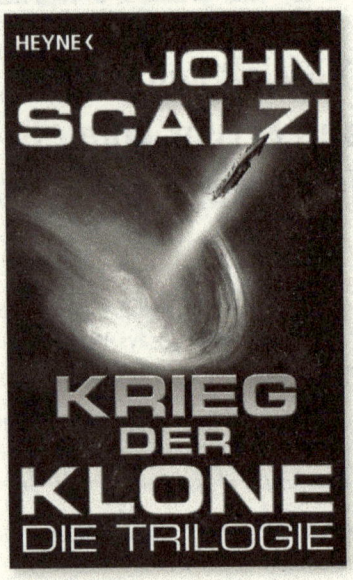